U0473966

国家出版基金项目
NATIONAL PUBLICATION FOUNDATION

| 重庆市出版专项资金资助 | 国家社科基金重大招标项目成果 |

中国外国文学研究的学术历程

主编　陈建华

第1卷

·外国文学研究的方法论问题·

陈建华○主编

重庆出版集团　重庆出版社

图书在版编目(CIP)数据

中国外国文学研究的学术历程.第1卷,外国文学研究的方法论问题/陈建华主编.—重庆:重庆出版社,2016.9

ISBN 978-7-229-11488-6

Ⅰ.①中… Ⅱ.①陈… Ⅲ.①外国文学—文学研究 Ⅳ.①I106

中国版本图书馆CIP数据核字(2016)第192736号

中国外国文学研究的学术历程·第1卷·外国文学研究的方法论问题
主编 陈建华　陈建华 主编

责任编辑：李盛强　秦　琥
责任校对：李小君
装帧设计：重庆出版集团艺术设计有限公司·王芳甜

重庆出版集团
重庆出版社　出版

重庆市南岸区南滨路162号1幢　邮编：400061　http://www.cqph.com
重庆出版集团艺术设计有限公司制版
重庆天旭印务有限责任公司印刷
重庆出版集团图书发行有限公司发行
E-MAIL:fxchu@cqph.com　邮购电话：023-61520546
全国新华书店经销

开本：700mm×980mm　1/16　印张：31.5　字数：454千
2016年9月第1版　2016年9月第1次印刷
ISBN 978-7-229-11488-6
定价：69.00元

如有印装质量问题，请向本集团图书发行有限公司调换：023-61520678

版权所有　侵权必究

总 序
中国外国文学研究百年沧桑

吴元迈[①]

　　1994年9月20日，中国外国文学学会第五届年会在扬州举行，与会人员就如何反思过去、总结现在和开辟未来，更好地开展中国外国文学研究工作，进行了研讨。我在开幕式上作了题为"面向二十一世纪的外国文学"的发言，谈到了关于外国文学研究的一些思考和意见，即如何建立外国文学研究的中国学派，如何加强外国文学评论工作，如何发展跨学科和交叉学科的研究以及冷战后世界文学的多元新格局等。发言还在其中一个地方提出，"为了适应外国文学工作发展的客观需要，为了更好更系统地做好外国文学研究工作，我以为我们外国文学界应该创立一门独立的学科'外国文学学'"，即"外国文学研究之研究"。[②]其目的在于抛砖引玉，进一步探讨相关学术问题，以求教于前辈和同行。

　　进入21世纪后，当新中国成立60周年即将来临之际，全国哲学社会科学基金外国文学评审组，为了总结60年外国文学研究的收获与成就、经验与教训，为了更好持续前行，提出了国家社科基金的重大课题"新中国外国文学研究60年"。经过多次反复讨论和评审，最后确定由北京大学的申丹老师和华东师范大学的陈建华老师分别组队承担。

　　现在，呈现在读者面前这部洋洋大观的12卷本《中国外国文学研究的学术历程》，就是陈建华老师及其志同道合者历经多年艰辛和持续

[①] 吴元迈，中国社会科学院荣誉学部委员、外国文学研究所研究员、博士生导师。
[②] 吴元迈：《面向二十一世纪的外国文学——在中国外国文学学会第五届年会上的发言》，载《外国文学评论》，1995年第1期。

努力奋斗的结果。在该书付梓之际,建华老师要我为之作序。我深知自己的学识和能力均无法担当此项重任,希望他另请高明,但建华老师坚持邀约。在这种情况下,盛情难却,我只能勉为其难。想了想,好在我自己前些年在这方面多少做过一点工作,即撰写《新中国社会科学五十年》的外国文学研究部分,之后我在中国社会科学院外文所组织一个编辑小组完成了此项任务(该书系中国社会科学院科研局编,2000年5月由中国社会科学出版社出版)。

正因为有这点缘分,便写了如下的思考与感想,是为"序"。

20世纪中国外国文学研究与 20世纪中国文学第一次转型

1840年鸦片战争以降,中国社会陷入深重的民族危机和文化危机之中,并从此进入多事的近代。与此时的西方相比,具有几千年光辉历史而且从未中断过的东方文明古国——中国,显然暂时落后了。一百多年之后,即1956年,毛泽东主席在《同音乐工作者的谈话》中,曾就此全面而深刻地讲道:"近代文化,外国比我们高,要承认这一点。艺术是不是这样呢?中国在某一点上有独到之处,在另一点上外国比我们高明。小说,外国是后起之秀,我们落后了";又说,"要承认近代西洋前进了一步"。[①]这无异于说,中华民族的文化和文艺要学习借鉴"前进了一步"的西方。

其实,在历史的长河中,除少数时间以外,各民族各国家的文化文艺都不是单独地孤立地前行的,也不是平行地前进的;相反,它们总是在互相联系、互相交流、互相借鉴、互相影响中,即"你中有我、我中有你"、同中有异、异中有同地共同向前推进的。这几乎是世界文化文艺发展的一条规律。从这个意义上说,既不存在绝对的、纯粹的东方文化或东方文艺,也不存在绝对的、纯粹的西方文化或西方文艺。这是被

[①] 参见中共中央书记处研究室文化组编:《党和国家领导人论文艺》,文化艺术出版社1983年版,第21页。

历史和实践一再证明了的真理。

不仅于此，由于各个民族和国家文化文艺发展的具体条件不同，它们的前进道路既不平衡也不平坦，既有高潮时期也有低潮阶段。在西方诸如中世纪的文化文艺，在中国诸如近代的文化文艺，均属于低潮时期，但是，前者在经历文艺复兴时代、后者在经历"五四"新文化运动时期的洗礼之后，两者都向前跨进了一大步，且成为人类文化发展的新里程碑。因此从总体上看，中西文化和文学都是历史地开放的、历史地与时俱进的，这是人类文化及文学前进和发展的共同路径和方向。

1919年的"五四"运动是中国历史发展的转折，也是中国文化和文学发展的转折，并且迎来了它的转型期。经过晚清资产阶级改良派提出的"诗界革命"、"文界革命"和"小说界革命"运动，以及辛亥革命期间的近代文学变革，过渡到"五四"新文化运动的现代文学之实质性变革，这种变革始终同民族的解放和个人的解放交织在一起，即同反帝反封建以及那个时代对于科学民主的基本诉求紧密相连。

现代中国文学的变革，同借鉴和师法外国文学密不可分。"五四"时期文学的转型势在必行，它就是在外国文学的影响下发生的，因为近代中国的资本主义已经产生和发展，中国传统文化和文学产生危机，它们的内部机制必须进行变革，以便与之相适应。那个放开眼光的"拿来主义"，便应运而生，并且成为"五四"文化运动时期文学界的共识，按鲁迅的观点看，"外之既不后于世界之思潮，内之仍弗失固有之血脉，取今复古，别立新宗"。①"五四"时期如此，1970年代末的改革开放文学新时期，同样如此。

外国文学研究首先和外国文学翻译休戚相关，尤其是在文学的大转型时期，更是如此。我们知道，20世纪曾多次掀起文学翻译高潮。其实，晚清时期的文学出版状况已有所变化，有人统计，"晚清小说刊行的在1500种以上，而翻译小说又占有全数的三分之二，仅林纾的译作就有100余种"。②鲁迅还创办了中国第一本专门介绍外国文学的杂志

---

①参见鲁迅：《鲁迅全集》第1卷，人民文学出版社1981年版，第56页。
②转引自唐弢主编：《中国现代文学史》（一），人民文学出版社1984年版，第4页。

《译文》（1934—1936年），功不可没。《译文》翻译介绍了俄苏、法、英、德等许多国家的文学作品，并推出了关于高尔基、罗曼·罗兰、普希金等的四期特刊。《译文》时代虽然渐行渐远，但我有幸在1981年同叶水夫同志一起，在浙江外国文学学会负责人宋兆霖的陪同下，在一处离西湖不远的寓所里访问了当年《译文》的参与者黄源，并聆听他关于《译文》创刊前前后后的故事。

"五四"时期，学者、评论家、作家和诗人以及翻译工作者往往一身多任，且学贯中外，诸如周氏兄弟、郭沫若、茅盾、巴金、田汉、郁达夫、林语堂等。在我工作的中国社会科学院外国文学研究所，老一辈的冯至、卞之琳、李健吾、罗大冈等，也是如此。我们这一代外国文学研究者与他们相比，总体差距是明显存在的，值得我们今天思考。

应该说，"五四"时期的外来思想和外来文学样式的影响前所未有。举例来说，《新青年》杂志每期都有介绍欧洲文学思潮的文章，以及翻译现实主义及其他流派的作家的作品。《小说月报》还推出了一系列"特号"，诸如俄国文学研究、法国文学研究等等。在它们的影响下，中国出现了各种文学观念、方法、样式，如文学研究会的"为人生"的文学观，创造社的"为艺术而艺术"的文学观（后来有变化），以及同唯美主义和象征主义等相适应的种种文学观。它们都不同程度地吸收了外国文学领域的三大文艺思潮，即现实主义、浪漫主义和现代主义。

中国新文学的批评模式除了运用现实主义和浪漫主义的批评外，还运用了现代人本主义、直觉主义、印象主义、表现主义等批评形态，呈现出一种多样化、多元化的中国批评格局。同时可以看到，在西方三大思潮中，现实主义对"五四"时期的中国最具影响力。当时中国的现实主义创作，并非教条的、没有变化的，而是广阔的、开放的，师法了其他各种"主义"的有益成分；特别是鲁迅的现实主义创作，既开放又密切联系中国之国情，是一种极具中国味道和特色的现实主义，从而使他成为中国的现实主义的伟大代表者。

在中国的"文学革命"到"革命文学"的演变进程中，马克思主义的传播是和早期共产党人的提倡分不开的。当时的苏联（间接通过日本）的革命文学对中国革命文学产生了重大影响。沈雁冰兄弟的《文学与革命的文学》及《无产阶级艺术》，以及蒋光慈的《现代中国社会与革命文学》等，均是这方面的代表性著作。1931年在上海成立的中国左翼作家联盟，不仅团结了更多革命作家，而且对马克思主义文艺理论的建设发生了重大作用，诸如组织翻译普列汉诺夫的《艺术论》、卢那恰尔斯基的《文艺与批评》等俄罗斯马克思主义的经典之作；之后又出版《科学的艺术论丛书》，这是马克思主义文艺理论的传播在中国形成的第一个高潮。其中，因为种种复杂原因也产生了个别的"误读"，诸如把弗里契和波格丹诺夫的庸俗社会学著作视为马克思主义之作。但瑕不掩瑜，总体来说，由于时代条件的关系，这在所难免。

新中国成立后17年及"文革"10年的中国外国文学研究

1949年中华人民共和国成立，标志着中国历史上一个新纪元的开始。新中国是中国共产党领导下的马克思主义指导下的社会主义大国，而苏联是世界上第一个社会主义国家。新中国成立伊始，"学习苏联"，"向苏联一边倒"成了中国各个领域的目标和使命。与此同时，学习苏联，以苏联的观点和方法，以苏联的经验和尺度为参照系，来审视世界各国文学及其作家作品，也成为中国外国文学工作者的第一任务。毋庸置疑，中国在学习介绍苏联文学成就及马克思主义文艺思想方面，是有成绩的。学习苏联，这是历史的选择，也是文学的选择；因为那时的西方国家以及不少非西方国家，并未同中国建交，从而使我们在文化文艺上失去了与西方国家正式交流的机会。这是历史条件使然，今天我们不能不客观地看到这一点。

但是，由于我们对苏联文学及其思潮持全面引进、全面接受的态度，不能以我为主，以民族的主体性为主，进行具体问题具体分析，比如哪些是社会主义文学的普遍规律，是必须学习的；哪些是在苏联行之有效的艺术经验，但并不适合中国国情，不能照搬的；哪些是苏联的问题和失误，属于简单化、教条主义和庸俗社会学之类，是我们应该力求避免、引以为戒的。此外，苏联文学及其思潮同世界各国一样，都是处于变化和发展之中的一种动态文艺，必须进行全面、客观和长时期的考察，不能以一时的政治关系而不按艺术规律行事，便匆忙作出肯定或否定的结论。

历史的经验教训不可忘却，值得注意和重视。中国社会进入改革开放新时期后，具体地说从1980年代起的一段较长时间里，我们在文学领域重复了过去学习苏联的那些失败经验，对西方的种种理论模式，不求甚解，生搬硬套，反过来又唯西方文学样式和西方理论模式马首是瞻，不加分析地跟着走。当然，不是所有的文章和著作都如此。

其实，中苏文学的"蜜月期"并不太长，只有10年。1960年中苏两党关系发生裂痕；1963年两党就"国际共产主义运动总路线"开展大辩论，即所谓的"九评"。此后两国两党关系急转直下：双方火力全开，针锋相对，不断上纲上线。例如，苏联被视为"资本主义复辟的国家"、"现代修正主义的发源地"。与此相适应，社会主义的苏联文学被定性为"苏修文学"。苏联文学的翻译、介绍和出版，从此大规模地由公开转入内部，这就是后来人们提到的那些"内部发行"、"内部参考"的"黄皮书"（其封面是黄色的，由此得名），例如苏联小说《被开垦的处女地》的第二部、《解冻》、《生者和死者》等等译介的由来。那时作为"西方资产阶级破烂货"的西方文学，具有同样的命运，例如西方作品中的《麦田的守望者》、《往上爬》等等，也被打入冷宫；英国作家和批评家T. S. 艾略特被看成所谓的"资产阶级的御用文人"；法国进步作家罗曼·罗兰的人道主义被全盘否定；美国文学流派"垮掉的一代"被视为资产阶级的腐朽文学等等。塞翁失马，焉知非福。这些供内部参考批判之用的"黄皮书"，却为往后的外国文学研究保存了一大批重要和有益的资料。

事情还不止于此。1966年5月，中共中央"5·16通知"揭开了"文化大革命"的序幕。它"要求彻底揭露那些反党反社会主义的所谓学术权威的资产阶级反动立场,彻底批判学术界、教育界、文艺界、出版界的资产阶级反动思想,夺取在这些领域中的领导权"。矛头所向十分明显,从此一场长达10年之久的浩劫——"文化大革命"席卷全国。与此同时,对所谓"苏联修正主义文学"的批判进一步加强和升级。其实在这之前,1966年4月10日,所谓《林彪同志委托江青同志召开的部队文艺工作座谈会纪要》(以下简称《纪要》),即以中共中央文件的形式发到全国,并且指出《纪要》对部队文艺战线上阶级斗争形势的分析"适合于整个文艺战线"。《纪要》尤其是对俄苏文学作出了令人惊讶的、无以复加的歪曲,并颠倒黑白地声称:中国1930年代的文艺思想,实际上是"俄国资产阶级文艺评论家别林斯基、车尔尼雪弗斯基、杜勃罗留波夫以及斯坦尼斯拉弗斯基的思想",对他们的"迷信"必须"破除"。又说,"反对外国修正主义的斗争","要捉大的","捉肖洛霍夫","他是修正主义文艺的鼻祖"等等。《纪要》对俄苏文学的大力挞伐,成了"文化大革命"期间中国文坛对待俄苏文学的纲领性指南,此后的大批判,基本上就是以此展开的。例如,肖洛霍夫的《静静的顿河》被视为"复辟资本主义、攻击无产阶级专政的大毒草";《一个人的遭遇》是"为社会帝国主义效力的黑标本"等等。《纪要》不仅如此讨伐俄苏文学中的精华,而且在它的推动下,整个外国文学界都被说成是"崇洋媚外",是在"贩卖资本主义、修正主义货色"。"四人帮"在上海的写作班子还炮制了《鼓吹资产阶级文艺就是复辟资本主义》的文章,不但否定西方现代派文艺,而且否定我们以前曾经肯定的资产阶级进步文艺,即文艺复兴、启蒙运动和批判现实主义的文艺,还胡说它们"为资本主义鸣锣开道"、"蒙蔽劳动人民"、"维护剥削制度"。总之,在"四人帮"看来,外国文学界贩卖的是"封、资、修"。这足见那时文艺领域的形而上学和庸俗社会学是何等之猖狂!幸好,这一页很快翻了过去,但是它的教训却极其深刻,而且在今日全球文艺领域内,形而上学和庸俗社会学并没有销声敛迹,只是程度有所不同,人们对它们不应等闲视之。

从新中国成立到"文化大革命"前的17年以及"文化大革命"期

间，中国的苏联文学及外国文学的介绍和研究，经历了一个大起大落的复杂过程：从全面学习、全面接受到全面否定、全面批判。在这种复杂情况下，写作者十分为难，实际上呈现出的多是一些应景性的或大批判的文章，真正有分量有见解的著述，可谓凤毛麟角，甚至有些苏联文学的介绍和研究还没有达到新中国成立前的水平；相比之下，西方文学和东方文学的领域，虽然研究成果同样不多，虽然也写了一些大批判的文章，但毕竟留下了一些好的与比较好的著述，如金克木的《梵语文学史》（1964年）、杨周翰等三人的《欧洲文学史》（上册，1964年）等，就具有开拓性和填补空白的意义。

1978年后作为学科建设的外国文学研究

打倒"四人帮"之后，特别是在中共十一届三中全会之后，中国进入了改革开放的历史新时期。外国文学介绍和研究同共和国的其他领域一样，迎来了百废俱兴、蓬勃发展的历史性春天。

1978年9月，全国哲学社会科学规划会议预备会召开，讨论并原则通过了《全国哲学社会科学八年发展规划的初步设想》。接着，中国社会科学院外国文学研究所所长冯至在北京召开外国文学工作座谈会，并于同年11月在广州召开全国外国文学研究工作规划会议，来自全国各地外国文学研究、教学、翻译和出版界70多个单位的140余名代表，济济一堂，讨论并通过了《外国文学研究工作八年规划》。这是外国文学工作者在改革开放历史新时期举行的第一次盛会，也是一次学术的动员会和进军会，其意义重大而深远。会议还决定成立中国外国文学学会，这是中国历史上第一个外国文学工作者的社团组织，标志着中国外国文学工作进入了其历史发展的全新时期。

随着"四人帮"的覆灭和改革开放新时期的开始，外国文学首先经历了拨乱反正的阶段，在邓小平理论的指导下，克服了17年"左"的指导思想的干扰和影响、清算了林彪和"四人帮"在文艺领域的种种反马克思主义的谬论、重新把握了文学与政治的正确关系、坚持了文学研究历史观点和美学观点相统一的观点及方法多样化的主张，从而有效地突破了外国文学的一系列禁区，扩展了外国文学研究的范围，加强了同外国文学同行的交流与对话，使外国文学研究得以朝着全方位全领域的方向大踏步前行，取得了历史上前所未有的丰硕成果。它们不仅包括流派和思潮的研究，也包括丰富的作家作品和多样化题材的研究、文学类型和文体史的研究、作家传记和评传的研究。文学史研究更是欣欣向荣，不仅有为数不少的大部头的通史，也有各种各样的各国断代史的问世。比较文学及其理论的研究，同样取得了长足的发展。而外国文学研究中那些向来薄弱的学科，诸如南美文学、北欧文学、意大利文学、非洲文学、西葡文学等等，均进入了成果的丰收季节。

对于学科发展，特别值得注意和重视的是"外国文学研究之研究"，这是外国文学研究进入新阶段的重要表现之一。一是梁坤主编的《新编外国文学史——外国文学名著批评经典》（中国人民大学出版社2009年版），中国20位外国文学研究者分别阐述了20部外国文学经典作品；二是陈众议于2004年开始组织的大型系列丛书《外国文学学术史研究》（译林出版社，第1批2014年版）。二者的阐述重点不同，前者以文学作品为对象，后者以作家诗人为对象；两者不仅具有互补性，而且相得益彰，标志着中国外国文学研究进入了一个更加深入发展和开拓前进的新阶段，可喜可贺。

20世纪中国外国文学研究与 20世纪中国文学第二次转型

以改革开放为标志的文学新时期，可以说是"五四"运动精神在新的历史条件下的复兴和发展，是又一次人的觉醒和解放。正是改革开放这一具有历史性的事件，使中国文学得以摆脱封闭和偏狭、形而上学和庸俗社会学的危机，走向复兴和发展。

文学新时期伊始的20世纪中国文学的第二次转型像第一次文学转

型一样，是从翻译介绍和引进外国文学的新状况起步的。文学"拿来主义"再次成了文学界的共同诉求。从外国拿来的，同"五四"时期相似，首先是三大思潮或流派，相同的如现代主义和现实主义，不同的是"五四"时期并未产生的后现代主义，以及20世纪五光十色的国外的新思潮和新理论。同时应该看到，20世纪的新理论新思潮并不限于20世纪之内，例如，在20世纪发生重要影响的诸如现象学和实证主义的思潮和理论等，在20世纪前就已存在。

众所周知，中国文学改革开放新时期，是从恢复真实性、"恢复现实主义传统"起步的。毫无疑问，这是对"四人帮"反动文艺观的直接反驳。

恢复现实主义是必要的，也是正确的。但问题在于20世纪的现实主义之形式和内容，与19世纪的批判现实主义相比较，已无法同日而语。传统上老是把现实主义定义为"以生活本身的形式反映生活"。其实，是不准确的，这只能导致削足适履，因为20世纪的生活和艺术都在飞快发展。即便是19世纪现实主义，虽然主要是以"生活本身的形式反映生活"，但也存在不同的形态和类型，例如幻想的或象征的等等，果戈理的某些小说就是如此。卢卡奇在1930年代提出，托尔斯泰和巴尔扎克的创作是现实主义的样板和模式，这一观点并没有经得起时间的考验。因为20世纪小说，尤其是西方小说，文艺的十八般武艺都用上了，甚至包括20世纪之前以为同现实主义格格不入的神话在内，都用了，例如20世纪托马斯·曼的现实主义小说、拉美魔幻现实主义小说、艾特玛托夫的现实主义小说等，都大量运用神话。这不是现实主义的异化，也不是现实主义的毁灭，而是现实主义的与时俱进。归根结底，这是20世纪生活的使然。可见，那种以细节真实和生活本身的形式来定义20世纪的现实主义，已越来越不可能。即便对于卢卡奇，他的晚期著作也对1930年代的观点作了修正。本文作者在1980年代曾多次介绍国外有关的新动态，并提出"现实的发展与现实主义的发展"之新命题。

现在，究竟应该如何定义现实主义，的确是个难题，需要人们进行认真探讨。我以为，必须另辟蹊径，首先考虑作品关于人的观念、关于世界的观念，同时不要把现实主义的艺术手段绝对化，这是现实主义不同于其他"主义"之处。很遗憾，在这里我没有时间加以专门讨论。

关于后现代及后现代主义。在今日世界上，这是一个有争议的问题。按哈贝马斯的看法，启蒙主义并没有成为过去，现代化仍然是未竟之业。后现代并没有到来。对于西方理论界这些不同的观点，我们不必匆忙作出结论，急于分清谁是谁非，而是应该客观地冷静地观察一段时间。

关于后现代主义小说，其实正确地说，它是一种实验小说。我在多年前主编的《20世纪外国文学史》的"序言"里，就表达了这个观点。从艺术角度看，20世纪文艺吸收了后现代主义文学的荒诞、意识流、黑色幽默等许多有益成分，从而丰富和开拓了20世纪的艺术视野，促进了20世纪艺术的进一步发展。

20世纪世界文学及其理论思潮和流派的多样化与多元化，也影响了和促进了20世纪中国文学第二次转型期文学多样化多元化格局的形成。

这就是我对中国外国文学研究之百年历史变迁的一些认识和思考。

2015年春于北京

导　言

陈建华

一

《中国外国文学研究的学术历程》共12卷，500余万字，是一个以外国文学研究为切入点的大型学术史工程。本书由华东师范大学陈建华教授担任总主编，参加本书写作的有国内数十位专家。本书的基础是国家社科基金重大招标项目"新中国外国文学研究60年"的结项成果，该项目于2009年底立项。[①]项目进行中，首席专家陈建华与各子课题负责人达成共识，将研究时段往前拓展至新中国成立之前，即从中国的外国文学研究初创时期开始直至当下。[②]项目涉及时段长，范围广，内容复杂，参与学者较多，完成有一定难度。2013年底项目成果送审，2014年秋天结项。又经半年修改，于2015年3月上旬定稿。

为了较为全面地反映中国外国文学研究所走过的学术历程，全书作如下架构："总论"两卷，"文论"一卷，"国别卷"七卷，"国别综合卷"两卷。各卷负责人分别为：第1卷《外国文学研究的方法论问

[①] 与本项目组同时中标的还有北京大学申丹和王邦维为首席专家的团队，其成果为《新中国60年外国文学研究》（6卷）。这两个团队的成果各有侧重，分别以国别和类型形成互补。

[②] 本书从项目限定的"新中国"拓展至成立前，一是考虑到学术研究的延续性，不宜隔断；二是注意到国内对新中国成立前的外国文学研究状况关注不足，因此希望通过本书的研究能有所补正。本书的侧重点是改革开放以来的研究，这方面的内容占了主要的篇幅。各国别卷因面对的对象不同，涉及新中国成立前部分的文字多寡有差异。第8卷作者已有新中国成立前德语文学研究的成果（《德语文学研究与现代中国》），故体例上略作调整，将上述成果浓缩作为附录放在书后。此外，本书在第1卷中另拨出相当的篇幅对民国时期的外国文学研究进行了总体观照。

题》，华东师范大学陈建华教授；第2卷《外国文学研究的多维视野》，华东师范大学陈建华教授；第3卷《外国文论研究的学术历程》，中国社会科学院周启超研究员；第4卷《美国文学研究的学术历程》，南京大学江宁康教授；第5卷《英国文学研究的学术历程》，福建师范大学葛桂录教授；第6卷《法国文学研究的学术历程》，华东师范大学袁筱一教授；第7卷《俄苏文学研究的学术历程》，华东师范大学陈建华教授；第8卷《六十年来的中国德语文学研究》，中国社会科学院叶隽研究员；第9卷《日本文学研究的学术历程》，北京师范大学王向远教授；第10卷《印度文学研究的学术历程》，深圳大学郁龙余教授；第11卷《欧美诸国文学研究的学术历程》，上海师范大学朱振武教授；第12卷《亚非诸国文学研究的学术历程》，天津师范大学孟昭毅教授。

二

中国的外国文学研究已经走过漫长的学术历程。据目前可考证的史料记载，中国对外国作家作品最初的评点始于1830年代。[①]到了清朝末年，这方面的引介和评点逐步增加。民国建立前后，开始有了现代学术意义上的外国文学研究。史料表明，新中国成立前的中国外国文学研究经历了从稚嫩逐步走向成熟的过程，其成果虽不能与近30余年相比，但并非一片空白，不能漠视。20世纪上半期的文坛，译介活跃，引进了大量的作品和理论书籍，在中国新文学与新文化的建设中发挥了独特的作用，推动了中国学术的现代转型。新中国成立前的外国文学研究尽管总体水准受到局限，仍出现了一批原创性的成果和一批优秀的学者，为新中国外国文学学科的发展奠定了学术和人才基础。

---

① 1838年11月出版的《东西洋考每月统记传》所载《论诗》，以及此前刊载的《诗》（1837年正月号）二文阐述了对中西诗歌的看法，并对两者的异趣有比较。《诗》一文介绍欧洲诗歌，称"诸诗之魁，为希腊国和马之诗词，并大英米里屯之诗"。"和马"即今译"荷马"，"米里屯"即英国大诗人"弥尔顿"。上述材料请参见本书第5卷第一章。

新中国成立后的60余年，中国历史发生巨变。人民政权的建立不仅为积弱积贫的中国开辟了一条走向富强的道路，也为中国的人文社会科学研究带来了新的生机。当然，新中国的发展道路走得并不平坦，特别是前30年中颇多曲折，这对中国的外国文学研究带来了直接或间接的影响，尤其是在"文革"时期。不过，尽管干扰颇多，前30年中国的外国文学研究也并非空白，还是出过一些成果，培养过一批人才。改革开放以来的30余年里，外国文学研究迎来了立足于新基点上的高潮时期。外国文学研究全方位展开，不仅成果数量大增，而且开始出现一些大型的综合性成果，研究的广度和深度是过去难以企及的。老、中、青三代学人共同为此贡献了自己的智慧与才华。

在成绩面前，也应该清醒地看到，外国文学研究中仍存在不少问题。除了极个别人剽窃他人成果的不良行为外，更多的是学风不够扎实或学术水平不高的问题。某些研究者对所涉领域浅尝辄止，急功近利，对外来理论生吞活剥，粗疏、重复、浮夸，这一类现象并不鲜见。无怪乎有学者疾呼研究中的"原创精神"、"主体意识"、"原典性实证"等。有没有这种精神、意识和学术态度，研究的格局和境界应该是大不相同的。

认真梳理中国外国文学研究走过的学术历程，客观评价学界在这一领域中取得的成绩和存在的不足，对于新世纪中国外国文学研究的健康发展具有重要的理论价值和现实意义。

三

本书属于学术史研究的范畴。国内的人文社科学术史的研究自1990年代至今颇为学界关注，葛兆光的《中国禅思想史》、陈平原的《中国现代学术之建立》等著作，在学界起了引领作用。文学界而后推出的《中国20世纪文艺学学术史》、《20世纪中国古代文学研究史》等著作，同样引人注目。这一现象的出现有其必然性。中国现代学术的发展已经走过了一个世纪的历程，学者们"辨章学术，考镜源流"，回顾和反思本学科学术发展的历史，反映了继承学术传统，并试图在前人基础上作新的开拓的意识。

相比之下，外国文学界起步稍晚，21世纪初开始出现一些相关著述，如陈建华的《中国俄苏文学研究史论》（2007年）、叶隽的《德语文学研究与现代中国》（2008年）等。[①]有评论称："两部著作分别代表了两种不同的学术史研究模式——陈著立足于文学研究本体，而叶著更侧重于包括制度史在内的学科发展考察。这两种研究模式各有特点，互为补充又不可替代，为后续研究提供了范例。"[②]此外，由陈众议领衔的"外国文学学术史研究工程·经典作家系列"也开始有成果问世，如《塞万提斯学术史研究》（2013年）等。但就总体而言，外国文学界仍缺少"对我国外国文学研究的历史和现状及当前的热点和重点、成就和问题、不同的学术观点和学派、发展的趋势和方向等，作出全面的客观的评估"的学术著作。[③]因此，本书虽有重大项目作前提，但本质上则由上述因素所催生。

四

本书各卷主要从以下方面展开：第一，梳理外国文学研究的学术历程；第二，探讨外国文学研究的方法论问题；第三，考察重要的外国文学现象的研究状况；第四，勾勒本学科学人群体的面貌；第五，整理归纳重要的文献资料。

本书第1和第2卷为"总论卷"。第1卷《外国文学研究的方法论问

[①] 新世纪最早出现的文章是吴元迈的《新中国外国文学研究50年》，此文收入《新中国社会科学五十年》一书（中国社会科学出版社2000年版）；最早出现的著作是龚翰熊的《西方文学研究》（福建人民出版社2005年版）。

[②] 这两种研究模式也在本书中共存。

[③] 吴元迈：《面向二十一世纪的外国文学——在中国外国文学学会第五届年会上的发言》，载《外国文学评论》，1995年第1期，第6页。

题》讨论了外国文学研究的方法论问题，以及外国文学研究话语转型的问题。第2卷《外国文学研究的多维视野》从宗教学、社会学、译介学、叙事学等角度考察中国的外国文学研究，并探讨了其他相关问题。这两卷约请陆建德研究员、杨慧林教授、刘建军教授、王宁教授、叶舒宪教授、聂珍钊教授、谢天振教授、张德明教授、王立新教授、王诺教授、麦永雄教授等国内著名专家，就他们所擅长的领域切入主题，阐述各自独到的见解。参与这两卷写作的尚必武教授、郝岚教授、范劲教授、温华副教授等年轻学者的文章也显示了他们深厚的学养。本书第3卷《外国文论研究的学术历程》，考虑到文论的特殊性，所以单独成卷。该卷关注中国学界对马克思主义文论、俄苏文论、英美文论与欧陆文论等的研究，以每10年为一个时段，以学人、学说、学刊为经纬，客观记录与重现了几代学人在这一领域辛勤耕耘的足迹，希望以此为未来的"拿来"探寻出更好的战略路径。

本书的其他九卷为"国别卷"和"国别综合卷"，分别对有关国家的文学研究的情况进行了深入考察。这九卷中，前七卷包括美、英、法、俄、德、日、印七国，后两卷分别为欧美诸国和亚非诸国。美国卷梳理了中国的美国文学研究的脉络和重要成果，对研究的源头和相关的学术机制进行了阐释。该卷借鉴计量史学的数据统计和分析方法，对学科发展的状态进行了定性和定量分析，力求对国内的美国文学研究得出比较客观和科学的评价。该卷还关注学术组织和机构的活动，关注当下青年学者群体的成果，强调学术自觉和学术创新的学科史意义。英国卷在全面梳理英国文学研究文献的基础上，展示了国内英国文学研究的脉络和主要特征，评析了国内学者在英国诗歌、小说、散文、戏剧等方面的有代表性的研究著述。该卷在总结英国文学研究经验的基础上，对该领域有待开拓的课题作了前瞻性概括。法国卷考察了中国的法国文学研究状况，对中国的法国文学研究成果进行了系统梳理。该卷关注法国文学在中国的阐释主体和有代表性的研究成果，并通过对法国文学研究中的某些个案的讨论，诠释在历史维度、读者期待与研究个体三重作用下的法国文学的研究特点。俄苏卷以俄苏文学研究的历程为线索，以学术转型为理论框架，梳理了俄苏文学研究的成绩和不足。该卷的重点是论述新时期以来俄苏文学研究的状况，包括对总体面貌的展示，对文学史和文论研究的分析，对重要的作家作品研究的考察，对俄苏文学专业期刊的梳理，并探讨了俄苏文学学人队伍的构成和特色。德语卷考察了中国德语文学研究的学科史状况。该卷以史实梳理和线索勾勒为主，对作为个案的学术史代表人物、对"经典"的研究著作、对学术史本身，均有较为透彻的反思。该卷关注德语文学研究如何在中国语境中承继、发展，并由此生发出与此相关的学术史、文学史、教育史与思想史课题，初步探讨了其在中国学术史上的意义。日本卷展现了中国几代研究群体的学术成就，对学者们在日本文学史研究、古典散文叙事文学研究、能乐等戏剧文学研究、现代文学研究等领域所取得的成果，作了分析和评价。该卷认为，中国的日本文学研究经历了由文学评论到文学研究、由非专业化到专业化、由追求功用价值到追求纯学术价值乃至审美价值的发展演变历程，指出了日本文学研究在不同历史阶段，对中国的社会政治思潮、文学文化革新等所起到的推动作用。印度卷对中国的印度文学研究进行了考察和评析，对学科史作了回顾。该卷在研究史的大背景下，对学科的代表人物和代表著作进行了评价。该卷关注重要现象、重大事件在中国印度文学研究史中的意义与影响，并对今后的发展提出了自己的设想。欧美诸国卷涉及除美、英、法、俄、德以外的欧美诸国的文学研究。该卷关注上述国家或地区的文学研究在中国发生和发展的情况，以及学术史上的意义，探究了不同时期的政治气候、社会发展和国内外思潮对上述研究产生的影响，揭示了中国学者主体意识的萌发、学术自觉和批评自觉的形成。亚非诸国卷涵盖的范围包括除日本、印度之外的亚非重要国家和地区。该卷考察了中国对上述国家或地区的文学进行研究的历程，在整体梳理中国的亚非文学研究状况的基础上，归纳了各阶段的研究特点，并对一系列重要国家或地区、一批重要的作家和作品，进行了具体探讨，评价了中国学界在相关研究中所取得的成果与存在的不足。

五

  本书的完成离不开参与者在学术思想、理论观点和研究方法等方面的探讨与创新。本书的参与者对研究中所遇到的问题，特别是关于学术史的研究理念，展开过多次交流与切磋。例如，2013年年底在上海召开的研讨会上，来自中国社科院和北京大学、清华大学、南京大学、四川大学等研究机构与高校的数十位专家，围绕中国的外国文学研究的话题，对治学理念和治学方法展开了深入讨论。北京大学陈平原教授介绍了从事学术史研究的心得，阐述了学术史研究的方法论问题，以及"上挂政治史，下联教育史，左傍思想史，右带文化史"的视野。四川大学曹顺庆教授结合自身的研究经验指出，要重视中国已有的学术研究的传统，不能为西方话语所统治，在研究中应该提倡西方理论话语与中国理论话语的交融。清华大学王宁教授以"世界文学背景下的外国文学研究"为题作了发言，强调中国的外国文学研究要强化与域外学界的对话意识。本书的不少作者，如陈建华、周启超、江宁康、王向远、孟昭毅、葛桂录、袁筱一、朱振武和温华等，也都作了主题发言。所谈的问题针对性强，且建立在长期研究的基础之上，这样的讨论对本书的完善颇有助益。

  本书的作者对相关问题有过深入的思考，这些思考很有价值。例如，王向远教授认为，"学术史的写法和其他历史著作的写法根本上相通，都要求科学合理的架构、丰富充实的史料、敏锐深刻的史识、客观公正的立场、包容百家的心胸"。他提出写学术史要处理好三个关系：（1）正确看待学术成果与学术活动、学术性身份之间的关系。"评价一个学者必须坚持'学术成果本位'的原则，以他的学术成果为主要依据。"（2）正确认识学术成果的数量与质量的关系。"数量多未必质量好，但很高的学术水平往往要从大量的学术成果中体现出来。"（3）处理好学术成果的两种基本形式——论著与论文的关系。"专著（包括专题论文集）更能集中地体现其研究的实绩与水平，因而以专著为主要依据来评述其学术成绩，是可行的、可靠的。"王向远教授还就日本文学研究史的特殊性发表了自己的看法。这些见解是长期浸润其中的学者的可贵的经验之谈，值得珍视。叶隽研究员也在不同场合提出了治学术史的理念。在他看来，学术史研究不仅仅要将以往的学术研究作为自己的研究对象，一个有追求的学术史研究者必然会将某个知识系统的整体发展与演变的轨迹纳入自己的视野，会引入思想史等有价值的学术资源，从而超越简单的梳理概括的格局而构筑起自己的学术逻辑。他认为，中国学者应该强化主体意识、对话意识和跨学科意识。所谓"主体意识"，强调的是中国学者的主体性，表现在方法论上有自觉的传统资源借鉴和建构努力。所谓"对话意识"，强调的是互动的重要性，中国学者应当在与各国学者共同提升某领域的学术研究中确立自己的基本定位。所谓"跨学科意识"，强调的是学科之间的融会贯通，自觉扩充自己的不同学科的知识域。这些见解对于本书的研究有方法论的意义。

  本书的作者在研究方法上也有不少创新。例如，葛桂录教授强调要重视文献资料，提倡实学视角与比较视域，试图建立一种立足于文献、学术与思想的立体的学术史研究框架。王向远教授也强调材料和实证的重要，但作者明确反对研究方法上的"和臭"（即日本气味）："绝大多数日本学者的研究成果重材料、重实证、重考据、重细节、重微观，但其文章或著作往往结构松弛，缺乏思想高度与理论分析的深度。从积极的方面看，这样写出来的文章，不说空话和大话，风格平实质朴；从消极的方面来看，往往罗列材料、平庸浅陋、啰唆絮叨、不得要领，只摆事实，不讲道理。"对于中国的日本文学研究者，这是需要警惕的。江宁康教授探讨了将计量分析与人文学术史研究结合的可行性。他主持的"美国文学研究"卷注重从实证的角度来进行定性和定量分析，特别是对具体数据进行了图标分析，提出了新的学术观点。郁龙余教授认为，除资料的运用外，要更重视学术理论、学术观点、学术方法的创新，以及学者的学术思维的更新。当下的中国不缺学问家，缺的是思想者型的学问家，而中国的学术振兴需要大批思想者型的学问家。上述具有新意和独立意识的探讨,既保证了书稿在史述与论述、纪实与分析上的统一,也为学界提供了颇有价值的理论成果。

六

目前完成的《中国外国文学研究的学术历程》是中国国内第一部以国别研究为主要切入点的多卷本外国文学研究史著作。本书作者从各自的角度对长达百年的中国的外国文学研究进行了全面观照,在充分展示中国外国文学研究所取得的成绩的同时,也从方法论的角度指出了研究中存在的问题。这些年来,社会在进步,学术在发展。不管是社会还是学界都变得更为多元,更为多彩。但是,价值危机、浮泛学风和评价机制,也对外国文学研究造成了一定的冲击。如何推动外国文学研究健康发展,也是本书作者思考的一个方面。参与本书写作的学者们从诸多方面作出了艰辛的努力,取得了有价值的成果。

作为本书的主持者,本人向所有参与这次撰写工作的学者致以诚挚的谢意,特别是各卷的领衔者[①]:周启超研究员、江宁康教授、葛桂录教授、袁筱一教授、叶隽研究员、王向远教授、郁龙余教授、朱振武教授、孟昭毅教授。这些领衔者多为在学界享有盛誉的年富力强的学者。选择这些学者作为合作者,主要是因为他们在各自的领域深耕多年,前期成果丰富。这些学者多数是与我有过长期交往或合作的友人,也有个别因此次合作而相熟的学者。这些学者均承担有其他重要的研究工作,有的还担任着繁重的行政职务,但对于我的邀请,所有人均慨然应诺,并且以极大的努力合力完成了这部工作量极大的研究史著作。成果固然重要,但在研究中结下的友谊更为我所珍视。本书12卷中有几卷是由一人或两人完成的,其余则是由多人合作完成的。应该说,本书的撰写集中了国内外国文学研究界相当一部分长期关注学术史、研究史的学者

[①] 以下名单按全书次序排列。其他参与者的名单请见各卷。

群体，其中也包括一些年轻的学者，这些年轻学者的出色成果代表了学科的希望。

这里还要感谢中国社会科学院吴元迈荣誉学部委员，吴先生一直关注本书的撰写工作，并拨冗为本书撰写"总序"；感谢为本书提供高质量文章的陆建德、杨慧林、刘建军、王宁、叶舒宪、聂珍钊、谢天振、张德明、王立新、王诺、麦永雄、尚必武和郝岚等专家；感谢对本书给予长期多方面支持的夏仲翼、郑克鲁、陈众议、戴玮栋、罗国祥等学者。感谢始终以极大的努力协助我工作的华东师大团队，特别是袁筱一、金衡山、杨明明、范劲、田全金、杜心源、温华、蒋向艳、陈静、刘苏周、杨克敏、陈婧、杜力、林辰、袁晓军等。感谢重庆出版集团陈兴芜书记、别必亮主任，以及为本书出版付出辛劳的曾海龙、秦琥等所有编辑。此外，还要向全国哲学社会科学规划办、国家出版基金规划办、上海市哲学社会科学规划办、华东师范大学社科处等相关部门致以敬意，没有他们多方面的帮助和支持，要完成这样的学术工程是难以想象的。

写好一部研究史需要对相关的学科领域进行科学的梳理，要记录下众多学者以生命和智慧构建的知识系统和范式体系，要善于从纷繁复杂的现象中把握重要的学术问题，要有理性的反思精神，难度是相当大的。它不仅需要研究者尽可能详尽地占有资料，更需要研究者具备较高的学术境界与创造力。尽管本书的作者以高质量、出精品为目标，但由于各种因素所致，笔者深知目前完成的书稿中存在着疏漏和不足，因此热诚希望得到学界的批评与指正。

2016年春于沪上夏州花园

目录

总　序　吴元迈　001
导　言　陈建华　001

上篇　外国文学研究的方法论

第一章　形式理论与社会/历史学转向　003

第二章　外国文学研究的元方法论
——一个系统论的视角　024
第一节　作为交流系统的"外国文学"及自我观察的程序　024
第二节　外国文学研究的原初程序　035
第三节　系统论与中国立场　050

第三章　"本土"实践与世界文学
——对1990年代外国文学研究论争的一种考察　064
第一节　理论旅行：超越二元性　064
第二节　规划性与实践性：关于"殖民文学"的争论　069
第三节　何为"本土"？　077
第四节　文本性与世界文学（上）　085
第五节　文本性与世界文学（下）　091

第四章　新媒体时代外国文学研究方法的理论跟进　099
第一节　新媒体时代的显著特征及其对外国文学研究的冲击　100
第二节　新媒体平台在外国文学研究领域的应用　106
第三节　新媒体时代外国文学研究面临的问题与展望　111

下 篇　外国文学研究话语的转型

第五章　清末民初：外国文学研究的滥觞　119
  第一节　早期的外国文学引介　119
  第二节　《欧美小说丛谈》：对外国文学的感知　128

第六章　1910年代中期后：启蒙思想话语下的外国文学研究
　　　　——以《新青年》为主要对象　141
  第一节　《现代欧洲文艺史谭》与进化论文学史观　143
  第二节　《易卜生主义》与写实主义　151
  第三节　《人的文学》与"人"的话语下的外国文学研究　156

第七章　1920年代：文学革命话语下的外国文学研究
　　　　——以后期《小说月报》为主要对象　170
  第一节　介绍世界文学界潮流之趋向　171
  第二节　"为人生"：一种研究视角的确立　183

第八章　1930年代：外国文学研究中的阶级论话语与学术分析
　　　　——以左联期刊与《现代》等为主要对象　193
  第一节　阶级视角下的外国文学研究　194
  第二节　另一种模式的外国文学研究　210
  第三节　《现代》的外国文学研究　223

第九章　1940年代：研究话语的杂糅与不同旨趣
　　　　——以《西洋文学》与《时与潮文艺》等为主要对象　236
  第一节　《讲话》精神指引下的外国文学研究　237
  第二节　不同的现代旨趣：《西洋文学》、《战国策》与《民族文学》　245
  第三节　《时与潮文艺》：学院派研究的典范　255

第十章　1950年代至1970年代：外国文学研究话语的创建与
　　　　变异　271
  第一节　"十七年"外国文学一元话语的创建　271
  第二节　"文革"十年外国文学话语的变异　285

第十一章 1980年代：外国文学研究话语的重建　288
第一节　阶级话语与批判模式的滞留与退隐　289
第二节　"人道主义讨论"和"现代派文学论争"的话语分析　296
第三节　西方新理论话语的引入与影响　309
第四节　期刊专栏与话语热点　328

第十二章 1990年代：外国文学研究话语的转换　350
第一节　"延续性问题"的再探讨　353
第二节　西方话语中心的形成　365
第三节　西方话语与本土意识　390

第十三章 21世纪初期：外国文学研究多元话语的建构　408
第一节　理论退热与话语多元　408
第二节　文化研究：理论探讨与批评实践　419
第三节　建构本土批评话语的尝试　444

后　记　459

上 篇

外国文学研究的方法论

第一章
形式理论与社会/历史学转向

陆建德[①]

一

自从新中国成立以来,中国学界对文艺理论一直是有所偏爱的,这可以从"文革"之前的"古典文艺理论译丛"和"现代文艺理论译丛"看出来。苏俄文学批评与理论著作的译介始于1920年代,鲁迅先生出了大力。进入1950年代,马列文论处于主导地位,以别林斯基为代表的19世纪俄罗斯文学评论也得到广泛的关注。相比之下,来自欧美非社会主义阵营国家的同类著作有被边缘化的趋势。尽管如此,文艺理论经典的翻译未曾中断。从1960年开始,缪灵珠(原名:缪朗山)在中国人民大学中文系开设"西方文艺理论史"课程。1962年,文学研究所西方文学组甚至组织翻译《现代英美资产阶级文艺理论文选》(上下卷,作家出版社),作为参考资料内部发行,这在当时的政治氛围下是很不容易的。袁可嘉为这套文选撰写的"后记"长达46页,很多内容涉及20世纪上半叶的新批评和心理分析,行文上不免受到当时政治话语的制约。当时文化界出现了一种新气象,教育部正在为高校积极准备高水准的文科教科书,朱光潜的《西方美学史》和伍蠡甫主编的《西方文论选》就是这一政策的成果。两种著作都分上下两册,分别出版于1963年、1964年。再过一年,同类著作就很难出版了。

[①] 陆建德,中国社会科学院文学研究所所长,研究员。

"文革"结束以后高考恢复，上述两种西方文论著作很快再版，在高校享有很高的声誉。1978年创刊的《外国文学研究》虽以作家作品研究为主，也成为介绍当代文学理论的一个平台。当时，西方现代派的创作成为整个文化界关注的焦点，上海文艺出版社的《外国现代派作品选》（1980年至1984年）在新一代作家和文学研究者中间影响巨大，再怎么说也不算为过。袁可嘉在1979年12月为这套作品写的"前言"叙述了现代派文学的背景、思想与艺术特征及其社会、思想根源，介绍了柏格森的直觉主义哲学、弗洛伊德学说、存在主义以及黑色幽默、意识流、荒诞等艺术手法和概念。陈焜的《西方现代派文学研究》（北京大学出版社，1981年）是一部开拓性的论文集，涉及重大理论问题。这说明"文革"后期已经有人在不懈地关注外国理论动态和创作状况。1983年，上海译文出版社推出伍蠡甫在林骧华协助下主编的《现代西方文论选》。1985年，由学生章安祺编订的缪朗山遗稿《西方文艺理论史纲》由中国人民大学出版社出版。接着就是大量翻译著作登场，光是"现代外国文艺理论译丛"、"二十世纪欧美文论丛书"、"文艺理论译丛"就让读者有目不暇接之感。在中国的语境下，"理论"一词享有比"批评"更高的地位[①]，任何讨论文学问题、作家作品的文章著作一般都会列在"理论"的名下。按照当时比较标准的说法，中国学者对外国的文学理论应该有选择地拿来，充分了解，进行科学分析和批判，指出危害的同时又不放过其参考价值。

　　从1980年代开始，各种各样的20世纪文论选非常热销。中国社会科学院文学研究所的《文学评论》为理论界的活跃起到了表率作用，该刊一些理论文章甚至在文学圈外也广为人知。对理论的兴趣也是对方法的兴趣，1985年堪称"方法论年"，江西省文联文艺理论研究室主编的三本方法论著作引起学界极大兴趣[②]，《文学研究新方法论》的"序言"

[①] 比"理论"更加崇高的大概就是"体系"了。不少理论爱好者甚至热衷于构建自己的"体系"，以致李泽厚建议，与其闭门造车，不如翻译几本美学著作。

[②] 它们分别是《文学研究新方法论》、《外国现代文艺批评方法论》和《文艺研究新方法论文集》，均由江西人民出版社出版。

是请相对比较年轻（44岁）的福建学者林兴宅撰写的，充分体现了"尊新知"的新风气。林兴宅的《论阿Q性格系统》一文大受欢迎，这也说明了"系统论"的号召力。当年出任文学研究所所长的刘再复力主文学研究方法变革，他的《论文学的主体性》（上、下篇）发表于《文学评论》1985年第6期、1986年第1期，引起很大反响。刘再复和林兴宅等中国文学背景的学者都有积极借鉴世界尤其是欧美文论之意，但是外国文学学者对理论的理解却有所不同。《外国文学评论》于1987年创刊，与《文学评论》、《外国文学研究》形成互补格局。1980年代尚未结束，胡经之、张首映就在《西方二十世纪文论史》（中国社会科学出版社，1988年）[①]中回顾20世纪文论之路。胡经之、王岳川的《文艺学美学方法论》虽然是在1994年由北京大学出版社出版的，但两位主编的"后记"所署时间是1990年春，也可以说，这是对1980年代方法论热的一份总结。这两本书都是教材，其影响是一般学术著作无法比拟的。1990年代以后的文学理论更趋学院化，就社会影响力而言，与1980年代不可同日而语。

改革开放后，我国读书界饥渴已久，热心拥抱新概念、新理论，思想的解放、活跃也伴随着冲动，趋新有时到了不顾一切的地步。人们偏好宏大而且有点飘浮煽情的话语，一些奇奇怪怪的新名词[②]会突然流行，几乎像"文革"期间流行的"鸡血疗法"和"饮水疗法"，但是踏踏实实的工作也做了不少。钱钟书先生阅读西籍，从未间断，对各种观点、理论的评点散见于《管锥编》。改革开放后的第一批研究生密切追踪理论发展脉络，张隆溪在钱钟书先生鼓励下，系统介绍西方文论，从1983年开始在《读书》杂志上介绍、评点欧美最新文学理论，始于精神分析，收束于阐释学与接受美学。文章后来结集出版（《二十世纪西方文论述评》，三联书店，1986年），书中涉及的重点理论（如结构主

[①]1999年北京大学出版社出版张首映同名著作。
[②]如"老三论"（系统论、控制论和信息论）和"新三论"（耗散结构论、协同论和突变论）之类。它们在文学研究领域的影响还谈不上，只是留下不少声响罢了。钱学森对系统论在国内的流行负有责任，但是他对系统论并无精确的界说，也反对"新三论"、"老三论"这样的分野。

义、后结构主义)都是非历史主义的,可以列入形式主义的范畴。与这本著作同一年问世的是赵毅衡的《新批评》(中国社会科学出版社),有趣的是该书副题为"一种独特的形式文论"。"形式"和"文论"这两个词,书中论及的不少"新批评派"学者未必会乐意认可。①在这两本书中,见不到新老三论影响的痕迹。盛宁翻译的《结构主义诗学》(乔纳森·卡勒著)于1991年出版,这也是对1980年代学术界形式主义兴趣的总结性发言。

勒内·韦勒克和奥斯丁·沃伦合著的《文学理论》(1948年)由刘象愚等人翻译,于1984年由三联书店出版,两年后译本重印,发行量可观,在当时的中国文学研究界产生强劲的冲击力。②书中介绍的各种"内部研究"的特点打开了中国学界的眼界,索绪尔、俄国形式主义、布拉格学派扑面而来。由于中国1950—1960年代的文学批评只讲文学的社会背景、政治性和阶级属性,一味强调文学的政治宣传功能,漠视美学特征,人们普遍对"外部研究"感到厌烦。对新批评派以及形式主义理论的异常兴趣来自这特殊的语境。但是"旅行中的理论"经常碰到"时差"问题。首先,《文学理论》在1984年出了英文第三版,其变化未能反映于当年的中译本;其次,极具反讽意味的是两年之前,即1982年,作者之一韦勒克出版了文集《对文学的攻击及其他》。当时将各种写作等量齐观的后结构主义已在美国流行,韦勒克意识到,这种倾向于否定文学的理论霸权之所以形成,与自己早年对理论尤其是偏重形式的理论的坚持也有干系。为此他在《对文学的攻击及其他》一文作了堪称沉重的反思。但是在1980年代中期的中国,《文学理论》的"内部研究"部分赢得了很多读者的心,并为所谓的"纯文学"观念的兴起作了铺垫,这恐怕是韦勒克料想不到的。由此可见,中国有自己的需要,"旅行中的理论"发生了变异,而且不能用"冲击—回应"的模式来规

---

① 新批评派常用的"反讽"、"悖论"、"张力"等概念还暗含着这样一种审美、伦理的标准:过于平滑流利的表述既是风格上的缺陷,伦理上也有虚假、文饰之嫌,故不可取。新批评派的政治文化立场往往趋于保守。

② 程光炜曾撰文探讨这部著作如何促进文学批评理论在中国的流行,详见《韦勒克和沃伦的〈文学理论〉和中国现当代文学》,载《文艺研究》,2009年第12期。

范，其意义完全不同于美国。即使没有《文学理论》和有关"内部研究"的文字，中国文学理论界也可能从自身需求出发来突出文学性并淡化文学的政治功能。1970—1980年代之交，陈荒煤等人经常讲"文学（创作）的自身规律"，以此抵御粗暴的行政干预，防止新一轮的政治运动。1980年代中期文学的"主体性"走到了前台，也有其合理的历史因素。如何界说这个观念，学界并没有追究，刘再复本人的解释也不一定完备。依笔者的理解，"主体性"一词实际上想强调的是文学作品、文学研究的独立自主性（尽管当时的文学创作与新中国的历史进程紧紧相连），表示了一种不受外部因素粗暴干涉的意愿，如果翻译成英文的话应该是"autonomy"，与"主体"（subject）未必有什么联系。在这样的背景下，关于文学形式的理论就比其他理论占优了。结构主义批评所关注的是文学特有的文学性，其主旨与"文学的主体性"不期而然地相合。

二

《文学理论》中译本在1984年出版，我们不妨来关注一下1984年前后的英语学界，以便略作中外比较，由此探讨我国30年来引进文论的特点和偏颇。此前两年，斯蒂芬·格林布拉特已经在《英国文艺复兴诸形态的力量》（1982年）的"序言"中首次提出"新历史主义"，然后逐步将焦点由"文本诗学"转向"文化诗学"，即由"内部研究"转向一种新的"外部研究"，转向社会/历史脉络下的文学/文化研究。但是格林布拉特的学说进入中国学界的视野还是在1990年代初期。《文艺学美学方法论》的"绪论"论及新历史主义在解构批评流行背景下的意义，但是没有专章。[①]张京媛首先在1992年介绍新历史主义[②]，不久她

[①] 胡经之、王岳川主编：《文艺学美学方法论》，北京大学出版社1994年版，第16—17页。该书最后一章（第十三章）是"解构主义"。

[②] 张京媛：《新历史主义》，载《外国文学》，1992年第1期。

编的《新历史主义与文学批评》一书出版（北京大学出版社，1993年）。格林布拉特自述，他在改革开放初期曾来中国数周，作过一些有关莎士比亚的演讲①，内容或许取自他的名作《文艺复兴时期的自我形塑：从莫尔到莎士比亚》（1980年）。笔者回顾格林布拉特那次访问，不禁想问为什么他的中国之行没有在中国学界留下印记。正在美国积聚能量的新历史主义还要等候十年左右时间才能重新登陆中国，但是就影响力而论，它远不及诸种形式主义理论。对新历史主义批评家来说，最重要的是发掘范围不限的史料，越是罕见的越好。他们的著作确实是图书馆里写出来的，充满了具体的历史细节和闻所未闻的人与事，无法用"能指"、"所指"或"可写"、"可读"或"延异"、"逻各斯中心主义"之类的关键词来概括，或者说不能提供几个令人敬畏但又便于使用的专业词汇。中国读者对文艺复兴时期的生活场景所知很少，兴趣也不甚浓厚，新历史主义在中国图书市场上受冷落并不令人意外。如果像张隆溪那样的学者在北京大学出席格林布拉特的讲座，听出格林布拉特反对形式主义文本理论的基调，"西方文论"在中国传播的路径可能会大不一样。

其实当时对"文本诗学"的反拨来自不同方向。爱德华·萨义德的论文集《世界·文本·批评家》出版于1983年，获美国比较文学学会韦勒克奖。这本书是对一些欧陆国家（尤其是法国）思想家、理论家的有力回应。（后）结构主义、符号学和精神分析等理论一度在美国来势凶猛，文学批评界的专业意识急速高涨，与社会疏离的现象日益严重。以埃德蒙·威尔逊、莱昂奈尔·特里林和玛丽·麦卡锡为代表的批评风格、语言在新派人士看来太浅近了，更致命的是他们没有与文本外的历史场景和现实世界保持距离。比如法国学者米歇尔·利法泰尔有"自足的文本"一说，"文本性"使一些学者在文本的迷宫内部打圈。写作，不论是写一本书还是就一本书进行书写，仿佛都与日常生活以及由此产生的经验没有关系；文学文本只指涉其自身，是对"虚无"的命名和重新命名。萨义德把（后）结构主义的基本特点确定为关于"文本功能的

---

① 〔美〕斯蒂芬·格林布拉特：《俗世威尔——莎士比亚新传》，辜正坤、邵雪萍、刘昊译，北京大学出版社2007年版，"中文版序"。

理论和实践"。人们寻找一种专用的技术语言，它可以精细地描述、剖析文本的功能即文本在做什么："它怎样起到作用，它又是怎样为了完成某些任务而被拼凑到一起，以及为什么说文本是一个彻底完整的和均衡的体系。"①但是萨义德感叹道："语言学的聚焦越精密（比方说在格雷马斯或者洛特曼的批评中那样），研究方法就越趋形式化，功能主义也就越趋科学化。"②我们生存在其中的现实世界以及文学中人的因素不得不在这一套套技术化的操作程序面前退缩，直至彻底消失。萨义德并不是要将文学批评丧失社会干预作用简单地归罪于形式主义理论的繁荣。他指出，没有任何阅读、释义的行为是纯粹中性的，不受"污染"的；每一个读者和文本都是理论立场（也可能很含蓄而且无意识）的产物，理论无罪，重要的是必须保持与社会与历史的沟通。他相信，文学没有清晰可辨的外围界限，任何文本都是在世的，纯粹的文学性并不存在。萨义德要引入"情境"（situation）、"境况"（circumstance）和"现世性"（worldliness）等观念，重新建立文本与历史、社会和人类活动的关联。

早在1970年代初，美国马克思主义文论家弗雷德里克·詹姆逊就在《语言的牢笼》、《马克思主义与形式》中对形式主义理论作过全面的回应。③詹姆逊1985年秋来北京大学讲学，创造性地挪用了结构主义的"文本诗学"，将历时性的思考引入共时性的结构，例如他借用格雷马斯的结构来解读《聊斋志异》（卷三）中的《鸲鹆》。④詹姆逊关于"后现代主义"和"晚期资本主义"的分析影响了他的中国学生，但是他的马克思主义未能稍稍减弱中国学界对"文本诗学"的热情。

在英国，结构主义在文学研究上的影响相对而言要小得多，雷蒙·

---

①〔美〕爱德华·W. 萨义德：《世界·文本·批评家》，李自修译，生活·读书·新知三联书店2009年版，第七章"当代批评所历与未历之路"，第260页。
②〔美〕爱德华·W. 萨义德：《世界·文本·批评家》，李自修译，生活·读书·新知三联书店2009年版，第七章"当代批评所历与未历之路"，第262页。
③这两本书的中译合订一册（译者钱佼汝和李自修），于1995年由百花洲文艺出版社出版。
④见《后现代主义与文化理论——弗·杰姆逊教授讲演录》，唐小兵译，陕西师范大学出版社1986年版。

威廉斯1970年代的一些著作（如《乡村和城市》、《电视：技术和文化形式》和《马克思主义和文学》）奠定了英国文化研究的基础。威廉斯批判"物化"，强调理论的局限性，同时又积极关注现实斗争，深得萨义德的敬重。威廉斯的学生特里·伊格尔顿和萨义德一样，也从福柯的学说里提炼出可以利用的资源，但是作为主张"现世性"、投入政治斗争的批评家，他们都肯定了抵制、反抗无所不在的"权力"的可能性和必要性。伊格尔顿的著作在我国翻译出版已经不下十部，最有名的就是有点教科书性质的《二十世纪西方文学理论》（1983年）。[①]早在1970年代，雷蒙·威廉斯和伊格尔顿等英国马克思主义者就希望纠正英国本土以利维斯为代表的人文经验主义（或曰自由人文主义）批评，对欧陆的结构主义等文学理论持比较开放的态度。但是伊格尔顿始终厌恶各种形式的自娱自乐的理论，坚持文学和文学研究应该以改变世界、解放人类为目的，这在《二十世纪西方文学理论》的最后一章"政治批评"里表达得非常雄辩。后来他在很多场合指出，1960—1970年代左翼遭到失败后缩回到书斋，逃进话语迷信或语言游戏里寻求替代性的发泄，这是最不幸的；而"后现代"与消费主义、商业文化同流合污，那就更不足取了。30年来，伊格尔顿这方面的立场几乎是一贯的。他会说，将文学研究分为"内部"和"外部"毫无意义，首先必须问：文学何为？批评何为？理论何为？

与詹姆逊和伊格尔顿相比，萨义德在中国登陆较晚（1990年代初期），后殖民理论随着他的《东方学》（中译者王宇根，三联书店，1999年）一时名声大噪。詹姆逊、伊格尔顿和萨义德三位批评家都在中国拥有大量读者，他们不同程度地批判了"文本诗学"和所谓的"文学性"和"纯文学"，但是他们未能阻挡形式主义文论在中国的流行。

萨义德和伊格尔顿在上述两本书都提到结构主义者兹维坦·托多罗夫。1980年代初，这位保加利亚裔法国学者正在走出自己在参与构建

[①] 英文原名 *Literary Theory: An Introduction*，中译本《二十世纪西方文学理论》，伍晓明译，陕西师范大学出版社1987年版。书名中的"二十世纪"和"西方"大概是出版社出于商业利益的考虑加上去的。如此放心地使用"西方"一词，带有中国特色。

的理论封闭世界。托多罗夫对《十日谈》和幻想文学的研究都是结构主义的奠基之作，但是到了1970年代后期他将目光投向历史的维度。他在拉特格斯大学的文学杂志《莱利坦》（1984年第1期）发表的《对话批评？》一文回顾了他的转变过程，同年他的《米哈伊尔·巴赫金：对话原则》英文版出版，进一步削弱（后）结构主义在美国学界的势力。托多罗夫的重要变化也为中国学者注意到，但是总的来说，介绍（后）结构主义的热度却未能减退。托多罗夫认为，文学不单是由结构造成的，思想、历史无不渗透于其间，文学帮助人们更好地生活，批评从根本上来说也与日常生活相一致；解构主义消解价值，危及文学的生命，将结构主义的弊端推向极致。他的《批评之批评》（1984年）和《文学在危难中》（2007年）都属于这一类反思性的作品。①或许可以说，法国文学批评已对形式主义、虚无主义和自我主义产生倦意和警觉，正在回归历史、社会和故事，一些曾经被打入冷宫的批评家如圣伯夫、朗松等人重新得到重视。

另一位敏感地意识到巴赫金学说意义的是杰罗姆·J.迈甘，牛津七卷版《拜伦诗全集》（1980—1993年）的编校、评注者，英国浪漫主义文学最优秀的学者之一。据笔者所知，这位弗吉尼亚大学英文系教授在中国的文学研究界是较少提及的，读过他著作的人也不多。迈甘的《浪漫主义意识形态》和《现代文本批评批判》都是在1983年出版的，这两部著作与他1985年的论文集《曲折之美：依据历史方法与理论的文学调查》（"为着被压制的过去而战"）构成意图全面恢复文学文本研究中的"社会—历史方法"三部曲。迈甘认为，文学学者沉迷于理论发挥，就不必常用图书馆，而考据式的研究则不然。编辑、校勘、注释的工作离不开史料与图书馆，迈甘曾说，他在工作上遇到的所有疑难说到底都跟理论相关，他不是理论家，但是关心理论。任何事实和历史都有其形成过程，这方面没有积累大量的经验和知识，实际上很难有效运用理论。在1960—1970年代，也是形式主义文本理论非常红火的时候，

---

①详见郭宏安：《脆弱的平衡——读维坦托多罗夫的〈文学在危难中〉》，载《外国文学评论》，2011年第4期，第202—212页。

他致力于拜伦作品的编辑。迈甘颇有信心地说，他在面临无数具体问题的时候，根本不可能求助于专"搞"理论的同事，他们"一般来说学识不够，而且不懂'理论的贫乏'"。①迈甘也感谢理论的贡献：没有理论的热闹，"回到历史"的口号也很难在学界提出，1980—1990年代英语学界书目学、编校和文本研究的中兴也反过来凸显了理论的欠缺：文学研究的阶梯真是从这类著作开始的，遗憾的是理论家对这些领域的巨大成就所知极少，甚至毫无兴趣。迈甘很早就关注巴赫金的《拉伯雷和他的世界》、《陀思妥耶夫斯基诗学问题》（英译本分别在1968年、1973年出版），以及《对话想象：论文四篇》译者之一霍尔奎斯特为该书所写"序言"（英译1981年），并从巴赫金对形式主义的批判得到启发，在1970年代末就有在英语世界进一步推进"巴赫金学派"之意。②托多罗夫抛弃结构主义，提倡对话批评，间接支援了迈甘。

三

中国学界偏爱泛泛的理论，各种理论入门之类的著作尤其受到欢迎。如乔纳森·卡勒的《论解构：结构主义之后的理论和批评》（1982年）和拉曼·赛尔登的《当代文学理论》，后者1985年在英国出版时设定的读者是大学生。剑桥大学三一学院院士、英文系讲师艾瑞克·格里菲斯称这本书应该去的地方是垃圾桶，作者只配戴枷示众。不过他预言，这类快速入门的二手著作必能在读书市场取得成功。③格里菲斯言语偏激，但是他的观点在英国学术精英圈中却是颇有代表性的。英国一

---

①《泰晤士报文学增刊》，1994年7月15日。

②详见〔美〕杰罗姆·J. 迈甘：《济慈和文学批评中的历史方法》一文，收入《曲折之美》，牛津大学出版社1988年版，第18—23页。《理论的贫困》是英国马克思主义史学家、作家E. P. 汤普生一部批驳阿尔都塞的著作。在中国，夏仲翼早就通过俄文研究巴赫金的复调理论，还在当时（1982年）发行量颇为可观的《世界文学》杂志刊登《陀思妥耶夫斯基诗学问题》中的一章。三联书店1988年出版的《陀思妥耶夫斯基诗学问题》译者是白春仁、顾亚铃。

③〔英〕艾瑞克·格里菲斯：《曾经新过》，载《伦敦书评》，1985年12月9日。

流大学当时不主张使用教科书，教师一般开书目，学生直接读原著，但是随着本科教育的逐渐普及，美国式的教科书也在英国拓展市场。在中国，赛尔登是教主般的人物。在中国文学研究界，一些二三流学者编辑的理论选读地位较高，比如《批评传统：古典文本与当代思潮》的编者大卫·H.瑞赫特就比较有名，而这位瑞赫特教授作品读得很少，在同事中传为"佳话"。美国威斯康辛大学（密尔华基，UMW）的埃及裔美国文学教授伊哈布·哈桑在中国的引用率非常高，因为他对所谓"后现代主义"的文学特点作过归纳，曾列表对照现代主义和后现代主义。但是在美国像他那样的文学学者是很多的。"文论"的译介在中国极为兴旺，但是理论在欧美国家并没有改天换地的力量。批评家、学者并不会自称理论家，而小说家、诗人以及他们的读者未必留意最新的理论趋势，他们写作读书，乐此不疲，即使没有得到理论的武装，也不会惶惶然。不少作家甚至将理论家贴在他们身上的标签客气奉还。

　　关注卡勒的《论解构》中译本的人就很多，而卡勒的"快速入门"（A Very Short Introduction）系列中的《文学理论》（1997年）在中国更是热门书，作为研究生备考之用。《论解构》中举过的一些例子也被一次次引用。卡勒用不少篇幅介绍美国学者芭芭拉·约翰逊对赫尔曼·麦尔维尔小说《比利·巴德》的分析，这一例子也常常为谈解构者所喜用。但是奇怪的是被卡勒所用的约翰逊的著作《批评差异：当代阅读修辞论稿》（1980年）却没有被翻译。这本书要出色得多，所收的是针对波德莱尔、罗兰·巴尔特、马拉美、麦尔维尔、拉康、德里达和坡的论文，写得十分老练，但是却没有译本，专门讨论这本书的文章就更少了。概言之，在中国外国文学研究、教学界，二手的、综合性的著作比较受青睐，而原创性更强的著作却容易受忽视。这说明我们对宏观话题、抽象概念兴趣较浓，然而却很难就某种主义的读法提出异议，驾驭文本的力量稍薄。也可以说，一些一线理论家们并不是细心而有理论自觉意识的读者，这实在是极大的损失。卡勒的专长是法国文学（福楼拜），他和芭芭拉·约翰逊都能活用解构主义，但是也有与他们异趣的法国文学研究者，比如普兰德伽思特在《模仿的秩序：巴尔扎克、司汤达、奈瓦尔、福楼拜》（1985年）①一书指出文本的意义不是只能在碎片中寻找，文学也是19世纪法国作家通过模仿原则干预社会与世事的手段。一般而言，中国学界对于反驳罗兰·巴尔特（以及他的美国追随者）的著作关注很少。

将解构主义用于英语文学，最典型的是哈罗德·布鲁姆、保罗·德曼、德里达、杰弗里·哈特曼和J.希里斯·米勒合著的《解构与批评》（1979年），但是这本书一直未见中译本，英文本于2009年上海外语教育出版社出版，中间整整隔了30年，而此时解构主义在美国已鲜有忠实追随者了。雪莱和华兹华斯是这本论文集的重要研究对象。所谓的"耶鲁四人帮"（除德里达之外，作者都是耶鲁教授）的名声是那时确立的，但是稍稍跟踪布鲁姆、哈特曼的学术生涯，不难发现，他们所谓"解构期"的文章与此前的研究是关系紧密的。解构批评在英国浪漫主义诗人研究领域做得较为出色，但是深入辨析这些著作的论文在中国理论界几乎见不到。布鲁姆和哈特曼的专长也在这一领域，熟悉他们这方面著作的中国学者不多，一般读者也很难理解他们对作品的解读。必须承认，批评家自己是在不断变化的，比如上述《解构与批评》的几位作者早就偏离了解构实践，甚至成为理论的批评者。他们像变色龙一样，但是充满心智活力。

中国改革开放以来转述某某主义、思潮的图书较多，我们在感激作者、译者和编辑的同时，也为专家的缺席感到尴尬。海外汉学家能够研究中国古代文学著作的版本学，进入复杂的细节，而中国的外国文学研究界暂时还未能达到相应的水准。这种浅尝辄止的风气足以令业内人士寝食不安。例如我们很难与伊格尔顿展开关于18世纪小说家塞缪尔·理查逊（《克拉丽莎受辱记》）的讨论。

我们队伍虽然庞大，力量却不强。学风的怠惰以及对作品阅读的忽视大大限制了学术创新的活力。理论研究停留于表面，真正能够深入作品、历史的阅读还是少而又少。熊十力先生曾说："吾国学人，总好追

---

① 〔美〕乔治·勒文：《现实主义想象》，芝加哥大学出版社1981年版。

逐风气，时之所尚，则群起而趋其途，如海上逐臭之夫，莫名所以。"30年来，对国外批评流派和文学理论的介绍一直未曾松懈，很多学者在这一过程中体现了敏锐的问题意识和批判精神，但真正将这些理论用于某一研究领域的却不多见。不管是德里达还是福柯，他们都有研究对象，都善于解读文本，使用原始史料；而到了中国，他们的理论名称以及几个标记性的词汇大行其道，可是很少被用于某个研究对象，或许重要的只是一种姿态。对解构主义、后结构主义的各种分析介绍为数之多令人惊骇，但大致是二手的材料，实践少，以致很多介绍解构主义的高头讲章有戏说的成分。钱钟书把这类文章说成"一张包过茶叶的纸"，意思是它们仅仅沾了一点茶叶的香味而空无实质性内容。①法国思想史家约瑟夫·祁雅理在《二十世纪法国思潮》里如此评说，在一个怀疑一切的时代，还是有人相信超越性："这些人并不在口头上宣传他们的信仰，他们不煽动别人或发表宣言，因此，他们的沉默就等于他们的不存在。因为亵渎和怀疑是青年人的通性，所以青年人自然地倾向以为，世界是以阿尔都塞、拉康、福柯和德里达为中心的。这样过分简单化是任何评价现代图景（人自己是这个图景的一部分）的企图所遇到的自然危险之一；因为人们所听到和看到的只是那些大叫大嚷的鼓动者，而那些思考着和默默地工作着的人则不被注意。可是，在大多数情况下，是后一种人代表社会生活和思想的真正结构，他们维持着作为生活本质的运动。"②是不是可以这样说，"思考着和默默地工作着的人"对中国30多年来的文学理论的发展作用有限。我们积欠未做的功课还太多太多。也要像鲁迅那样扫荡新旧理论八股：抄一通公式，往作品上乱凑。大量翻译过来的理论著作在带来新视角、新观点的同时还造成料想不到的后果：朦胧难懂不幸被误解为学问深奥，有的是翻译问题，即译者未能消化所译内容，有的是这些著作自身可能存在的问题。

但是1980年代中期也出现不同的趋势。张隆溪的《二十世纪西方

---

① 转引自张佩芬：《"偶然欲作最能工"》，载丁伟志主编：《钱钟书先生百年诞辰纪念文集》，香港牛津大学出版社2010年版，第173页。

② [法] 约瑟夫·祁雅理：《二十世纪法国思潮》，吴永泉等译，商务印书馆1987年版，第195页。

文论述评》一书以接受美学结尾，指出了一种非形式主义的方向。刘小枫在介绍接受美学时就尽量突出其反对文本主义和结构的特色："文学作品并不是为了让语言学家去解析才创造出来的，文学作品必然诉诸历史的理解。把符号系统封闭起来，进而把文本结构绝对化，必然会把人的历史经验排斥在外。这一指责显然是针对巴黎结构主义和太凯尔小组的。接受美学根据这一新的历史主义要求，站出来与唯文本主义争辩。"①接受美学的研究在中国的外国文学研究界形成了一种新的专题研究：学者们利用史料，踏踏实实关注外国作家在中国的翻译传播过程，在中国学者参加的国际学术会议上，"某某在中国"的题目就比较常见。同时，国家间的文学交往史也日益受到重视，出现一些不可替代的著作。

　　文学研究与批评的理论与方法创新，固然很好，但是理论至上、方法独尊的倾向却有可能将人引入歧途。专治"理论"在中国成为风气，这是中国学界的一大特点。1990年代美国出版的《当代文学理论百科辞典》和《文学理论与批评指南》有其价值，不过一味依赖这类词典治学，那就走入一条死胡同了。总有人企盼一劳永逸地掌握一把理论或方法的钥匙，凭它开启一切文学作品的奥秘。在大多数场合下，文学作品都被用来证明预先设定的理论概念。其实这样的学生100年前就为人察觉，他们把某一理论用于任何历史时期，"比解一个最简单的方程式更容易"②，被晚期的恩格斯讥为"最新的'马克思主义者'"③。为什么中国重理论方法、轻实践智慧？由于理论在文学系已有喧宾夺主之势，理论家自以为比教学生读作品的老师更了不起；他们把理论研究变为一条捷径，其目的不是知识，而是一种大权在握、独领风骚的感觉。有一位出色的学者曾听到某位文学院院长的高见：眼下是理论的时代，研究者不可再执着于作家、作品，寻章摘句老雕虫，这是没有前途的。结果这位学者将那位文学院院长的著作找来一读，发现"理论宏富、纵横捭

---

① 刘小枫：《接受美学的真实意图》，载《读书》，1987年第1期。
② 《马克思恩格斯选集》第四卷，人民出版社1994年版，第696页。
③ 《马克思恩格斯选集》第四卷，人民出版社1994年版，第698页。

阖、上下千年、横贯东西"，但是他总觉着缺了点儿什么——"具体的文本"。①又回到了前面已经提到的问题：要获取细节，太费功夫。

理论崇拜给中国的研究生培养以及论文写作造成极大伤害。现在论文的"序言"部分首先要交代"理论框架"，并让该框架的典型用语频频出现，好像没有那些铮亮的理论装备，就有辱专业的门楣。学生为满足老师的荒唐要求死搬硬套，结果拼凑出新的八股文来，"只抄一通公式，往一切事实上乱凑"②，那些飘浮宏大的词语掩盖了思想的贫乏和概念的混乱。

理论有其局限，对此必须有清醒的认识。研究文学的好处是有助于培养实践的智慧，亚里士多德把这种智慧称为明智。哲学史家伯林在《现实感》一文对此作了深刻的描述：生活分为两个层次。一个层次是相对而言比较容易观察、描述的，社会科学家就从生活的这一维度抽象出一些相似性，并梳理出一些规律；但是人心深处还潜伏着态度、意向和信念，它们不是有意识地推导出来的，甚至未被持有这些态度、意向和信念的人所感知。也就是说，它们往往是无意识的，是人们看待事物所依赖的前提、范畴，无形中引导着我们的感觉和认知，影响着我们对自己和世界的理解。文学艺术或任何带有故事性的历史片段作用于那些态度、意向和信念，力量远胜过哲学、抽象的标语口号和泛泛的概念。这生活的第二个层次是意识形态的基础，它如一棵大树的根系，伸展到地下深处，"它通向那些越来越晦暗、越来越隐蔽但又四处弥漫着的特征品质，后者同各种感情和行为密不可分地纠缠在一起，一直难以辨认。我们靠巨大的耐心、勤奋和刻苦，可以穿透表层——小说家做这样的事要比训练有素的'社会科学家'更出色"。③因此在人文学科不能过分依赖自然科学中的方法或者普遍性的命题。如果把"社会科学家"换成"理论家"是不是同样合适？作为哲学家的伯林居然怀疑普遍性的命

---

① 钦文：《雪樵东风渐说》，载《社会科学报》，2013年11月21日。
② 鲁迅：《伪自由书·透底〈回信〉》，载《鲁迅全集》第5卷，人民文学出版社2005年版，第112页。
③〔英〕以赛亚·伯林：《现实感》，潘荣荣、林茂译，译林出版社2004年版，第22页。译文有改动。

题，对读者也许更有启发。他还说，知识分子必须具有一种特殊的眼力，善于找出那些无法重复的细节、独特的环境搭配和属性组合，正是这些东西构成了某位人物、某个局势、某种文化或一个时代的最独特的性质。这样的眼力来自长期的细致观察的习惯和对事实的准确了解。有才华的小说家、历史学家往往具有这样的眼力，他们不是按照一个普遍的命题来认识世界，因此描绘的人生、风格和心理特征不是笼统、一般的，因而更为真实；进入他们视野的是"大量细小的、不断出现、不断变化、稍纵即逝的色彩、气味、声调以及与此相应的心理现象，这些不大受人注意、半推断性质的、似见非见、自觉不自觉地被接受的行为、思想和感情细节，数量实在太多、太复杂、太精妙、太不易区分，以致无法对它们作出分辨、命名、条理化，然后用中立的科学语言加以记录"。①只有经验丰富同时又具备一流洞察力的人才能对这些根本无法测度的事物特别敏感，缺少这种敏感性就容易为庞大的社会规划方案所迷惑。不能否认，伯林的这番论述暗中有所指，但是也道出了某些长期以来受忽略的道理。也是维特根斯坦所说关于感情表现是否真诚，可以有"内行的鉴定"：

> 这知识能学吗？能学；有的人能。但不是通过上一门课程，而是通过"**经验**"。——一个人能在这方面为人师吗？当然能。他时不时给学生合适的**提示**。——这方面的"学"与"教"就是如此。——一个人渐渐获致的不是一种技术；他学习正确的判断。也有规则，但不成体系，只有经验丰富者才能适当运用。不像计算规则。
>
> 最难的就是精确地、不加伪饰地把这不确定性诉诸文字。②

---

① 〔英〕以塞亚·伯林：《现实感》，潘荣荣、林茂译，译林出版社2004年版，第25页。译文有改动。

② 〔奥〕维特根斯坦：《哲学研究》，安斯克姆英译，牛津大学出版社1972年版，227e。

以为拥有若干理论原则就可以放心大胆地分析、讨论文学作品,而不是在阅读的实践中认真体验;纯粹从抽象的、干巴巴的理论条条框框来读作品,并不能像庖丁、轮扁那样得心应手。改革开放初期,文学理论风靡欧美大学,中国也出现一股理论热。王佐良在1980年代感叹道:"在各种理论之风不断吹拂的当前,回到约翰逊的'常理'观是需要理论上的勇气的。"这常理"不是纯凭印象,而是掺和着人生经验和创作甘苦,掺和着每人的道德感和历史观"。这种文学批评"具体而又不限于技术小节,有创见而又不故弄玄虚,看似重欣赏,实则关心思想文化和社会上的大问题"。王佐良所说的"常理"也是亚里士多德的实践智慧或明智,那是一种分寸感,不能简约成几条规则或冲压成一套僵硬的程序,也无法抽象为系统的方法。美国哲学家理查德·罗蒂指出当代社会有一种"以理论取代明智"的愿望,一些"教化的"(edifying)哲学家、文学家在抵抗这一倾向,伽德默尔就是这样的哲学家,他对方法崇拜的批判的背后有海德格尔,但是追本溯源,他的学说得益于亚里士多德关于明智的论述以及维柯、夏夫兹博里的"常理"观。说来也巧,在哈罗德·布鲁姆的《西方正典》中,约翰逊是唯一入选经典作家的批评家。布鲁姆认为,在西方文学批评史上,还难有与约翰逊比肩者。与当今"憎恨学派"的"性别崇拜"和"族裔鼓噪"相比,约翰逊的批评实践体现了"最清新和最狂野的陌生性"[1],而这种陌生性恰是原创性的标志。

四

近十年来各大学研究资金比较充足,有关部门又鼓励学者与国外交流,合办就多。但是好大喜功,只是将有名的理论家请过来,作大会发言,外加几个讲座,很少关注实质性的交流。因此竞相邀请理论家来华

---

[1] 〔美〕哈罗德·布鲁姆:《西方正典:伟大作家和不朽作品》,江宁康译,译林出版社2005年版,第140页。

参加学术会议，名气越大，会议在校领导的眼里地位就越高，影响就越大，仿佛国外的学术界可以由几个人代表。一来就奉为上宾，一般邀请费用很高，来回商务舱。这些会议准备粗糙马虎，唯恐请不到。把"大腕"请来，举行形式上的对话，就算对"西方"学界有了切实的交流。殊不知欧美的人文学术教学与研究并不是这样，很多文学研究者无意向理论脱帽致敬。一两个响亮的名字不能代表庞大的欧美文学研究界。

还有两个现象必须再次提及。有些人士以为中国学界的话语完全被"西方"话语所主导，这种状况必须改变。比如中国学界"失语症"就是在这种焦虑下提出来的。人们说到西方理论、西方话语好像都是一些不言自明的概念，地球人都知道。空疏的学风在谴责"资产阶级"的洪水猛兽时不小心暴露出来。就如东方主义者眼里的"东方"，"西方"也成了界定自己立场的一种便捷手段，仿佛那是一个同质的整体，学者没有自己独特的面孔，没有内部的多元性、丰富性。只要稍微了解一点欧美学界的多元特点，就会慎用"西方"这类本质主义的词汇，各国的批评差别太大，别说批评流派各有特色，就是所谓的解构主义者在分析某一作品时也呈现出多种姿态。比如，对欧美理论了解不够。中国学者了解外国的途径还是太少、太片面了。了解越深，越不会被简单主导。如果我们有很多学者能在具体的文学研究领域发言，哪怕是用想象中完全是"西方"的话语，那倒是说明中国学术确实有着不凡的实力，可惜的是中国学者的缺席。像申丹那样在叙事学上取得成就的学者为数太少。

另一个现象是过分崇拜理论和"主义"，有些不易归类的学者或团体就容易被边缘化。威廉·燕卜荪的批评文集《使用传记》也是1984年出版的，从书名即可推知这是"外部研究"的著作，与形式批评背道而驰。但是像法兰克·克莫德和克里斯多夫·瑞克斯那样最出色的学者、批评家却给了它最高的评价。[①]燕卜荪在大西洋两岸都享有很高声望，但是不属于任何"思潮"、"流派"，自然我国的"理论热"不会"波及"他。同样的情况也发生在20世纪美国最杰出的思想家、批评家

---

① 克莫德和瑞克斯的著作在国内就很少被人提及。

之一凯尼斯·伯克身上。又如1994年，美国成立文学学者和批评家学会（Association of Literary Scholars and Critics，ALSC；后来改成Association of Literary Scholars, Critics and Writers，ALSCW），很多会员没有理论背景，但是他们在学科里却是非常优秀的代表。这是一个不满于美国最大的文学研究学会现代语言协会（MLA）的激进理论色彩而成立的组织。中国全国英语文学学会在北大成立时哈佛大学英文系主任詹姆斯·安格尔教授作为特邀嘉宾作学术报告《人文学科的重要性：主谈英语文学》。[①]这位安格尔教授就是最初倡议成立ALSCW的学者之一，《形成批评的心智》（1989年）一书的作者，他和他的哈佛导师瓦尔特·杰克逊·贝特合作编注柯勒律治的经典《文学传记》（1985年）[②]是目前最权威的版本。贝特也任哈佛英文系主任多年，他的两本传记《约翰·济慈》（1963年）和《萨缪尔·约翰逊》（1977年）分别获普利策奖和国家图书奖，但是中国学界无暇顾及这样的著作，毕竟不是理论。但是在文学研究中，传记又是不可或缺的。对于一位詹姆斯·乔伊斯学者而言，理查德·艾尔曼的传记不可不读，而考林·麦凯伯的《詹姆斯·乔伊斯和文字革命》则可读可不读。在中国，后者因其"理论性"而更显重要。因此，燕卜荪的《使用传记》的用处也就不大了。像艾尔曼、贝特和安格尔教授这样的人士，就是祁雅理所说的"那些思考着和默默地工作着的人"。

美国式的市场经济原则渗透到学术界，一些带点理论因素的概念如少数话语、文化多元主义也有市场操作的特点，同时又反映了美国社会重新整合的需要。有些词汇也在中国学界流行，如后殖民文化理论中的"迁徙"、"杂交"、"越界"、"流亡"、"流散"等等，都是获取话语优势的手段，而且颇带有一点激进色彩。很多新理论的提出也与美国学术界的激进传统有关。萨克凡·伯克维奇曾尖锐地指出，激进派的异议已经

[①]〔美〕詹姆斯·安格尔：《人文学科的重要性：主谈英语文学》，王蔚译，载《外国文学评论》，2008年第4期。

[②]收入多伦多大学凯瑟琳·考本教授主编的伯林根系列《柯勒律治全集》（普林斯顿大学出版社）。考本是诺斯罗普·弗莱的同事，考本最大的成就是编辑《柯勒律治笔记本》（共五卷，1957年出版第一卷，最后一卷即第五卷是考本本人逝世11年以后即2002年出版的）。

在美国制度化了，有人反对美国的象征体系，但同时又在学术活动中将这体系里的激进潜能挪为己用："这种挪用的一个标记就是使激进主义与职业上的腾达相结合——学术界的礼拜仪式变换成持异议的写作。"[①]越界、流亡往往意味着个人的独立性与无限的可变异性，有时也在这"持异议的写作"范围以内。盛宁曾在《人文困惑与反思：西方后现代主义思潮批判》（1997年）一书警觉地提到话语"平移"的现象。十多年过去了，中国学界依然要防止跟风，毕竟我们的生活环境不一样，问题意识也肯定是有所不同的。笔者也在《"地之灵"：关于后现代主义和后殖民批评的思考》[②]一文对此有所强调。话语不一定可以完全脱离历史语境"平移"。中文的词汇、概念不是跟其他文字的词汇、概念一一对应的，语言跟外在的世界和社会、历史有着隔断不开的关系，但是又自成开放性的灵动体系。这样说并没有"翻译不可能"的意思，文化之间当然可以进行交流，起初或许效果不佳，但是可以逐渐改进。英国哲学家科林伍德说，一种理论是针对某一种理论的回应，不知其产生之由，在介绍的过程中难免抓不住要领。概念亦然。

不少文学理论著作，不论是舶来的还是自产的，都容易给读者留下这样的印象：文学理论呈现出直线发展的特点，后浪推前浪，各种流派思潮各领风骚三五年。实际上并非如此。各种理论永远是多元并存，纵横交错。且以女权批评为例。它不是一个整体，内部没有统一的声音。曾任美国现代语言协会会长的女权批评创始人伊莱恩·肖瓦尔特特别重视那些几乎被人遗忘的史料与女作家的作品，她写《她们自己的文学》纯粹是她在图书馆、档案馆工作的结晶。她在1990年代回忆当时穿行于图书馆查资料的情形："我从书架间出来时衣服上沾了书上的积尘，就和从花园里出来的苔丝姑娘一样。"[③]但是她眼里的"正宗理论"却从不依赖史料，用语艰涩，和经院派的拉丁文一样令人窒息，一些预先设

[①]〔美〕萨克凡·伯克维奇：《赞同的仪式》，纽约劳特利奇出版社1992年版，第24页。
[②]陆建德：《"地之灵"：关于后现代主义和后殖民批评的思考》，载《思想背后的利益：文化政治评论集》，广西师范大学出版社2005年版。
[③]《泰晤士报文学增刊》，1994年7月15日。

定的术语禁锢了鲜活的思想。托丽尔·莫伊的《性/文本政治》(1985年)就是"正宗理论"的产物。①一些最重要的女性小说家(如多丽丝·莱辛)往往被贴上"女权主义者"的标签,她们不得不公开予以否认,以此与"正宗"保持距离。《性的人物表》作者、美国费城艺术大学女教授卡米尔·帕里亚甚至将文学理论比为学跳舞的河马,滑稽可笑,处处出错。

文学研究中可以尝试语言学的方法、概念,但是要说有整个文学研究学界有"语言学转向",就言过其实了。这一转向或许出现在哲学领域,文学界并无这样的总趋势。1950年代伊恩·瓦特用社会学方法探究小说的兴起,到了1980年代,社会学方法与新历史主义、文化研究相结合,成为小说起源研究的特色。②中国的文论界在1980—1990年代可能夸大了形式主义文论的地位与意义。

文学与历史、日常生活永远是互相容纳又相互交叉、补充的。托多罗夫在《文学在危难中》的结论则更为具体、更为明确:"如果今天我自问为什么喜欢文学,答案自动地浮上脑际:因为它帮助我更好地生活……[文学]比日常生活更坚实、更雄辩,然而[与日常生活]从根本上说又是一致的,文学扩大了我们的世界,促使我们想象另一种设计它、组织它的方式……它向我们提供不可替代的感觉,使真实的世界变得更有意义和更美。它远非一种简单的消遣,为有教养的人准备的娱乐,而是使我们每一个人更好地回答做人的志向。"③也正是对文学的这种理解才有可能把文学研究从形式主义的语言中解放出来。

---

① 关于"正宗理论"的传人对肖瓦尔特的批评,〔美〕伊莱恩·肖瓦尔特:《她们自己的文学》,韩敏中译,浙江大学出版社2012年版,"序言"。
② 详见〔美〕J.保罗·亨特:《小说和社会/文化史》,载〔美〕约翰·里凯蒂(John Richett)编:《十八世纪英国小说》(剑桥文学指南系列),上海外语教育出版社2000年版。
③ 转引自郭宏安:《脆弱的平衡——读维坦托多罗夫的〈文学在危难中〉》,载《外国文学评论》,2011年第4期,第203页。

第二章
外国文学研究的元方法论
——一个系统论的视角

范 劲[1]

祝愿变化吧。噢,渴望火焰吧,
一个物在火中离你而去,炫耀种种变形;
那掌握尘世的运筹的精灵,
在形象跃动中,它最爱转折之点。
——里尔克《致奥尔弗斯的十四行诗》

一阴一阳之谓道,
继之者善也,
成之者性也。
——《周易·系辞传》

第一节 作为交流系统的"外国文学"及自我观察的程序

一个不经意的提问,却足以动摇人们对大多数文学理论的信念,即格林童话仅仅是格林兄弟时代德国人的儿童和家庭读物吗?难道它的效力范围不是注定一开始就伸向了无限,不仅在他们那个时代,还将在遥远的未来,不仅在他们所居的卡塞尔小城,还将在包括中国在内的全世界激起回响吗?如果某一外国文学作品引出读者类似的遐

---

[1] 范劲,华东师范大学中文系教授。

想,它就超越了单纯的文学史记录,超越了一般的理论建构对象,而回归它真正的故乡,即一个立体的、共时性的想象空间。倘若若此,我们的研究岂不也应该和"无限"之维挂钩,将如何融入"无限"当成阐释学的核心问题,所有的方法理论只有进入其视域,才能真正起到建构文学空间和实现外国文学的异域符码涵义的双重作用。怎样研究外国文学,也就成了一个具有高度示范意义的问题,对于它的反思,已经超出某一具体学科的范围,而最终关系到知识能否观察知识自身的问题。

在中国的学科版图中,"外国文学"这一含混名称自诞生于1950年代院系调整以来,一直沿用至今。从这个具有中国特色的名称透露出来的,除了对整体文化秩序的意识形态需要,还有一种对事物进行统观的隐蔽理想。吴元迈在第六届外国文学年会报告中提出了一个"外国文学学"的概念,并将其定义为"外国文学研究的研究"①,如果这并非乌托邦式的宣传口号,而是经过深思熟虑的学科构想,就自有其特殊的理论激进性。"外国文学学"暗示了一种普遍化的、超越了国别文学的象征体系的存在,对这一象征体系的组织原则的探究不仅可能,且对于理解外国文学在社会系统中承担的功能至关重要。显然,这里的外国文学不能从经验意义加以解释,不论英国文学、德国文学、俄罗斯文学或是越南文学、阿根廷文学,凭借特有的民族语言、文化支撑,都有着具体可触的形态,但绝不会有一种具体的"外国文学",正如没有一种特殊的"外国语言"或"外国文化"。"外国文学"如同虚无缥缈的"世界文学"或"文学性"、"美"一样,说到底只是一种象征性交往媒介,正因为它没有物质性载体的限制,才适合普遍的交流需要,这种交流将外国文学研究者、翻译家、读者、出版者、作家们结合在一起,共同从事于意义的构建工作,外国文学也由此成为一个自我区分、自行演变的功能系统。

理解"外国文学学"的构想,必须联系外国文学研究目前的方法论

---

① 吴元迈:《回顾与思考——新中国外国文学研究50年》,载《外国文学研究》,2000年第1期,第13页。

现状。在不少学者看来，目前中国的外国文学研究毫无主体精神和文化立场，仅表现出"理论自恋"、"命题自恋"、"术语自恋"等病态情结。①可见，1980年代至1990年代的理论引进热潮，造成了一种普遍的负面反应：国内学界对单纯的理论输入日益不满，在"失语症"焦虑下，创新成为一致口号，而创新的基础就是民族的立场、民族的审美和智性资源。从国外方面来说，随着德里达、福柯、拉康等大师相继离世，西方知识界的理论热也在消退。外来灵感日益稀少，转型期的中国社会提出的问题却空前丰富，反映在艺术想象力层面，对外国文学的解读需求也相应地急剧增长。这些都逼迫我们认真反思外国文学研究的方法论问题。提出"外国文学学"不过是抛出一个问题，勾画一个目标，希望找到一个真正属于"道"的层面的制高点，以解决诸多外国文学研究方法之"术"的整合问题。从新批评、原型批评、心理分析、结构主义、解构主义到后殖民理论、女性主义、酷儿理论、新历史主义，这些各领数年风骚、令人目不暇接的新"方法"，也是西方社会在不同阶段的流行话题，或者说流行意识形态的理论翻版，是文化工业不断推陈出新的产品。它们当然从不同角度更新了国人对文学的认识，但只有从一个更高的视点来超越对它们的字面理解，才能看到其背后隐藏的政治、文化诉求以及它们和文学文本的真实联系。从这个更高的视点来看，多年来引进的种种方法理论，无论在某一方面达到了多么高深的程度，也只是工具箱中的有用的器具，甚至只是材料和半成品，运用有效的思维程序对它们作进一步的跨学科、跨文化加工，才谈得上外国文学研究的自觉。更要清醒地看到，中国的外国文学理论界所重现的西方文论并不能等同于真正的西方文论，在它们之间有一个充满了种种无意识欲望的隔层。换言之，不仅我们重现的外国文学是一种虚构，连用来重现外国文学的方法论本身也是虚构，要理清这多重虚构的谜团，必须暂时跳出虚构本身，进入一个更高的观察层次。

进入这一更高的观察层次，就不再拘泥于具体方法和理论，而是

---

① 聂珍钊：《关于文学伦理学批评》，载《外国文学研究》，2005年第1期。

把外国文学作为一个运行中的系统整体来对待。外国文学若是一个特殊的交流系统，外国文学研究就成为"外国文学"的整个交流过程的一部分，如何研究外国文学就是如何进行有效的自我观察，而这必然导致在基本概念和思维方式上的急剧转换。为了减少这种转换造成的不适应，首先要对所涉及到的基本理论问题进行一些简单的梳理。

一、外国文学的特殊功能

"文学"是价值生产的机制，生成从意识形态、教育到娱乐、消费等各方面的价值，但它所生产的最重要价值是一种对"现实/虚构"之双重结构（伊瑟尔）的超越性。生活中解决不了的疑问，理性不能企及的知识，将按照经济学原则分配到"文学"机构，以文学性弥合现实和理念的鸿沟，突破固有的界限和可能性。那么，外国文学在此机制中实现怎样的功能？又在何种意义上区别于文学？不妨说，外国文学是一个由系统指定的文学"异托邦"，它以自我/异域的区分原则为前提，专门经由自我/异域的交流而达到整体，而有别于文学作为现实/虚构的二元结构。"异域"成为外国文学独有的语义要素，而英、德、俄等民族文学不过是异域性的更具体、更细分的象征物。读外国文学就是异域和自我的互戏，其间涉及的一切感性和智性认识都是自我意识的内容，反过来，外国文学作品也不会成为任何人的私有财产，它随时返回自身，在下一位读者那里继续扮演叩问者的角色。自我和异域的永恒共存由此得以维持，这正是文学的现实和想象的二元性的对应物。外国文学一方面造成自我的双重化（自我/异域），同时又以沟通来消除双重化，两者是二而一的——要合一，首先就要造成分隔的事实。翻译的可能性更像是意识形态问题而非真实的学术问题，毋宁说，翻译的可能性不过是交流可能性的一个具体象征，有了交流问题，才有翻译是否可能的问题。①

由整体性立场出发，可以设定一种普遍性的外国文学体系的存在，

---

①因此，当代文学理论和文化研究界对于翻译问题的过分关注，其实质并非翻译技术本身，而不过是后哲学时代探讨个体与个体、个体与普遍的沟通问题的新方式。

而文学翻译就是这种可能性的表达。以下引文出自一个世纪前英国牛津大学的教授穆尔顿之口,作为普遍性的世界文学最早的拥护者,他的辩护立场颇具代表性:

> 现在,有一种普遍的感觉,认为读翻译文学是一种权宜之计,是二手学术的救星。但这种想法本身就是迄今为止占上风的分科研究的产物,在这种分科研究中,语言和文学如此紧密地缠绕在一起,很难将它们分开来思考。这种想法却经不起理性的检验。假如一个人不是由希腊文,而是由英语去读荷马,他无疑会失去一些东西。但问题在于:他所失去的是文学吗?显然,相当一部分构成文学的东西并未失去,如古人生活的呈现,史诗叙事的动感,英雄人物和事件的构想,情节设置的技巧,诗的意象——所有这些荷马文学的要素都向译文的读者敞开着。但是据说,语言本身就是文学中的主要因素之一。的确如此,但要记住,"语言"的概念包含了两种不同的事物:对于相邻近的语言而言,相当一部分语言现象是共同的,可以从一种转到另一种,而另一些语言因素是习语性的、固定的。荷马的英国读者失去的不是语言,而只是希腊文。况且他失去的也并非全部希腊文,高明的译者能将某些习语性的希腊文的道德思想传达出来,他运用的虽然是正确的英语,但并非英国人会写的那种英语。[1]

如果不知道这段话的出处,恐怕会误以为这是对主张差异性的后现代主义的一次出色反击。但它绝非经验意义上的归纳、论证,而是整体理念的同义反复,其关键是整体空间对于个别习语以及相关学术研究的超越,如穆尔顿所说:"问题的关键不是文学和语言的比较价值,而是实现文学作为统一整体(realizing literature as a unity)的可能性。"如果

---

[1] Richard G. Moulton, *World Literature and Its Place in General Culture*. New York: Macmillan, 1911, pp. 3-4.

文学从根本上属于一个超越了个人和语言局限的整体视域，文学的世界性当然就不成问题了——即使没有一种统一的世界文学。换言之，如果可以想象整体，也就可以想象作为整体之联系的翻译。只要读者能借助"外国文学"媒介感受到和荷马史诗的共鸣，外国文学对他来说就是真实存在的，荷马史诗作为一个异域符码就实现了自身。反之，如果不能在想象中建构文学性整体，就算用原文来阅读，用国别文学的阐释程序来分析，这一外国文学同样不存在——英、德、俄语等个别习语的熟练使用，并不能保证外国文学的结构性完整和自主。

二、方法论的三个层面

承认外国文学作为整体系统的存在，才能进一步谈论外国文学的方法论问题。通常讲外国文学研究的方法论，其实包含了三个层面：（1）方法，（2）理论，（3）超理论。在探讨方法论问题时，往往将它们混淆不分，譬如我们讲的女性主义、文化唯物主义、存在主义，更多地属于理论范畴，而新批评、心理分析或传记批评更像是具体的方法，解构主义则既是方法，也是理论。中国学者强调的"失语症"[①]，既不会发生在方法的层次，也不会发生在超理论层次，而是理论层面上的特殊现象。

何为方法？方法即第一级的观察。观察的实质为区分，必由某一区分标准出发，但方法以为自己是全然中立的，只服从于实践需要。这就是说，在认识和对象的关系上，方法被设定为从属于对象，是为了达成现实目标而履行的步骤。作为具体执行者，它无须检验自身的成果，即

---

① 参见曹顺庆《21世纪中国文论发展战略与重建中国文论话语》(《东方丛刊》，1995年第3辑)、《文论失语症与文化病态》(《文艺争鸣》，1996年第2期)、《重建中国文论话语的基本路径及其方法》(《文艺研究》，1996年第2期)等文。关于"失语症"的讨论已成为中国的外国文学、比较文学研究界在方法论反思上取得的重要成果，它触及到了系统能否适应由过度剧烈的知识变动的问题。然而，尽管在曹顺庆近年来的《论"失语症"》(《文学评论》，2007年第6期)、《失语症：从文学到艺术》(《文艺研究》，2013年第6期)等文中已经体现出元理论思考的企图，但总体上说，多数"失语症"论的追随者并未从系统整体的角度来深入探讨这一问题，而更多地停留在现象描述和文化意识形态批判的层面。事实上，"失语症"的提出本身就是系统对失语的自我纠正，系统是一刻也不会失语的，因为那就意味着系统的死亡。

按照一定的形式原则反观局部成果的连贯性，这种检验属于第二层的观察即理论的范畴。方法代表了对世界的直接感知，在直接感知中没有真/假的判断。而理论属于科学的交流系统，能够借助隐喻超越一般的因果逻辑，完成自身的封闭，这一点在人文学科领域体现得尤为明显。①隐喻其实是系统的原始代码，它体现了理论和对象在根本上的非同一性，并使理论在对象的眼里成为一种虚构。即是说，理论的首要目的并非适应现实对象，而是构成和外界相区分的系统本身，一个完整、自觉自主的系统才称得上理论。反之，方法只能在一套理论体系中才能工作，其作用方式是事先就规定好的。方法的成功贯彻的前提，就是放弃反思，不但要忘记为其提供特定区分标准的理论源头，还要通过自身的成功实施，帮助理论掩饰其虚构特性。正是方法和理论的脱钩，保证了方法的严格性和中立性。

　　理论是第二级观察，即观察的观察，同样基于区分原则。理论之为理论，在于能分辨真和假。这一区分依据具体程序得以实现，不同的区分程序，构成不同的理论诉求（而方法尚未达到区分原则的自觉，无法在自我参照和外来参照之间进行区分），如女性主义文学理论以女性/男性为区分程序，原型批评以原型/非原型为区分程序，后殖民理论以殖民者/被殖民者为区分程序，心理分析以意识/无意识为区分程序。理论各以其程序检验——也即连接——方法的操作结果，给予解释和评判，也讨论方法本身，由此进入科学交流的层面。但区分意味着排他性的选择，故理论必然"偏颇"，站在方法和实践的立场来说，一切理论

---

① 伊瑟尔指出，人文学科的理论的一大特性，是必须要借助于隐喻来完成自身的封闭，实现系统的完整性，譬如维特根斯坦的理论完全奠基于语言作为游戏的隐喻。参见〔德〕沃尔夫冈·伊瑟尔：《怎样做理论》，朱刚、谷婷婷、潘玉莎译，南京大学出版社2008年版，第7页。

都是荒谬的。①理论是简化世界之复杂性的模式，也只有在简化的前提下才能展开自身的复杂性。不同的理论方向意味着不同的简化方式，或者说生成复杂性的程序。但是理论须在已经假定为文学的领域中发生作用，是文学系统内进一步细分的媒介，显然任何理论都不涉及文学／非文学（系统／环境）的最初区分，换言之，文学理论事先就排除了整体性的文学世界。这一点令它陷入了自相矛盾，因为文学的本性即整体性，是虚构和现实的合一（故弗·施勒格尔称文学为"宇宙诗"）。理论放弃了文学本身，遗忘了系统／环境的原始区分，才能独立发展自身的观察程序，这是其巨大效力的秘密，但它又必须以文学为隐蔽框架。故排斥不等于忽略，"否定就其自身来说已经是一种标示的形式，这种标示的形式强调了肯定和否定的区分"。而最终的框架——世界的整体性——虽不可能在反思中现身，却是一切理论性区分和标示的前提。②

要观察整体，要在整体中观察理论对文学世界的具体区分，不可能依据另一种理论，而必须走向"第三级的观察"。③第三级的观察者观察第二级的观察者如何观察，如何排斥其他观察，或者说，基于观

---

① 这种以方法反对理论，或者说以具体现象反对理论的策略，在美国的文学批评界表现得很明显。然而，这也是一种太容易的策略。一个代表性例子是韦恩·布斯在英译《陀思妥耶夫斯基诗学问题》"导言"中对巴赫金的责难。布斯说，巴赫金的对话和复调理论的缺陷在于，它无法解释，为何也有许多优秀作品是独语性的。但是他显然忽略了，理论不仅预先设定了自己的现象，也设定了接近现象的方法。在巴赫金的对话理论前提下，独语就只是对话的一种特殊形式，即自己和自己的对话。故我们可以在理论的层面反对巴赫金理论，或者说，以否定的方式和巴赫金理论发生联系，但决不能拿"现象本身"为依据，说它违背了现实，因为一种理论就有一种相应的现实，而不存在一种对所有理论而言都是共通的、既定的文本现实。参见 Mikhail Bakhtin, *Problems of Dostoevsky's Poetics*, ed. and trans. by Caryl Emerson. Minneapolis: University of Minnesota Press, 1984. 中国的外国文学界一度流行"反对理论"、"回到文本"的呼声，号召重新拾起利维斯式的细读传统，以为治疗理论片面性的良方是只关注方法的实用批评，犯的是同一种理论幼稚病。实际上，方法不能反对理论（除非以方法为理论），反之理论有资格取消或改变方法，因为它处于方法之后的观察位置，而方法从本性上说对于理论是盲目的。

② Niklas Luhmann, "Literatur als Kommunikation", in *Schriften zu Kunst und Literatur*, hrsg. von Niels Werber. Frankfurt a. M.: Suhrkamp, 2008, S. 372-373.

③ 参见 Niklas Luhmann, *Die Wissenschaft der Gesellschaft*, 3. Aufl., Frankfurt a. M.: Suhrkamp, 1998, S. 485. 卢曼说道："当代码（Code）自身造成了一种第二级的观察，即一种对于观察之条件的观察时，身份反思（Identitätsreflexion）却关涉一种第三级的观察，这一级秩序包括，第二级的观察者如何解决同义反复的推论的问题，即自我参照的问题。"

察的系统如何形成。只有在这一层面才可能反思整体,然而这也是一个不可能的整体——是在整体之内对于整体的建构,当然是非"客观"和非"唯一"的。第三级观察意味着科学系统内部的进一步分化,理论为消除(或掩盖)自身的封闭性和宇宙生命的统一性之间的悖论,创造了新的观察层次。第三级观察实际上是第二级观察的一部分,但这一概念代表了理论系统连接生命系统的愿望。在"自我参照"(Selbstreferenz)和"外来参照"(Fremdreferenz)之外,卢曼还提出了"元参照"(Metareferenz)的概念,"元参照"乃是对自我参照和外来参照进行统一观照的层次。这一层次,说到底就是系统的自主性或"自动生产"(Autopoiesis)本身,它体现为系统内部结构所决定的自我参照/外来参照、系统/环境的永恒交替。[①]20世纪各种新的思想倾向,从主体间性到历史主义、相对主义,表面看来是所谓反整体主义(它们的一个终极表达为"后现代"),究其实质不过是以一种新的参照打破系统的自我参照,故并未触及"自我参照"/"外来参照"这一原始区分,换言之,被标举为新范式的反整体主义未曾触及整体本身。这一层面上的反思,构成了卢曼的一个晦涩概念——"超理论"(Supertheorie)。[②]这一层面上,没有"失语"者。反过来说,如果在这一层面发生了"失语",那就是真正的民族的梦魇,因为它意味着系统的崩溃。我们通常讲方法论,指的是作为第二级观察的理论的形式,却忽略了对于理论观察之观察的法则,事实上,不断跳出现有观察层面,走向第三级、第四级乃至无穷级的观察,代表了一种深层的方法论。文学系统对于人类认识论的独特贡献正在于此,因为文学不是一个现实对象,而是观察和自我观察的复杂游戏,在文学领域,以思维和存在、认知和对象的吻合为主题的传统认识论失去了意义,现在要探讨的是以观察、自我观察、观察的观察为运行模式的系统何以可能,以及个别符号在系统中如何释放

[①] Niklas Luhmann, *Die Wissenschaft der Gesellschaft*, 3. Aufl., Frankfurt a. M.: Suhrkamp, 1998, S. 290.

[②] Niklas Luhmann, *Die Wissenschaft der Gesellschaft*, 3. Aufl., Frankfurt a. M.: Suhrkamp, 1998, S. 389.

其变易、分化的潜能的问题。如果在文学中也有所谓"认识",那就是"一种不断地区分众多区分的操作,而最终——几乎是在传统的真理论意义上——是一种对于人们凭借某种区分能观察什么和不能观察什么的区分"。①恰恰对于不可观察者,文学有着难以割舍的情感,它是文学交流的媒介和动力,也是现实/虚构的区分的基础。

文学作为文学的特别之处,在于对"内在性"(Innerlichkeit)的向往。内在性实有两义,其一是作为无限的整体性在意识上的投射(有点类似王阳明讲的"良知是无尽藏",即作为整体性的天在人心中显出来的"用"),其二是理论对整体性的概念性模拟。第一义不可说,第二义才是可说的。作为整体性在意识层面的显现,内在性超越一切,囊括过去和未来、意识和潜意识、大地和世界,却无法被理论所观察,因为它属于人的内在意识,即卢曼所谓的心理系统。理论则属于社会系统。社会系统通过交流,而心理系统通过意识过程(认知、思考、感觉、意志、注意力)在运转,两者都遵循"自动生产"原则,不发生直接关联,心理系统的感觉、认知仅仅是实现社会系统交流的前提。换言之,文学理论作为交流由交流本身造成,并不能传达内在于意识的认知过程。但人的意识和理论系统之间仍然有着互动可能,即环境和系统间的"结构性联结"(strukturelle Koppelung)。通过这一受结构制约的联结,作为环境的心理系统得以对文学交流系统施加影响,但又不妨碍后者自主运行。这种可望不可即的特殊关系成了文学的主题,文学作为一种默会的交流系统,所交流的就是接近内在性的不同方式,以此和一般纪事、历史、新闻区别开来(并非任何一个交流系统都以内在性为理想)。按照柯勒律治对于诗的定义,诗的天才以良知为躯体,幻想为外衣,运动为生命,想象力为灵魂——这个灵魂将一切合为优美而机智的整体:

> 他(指诗人)散播一种整体的语调和精神(a tone and spirit of unity),他依靠一种善于综合的、神奇的力量,即我们

---

① Niklas Luhmann, *Die Wissenschaft der Gesellschaft*, 3. Aufl., Frankfurt a. M.: Suhrkamp, 1998, S. 507-508.

专门称为想象的力量，促使各物混合并进而融化为一。这种力量……善于平衡和调和相反的、不协调的品性，例如同与异、普遍与具体、理念与意象、个别性的与代表性的、新奇感与旧的熟悉的事物、不寻常的情绪与不寻常的秩序……①

但其实，包容一切的想象界，不过是想象的想象，即系统本身对于无限的内在性的模拟，这就是内在性的第二义。文学以虚构把握"想象"，文学理论以自身的程序安置"想象"。理论总抱有错觉，认为能拥有或接近内在性，故总是不满于自身，又因为能轻易地看到理论和内在性的差距，故总是感到有必要排除其他理论。就这样，内在性虽不直接参与交流，却作为刺激性因素时时"干扰"理论的展开，构成一个超出理论系统的外在环境。系统和环境之间的"结构性联结"为语言媒介的固有功能，但在日常语言实践中处于被忽略的自动状态，只有超理论的观察能让它显现，在此意义上，也可以说超理论制造了"结构性联结"。超理论本质上是理论的一部分，即理论系统指定来完成与环境的沟通的理论。每一理论都依赖超理论的渠道来实现和意识的接触，它也就起到了整合的作用。反过来，超理论又能以一种可控制的方式去刺激意识，使意识在维持自身的系统运转的同时，对于加入理论系统的交流过程也始终抱有兴趣。须知，当代文学理论无论多么功能化，实际上还是揣有一个隐秘愿望，即以理论允许的方式创造一个对应于内在性的无限状态，因为这一"无限"——这一共时性整体——乃是社会分配给文学机构的价值。换言之，文学理论必须照顾到文学的天马行空的想象特性，现实/虚构的文学代码也应该成为辩证对立的文学理论相互联系的纽带。理论之所以能相互攻击，争执不休，恰恰是因为它们知道这种激进的交流方式不会破坏整体，反而是模拟生命运动之整体性的唯一方式。超理论则是这样一个观察层次，在此层次上，理论不再关注对象，而是反观自身的行为方式及其和周围环境间的互动情形。

---

①Samuel Taylor Coleridge, *Biographia Literaria*. Boston: Crocker & Brewster, 1834, pp. 179-180.

正是这一超理论的再观察让理论的生成、转换、对立、调谐得以呈现，以一种最实质性的方式实现了文学的交流目的，因为它将理论在文学的结构、功能层面赢得的可见成果转化为了不可见者，将局部成果融入了诗的整体空间，从而获得超越时空限制的交流可能。伊瑟尔自己在读者交流理论基础上提出的文学人类学，不过是迈向超理论的第一步。而将一般方法理论和超理论、第二级观察和第三级观察分开，才能打消我们在舶来理论后面疲于奔命乃至于"失语症"的恐惧。站在超理论层面，甚至那些带有普遍性的传统诗学观念，如中国的"意境"、"诗言志"、"风骨"或西方的"崇高"、"寓教于乐"、"迷狂"，也只是思维程序的局部体现。同时，无论哪种理论，其成功应用都是以敞开外国文学作为域外符码的含义，帮助读者融入它所指示的想象空间为标志的。下面，我们暂时抛开枯燥的思辨性论证，来具体探讨外国文学在交流空间中展开的一些最为明显的原初程序，以及外国文学研究和系统运行的联动关系。我们的观察立足于超理论层面，意味着不依赖于某一种"正确"程序，而是对于理论观察的再观察。

第二节　外国文学研究的原初程序

一、退出／生成：文学空间的建构

融入的前提是退出，退出因袭的日常生活是进入无限的前提，对于外国文学的观察者来说，同样如此。所要退出的，是文学场中的一切既定概念。概念是理论的基本单位，一种理论就是按一种建构原则连接起来的概念体系。在理论的自洽性框架中，概念与概念需做到两两相对又互相连接（现实主义—浪漫主义，古典—现代，诗意—散文，内容—形式，作者—读者，等等），连接方式就构成了特定的理论形式——如女性主义从性别角度，马克思主义从阶级对立的角度，存在主义从存在的本真性角度来进行连接。科学的基本代码"真／假"和文学的基本代码

"现实／虚构"交替作用，造成了这类在不同连接方式中展开的相对项。文学体现为现实／虚构与真／假两种区分形式的复杂游戏，文学相对于生活的现实（真）是虚构（假），这种虚构又代表了一种真的现实，从而使生活的现实沦为虚构（假），而伦理学的"善／恶"代码也总是卷入游戏之中。无论文学理论之间的冲突多么激烈，它们都是"现实／虚构"与"真／假"两对二元代码的复杂调配，不同流派的文学理论不过是按照不同的局部程序（Program）来实现这一对初级代码（Code）而已。事实上，也只有借助另一种区分（如真／假），才能和文学的现实／虚构的区分形成区分，对文学的观察才得以成立。故可以说，多亏了现实／虚构的区分，文学的内涵才无比丰富；多亏了真／假的认识论区分，文学对象才能被定义和判断。通过区分形式的组合、分离、再组合，由科学和文学的代码演化出一系列概念，构成一个潜在的、具有既定规则的语言系统，是它，而非文学作品本身，决定了研究者、文本、作者、读者各自的位置。但如果认识到文学概念的象征性和系统的自我演变特色，对于概念的僵化信念，对于美学场域中一切既定位置的执着都会动摇。实际上，文学的"现实／虚构"代码构成了文学理论的遗传基因，"重新输入"（re-entry）于每一次概念操作，故一切文学概念均分享了逻辑和想象的二元性，既是分析工具，又是文学虚构；既反映了作品的想象方式，又隶属于一个逻辑系统，如此才能在读者和作品之间架起桥梁。

　　文学概念因为同时包含现实／虚构两项而成为一个象征。"象征即神秘化"[①]，象征的眼光以神秘化统一对立项，而在逻辑眼光下，一切悖论均无可遁形，一切既存的文学定义、理论形式终会自行解体，因为其中都携有想象和虚构的因素。举个例子，如果要问"卡夫卡的文学属于什么性质"，回答者多半会左右为难，无所适从。卡夫卡是现实主义吗？当然是，因为他揭示了特定时代的心理和认识论现实，而作为狄更斯和克莱斯特的追随者，卡夫卡的写作和运思方式也是高度现实的。中

---

① 诺瓦利斯的格言，转引自 Niklas Luhmann, *Die Wissenschaft der Gesellschaft*, 3. Aufl., Frankfurt a. M.: Suhrkamp, 1998, S. 189.

国当代作家余华在青年时代热衷于读卡夫卡，首先就是为叙述的高度真实所震撼。①卡夫卡是现代主义吗？当然是，因为他不满于巴尔扎克式的外部现实的描摹，而直指真实的内核和人类的内在欲望。但称他为表现派而非象征派，恐怕也是出于文学史书写之需。1920年代是表现主义的10年，是德国现代派最伟大的一次运动。为了"构成"一场运动，人们不但需要托勒等"新人"的空喊，更需要一个像卡夫卡那样在认识论转型方面作出了贡献的思想者。或者把卡夫卡算作后现代呢？无疑，如果把《城堡》或《审判》看成无意义深度的单纯故事，"作品"就变成后现代的"文本"游戏。甚至，文学性可能由文本迁移到作者身上。经过德国当代学者考证，卡夫卡叙事和卡夫卡的现实生活竟有着奇妙吻合。当《失踪者》中的卡尔经过一次严重受挫，继续上路时，作者卡夫卡本人也熬过了一个绝望期，而再度开始写作的时间，又正好落在犹太人的特定宗教节日。"在角色的言谈或行动过程遇到阻碍的地方，他也中断了写作，而当小说中人物被要求再次去工作时，他也重新捡起了写作。"②最终，因为卡尔不能到达终点，卡夫卡也必须停止写作，"小说中断了，以此来彻底断绝其主人公的到站"。③换言之，卡夫卡的书写行为作为"物质性"呈现——相对于语词的"精神性"——将自身也写入了书本，生活完全卷入了诗意的符号游戏之中，这就让人产生了偌大疑问：有卡夫卡作品这回事吗？有卡夫卡的生平吗？或者说，卡夫卡的传记生平是客观的，还是从作品出发重新建构的？如果是后者，作家的传记生平还能作为可靠的阐释基础吗？进一步说，大概并不只是那一个卡夫卡，因为，作为小说作者的卡夫卡，作为书信、日记作者的卡夫卡遵循迥异的言说规则④，布罗德版的卡夫卡毋宁说反映了布罗德这

---

①余华：《温暖和百感交集的旅程》，载《内心之死》，华艺出版社2000年版，第7—8页。

② Berhard Greiner, "Im Umkreis von Ramse: Kafkas Verschollener als jüdischer Bildungsroman", *Deutsche Vierteljahresschrift für Literaturwissenschaft und Geistesgeschichte*, 4（2003）, S. 657.

③ Berhard Greiner, "Im Umkreis von Ramse: Kafkas Verschollener als jüdischer Bildungsroman", *Deutsche Vierteljahresschrift für Literaturwissenschaft und Geistesgeschichte*, 4（2003）, S. 657.

④详见〔法〕米歇尔·福柯：《知识考古学》，谢强、马月译，生活·读书·新知三联书店1998年版，第27—28页。

位现代派作家的小说观和宗教观,而后出的卡夫卡原稿本则属于日耳曼学者复原生活和写作的片断性、偶然性的努力。那么有成千个卡夫卡吗？也不然,因为再怎样吹毛求疵,谈论的始终是同一个抽象符号——卡夫卡是个空白点,故能为无数读者分享。正因为这种持续的"退出"和创造的天然联系,作家往往更能领会其奥妙。残雪把但丁的《神曲》、歌德的《浮士德》乃至莎士比亚的很多作品统统归入"描写人类深层精神生活"的现代主义文学①,这并非标新立异,而是以挑衅的方式"退出"日常的文学意识形态。在追求超越,将精神和物质、抽象和具象彻底打通的意义上,上述作品的确代表了现代主义的诉求。

在破坏性的解构之余,我们却被悄然置入一个虚空,这就是伊瑟尔所谓的"想象界"(das Imaginäre)。②这个包容了传统文论的现实/虚构二元、体现了文学根本特点的无限空间,可以视为迷狂状态,也可以像布朗肖那样称之为"死亡"。然而,迷狂和死亡永远是诗人的憧憬,希腊神话中的歌手奥尔弗斯被狂女片片撕碎,由此他的歌声才能在大地上飘扬如风,在狮群中、峭崖上萦绕不去。正是各种名目的卡夫卡的消亡让想象力获得解放,在生死未决却充满了可能性的虚空中,读者的生命感觉以负面方式得到了宣泄。由此可见,退出和生成密不可分,这不仅重现了文学的魔法,也是文学研究的原初程序。如果说认识是一个流动过程,则理论就是认识的凝固与保存,退出理论就是重新进入流动过程。事实上,每一文化传统对待自身的文学遗产的态度都是变动不居的,文学史乃是作品的建构和重构史。伟大作品的使命绝非引来膜拜的香火,而是促成新的创造。在创造性的重构中,真正的文学空间才得以展开。这里举一个中国学界耳熟能详的例子。

《简·爱》是维多利亚时代著名的女性成长小说,孤女简·爱既无炫目财富又无动人姿色,却以她的机智和克制,赢得了玩世不恭的贵族罗彻斯特的爱,获得了渴望已久的幸福。罗彻斯特吸引她的不是财富、

---

① 残雪:《残雪文学观》,广西师范大学出版社2007年版,第136页。
② 详见〔德〕沃尔夫冈·伊瑟尔:《虚构与想象——文学人类学疆界》,陈定家、汪正龙等译,吉林人民出版社2011年版。

地位，而是与她相契合的精神气质。她那段著名的台词——"你以为，因为我穷、低微、不美、矮小，我就没有灵魂，没有心吗？你想错了！我的灵魂跟你的完全一样，我的心也跟你的完全一样！"①——更体现了精神对一切阶级、性别差异的超越。这种自尊自强的独立人格在当时就获得了维多利亚女王的赞叹，后来又被伍尔夫等女权主义者视为解放的先声。然而在美国批评家吉尔伯特和古芭的著名评论里，中心故事并非简与罗彻斯特的爱情，而是她和罗彻斯特的疯妻子伯莎之间相冲突、相认识的过程——"阁楼上的疯女人"实为简·爱性格中不为社会所容的一面。批评家发现简的性格中也有疯狂特质，她也曾像疯子一样反抗收养她的里德家的虐待。在反抗中同样伴有"火"的意象。她歇斯底里地顶撞里德舅妈，伴随而来的心理情境是："一块石南丛生的荒地着了火，活跃、闪亮、肆虐，正好作为我咒骂和威胁里德太太时的心情的恰当象征。"②批评家也发现，伯莎没有对简构成真正的妨碍，反而是暗中助她达成愿望。在心理分析的视角下，桑费尔德庄园的房屋结构被读作简的内心结构，传出伯莎的恐怖笑声的最顶一层偏僻所在，就是她内心的黑暗深渊。伯莎破坏了婚礼，但也是女主人公潜在愿望的实现——简自己对这场婚姻也充满疑虑。批评家得出结论，伯莎代表了简·爱这类在男权社会中深受压抑的女性"疯狂"的反叛心理。简在婚前的几个梦不但回顾了弃儿简·爱的坎坷一生，也精确地预示了庄园里将要发生的火灾。正是伯莎——作为简的替身——的一场大火，让她们的最终结合符合了平等的理想。③在透彻的解读中，简·爱"火与冰"的两面性格呈现出来，新一代女权主义者的诉求得到了张扬，"阁楼上的疯女人"一词不胫而走。

伊格尔顿这位当代马克思主义者关注的则是行为背后的"范畴结构"，他认为，主张精神平等的简·爱同样充满了阶级偏见，她的胜利

---

①参见〔英〕夏洛特·勃朗特：《简·爱》，祝庆英译，上海译文出版社1980年版，第330页。

②参见〔英〕夏洛特·勃朗特：《简·爱》，祝庆英译，上海译文出版社1980年版，第43页。

③详见 Sandra M. Gilbert and Susan Gubar, "A Dialogue of Self and Soul: Plain Jane's Progress," in *The Madwoman in the Attic: The Woman Writer and the Nineteenth-Century Literary Imagination*. New Haven and London: Yale University Press, 1979, pp. 336-371.

不过是资产阶级个人主义意识形态的胜利。在伊格尔顿看来，独立不过是介于完全平等和过分顺从之间的一个位置，它让你获得自由，然而自由是以适当的服从为基础的。因此，"独立"不能离开阶级结构而存在。简在初遇罗切斯特时所保持的高度自尊恰恰证明了她的等级意识：如果一个人身上的天赋无法被迟钝傲慢的贵族看到，那么最好是回到自身的领域，放弃非分之想。里德太太一家视简为乞食的穷亲戚，简爆发的怒火似乎体现出人人平等的观念，但更多地泄露了她对于穷人的阶级偏见。她对莫顿学校的学童的反应同样如此，一方面她觉得农民的孩子也赋有高贵的情感和智性，另一方面又无法打消内心的蔑视，提醒自己不可下降到和他们为伍的层次——作为学校女教师的角色让她感到巨大的身份危机。伊格尔顿认为："这种紧张巧妙地定义了那种既坚持现实的阶级区别同时又在精神上摒弃这些藩篱的小资产阶级意识。"[1]

    英国现代女作家吉恩·里斯的小说《藻海无边》颠覆了罗彻斯特在《简·爱》中的一面之词。谁是他不幸的第一次婚姻的受害者？吉恩·里斯显然有完全不同的看法。于是她续写了伯莎来英国前的人生经历，重讲了这个受殖民主义父权制社会迫害、被剥夺了话语权的疯女人的故事：由于罗彻斯特的欺骗，她不仅丧失了财富，也失去了身份和自由。[2]由此引出了后殖民批评家斯皮瓦克的著名论文，矛头更指向夏洛蒂·勃朗特潜在的帝国主义情结。斯皮瓦克特别强调伯莎作为混血的加勒比海地区克里奥尔人的身份，指责说第一世界的妇女不该为了自己的解放牺牲她们第三世界姐妹的利益——当然这个利益是话语和文化意识形态性的。不仅简·爱野心勃勃的表兄圣约翰是帝国主义扩张事业的标志，她自身的成长理想同样内化了帝国精神。伯莎的纵火行为既非伊格尔顿所说的欲望的象征，亦非吉尔伯特和古芭主张的简·爱和罗切斯特共同的心魔，两种阐释都是主体化的形式，通过把恐怖他者内化为主人公自我的一部分，消除了它真正的威胁。斯皮瓦克相信，《藻海无边》透露了伯莎故事的玄机："至少里斯已经注意到，来自殖民地的妇女不

---

[1] Terry Eagleton, *Myth of Power: A Marxist Study of the Brontës*. London: Macmillan, 1975, p. 28.
[2] Jean Rhys, *Wide Sargasso Sea*. Harmondsworth: Penguin Books, 1968.

能为了自己的姐妹地位的巩固被当作无理智的动物牺牲。"①为了塑造一个资产阶级社会的女性英雄,须抹去她的原罪——她也是那个实施殖民权力的群体的一分子。伯莎被极度妖魔化,才能充当简·爱的文明、教养和自我克制的对立面,殖民主体对其属民采取的压迫行为才具有合法性。女性主义区分女性和男性两种不同意识,已经意味着一种新的权力诉求,斯皮瓦克又给原有的对立项组合加入了新的元素。

不难看出,针对《简·爱》的不单是几种创造性读法,使这个渐被忽略的现实主义文本焕发新生,且造就了几种具有代表意义的新人生态度,产生了强烈的文化和社会效应。把符码演绎为一个新的故事,是人类意识展开的隐蔽模式。由经典作品的解读而再创造的范例,文学史上俯拾皆是。16世纪的民间故事书《约翰·浮士德博士的故事》引来马洛的悲剧和歌德的《浮士德》这一悲一喜两种阐释;古老的普罗米修斯受难记,既能激发珀西·比希·雪莱在《解放了的普罗米修斯》中的浪漫礼赞,也可在玛丽·雪莱的冷静反思中演绎成科学怪人弗兰肯斯坦的僭狂之举。站在超理论立场上,多种读法的并存并不表示理论的困境,而恰恰意味着一种功能性协作,意味着,作品乃是一个能容纳多种对立意见的自由的想象空间,这一想象空间正是人类社会对于"文学"这一部门的特殊期待:科学把握个别,而文学暗示生活的整体性。而生成永远是暂时性的生成,随时准备为下一个生成腾出位置。懂得了理论的退出/生成的辩证规律,即进入了一种超理论的观察层次。

二、外国文学的再生成:异域符码的实现

进入/退出实际上表达了超理论的区分原则,它相当于知识的凝固化和去凝固化的交替。超理论所关心的不是进入或退出某一形式,而是实现这一区分或交替本身。但是涉及外国文学的超理论,还有许多具体问题需要厘清。由退出到进入,或者说由虚无而创造,由无到有,只是文学生成的理想状态,需要关注的,是"外国文学"的特别生成形式。

---

① Gayatri Chakravortry Spivak, "Three Women's Texts and a Critique of Imperialism," *Critical Inquiry*, (1985)12, p.251.

外国文学之为外国文学，不是因为它的异质性地理来源，也不是因为它出自一种完全陌生的内在意识（对于交流系统来说，所有的意识都是陌生的），而在于遵循另一种交流程序。外国文学作为文学系统的自我分化，实际上是以异域／自我的区分对现实／虚构的文学代码进行再加工的产物。外国文学研究除了以退出／生成的程序建构一般意义上的文学空间，还要实现其作为异域符码的特殊含义。忠实于原文的意义结构，一定程度上就等于，首先要据有国外批评家开辟的理论立场，进入业已确立的问题域。之所以如此，乃因为理论和文学作品为共生的关系，方法论立场构成了作品的意义框架，作品的命运随着批评而沉浮——很难想象，离开了不同时代的女权主义理论，还会有《简·爱》这部文学经典的存在。可以说，外国文学研究是没有自身的方法论的，正如我们不可能抛开西方人的观点，完全用中国古人评点小说的方法来阐释《浮士德》——那就意味着创造了一部新的《浮士德》。

  这岂非悖论？前面讲要退出概念，这里又要求追随既成的观点。但这一悖论源于世界本身，因为绝对的无中生有从来就不存在，我们总是处在一个视角之内，用一定的区分标准进行观察，离开一种偏见的同时就已进入了另一种新偏见。这种悖论并不对创造过程造成真正的妨碍，只是要求抛弃主体决定一切的幻觉。在此问题上，卢曼关于系统运作的著名论断也并未失效："复杂性的减少正是复杂性提升的条件。"[①]视而不见，才能看见所应看见的。超理论作为对于系统身份的整体反思，其核心任务就是要解决系统自身的悖论（当然解决办法不只一种，而且解决办法本身也是悖论，因为它实际上是在系统内部进行的"外部"观察）。知识本身就是悖论，因为知识代码是"真／假"这一差异的合一，其悖论在于：不是通过某种神圣的外部标准，而只有通过不是假的，才能成其为真的。超理论超出于形式逻辑之处，就是要去理解："即使其构成是如此悖谬：系统的自动生产仍然在继续进行，甚至还纳

[①] Niklas Luhmann, *Einführung in die Systemtheorie*, hrsg. von Dirk Baecker. Heidelberg: Carl-Auer-Systeme, 2002, S. 121.

入了对于悖论本身的交流。"①只有主动进入"外国文学"媒介的限制，服从其区分原则，才能就外国文学的意义进行交流、协商，或者说，创造出外国文学的新的语义复杂性。实际上，外国文学在方法论层面的非自主，恰恰生动而贴切地模拟了现代社会的知识形势，真实地反映了主体在自动分化、自我参照的知识系统面前无可避免的被动性，这就让本文所讨论的话题不仅具有了时效性，还带上了预测性、实验性和前卫性的意味。下面仍以《简·爱》为例，来阐明外国文学观察中特殊的创造性。

吉尔伯特和古芭的"疯女人"评论，给中国批评界打开了一扇大门。在1980年代初开始接触到这种观点（韩敏中后来还作了专文介绍）之前，中国学者的解读方法极为单一，主要是对简·爱的独立个性和爱情观的礼赞，所要回答的主要问题是：（1）作品在艺术上是否成功？（2）是否成功又取决于，简·爱的独特成长旅程是否符合社会进步的需要？（3）成功中是否还有瑕疵，它离理想的现实主义作品——既然已经设定，《简·爱》是一部标准的现实主义作品——差距有多远？要说到主体性，这倒是不折不扣的、带有特殊时代印记的"中国视角"，但它也表明，观察者是以仲裁人的身份从外部来评判作品，丝毫没有想过要离开原有的观念系统，融入作品的交流空间。1980年代末以来，中国的《简·爱》批评进入了异常繁荣的新时期，女性主义、心理分析、意识形态批评、生态女权主义、文体分析等方法竞相登台。但是不难发现，权力、童话体裁、性、疯女人是几个共同的关键词，这一观察角度就是拜吉尔伯特和古芭（以及其他女性主义批评家如肖瓦尔特等）所赐，她们为重建文学空间并进而使其动态化、多维化提供了基础：在权力维度下再思简·爱的性格以及她和罗切斯特的关系，文本内部就由静态变成了动态；因为是现代童话，作品就成为超越一般现实主义解读的隐喻；"性"视角让批评家关注人物的深层心理；"疯女人"概念则把我们推入女性主义性政治的场域。有的批评家甚至领会到，文学批评应该是一种寓意解读，不是探讨文本"说了什么"，而是"怎么说"的问

---

① Niklas Luhmann, *Die Wissenschaft der Gesellschaft*, 3. Aufl., Frankfurt a. M.: Suhrkamp, 1998, S. 483-484.

题，因此重点就不是裁决作品是否完美，而是尽力去理解和重现作品的想象结构，并将这种独特的想象结构运用到非文学领域，从而接通文学批评和社会批评，实现文学的社会责任。外国文学批评应该尾随作品进入其想象空间，而这个想象空间又是外国批评家所事先规划的，借径他们的阐释渠道（适应他们的区分标准）就势不可免，中国观察者的主体性和创造性乃体现在再生成和再组合上。事实上，即便吉尔伯特和古芭的革命性观点也只是对前人观点再组合的产物，正如韩敏中指出的，她们综合了神话原型、精神分析等学派对《简·爱》的解读，尤其借鉴了理查·蔡斯的观点，然而，"尽管她们的具体分析很少有前人未曾提及的观点，但她们的创新之处在于从女性特有的角度和眼光整理、改造了前人（尤其是男人）的批评文本。"①

朱虹所关注的不再是作为小资产阶级的简·爱对于维多利亚社会的反叛，而是她强烈的女性意识和对男性压迫的抗议。②朱虹对罗彻斯特的自我辩护进行了毫不留情的解构分析，从字里行间中读出了一个工于心计的英国贵族男性的形象（而她在1979年时疑还为罗切斯特的单方面说词所左右，对之报以同情和赞许）。进一步，她批评勃朗特对伯莎的妖魔化违背了"生活的逻辑"，陷入了流行的"情节剧"模式。伯莎存在的唯一理由就是以自己的丑与恶衬托出简的善与美，以便把读者所有的同情和兴趣引向正面主人公，"伯莎·梅森不仅是紧闭在桑菲尔德的楼阁里，而且紧闭在《简·爱》'情节剧'公式化的角色里"。③

方平的立场体现了回归文本本身的要求。他认为，将简·爱简单地认同于疯女人乃至丑化罗彻斯特的读法，偏离了一般读者的印象。对于疯女人的问题，并非只有女权主义批评的"寓意读法"一途，"依附于文本、不多加深思"的"模糊读法"自有可取之处，理论未必就高于常识。他希望借疯女人的窗口一窥作者的创作意图，从这一角度来理解小说的整体结构和人物形象的构成。他认为，除了制造悬念、加速情节

---

① 韩敏中：《女权主义文评:〈疯女人〉与〈简·爱〉》，载《外国文学研究》，1988年第1期，第27页。
② 详见朱虹：《〈简·爱〉与妇女意识》，载《河南大学学报》（哲学社会科学版），1987年第5期。
③ 朱虹：《紧闭在'角色'里的'疯女人'》，载《外国文学评论》，1988年第1期，第91页。

的开展外，疯女人所要担负的主要任务是摧毁主人罗彻斯特的全部资产，从而阻止简·爱成为理查逊笔下的帕米拉之类的灰姑娘角色。但是作品的艺术性不免受损——过于浓重的浪漫传奇色彩破坏了整个作品的写实风格。①

范文彬则在方平的基础上进一步追问，设置疯女人这一人物，除了创作上的技术性考量，是否还有更深层的心理原因呢？他认为，简就是勃朗特自己，伯莎的原型则是她在布鲁塞尔求学时单恋的法语老师埃热的夫人，作者出于对"情敌"的报复而在想象空间将她"抹黑"。②从深层看，范文彬体现了调和性别对立的倾向。他相信，罗彻斯特并不像女权主义者所描述的那样专横虚伪，而是和伯莎一样在情欲中无法自拔的困兽，通过简·爱的拯救获得了康复，整部作品"不仅象征着罗切斯特从最初寻不到感情寄托的困境到最后又步入了需要接受恩赐与怜悯的困境的人生的艰难，而且也象征了整个人类两性之间从一种和谐走向另一种和谐的艰难历程"。③

女性主义批评和伊格尔顿的阶级分析所做的，都是敞开隐蔽的裂隙，不过自我分裂的原因一个是性别差异，一个是阶级地位。陈姝波试图将两者结合，揭示简·爱模糊的"性别意识形态"以及对主流父权意识形态既反抗又迎合的态度。她断定，男女主人公之间的矛盾和权力之争即便在婚后依然存在，因为促使他们和解的并非内在灵魂的相遇相知或性别觉悟的提高，而只是一些外在境遇的变化。④相反，为了填平文本中的诸多裂隙，葛亮借用弗洛伊德原理设计了一个统一的框架：《简·爱》就是作家个人内心的小宇宙，伯莎代表本我，简·爱代表自我，海伦·彭斯代表超我（这就将吉尔伯特等提出的简·爱的双重人格发展为了三重人格），而罗彻斯特是几重自我的共同对象。在这样一个完整的象征体系内，所有的矛盾都具有了必然的意义：理智而独立的

---

① 详见方平：《为什么顶楼上藏着一个疯女人？——谈〈简·爱〉的女性意识》，载《读书》，1989年第9期。

② 详见范文彬：《也谈〈简·爱〉中疯女人的艺术形象》，载《外国文学评论》，1990年第4期。

③ 范文彬：《对〈简·爱〉中罗切斯特形象的再审视》，载《外国文学研究》，1991年第3期，第12页。

④ 详见陈姝波：《论〈简·爱〉中的性别意识形态》，载《外国文学研究》，2002年第4期。

简·爱为何总是在呼吁神助，为何危机总是通过超自然因素得到化解？——超我对自我的决定作用；罗彻斯特为何同时成为简·爱爱恋、拯救和斗争的对象？——作为三部人格共同的对象，他必然被自我欣赏，被本我攻击，被超我拯救。而自我／简·爱对于传统礼俗的表面妥协，正是要为本我和超我充分发挥作用提供掩护。最后，对于《简·爱》在女性意识发展上的意义，文章也尝试给出一个更深刻的答案：《简·爱》的革命性就在于它第一次把男性彻底地作为对象，"'3+1'体系把男性放在一个被摧毁与拯救的弱者地位"。①

而韩敏中运用吉尔伯特等人的"寓意读法"，发现了文本中一个象征性"语误"（slippage），由此演成了自己的寓言故事——"坐在窗台上的简·爱"。话语层面的简，雄心勃勃，要打破一切界限，而在实际行动中从未越出家庭的雷池，最后自愿地担当起照顾残疾丈夫的天职。这一矛盾，已蕴含于小说伊始简坐在早餐室窗台前的场景，窗前的简浮想联翩，展开了一片广大的心理空间，然而又被牢牢地束缚在这一边缘位置。但这又是简心爱的、具有象征意味的位置，"窗台"意味着能随时窥视充满敌意的四周，自己却不被发现。这种窥视的权力意味一目了然，由"视"而"知"，继而产生"力"（这一观察角度无疑受到了西方女权主义的性政治和权力理论的影响）。她和罗彻斯特宣称他们具有精神上的平等性，然而隐藏在话语下的是双方的权力对峙，取胜的秘诀乃在于谨守"窗台"的隐蔽阵地。"窗台"隐喻推向极致，就是上帝所提供的精神庇护，这一庇护使简既充满了力量，又时时谦卑自制。②

我们看到，在忠实于异域文化自身提供的区分标准的前提下，中国学者进行了富有成效的调配和重组。外来视角并未将思维缚住，反而引他们进入一个生动的游戏场，意识到无论简·爱、罗彻斯特、伯莎，其意义都不像表面看来那样简单，而一个现实主义的标签也无法穷尽作品的内涵。在这个游戏场上，各类理论素的处境甚至更为自由，不同时代

---

① 葛亮：《本我·自我·超我——浅论〈简·爱〉中的"3+1"体系》，载《国外文学》，1999年第4期，第72页。

② 详见韩敏中：《坐在窗台上的简·爱》，载《外国文学评论》，1991年第1期。

和流派的观点、原本水火不容的意识形态的融合更为容易——在方平那里，细读法、寓意读法和模糊读法得到了一视同仁的对待，而范文彬用传统的男性立场中和了女性主义的锋芒，重释了《简·爱》的人道主义精神。个中原因，是中国观察者处于一个二度理论化的地位，没有作为当事人的国外批评家那样直接的社会政治诉求，反而能抱着纯理论兴趣，超脱地展示各种观点的内在价值，创造有趣的理论形式和区分标准的再组合。这种再创造、再组合又和中国的现实问题密切相联。如朱虹不但是新时期中国女性主义立场的重要发言人，她的两篇《简·爱》评论更直接促进了1988年到1989年间中国女性主义批评的第一次繁荣。而她的女性主义思想也有明显的中国烙印，可谓"唯物主义的女性主义"："而性别在文学中的影响与作用，根据'存在决定意识'的原则，又是以男性和女性社会存在的不平等、以男性为中心的文化为前提的，因而是符合唯物主义观点的。如果取消性压迫这个大前提，妇女文学的独立范畴就难以成立。不过那样一来，我们就离开了脚下的现实土地而升入一个神话世界了。"①一个充满变易的想象空间被重建起来，它充分反映了新时期中国社会的自我意识和知识界的若干精神倾向，又在反复争论中将西方经典作品的意义结构越来越清晰地呈现出来。

　　不难看出，外国文学既是独立的功能系统，也和现实社会环境有着结构性关联，能够随时加入和服务于国家的意识形态机制，其作用如王守仁所总结："外国文学曾先后作为反传统的话语、政治革命的工具、观看外部世界的窗口参与中国社会变革，对中国社会现代价值观的形成与确立直接或间接产生了影响。在全球化时代，外国文学通过帮助人们增强本土文化认同感、培育国际意识、开拓全球视野，继续对中国社会现代价值观的构建发生影响和作用。"②外国文学能提供意识形态价值，也承受着意识形态的刺激，故外国文学研究成了检验思想交流是否活跃、社会系统是否健康的标尺。"文革"时将外国作家挡在国门之外，

---

　　①朱虹:《妇女文学——广阔的天地》，载《外国文学评论》，1989年第1期，第58页。
　　②王守仁:《现代化进程中的外国文学与中国社会现代价值观的构建》，载《外国文学评论》，2004年第4期，第99页。

不过表示了系统内的精神自戕——自我化约成了苍白信息，也就不再需要他者。可是浩劫一过，自我和异域符号的双向交流又恢复了本来面目，外国文学自然成为思想解放的前锋。卡夫卡就是最好的例子，这位曾经是资产阶级颓废派象征的德语作家，竟成了"文革"后中国读者的精神教父。王蒙在《冬天的话题》中调侃说："在V市，朱家祖孙三代对于浴池业来讲，其威信等于鲁班之对于铁匠、木匠、泥水匠，卡夫卡之对于八十年代青年习作者。"①反之，刘索拉《你别无选择》中令音乐学院的躁动青年们感到无比愤怒的旧秩序是："不仅作品分析课绝不能沾二十世纪作品的边儿，连文学作品讲座也取消了卡夫卡。"②卡夫卡甚至直接加入中国文学的语义场，对中国文学本身的系统运作施加影响。如在格非对鲁迅和卡夫卡的比较研究中，鲁迅的人道主义和革命精神得到了卡夫卡式虚无处境的锤炼，现实主义者鲁迅在卡夫卡作用场中被发展为"存在者鲁迅"③，鲁迅面临的真正问题成了当代西方哲学所关心的存在和语言悖论。卡夫卡符号在中国当代话语场中经历的一切，不过彰显了整个系统的沧桑之变，卡夫卡研究既是系统自我分化的产物，也是系统演变的基础和动力。大体上说，中国学者观察卡夫卡的第一个区分标准是资产阶级/无产阶级，第二个区分标准是异化，第三个标准是存在，第四个标准是语言。新时期之前只有负面意义上的卡夫卡研究，资产阶级作家卡夫卡是用于批判的反面教材。新时期以来，异化/非异化标准让社会学批评一度成为主导，卡夫卡的小说成为资产阶级社会系统和官僚机制的反映和批判，而无产阶级和社会主义的非异化成为不言的语义背景。在存在/非存在标准下，存在主义的理论扮演了重要角色，异化问题为存在问题所取代。语言/非语言标准则意味着，卡夫卡成为语言的守护者，在此视角内，许多后现代理论和方法被引入了卡夫卡研究之中。这四个观察标准的产生和交替，既投射了"后文革"时代

---

①王蒙：《冬天的话题》，载郑荣华编：《中国黑色幽默小说大观》，群言出版社1996年第2版，第126页。

②刘索拉：《你别无选择》，载郑荣华编：《中国黑色幽默小说大观》，群言出版社1996年第2版，第50页。

③格非：《鲁迅与卡夫卡》，载《塞壬的歌声》，上海文艺出版社2001年版，第161页。

社会大系统的去政治化趋势，也是作为一个功能系统的外国文学研究日渐独立的体现。

构成外国文学系统的环境的功能系统很多，有经济、政治、教育、出版界，也有哲学社会科学，但就当代中国的情形而言，长期以来，意识形态指令是现实环境干预外国文学交流的主要方式，对于方法、理论的选择有决定性影响，如对于批判现实主义的偏爱，紧扣着社会主义优越性的基本立场，而对于巴赫金的狂欢节理论或德里达的解构主义的热情，也暗示了反宏大叙事的意识形态策略。由于意识形态的干预，即使是对待同一种理论工具，不同时期的观察者也有不同反应。袁可嘉在1940年代是新批评理论的鼓吹者，在艾略特、瑞恰慈等人的基础上提出了一套"新诗现代化"主张。但是到了1960年代，马克思主义文艺理论强调文学的工具性，新批评的艺术自治成了异端邪说。在系统环境的重压下，袁可嘉从文学理论、文学批评和文化思想三方面对新批评进行了严厉批判，斥其为"从垄断资本的腐朽基础上产生并为之服务的反动的文化逆流"。①而在新时期，审美和艺术维度获得政治平反后，袁可嘉和文艺界的理论姿态又进行了相应调整，新批评成为取代庸俗社会学的新的主导性范式。这无非说明，中国的外国文学研究在长时间内缺乏作为系统特征的自主性格，无法实现自动生产和自我分化。

但外国文学必须保持相对独立，才能维护自身作为系统的存在。一个悖论现象是，外国文学越是能作为独立系统存在，就越能服务于社会整体。从知识发展的角度来说，文学系统自我分化出外国文学的子系统，不单是出于社会对于文化沟通的现实需要，更是知识体系自身展开的逻辑后果：一个能分化出自身的对立面并与之有效互动的系统，才具有自我更新的生命力。1990年代中国理论界的文化研究转向和后现代话语的登场，标志着意识形态的逐步淡出，外国文学研究的功能系统特征日益明显，方法论的转换日益成为学科系统内的自我生产。这当然不意味着和外部现实环境的脱钩，而是说，系统自身的分化原则成为理论

---

① 袁可嘉：《"新批评派"述评》，载《文学评论》，1962年第2期。

运动的主导原则，它决定了外国文学研究在何处、以何种方式和现实问题发生关联。外国文学研究者一如既往地关心中国的社会冲突、性别关系、权力分配等现实问题，然而在当下语境中产生对这类问题的关注，首先因为它们是文学和理论界讨论和争执的专业话题，即源自于外国文学交流系统自身的结构性需求，而非完成某一指令性的政治任务。

外国文学界的方法论实验，也构成了中外文学系统之间的过渡环节。国外社科界的新方法在进入中国之前，往往会在外国文学的解读上进行演示。张隆溪、赵毅衡、袁可嘉、高行健等人的介绍和探索，直接引发了1980年代的方法论热。多元的外国文学的题中之义，是多元的中国文学，也是多元的思想文化和价值取向。外国文学的批评手段不仅应用于和西方文学联系紧密的中国现当代文学，还在中国古典文学领域牢牢扎根，成为传统文化的现代转换的桥梁。反过来，残雪、余华、马原、格非等中国作家又投入了外国文学的方法论游戏，对外国文学的经典名著进行了富有魅力的个人化解读，创造了许多令人惊叹的观察形式的新组合。这种自我／异域的双向互动正是外国文学交流机制对于整个文学系统和社会系统的特殊贡献，是世界文学和世界社会得以实现的最重要的现实基础。

第三节　系统论与中国立场

一、双重中点：一种解悖论的策略

从认识论角度来说，超理论以进入／退出和异域／自我的区分标准取代了传统认识论的认识／对象的区分，从而摆脱了各种形式的理论都无法解决的文学认识的基本悖论，即文学中既不曾有固定的认识对象，也不曾有固定的认识者：有现实主义的卡夫卡，也有表现主义、象征主义或后现代主义的卡夫卡；今天的《简·爱》不同于昨天的《简·爱》，伊格尔顿的《简·爱》不同于斯皮瓦克的《简·爱》，而西方的

《简·爱》又不同于中国的《简·爱》，任何关于《简·爱》的"认识"都不过是一时一地的建构。执着于认识/对象的区分标准，等于否认了文学场域的认识的可能性。在此意义上，中国的外国文学和比较文学界热议的"失语"危机、要理论还是回到文本的争议、如何坚持本土立场的问题，都不过是认识论转型期特有的迷惑，因为上述问题只存在于认识/对象的传统认识论框架之内，这一框架却并不适用于外国文学交流过程。不难想象，由这种框架和内容的错位导致的悖谬会如此展开：（1）如果非要问，怎样的理论才能符合外国文学文本，理论间的相互抵制就是必然结果；（2）能和外国文学文本相符合的，从道理上说只有外国文学理论，那么中国观察者必然处于失语状态；（3）可是说到底，理论不可能符合文本，只有文本本身能符合文本，故文本主义鼓吹"不要理论"，但"不要理论"又是一种理论。综合起来，后果就是一个"失语"。"失语症"论是对转型期文化现状的犀利批评，但这种观察的有效性仅限于第二级观察层面，它只是告诉我们，我们的理论场上处处是悖论，现有的理论和文学对象的关系异常紧张。但是由第三级的观察来看，理论最终也只是悖论：理论无法观察自身的区分标准。理论因悖论而展开，因为失语，故而能语。同时"失语症"论也没有回答，何为真正的解悖论形式。显然，如果把中国古代文论看作理论层面上新的竞争者，只是重复了悖论，而并未在理论的真/假标准外引入新的认识论标准，也就无法在区分的基础上观察这一真/假标准的种种形式。引入中国文论的结果仍不过是失语。

　　超理论旨在引入新的认识论区分，从而在系统内部实现对系统整体的返观。超理论的元方法论欲探讨的，不是认识和对象是否吻合，而是系统的自动生产得以延续的条件，这一条件就是进入和退出的交替。从超理论的角度来看，任何理论都具有合法性，它们共同搭建起文学的想象空间，以相互间的交替循环呈现文学空间的完整性——现实/虚构的二元共存。实现这一交替循环的关键是对转折点的把握，这恰巧也是浪漫主义诗学的精髓。在弗·施莱格尔的"反讽"构想中，幻想世界的破灭既是诗人对自己的反讽，也是有意识地在有限和无限、现实和幻想之间建立一种辩证循环。反讽观念彻底内化,就成为所谓元小说,一种持存于变化中点的艺术:小说家随时展示自己制造效果的技巧,让读者的心灵在虚幻和现实间紧张穿梭,智力和直觉都绷到极致。而文学研究要从结构上模拟和重现其对象,就要同时把握对象的有限性(反映现实)和无限性(对于生活整体的想象)两方面。一方面,它给文学一个暂时的锚点,以定义和概念建立一个可靠的知识结构;一方面,它又希望保留文学的游戏性、创造性,像文学那样化入生命之流。唯有在退出和重生的临界点上,才能左右逢源,二者兼得。"进入/退出"即知识的悖论化/解悖论化的区分,这一区分在任何形式的理论操作中都会重复出现。它意味着,任何观察本身都是悖论,因为它无法观察这一观察自身(即观察所依据的区分标准)。通过改换观察角度,悖论会自然消除,但是新的观察角度同样是悖论性的,因为它同样无法观察自身的观察,唯有灵活、生动的转换能将悖论无限推后,这一转换又依赖于对临界点的高度敏感。

在就一个法国文学史课本所作的反思中,罗兰·巴特提出纠正文学和教育脱节的三种临时方案:第一是打破发生学神话,转而以我们自身为文学历史的中心,从"现代的断口"而非从古典主义出发来组织文学历史。第二是以文本替代作家、流派和运动。不是由文学史的元语言系统去阐释文本,给予文本一个固定位置,而是由一定数量的文本出发,使蕴藏于文本中的众多认知符码得以播散。第三是承认多义的权利,发展一种多义的文本解读方式。①显然,巴特是要从能指游戏的角度,开辟一条符合真实的文学想象的文学研究之路,让死的文学史变成意义繁衍的生动过程。但需要补充的是,这三个措施都以转折点为隐蔽前提:第一,自我如若不是僵死的形式,就必然是新我和旧我之间的临界点;第二,"文本"也是一个中间性的、介于整齐的作品和散乱的口头用语之间的层次;第三,多义性的基础是放弃单义的依托,达到一种有意味的虚空,即有无之间的萌芽状态。

---

① Roland Barthes, "Réflexions sur un manuel," in *Essais critiques IV: Le bruissement de la langue*. Paris: Seuil, 1984, pp. 55-56.

由转折点而致整体的超理论立场，对于具体文学理论来说，就意味着新旧解释模式、欣赏习惯、社会问题语境的辩证共存，意味着对所要建构和所要抵制的视角皆有清醒认识。实际上，几乎所有的先锋理论，其初衷都是寻找新的转折点，由此达到新的整体意识，譬如：马克思主义批评旨在引导资产阶级文化向未被异化的无产阶级立场转化；后殖民话语展示宗主国的自我文化向殖民地的他者文化的转折；酷儿理论是主流文化转向以同性恋为代表的亚文化的体现；接受理论则聚焦于作者创作的文本（艺术极）和读者对文本的实现（审美极）的中点，等等。为了抵抗权威观念，理论通过伸张另一极来建立起张力场，使之趋近于一个自我循环的生命系统。这一系统的宗旨，无一例外是要促成原先被分隔的对立项之间的沟通转换，因为在真正的整体性、宇宙性背景下，对立的各项都具有自身的相对合理性。唯有立场间的相互转换，能帮助实现生命的周流循环。

以"外国"为中介的文学研究的情形更为复杂。外国文学空间的平面图，就是达姆罗什提出的椭圆形。椭圆架构中的世界文学作品同时具有两个焦点：译入语文化与译出语文化，分别折射各自文化系统的价值观与符号需求。[①]与此相应，中国的外国文学研究必然立足于双重中点：新旧文学体验之"中"——关涉文学空间的建构；中国的问题诉求和外国的批评立场之"中"——关涉"异域"内涵的实现。外国文学研究的元理论程序可分为两部分。首先，腾空是进入的前提，在虚空中得以自由地想象，创造和符码共戏的新途径。这时我们是在以对待本民族文学的方式建构纯粹的文学空间，享有直接面对审美对象时的全部自由，而建构者所居的理想位置，就是退出和进入的中点。其次，外国文学之为外国文学，在于它不可消解的异域性，而这就体现为，它的意义结构和意义的生长点相对固定，拒绝主体的任意支配。但是我们仍然可以在不改变意义结构的前提下，突出或质疑单个的意义点，对它们进行调配和重组，将它们和本民族文学作品相比较，以这类方式使异域符码

[①] David Damrosch, "World Literature, National Contexts," *Modern Philology*, Vol. 100, No. 4, 2003, p. 514.

和自身的问题相联系，反映我们在本民族社会和文化系统中所居的位置。现在的主体是一个只拥有相对自由的中介者，其处境和文学翻译者最为相似，都必须将自身保持在另一种审美和认知传统的规定性之中。诗歌翻译被称为"戴着镣铐跳舞的艺术"，外国文学研究同样如此。但即使在这样的艰难处境下，观察者的最佳位置仍然是外国经典立场和我们此时的立足地之间的中点。

外国文学研究者因此注定是二重人格，他把自己同时置于两重基本关系中，如一个高超的空中走绳者，在两个关系维度中来回摆荡。只有在意识中彻底经历了第一步程序，他才可能融入文学的无限空间，成为文学的体验和想象者。否则，就沦为了理论的搬运工，根本没有领会何为文学，遑论在第二步程序中实现内外视界的融合。形而上地看，第一重关系让人领悟到世界的无限（但也带来丧失规定性的危险），第二重关系让人体会到世界的有限（但也可能让人陷入僵化），而二者都是世界的真相：世界既是存在，也是思维，既可供想象，也可供分析。文学从本性上说不容任何概念羁绊，但又需要在整个知识系统中有自己的位置，和现有的知识范畴相接相容，否则就失去了一切可理解性。两步程序之间的关系，又正类似于浪漫主义反讽。批评家在第一步中，尽情地发挥想象的创造力，而在第二步中，却不得不回到现实的问题和现有的知识系统，正视外国文学作品的意义的民族性和历史性——既受制于与之共生的外国批评立场，也要服从于中国观察者的问题意识。我们不但要保持在每一重关系内的中点，而且要站在这两重关系之间的中点，显然这需要更多的技巧和耐心。

二、中国文化立场的超理论意义

可是，中国立场真正的位置在哪里？这仍是无法回避的难题。事实上，尽管中国的外国文学研究和中国问题本身向来是密切结合，甚而是密切配合的，学界依然感到一种真正的中国立场的缺失，也就是说，有关中国的问题并不就等于中国化的问题。反之，棘手之处在于，中国问题如何能成其为中国问题，即如何让中国的现实问题、本土问题成为中国化的、以中国特有的方式提出的问题。换言之，研究者由直觉感到，还没有真正进入一个超理论的观察层面。吴元迈在总结新中国50年外国文学研究的成就和缺点时，指出的第一条缺点就是："尚不能完全以我为主，从中华民族的主体性出发来探讨和研究外国文学。"①只有进入超越一般中国问题的超理论层面，才能回答有关中国立场或"中华民族的主体性"的问题。

放弃外国文学研究在理论层面的自主，意味着对于外国文学的异域性的尊重，维持自我和异域的适当张力，但这并不意味着要放弃外国文学研究在超理论层面的独立。同时也提醒人们，所谓中国立场必然是一种更为深刻的中国文化立场，既不等于一般的方法理论，也不等于一般的（上述第二重关系中的）中国问题意识。"问题意识"是近年来中国的外国文学方法论反思中的时髦口号。然而何为"问题"？用知识社会学的术语来说，"问题"即来自外部环境的"刺激"（irritation），它还未经过"结构性联结"的疏导而上升到系统内运作的形式层面。所谓"问题意识"，就是这种刺激本身成为系统内交流的话题。中国问题不等于作为纯形式的中国文化立场，且中国问题在某一时刻恰恰可能是：无法实现中国文化立场的形式。中国问题是有待中国文化立场加工的，还不具备形式的纯粹媒介，而作为形式的中国文化立场代表了自我创造、自行演化的系统整体，包容了外国文学研究的进入／退出和自我／异域的二重循环。中国古代思想不仅向往着这一整体视域（"范围天地之化而不过，曲成万物而不遗"），而且的确提供了一些重要路标。曹顺庆指出，能够提供源头活水的并不是一般的"风格"、"妙悟"、"意境"等文论范畴，而是超越于范畴的深层文化规则，范畴会消失，规则却会永续。②这是高明的见解，同时也说明，他反思"失语症"的重心已逐渐由最初的理论观察（古代文论）层面转到一个超理论层面。在第三级观察的层面，中国古代思想提供的资源极为丰富。首先是整体的可能性，

---

① 吴元迈：《回顾与思考——新中国外国文学研究50年》，载《外国文学研究》，2000年第1期，第13页。

② 曹顺庆、靳义增：《论"失语症"》，载《文学评论》，2007年第6期，第79页。

或者说超出一切"有"（系统、实在、理论、意义）的"无"的可能性。"吾道一以贯之"，中国思想关注的始终是普遍有效的"道"，它所追求的统观，远超越了西方解释学中整体和个别的相互参照，而是对于大小宇宙、意识和无意识、实体和非实体的综合观照。懂得了这种思维的真谛，就无须为批评话语的潮来潮往而困惑，此亦一是非，彼亦一是非，真正的道却寓于立场转换所暗示的动态的整体性。说到底，《易经》一阴一阳的观念才是文学的现实／虚构二元性的最佳诠释，相比之下，辩证法的矛盾对立仅限于在场者范畴，与之并不处在同一层面。同时，一阴一阳也道出了卢曼的知识的凝固化／去凝固化的区分的真义。一阴一阳谓之"道"，"道"就是统一了有和无、系统和环境、自我参照和外来参照、观察和操作的整体。故《易经》可视为人类最古老的系统论反思。在《易经》系统中，天道体现为系统论强调的"循环"（"复"）。"易"的三义源自不同层面的世界观察：在第一级观察层面，是世界万物遵循一般因果规律在生成、变化；在更宏观的第二级观察中，世界如四季般循环往复；在第三级的观察层面，世界是"不易"的宇宙秩序本身。其次，如何实现"道"的整体？对中国古人来说，整体性的希望不在事物的完善状态，而全赖于称为"几"或"微"的萌芽点。"几者，去无入有，有理而未形之时。"[①]据有了有无之交的"几"，就能通达整体。而文学象征在最初的意义上，就是处在意识和无意识交界点的类似于《易经》卦象的原型图像。这类图像的作用机制，按照《易经》的著名翻译者卫礼贤的解释就是：

  但所有这些在宇宙必然性内共同塑造了单个命运的运动方向的复杂力量有一个萌芽点，位于那无形式者成形之处，在无意识中生出图像之处，这些图像给出原始形式，有意识的和外部的演变根据这些形式而展开。这些起源极为简单。同样那些将一个展开的命运越来越快地推向其实现的以元素形态作用的

[①] 孔颖达：《周易正义》，北京大学出版社2000年版，第18页。

力量，也有一个特定时刻，那时动与不动处于临界点（Indifferenzpunkt）。在此点上，一切都还是极容易的。①

将形而未形之处，是系统和环境的临界点，可见和不可见、静止和运动的交汇地，这里才有干预的可能——文学之所以深入人心，移风易俗，秘密就在于此。《易经》最后一卦是《未济》而非表示完善的《既济》，这正是自动生产、自行演进的系统的特征，没有哪个观察者据有上帝的超越地位，重要的是不断从新的层次来观察自身，发现以前的观察过程的盲点。显然，这种中国文化立场并非具体的理论范畴，而是促成变化、生长的符号组织原则。中国文化空间也只是创造性地演绎那"大"的境界的空间构造行为本身，不仅要求超越任何实际的中国的社会政治观点，也要超越中国古代文论范畴乃至国学传统（因为任何理想的框架，都只有在否定和超越中实现自身）。同时，超越不是指向系统外的终极目的，而是在不息的向上升进中回复到一阴一阳的宇宙律动，超越性和内在性合二为一，从而实现了"自然"的本义。这也正是卢曼的系统论的隐蔽理想。卢曼曾批评说，20世纪西方思想的最大问题是摧毁了整体后无力再思考整体②，故他力图设计一个非目的论的、充满变动的新整体图式。对他来说，系统不是为了消灭偶然性而存在，相反偶然性和不确定性是系统演进的基本动力。③为了彻底消除所有的未来的确定性，他不惜用知识的进化论代替传统的逻辑实证主义、共识理论或连贯性理论。在知识的进化论中，"时间"成了真正的结构性范畴，认识（理性）被彻底地时间化，知识随时势而变动，刹那生灭。卢曼认为，传统的西方认识论以一个固定的观察者和一个固定的观察对象为出发点，而现代的认识论应从变动的观察者和观察对象出发，以一种"操

---

① RRichard Wilhelm,"Einzelschicksal und kosmische Entwicklung,"in *Der Mensch und das Sein*. Jena: Eugen Diederichs Verlag, 1931, S. 6-7.

② Niklas Luhmann, *Die Wissenschaft der Gesellschaft*, 3. Aufl., Frankfurt a. M.: Suhrkamp, 1998, S. 502.

③ Niklas Luhmann, *Die Wissenschaft der Gesellschaft*, 3. Aufl., Frankfurt a. M.: Suhrkamp, 1998, S. 521.

作逻辑"（operative Logik）取代传统的逻辑，在这一点上他接近了《易经》的基本立场。

中国立场由此成了包容性框架的象征，它不关心具体理论程序，却暗示了作为认识路径的系统／环境或自我参照／外来参照的循环，以此来冲破知识的凝滞与固化，使文化活动和生命律动保持一致。从根本上说，理论活动的有效性在于，既能保证意义的繁衍，又让单个意义的生成和宇宙的整体背景相关联，从而避免多义性沦为个别性的专制。如果能朝这个方向迈出步伐，让中国文化空间成为一个超越意识形态、充满变易可能的场域，就可以骄傲地说，曾经生成了中国传统文学批评方法的中国文化规则，也可以引导我们和当代方法理论对接，以中国方式来组织"外国文学"想象空间。这自然并非简单的"可以用中国的文学研究方法研究外国文学，也可以用外国的文学研究方法研究中国文学"①，或把"知人论世"、"以意逆志"等中国传统观念和外国文学批评直接挂钩，而是要严格地区分超理论和理论、道和术的不同层面，在前者的立场上对后者进行调谐重组。中国文化立场反映系统的整体运行，而一般理论代表了局部程序，承担特殊的建构功能。但因为文学以整体为结构性动机，以逻辑和想象的交替为分化原则，故文学理论又天然地具有向整体跃进的趋势。故既要在科学的功能性层面，认真对待与外国文学相联的外来理论立场，让它们和中国的问题意识相联结，同时又要超越局部程序，进入一个包容理论观点的循环转换的生命空间。如果中国文化精神能在这方面发挥引导作用，就实现了中国立场的真正含义。前文"双重中点"的提法，自然也是以中国文化的超立场为前提的。

理论也好，概念也好，从知识系统的整体运作角度来看，都代表了知识的凝聚，但是凝聚乃是为下一步的演进创造基础。按照中国观念，坤（阴）主保藏，赋予万物稳定的形态，然而坤道承乾，乾道统坤，才是宇宙规律。乾道主变，代表了生命的进进不止。而以一个超理论立场打破一般表意过程的凝滞的想法，也早就在酝酿中了，20世纪理论史

---

① 黄宝生：《外国文学研究方法谈》，载《外国文学评论》，1994年第3期，第123页。

上留有它清晰的印迹，绝非简单的"中国特色"。与之相共鸣的，首先可以举出20世纪初的本雅明。如前所述，相比于外国文学的源出地，中国文化空间是一个远方的陌生环境，然而本雅明也将实现文本意义的关键环节推到一个全然陌生的层面。如他著名的《译者的任务》所述，翻译不是对原文的自我实现的妨碍，而恰恰是要帮助原文向纯语言的层面超越。为了"纯语言"的缘故，译者冒险打破民族语言之间固有的藩篱。译者得天独厚的优势就在于，他只需关注语言自身而不必像作者那样背负沉重的表意负担：

> 在不同的语言中，那种终极本质即纯语言只与语言因素及其变化相关，而在语言创造中，它却背负沉重的陌生的意义负荷。要解脱这一重负，把象征变成被象征，从语言流动中重新获得圆满的纯语言，则是翻译的巨大和唯一的功能。在这种纯语言中——它不再意指或表达什么，而作为非表现性和创造性的"道"，它成了各种语言所意指的东西——一切信息，一切意义，一切意图，最终都在一个语层上遭遇，并注定在这里消亡。这个语层为自由翻译提供了一个新的和更高级的理由，这个理由并非产生于将被表达的意义，因为从这个意义中解放是"信"的任务。①

按照本雅明的形象表述，译文体现了原文的来世生命，更确切地说，译文不过是造成运动的媒介，它以一种激进形式迫使原文蜕去内容的外壳，在向纯语言的跃升当中实现真正的内容。对本雅明来说，意义（信息、意义、意图）即为凝滞，而人类语言的本质是翻译所象征的流动。

罗兰·巴特的"文学"概念也起着类似中国文化空间的包容功能。文学是绝对"真实"，亦即绝对"界外"。它容纳任何知识，而从不将其

---

① 〔德〕瓦尔特·本雅明：《译者的任务》，载陈永国编：《翻译与后现代性》，中国人民大学出版社2005年版，第10页。

固定。它使知识超越了认识论层面，而进入一个戏剧化过程，即近于生命本身的无休止的自我反思与超越过程，文学恰是为了纠正科学和生命的落差而生。巴特的文学成了符号游戏的大剧场，而他的语言无政府主义也正基于对文学的包容能力的信心：文学允许主体根据欲望的自由或欲望的倒错而选择合适的语言。①作为制造变化的符号空间，文学和形而上学的整体框架的区别，就是可写文本／可读文本、书写／作品、读者／作者的区别。可读文本设定了一个固定框架（典型社会环境、典型人物），使读者沦为信息的被动接受者。相反，可写文本为读者提供了参与权力游戏和文本建构的空间，邀请他们去生产无数的实体："可写文本是一个永恒的当前，关于它无法提出任何连贯的言语（后者必定将它转化为过去）；可写文本，它就是我们处在写作中，在世界的无限游戏（世界作为游戏）被某种单一系统（意识、体裁、批评）所横越、分割、制止、塑形之前。正是这种系统压制入口的多样性、网络的开放和语言的无限。"②

斯皮瓦克也曾郑重其事地向西方同行推荐一种由异文化的翻译、调谐而实现的"远距制作"（teleopoiesis），其理由是，在"星球化"（planetary）时代，被他者想象乃是自我想象的真义和最佳途径。在"远距"（teleo）的"想象制作"（poiesis）工坊，来源、诉求迥然相异的种种理论素各得其所，相得益彰，将文学的符号空间合作建设为一个动态、开放的生命空间。这个概念挪用自德里达的《友谊政治》，在德里达那里，"远距制作"意为在一个完全不同于你自身之所处的时空中，在事先完全不知道将会发生什么的情况下，促成某种东西的生成。斯皮瓦克由此引申出了一种新的比较文学研究方法："这是想象你自身，而其实是让你放弃保障，让你自身通过另一种文化、在另一文化中被想象（经历那种不可能性）……"③事实上，斯皮瓦克相信一切真正的诗学

---

①参见 Roland Barthes, "Lecture in Inauguration of the Chair of Literary Semiology, Collège de France, January 7, 1977," trans. by Richard Howard, *October*, Vol. 8, Spring 1979.

②Roland Barthes, *S/Z*. Paris: Seuil, 1970, p. 11.

③Gayatri Chakravorty Spivak, *Death of a Discipline*. New York: Columbia University Press, 2003, p. 52.

都是这样一种由充满非确定性的遥远时空媒介进行"制造"的诗学。

以上三位理论家都相信,理论恰恰要在一个貌似神秘、混沌、非科学的空间中才能实现自身。无独有偶,三人都提到了意义的消亡和语言的重生的辩证关系。"一切信息,一切意义,一切意图,最终都在一个语层上遭遇,并注定在这里消亡",这一纯语言的层面被本雅明称之为"上帝的记忆王国"。对罗兰·巴特来说,要倾听"语言的簌簌声"(le bruissement de la langue),恰恰要超越一切语法和逻辑,融入那"永远而高贵地置身于句子之外的东西"即"非句子"(non-phrase)之中。①斯皮瓦克则意味深长地引用了托妮·莫里森的《宠儿》结尾处的一段,来暗示那种超乎言语之外,却在一些后殖民作家的文学虚构中呈现的"星球化"空间:

> 渐渐地,所有的踪迹消逝了。不仅足迹被遗忘,还有流水,以及水底的东西。留下的是天气。不是无法追忆、无可解释者的气息;而是屋檐上的风,或者迅速融化的春季的冰。也就是天气。

抹去言说的"痕迹"(trace),才能领会亘古不变的"天气"(weather)和"大地的语调"(earth's tone),这岂非孔子说的"天何言哉?四时行焉,百物生焉"。斯皮瓦克相信,惟有进入这一"无语"的境界,才谈得上所谓文化间的翻译,比较文学亦才能起死回生。②

其实,理论家们大都清楚,一般的方法论只是人为的区别系统,而真正的方法论是在主体想象和宇宙生命之间进行有效调谐,将方法的区别纳入整个世界的交流系统,从而使方法操作的成果超越一时一地的功能性意义,帮助文学实现其文学性——实现其作为普遍化的交往媒介的使命。这就是德里达的"延异"(différance)和"差异"(différence)的

---

① Roland Barthes, *Le plaisir du texte*. Paris: Seuil, 1973, pp. 79–80.

② Gayatri Chakravorty Spivak, *Death of a Discipline*. New York: Columbia University Press, 2003, pp. 88–89.

区别：一般的方法论就是一般的区分（"差异"），而真正的方法论是动态的宇宙性区分（"延异"），是造成区分的区分之区分。①卢曼在知识社会学上的激进之处就在于，他已经意识到，认识论的终极问题乃是如何解决循环、无限后退、同义反复和悖论的问题，他的办法是以观察／操作的区分来代替传统形而上学的思维／存在和先验／经验，以无穷的观察将悖论向后无穷推远。《易经》则可谓这一"操作逻辑"的进一步简化，既是理智的终点，也是返璞归真的开端，它的阴／阳、静／动的区分道出了观察／操作的区分的实质。对于《易经》，不变的就是"易"本身；对于卢曼，系统之所以能实现其运行和演化，正因为放弃了一切固定的根据或目的。②

现在可以更好地理解文中一开始提到的那个突兀的命题——文学研究应该和"无限"之维挂钩，把融入"无限"当成阐释学的核心问题。所谓"无限"，指的是意义的无限，意义的无限源于交流的无休止，而文学应成为具有"自动生产"能力的交流系统。在这一交流系统中，理论阐释是不可少的一环，因为阐释是促成交流行动的主要手段。但理论真正的使命是交流行动本身，是在原有的交流行动的躯干上嫁接入新的交流的可能性，并力图和文学外的交流系统如伦理、法律、权力、货币等发生关联。这种新的交流当然是在创造新的差异（新的意义），但从根本上说，它只是实现了文学交流系统自我更新、自动生产的内涵本身。而所谓的意义就不能理解为——作为阐释终点的——现成的存在物，而仅仅是一种媒介，一种促成文学交流行动的契机。

有一个基本的立足点，才能展开想象；有一个基本的限制，才能生产复杂性。如果这样的表述过于抽象，不妨更简单地说：有了世界，才谈得上世界上的万千变化；有了文学，才谈得上种种文学问题。故即使

---

① 卢曼也提到了德里达的"延异"概念和帕森斯的不断"重新输入"系统自身的"原始区分"的相似性。Niklas Luhmann, *Die Wissenschaft der Gesellschaft*, 3. Aufl., Frankfurt a. M.: Suhrkamp, 1998, S. 190, Anmerkung 38.

② Niklas Luhmann, *Die Wissenschaft der Gesellschaft*, 3. Aufl., Frankfurt a. M.: Suhrkamp, 1998, S. 591."所有稳定性的最终参照是系统的自动生产，即延续那些带有系统特别编码的操作——分配真假两种价值，以便实现系统内部的知识处理的象征化。"

在今天这样一个厌恶元叙事、反对普遍主义的时代，整体性的框架仍不可或缺。相反倒可以说，后现代反整体性的矛头从未触及整体，后现代欲以整体／非整体的区分形式打破现代的自我参照，仅仅因为这个区分，它就失去了整体这一斗争对象。从超理论角度来看，后现代恰恰因为立足于一种潜在的整体性，才得以反整体，也就是说它本身就是一种新整体性的表达。关键是，这一整体框架要促进，而非遏制创造性差异的游戏。

最后我们不仅要问：何为文学？何为诗？顺应变化是文学把握世界的特殊程序：在普通人看来静止的物体，诗人却看出了运动的过程，普通人目光所及是美丽的玫瑰，诗人却看出来复杂的空间游戏：

祝愿变化吧。噢，渴望火焰吧，
一个物在火中离你而去，炫耀种种变形；
那掌握尘世的运筹的精灵，
在形象跃动中，它最爱转折之点。①

回到变化的中点，就能掌握变化，体会运筹世界的精灵，这是文学的乌托邦，也是新的认识论根据。再回到本文一开始的问题：文学阐释与无限的关系。何为无限？无限当然不等于无界限，因为无界限即无世界的生成，而是在现实的边界内（系统内）拥有自我分化的无穷可能，在保存的同时还可无限生成，而实现这一点，正是系统论观念下文学认识论的核心问题，也是所谓"回到文学本身"的真实含义。

---

① 〔德〕里尔克：《致奥尔弗斯的十四行诗》第二部第十二首。转引自里尔克、勒塞等：《〈杜伊诺哀歌〉与现代基督教思想》，林克译，上海三联书店1997年版，第80页。

第三章
"本土"实践与世界文学
——对1990年代外国文学研究论争的一种考察

杜心源[①]

第一节 理论旅行：超越二元性

中国现代的学科体制基本是引进西方学科的结果，但是外国文学学科却有其特殊性。1903年京师大学堂颁布的《奏定大学堂章程》中，除了设置英、法、俄、德、日各国文学门之外，还将"西国文学史"列为中国文学门的课程。如研究者所说："张之洞制定本章程的主要参照系乃是英、美、日的著名大学，但上述各国大学却并无类似的课程设计。"在同一章程中，"中国文学"又是英国文学门的重头课程。而1930年代清华大学则要求中文系学生修读外文系开设的"西洋文学概要"课程。[②]与之相应的是，在1952年的院系调整中，外国文学被规定为师范院校中文系的必修课，沿袭至今，成为所有高校中文系的主干课程。不妨这么说，现代中国的外国文学研习从一开始就包含在一种"比较"的视野中。

对被强行拉入"现代性"漩涡的中国人来说，没有任何特定所指的"外国文学"是一个面目模糊的象征性符号，此符号的存在提醒着我们自身的不完满性。主体总是因为存在着某些异己的东西才会怀疑自身。

[①]杜心源，华东师范大学中文系副教授。

[②]温华：《"外国文学"课程设置与学科发展：从清末到民国》，载《中国图书评论》，2011年第10期，第55—61页。

那么，"外国文学"就是中国文化共同体外部的一个怀疑点，它让我们意识到存在着别的共同体和别的规则。更进一步地看，就如索绪尔（Ferdinand de Saussure）说的，两种语言在比较和翻译时，总是（即使是双语者）必须站在其中之一的立场上。这种非对称性绝无消解的可能。[①]于是，包含着明显价值判断的中国/外国的二项式出现了。这里的问题是，既然两种语言的关系注定是非对称性的，那么到底谁是说者，谁是听者，谁能掌握规则制定的主动权。文化共同体之间的权力等级差形成了政治性，于是"外国文学"在中国就不会是价值中立的学术事件，而是与更重大的问题——文化的政治性和身份政治密切相关。

这种中国/外国的比较可以毫不费力地扩展成我们/他们、亚洲/欧洲、东方/西方、传统/现代等一系列在延长线上展开的二元性命题。一方面，"五四"以来知识阶层在意识上普遍将现代化等于西化，而启蒙的重要使命之一就是按照"文明"的标准塑造自己，整合进西方的政治社会秩序之中，而政治和社会变革需要文化上的依据，因此文学就肩负了在国民的精神世界中进行"现代化"布道的使命。在新兴的历史意识中自觉地将中国文学卷入"世界文学"的大潮中，在国际精神产品的激荡和象征性交换中净化自己。[②]所以就不难理解，在一个长时间段内，"外国文学"都代表了更优越的精神生活方式，也是文学变革的鹄的，就像陈独秀在《文学革命论》中对中国作家的激励："吾国文学界豪杰之士，有自负为中国之虞哥，左喇，桂特郝，卜特曼，狄铿士，王尔德者乎？"[③]这几乎成为了一种定命，面对西方文化的支配，我们只有屈服于强大的现实，并按照翻译过来的异文化概念——"现代"、"民族国家"、"现实主义"、"浪漫主义"等——给自己命名。

另一方面，外来的概念和命题脱离了原先的语境，在接收方的共同

[①]〔日〕柄谷行人：《作为隐喻的建筑》，应杰译，中央编译出版社2011年版，第121页。

[②]如周作人谈到为何要研究希腊文学时说："我们中国人虽然以前对于希腊不曾负有这项债务，现在却该奋发去分一点过来。因为这种希腊精神即使不能起死回生，也有返老还童的力量，在欧洲文化史上显然可见。"周作人：《周作人文类编》第8卷《希腊之馀光》，钟叔河编，湖南文艺出版社1998年版，第10页。

[③]陈独秀：《文学革命论》，载《新青年》，第2卷第6号，1917年2月1日。

体要求压迫下而偏离了固有的涵义，以一种萨义德（Edward Said，又译"赛义德"）所说的"理论旅行"的方式被赋予了语境化的意义——"在某种程度上被新的用法，以及在新的时空中的新的位置所改变"。①就像安敏成谈论中国作家接受西方现实主义文学时说到的："那时他们正自觉攫取一种外来的艺术形式以满足历史和文化的需要，而最初激励这一形式产生的东西则与此迥然不同。"②

萨义德让我们注意到理论在语境迁移过程中的扭曲和变化，以此凸显被命名的文化的主体性。其用意是将殖民性的、充满语言规定性的权力关系改造为主体间的相互作用，把看似永恒不变的、抽象的理论重新置于历史之中，考察其在承受语境压力时所呈现出的不同面相。刘禾则在"理论旅行"的基础上进一步追问："谁在旅行？理论真的在旅行吗？如果是，怎样旅行？若是暂时承认理论具有旅行者的主体性质，接踵而来的就是另一个问题：什么是理论旅行所借助的交通工具？"③也就是说，她不愿将理论旅行停留在抽象化的层面，而是探究其在具体的历史时空中的具体运作方式。她希望借此在某种程度上还原文化交流和话语竞争的现场，而此现场必定是"活生生"的，即突破了前述的一系列简单的二元关系的历史的混杂和多向性。

刘禾谈到，这一历史语境的探究要抵抗"两种诱惑"——"要么用外国影响要么用本土演进来解释变化"，而去识别一些"偶然的时刻和过程"，"这些时刻和过程既无法归结为外国的影响，也不能简化为本土传统不证自明的逻辑"。④我认为，当我们考察现代以来的中国的外国文学研究时，这是一个值得记取的提醒。我们会把中国文学（尤其是中国古典文学）、外国文学这些概念当作本质的、整体性的东西看待，视之

---

① 〔美〕爱德华·W.赛义德：《理论旅行》，载《赛义德自选集》，谢少波、韩刚等译，中国社会科学出版社1999年版，第140页。
② 〔美〕安敏成：《现实主义的限制：革命时代的中国小说》，姜涛译，江苏人民出版社2001年版，第8页。
③ 刘禾：《跨语际实践——文学，民族文化与被译介的现代性（中国，1900—1937）》，宋伟杰等译，生活·读书·新知三联书店2002年版，第112页。
④ 刘禾：《跨语际实践——文学，民族文化与被译介的现代性（中国，1900—1937）》，宋伟杰等译，生活·读书·新知三联书店2002年版，第7页。

为常识和自明的概念，似乎世上真的有"中国文学"、"外国文学"这些"客观"之物，完全忘记了它们不过是参照西方知识体系和学科制度创造出来的。更重要的是，当我们的头脑里一旦有了中国/外国（或本土/世界）的二分法之后，就会不自觉地用到底是和西方对抗还是合作的态度来看中国的现代化过程，也就是把中国和西方当成判然有别的独立个体。但是，我们是否想到过中国/外国也许并没有那么泾渭分明，双方的界限可能是动态和模糊的，并且按照情况的变化而修改关系。现代中国知识分子诚然习惯于使用舶来的西方概念，如"现代"、"民族国家"、"理性"、"个人主义"等，但在"理论旅行"之后，这些概念也许不再仅仅是西方的，也同时成为现代中国文化的内在构成。从后文中我们会看到，这种既内又外的矛盾关系有时会形成多么有趣的自反性局面。

如果我们同意所有第三世界国家的现代性经验都有一定程度上的相似性的话，那么霍米·巴巴（Homi K. Bhabha）讨论西方的词语范畴进入印度时所举的例子可以给我们一定启发。他在考察印度人皈依基督教的过程发现，当西方的语言被置入当地土语时，一种未曾预料到的矛盾性出现了，基督教教义的"新生"观念，亦即人因为信仰而获得第二次生命，却被印度人理解为转世轮回。当传教士不得不再次说明"新生"的意思时，印度人又认为指的是婆罗门家庭里男子经过净化仪式后真正获得了婆罗门的身份。他说："在此，神圣、权威的语言受到本土符号的袭扰而出现了深深的裂缝，在这一实践中，占统治地位的主人的语言变得混杂了——既不是这个也不是那个。神秘莫测的被殖民者主体——一半默许，一半反对，总之是不可信任——为殖民文化权威制造了一种难以解决的文化差异问题。"[1]也就是说，当两种在话语力量上有着等级差异的语言相遇时，出现的并不只是合作或敌对，而是缠绕和暧昧难解的复杂性。西方的霸权语言一旦投入到实践中，就不可避免地包含了他者的"痕迹"（trace），而导致自身的同一性无法完成。这种"文化差

---

[1] Homi K. Bhabha, *The Location of Culture*. London & New York: Routledge, 1994, p. 33.

异"中不可抹除的他性并非是对抗性的，而是"一半……一半……"的，时而支持、时而颠覆殖民者的意识形态。

　　这一例子说明了后殖民主义所设置的"西方霸权/本土对抗"模式的无效性，其关键在于视界的转化，"外国文学"既不是国际文学作品的汇编，也并不是一个不着边际的精神理念。在某种意义上，它是历史性的，充满了差异和矛盾的场所，是自我和他者的汇聚和缠斗之处。它既被殖民者所用，同时也是殖民地人民话语实践的工具。美国黑人女性主义理论家贝尔·胡克斯（Bell Hooks）在其《语言，斗争之场》中谈到她第一次读到艾德里安娜·瑞奇（Adrienne Rich）的诗句时的震撼："这是压迫者的语言/可我需要用它和你说话。"胡克斯对此说：

　　　　他们需要压迫者的语言相互交谈，然而他们也改造并重制了这语言以使其所言所说可以超越征服和统治的疆界。在所谓"新世界"的非洲黑人口中，英语被改变、改造，成为了不同的言语。被奴役的黑人说着断断续续的英语，不完整的片言只语，弄成了一种反语言。他们以特别的方式把词语组合，迫使殖民者不得不重新思考英语的意义。[①]

　　胡克斯正确地指出了西方和本土在语言上的交错性，但是她仍然认为殖民地人民夺取殖民者的语言最终会造就"抵抗的文化"，于是语言成了"斗争之场"。不得不说这一论说过于天真了，而且背后仍然隐伏着我们/他们之分的二元性前提。在跨文化交往中，语言不可能只是为我所用的工具，其话语身份不容忽略，接受一种语言也就同时要面对其带来的意识形态诱惑；与此同时，无论是殖民者还是被殖民者都处在具体而微、时刻变化的历史之中，并不可能事先设定某种静态化的本质。正如刘禾所说："不管抵抗和统治的描述怎样复杂，把东方/西方的划分绝对化，仍然存在着一定程度的危险，因为东西方之间的边界常常是可

[①] 〔美〕贝尔·胡克斯：《语言，斗争之场》，载许宝强、袁伟选编：《语言与翻译的政治》，中央编译出版社2001年版，第111页。

以渗透的，而且随着条件的变化而变化。正如丽萨·罗薇（Lisa Lowe）在她对于东西方的观念所作的批评中恰切指出的：'当我们坚持一种静态的同一性与差异性的二元论思想，并且高举二元论的逻辑来解释一种话语是如何表现统治与臣服的时候，我们就未能解释内在于每个术语中的差异'。"①

在下文中，我将重点关注1990年代之后中国学人对"在中国"的外国文学研究的反思，外国文学能成为现代体制下的成熟学科是诸多学者不断阐释的结果，而围绕该学科的性质和研究方法的争论可以说不仅反映了诸多学者不同的现代性主张，而且更是富于启发意义的话语实践，其中蕴含了或隐或显的政治身份。对这些话语实践的分析，一方面让我们看到中/西现代性交错的复杂性；另一方面，通过对论争中体现的现代性元叙事的批判，让我们可以设想一种不同的对中/西文学关系的复线性叙事，从而为现代性的统一书写提供一个强有力的对抗性陈述。

第二节　规划性与实践性：关于"殖民文学"的争论

1994年第2期《外国文学评论》发表了易丹的论文《超越殖民文学的文化困境》，谈到了中国的外国文学研究的"殖民文学"性质。易丹认为，外国文学研究者是完美的"殖民文学"推销者，其作用和传教士类似。他的判断基于"一个强大文明对一个相对虚弱的文明的征服"，由于无力对抗征服的事实，外国文学研究者完全被西方概念所奴役："我们的学术就成了一种在封闭的圆圈里所进行的操作：我们的研究对象是外国文学，我们使用的方法是外国的方法，我们得出的结论已经预先设定，我们的文化立场因此也不会是中国的而只能是外国的。"即使在中外文学的比较中，也谈不上有本土的思维："我们的比较文学在很

---

① 刘禾：《跨语际实践——文学，民族文化与被译介的现代性（中国1900—1937）》，宋伟杰等译，生活·读书·新知三联书店2002年版，第35页。

多时候仅仅是在进行'比较',用中国的东西与西方的东西进行各种层次上的'对位'。在这些学术工作中,对话没有发生。没有对话,就很难说中国的模式与外国的模式产生了交流和对立。更何况众多的'比较'和'对位'都是在外国方法论的框架之内进行的(我们曾经有过的对于中国传统中没有史诗这一范畴的惋惜就是这种'比较'中最生动有趣的例子)。"

易丹认为,我们的应对策略应该是:"在有外国的参照系的基础之上建立的以我国的文化为基本出发点的话语体系。它将以'我们的'来取代'他们的',它将使我们超越目前这种只有说话没有对话的'殖民文学'状态,而真正进入平等对话的境界。"为此,"我们必须超越目前这种策略性阶段,建立我们自己的方法论,建立和我们的文化相吻合的话语"。[①]

该文引发了争论,张弘的回应文章是其中较有代表性的一篇。他援引韦勒克(René Wellek)的话:"艺术作品不只是渊源与影响的总和,它是一个整体。在这个整体中,从别处衍生出来的原材料不再是毫无生气的东西,而是与新的结构融为一体了。"以此说明,易文忽略了接受者的能动作用,文学的移植是一种"掌握"(appropriation),即将异己的东西当作自己的看待,西方文学的范畴在传入后,会在阐释视域中发生变更与衍异。如Romanticism的中文对应是"浪漫主义",但"五四"以来所说的"浪漫主义"和西方的术语并不是一回事,而国外把马克·吐温列为浪漫主义作家的提法在中国也并不被接受。张弘指出:"话语结构永远无法和话语操作割裂开来,话语结构只能存在于话语行为中,并只能在话语行为中发挥作用。"易文混淆了话语体系和话语行为的界限,静态地看待话语,以为存在着本土/外国两种一成不变的话语结构。民族的文化"诞生于众多的异质的文化模式的交融和汇合之中",所以正确的做法是"首先探究双方的结构组织与内涵意蕴,然后比较异同发现优劣,最后取长补短综合升华。在前两个步骤里,两种话语同时

[①] 易丹:《超越殖民文学的文化困境》,载《外国文学评论》,1994年第2期,第111—116页。

应用是不可避免的，只是到了最后阶段，才会实现超越，创造出既源于原有结构又发生质的飞跃的新话语"。①

今天重读这一争论，易文虽然在学理上较为粗糙，但其问题意识却并非毫无价值，实际上并不缺少同情者。②他提及的"比较"往往沦为用本土经验去"对位"外国的方法论框架这一问题，我们可以在汪晖的《韦伯思想与中国的现代性问题》中找到更为深入精密的阐述。在此文中，汪晖讨论了"现代性"、"理性"之类西方的关键词是如何跨语境对中国经验现实产生规定性的。例如，在对"现代性"进行的词源梳理中我们看到，现代性不过是基督教文明内部因由末世论产生的特殊概念，为何却成了所有民族和社会都要尊奉的必然本质，并且能够描述非西方社会和文化呢？汪晖的分析过程大致可以概括为：现代性和"祛魅"的理性主义具有自明性（self evident）关系，而"理性"并不只局限在表述西方社会，还具有普遍性的价值，所以不同文化的差别仅仅是理性化程度的差别。于是，作为预设的观念，"理性"概念被运用到不同的社会文明之中，开始规划和组织社会的发展方向。结果是，"欧洲近代历史经由'理性化'这一概念而成为普适性的规范"。

汪晖认为："这意味着以'理性'与'理性化'为基本概念的现代性话语只不过是西方语言中形成的基本概念的运用而已。在这里，'理性'和'理性化'概念是它们所代表的语言规则的抽象物，却把自己当作研究的对象和假设存在于该对象之中的关系。在欧洲的语境中，这些概念与它所指涉的对象至少具有历史的约定关系，而在中国的语境中，甚至这种约定关系也不存在。存在的是一种强势文化对弱势文化的语言支配"，"理性和理性化在此是一种不变的描述规则和规范，它通过把自身变成对象而制约着人们对对象的观察方式，中国的世态只有通过这些语词才能被理解，

---

① 张弘：《外国文学研究怎样走出困惑？——和易丹同志商榷》，载《外国文学评论》，1994年第4期，第122—129页。

② 如王腊宝就曾声援易丹，认为："至今为止，我们为自己建构的外国文学经典所反映的一个突出倾向却是对西方发达国家文学的全面接受,尤其是对英美文学的积极认同。"王腊宝：《阅读视角、经典形成与非殖民化——关于我国外国文学研究的一点反思》，载《外国文学研究》，2000年第4期，第21页。

亦被编码并获得其秩序。在（西方和中国）两种文化之间，概念与其内容的命名关系暴露无遗，这种命名关系也是一种文化关系"。①

根据汪晖的说法，支配了中国现代性叙事的看上去无须论证的西方概念，造成了中西文化间的交往关系的严重后果，中国人根据这些抽象概念的规划和指示在自己文化的经验现实中不假思索地寻找差相仿佛的"基本的相似物"。易丹充满焦虑情绪的文章体现了这一文化政治的困境，即对文学研究中滥用翻译过来的概念来指称本土文化的现实的高度不满。毫无疑问，这种焦虑有其真实性。而其反对者所说的"众多的异质的文化模式的交融和汇合"在理论上固然美好，却无法应答由国家间的斗争、民族独立、革命和妇女解放等汇合而成的非对称性的"历史"的叩问。

在上述关于外国文学是否有"殖民"倾向的争论中我们同样能看到"西方概念"带来的规划性的威胁，以及面对此威胁时正反双方立场的交错反转。比如，张弘特别注意到易丹反复提及的"殖民"（本身就是翻译过来的西方概念）一词，将之与"后殖民理论"挂钩。他说："'殖民文学'的提法在理论渊源上更直接地是外来的东西，来自当前西方正流行的后殖民主义和东方主义，因而它格外涂抹上了一层新理论的色彩。但必须清醒地看到，所谓后殖民主义等新理论，很大程度上属于政治策略对学术的一种渗透……如果说，后殖民主义、新历史主义等新理论由于批判矛头针对资本主义权力结构，作为西方世界的自我调节机制还不失积极的作用，那么易文照搬这种政治化理论来对待我国的外国文学研究界，就是彻头彻尾的南辕北辙了。"②有趣之处在于，易文的立场在论争中几乎一直被定位为顽固的民族本位，追求"我们的"话语体系，但自己却被西方"新理论"蛊惑，而且由于受其误导，所论之事偏离了中国的实际情况；相反，对外来影响抱有开放态度，强调"联系和统一"的张文，却恰恰对这种"新理论"抱有批判的眼光，并且较能切实地观察中国当下的（外国文学研究）现状。

---

①汪晖：《韦伯与中国现代性问题》，载《汪晖自选集》，广西师范大学出版社1997年版，第32页。
②张弘：《外国文学研究怎样走出困惑？——和易丹同志商榷》，载《外国文学评论》，1994年第4期，第127页。

这就是"后殖民"在对现代性爱恨交织的第三世界国家遇到的悖论性处境，它是消解西方话语中心的对抗性资源，可以为"我们"所用；但与此同时，它又是身份可疑的西方"新理论"——一种和我们的文化现实并无直接关联的抽象"概念"。如果我们不假思索地加以经验性的使用的话，会导致看到的事物失去"本来"的样子，在"后殖民"这个凸镜中被编码和命名，而真正的本土关怀将会荡然无存。在这方面，虽然盛宁并未发文参与这场论争，但其观点却颇有代表性，他认为"这些批评（后殖民批评）更大程度上是西方学术自身的反思，它们所提出的问题和思考的角度，其出发点不是阿拉伯世界、第三世界、印度、中国……我们第三世界的学者在评介此类似乎与我们相关的论题时，对此必须有一个清醒的认识，我们应该有自己的问题意识，即从自己的实际出发提出需要解决的问题，而不是把西方'后现代'文论家们的关怀，误以为就是我们自己的问题"。[①]在另一篇文章中，他也说到国内对后殖民理论的热情"严格地说，我觉得只能算是借助西方的眼睛来反观自己"。[②]无论是张弘还是盛宁，都指出了中国学者在研读后殖民理论时的移情作用，即不去体会这些理论不过是身处英美大学中的来自前殖民地国家的学者为了争夺话语地位而采取的政治性策略——也就是说，只是在英美学术共同体内部的一种话语实践而已——反而在无意中从中国语境出发去看他们所提出的问题，就不免南橘北枳的遗憾。

在这里需要注意的不光是反应本身，更重要的是对生发出这一反应的话语基础的追问。晚清以降，中国知识分子在融入"现代性"的巨大压力下，往往毫不犹豫地将外国文化的主题拷贝过来当作自己的主题，举凡易卜生主义、无政府主义、工团主义、现实主义、浪漫主义、唯美主义……可以说唯"新"是务，无不先有西方的名词概念，再有翻译这些名词后围绕它们产生的种种聚合与阐释。但中国当代学人却能够辨识这些概念在语境上的有限性，对之是否具有国际性的普遍意义表示怀

[①] 盛宁：《"后殖民主义"：一种立足于西方文化传统内部的理论反思》，载《天津社会科学》，1997年第1期，第2页。

[②] 盛宁：《"后殖民"文化批评与第三世界的声音》，载《美国研究》，1998年第3期，第49页。

疑，直至认为其不过是"新理论"的自我狂欢。不得不说，这在某种程度上表征了中国人文科学研究的"范式转移"（paradigm shift）。就外国文学领域来说，虽然在1980年代末之前中国并未有过"后殖民"的概念，但淡化西方影响，强调民族性和中国的自主选择确实是1949年之后的中国学者，尤其是马克思主义文学批评家一以贯之的取向。如张文中提到，中国从不接受马克·吐温是浪漫主义作家，西方现代主义文学一直被视为腐朽颓废的资产阶级文学。1949年之后中国对苏联"社会主义现实主义"文学的青睐，对"杜车别"的文论著述的译介和阐释，对亚、非、拉文学的翻译，包括1960年代初开展反苏修斗争后对阿尔巴尼亚和越南当代文学的译介，凡此等等，虽然背后意识形态之手的操控不言而喻，但无疑是中国自主选择的结果，很早就树立了中国的外国文学研究的本土取向。从晚清以降的中国现代性历程来看，中国现代国家共同体的形成确实也是一个发现、转换某些外国符号的建构成果。尽管借助了大量西方的文化和学术词汇，其内核却已经本土化，是与中国现代性的基本命题结合在一起的。从这点说，张、盛等学者的论文提示我们，对外国殖民力量的抵抗和对本土身份的自觉性，在一定程度上是我们的外国文学研究的既成事实。如果在西方"新理论"中将重新之"发现"，并且包装上陌生的术语向国内返销的话，结果很可能是把西方的文化危机当成我们自己的危机，而这些被"发现"的内容仍然是被外在的名词概念规划出来的。

　　事情本可以到此结束，但是如果我们不满足于此而进一步探究的话，更深一层的问题域出现了。那就是，当我们意识到像"后殖民"这样的概念范畴的词语发明性质之后，难道仅仅将其当作个别的例子并讪笑之就能了事吗？"后殖民"产生于当代西方学术体系中，但这绝非个案更无足惊奇，因为现代中国大部分的词汇、概念和分析框架其实都是翻译的产物。就像"现代性—理性"这对双生子不过诞生在基督教阴郁的末世论世界观里，却在韦伯的学术著作中被赋予了普世性，变身为西方文明最值得骄傲的价值观。但是我们已经无法仅仅追溯其起源就将其视为无关紧要的抽象概念了。不妨这样说，不管现代性、理性、后殖民这些西方概念有多少人为的虚构性,是否和中国的经验现实有"约定关系"(汪晖),它们一旦产生出来,也就有了自己的对象,成为我们不得不面对的现实。

我们知道,话语的建构从来不来自对客观事物的准确认知和描绘,而是吸收和编码诸多符号形成自己的叙事。福柯(Michel Foucault)认为:"我们不能把话语融入一套预先存在的意义之中,不可幻想世界给我们一张清晰的面孔,而我们所需做的只是破解辨认而已;世界不是我们知识的同谋;根本就没有先于话语存在的造物主按我们所愿安排这个世界。我们必须视话语为我们强加于事物的一种暴力,或无论如何是强加于其上的一种实践。"①吕微也指出:"任何社会概念的可经验物其实也就是那个指称性概念自身的自我陈述的对象化。是概念自己的自我陈述把自己变成了自己的对象,变成了现象,变成了现实。而且,也只有当概念自我陈述地把自己变成了自己的对象,概念才能在对象、现象和现实中发现自己。就此而言,不是概念被从对象、现象、现实中抽象出来然后反映对象、反映现象、反映现实,而是概念在主动建构、自我陈述的对象、现象、现实中识别出自身。"他针对汪晖对"理性"的论述说:"即使在中国汉语文化的历史上从来就不曾有过'理性'的因素……但是,既然我们现在已经发明了'理性'这个词,那么,至少从现在起我们就开始有'理性'了……我们在发明了这个词,这个概念的同时,我们也就创造了一个'观念的对象'。"②

因此,问题的关键并不在于找到某个外来名词被"发明"出来的虚构性,而是意识到这种虚构性无处不在、极为普遍,而且难以抗拒。即使很多讨伐这种虚构性的文章,本身也有难以察觉的虚构性基础。这提醒我们,一方面对所有的名词和大叙事(不管来自本国还是外国)应该保持警惕,对其话语身份虚拟性的批判不可或缺;另一方面,就像

---

① [法]米歇尔·福柯:《话语的秩序》,载许宝强、袁伟选编:《语言与翻译的政治》,中央编译出版社2001年版,第21页。

② 吕微:《从翻译看学术研究中的主体间关系——以索绪尔语言学思想为理论支点》,载《民间文化论坛》,2006年第4期,第23—24页。

汪晖所说,"语言与其所指的历时约定仍然是重要的,因为这种约定及其变化过程本身正是需要研究的对象。对这个过程的分析才是真正描述性的"。①也就是说,这些外来的抽象名词的不可能自明地和中国的经验现实对接,而总是在纷繁复杂的"理论旅行"中不断更改自己的适用范围,实践性地改变自己的外延和内涵,以适应具体的语境。举例来说,刘禾在《跨语际实践》中用很大篇幅讨论了"个人主义"(individualism)话语在20世纪初期中国语境中的嬗变:如杜亚泉将对个人的改造作为社会改革的先声,但还没有添加反对儒家传统和社会主义的意涵;民质则区分了"私我"和"公我",两者互为表里,为自我争取利益也会惠及他人;家义的文章强调了理想的国家、社群和家庭应该为个人的成长提供有利条件;陈独秀则将个人主义看作老庄式的无为思想,是对社会责任的抛弃……总之,我们根本无法界定"个人主义"在当时中国的确切涵义,更不可能抛开语言实践的复杂性直接把汉语中的"个人主义"、"自我"等名词和西方政治哲学上的individualism、self进行本体论层面的比较。实际的情况是:"话语处在不断的再命名过程中,以便在新的历史语境中服务于新的政治目标","任何寻找某种本质主义的、固定的'个人'及'个人主义'意义的努力都是徒然的。真正有意义的与其说是定义,不如说是围绕着'个人'、'自我'、'个人主义'等一些范畴展开的那些话语性实践,以及这些实践中的政治运作"。②这些实践就是刘禾所追求的无法界定为是"中国"还是"外国",是"现代"还是"传统"的"偶然的时刻和过程"。

在这个问题上,张弘在其文中论及的"话语结构只能存在于话语行为中,并只能在话语行为中发挥作用"便深有意义。因为所有陷于中国/外国、东方/西方、传统/现代等二元性焦虑的做法说穿了都是把"话语结构"看得太重,以至于陷入本质化的身份政治(identity politics)

---

① 汪晖:《韦伯与中国现代性问题》,载《汪晖自选集》,广西师范大学出版社1997年版,第33页。

② 刘禾:《跨语际实践——文学,民族文化与被译介的现代性(中国,1900—1937)》,宋伟杰等译,生活·读书·新知三联书店2002年版,第120页。

之中无法自拔。"后殖民"之所以被看成不可信任的"新理论",原因之一在于其作为横空出世的抽象概念,诞生的时间较为晚近,对中国学者来说仍然是一个过于"自明"的概念,缺乏一个长时段内被接受、争论和再创造的过程,也就是缺乏充分的话语实践(行为)过程。范式转型之后的中国,也已不像"五四"时期那样急切接受外来文化,而是更强调主体身份的完整性。然而,既然我们承认现代中国的学术研究从未离开过从西方"翻译"过来的词汇和分析框架,那么概念的"自明"和"非自明"就并非绝对的划分,既然"民族国家"、"现代性"这些词语能进入中国并且生发出和原初语境迥然不同的意义,那么"后殖民"也处在从"自明"到"非自明"的话语实践过程中,同样可以成为本土经验的一部分。再进一步说,即使那些已经获得所谓"本土身份"的概念,也不可能就此静止凝固,而要在各种意义交锋的历史语境中接受质疑、拷问,其语义仍然在不断策略性地嬗变。例如西方现代主义文学在中国曾被当成资产阶级的颓废文学,浪漫主义文学在中国外国文学研究中也有"积极浪漫主义"和"消极浪漫主义"的区分,但这些确凿无疑的本土化观念在新时期的文学批评中仍被不断地质疑乃至颠覆。

如果要把外来概念对本土的植入过程看作"理论旅行"的话,那也绝不会是一次归家之途,而是没有终点的漫漫无休之旅,适应和变化是它的基调。这也警示我们,当我们惴惴于"自明"的西方概念对"本土身份"的袭扰时,或许也应该担心"本土身份"本身的实体化,因为一旦实体化的话,它就会成为无须论证"身份政治"的元叙事。我们甚至会忘了这个元叙事究其起源来说也不过是西方观念的产物,在这里可怕的不是元叙事的存在,而是认识不到其本身基于"想象"的虚构性。

第三节 何为"本土"?

在上述关于"殖民文学"的争论中,论辩双方都毫不犹豫地将"民族国家"作为自己的前提。但在具体操作上,则有策略性的不同。易丹在其文中多次援引亨廷顿（Samuel Huntington）的"文明冲突论"，在这一视界下，我们/他们的区分被绝对化，主体间交流于是变成了充满斗争的政治性场所。他认为，我们对待西方文化时要有自己的"视点"，在外国文学研究中采取有文化立场的"差别"视角。①他先入为主地将民族视为本质化和整体性的存在，虽然他并未否认文化在历史过程中的动态和相互借鉴融合，但体系完整性毕竟远远比这些具体的过程重要。可以说，他把"中国"（我们）制造为绝对理想化的文化同一性符号，并且具有意识形态身份。其理论的粗糙之处在于，具体历史进程中政治—文化的多重意向（国内的多元民族、传统文化和现代文化、西方和中国）到底是如何被建构、整合进该同一性符号完全没得到讨论，这就使之成为了泡沫化的表意工具。

张弘立足于"五四"之后中国现代文学的实践，指出话语结构是历史形成，不是说变就变的，外来因素已经不可逆转地成为我们传统的一部分，我们应足够"壮健"地吸收这些因素，而对外来影响的拒斥是文化保守主义在新历史条件下的回潮。他鲜明地指出了"话语的运作必然是在一种多元化的语境中进行的。在和异质的话语结构进行双向交流的情况下，话语结构的原有边界只会更加模糊，但同时也增加了活力"。②不过，张弘虽然指出了民族的非"原生"性和话语运作的多向性，这一取向却遗憾地并未贯彻到底，在他的论述中，"民族国家"仍然是一个合理的、难以撼动的存在，是一个能动、"壮健"的主体，能够将异质性的材料消化分解后为我所用，以使自身更为完善。这里隐蔽的前提是，"民族国家"是作为结果的事实性存在，成为了俯览一切的制高点。

赵炎秋谈到了"如何理解民族文化"的问题，认为民族文化是一个"混合体"，包括传统和现代、本土和外来等，但传统文化中的糟粕我们应该摒弃，外国文化中也会在本土文化中扎根。我们对外来文化的接受是随着情势变化而变化的，唯一的标准是其是否符合"民族的现实生

---

① 易丹：《超越殖民文学的文化困境》，载《外国文学评论》，1994年第2期，第112—113页。
② 张弘：《外国文学研究怎样走出困惑？——和易丹同志商榷》，载《外国文学评论》，1994年第4期，第125页。

活","因此……任何文化因素，只要符合民族现实生活的需要，与民族的现实生活合拍，能为民族的现实生活所接受，就是民族的，而不管它是传统的还是现代的，是本土的还是外来的"。①如中国长期以来由于国情不接受西方现代主义文学，但新时期后随着形势的变化现代主义文学就产生了很大影响。赵文正确地指出了文化移植时的多变和策略性特征，但最终却倒向了历史目的论。问题是，如果把民族国家的利益视为第一位的话，这种利益本身就是不断建构而且难以揣摩的，如1949年后"民族"的概念就经历了从"人民"（工农兵等符号化的下层）到"民族全体"（仍是符号化的）的转换。所以，强调外国文学对"民族的现实生活"的依附，说到底乃是意识形态权力话语的操作。

  安敏成评论"五四"时期中国的文学理论说："要理解现代中国文学中对理论力量显而易见的夸大，必须考察新文学诞生其中的文化危机语境中以及为中国知识分子所热衷的一种特殊的文学借鉴。"②我认为这一说法直到现在也有其现实性。在中国，文学理论往往不是纯粹学术性的，而是对整体性的文化困境的反应，希望通过对文化的反思和定位为现代国家的建构提供象征符号，以唤起一种独立、统一的"政治/文化共同体"想象。在这个意义上，现当代中国文学的批评往往具有较为鲜明的政治上的"合法化"诉求。刘禾对此说："体制化的文学批评逐步发展成为20世纪中国的一种奇特建制，成为一个中心舞台，文化政治和民族政治经常在这个舞台上轰轰烈烈地展开……贯穿整个20世纪……合法性的问题始终占据着核心位置。"③从这个意义上说，上述诸位学者的批评实践都自觉不自觉地将自己的论述和"民族国家"元叙事黏结起来，从而变得"合法化"了。无论他们彼此之间的观点有多么大的差异，"民族国家"叙事作为超越于话语实践的之上的"真理"性存在形成了一个地基。

---

  ①赵炎秋：《民族文化与外国文学研究的困境》，载《外国文学评论》，1994年第4期，第131页。
  ②〔美〕安敏成：《现实主义的限制：革命时代的中国小说》，姜涛译，江苏人民出版社2001年版，第2页。
  ③刘禾：《跨语际实践——文学，民族文化与被译介的现代性（中国，1900—1937）》，宋伟杰等译，生活·读书·新知三联书店2002年版，第265页。

就像霍尔（Stuart Hall）指出的："'民族身份'是一个'形成'的问题，也是一个'存在'的问题……它决不会完成，始终都处于过程之中……它没有永远被固定在某种本质化的过去之中，而属于历史、文化和权力的不断'运动'。"①把"民族"看成整体化和固定的存在，脱离于话语实践之外的想法是荒谬的。但我在这里不光要批判将"民族"本质化这一叙事的虚构性，更重要的是探索中国学者一旦将"民族国家"合法化之后对其论述产生的伤害。由于"民族国家"是本质的、合法的甚至是要追寻的，那么它就和话语实践割裂了，成为了不可动摇的"超然"的外在意义标准，一个至高的"支点"。如果我们无法质疑这个形而上符号的话，所有的"实践"、"运动"、"过程"和"关系"都不过是漂亮的点缀品，都会在这只看不见的手的操控下沦为背景。换言之，"民族国家"的实体化和本质化使变动的世界成为了不变的东西。

提莫志克（Maria Tymoczko）在分析现代爱尔兰的民族主义话语时指出："一方面，身处于文化之中的人只能对自己的文化给出错误或被误导的解释，或者可以说这些解释本身就是被提问者有意的误导造成的。而在另一方面，理论家倾向于营造文化的结构性，把规则强加于其上而忽略那些即兴、偶然的创造性的东西，他们倾向于对象化，实体化，以及营造虚拟的统一性。"②由此可知，当弱势民族面对殖民力量的入侵时，用虚拟性的统一叙事整合本土文化中偶然、异质和多元的东西是一个较为普遍的策略。杜赞奇（Prasenjit Duara）则对盖尔纳（Ernest Gellner）和安德森（Benedict Anderson）等人将"民族国家"塑造为现代性"不容选择"的必然结果大加挞伐："盖尔纳和安德森视现代社会为唯一能够产生政治自觉的社会形式，把民族身份认同看成现代形式的自觉：作为一个整体的民族把自己想象成一个统一的历史的主体。实际的记录并不能给此种现代与前现代的两极化的生硬论点提供任何基础。

---

① Stuart Hall, "Cultural Identity and Diaspora", in *Identity: Community, Culture, Difference*, ed. by Jonathan Rutherford. London: Lawrence and Wishart, 1990, p. 225.

② Maria Tymoczko, *Translation in a Postcolonial Context: Early Irish Literature in English Translation*. Manchester: St. Jerome Publishing, 1999, p. 183.

在现代社会和农业社会中，个人和群体均同时认同于若干不同的想象的共同体，这些身份认同是历史地变化着的，而且相互之间常常有矛盾冲突……这些认同一旦政治化，就成为类似于现在称之为'民族身份认同'的东西。"①

当我们说到"本土"时，习惯上总是将之等同于"民族国家"，因为这是最简明的概括，而且具有高度象征化的意义。当西方被看作整体性的威胁时，"民族国家"通过自上而下地召唤和强化"共通感"，聚合起一个连续性的符号化实体来达到反制。这一策略固然无可厚非，但无可否认的是，"民族国家"元叙事本身就是西方话语体系的创制物，其身份合法性恰恰是由西方"现代性"提供的。我们看到，第三世界"民族国家"始终以西方为模板镜像式地塑造自己，和西方形成了既和又分的价值连续体。西方依靠强权输入的观念：欧洲、亚洲、西方、东方、民族、阶级……都成为第三世界民族国家形成新的自我意识的资源。举例来说，如果不是被强行纳入到西方话语中，一向在朝贡体系中以"天朝"自命的中国很难想象自己是一个"东方"或"亚洲"国家。汪晖认为："从历史的角度看，亚洲不是一个亚洲的观念，而是一个欧洲的观念。"②竹内好则说："欧洲和东方是两个对立的概念，就如现代性和封建性两个对立概念一样……本来，这种概念性理解以及判断其形式上区别的能力抑或就是近代欧洲性的东西，即持续紧张的产物……东方之所以成为东方就是因为它被包含进了欧洲之中。不仅欧洲只有处于欧洲中才能实现，就连东方也只有处于欧洲中才能被实现。如果用理性的概念来代表欧洲，不仅理性是欧洲性的东西，反理性（自然）也是欧洲性的东西，这一切皆属于欧洲。"③在这个意义上，第三世界对"民族国家"元叙事的认可为现代性的普遍胜利做了确凿无疑的背书。

这就是霍米·巴巴说的"一半……一半……"的混杂性，第三世界

---

①〔美〕杜赞奇：《从民族国家拯救历史：民族主义话语与中国现代史研究》，王宪明等译，江苏人民出版社2009年版，第42页。

②汪晖：《现代中国思想的兴起》（下卷第二部），生活·读书·新知三联书店2004年版，第1539页。

③〔日〕竹内好：《何谓现代——就日本和中国而言》，载张京媛编：《后殖民理论与文化批评》，北京大学出版社1999年版，第450页。

一边占有和改造西方国家的概念范畴为我所用，使之在"旅行"的话语实践中失去原意，变得暧昧不清；另一方面又不可避免地陷入对方的逻辑中，按照自己对西方"先进"性的理解对自身的过往历史进行重写。这当然是个悖论，但话语实践复杂的运作方式，本来就不乏悖论式的对抗。正因为如此，"我们/他们"、"本土/西方"、"传统/现代"才会不分彼此地紧紧绞缠在一起，变得面目模糊、边界不清，让任何强行抽离出本质化成分的努力变得徒劳。从某种意义上说，当我们为丧失主体性、话语权恨恨不已，希望剥离出区别于西方的"民族身份"时，我们已经将自己置于了西方的话语程式和意义系统中。因为所谓的"本土"语言或形式，无不参照（想象中的）西方整体性话语而成立。

譬如，1990年代由比较文学界发起的中国文论"失语症"的大讨论，被视为中国文论重建自己的话语体系的努力。曹顺庆认为中国文论的复兴首先要恢复"学术规则"，即"强调意义的不可言说性"，"强调言外之意、象外之象、韵外之旨的话语方式"，"这套体系又具体体现在'虚实相生'、'以少总多'、'言意之辩'等等话题上"。他推崇钱钟书在《谈艺录》和《管锥编》中的诗学实践，认为钱钟书"更有中国风骨，他绝不盲目崇拜西式理论"，"书中虽然引用了不少西方资料，但西方的东西仅仅作为资料来使用……钱钟书决不用西方的所谓系统理论来切割中国文论，而是操着中国的诗话传统来挑选西方资料，比较中西文化与文论"。[1]黄宝生也认为，外国文学研究者要继承钱钟书的"中国作风和气派"，"这是用中国传统的体裁，做着现代先进的学问。札记文字简约流丽，洋溢着诗美和诗性智慧。这也是中国传统文论的文体特色。凡论及外国文学和理论，均能经过中国思想和文学的消化"。[2]

在讨论"失语症"之前，我们不妨先看一个相似的例子。柄谷行人批判语言学家时枝诚记说，时枝从日语中客观化的"词"总是被情绪化的"辞"（助词、助动词）所包裹这一特性中找到了"日语的逻辑"，并视之为对西方语言和西方式思考的批判。但柄谷指出，时枝的这种做法

---

[1] 曹顺庆：《再说"失语症"》，载《浙江大学学报》(人文科学版)，2006年第1期，第11—16页。
[2] 黄宝生：《外国文学研究方法谈》，载《外国文学评论》，1994年第3期，第126页。

是将日语看作价值上具有区别性的存在，不仅区别于西方语言，也区别于汉语，因为日语的书写方式是汉字假名的混杂，而助词、助动词是假名的表记。可以说，先有了预设的日本主体才会有所谓的日语的逻辑，否则的话有同样语法特点的阿尔泰语系语言中为何从未出现同样的思考。再联系到当时日本在所占领的殖民地强行推广的国语政策，就能察觉到时枝诚记虽然看上去只是学术性的批判西方语言，背后却有着帝国主义的前提。①

回过头来看中国文论"失语症"讨论，固然针对的是西方理论对中国传统批评概念的切割，但作为解决方案的具有"中国风骨"的文论的"意义的不可言说性"却是一个被刻意选择的角度。首先中国古典文论并不是一种"文学理论"，而是由书信、序、跋、短文、批注、咏史诗等各种各样的体裁组成的，所以杜甫的《戏为六绝句》这样的"文学作品"在现代也会被当成文论，而在当时只是他多种多样的文学实践中的一种罢了；其次，意涵的模糊性并不是中国"文论"所独有的，宇文所安就说到，中文概念词汇的模糊性"并不比欧洲语言中的大部分概念词汇更模糊"，只不过中国人不觉得有必要用精确的技术词汇对此加以解释。②西方也不乏以形象思维展开的文艺批评实践，如柏拉图的对话、贺拉斯的书札、歌德的谈话录等，更不用说曾对中国古典文论造成很大影响的印度的《舞论》、《诗庄严论》等等。可见，以感性、隐喻和诗化的语言谈论理论问题从来不是某一民族的专利；最后，我们可以说，"意义的不可言说性"是一个被现代眼光"发现"的东西，一个真正的中国古代知识分子在做批注时不可能知道有这个深层而抽象的"学术规则"，所以也不可能被其掌控，他的评点可能在劝恶扬善，可能只是谈一些寻常琐事，可能想取得一些滑稽的效果，也可能确实富于禅机，总之没有什么定式。举例来说，张竹坡的《金瓶梅》评点大多不过是"我

---

①〔日〕柄谷行人：《日本现代文学的起源》，赵京华译，生活·读书·新知三联书店2003年版，第209—210页。

②〔日〕宇文所安：《中国文论：英译与评论》，王柏华、陶庆梅译，上海社会科学院出版社2003年版，第3页。

哭矣"、"我哭亦不能成声矣"之类的情绪表达，或者如"作文如盖造房屋，要使梁柱笋眼，都合得无一缝可见"之类对叙事技巧的浅显分析。把"意义的不可言说性"看成"学术规则"并且优越于其他种类的评点，这件事本身就是来自西方的"文学理论"的创造，而且充满了排他、目的论的意味。

因此，中国文论面对外国文论时"失语"所失的并不是组成中国文化的深层"学术规则"，而是我们为了要创造一个中国文化共同体才找到了这些"学术规则"。这里存在着价值上的颠倒，即为了让"中国（本土）文论"这种东西诞生，就必须创制出其对象。"意义的不可言说性"就是这样被"发现"的。虽然曹顺庆在文中反对西方"浪漫主义"概念，但毋宁说，他的设想其实相当的浪漫主义，即把民族的过去抽象化、经典化、美学化，创造出一个本质化的"我们"的主体身份，这个主体身份往往依靠语言不被污染的"存在性"地位支撑，只有不断地返回其中，我们才可能有真正而充分的民族特质。这不仅是美学，而且是美学化政治——在对中国的古典文学重新释义后，象征层面的民族美好完整的"主体性"被想象出来。这是非常"现代性"的做法，而且在政治上积极地参与了现代民族共同体的建构。这一点，只要想一想19世纪赫尔德（Johann Gottfried Herder）等人从古代民间文化中为德国民族寻找精神资源的实践就不言而喻了。正因为如此，虽然"失语症"是以美学和文学论争的形式出现的，但却政治性地在"民族国家"元叙事中获得了合法的地位，并将自己变成了制度化地建立起来的东西。我认为，和殖民主义的霸权叙事一样，"民族国家"元叙事依靠某种预设的深度模式来决定民族文化的素材里哪些是有意义的，哪些是没有意义的。这里并没有任何不同于西方的东西出现。正如酒井直树说的："按照这种特殊主义理论，每个民族用自己'固有的'母语来表达自身被视为一种准则……在这些'原有的'民族共同体内部形成的均质的文化和语言空间里，语言的混血性以及'会讲数国语言的人'经常被认为缺少根基而被压制。根据这种观点，直接指认出一个民族的'可靠的'语言和文化身份等于尊重他们……这样的民族特殊主义理论，和跨国资本主义和普世主义不仅构成一种同谋关系，而且甚至是不可或缺的"。①

第四节　文本性与世界文学（上）

如果我们暂时抛开"民族国家"大叙事而以经验性的眼光看"本土"的话，就会发现它绝不可能是一个标准化的完整意义系统，而是包含了活跃、多元的关系。比如说，从地域的层面看，"本土"包含了社区、村镇、省籍、南方、北方等，这些更细微层面的"本土"往往比话语性的国家更能给人带来深切的感受，它们和国家叙事的关系在不同的时期、不同的政治条件下是不断变化的；从族群的层面看，"本土"包含了多元的民族，民族之间的身份分野同样是相对化和难以把握的，并且总是和国家意识形态紧密相连；从阶级的层面看，"本土"中又有无产者和有产者的关系……用杜赞奇的话说，在何为"民族"这个问题上"更恰当的应是不断变化的自我和他者的一种关系，而不是一个类似于物种进化方式、不断积聚自我意识的原始主体"。②

当我们不断强调外来范畴概念的"本土化"时，需要意识到"外来"、"本土"，"现代"、"传统"这些词语都不是自明的，需要在深入的话语实践中被细化拆分，我们应该摒弃被选择和编码好的话语程序，而将研究的视点还原到交错、复杂和缠绕的经验"现场"中。举例来说，柯文（Paul A. Cohen）在研究中国现代史时，不愿用"传统"、"前现代"、"现代早期"、"现代"这样的词汇，而是借鉴法国年鉴学派的做法采用"recent"（近世）或"1800年后"这类较为中性词语，是因为"传统/现代"之类的概念本身就是被现代性叙事想象出来的，不加辨析地使用可能会落入既定的话语模式中。对理论工具足够的警惕性使他不

---

①〔日〕酒井直树：《文学的区别及翻译工作（修改稿）》，贺雷译，载贺照田主编：《学术思想评论》第八辑，吉林人民出版社2002年版，第288—299页。

②〔美〕杜赞奇：《解构中国国家》，载复旦大学历史系、复旦大学中外现代化进程研究中心编：《近代中国研究集刊》第1期《近代中国的国家形象与国家认同》，上海古籍出版社2003年版，第221页。

满足于模块化的中西关系处理,而去书写一部既非"传统"亦非"现代",既非"他们"亦非"我们"的"中国近世史"。当说到"西方"对现代中国的影响时,就要问一声:什么西方?哪一个西方?柯文指出了把"西方"当作既成概念的虚构性:"同样容易被人忘记的事实是'西方'只是一个相对的概念。没有'东方'或'非西方'和它比较,西方根本就不存在,我们的词汇里也不会出现这个词来表达这个概念。"①西方自身是充满差异和变数的,哪一个都没有代表性,"正如纽约城不能作为北美文化具体而微的代表一样",更何况中国接触的不过是西方的一小部分。更重要的是,当西方进入中国后,它还具有不证自明的原生性吗?恐怕未必。那些19世纪在中国的传教士与其说是"西方人",不如说是"在中国的西方人"。同样,也没有一个整体去面对和回应西方的"本土"概念,"中国在地理上横跨整个大陆;在种族、语言和地区上,变异甚多,极为复杂。在每个特定地区,少数上层社会人物与广大群众之间在世界观和生活方式上都存在着巨大区别。即使在这两大社会阶层内部,正如在一切人类集团内部一样,影响人们的态度和行为的因素也是多种多样,包括气质、性格、年岁、性别以及由个人的社会、宗教、经济和政治关系所形成的特定的情况。所以'中国回应'这个词最多只是一个代表错综复杂的历史情境的简化符号而已。"②他把中国按受到西方影响程度的深浅区分为三个层带,以避免统一化的国族叙事。在每个层带中,都没有整体性的"西方"和"中国"出现,而是碎片性、细节化地绞缠在一起,形成此起彼伏、不断变化的关系。

虽然柯文从事的历史并非文学研究,但我们仍然可以从中得到启发。在文学交流的"现场"中,我们处理的并非历史文本,而是文学文本,文学文本包含了更多的想象力,允许语言的弹性和多义,这一"文学性"特征使之理应成为比历史更为丰富的东西。因此保持复杂化思

---

① 柯文:《在中国发现历史——中国中心观在美国的兴起》,林同奇译,中华书局2002年版,第4页。

② 柯文:《在中国发现历史——中国中心观在美国的兴起》,林同奇译,中华书局2002年版,第7页。

维，提防用预设的概念抽干复杂性就尤为重要。比如说，斯皮瓦克（Gayatri Chakravorty Spivak）在评论拉什迪（Salman Rushdie）的《撒旦诗篇》时深刻地意识到：《撒旦诗篇》同时具有两种身份：移民的和国族的。移民身份试图变成宗主国的一部分，而国族身份则坚决抵制西方的影响。而这两种都不是拉什迪的态度，作为移民，拉什迪反抗那种漫步于第一世界的"无家可归者"的沾沾自喜。他笔下既有对移民的永恒欲望的书写，也有持续不断的对宗主国移民性的批判；作为国族成员的一分子，拉什迪以大量的互文和快速切换的视角碎片化地再现国族，并将严肃和嬉笑混杂在一起扰乱其同一性。但与此同时，又必须认识到，这些文学手法基本是伟大的英—爱文学传统的回响，吸引的是对这套手法耳熟能详的宗主国读者，而他们是第三世界居高临下的"描述者"，因而对其话语霸权的批判必不可少。①我们看到，斯皮瓦克在文本分析时抵抗了多重的话语规划，将"谁"和"什么"的本质问题置换成了"何时"、"何地"的语境问题，坚持将文本看成是差异的、多向的、散播的，而且是包含了各种他性的踪迹。这不仅有深入到事物的肌理本身进行探究的智性，更需要质问任何原初和自明性的既有意义体系的勇气——不论这种意义体系是古代的或现代的，中国还是西方的。抽象概括总是容易又方便理解的，而抛弃习惯的做法，保持复杂化思维，着手于阐释差异性，对现象之间剪不断理还乱的无休止"关系"进行知识考古则会带来方法论和工作量上的极大挑战。但不得不说，也许唯有如此才能最大限度地还原真相。

  在哈罗德·布鲁姆（Harold Bloom）的观念里，世界文学是一系列无可置疑的正典（canon）的聚合，代表了人类精神文明的最高境界。如果我们持文明冲突论观点的话，就会质问谁制定了这个系列？选择的标准是什么？仅仅因为阅读某个第三世界作家时得不到阅读陀思妥耶夫斯基那样的满足感就将其排除在外，这是西方现代文学的深度模式所造成的视觉偏差。进一步地，我们会寄希望于这个正典系列的开放性，指

---

  ① Gayatri Chakravorty Spivak, *Outside in the Teaching Machine*. New York: Routledge, 2009, pp. 247-250.

望其数量上增加经典文本，包容更多"非西方"的作品。然而斯皮瓦克却指出，"世界文学"既不是一个文明冲突也不是文明包容的问题，而需要一个"文学性"的视野。她援引了泰戈尔的"虚掷"（wasteful spending）概念说明这一点：

> 他（泰戈尔）的态度是世界主义的，而对单纯民族主义持批评态度……又和他对一个"人道"的印度的出现的可能性始终保持着热情这件事绞缠在一起。因此他就和印度传递给世界的民族主义信息有了一次真正的交锋。然而，在对"世界文学"这一名称的误译中，他将跨越了民族界限的想象性、创造性的纽带理论化为"bajey khoroch"，即"虚掷"，这是一个关于想象力之中的东西超越、凌驾、不符合和缺乏单纯的理性选择而趋向于相异性的有力隐喻……泰戈尔所举的例子从埃及托钵僧的反对者（他称其为马赫迪主义者）到1880年代的英国人（他称其为"文学的"因其对自己生命的虚掷），比之于伤膝河大屠杀中苏族人面对美国骑兵时所跳的鬼舞。在他的定义中，世界性所超越、凌驾、缺乏和不符合的不仅是单纯的理性选择，而且是语言文本……在全球化进程中，所有判断的动因，包括那些被政府官员宣布为"道德动摇者"的人都仍然是规划性的，这一动因应当在文学的世界性中被抵制和颠覆，而不是通过下结论和系统化将这种世界性限定在某种预料之中的未来中——也就是一些必将发生的事情——好看看它们是否符合我们的指定的主题。①

"虚掷"意味着清空，即对任何先在的话语的规划性清空，当世界文学被局限在历史意识和个人的独断中时，它将暗哑无声，变成另一种通过知识管理来达到体制权力意志的工具。我们应意识到"对边

---

① "Comparative Literature/World Literature: A Discussion with Gayatri Chakravorty Spivak and David Damrosch,"*Comparative Literature Studies*, Vol. 48, No. 4, 2011, p. 472.

界的跨越并不会产生即时的利益,也不可以估值,也不给我们带来诸如此类的更多优惠。世界文学的'增值'是在没有任何保证的不能量化的意义上实现的——这是很难被人接受的一点"。①因此,清空是如同"鬼舞"一般的"无用"性的工作,它抗拒任何建构性的东西,将"无用"当成自己的命运。唯有如此,才有自由的想象和纯粹文学的出现。在清空的基础上,我们才能看到真正"世界文学"的出现,因为此时任何的边界和规划都是对文本(生命)丰富性的压缩,经过去辖域化(deterritorialize)之后,文本成为复杂、任意流动和无始无终的东西。进一步地说,要让这种"世界文学"出现,需要同时展开两个方面的工作:

一方面,"世界文学"的涵义是,它不再属于任何集团。我们需要一边解构内部,一边不断地趋向于外部和他者——德里达曾用"嵌套"(invagination)一词说明外部和内部的这种绞缠情况。此时民族主义成为一件多余的事,因为世界文学是对生命的相异性(alterity)和混杂性(hybridity)的拥抱。斯皮瓦克用"星球思想"(planetary thought)、"文学人类学"(literary anthropology)来说明去辖域化之后超越性宏观视野的出现:"我们需要一个在大陆意义上的分析框架,一个不是反映某个特定民族的生活,也不是某个特定语言的生活的分析框架,而是能反映人类整体的生活,反映其在星球上所有的环境和栖居地。"②在她的设想中,"文学人类学"是一个保留了我们身上个别化的东西的聚合性空间,"如果把我们自己想象为星球化的主体的话……那么,相异性还未从我们身上被剥夺掉"。③斯皮瓦克认为,要是比喻性地来看的话,这个想象性的人类整体并非是一棵包含了父母兄弟姐妹的家族之树,而是一个仅仅由堂(表)兄弟姊妹(cousins)组成的灌木丛。因为家族之树必

---

① "Comparative Literature/World Literature: A Discussion with Gayatri Chakravorty Spivak and David Damrosch," *Comparative Literature Studies*, Vol. 48, No. 4, 2011, p. 472.

② Gayatri Chakravorty Spivak, World Systems & the Creole, *Narrative*, Vol. 14, No. 1, January 2006, p.103.

③ Gayatri Chakravorty Spivak, *Imperative zur Neuerfindung des Planeten / Imperatives to Re-Imagine the Planet*. Wien: Passagen Verlag, 1999, S. 46.

然包含了身份、归属、等级等制度性和辖域化的东西，最后必定演化成循环往复的弑父情节剧，而所谓堂（表）兄弟姊妹的世界则更加混杂、异质，并且彼此之间保留了个别性，不至于被纳入到某个自洽而连贯的意义系统之中。在这里，德勒兹（Gilles Louis Réné Deleuze）和加塔利（Félix Guattari）所提出的"块茎"（rhizome）是一个有益的概念，作为根—树实体性关系的批判对照，块茎展示了一个开放的系统，四处伸展、没有等级制关系，"块茎作为一种地下茎干，与木本根和胚根是完全不同的"①，"通过块茎对根的拆解，我们就可以了解怎样超越家族之树"。②从这个意义上说，"世界文学"绝不会指向一种深度模式，而是指向知识上的游牧状态。

另一方面，就是我们反复强调的"文本"的出现。需要指出的是，虽然"世界文学"和"文学文本"看似一个极远，一个极近，却是硬币的一体两面。拉远是为了靠近，而靠近是为了超越。当附着在文本身上的实体化意义系统——国族、身份、精神、传统等等——被一种游牧性的"世界文学"空间消弭之后，文本那些细节、片段、松散的肌理性的东西才会显现出来。斯皮瓦克敏锐地指出了只有在文本形式的基础上，才能谈世界文学的问题。文学性的出现不光是一个新批评式的美学和叙事问题，更是包含了现代性批判的文化政治问题。文学文本是诗性、自由和复杂化的，意味着人性和生活中那些异质、断裂、不连贯和非理性的存在，总之是"他者"化的东西，但绝不是在话语规划中被投射出来的固化和板结的"他者"，而是与之相反的摧毁意义之物。霍米·巴巴也指出，权威性价值判断总是受到无法收编的"他者"的"杂合性"的干扰："在权力的生产性中，权威性的边界——它的现实效果——总是被定像和幻影的'其他场景'包围困扰着。"③罗兰·巴特曾讨论过这一意义连贯性消失之后的"文本"产生的愉悦效果："快乐不是文本的一

---

①Gilles Deleuze & Félix Guattari, *A Thousand Plateaus: Capitalism and Schizophrenia*, trans. by Brian Massumi. Minneapolis: University of Minnesota Press, 1987. p. 6.

②Gayatri Chakravorty Spivak, World Systems & the Creole, *Narrative*, Vol. 14, No.1, January 2006, p. 106.

③Homi K. Bhabha, *The Location of Culture*. London and New York: Routledge, 1994, p. 116.

种成分，它不是一种天生的余物；它不取决于有关理解与感觉的一种逻辑；它是一种漂游，是某种革命又与社会不适应的东西，它不能由任何团体、任何思想、任何个人习惯用语来承担。"①套用德里达的概念的话，不妨说，文学文本的作用就是在表意"符号"（sign）密不透风的编码中寻觅意义出现之前生活真相的"踪迹"（trace）。在全球化时代里，我们将自己困于"符号"的孤岛上，面对的却是"踪迹"的汪洋大海。②前述柯文对"西方"和"中国"概念的解构，以及斯皮瓦克对《撒旦诗篇》的复杂化阅读，虽然涉及的对象天差地别，但从思路上来说，却均是一种"文学"的工作，即消解话语的符号分配者地位，释放出散漫和无目的性的文本的"踪迹"。

第五节　文本性与世界文学（下）

经过此番思考后，让我们重新回到"中国的外国文学研究"这一命题上。这里的症结在于，如何超越中国/外国，东方/西方实体化二分法，展望一种真正非本质主义的"世界文学"的诞生。"外国文学"从其命名来说就可知是趋向于外部的，但是我们应看到这种"内"、"外"之分不过是自我固化的产物。在1990年代涉及本土身份和世界主义的关系的论争中，学者们往往汲汲于"后殖民主义"是否仅仅是西方学院内部的话语实践，"外国文学"是否在文化交流中充当了买办角色，中国文论能不能找到自己"深层"的学术规则一类的问题，却忘记了这些设问自身就是话语规划的产物，从根本上来说是辖域化和本质化的。在这方面，我们同样可以从两个层面展开讨论：

第一，文本层面。在很多学者不证自明的前提中，在某种文化语境中写出的文学作品，一定或多或少反映了该文化的某些特征，或者体现

---

① 〔法〕罗兰·巴特：《罗兰·巴特随笔选》，怀宇译，百花文艺出版社1995年版，第199页。

② "Comparative Literature/World Literature: A Discussion with Gayatri Chakravorty Spivak and David Damrosch," *Comparative Literature Studies*, Vol. 48, No. 4, 2011, p. 468.

了该文化的既定价值观念。这一前提忽视了文本是"文学性"的,也就是说,相较于作品的"主题"或"内容",形式主体才是第一位,而形式往往是个人、多元和异质性的。

要阐述这点,我们先来看一个外国文学研究的例子。陆建德在《文学史家也是批评家——重读利维斯与贝特森争论有感》一文中认为,在中国为中国读者编写外国文学史时,要敢于考察"事实"形成、被接受的过程,要注意到作家在文学史上留名可能并非完全依靠作品质量,而是无形之中的政治、文化气候使然。如在某部海外华裔作家用英语创作的小说中,虽然时代背景是1960年代,却依然出现了辫子、小脚、包办婚姻等美国读者耳熟能详的中国符号,并让主人公受其控制,而完全无视现代中国真实的历史进程。这背后隐藏着"政治的标准",无非是在创造族裔融合的美国神话,华裔作家笔下的中国生活只是"是可资利用的资源,是催生作者与读者共同价值观的资源"。陆建德犀利地指出了华裔作家"伪造中国文化并'灭绝中国文化'",不过是美国人看到的虚构中国"形象"而已。他赞赏康拉德(Joseph Conrad)《吉姆爷》中"对祖国的愧疚之情",认为必须维持这一"本土"差异性以抵抗全球化的标准世界,"没有国家、民族间的差异性,人的发展将受阻","世界统一的、标准的文学史问世之时就是文学与文化多样性的终结之日"。[1]在另一篇文章《"地之灵"——关于"迁徙与杂交"的感想》中,陆建德延续和深化了对文化差异性的思考。针对后殖民主义所提倡的"不为任何界限所束缚"的"迁徙杂交的生活方式",他认为这种流放不过是第三世界的精英人群主动"并入"(absorption)欧美发达文化的功利选择——"他们真正想得到的或许是持异议者的特殊待遇"。作为反例,他举出了劳伦斯(David Herbert Lawrence)和泰德·休斯(Ted Hughes)等展现"地之灵"的作家。所谓"地之灵",即相对于后殖民的自由、流动和无方位感的民族记忆和地方性,"每一个民族都被某一个特定的地域所吸引,这就是家乡和祖国",这些"地之灵"作家

---

[1]陆建德:《思想背后的利益:文化政治评论集》,广西师范大学出版社2005年版,第176页。

"拒绝虚假的世界主义视角","刻画英格兰独特的历史、地理和社会岁月"。在文章结尾,他疾呼:"中国知识分子与其跟着'迁徙'与'杂交'的指挥棒转,还不如在具体的生活环境和中国的文化传承中感受'地之灵'。"①

如果说陆建德正确地指出了海外华裔作家迎合西方价值标准的主题化、符号化倾向的话,他其后的论述却陷入了一种己所不欲的悖论中。一方面,如前所述,"国族"、"文化"本身就是预设的整体意义系统,因此强调文化、国族之间的差异性不过是一种被整合过的符号化差异性,是制度化、理性化的"差异",而被话语秩序排斥的真正"他者"却依然隐没难显;另一方面,后殖民主义"迁徙"、"杂交"等概念并不能被狭隘地和抛弃自己的出生地画上等号,而"世界主义"和"地之灵"也未必水火不容。如果非要这样的理解的话,不过是一种"非此即彼"的二元思维在起作用罢了。

这里的关键在于对"差异性"的认识。我要说的是,真正的差异应该在"文本"层面,而非"文化"层面上获得理解。两者之间的区别在于:"文化"筹划的仍然是边界清晰的认同形而上学,制造的是差异双方稳固凝定的本质特征;而"文本"则通向自我失去边界的地方,永远不会处于固定和完成状态,体现的是被压制的他者"踪迹"之显现。譬如,爱尔兰当代诗人谢默斯·希尼(Seamus Heaney)翻译过《贝奥武甫》,《贝奥武甫》是古英语经典,被视为英国文学的起源性作品,似乎可以被算作一种英格兰的"地之灵"了。但希尼敏锐地注意到了其在文本层面上无法纳入任何指定框架的特异性:《贝奥武甫》虽为英语史诗描述的却是瑞典、丹麦和高特之间的民族争斗;史诗成书于英语还没有成为标准统一的民族语言的时代,使用的是早已边缘化的诺散伯利亚方言,全书词汇的三分之一在现代英语中早已废弃不用;缺乏清晰的结构,包含大量和主题无关的插曲和离题……以上种种"弊端",对希尼来说,反而意味着超越"英国文学"的真实的东西。因为所谓"英国文

---

① 陆建德:《"地之灵"——关于"迁徙与杂交"的感想》,载《外国文学评论》,2001年第3期,第5—10页。

学"本来就是归化和驯服异质之物的结果,而希尼却在其译本中将在传播过程中被剥离的"他性"做最大可能的还原。比如说,他在史诗中发现了"thole"、"whiskey"等自己在北爱尔兰德里郡(Derry)的乡下亲戚至今还在使用的词语。于是他把《贝奥武甫》称为"我声音权利的一部分"。他说:"那是一种熟悉的本地的声音,属于我父亲的那些亲戚们的声音……当我问自己想要《贝奥武甫》在译文里发出什么样的声音时,我意识到它应该能够被我的亲戚说出来。"①他的译文复杂而精妙,往往是现代口语、古英语头韵、拉丁化英语、乌尔斯特方言等多重语象的拼贴。希尼并非简单地告诉我们英国文学中有外来的因子,更重要的是其中包含了对现代性的自觉批判。他翻译《贝奥武甫》,不仅仅是追溯民族记忆,更是要把被现代文学史同质化了的"民族记忆"重新复数化。换句话说,就是将完整的"文化"碎片化和动态化为"文本",让我们看到其内部多种话语力量盘根错节的并峙,并意识到从一开始,那个完整、独特的英国文化就是被虚构出来的。

也就是说,不仅不同的文化之间有"差异性",文化的内部也具有异质性,应当被个别化、差异化地看待,而不能被简单地湮没在文化、国家、民族、地域、阶级等同一性叙事中。在陆文中被诟病的后殖民主义"迁徙"、"杂交"或许应作如是解——它们其实首先并不是脱离出生地之后的自由快感,而是深刻地了解到根本没有一个静态的文化模板等着我们去发现和依附。我们能找到的,只有不受任何先在意图控制的,实践性的"文本"。也可以被看作修辞的任意性对逻辑的系统性的颠覆。对此,柄谷行人说:"当我们观察某个文本的'隐含结构'时,就已经预想了某个隐含的意义或制造者。然而,文本虽然由人类制造,却具有复杂、'过剩'的结构,因为它产生自'自然语言'素材。无论制造者如何控制,都无法避免语言带有其他含义。在此意义上,文本就是'自然的制造物'。"②

---

①Seamus Heaney, *Beowulf: A New Verse Translation*. New York: W. W. Norton & Company, 2001, p. xxvii.

②〔日〕柄谷行人:《作为隐喻的建筑》,应杰译,中央编译出版社2011年版,第22—23页。

第二，世界文学层面。我们可以辨析出当下占主导地位的两种"世界文学"模式：（1）文学正典的集成。以哈罗德·布鲁姆为代表。布鲁姆其实是设置了一个外在的价值判断体系，个别性的文学作品的价值必须参照这一体系所设定（或暗含）的标准而定。我们将这一包含价值判断的体系称为元层级，把成为价值判断的个别文本称为对象级。（2）一系列跨文化对话和交换活动。以歌德的"世界文学"（Weltliteratur）观念为代表。即在想象中所悬置的高于法国文学、英国文学、古希腊文学等任何"特殊的文学"之上的文化理想状态，我们可以通过无数个民族文学的范本认识它，而民族文学也必须在价值上祈向这一理想状态以获得精神治疗。在这个模式中，同样可以看到元层级（世界文学）和对象级（民族文学）的划分。我们不妨将这一"元层级/对象级"的关系简称为"底"（ground）和"图"（figure）的关系。

当我们开始从文本层面剖析文化问题时，我们也就获得了理解这个"底和图"关系的全新视野。从之前的论述可知，强化"文本"（图）的身份实则是在强调其混杂和异质，这也就意味着文本是"非代表性"（unrepresentative）的，无法将其自明性地简化为某个元层级价值体系（底）的代表。因此，斯皮瓦克在谈"世界文学"问题时，特别提到应警惕这一概念的"普遍性"（universal）倾向。相反，她认为应树立文化交流中的"特异性"原则："我们关注的不是怎样在一个游戏场中确定世界上文学生产的高峰，而要询问是什么使得文学的案例成为特异的。这种特异性总是可被普遍化（universalizable），但永远不是普遍性的。阅读之地就是让独特性在其范围内成为可见的东西。"[①] "特异性"原则的树立提醒我们，在跨文化交流之中，元层级的"底"的确定性往往导致对象级的"图"的多义性被消解掉。如西方女性主义往往以自己中产阶级的立场出发来同情第三世界妇女的命运，这实际上是置后者的特异性于不顾，以自己的话语模式来歪曲和挪用对方的生存境况。因此，我们必须暂时清空自己的既有思维观念，走出自己的身份之外，进

---

① "Comparative Literature/World Literature: A Discussion with Gayatri Chakravorty Spivak and David Damrosch," *Comparative Literature Studies*, Vol. 48, No. 4, 2011, p. 466.

入他者文本的肌理之中。

　　一旦如此的话，作为"元层级"的"底"就成为了多余的东西。对自己固有身份的走出一方面让我们踏入了破碎和变化的他者之境，另一方面则获得了极大的自由。"世界文学"指向的前景是对现有话语制度的轰毁、对既成观念的退出和文化视野的打开，进入斯皮瓦克所说的"星球文学"或"文学人类学"场所。早在1922年，考古学者李济就提出科学研究中"双语互证"的必要性，即中国学者一方面要剥夺科学之"欧洲籍"，同时自身也应体认到"超越自己国籍界限的紧迫性"。[①]1962年，他又指出"文化认同"观念在人文研究可能起到的是负面作用："他们（研究者）也可能学到这样一堂基础课：任何天然的或人为的阻碍都无法阻止那些基本的发明创造的传播，如果它们是全人类所需的话。同时，任何一种基本的发明创造都不能视为某个特殊地域集团或特选的民族，或为他们所垄断……一切国度的一切年龄的历史学家，都有时不免沉溺在这种或那种形式的狭隘局部观念之中：民族感情、宗教联系、政治依附，或信从同一种哲学观念。"[②]这是一种类似于现象学还原的工作，"世界文学"意味着附着于主体身上的固有身份标识和价值判断系统消失了，主体之间在一个暂时消弭了一切经验杂质的纯粹观念世界中达到相互理解、相互阐释。例如，希尼在翻译《贝奥武甫》时，发现不仅史诗中出现了家乡的亲人会用的"thole"（忍受）这个词，而且当爱尔兰移民到达美国时，这个词语也在新大陆落地生根，成为美国英语词汇的一部分，如美国诗人兰瑟姆（John Crowe Ransom）的诗句中就有"thole"这个词。希尼说：

　　　　（看到兰瑟姆的诗后）我的心再次激荡起来，世界变得宽广了，某些东西被拓展了。不管是词语被远远地从出生地抛出（far-flungness），还是那种兰瑟姆的现代性和《贝奥武甫》的

[①] Chi Li, "Some Anthropological Problems of China," *The Chinese Students' Monthly*, Vol. 17, No. 4, Feb. 1922, p. 326.

[②] 李济：《再论中国的若干人类学问题》，载《安阳》，河北教育出版社2000年版，第297页。

庄严气质之间的自由往还带给我的现象学式的快乐,都使我模糊地感到了什么东西,几年之后,我在词语之中重新发现了它们。当我遇到thole这个词时,我所经历的是一次多元文化的历险,这一感情被奥西普·曼德尔斯塔姆定义为'世界文化的乡愁'。在这次小小的启示带来的满足感之前,我甚至不知道我一直被这种乡愁折磨。如同被某种欲望洗净一样,我感受到的是一次语言学的照亮。①

当词语从原本的语境中被"抛出"后,附着在文本身上的意识形态消失了,留下来的只是一个自由的能指符号,在多重语境中不断地得到彰显,并且生长变化,其所蕴含的事物本身的丰富和多元的状态"照亮"了希尼。我认为,应该在这个意义上理解为什么斯皮瓦克说文本的特异性是"可被普遍化"以及"可见"的。毋宁说,只有在这一扬弃了"底"的僵化凝定的"世界文学"的超越性中,"文本"的鲜活性才是可能的。

在一篇考察中国当代文论体系的论文中,汪正龙认为文论应返回"惯有的两条知识构建思路",即倚重文本分析的诗学理路和借助多样的哲学思维的艺术哲学理路。他认为:"一方面,当代文论要冲破理论研究与作品批评的壁垒,走向文本分析,从文学批评、文学史研究和比较文学中开掘文学理论新的发展资源……另一方面,文学理论在呼唤多样化的哲学思维,呼唤属于自己的艺术哲学。本质主义思维模式造成了当代文论运思方式的贫乏,难以形成个体的言说路数。多样化哲学思维的介入可为文学理论研究引进新的观念和方法……有多少种描述世界的方法,就有多少种把世界分解为个别样态的方式。这就动摇了本质主义的哲学基础。"②我认为,这一说法移植到中国当代外国文学研究中也是基

---

①Seamus Heaney, *Beowulf: A New Verse Translation*. New York: W. W. Norton & Company, 2001, pp.xxv-xxxvi.

②汪正龙:《本质追寻和根基失落——从知识背景看我国当代文学理论存在的一个主要问题》,载《文艺理论研究》,1999年第2期,第18页。

本成立的。在外国文学研究中，我们同样面临着以既定话语秩序出发压缩个体的丰富性；以本质主义的理论思维和审美规范限制文学观念的活跃性；以僵化历史主义和反映论的观点将文本压缩为主题的图解而不去探究其内部的断裂和罅隙等一系列问题。也可以说，由于对话语秩序中形成的元层级价值判断体系缺乏反思，也就导致了对象级的文本分析与理论、文学史的研究脱节。作为人文科学的核心，文学研究关注的不仅是理论创制，还是一个基于生命判断的工作。因此，我在此提出以"文本性/世界文学"的生命二元性置换"本土/外国"的话语二元性，不过是尝试着提供一个本质主义的对抗性叙述，从存在论（而不仅仅从美学上）拓展"个体言说路数"，将"本土"实践还原为个人的生命样态。

第四章
新媒体时代外国文学研究方法的理论跟进

罗昔明[1]

传统的文学研究，无论是理论方法还是研究对象上，在今天已经出现了很多变化，并且一直在寻求和尝试新的研究方法和出路。这其中除了理论层面本身的不断革新外，数字技术和网络通信科技成果在人文领域的发酵也是非常重要的因素。20世纪后期诞生的现代通信与数字技术，发展到今天已有20余年。回顾这20多年的发展史，从最初的计算机互联网的迅猛发展与推广应用，再到最近十来年智能手机的普遍应用，资讯科技技术经历多次创新，从硬件、软件上我们可以看到内容与平台的创新演变与转型。如今，资讯科技以技术性介入，融合多媒体交汇服务，并跨越文类边界，具有强大传输、编辑、交互功能的新兴媒体相继涌现，包括Facebook和Twitter社交媒体、BBS、播客、电子出版物、Ipad以及智能手机等凭借计算机、手机或其他电子设备的网络服务终端构筑起的新媒体平台。这种资讯科技以持续性技术创新不断开辟"新战场"，撼动了传统媒介的霸主地位，昭示着数字技术与网络通信传播服务打造的"新媒体时代"的到来。

新媒体的数字网络传播服务，在科技创新进程中，持续走强，不断拓展自己领地的广度与深度，开启了一个资讯生产与传播的新时代。人类的媒介形式，经由手势交往、语言传播、纸质印刷传播，到广播影视传播，再到当下新兴媒体形态，每一次的更新换代，都对社会的结构、生活方式、思维方式乃至价值观念带来巨大冲击，这并非只是媒介所承载的内容造成的，更是新时代媒介形式本身带来的影响。新媒体虽有多

---

[1] 罗昔明，文学博士，江苏大学教师。

种表现形式，但不论是手机平台还是电脑终端，最本质的特性就在于它们都是以互联网数字通信技术为基础。数字技术与网络通信技术的普遍应用，使人类文明从工业社会迈向现代电子资讯社会。网络超文本、超媒体、播客等新兴科技形态改变了传统封闭的文本结构、单向信息传递方式与线性阅读习惯，新媒体的交互模式消解了数字网络世界中身份的中心化与绝对权威性，可编辑的资讯科技软件采取技术介入传统创作过程的方式，使得文本可以随意被更改、重写、重组。一言以蔽之，以文本（包括文字、图像、音频和视频）为主的后现代现象正逐渐成为主流的数字网络资讯呈现形态，凭借其开放、共享、交互、非线性、多元性、即时性、去中心化、去地域化等特征和优势条件，构建了新的场域。

新媒介场域所担负的使命远非只是承载文本的平台和传播途径的拓展与革新，对于文学研究而言，其更重要的意义在于它成为生成新的审美特征和学术理念的温床。外国文学作为被当代资讯科技率先激活的文化资源之一，再一次充当了"社会雷达"的角色，超前反映了科技发展中蕴涵的变动。在这个意义上，外国文学研究的理论跟进必然是其中重要一环。数字技术和网络资讯科技所带来的文明成果，在为外国文学的文本呈现形态、传播方式方面带来诸多新变化的同时，成为外国文学研究发展的积极动因，并内化为其自身的重要构成部分，扩展了外国文学研究的领域，推动了外国文学研究思维"与时俱进"的变革与转型，这也是外国文学研究紧跟时代的脉搏必须直面的重大问题。

第一节　新媒体时代的显著特征及其对外国文学研究的冲击

新媒体时代，传统印刷媒介不断革新，实现了从文本内容到传播平台的创新演变与转型，其关键就在于文字、图像、影音等文本借助硬件和软件的持续创新而进行的数字化、网络化技术性处理。这并非仅仅是将印刷品"移植"到电子设备平台那么简单，更是以新数字信息技术手段颠覆了其内在的结构和组成要素，改写了它原有的审美习惯和价值标准,其中超文本、超媒体、微信息可为突出代表。

作为资讯科技所催生的早期重要类型之一,超文本一直都是数字网络平台最为流行的载体形式之一,一度流行1990年代后期的文学和文化研究,至今仍方兴未艾。有人认为,超文本的最大特质就是计算机技术发展带来的人机交互界面以及超链接技术与文学的联姻①,也有人以"超链接性"与"互文性"概括其最大优势②,不论是哪一种观点都清晰地表明,资讯科技将传统的文本形式与内容带入了一个"数字化生存"的世界。

一般认为,"超文本"一词为美国学者特德·纳尔逊(Ted Nelson)所创造。1967年,美国布朗大学的纳尔逊教授首次提出了超文本这一术语。按照纳尔逊的阐释,超文本是"大量的书写材料或图像材料,以复杂的方式相互联系,以至于不能方便地呈现于纸上。它可能包含其内容或相互关系的概要或地图,也可能包含来自已经审阅过它的学者所加的评注、补充或脚注"。③超文本以一种全局性的信息结构和文本模式,将不同的文本通过关键词建立链接,使文本得以交互式搜索。节点(nodes)、链接、网络是构成超文本的三个基本要素。从某种程度上说,超文本与非超文本的区别,也就是非线性文本与线性文本的结构形式分野。在超文本中,不同的节点通过不同的链接、路径相互作用,连接成一张永不完结、永远开放的网络系统。这种新的网络数字技术催生的文类,在当今网络平台上已成为通用格式并以常态化,彻底翻转了作者为文本内容和形式唯一创作者的传统观念,越来越多的数字技术介入文本的产生、呈现、传播过程,直接影响了文本的最后成果形式与诠释方法。

超文本具有开放性、互文性和阅读单元离散性的特点,打破了文本

---

① 陈琴:《计算机技术视域下的超文本文学》,载《福建师范大学学报》(哲学社会科学版),2013年第5期,第95—103页。

② 陈定家:《"超文本"的兴起与网络时代的文学》,载《中国社会科学》,2007年第3期,第162—175页。

③ "Orality and Hypertext: An Interview with Ted Nelson," http://www.ics.uci.edu/~ejw/csr/nelson_pg.html,下载于2011年1月19日。

的内外区别。非线性阅读使读者得以自由地穿梭于文本网络之间，不断改变、调整和确定自己的阅读中心，获得属于自己的意义。这有点类似于罗兰·巴特的"理想文本"（ideal text）中"文段"（lexias）的解构式概念。按照罗兰·巴特的说法，在"理想文本"中零零碎碎地联系着彼此的文本单元生产了无以计数的意义。他心目中的理想文本，就是一个纵横交错、相互作用的无中心、无主次、无边缘的开放性空间。这样，在《S/Z》中，他将巴尔扎克的中篇小说《萨拉辛》，划分为用数字编号的500多个"文段"，而在《爱伦·坡：一则故事的文本分析》中将文本分为17个"文段"。①"文段"是按文本空间顺序划分的，但文段可根据内容附以主题标志，另外一种分类法则是预先选定内涵广狭不等的修辞学单位系列。这种观念呼应了杰伊·博尔特（Jay David Bolter）在《写作空间》（*Writing Space*）中的观点，也就是书面文本的演进历经一个零碎、分裂和重组的漫长过程，此中写作/阅读的分界面变得更为灵活并具有交互性。②

超文本是一个非中心化、主客不分、无层级化的体系，在这个体系中的各种构成形态保持不停歇的动态潜质、不间断的多元链接和难以数计的重构与组合。其繁复多姿的链接与游牧的可能性，呈现的是一种后结构主义美学观照和后现代空间与文学间性的逻辑相通性。可以说，审视数字化网络对文化知识传播方式产生的颠覆性变革将具有重要的价值与意义，也将开启一条外国文学作家等一系列文学经典化与再延存研究的新路径，文学经典的网络化或网络化的文学经典便形成任由受众随机性操作的阅读网络。德勒兹和伽塔利将构成"块茎"的"高原"称之为文本的碎片，认为书籍不是由章节而是由"高原"构成，多元的"原"构成一种相异共存的离散平台，因此受众能够或者说可能从任何地方开始阅读，并且能够联系到任何其他高原。编年的缺席，错乱的时空，形

---

①〔法〕罗兰·巴特：《符号学历险》，李幼蒸译，中国人民大学出版社2008年版，第276—277页。

②Jay David Bolter, *The Computer, Hypertext, and the Remediation of Print*. New Jersey: Lawrence Erlbaum Associates, 2001, pp. 107-146.

成一个德勒兹和伽塔利所说的后现代网络"民主原"或"竞技原"。①依照这种观念审视超文本中外国文学作家文献资料或文学著作，其多元关联性、超文本链接性、互动性特性得到了充分体现。可以想象，超文本结构，精心建构了独立自主又彼此链接的"块茎"结构，解构了传统的著作，并将之粉碎为离散时空、杂乱无序的碎片，通过数字技术和网络科技传输给最广泛的受众。

然而，随着影音介质的日益数字化和网络化，纯电子文本和超文本变成更为复杂的数字媒介的基础设施，新媒体界面逐渐收集人类新的感知和新的设计策略，形成多元共存的新媒介格局，超媒体类型随之而生。超媒体是当下数字网络平台中处于绝对优势地位的信息组织模式。超媒体可以分解为"超文本"+"多媒体"，它是对原初的超文本形式的进一步发展和补充。因其对象远非单纯的电子文本，更糅合了丰富的图像和视听资源（图形、图像、声音、视频等），跨越了领域与内容之间的鸿沟。在那里，哲学、电影、文学、音乐以及技术能够共存，并且能够彼此对话。在超媒体平台下，不仅文字资料与数字化结合起来了，而且文本、图像、视频和音频等资料也通过资源数字化路径得以上传、存储、访问、增补、检索和再编辑重组。当下的外国文学研究者，可以肆意畅游于丰富、多元的网络信息世界。在这种新媒介的冲击下，文学传播和外国文学研究思维被进一步活化了。

微信息，是基于 Web 2.0 或 Web 3.0 特征创造的数字网络科技平台，带有数字技术即时介入、可编辑、实时交互功能。相对于最早的以网站为中心的封闭、单向的网络平台模式而言，其更大的优势在于自主性、开放性，赋予用户充分的话语权，用户可以随时编辑、制作、发布各类信息（包括文字、音频、视频），实现用户对用户的双向网络服务模式。可以说，微信息是继超文本、超媒体之后因科技和网络形式进一步革新而形成的新媒体类型。它的诞生，再次增强了数字科技对其他领域的冲力和渗透力，同时也为文学的发展带来更大的活力，其表现形式

---

① 转引自张法：《20世纪西方美学史》，四川人民出版社2007年版，第167页。

有博客（Weblog）、微信、BBS、播客（play-on-demand broadcast，简称Podcast）等。

"播客"是"博客"的一种新的衍生物。这个词最早在2004年2月12日由本·哈默斯利（Ben Hammersley）在《卫报》中报道可以下载收听音讯内容相关的科技现象时提出。同年9月，丹妮·乔治（Dannie Gregorie）用Podcasting来描述自动下载和订阅音讯档案，接着注册一些相关的网域，随后其他一些学者也开始频繁使用这个术语。虽然不同学者的界定与侧重不同，但大体上可以总结出"播客"具有三大特性：个人性、随机性、主动性。任何人只要有可以上网的电脑，就可以创造自己的内容，不需要审核，也不需要建立一个广播电台。同时受众具有高度的自控权，可以自由点击选择想要的内容，不必再像以前总是等着电视台或者电台提供节目。随着科技的发展及其在人类各领域的渗透，播客风潮广受关注，于是个人、传统媒体、教育界与文化产业界都纷纷推出自己的播客。播客给传统媒体提供了一种接触受众的新方式，并且可以借由这个新平台来拓展受众群。

一般来说，相对于大家早已熟知的博客而言，播客虽然也是立于一定的软件程序通过个人化的方式在互联网上发布资讯，但是本质上二者差异明显，博客传递的主要是文字、图片方面的讯息，而播客承载的主要是音频、视频方面的内容。而且正如前面所述，播客完全改变了以往对讯息的被动接受方式，普通大众不再是被动地接收内容，每个人都成为创造者；同时它还能够记录下生活的点滴和感受，并与五湖四海的网友分享。不仅如此，有些播客网络还包纳了以往的博客功能。在播客的出现及后续发展中，最初由音频节目占优逐步让位于视频类型的节目，显示出这种新媒介强大的发展潜力。

倘若按照传播学的视角论之，播客为漫游于网路公路的使用者们构建起一种新型的话语平台，受众从最初的纯粹被动接受者质变为讯息的制造者和播散者。借助已搭建的网络播客平台，生产、掌控信息的权力被"下放"给每一个使用者。这种运作方式，模糊了媒介与受众之间的边界，破除了传统媒体对传播话语权的绝对主导和支配地位，使得个人用户能够在广泛参入其中的同时，获得了一定条件下自主创造和表达的机会。在网络环境里，播客用户创作和转载的短片，大多变成一种脱离了具体语境的碎片，各种类型的大量碎片充斥其间，网络成为一个万花筒。

可以说，无论是超文本、超媒体还是微信息，都是新媒体时代文学研究的最重要的课题之一，因为相关的研究已成为理解文本大众化、离散化、影音化、播客化、信息海量化、实时交互化等新数字技术处理功能的聚焦点和逻辑基础。传统文学作品不断被改编，不断被以电子文本、播客甚至在线电影的形式呈现出来，在不同媒介之间流动，借此以"媒介整合"的模式将文本多维度地凸显出来。这些新的数字技术媒介形式，正在影响着并将持续影响外国文学研究朝着适应新时代语境重新选择的方向发展。聂珍钊先生曾对超文本和超媒体对外国文学研究的意义概括为三个主要方面："（1）迅速全面地获取进行研究的数字化文本信息。各国作家创作的作品、手稿、通信、研究专著、学术和学位论文等，通过互联网这个载体，可在世界范围内不同的资源站点之间真正做到资源共享。（2）迅速获取研究所需要的声音、影像等多媒体信息。各国有众多作家的作品经过改编变成了戏剧、电影，这些作品经过技术处理成为电子资料，如录像资料，有关作家、作品的图片等，都可在网上使用多媒体工具进行传播，给研究者提供多元信息。（3）在网络平台上实现信息交流。'上网'已不仅为了获得信息，而且进化为发布信息，使研究者之间能够实时交流、沟通，进行学术探讨，从而实现学术研究在方法上的更新和革命。"[①]聂珍钊先生的观点，恰好充分体现了数字化世界迅捷化、信息海量化、共享化、跨文类化以及交互化的优势和特点，必将对外国文学研究的发展方向和思维开拓产生深刻影响。

当然，许多年长的知名外国文学学者及一部分潜心钻研的青年学人，并不单纯依赖数字资源化平台就能做出成就。但不可否认的是，这些研究者正或主动或被动地逐渐融合到现代信息技术大潮之中，调适自己的研究策略以应对新媒介的渗透带来的冲击。面对如此海量、便捷的

[①]童小念、聂珍钊：《互联网与外国文学研究的现代化》，载《外国文学研究》，2003年第1期，第32—37页。

数字化信息储存和获取途径，无论多么传统的学者都不可能置身事外，更难以抵御这种现代科技成果在统计、检索、文献的处理及相应的智能化操作等方面与传统手段相比所具有的强大诱惑。外国文学研究者必须积极应对这些新的挑战，把握新的时代机遇，谋求外国文学学术方法上的更新和研究领域上的拓展。

第二节　新媒体平台在外国文学研究领域的应用

数字化网络媒介对外国文学领域的影响，引发了外国文学研究对新的信息化技术平台的吸纳与融合，催生了新媒体空间在外国文学研究领域上专业性的实际应用。研究发现，这种实际应用本质上并不是以资讯科技为辅助角色，而是将数字资讯科学技术的持续创新内化为学术意识和学术观念的构成部分，并立足于数字网络通讯资源的优势，使其与新时期外国文学研究共生共荣。

数字技术与网络资讯科技在外国作家作品及相关文献资料的文本格式转换、海量信息储存与检索、互文性的阅读和访问体验、公众参与和自主性、实时的学术对话等方面大有可为。实际上，从当前网络信息资源存在和运行的特征来看，它们在资源共享模式和利用方式上存在着较大差异，它们对外国文学研究的效用也不尽相同。根据外国文学研究信息资料类型与获取方式的不同，主要可分为基础文学资料（包括全文型文本资源、专题型信息资料）、学术型数据库、微信息（交互型或实时对话型）等类型。这些网站或数据库一般都是由官方、组织或个人建立，或营利性或半公益性或纯公益性，但在新媒体平台上这类信息类型之间并不绝对割裂开来，有分散独立，又有交叉融合。

全文型作品资源，泛指一系列通过网络通信平台直接出版发行的数字图书和报章杂志，还包括各类纸质印刷文本的数字网络版。国内外出现了一大批相关网站或电子数据库，它们都以纯电子文本甚至是超文本形式呈现出来。电子出版物或网络版，如墨尔本大学电子出版物收藏网

(http://www.lib.unimelb.edu.au/eprints)、意大利电子书网站（http://www.ebookgratis.it）、印第安纳大学国际文献档案库（http://dlc.dlib.indiana.edu/dlc）、读秀电子图书等；外国文学类网站，如Pophangover、The Literature Network、Granta、Electric Literature's Recommended Reading、Poe3等。这种新的信息技术平台不仅仅开启了外国文学再现经典或重塑经典的大门，而且也为现代人提供了一条怀旧的通途。值得注意的是，当文学爱好者们实践最新的数字技术时，他们常常将经典外国作家作为重点关注对象。以The Literature Network为例，该网站为用户提供了各类经典文学文本，包括小说、诗歌，甚至语录等。用户在上面不仅可以搜索原文，还可浏览名人自传、相关文献引用等信息。Poe3则专门为原创英文诗歌提供发布和配图功能，让用户分享和感受诗歌的无穷魅力。

影响更大的要数"古腾堡工程"（Project Gutenberg，www.gutenberg.org）。该工程于1971年由米歇尔·哈特（Michael Hart）提出并创建，其目标是致力于将文化著作（包括文学）数字化、档案化，并予以免费传播和网上共享，这也成为世界最早的数字图书馆之一。许多传统的纸质印刷品被转换成纯电子文本。一定程度上也可以说，"古腾堡工程"开创了一个电子文本的新时代。时至今日，这个项目仍致力于以持续公开的形式且以包括中文在内的几十种语言，为世界各地网友提供免费电子图书。此项目的子计划即宾夕法尼亚大学支持的"在线图书网页"（The Online Books Page），延续了原有的传统和策略。爱伦·坡、马克·吐温、霍桑等一大批外国经典作家的文学作品被纳入"古腾堡工程"之中，比如说爱伦·坡的《厄舍府的倒塌》、《乌鸦》等几十部作品被制成纯电子文本，甚至《梦中之梦》等十几部作品还被做成MP3音频文件，供用户免费网络共享。

就爱伦·坡而言，除了前面提到的"古腾堡工程"，1990年代是爱伦·坡的作品被制成纯电子文本或超文本的另一个高潮期。内布拉斯加大学奥马哈分校的学生朱蒂·波斯（Judy Boss）将爱伦·坡的作品数字化，并且借用了汤姆·艾米（Tom Almy）的"Bitter Butter Better"电子公告牌予以呈现，网址为http://www.aracnet.com/tomalmy/bbbbbs.html。不过，该网站于1996年关闭，历时四年多，累积为网络用户提供了近50000本电子图书。[①]可以看到，无论是个人还是一些团体机构相继进行的爱伦·坡文本的电子化计划，使得爱伦·坡在数字网络虚拟空间中变身为一个文化"调制解调器"，从而有助于世代沟通，缩小受众年龄和文化背景之间的差距。

尽管这仅仅是从纸质页面转换到电子屏幕上，但以爱伦·坡等为代表的外国文学经典作家原初纸质文本在呈现平台的更变上却是一种根本性变革（当然，这也包括当代的一些直接在电子平台上撰写作品的外国作家）：一是文本碎片分裂及重组显示出更大潜力。尽管电子文本的内容表面上看上去与印刷著作一样，但是电子文本的灵活性和互动性已经潜伏在数字格式中。纸质的稳定、线性和序列写作方式将潜在地具有互动性、流动性及可塑性。二是在无摩擦的分配分销网络上文本流通更为广泛。电子文本模仿动态内存储存和信息获取的习惯。而且，在线电子文本为读者提供了一种完全自由地文本访问和无界性地复制的可能，这大大有助于经典作品的流通。在互联网的帮助下，相比以前的英语社区而言，受众能够更为广泛地在线阅读爱伦·坡和其他经典作家的作品。文本的虚拟性存储促进了电子文本的流通，并且提升了更年轻一代的互联网用户对于经典作品的阅读兴趣。实际上，年轻人在数字时代大多通过电脑阅读经典。热情常常纵横交错于现代技术和更为传统的文化形式之间，从而形成对二者不同寻常的深度认知和感受。

专题型文学资料网站，主要是由政府、组织或者个人围绕特定主题而构建的专题网站，其中一般性学术论坛、刊发（转载或原创）某类学术文章的网站以及以某个（类）作家或文学现象为基础建立的网站可为主要代表。第一类如Full Stop、The Public Domain Review、中国学术论坛等；第二类如国际文化研究、中国学术会议在线、Am Magazine等；第三类如诺贝尔学术资源网、爱伦·坡研究网、莎士比亚网上博物馆、

[①]The Poe E-Texts: Their History, *Poe Studies/Dark Romanticism*, 1998(1), pp. 16-17.

克里斯蒂娃个人网页等。

以"爱伦·坡网上博物馆"（www.poemuseum.org）为例，它是一个信息和艺术品的储藏宝库，最初这些资源仅为学者们所用，学者们经常到访此地。爱伦·坡网上博物馆已经有效地践行了文本碎片的"实验"，更多离散数据序列、更为灵活的设计能够达到解构的零散和情节融合之间的平衡，并且在这种解构主义境遇中赢得了更大的流行度以及更加深刻的影响。大多数受众并不是从一开始就按序列来浏览，由于各部分尽可能保持相对独立，以至于新老读者可以随时随地涉猎文本内容，而无须太多"先前"的知识。我们完全有理由相信，随着爱伦·坡博物馆网站呈现形式的完善与成熟，许多跟爱伦·坡相关的珍贵文物和文献资料都能够为全球受众所共享。

"爱伦·坡研究网"（www.eapoe.org）是个以爱伦·坡为关联中心的网络站点，也是诸多编辑和设计者通力合作的结晶。这些材料都是由多个作者搜集或创作，体现出了超文本的主要特点，即取代了单一作者的传统身份而形成协同著作权。许多文章和材料固然以爱伦·坡的文本为中心旋转，然而网络结构除却了文本的中心状态。当一个用户点击有关爱伦·坡的文化和历史链接时，这些问题一时间会成为主要的问题，作家本身则隐居幕后。"台前"和"幕后"不断在超文本环境中转换，爱伦·坡研究网的多人合作使得多元声音能够彼此对话，并且能够平等地表达自身。每篇文章或文本片段都有不可见的延伸至其他学术著作或相关页面的链接，那些链接具体地显示在网站的超文本图示和表格中，鲜明地展现了文本的互文性联系。

而且，爱伦·坡研究网的超文本结构提供了多个网络入口：正是一个无休止的去中心和再中心性结构凸显了数字文本的开放性。不像传统的书籍有一定的明确的开始、中间和结束的序列，人们可以自由漫步于超文本环境。这种网络结构在数字格式中升级了"高原"理念，进一步解构并消解了一本书籍的时空顺序和等级序列。作家和他的作品成为多媒体网络中的某些节点，其他材料能够平等地在这个网站中表达自身。

"爱伦·坡研究网"的超文本迷宫试图语境化、脉络化作家之间的复杂关系，以及作家的作品和其他历史背景之间的关系，超链接的网络层次具体体现了概念间的抽象联系。那些导航符号不仅体现了抽象内容的"互文性"，它们也涉及在更加漫长的线性历时文学史中原初孤立的作品及其作者。当作者们试图描绘爱伦·坡的一般性图像时，就特别有益于学生和业余读者，而这曾经是印刷文本格式难以实现和企及的。学生可以选择他们感兴趣的话题，也可以选择研究项目，这些都必须与已建立的有关爱伦·坡的文献网络建立联系，从而需要一个批注关键词的超链接数据库。这样一来，不仅文本的初版及随后再版的详细情况将明晰可见，每一个大的链接条目下更有进一步的标记关键词，可以重新定向到其他同属于此条目的诸多附属子链接的待读文件，而且这些文件还包含可能将指向其他文献的更多关键词。从中我们可以看到，作家及其作品是怎样在超文本环境中被解构的。这些网络大幅度重新配置了传统印刷文本的格式，转换了线性和序列阅读的传统习惯，将读者带入交互式数据搜索和协同写作的新体验之中。

微信息则突出用户自主性，赋予其充分话语权，这给传统的外国文学研究带来全新的生机和活力。就播客而言，播客在外国文学领域的应用，已非常普遍，也非常活跃，还出现了一批具有影响的专门性文学播客，如 The Bookrageous Podcast，定期向用户介绍和推荐诗歌、小说、戏剧等各类经典书籍；Other People with Brad Listi 定期发布一些著名作家的访谈录；名气最大的文学播客之一是 The Bat Segundo Show，其主要功能就是不定期发布各类作家的访谈录，包括一些成名作家和文坛新人。

此外，微信息在外国文学领域应用较广的是博客和BBS。专业性的文学博客，如 Lapham's Quarterly Roundtable，常常发布一些在内容上风格怪异的作品；Literary Kicks，这个文学博客有很多不错的作品，但缺点是更新较慢。外国文学BBS方面，国内如百度"外国文学吧"，各大学综合论坛的外国文学讨论组，芦笛外国文学论坛等。特别值得一提的是芦笛外国文学论坛，它是一家于2005年创办的外国文学专业性论坛，非常精细地按照国别划分文学讨论区。国外这方面走得更远，甚至经常借助数字媒介平台，组织一批学者实时地对某位经典作家进行专题交流；此外还有一些很有趣的交互性论坛，如 The Nervous Breakdown 的最大特色是"自我访谈"，作家自己可以对自己设问。

学术型数据库在当今学术研究领域的实用性和普及性，在此不多赘述。毋庸赘言，中外文的研究图书或期刊的数据库种类繁多，这也是学术研究者检索学术信息的最常用的途径。值得一提的是，在计算机信息技术直接应用于外国文学研究的较早实例中，语料库语言学方法，进一步在学术视野和技术融合上给外国文学学科开辟了新领地和新思路。这种语料库语言学与外国文学研究相结合研究方法，自20世纪后期以来受到越来越多学者的青睐，其研究重心主要在于归纳与验证文本的语言特征，以及通过语料库的视角探究文本的"意义"。这其中除了要细读、分析文本及相关的文献资料外，还需要熟练操作相关的语料库计算机软件和掌握网络关联技术。

第三节　新媒体时代外国文学研究面临的问题与展望

上述类型多样的数字化信息源，共同构建起网络资源共享的"地球村"，为外国文学研究提供了无尽的学术资源。它们在外国文学及相关研究领域的应用，远比印刷文本和传统的学术思维更具灵活性和多维性。这一数字资讯空间构建的是一个立体的、人机交互的自主性与创造性场域，将其应用于外国作家作品载体革新以及学术思维方式的拓展上，会推动并强化外国文学研究更好地应对时代发展的新要求，并有助于寻求新近讯息技术与外国文学学术研究之间的契合点和新的学术生长点。当前亟待外国文学研究重视的议题之一，即是新媒介技术日新月异之下的外国文学研究者，如何以"与时俱进"的理论姿态和学术品格直面新兴资讯技术的持续创新发展。

毋庸置疑，当下的外国文学研究在审美意识和价值标准上与传统相比，已有了很大的变化，这表明既往的学术观念和学术思路在新的时代语境下被重新思考，正零散、潜在地朝着新的方向缓缓推进。但同时我们必须冷静地看到，当下的外国文学研究并未在传统研究模式与学术定位上发生根本的变革，其深层次根源在于传统的印刷文明虽然遭到了前所未有的冲击，但仍难言其在当下的终结。数字网络通信技术在改变传统文学赖以存在和发展的表现形式与传播方式中赢得了认可，开辟了自己的阵地，而印刷媒介在丢掉自己绝对的霸主位置后，仍然牢牢地把守着自己在外国文学研究中的主流位置。网络数字技术与传统印刷文明属于不同的媒介形态和评价标准，当今这两大共存阵营之间既分散独立各尽其职，又交叉协作相互补充，既存在相互竞争，又有吸纳与整合之势。外国文学研究者面对这二者若即若离、纠缠不清的关系，切不可过于粗暴激进地认为新数字科技所催生的各种衍生物已占据了一切优势和高地，进而否定传统学术中各种既定评判标准和话语体系，更不可固步自封，对新生的媒介形态予以排斥，因为新的媒介不是可选项，而是历史的必然选择。这不是我们可以拒绝或者接受的问题，而是应该如何接受与适应的问题。外国文学研究要在此语境下更合理地发展，就需要在激进和固守两端之外寻找"第三条道路"。

传统印刷时代的外国文学研究，主要是立足于资料的收集整理与阐释，本质上是一种文学资料的研究，它由一套从资料的查阅收集、整理分析、概括归结的常规程序构成，这套程序经过多年的实践运用得到了验证，非常合理、科学、成熟。但传统信息资源的产生、传播与利用，常常受到地域性、时空性和物质性的限制，这一状况在现代信息技术时代发生了根本的变革。基于新媒体时代数字技术与互联网通信科技带来的全新传播功能，数字化呈现的各类网络信息资源已走向开放化、共享化、全球化、多语种化，实现了地区乃至全球的信息资源的网络化；加之网络信息量增长、更新快速，学术资源能够比以往更实时、更便捷、更低成本、更全面地获得；还能及时跟进国内外的学术前沿动向，把握最新学术动态；此外，还可以利用网络信息平台实时进行学术对话，所有这一切都彻底颠覆了传统的研究方式，对外国文学研究产生深远影响。

然而，网络资讯科技语境对于外国文学研究来说，也有其局限性。其一，庞杂海量的网络信息源，在文学资料的查阅和收集方面还有很多弊端与"陷阱"。比如电子资源的来源问题，有官方发布的，有专业组织发布的，也有个人发布的，除了一些官方或专业组织建立的网站或数据库外，大量信息任性随意，分散无序，管控缺失，良莠杂陈，使得数据资源的可靠性、严谨性缺乏保障，为外国文学研究者在查阅、收集和整理网络资源时增加了难度。电子出版或发行物方面还存在一些亟待明确澄清的版权归属问题。其二，外国文学学术界在紧扣新媒体时代发展的脉搏、充分有效地吸纳其最新科技成果上还做得很不够，比如中国学者可以利用网络数字科技平台尝试建立一些实时对话的学术会议、学术沙龙，开发一些诸如全球性的莎士比亚研究成果搜索引擎、智能手机终端的外国文学专属软件等。当然，这方面西方比我们做得好很多。其三，对新科技成果的利用停留在表面，外国文学研究的创新思路未能走向深入，也不可能取得真正革命性的外国文学研究模式的转型及相应的突破性成果，时下外国文学研究的学术思路和价值取向仍然遵循传统脉络。

在未来外国文学的研究道路上，新的科技语境无法回避，更不可能绕过，它将内化为外国文学研究意识中的重要构成部分，也必将强劲地影响研究者们的自我定位及其研究思路和方法。外国文学研究在不断创新发展的数字网络科技的语境中，应作出相应的调适与重新选择，与之紧密联系起来，加强协同创新，共荣共生。这也印证了麦克卢汉多年前的观念："媒介即讯息"，"任何媒介（即人的任何延伸）对个人和社会的任何影响，都是由于新的尺度产生的，我们的任何一种延伸（或曰任何一种新技术），都要在我们的事物中引进一种新的尺度"。[①]当今，数字技术与网络信息科技的勃兴冲击了印刷时代占绝对主导的传统文学观念、审美习惯、价值标准和学术研究模式，催生了许多网络资源新形态，造就了一套数字网络新文化。为了应对"新的技术"时代的到来，需要引入"新的尺度"，因此在打破传统印刷媒介时代构建的研究方法和批评标准的同时，我们更要重构一整套适应新媒体时代特性及其未来走势的新理论体系和批评标准。

---

①〔加〕马歇尔·麦克卢汉:《理解媒介——论人的延伸》，何道宽译，商务印书馆2000年版，第2页。

随着近些年外国文学研究领域方法论意识的积极调适与强化，中国学者对新媒介时代外国文学研究方法论的新出路也有了更深入的考量。当然，外国文学研究与新媒介的有机、充分融合，还需要经历很长一段的摸索之路，也还将面临许多其他的困难及亟待解决的问题。比如外国文学学术界主流观念上仍然把新媒介视为一种内容的承载工具和手段，而没有正视媒介特性正发挥着形塑"内容"、阅读模式和文体形态等方面的效用；新媒介总是跟技术的发展"与时俱进"，一定意义上说它是个变动不居的复杂概念。它对人文社会科学领域的广泛、深入的渗透，预示着外国文学研究中数字化技术引入与运用的必然性和迫切性。由此引发的文献资料的检索与处理、文本的呈现与阅读、学术观点的论证分析与共享交流等层面在思维方式和学术策略上的变革与转型，开拓了新媒介语境下外国文学研究的新领域，并带来了学术理论上的重大挑战。探讨超文本、超媒体数字化空间中外国文学研究的新特质，促使外国文学研究积极主动地融入网络时代之中，必然会催生外国文学研究新的理论形态和现代化学术之路。尽管这其中还可能遇到很多困难，还有很多有待完善、修正之处，但随着学术方法的调适与理论跟进，外国文学研究必将取得新的进展。但有必要特别强调的是，在"技术化"时代积极采取新研究策略的同时，也要防止研究者们在学术方法上过于依赖信息技术，忽视其缺陷和不足，从而把学术研究引入歧途。

总体而言，面对数字技术与网络信息科技所带来的冲击，外国文学研究现有的文学观念和理论话语体系仍可解决大部分问题。新的信息载体媒介、文本呈现形态、获取和利用途径，虽然触发了对外国文学研究方法和策略的重新思考，但还未到需要立即解决的境地。传统的一套学术体系不可能在短时间内土崩瓦解，我们不可急于求成，而是应该采取自下而上的模式，积极在两大阵营的张力之中构建好"第三条道路"，期待经由不断地观察、总结与沟通对话，在学界形成批评话语系统共识，借此构建一套既能与新媒体一起融合发展，又能符合学术自身规律的新研究理路。

下 篇

外国文学研究话语的转型

本篇尝试以学术话语转型为线索，对外国文学研究的学术历史进行整体性回顾与反思。所谓"整体性"，有两重指向：其一，本篇考察的对象不是各国别、各语种的研究历史，而是作为整体的"外国文学"的学术历程。其二，本篇的关注点不是面面俱到地梳理这一时期的学术得失，而是力求清晰呈现这一时期外国文学研究的问题意识和话语模式的变与不变。本篇的分期依据主要参照了中国社会历史剧变的时间节点，因为中国现代学术的发展一直与社会政治变动紧紧缠绕。

本篇将外国文学研究视为一种话语建构与实践活动，将百年来的外国文学研究历程视为一段话语转型的历史，在回顾这段历史时借鉴话语分析的方式，既有史的梳理——描述外国文学研究话语转型的历史，也有论的深入——对一些重要问题进行话语分析，尽量突出外国文学研究作为一种学科话语对中国文化主体的建构作用。这样的学术回顾方式将不再以史料和细节的堆积为目标，而是以问题为纲，更加注重研究对象与历史语境之间关系的考察。

本篇认为，20世纪前50年是中国外国文学研究话语的创建摸索期；1950年代至1970年代，学界建构了一元独尊的阶级革命话语体系；1980年代是话语重建期，大规模吸收西方话语；至1990年代，以英美文学及西方当代理论为中心的新话语模式逐渐强势。近年来，西方话语的权威性屡遭质疑，以西方话语为导向的研究模式亦被诟病。学界在具体研究中虽以西方话语为中心，价值立场上仍然坚持文化主体性。

本篇将主要研究范围限定于国内重要外国文学学术期刊，同时根据需要兼顾其他学术成果。这一选择出于以下考虑：第一，本篇以"外国文学研究话语的转型"为研究对象，注重不同时期外国文学研究话语转变的过程，因此对时效性的要求很高。期刊文章篇幅短小，反应迅捷，论述集中，更能清楚展示学术话语产生、变化、消失与重建的过程。第二，本篇所选的多家期刊曾经和正在对外国文学研究的学术生产、流通、消费施加重要影响，记录并折射着本学科发展的轨迹，具有很强的代表性。第三，《中国外国文学研究的学术历程》各国别文学卷将对各国别文学研究的大量成果展开具体阐述，本篇的选择有助于减少重复。

本篇虽然是在学术史的框架内梳理外国文学话语转型的过程和意义，有时也会跳出这一框架，将某些话语热点还原到更大的文化背景中去，结合这些话语在历史语境中的生成、运作过程，考察本学科相关话语实践的独特性。本篇将关注外国文学与中国文学及其他人文学科在学术转型中呈现的互动和差异，凸显"外国文学"学科独特的问题意识。

第五章
清末民初：外国文学研究的滥觞

杨克敏[1]

1840年，鸦片战争爆发，欧美列强用坚船利炮轰开了中国的大门。面对"千年未有之变局"，"晚清朝野不仅逐渐承认并接受取'天下'而代之的'世界'，更努力想要融入这个'世界'，并以此为国家民族追求的方向"[2]。于是，救亡图存、富国强兵成为时代主流话语。在中西文化碰撞的历史语境下，晚清知识分子对于"西学"抱以极高的热望。中日甲午海战战败，意味着"器物"不能挽救国运；"戊戌变法"旨在模仿西方的君主立宪制度，但梦想终归没能照进现实。梁启超借助外来文学资源在文学界发起"小说界革命"，倡导文学救国。

第一节　早期的外国文学引介

一、外国文学的引入与思想维度

1898年12月，梁启超在日本横滨创办《清议报》。从《横滨清议报叙例》上可知，该刊由六大板块构成：一为"支那论说"，二为"日本及泰西人论说"，三为"支那近事"，四为"万国近事"，五为"支那哲学"，六为"政治小说"。在该刊创刊号上，梁启超撰写《译印政治小说序》一文。在梁启超看来："在昔欧洲各国变革之始，其魁儒硕学，仁

---

[1] 杨克敏，文学博士，北方民族大学讲师，撰写本卷"下篇"第五章至第九章。
[2] 罗志田：《近代读书人的思想世界与治学取向》，北京大学出版社2009年版，第56页。

人志士，往往以其身之所经历，及胸中所怀，政治之议论，一寄之于小说。……美、英、德、法、奥、意、日本各国政界之日进，则政治小说，为功最高焉。"①可以看出，梁启超对欧洲的"魁儒硕学，仁人志士"运用政治小说促进社会变革赞赏有加。他称伏尔泰："以其极流丽之笔，写极伟大之思，寓诸诗歌、院本、小说等，引英国之政治，以讥讽时政，被锢被逐，几濒于死者屡焉。卒乃为法国革新之先锋，与孟德斯鸠、卢梭齐名。盖其有造于法国民者，功不在两人下也。"称托尔斯泰："生于地球第一专制之国，而大倡人类同胞兼爱平等主义。……其所著书，大率皆小说，思想高彻，文笔豪宕，故俄国全国之学界，为之一变。见年以来，各地学生咸不满于专制之欲，屡屡结集，有所要求，政府捕之、锢之、放之、逐之，而不能禁，皆托尔斯泰之精神所鼓铸者也。"②伏尔泰是18世纪启蒙运动的代表作家和思想家，托尔斯泰是19世纪俄国著名的小说家和思想家。梁启超列举他们对所在国政治变革发挥的重要作用，意在向国人制造一个外国政治小说"救国"的神话，即在昭示中国引介政治小说也可发挥同样的效用。

其实，政治小说"救国"并不具有普遍的有效性。这种带有明显感情色彩的视角，显然是为其宣扬"小说救国"的思想提供立论根据。1902年11月，梁启超在《新小说》创刊号上发表《论小说与群治的关系》，正式提出"小说界革命"。基于改良维新的理想，梁启超把小说的地位提升至挽救民族危亡的历史高度，以至把所有的社会问题孤注一掷于"小说"，从而夸大甚至曲解了小说的作用。然而，外国政治小说可以"改造社会"、"改造国民性"、"保种强国"，成为"梁启超们"的文学宗旨。1903年，戢翼翚翻译了普希金的《上尉的女儿》。③在此书"序言"中，黄和南认为："夫小说有责任焉。吾国之小说，皆以所谓忠

---

①梁启超:《译印政治小说序》，载邬国平:《中国文论选·近代卷》（下），江苏文艺出版社1996年版，第302—303页。

②梁启超:《论学术之势力左右世界》，载《新民丛报》，第1号，1902年；转引自侯宜杰选注:《梁启超文选》，百花文艺出版社2006年版，第73页。

③1903年上海大宣书局出版普希金的《上尉的女儿》，当时的译名为《俄国情史》，另有译名《花心蝶梦录》。

臣孝子贞女烈妇等为国民镜,遂养成以奴隶之天下。然则吾国风俗之恶,当以小说家为罪首。是则新译小说者,不可不以风俗改良为责任也。……我国人见此,社会可以改革矣。"①1908年,鲁迅在《摩罗诗力说》中赞美雪莱、拜伦、普希金、莱蒙托夫、裴多菲等外国诗人"立意在反抗,指归在动作"②的精神,也是希望能够激发国人斗志,促进民族和国家的复兴。科学小说、侦探小说继政治小说之后,也成为学界的话语资源。③程小青的《论侦探小说》、《侦探小说的多方面》,周桂笙的《歇洛克复生探案弁言》、《〈神女再世奇缘〉序》与鲁迅的《〈月界旅行〉辨言》等,大多将小说功能归之于唤醒民众、启蒙救国。如鲁迅在《〈月界旅行〉辨言》里指出,科学小说具有"经以科学,纬以人情……破遗传之迷信,改良思想,补助文明"④的作用。可以说,这种现象在晚清民初的外国文学引介中极为普遍。

梁启超选择外国文学中的政治小说作为其宣传维新变法思想的媒介,这是外国文学作为话语对象与中国现实问题的第一次碰撞。政治小说在西方小说发展的历史长河中,可谓是沧海一粟。但颇具反讽意味的是,正是政治小说首先成为进入中国学界、参与中国社会改良与变革的话语对象,并成为引发"小说界革命"的导火索,以至后来虚无党小说的译介也蔚然成风。据《梁启超年谱长编》载:"戊戌八月,先生脱险赴日本,在彼国军舰中,一身以外无文物,舰长以《佳人奇遇》一书俾先生遣闷。先生随阅随译,其后登诸《清议报》,翻译之始,即在舰中也。"⑤梁启超对此小说格外重视,并给予极高评价:"于日本维新之运动有大功者,小说亦其一端也……而其浸润于国民脑质,最有效力者,则《经国美谈》、《佳人奇遇》两书为最云。"⑥梁启超救国心切,视政治

---

① 戈宝权:《中外文学因缘——戈宝权比较文学论文集》,北京出版社1992年版,第264页。
② 鲁迅:《摩罗诗力说》,载吴晓明编:《鲁迅文选》,上海远东出版社2011年版,第13页。
③ 张正吾选注:《中国近代文学作品系列·文论卷》,海峡文艺出版社1992年版,第369页。
④ 鲁迅:《〈月界旅行〉辨言》,载《鲁迅文集》第7卷,黑龙江人民出版社1995年版,第444—445页。
⑤ 丁文江、赵丰田编:《梁启超年谱长编》,上海人民出版社1983年版,第158页。
⑥ 梁启超:《传播文明三利器》,载易鑫鼎编:《梁启超选集》(下),中国文联出版社2006年版,第569页。

小说如救命稻草，这种急躁功利的心理使其失去面对异域文学时的存疑精神，透露出梁启超缺乏对外国文学总体认识与宏观把握的硬伤。于是，外国文学的经典之作还未与中国读者会面，而艺术水准欠佳的政治小说倒是夺得了头彩。这并不是偶然的阴差阳错，而是梁启超经世致用的文学思想的再现。

在某种程度上，政治小说只是催化剂，激活乃至强化了梁启超传统的载道文学观。随着清王朝内忧外患的日益加深，功利主义文学传统得到了梁启超的阐释与发挥，并为后来的文学运动所传承。由此可见，中国的外国文学的引介和研究从一开始就不是象牙塔里的案头学问，它与中国的现实问题相结合，成为知识界解决自身问题的思想资源。

二、序跋对早期外国文学引介的贡献

早期外国文学引介中，译作的序跋有着重要价值。这里以林纾为例。

据统计，从1897年到1921年间，林纾与其合作者共译[①]作品有189种，包括未刊者23种。这些翻译作品来自英国的最多，占半数以上，共106种。其次是法国，共30种，美国有26种，俄国有12种，此外希腊、德国、日本、比利时、瑞士、挪威、西班牙各1种。[②] 在这些译作的序跋中，可以看到中国传统诗学话语与外国文学的碰撞，以及早期引介中所具有的独特视角。林纾的译作表明，文言文并没有成为林纾引介外国文学的障碍。林纾具有文学家的敏感与批评家的眼光，在分析与定位外国小说时，往往表现出其特有的视角。林纾认为，西方小说"处处均得古文义法"。[③] 其中，义指"言有物"，法指"言有序"，"义法"强调的是以"义"为基础的内容与形式的完美统一，"义以为经，而法纬

[①]林纾不审西文，他的译作是以"侍二三君子为余口述其词，余耳受而笔追之，声已笔止"的方式完成。林纾：《孝女耐儿传·序》，载钱谷融主编：《林琴南书话》，浙江人民出版社1999年版，第77页。

[②]这是林薇以马泰来《林纾翻译作品全目》为基础参以其他资料整理出来的数字。林薇：《百年沉浮———林纾研究综述》，天津教育出版社1990年版，第86—95页。

[③]陈平原、夏晓虹编：《二十世纪中国小说理论资料》第一卷，北京大学出版社1997年版，第4页。"义法"是清代桐城派创始人方苞对于中国传统文论的概括。

之，然后为成体之文"。①林纾擅长用"义法"来分析外国文学作品。

爱国与启蒙是林纾评价西方小说的"义"，即思想内容的主要基调。林纾希望通过翻译外国小说，表达自己救亡图存的爱国思想。林纾在《埃司兰情侠传·序》、《利俾瑟战血馀腥录·序》、《雾中人·序》、《滑铁卢战血馀腥·记序》等译作序言中，总是适时地抒发自己忧国忧民的情怀，并强调尚武精神对于健全国民性格、振奋国民精神的重要性。最为典型的就是《黑奴吁天录·序》。林纾将这本名著译为《黑奴吁天录》，其意义在于："余与魏君同译是书，非巧于叙悲以博阅者无端之眼泪，特为奴之势逼及吾种，不能不为大众一号。……其中累述黑奴惨状，非巧于叙悲，亦就其原书所著录者，触黄种之将亡，因而愈生其悲怀耳。……为振作志气，爱国保种之一助。"②《黑奴吁天录》在晚清社会曾引起巨大反响。在诸多外国小说家中，林纾对狄更斯情有独钟。他多次强调狄更斯"出身贫贱，故能于下流社会之人品，刻画无复遗漏"。③在林纾看来，狄更斯的作品具有"情罪皆真、声影莫遁"④的写实性。在《孝女耐尔传·序》中，林纾准确地论述了狄更斯创作的现实主义特色："刻画市井卑污龌龊之事，至于二三十万言之多，不重复，不支厉，如张明镜于空际，收纳五蛊万怪，物物皆涵清光而出，见者如凭栏之观鱼鳖虾蟹焉。则迭更斯者盖以至清之灵府，叙至浊之社会，令我增无数阅历，生无穷感喟矣。"⑤林纾尤为赞赏狄更斯对社会底层小人物的关注："若迭更司者，则扫荡名士、美人之局，专为下等社会写照。"⑥这一点，可以说是后来陈独秀提出"平民文学"的先声。

同时，林纾也格外重视"法"，即西方小说的叙事艺术。为了引导读者阅读西方小说，林纾在其译作序跋中绘制出不同于中国小说的"地

---

①林治金等主编:《中国古代文章学辞典》，山东教育出版社1991年版，第11页。
②林纾:《黑奴吁天录·跋》，载钱谷融主编:《林琴南书话》，浙江人民出版社1999年版，第5页。
③薛绥之、张俊才:《林纾研究资料》，福建人民出版社1983年版，第257页。
④林纾:《滑稽外史·短评》，转引自林薇:《论林纾对近代小说理论的贡献》，载《中国社会科学》，1987年第6期。
⑤林纾:《孝女耐尔传·序》，载钱谷融主编:《林琴南书话》，浙江人民出版社1999年版，第77页。
⑥薛绥之、张俊才:《林纾研究资料》，福建人民出版社1983年版，第178—179页。

形构造图"。在《洪罕女郎传·跋语》中，林纾认为："哈葛德之为书，可二十六种，言男女事，机轴只有两法，非两女争一男者，则两男争一女。……大抵西人之为小说，多半叙其风俗，后杂入以实事。风俗者不同也，因其不同，而加以点染之方，出以运动之法，等一事也，赫然观听异矣。"①这样简单但却形象的概括，消除了读者对外国文学写作程式的心理障碍与隔阂，不失为一种激发读者阅读兴趣的策略。林纾对狄更斯《大卫·科波菲尔》的叙述艺术给予很高的评价。在《块肉余生述·序》中，林纾写道："此书为迭更斯生平第一著意之书，分前后两篇，都二十余万言；思力至此，臻绝顶矣。古所谓锁骨观音者，以骨节钩联，皮肤腐化后，揭而举之，则全具锵然，无一屑落者。方之是书，则固赫然其为锁骨也。大抵文章开阖之法，全讲骨力气势，纵笔至于浩瀚，则往往遗落其细事繁节，无复检举；遂令观者得罅而功。此故不为能文者之病，而精神终患弗周。迭更斯他著，每到山穷水尽，辄发奇思，如孤峰突起，见者耸目，终不如此书伏脉至细，一语必寓微旨，一事必种远因。……而迭更斯乃能化腐为奇，摄散作整，收五虫万怪，融汇之以精神，真特笔也。"②林纾用"锁骨观音"、"伏脉"③等中国古代文论的批评话语，生动而具体地指出该作在情节结构上环环相扣，且前呼后应的严谨性与巧妙性，字里行间中透露出林纾对狄更斯小说高超技法的推崇与褒扬。林纾还用比较的方法总结中外文学大师的创作经验，指出中外小说在谋篇布局上的共同之处。在谈到《黑奴吁天录》时，林纾认为该作"开场、伏脉、接笋、结穴，处处均得古文家义法。可知中西文法，有不同而同者。译者就其原文，易以华语，所冀有志西学者，勿遽贬西书，谓其文不如中国也"。④以上所举各例均显示出林纾对中西

---

①林纾：《洪罕女郎传·跋语》，载钱谷融主编：《林琴南书话》，浙江人民出版社1999年版，第40页。

②林纾：《〈块肉余生述〉前编序》，《块肉余生述》前编，载钱谷融主编：《林琴南书话》，浙江人民出版社1999年版，第83—85页。

③伏脉即今人所言的铺垫、伏笔。林纾说："伏笔即伏脉。"

④林纾：《〈黑奴吁天录〉例言》，载钱谷融主编：《林琴南书话》，浙江人民出版社1999年版，第4页。

小说结构的认知。

　　林纾以"法"这个层面审视西方小说的艺术构思，可以说触及了外国文学大师的创作精要。晚清时期，因为报刊连载的形式，中国小说普遍存在结构散乱的弊端。鲁迅在《中国小说史略》中认为，《儒林外史》"全书无主干，仅驱使各种人物，行列而来，事与其来俱起，亦与其去俱讫，虽云长篇，颇同短制。"①可以说，林纾对西方小说"法"的强调，在一定程度上对晚清中国长篇小说的创作产生了积极影响。林纾不懂西文，而中国传统诗学话语具有感悟性思维的特征，使得林纾只能用"伏线、接笋、变调、过脉、骨节"等"法"去简单置换西方小说的艺术结构，而这种表层的直接迁移难以真正体悟西方小说结构的奥妙。

　　林纾作为"介绍西洋近世文学的第一人"②，其贡献不仅在于翻译了大量西方小说，开阔了晚清读者的阅读视野，而且也为外国文学在中国的研究启程开航。如果说梁启超是在社会层面关注外国文学，那么林纾的序跋则更多有文学研究的底色，他更关注的是外国文学作品的思想内容、艺术结构以及中西文学的共通与互补，在一定程度上修正了梁启超过于功利的缺陷。同时，林纾运用传统诗学话语表达对异域文学资源的体悟，这也是以林纾为代表的早期中国知识分子审视外国文学的主要思维方式。在林纾之后，也有一些学者如此，如应时以"文、质"烛照德国现代诗歌流派③、孙毓修以文体阐释欧美小说、曾虚白以"文、质"阐释欧洲文学观念演变史④、叶公超以中国古代诗论阐释艾略特的创作⑤等。

---

　　①鲁迅：《中国小说史略》，载《鲁迅全集》第9卷，人民文学出版社1981年版，第221页。

　　②胡适：《五十年来之中国文学》，载姜义华主编：《胡适学术文集·新文学运动》，中华书局1993年版，第106页。

　　③应时(1887—1942年)于1914年发表中国最早的德国诗歌译本《德诗汉译》。在该译本末的《德诗源流》中，应时以歌德与席勒为例，以"文、质"为切入点，分析了德国现实主义诗歌与浪漫主义诗歌的发展脉络与成就。尽管叙述略显简单粗糙，但作为中国最早论及德国诗歌史的论著，其史料价值值得关注。

　　④虚白：《欧洲各国文学的观念》，载《真美善》，第6卷第4、5号，1930年。此文以"文、质"为切入点，研究欧洲各国的文学观念。

　　⑤叶公超：《再论艾略特的诗》，载《北平晨报·文艺》，第13期，1937年。

三、《教育世界》上的外国作家传记研究

1901年，罗振玉在上海创办《教育世界》杂志。自1904年3月至1907年10月，该杂志开辟"传记"专栏，刊载了王国维撰写的外国作家系列传记。如下表[①]：

篇名	刊号	时间
《德国文豪格代希尔列尔合传》	甲辰第2期（总70号）	1904年3月
《格代之家庭》	甲辰第12、14期（总80、82号）	1904年8、9月
《脱尔斯泰传》	丁未第1、2期（总143、144号）	1907年2、3月
《戏曲大家海别尔》	丁未第3、5—6期（总145、147、148号）	1907年3、4月
《英国小说家斯提逢孙传》	丁未第7、8期（总149、150号）	1907年5月
《莎士比传》	丁未第17期（总159号）	1907年10月
《倍根小传》	丁未第18期（总160号）	1907年10月
《英国大诗人白衣龙小传》	丁未第20期（总162号）	1907年11月

从上表可以看出，王国维所选对象以欧洲经典作家为主，涉及英国作家莎士比亚、培根、拜伦、斯蒂芬森，德国作家歌德、席勒、黑贝尔，俄国作家列夫·托尔斯泰。从文体上看，王国维兼顾了擅长各种文体的作家，如莎士比亚、黑贝尔以戏剧著称，列夫·托尔斯泰、斯蒂芬森以小说见长，拜伦、培根各倾向于诗歌、散文等。

王国维的上述传记是中国早期引介外国文学的重要篇章。王国维选择的都是"世界大诗人"和"世界的文豪"，评价的多为名作。他称歌德的《浮士德》为"宇宙之大著作"，"夫欧洲近世之文学中，所以推格代之《法斯德》为第一者，以其描写博士法斯德之苦痛，及其解脱之途径，最为精切故也。若《红楼梦》之写宝玉，又岂有以异于彼乎？"[②]在王国维看来："当知莎氏与彼主观的诗人不同，其所著作，皆描写客观

[①] 格代即歌德、希尔列尔即席勒、脱尔斯泰即列夫·托尔斯泰、海别尔即黑贝尔、斯提逢孙即斯蒂芬森、莎士比即莎士比亚、倍根即培根、白衣龙即拜伦。

[②] 王国维：《王国维文集》，线装书局2009年版，第94页。

之自然与客观之人间，以超绝之思，无我之笔，而写世界之一切事物者也。所作虽仅三十余篇，然而世界中所有之离合悲欢，恐怖烦恼，以及种种性格等，殆无不包诸其中。"①称英国新浪漫主义作家斯蒂芬森代表作之一《化身博士》："Doctor Jekyll and Mr. Hyde之一篇，乃其全集中最有真面目之后作也。或谓此作含有高远寓意，乃哲学之著述，虽不必尽然，然此作实说明人间高卑部分之关系，或为恶之渊源，意见真挚，固不疑也。卷中所述，为千古不变之道德问题，详言行善之难，为恶之易，实有功名教之作也。"②从"无我"、"世界"、"种种性格"、"高远寓意"、"善恶"等关键词可以看出，王国维以文学审美无利害的观念为出发点，阐述莎士比亚的博大胸襟与斯蒂芬森小说的哲学意味。拜伦在王国维看来："白衣龙之为人，实一纯粹之抒情诗人，即所谓'主观之诗人'是也。其胸襟甚狭，无忍耐力自制力，每有所愤，辄将其所郁之于心者泄之于诗。"③王国维用其美学思想的重要内容"主观之诗人"与"客观之诗人"对拜伦进行点评，他将自己的特有学术话语运用到分析、阐释西方作家及其创作的实践中。

王国维为八位外国作家立传，可以说是中国较早的外国作家系列的专题研究，树立了外国文学传记式研究的模式。中国自古以来就有史传传统，王国维所写的外国作家传记，同样也是遵循了中国传记文学的写法。在《莎士比传》中，王国维详细交代了莎士比亚的婚姻家庭、伦敦岁月、创作过程等基本情况，并且传文中又提到了莎士比亚的"四大悲剧"：《鬼诏》、《黑瞀》、《蛊征》、《女变》，指出"盖惟此四篇实不足以窥此大诗人之蕴奥"。④在八位外国作家传记中，王国维用力颇多的是《脱尔斯泰传》。该传记包括"绪论"、"家世"、"修学"、"军人时代"、

---

①王国维：《莎士比传》，载《王国维集》第2册，周锡山编，中国社会科学出版社2008年版，第8页。

②王国维：《英国小说家斯提逢孙传》，载《王国维集》第2册，周锡山编，中国社会科学出版社2008年版，第19页。

③王国维：《英国诗人白龙衣小传》，载《王国维集》第2册，周锡山编，中国社会科学出版社2008年版，第11页。

④王国维：《莎士比传》，载《王国维集》第2册，周锡山编，中国社会科学出版社2008年版，第7—8页。

"文学时代"、"宗教时代"、"农事意见"、"教育意见"、"上书"、"家庭"、"丰采"、"交游及论人"、"佚事"等内容。在特定的历史语境下,《教育世界》以专栏形式刊载王国维撰写的外国作家系类传记,对于晚清时期的中国读者了解异域民族作家的艺术生命历程,无疑是十分必要的。在王国维之后,外国作家的传记研究模式成了民国时期作家研究的一个重要方面。

第二节　《欧美小说丛谈》:对外国文学的感知

清末民初,外国文学的引介与研究已经逐步展开。[①]其中,孙毓修的《欧美小说丛谈》是颇有代表性的著述。1913年4月至1914年12月间,孙毓修陆续在《小说月报》上发表一系列评价欧美小说的文章。这些文章的主要目次如下[②]:

名称	卷期	时间
《希腊拉丁三大奇书》、《孝素之名作》	第4卷第1期	1913年4月25日
《孝素之名作》、《英国十七世纪间之小说家》	第4卷第2期	1913年5月25日
《司各德迭更斯二家之批评》	第4卷第3期	1913年7月25日
《英国奇人约翰生》、《神怪小说》	第4卷第4期	1913年8月25日

[①]有关情况将在《中国外国文学研究的学术历程》的各个国别文学卷中具体介绍,这里仅举以综合叙述为主的《欧美小说丛谈》一例。

[②]希腊三大奇书,即《破船之舟子》(Ship-wrecked Sailor)指《遭难水手的故事》或《沉舟记》,《伊律亚特》(Iliad)指《伊利亚特》,《乌地绥》(Odyssey)指《奥德塞》;孝素之名作即《坎推倍利诗》(Canterbury)指乔叟的《坎特伯雷故事集》;《二万镑之奇赂》指凡尔纳的《八十日环游世界》;《耶稣诞日赋》指狄更斯的《圣诞欢歌》;《金刚钻带》指18世纪法国小说家Vizetelly的 Story of Diamond Necklace;《旁卑之末日》指英国作家 lord Lytton 的 The Last Day of Pompeil;《红种之人杰》指美国小说家 Fenimore Cooper 的 The Last of Mohieans;《无声之革命》指美国刘易斯·华莱士(Soldier Author General Lewis Wallace)的《本·赫尔》(Ben Hur);《猎帽记》指都德(Alphonce Daudet)的《达哈士孔的达达兰》(Tartarine of Tarascon);《汉第自传》指爱尔兰小说家 Samuel Lover 的 Handy Andy。

续表

名称	卷期	时间
《斯拖活夫人》、《德林郡主》、《霍桑》、《欧文》、《沙罗》	第4卷第5期	1913年9月25日
《神怪小说之著者及其杰作》、《寓言小说之著者及其杰作》	第4卷第6期	1913年10月25日
《英国戏曲之发源及其种类》	第4卷第7期	1913年11月25日
《马罗之戏曲》、《莎士比之戏曲》、《彭琼生之笑剧》	第4卷第8期	1913年12月25日
《二万镑之奇赌》	第5卷第9期	1914年*月25日
《金刚钻带》、《耶稣诞日赋》、《旁卑之末日》、《红种之人杰》、《无声之革命》	第5卷第10期	1914年*月25日
《猎帽记》、《汉第自传》	第5卷第12期	1914年12月25日

1916年12月，这些单篇文章作为商务印书馆《文艺丛刻甲集》之一，结集出版同名单行本《欧美小说丛谈》（以下简称《丛谈》）。[①]《丛谈》以文白相杂的表达方式，从文体研究、作家作品研究等方面展示了民国初年的中国学者对于域外文学的感知和想象。

一、"品评作品，臧否人物"：印象式点评

在语言表达上，《丛谈》以文白参半的形式写就。在"品评作品，臧否人物"时，中国传统的印象式点评在《丛谈》中很多见，虽三言两语，却入骨见髓。孙毓修称班扬的《天路历程》为"箴俗说理之书，而托以比喻，杂以诙谐，劝一讽百，实小说之正宗。其文又平易简直，妇孺皆知，英人尊之，至目之为《圣经》之注脚"。[②]称理查逊"其体似一长笺，有闭户构造，八年之久，始脱稿者，事皆平平，读之不终卷而令

[①] 此单行本比《小说月报》上刊载的文章多出三篇：生鸳死鸯即雨果的《海上劳工》(The Toilers of the Sea)、《兹律额斯朝之舞台及优人》、李辞（Charles Reades）的《覆水记》（The Cloister and the Hearth）。

[②] 孙毓修：《英国十七世纪间之小说家》，载《欧美小说丛谈》，上海商务印书馆1916年版，第16—17页。

人俦矣。顾在当日，颇极风行一世之概。而大陆诸国之小说家，亦倾慕其格调，奉立却特孙为巨子。……亦具左右世界之力焉。"①孙毓修所述的正是理查逊以书信体小说著称、以细腻的心理刻画见长的创作特色。称《鲁滨逊漂流记》"事本子虚，而惊心动魄，不营身受，更以激人独立自治之心，故各国争译之"②，等等。同时，孙毓修时常用中国古代文论审视外国文学经典。如在谈到《荷马史诗》与《奥德赛》时，孙毓修认为"二书其格调则诗也，而其铺叙则似小说，其荒唐则似神话，其敷衍则似弹词。或云希腊诗人荷马（Homer）所作，或以为非荷马一人所撰，疑莫能名也"。③总体看来，孙毓修能较为准确地对各个作家作品进行简明扼要地分析，但这些评论浅尝辄止，基本上没有进一步展开具体论述。从这里可以看出，民国初期的外国文学研究还不是"很学术"，仅限于对作家作品进行总体的、综合的宏观考察。

值得注意的是，孙毓修在《丛谈》中对女性作家进行了专门论述。相对于其他作家，孙毓修对她们给予了更为详细而集中的阐述。在《斯拖活夫人》中，作者这样写道："我国宫闺，多擅篇什，而留意于小说者，殊少概见。欧美才媛则不然，芬芳之舌，蜿蜒之思，于虞初九百之中，别树一帜者，其人何限。脱去女儿口吻，有功于世道人心者，其惟国斯拖活夫人Harriet Beeehes Stow之 *Uncle Tom' Cabin* 乎!……以一支弱笔挑动南北之干戈，喋血数年，杀人盈野，夫人之仁有如是夫。然夫人著书之时，第发其心中所主道之人道而释奴一战，即人道所开之花也。"④孙毓修对斯拖夫人写作《汤姆叔叔的小屋》的初衷，及其巨大社会影响力的评述，可谓所言极是。孙毓修还阐述了斯托夫人对于美国文学的重要意义，"英以先进国自豪，对于美国人之出版物辄不胜其鄙薄思。惟郎法罗Longfellow之诗，斯拖活之小说，则举国爱诵，与三岛文

---

① 孙毓修：《英国十七世纪间之小说家》，载《欧美小说丛谈》，上海商务印书馆1916年版，第21页。

② 孙毓修：《英国十七世纪间之小说家》，载《欧美小说丛谈》，上海商务印书馆1916年版，第18页。

③ 孙毓修：《希腊拉丁三大奇书》，载《欧美小说丛谈》，上海商务印书馆1916年版，第1页。

④ 孙毓修：《斯拖活夫人》，载《欧美小说丛谈》，上海商务印书馆1916年版，第41页。

字，不分轩轾，其推挹可见矣"。①作者认为，斯托夫人的创作引起了英国文学界对美国文学的高度重视，进一步改变了英国对美国文学的歧视。在今天看来，孙毓修的这一论断仍具有一定的预见性与前瞻性。

与此同时，孙毓修还专门论述了裕德龄。②作者认为："其所造小说，虽不敢与斯拖活并论。要亦欧风东渐后之一段新文学史云其人为谁，则胜朝裕庚之女。"③在《德林郡主》中，孙毓修点评了裕德龄的两部作品《掖庭二年记》(《清宫二年记》)与《十年一梦》，"一写理想，一记实事，皆足令人眼泪不干耳"。④在这里，孙毓修只是从局部看到了裕德龄写作清宫秘闻时所流露哀怨与伤感之情，却没有看到其创作的文献史料价值。孙毓修单列一篇专论裕德龄，有学者提出异议。⑤从表面上看，《德林郡主》似乎游离于《丛谈》所论述的范围而略显单薄。其实当我们把目光转向清末"女子救国"的时代氛围中时，就不难理解孙毓修写作《斯托夫人》与《德林郡主》的用意所在。虽然《丛谈》写作略晚于清末女权启蒙运动的高潮时期，但从孙毓修对两位女性作家的关注中，仍可以看到它的余韵和身影。孙毓修对中西两位女性作家的生平与创作进行较为详细的评述，虽然其中的结论或显武断，或显简略，但它展示了中国传统文人以平等的眼光与西方文学进行对话与交流的一种姿态与自信，也暗含了孙毓修振兴民族文学、融入世界文学潮流的愿望。

二、注重文体研究

孙毓修在《丛谈》的前言中说道："欧美小说，浩如烟海。即就古

---

①孙毓修：《斯拖夫人》，载《欧美小说丛谈》，上海商务印书馆1916年版，第41页。
②裕德龄(1886—1944年)，美籍华人作家，其代表作《御香飘渺录》《慈禧后私生活实录》》、《瀛台泣血记》等在海外广为流传。同时她是晚清为数极少的受过西方教育且能操多国语言的女性，也是慈禧的贴身翻译与御前女官。
③孙毓修：《德林郡主》，载《欧美小说丛谈》，上海商务印书馆1916年版，第43页。
④孙毓修：《德林郡主》，载《欧美小说丛谈》，上海商务印书馆1916年版，第45页。
⑤柳和城这样写道："不知为什么，《丛谈》却设一篇专谈中国人'德林郡主'(即撰写《御香飘渺录》等清宫秘闻的德龄公主)。不写但丁、薄伽丘、大仲马、巴尔扎克、歌德、托尔斯泰和普希金，却把这样一位东方人列入其中，无论如何是不合适的。"柳和城：《孙毓修与〈欧美小说丛谈〉》，载《出版史料》，2004年第3期。

今名作,昭然在人耳目者,卒业一过,已非易易。用述此编,钩玄提要,加以评断,要之皆有本原,非凭臆说。但此非有专书可译,故未能一一注明也。天寒笔冻,日得数行,其有愧于司各得之手多矣。"①综观《丛谈》的篇目,孙毓修"评断"的并非全是小说,寓言、童话、戏剧等都包含其中。

在《寓言》这篇论文里,孙毓修对寓言进行了较为生动的理论探讨。他认为:"Fable者,捉鱼虫草木鸟兽天然之物,而强之入世,以代表人类喜怒哀乐、纷纭静默、忠俊邪正之概。《国策》桃梗土人之互语,鹬蚌渔夫之得失,理足而喻显,事近而旨远,为Fable之正宗矣。译者取庄子寓言八九之意,名曰寓言,日本称为物语。此非深于哲学,老于人情,富于道德,工于词章者,未易为也。自教育大兴,以此颇合于儿童之性,可使不懈而几于道,教科书遂采用之。高文典册,一变而为妇孺皆知之书矣。"②可以看出,孙毓修对寓言的美学价值与教育意义的理论概括与提升,是极具学术眼光的。作者称伊索为"古之专以寓言著书,自成一子者",视其与荷马同为"希腊之诗圣";称法国寓言作家芳登(拉封丹)为"伊索之嗣音。然芳登之书,大半取材于伊索,为易散文为韵语耳,述而不作"。③而唯一能与伊索并驾齐驱的是俄国寓言作家克利陆甫(克雷洛夫),称其"当第十八世纪世界唯一专制之国羁勒之下,故其所造之说,幽思深虑,千回百转,尤耐人寻味焉"。④作者对斯威夫特的《格列夫游记》也格外青睐,认为《小人国》"鉴于时局,不欲危言严论,而微词托讽。有为而作,此则寓言八九殆无所指也","政见尽于此书,而其诙谐之资料,惝恍之奇情,实令人一读一赞赏"。⑤孙毓修对外国文学史上的寓言作家作品的评述,可以说是极为独到而精辟的,在今天看来仍然具一定的合理性。

---

①孙毓修:《欧美小说丛谈》,上海商务印书馆1916年版,"前言"。
②孙毓修:《寓言》,载《欧美小说丛谈》,上海商务印书馆1916年版,第71—72页。
③孙毓修:《寓言》,载《欧美小说丛谈》,上海商务印书馆1916年版,第74页。
④孙毓修:《寓言》,载《欧美小说丛谈》,上海商务印书馆1916年版,第74页。
⑤斯威夫特的《格列夫游记》直刺人性,并对人性产生质疑。而长期以来人们认为,该作是儿童文学,这大多源于孙毓修。

孙毓修在《神怪小说之著者及其杰作》对"神怪小说"进行了极为详细的论述。他认为,"神怪小说"乃是"小说之祖",而我国却历来不重视对此的研究:"不知小说本于文学,而神怪小说又文学之原素也。天下之事,因易而创难。神怪小说,则皆创而非因,且此创之一字,仅上古无名之人,足以当之。"①孙毓修惋惜《路史》在中国只落得个"觉其荒唐,斥为不典"的境地,而西方却格外重视对童话的研究。孙毓修从发生学的角度考察了西方童话的起源,颇见乾嘉学派的作风,注重实证、考据,具有一定的说服力。作者认为,历史名城威尼斯是神怪小说的发源地,其"依山傍水,风景天然,商旅辐辏、骚人墨客至此寻题分咏者,踵相接也。莎士比之威匿斯富人 Morehant of Venice,其尤著者……作小说者皆托始于此。……洵乎文艺之渊薮非此莫属矣"②,神怪小说之鼻祖斯德拉巴罗拉③即出生于此地。孙毓修对斯氏的身世进行考证,认为"其决非威匿斯之土著,而自邻近诸国转徙来此,借风土清嘉之地,以写其胸中之小说者也"。④中世纪时,欧洲各国只有社会中心威尼斯有雕版之术,这为斯氏创作《穿靴子的猫》(Puss in Boots)等神怪小说奠定了物质条件,所以正是威尼斯孕育了神怪小说。在作者眼中,威尼斯的地缘意义与文学意义非同一般。孙毓修认为法国虽夙以神怪小说闻名于世,而18世纪法国最受读者欢迎的神怪小说《蓝鬓》、《睡美人》、《母鹅》等的作者,并不是出自人们所认为的"笔洒珠玑,舌灿莲花"的杜尔诺哀爵夫人与波老儿。在孙毓修看来,"此二人之撰述盖无不窃取于斯氏"。⑤由此,孙毓修认为,斯氏是"神怪小说之第一

---

①孙毓修:《神怪小说之著者及其杰作》,载《欧美小说丛谈》,上海商务印书馆1916年版,第54页。

②孙毓修:《神怪小说之著者及其杰作》,载《欧美小说丛谈》,上海商务印书馆1916年版,第55页。

③斯德拉巴罗拉(Straparola,1480—1557年),一位记录传说故事的作家,不过他记录的故事都比较雷同。

④孙毓修:《神怪小说之著者及其杰作》,载《欧美小说丛谈》,上海商务印书馆1916年版,第55页。

⑤孙毓修:《神怪小说之著者及其杰作》,载《欧美小说丛谈》,上海商务印书馆1916年版,第55页。

人"①，并更加确信"神怪小说之有述而无作也……今日文学史上赫赫之巨子惟掇拾古人之唾馀，附于述而不作之列，尚无术以自创也。由此言之，神怪小说岂易言哉、岂易言哉"。②孙毓修对在神怪小说方面作出贡献的学者给予了较高的评价，他称德国格林兄弟"神怪小说之巨子"，又称安徒生为"丹麦之大文学家亦神怪小说之大家也"。③

　　孙毓修以文体为出发点，对外国文学史上的寓言、童话、戏剧等文体的产生、形成、演变等进行动态考察，并对其代表性的作家作品进行较为系统的梳理，已经具有了比较文体学研究的意识。虽然在研究的深度和广度上都有待于进一步提高，但在当时的确是难能可贵的。从某种意义上说，作者对各国文学史实的择取，对作家作品的阐释，对文体范畴的界定，都是建立在作者文学观念的基础之上的。清末民初，小说的地位发生了逆转，由此前的"小道末技"被推崇为"文学之最上乘"。孙毓修在《丛谈》中专门对欧美小说进行综合研究，表明他的文学观念比较前卫，视野较为开阔。值得注意的是，孙毓修格外关注小说作为"小道"的通俗性、平民性。他认为霍桑"小说之才于美为第二等作家，而其明显反出于欧文 Washington Irving 考伯尔 Cooper 之上。吾求其故，则知通俗喻情固小说之正轨，人欲自显其名至于村童牧，皆知有罗贯中施耐庵，则莫如为浅俗之小说矣。霍桑之书，专为普通人作荳棚闲话者，如祖父之座 Grandfather's Chair、有名之古人 Famous old People、自由树 Liberty Tree、怪书 Wonderful Book，理想虽不高，而爱读者甚多焉"。④强调平民文学也是后来新文化、新文学运动的主旨之一。但是，孙毓修作为传统文人，在他身上还带有中国传统的小说观念。孙毓修是从杂文学的角度理解小说的，所以他把戏剧、寓言、童话等不同的文体归入"小

---

①孙毓修：《神怪小说之著者及其杰作》，载《欧美小说丛谈》，上海商务印书馆1916年版，第56页。

②孙毓修：《神怪小说之著者及其杰作》，载《欧美小说丛谈》，上海商务印书馆1916年版，第54页。1909年，孙毓修曾在国文部主编《童话》丛书，并参照《泰西五十轶事》等编写《无猫国》、《大拇指》等儿童读物，由此深知创作童话的不易。

③孙毓修：《神怪小说之著者及其杰作》，载《欧美小说丛谈》，上海商务印书馆1916年版，第65页。

④孙毓修：《霍桑》，载《欧美小说丛谈》，上海商务印书馆1916年版，第45—46页。

说",即把小说看成是一种文类,在经、史之外的一切不入流的文体统统纳入小说这个"收容袋",而作为一种文体的小说的独立价值远远没有显示出来。如在《欧文》一篇,孙毓修认为,欧文"生平未营他业,而惟恃造作小说以为生。"①而实际上奠定欧文文学地位的代表作《见闻札记》,主要包括散文、杂感、故事等,这些并不是小说所涵盖的范围。孙毓修在小说回归文学本位上向前迈出了一大步,但"古来小说之定义"的印痕在其头脑中尚未完全消除,他对"小说"的内涵和外延的界定具有一定的模糊性、片面性与局限性。这使《丛谈》在体例上新旧杂陈,存在各种文体兼而有之的共生现象,而缺乏"精"、"专"的研究意识。

三、文学研究与现实

陈平原教授在谈到西方小说在中国的影响时说:"经过周桂笙、徐念慈,到恽铁樵、孙毓修,中国小说批评家对西方小说的了解逐步深入,不但肯定了西洋小说独立的艺术价值,而且明确主张以西洋小说来改造中国。"②长期以来,"文以载道"的观念使中国的文学研究总是与现实密切相关。中国的外国文学研究从一开始就不是从象牙塔里走出,而是深深浸泡在现实当中,与中国本土的现实问题密切相关。《丛谈》写于1913—1914年间,处于中华民国成立与新文化运动的过渡期。"民主"、"共和"的思想已深入人心,振奋民族精神、启蒙国民思想、做"世界公民"成为民国初年的主旋律。在《寓言》中,孙毓修由屈原作《离骚》与伊索撰《寓言》的不同境遇而联想到:"西方自治之平民,终胜于东方专制之君主,希腊共和之世,最重自由之民,伊索每置身于公众聚会之场,高视阔步,人皆仰之。"③表面上看,这是孙毓修的闲来之笔④,而实际上,却暗含着作者对中国走向公民社会的期盼以及改造社

---

① 孙毓修:《寓言》,载《欧美小说丛谈》,上海商务印书馆1916年版,第72—73页。
② 陈平原:《小说史:理论与实践》,北京大学出版社1989年版,第235页。
③ 孙毓修:《欧文》,载《欧美小说丛谈》,上海商务印书馆1916年版,第49页。
④ 这样的闲来之笔,在《丛谈》多次出现。孙毓修在谈到本·琼生时,对中西墓志铭进行比较,"呜呼,希有之彭琼生 O Rare Ben Jonson 寥寥数言,足概生平,胜于我国谀墓之文累百行而不休者多矣"。表明孙毓修对西方简约文风的赞扬。

会的文学想象。孙毓修对科幻小说的热衷很大程度上是与时代节奏合拍，与国家和社会的命运相连的。

孙毓修把我国古代小说分为三类："女子怀春，吉士诱之，是为海淫之书；牛鬼蛇身，善恶果报，是为迷信之书；忠义堂上，替天行道，是为海盗之书。近五百年作者如鲫，而范围不逾此数者亦陋矣。"[①]在孙毓修看来，中国古代小说于世道人心均无益，仅是供人们茶余饭后消遣之用。与之相对，欧洲已经出现了"科学小说"或"理想小说"。在《二万镑之奇赌》中，孙毓修这样写道："第十八世纪之间，正欧西科学萌芽之代。而为科学之先导者，乃在区区之理想小说。"[②]在《海底漫游录》中，孙毓修又这样写道："此亦柔罗氏Jules Verne理想小说之极佳者……读此篇，令人冒险好奇之心油然而生。此等盛事，安必不于吾身亲见之哉。"[③]作者所言的柔罗氏就是儒勒·凡尔纳。其中，"科学之先导"、"冒险好奇之心"等表明，孙毓修希望通过科学小说的科学性、想象性等因素培养国人的爱国心和冒险心。如在《兹律额斯朝之舞台及优人》中，孙毓修视马洛、莎士比亚、本·琼生为"英国戏曲之祖"。在孙毓修看来："人事有变迁，时局有反复。独此三人之脚本犹存三人之中，尤推莎士比其事至今如新，五百年如一日也。夫人情莫不厌旧而喜新，岂英国人之嗜好独殊哉。盖彼所赏者不在事迹，而在文学也。彼法德诸国剧场之中，亦各有其万年不弊之莎士比，日日发现于国民之目中，用能整齐民志，人人有爱国之心。返顾吾国则缺如也，古乐亡而京戏起，京戏厌而新剧兴。要皆无深入人心，足使人不厌百回看之精神存乎。此则爱国之士所以当急为设法者也。吾祝中华之莎士比及时生产，以文学而保国也。"[④]孙毓修的爱国之心与报国之志溢于言表，但其中也有夸大文学社会作用的片面倾向，这明显受到梁启超文学观念的影响。

从以上个案可以看出，民国初期的外国文学研究很大程度上诉诸社

[①]孙毓修：《二万镑之奇赌》，载《欧美小说丛谈》，上海商务印书馆1916年版，第104页。
[②]孙毓修：《二万镑之奇赌》，载《欧美小说丛谈》，上海商务印书馆1916年版，第104—105页。
[③]孙毓修：《海底漫游录》，载《欧美小说丛谈》，上海商务印书馆1916年版，第153—154页。
[④]孙毓修：《兹律额斯朝之舞台及优人》，载《欧美小说丛谈》，上海商务印书馆1916年版，第103—104页。

会政治层面,这奠定了整个民国时期乃至新中国成立后很长一段时间内中国外国文学研究的基调和底色。

四、问题与不足

作为一部开创性的研究著作,《欧美小说丛谈》的不足与局限也是相当明显的,典型地体现了早期外国文学研究因缺乏参考与借鉴而带来的普遍性问题。

"误读"是文化、文学交流过程中不可避免,也是不可忽视的现象,尤其是在外国文学研究中,受到本国文化的过滤或是研究者主观因素的制约,对于外来作家作品、文学现象等的原本意义解读多少会存在不同程度的"变形"或"脱落"。在《耶稣诞日赋》中,孙毓修指出:"英人迭更斯之小说,善状社会之情态,读之如禹鼎象物,如秦镜照胆。长篇大卷,一气呵成,魄力之大,古今殆无其匹。林纾只译出四五本小说,而狄更斯的第一本成名之作,'乃始于说鬼,寥寥短章也。秋坟隐语,荳棚闲话,其有忧谗畏讥之心乎'。"①作者对狄更斯现实主义创作特色有一定的认识,但关于《圣诞欢歌》整体意蕴的把握却是有出入的。书名的英文原文为 A Christmas Carol in Prose, Being A Ghost Story of Christmas,即"看来是个圣诞鬼故事,实质上却是一首以散文写出的圣诞颂歌"。狄更斯通过主人公斯克鲁济在平安夜,由三个精灵引领,在精神层面上游历了过去、现在和未来。这部作品意在表明:人性的复苏与回归才是圣诞节的本质和生活的意义。而孙毓修从中国传统的鬼神与幽冥观念出发,将其理解为"忧谗畏讥之心",明显背离了这部作品的真谛。在中西文化、文学激烈碰撞的民国时期,各种不同思想来源的外国作家作品以及文学思潮涌入中国时,国人对于这些异质文学的解读在不同程度上出现或多或少的"误差",也正是这种"误读",在一定意义上为中西文化与文学交流作出了特有的贡献,也许正如人们所说的,"世界文学"就是在"误读"的背景下逐步向人类走来。

《丛谈》也存在常识性的误读。孙毓修在论及斯托夫人时这样写

---

①孙毓修:《耶稣诞日赋》,载《欧美小说丛谈》,上海商务印书馆1916年版,第122页。

道:"美国当殖民时代,无所谓文学也。①独立之初,飞书草檄,则推富兰克林 Franklin 为巨子。然富兰克林与其谓之文学家,毋宁谓之政治家科学家也。开山之文学家当推斯拖活为第一,一时须眉男子如欧文 Washington Irving 霍桑 Hawthorne 诸人,皆读夫人之文而起者也。"②

　　孙毓修将斯托夫人置于美国文学史大背景并给予其艺术定位,在一定程度上表明孙毓修在研究外国文学时已具有了"史"的意识。但是从文学史的角度看,1815年《见闻札记》问世,欧文(1783—1859年)正是因为这部作品而被誉为"美国文学之父"。1848年霍桑(1804—1864年)的《红字》发表,1851年斯托夫人的《汤姆叔叔的小屋》才在废奴主义杂志《国家时代》连载40周。从时间的先后顺序上看,欧文与霍桑在文学上的黄金期出现在1851年之前,而孙毓修认为他们"皆读夫人之文而起",这种说法显然是站不住脚的。孙毓修在《欧文》这篇文章中,指出欧文"初造美国文学"。在这里他又称斯托夫人是美国文学的开创者,在表述上也是欠严谨的、矛盾的。孙毓修特别提出英国"诗人之角"唯独没有斯托夫人的位置,也可见孙毓修对斯托夫人的崇敬之情,也许是孙毓秀受到情感因素的干扰与清末民初林纾翻译《黑奴吁天录》的影响,从而夸大了斯托夫人的文学地位。

　　此外,在清末民初的特定历史条件下,翻译文学的蓬勃发展使读者对外国文学作品的内容相对熟知,而对作者生平事迹的了解就显得薄弱很多。《丛谈》特别注重作家生平事迹的铺叙,孙毓修对莎士比亚、本·琼生、安徒生、霍桑、斯托夫人等的生平往往进行极为详细的描述,尤其是作者用了近两万言讲述了安徒生曲折坎坷的一生。孙毓修尤其强调作者的生平经历与其创作的密切关系,在《丛谈》中多次出现"生平贡献于读者。……吾人欲知此大诗翁之来历,则不可不先溯其家

---

①孙毓修在《沙罗》中写道:"美之文学莫不取材于英兰,受其感化。"
②孙毓修:《斯拖活夫人》,载《欧美小说丛谈》,上海商务印书馆1916年版,第43页。孙毓修可以说是最早对美国文学史进行初步梳理的研究者。

庭"①,"穷愁著书,中外一例,殆亦天地间一种之公例耶?"②其中,"穷愁"又常常"与政府为敌之文,未尝绝笔"③,"生以不得志于时,其幽愤嫉世之怀,皆寄之于文字"④,"人出处静躁之度皆本于少年之家庭。观于霍桑而益信也"⑤等语段相连。孙毓修在《司各德迭更司二家之批评》中言及:"迭更司少更患难,熟知闾间情伪,故其小说,善摹劳人婆妇之幽思,孤臣孽子之痛苦,虽穿箭乞甸者流读之,亦不帝其自叙。"⑥无可否认,作者的生活经历会直接或间接地影响其创作。但是,孙毓修把作品当成作家的自传或倒影,这就有机械、教条之嫌,而远离了作品的文学性。若以艾布拉姆斯的文学四要素为依据,孙毓修强调作者与作品、作品与世界的关系,而在很大程度上削弱或忽视了作品自身的审美意义,也不利于读者对文学本体、文学审美性的认识,在1920—1930年代外国文学研究中庸俗社会学、机械唯物主义等可以说就是这种倾向的极端化。此外,在《二万镑之奇赌》、《金刚钻带》、《耶稣诞日赋》、《旁卑之末日》、《红种之人杰》、《无声之革命》、《猎帽记》、《汉第自传》等诸篇中,孙毓修多以说书人的口吻,用大量篇幅讲述这些作品的故事梗概,如他称凡尔纳的小说"如桴鼓之相应,因果之相随也",并用上万字详细叙述了《八十日环游世界记》(即《二万镑之奇赌》)的情节,这在很大程度上应合了都市读者的阅读需求,又可以获得"广见闻"的附加效应。

关于外国作家的生平经历、作品的内容介绍,在一定程度上增强了《丛谈》的可读性、满足了读者对外来文学资源的猎奇心理,这与孙毓

---

①孙毓修:《沙士比之戏曲》,载《欧美小说丛谈》,上海商务印书馆1916年版,第82、87页。
②孙毓修:《英国十七世纪间之小说家》,载《欧美小说丛谈》,上海商务印书馆1916年版,第18页。
③孙毓修:《英国十七世纪间之小说家》,载《欧美小说丛谈》,上海商务印书馆1916年版,第18页。
④孙毓修:《英国奇人约翰生》,载《欧美小说丛谈》,上海商务印书馆1916年版,第36页。
⑤孙毓修:《霍桑》,载《欧美小说丛谈》,上海商务印书馆1916年版,第46页。
⑥孙毓修:《司各德迭更司二家之批评》,载《欧美小说丛谈》,上海商务印书馆1916年版,第29—30页。

修早年主编《少年杂志》、《少年丛书》①过程中对这些作家的传略和轶事熟知相关。但是这些内容在具体的论述中顺便涉及即可，列单篇或以大段文字专门介绍则显枝蔓，徒增篇幅。由此，这种研究方法很大程度上使《丛谈》偏离了轨道。

  在孙毓修之前，周桂笙、徐念慈、林纾等或从宏观上考察中西文学观念的不同，或在对具体的作品解读中呈现外国文学的艺术特色。孙毓修延续了前辈们对中西文学的深入思考，外国文学的研究意识在孙毓修的《丛谈》中进一步增强。孙毓修对所选作家总体创作倾向的认知、对其作品的独到分析，尤其是以文体为线索，对童话、戏剧、寓言等文体在外国文学史上的动态发展进行系统的"史"的梳理，并从理论上对这些文体进行抽象概括，这些都表明：《丛谈》有范式意义，并有着自己的思考。虽然其中有些部分在很大程度上带有"普及"的性质，以现在的眼光看，还显得稚嫩，还存在这样那样的问题，但在清末民初的中国，以这样的篇幅集中介绍外国文学的，孙毓修还是第一人，《丛谈》具有筚路蓝缕之功。

---

①这些读物"记事简明，议论正大，阅之足以增长见识，坚定志气"。

第六章
1910年代中期后：
启蒙思想话语下的外国文学研究
——以《新青年》为主要对象

1915年9月15日，陈独秀主编的《青年杂志》（第2卷第1号起更名为《新青年》）在上海创刊。在胡适看来，《新青年》是"中国文学史和思想史上划分一个时代的刊物。最近二十年的文学运动和思想改革，差不多都是从这个刊物出发的"。①对于中国的外国文学研究来说，《新青年》同样不可小觑。在某种程度上，《新青年》成为民国时期外国文学研究的理论策源地。

陈独秀在《青年杂志》创刊号上发表的《敬告青年》中强调，"新青年"须具有"世界的而非锁国的"思想意识，因为"投一国于世界潮流之中，笃旧者固速其危亡，善变者反因以竞进"，而"国民而无世界智识，其国将何以图存于世界之中？……各国之制度文物，形式虽不必尽同，但不思驱其国于危亡者，其遵循共同原则之精神，渐趋一致，潮流所及，莫之能违"。②顺应并融入世界潮流既是青年一代成长的必修课，又关涉民族国家的生死危亡。由此，在启蒙思想话语下，引介与研究世界文学潮流成为《新青年》的议题之一。《新青年》刊载了陈独秀《法兰西人与近代文明》、《现代欧洲文艺史谭》，周作人《陀思妥夫斯奇之小说》、《读武者小路君所作一个青年的梦》、《文学上的俄国与中国》、《日本近三十年小说之发达》，胡适《易卜生主义》、《论短篇小说》，宋春舫《戈登格雷的傀儡剧场》、《近世名戏百种目》，李大钊《俄

---

①胡适：《〈新青年〉重印题辞》，载《胡适全集》第22卷，季羡林主编，安徽教育出版社2003年版，第513页。
②陈独秀：《敬告青年》，载《青年杂志》，第1卷第1号，1915年9月。

罗斯文学与革命》，凌霜《托尔斯泰之平生及其著作》，YEC《日本人之文学趣兴》，陶履恭《法比二大文豪之片影》，知非《近代文学上戏剧之位置》，茅盾《十九世纪与其后的匈牙利文学研究》，郑振铎《文学与现在的俄罗斯》；此外，在《新青年》刊载的翻译小说中，译者撰写的长跋也体现出一定的研究意识。如《二渔夫》前有文分析写实主义、自然主义和理想主义的区别，《梅吕哀》前附有对莫泊桑的简评，《基尔米里》前约有3000字关于龚古尔兄弟及其作品的评述文字等等。其中，《新青年》的第4卷第6号推出《易卜生专号》，这是中国外国文学研究史第一个外国作家研究专号。该专号发表了胡适的《易卜生主义》，袁振英的《易卜生传》以及罗家伦、胡适合译的《娜拉》和陶履恭译的《国民之敌》等文章。

  《新青年》不是一本以外国文学引介与研究为主的刊物，这方面的文章并不丰富。但是，这些文章却为后来更充分展开的研究奠定了些许基调。如果说在晚清"国家"话语主导下，梁启超以政治小说为依托，宣传维新变法思想，标志着外国文学作为话语对象在中国学界的首次登场的话，那么《新青年》时代的外国文学研究则是以启蒙思想的话语为主导，陈独秀力主思想革新、胡适倡导白话文运动、周作人倾向"人"的文学，从中领悟外国文学与文化之于中国文学的独特性，进而获得建设新文学与新文化的灵感与动力。外国文学研究迎来了新气象和新局面。以《现代欧洲文艺史谭》、《易卜生主义》、《欧洲文学史》、《文学上的俄国与中国》等为代表的研究成果，分别从文学思潮、文学语言、文学史等角度极大地拓展了外国文学研究的范围、视角，初步构建了以欧洲文学、俄国与弱小民族文学为中心的研究格局，奠定了进化文学史观、人性论文学史观在外国文学研究中的应用基础。

  《新青年》的外国文学研究，很大程度上是作为批评话语而出现，这与梁启超时代的政治宣传工具作用在本质上无任何区别，外国文学仍然只是通往"新文学与新文化建设的"途径之一。但相对于晚清，此时的外国文学研究则有了更多的自觉性，有了更为开阔的品格。

第一节 《现代欧洲文艺史谭》与进化论文学史观

一、文学思潮研究范式的确立

1915年11月,陈独秀在《青年杂志》发表《现代欧洲文艺史谭》一文。可以说,该文是"新青年"的历史使命与世界意识的有效注解。该文开篇对欧洲文学的发展趋势进行了全景式的扫描:

> 欧洲文艺思想之变迁,由古典主义(Classicalism)一变而为理想主义(Romanticism),此在十八十九世纪之交。文学者反对模拟希腊、罗马古典文体,所取材者,中世之传奇,以抒其理想耳,此盖影响于十八世纪政治社会之革新,黜古以崇今也。十九世纪之末,科学大兴,宇宙人生之真相,日益暴露,所谓赤裸时代,所谓揭开假面时代,宣传欧土,自古相传之旧道德、旧思想、旧制度,一切破坏。文学艺术,亦顺此潮流,由理想主义,再变而为写实主义(Realism),更进而为自然主义(Naturalism)。[①]

陈独秀以文学思潮为切入口,阐述欧洲文学的发展历程,虽浮光掠影,将复杂的文学现象浓缩至几个"主义",但也有综合、宏观的特点。这种模式在一段时间里颇为流行。在胡适看来,该文"把法国文学艺术的变化分成几个时期:(一)从古典主义到理想主义(即浪漫主义);(二)浪漫主义到写实主义;(三)从写实主义到自然主义,把法国文学上各种'主义'详细地介绍到中国,陈先生算是最早的一个,以

[①] 陈独秀:《现代欧洲文艺史谭》,载《青年杂志》,第1卷第3号,1915年11月。该文根据法国文学史家乔治·贝利西埃的《当代文学运动》的观点和材料撰写而成。

后引起大家对各种主义的许多讨论"。①文学思潮研究在当时的历史语境下,有效地发挥了传播外国文学基本知识的启蒙功能。陈独秀之所以采用文学思潮鸟瞰欧洲文学史,与其1913年流亡日本时受到日本学者注重文学思潮研究的影响有关;同时,陈独秀有意将进化论文学史观渗透于西方文学思潮的流变中,从而为其力主思想革新、发动文学革命寻求有力根据。

在该文中,陈独秀将18至19世纪欧洲文学思潮的流变和社会政治的革新相结合,梳理了欧洲文学思潮从古典主义到理想主义,再到写实主义,最后到自然主义的演变进程。其中,陈独秀以"黜古以崇今"的理论预设,旨在强调各个文学思潮的流变是直线式地向前发展,这显然是将达尔文的进化论观念应用于文学史流变的产物。陈独秀认为,18、19世纪的浪漫主义文学,打破17世纪古典主义的规则,"文学者反对模拟希腊、罗马古典文体,所取材者,中世之传奇,以抒其理想耳"。由此,文学潮流由古典主义转向浪漫主义。19世纪的"三大发现"使科学精神备受青睐,科学讲求实证性、客观性的特征在一定程度上更是强化了对现实的认可。科学大兴即是对一切"旧道德、旧思想、旧制度"的破坏,而文学思潮顺此由浪漫主义转变成现实主义甚至是自然主义。在《中国韵文里头所表现的情感》这篇文章中,梁启超将文学分为写实的和浪漫的,并且认为它们各有价值:"欧洲近代文坛,浪漫派和写实派迭相雄长。我国古代,将这两派划然分出门庭的可以说没有;但名大家作品中,路数不同,很有些分带两派倾向的。"②在梁启超看来,浪漫派侧重以想象力构造境界,写实派则将情感收起,"专用冷酷客观",而陈独秀对两者则有新与旧的价值判断。其中,"一变而为"、"反对"、"革新"、"暴露"、"破坏"等带有强烈反传统色彩的话语,表明陈独秀在论述欧洲文学思潮从古典主义到自然主义的转变时,否定了各个文学思潮之间的历史连续性,似乎认为倘若没有一个与古典主义断裂的目

---

① 胡适:《陈独秀与文学革命》,载《胡适文集》第12卷,北京大学出版社1998年版,第35页。
② 梁启超:《中国韵文里头所表现的情感》,见张燕瑾、赵敏俐主编:《20世纪中国文学研究论文选·通论卷》,社会科学文献出版社2010年版,第122页。

标，浪漫主义的动力根本就不可能形成。

在进化论的时间序列中，陈独秀并不愿意在过去与现在之间寻找一种连续性与平衡感，而是刻意证明两者的断裂，并且在断裂中创造新文学、新文化，一切旧的、传统的文化都被陈独秀的激进情绪所排斥。在一定意义上，任何一种新的意义和话语的产生，都是在"你中有我，我中有你"的互文性关系中得以生成的。欧洲文学思潮的更迭有赖于前后的继承与革新，而并非是在时间进程的递进关系中，越往后发展越高级、新比旧好、新必胜古。这种破旧立新的进化论文学史观，是陈独秀在《现代欧洲文艺史谭》中激进态度的根源。

二、进化论文学史观的烙印

在陈独秀之前，进化论文学史观已经存在于学者们的学识视野中，正如史华慈所言：19、20世纪之交的"中国知识分子眼中的达尔文进化论不仅是一个关于生物演化的假说，更是唯一适合用以象征并支持西方文化所有价值的宇宙观神话"。①面对西方思想文化的冲击，中国先进知识分子对自己的民族文化产生了一种爱恨交集的文化疏离感，进化论承载着晚清知识分子关于外国文学的各种乌托邦想象。1904年，黄人撰写的《中国文学史》中就已经将文学的进化观念运用到其对世界文学史的初步理解中，"观于世界文学史，则文学之不诚，亦初级进化中不可逃之公理。创世之记，默示之录，天方夜谭，希腊神话，未尝非一丘之貉，不当独为我国诟病，惟彼之贤乎我者，华与实不相掩，真与赝不相杂，而除一上帝外，无赞美指纹，除几种诗歌小说外，无神怪直说。即间有之，而语有分寸，尚殊奴隶之卑污，事有依据，不等野蛮之迷信。故其国民皆以诚为至善，以诳为极恶，外交内政，昭如划一，以固其国础，文学未始无功焉"。②可以看出，黄人把"文学之诚"作为世界文学史进化的目标。

1913年5月，在《白阳》创刊号上刊登了署名为"息霜"的文章

①王德威：《写实主义小说的虚构：茅盾·老舍·沈从文》，复旦大学出版社2011年版，第82页。
②汤哲声、涂小马编著：《黄人评传·作品选》，中国文史出版社1998年版，第44页。

《近世欧洲文学之概观》。就目前掌握的史料而言，这是我国有据可考的第一篇关于外国文学史的专论。其作者"息霜"就是享誉海内外的弘一法师李叔同。该文原有多章，由于《白阳》只出创刊号一期，故仅刊出第一章《英吉利文学》，其余皆已散失。作为第一部研究欧洲文学史的论著，李叔同开门见山地梳理了欧洲文学思潮的演进轨迹："中世古典派文学（Classic）环伟卓绝，磅礴大宇，及十八世纪初期，其势力犹不少衰。操觚簪笔家金据是为典则。其后承法兰西革命影响，而热烈真挚之诗风，乃发展为文艺界一大新思潮，即传奇派（Romantic）是。迨至十九世纪，基于自然之进步，现实观之发达，乃更尚精致之描写，及确实之诗才，而写实主义与自然主义遂现于十九世纪后半期。及夫末叶，反动力之新理想派，乃萌芽于欧土。"①李叔同以文学思潮为切入点，论述了欧洲文学自古典主义、浪漫主义、写实主义、自然主义向现代主义的演化轨迹。从中我们可以看出，李叔同对欧洲文学的发展趋势有着高屋建瓴的把握，也显示进化论的观念已经存在于李叔同的无意识中，其对于外国文学史研究的影响可以说是潜在的。

以进化论文学史观解读外国文学史，那一时代的茅盾最具代表性。茅盾在《文学上的古典主义浪漫主义和写实主义》一文中，以文学思潮为切入点，从宏观上梳理了欧洲文艺复兴以来的文学演变。该文开篇指出写作目的："本篇之作，约含三个意思：（一）是想用不偏颇的眼光解说这三个主义的意义和本身的价值。（二）是想用'鸟瞰'（birds eyes view）的记述说明文艺进化之大路线。（三）是想为古典主义浪漫主义鸣冤，为写实主义声明不受过分之誉。"②本着这样的出发点，茅盾以进化论作为理论框架，将古典主义、浪漫主义、写实主义三大文学思潮作为考察对象，勾勒了"文艺进化之大路线"。在具体论述过程中，茅盾探讨了各个文学思潮进化的历史原因。与陈独秀一样，茅盾也认为，文学思潮的变更受外在社会环境的影响。如茅盾将写实主义的兴起与19世纪"科学昌明"、"劳动运动萌发"、"德漠克拉西权威很盛"相结合。

---

① 李叔同：《近世欧洲文学之概观》，载《白阳》，创刊号，1913年5月，署名息霜。
② 沈雁冰：《文学上的古典主义浪漫主义和写实主义》，载《学生杂志》，第7卷第9期，1920年。

值得注意的是，该文虽以进化文学史观阐述欧洲文学的总体发展，但其并没有仅仅停留于这三种思潮在时间进程上的直线性梳理。正如开篇所言，茅盾还以相互比较的方法对这三种思潮的总体特征进行简明而准确的概述，并客观分析它们的缺点和不足。如他将古典主义与浪漫主义对比，指出两者的七大不同之处，指出由于浪漫主义的主观性、个人性，造成其与现实人生的冲突；将浪漫主义与写实主义对比，在罗列两者的四点不同之后，认为太重客观、太重批评是写实主义的两大弊端。从这一点上看，茅盾除了关注外在社会原因对文学思潮的影响外，也注重文学自身内在动力及其相互之间的矛盾性与差异性对文学思潮更替的内在影响。可为可贵的是，茅盾注重阐述某种文学思潮在不同作家创作上的差异性和复杂性。如茅盾认为，托尔斯泰写实主义的独特性在于：其作品的环境描写、次要人物都是写实，而主人公"不是现实的，而是理想的，是托尔斯泰主观的英雄"。[①]所以，托尔斯泰看重的不是客观的描写，而是将主观的理想的人物置于客观描写的环境中，"而标示作者的一种主义"。在茅盾看来，托尔斯泰的写实主义是写实派的另一面目，并将其称之为"主义的写实主义"。茅盾还称陀思妥耶夫斯基是心理的写实派、安特列夫是悲观的写实派、屠格涅夫是诗意的写实派等等。总的看来，在条分缕析的论证中，茅盾对古典主义、浪漫主义、写实主义的价值判断，还是切中肯綮的。如茅盾认为，古典主义是"一成的无可增损的美"，"自由"是浪漫主义的精神实质，写实主义是客观观察的艺术。最后，茅盾在"余论"中对欧洲文学的发展进行了总结："古典主义浪漫主义写实主义新浪漫主义这四种东西，是依着顺序下来，造成文学进化的"；"无论古典主义有怎样的缺点，它的本身有价值的，它的风流，多少有点功效在文学进化史中"；"反抗古典文学而起的浪漫文学，便是极力提倡思想自由，极力发挥作者的才能的文学"，而"浪漫文学所有的思想自由，用于创造的精神，到万世之后，尚是有价值，永为文学进化之原素"，"写实文学中所包有的批评精神和平民化精神，我也敢

---

① 沈雁冰：《文学上的古典主义浪漫主义和写实主义》，载《学生杂志》，第7卷第9期，1920年。

决言永为文学中添出新气象的"。①茅盾认为,文学的"本质非既是纯粹艺术品,当然不便弃却人生的一面……况且文学是描写人生,犹不能无理想做个骨子了"。而新浪漫主义文学"不尽能包括现在以及将来的趋势",只因其与茅盾的文学观相背离。

茅盾这篇从文学思潮角度以进化文学史观研究欧洲文学史发展的文章,不但在当时具有代表性,即使在今天看来,也有一定的合理性。茅盾对各种文学思潮的评价是具有远见卓识的,该文书写的进化论思路在外国文学思潮史研究中可以说是一个范例与标本。当然,茅盾在后续的一些文章中有时过于机械地将达尔文的生物进化论投射于西洋文学史的研究,对纷繁复杂的西洋文学史进行了较为主观的概括。

三、不同的文学史视角

在进化论文学史观的影响下,胡适力主语言文字的变革,发起白话文运动,明确提出文言文是死文字的观点。1916年10月,胡适在《新青年》发表《文学改良刍议》一文,提出"八不主义"。胡适在谈到"不避俗字俗语"时写道:"欧洲中古时,各国皆有俚语。而以拉丁文为文言,凡著作书籍皆用之,如吾国之以文言著书也。其后意大利有但丁(Danta)诸文豪,始以其国俚语著作,诸国踵兴,国语亦代起。路得创新教,始以德文译'旧约'、'新约',遂开德国文学之先。英法诸国亦复如是。今世通用之英文'新旧约'乃一六一一年译本,距今才三百年耳。故今日欧洲诸国之文学,在当日皆为俚语。迨诸文豪兴,始以'活文学'代拉丁之死文学;有活文学而后有言文合一之国语也。"②可见,胡适正是通过对欧洲各国文学史的研究,明白了欧洲文艺复兴始于文学语言的改革,这为其发起白话文运动奠定了基础。1918年4月,胡适撰写《建设的文学革命论》一文,进一步为白话文运动进行辩护:"我这种议论并不是'向壁虚造'的。我这几年来研究欧洲各国国语的历史,

---

①沈雁冰:《文学上的古典主义浪漫主义和写实主义》,载《学生杂志》,第7卷第9期,1920年。

②胡适:《文学改良刍议》,载《新青年》,第2卷第5号,1917年1月。

没有一种国语不是这样造成的。没有一种国语是教育部的老爷们造成的。没有一种是言语学专门家造成的。没有一种不是文学家造成的。"胡适以但丁、乔叟、威克列夫、莎士比亚等作家为例，强调国语大都靠着文学的力量才变成标准的国语。胡适以欧洲文学为范本，获得改革中国文学语言的信心。

胡适与胡先骕同样具有丰富的西方文学经验，但他们关于白话文的见解却完全相反，原因就在于两人对进化论的认识不同。胡适以西方文学历程作参照，将白话文与英法德的现代文字、文言文与拉丁文对比，以同类比附的进化思维，以期找到白话文运动的理论突破口及其存在的合法性；胡先骕从文字的诞生论述，不赞成文学或文化上的进化，以植物学家的身份认为，进化文学史观是"误解科学误用科学之害也"。①所以，在胡先骕看来，文言和白话只有雅俗之别，而无古今之分。胡适把文言文与白话文设置成"死与活"的模式，其背后却隐藏着"新与旧"的进化论思维。在学理上，胡先骕的观点更具合理性，而胡适非此即彼的单线思维方式，就显得有些武断。

此后不久，以胡先骕、吴宓、梅光迪等为代表的"学衡派"，将自己最高的崇敬献给新人文主义。他们反对文学进化论思想，重视古典文学研究。梅光迪《近世欧美文学之概观》，胡先骕《欧美新文学发展之趋势》，吴宓《希腊文学史》、《世界文学史》等研究成果，均以文言文翻译与研究外国文学，破解了胡适"死文字，不可做活文章"的魔咒。其中，吴宓的《希腊文学史》②很值得注意。吴宓在该文以中国小说评点的方法、术语引入到《荷马史诗》的文本分析。在研究《荷马史诗》时，吴宓以中国传统文体弹词与西方史诗相比较。在翻译《世界文学史》③时，吴宓以按语的形式阐述梵语文学的研究状况，并将印度文学的特征总结如下：印度文学固极浩博，而除历史外，各类文体之文章无

---

① 胡先骕：《文学之标准》，载《胡先骕文存》上卷，张大为、胡德熙、胡德焜合编，江西高校出版社1995年版，第275页。

② 《希腊文学史·第一章　荷马之史诗》，吴宓译，载《学衡》，第13期，1923年。

③ 1922年，理查生与欧文合著《世界文学史》。1924年，《学衡》第28至第30期连载吴宓翻译该著的前三章。

一不备;印度文学皆印度民族之所自创而非由他国他族影响;印度文学中诗多而散文少;印度文学以宗教及哲学之著作为主;印度文学常流于奇诡浮夸;印度文学受其人宗教信仰之影响极深;印度文学所最缺乏者为历史。①

从表面上看,运用进化文学史观论述外国文学史的进程,酣畅淋漓、一以贯之,实则它以预设的理念切割了外国文学史的动态发展过程,从而忽视了外国文学史发展的内在矛盾性与复杂性。从广义上看,精神文化与完美的人性,只有发扬而无所谓进步,将进化论用于文学史研究的做法,已经超出其适用于科学与社会实用知识的范围,这样的生搬硬套往往把复杂的文学现象简单化。达尔文的生物进化论投射于文学史研究,最明显的特点就是强调文学发展的进步性和规律性。对于这一点,"学衡派"的代表之一梅光迪一针见血地指出:"文学进化之说,全无根据。盖事物之进化,有其规律和方法言之耳。故机械科学有进化之象征。文学美术则规律以外,尚有赖乎天才。"②梅光迪反对文学进化之说:"文学进化,至难言者,西国各家(如英国十九世纪散文家暨文学批评家韩士立 Hazlitt),多斥文学进化论为流俗之错误,而吾国人乃迷信之。且谓西洋近世文学,由古典派而变为浪漫派,由浪漫派而变为写实派,今则又由写实派而变为印象、未来、新浪漫诸派,一若后派必优于前派,后派兴而前派即绝迹者。然稍读西洋文学史,稍闻西洋名家绪论者,即不作此等妄言。何吾国人童騃无知,颠倒是非如是乎。"③梅光迪注重的是共时的文学品性而非历时的时间范畴,他说:"我们必须理解和拥有通过时间考验的一切真善美的东西……判断真伪与辨别基本的与暂时性的东西。"④在梅光迪看来,文学经典具有超越时空的价值,古典文学是过去一切经验、生活、智慧堆积而成的蓄水池,历经千年而不朽,且无古今中外之分。由此,梅光迪认为"文学进化之学者,不知文学之历

---

①《世界文学史》,吴宓译,载《学衡》,第29期,1924年。
②梅铁山主编:《梅光迪文存》,华中师范大学出版社2011年版,第98页。
③梅铁山主编:《梅光迪文存》,华中师范大学出版社2011年版,第133页。
④梅光迪:《我们这一代的任务》,载《中国留美学生月报》,第12卷第3期,1917年。

史者也"。①梅光迪《近世欧美文学之概观》则呈现出完全不同于进化论文学史观的视角,可以说,是对古非今是的文学发展观的驳斥。②

晚清时期,处于起步阶段的外国文学研究大多仅限于作家作品的评介,外国文学史在此时基本处于空白状态。以新青年学人为代表的民国学者将进化文学史观运用于外国文学史的研究,结束了晚清时期孤立研究外国作家、作品的状态,从而使外国文学研究具有了历史的思维。虽然进化文学史观否定了文学现象之间的历史联系,忽视了外国文学作品的精细解读,但它从宏观上呈现了外国文学整体面貌,对于当时的人们来说,不失为是一种认识外国文学的捷径与便道,在一定程度上完成了"文学启蒙"的历史任务。

第二节 《易卜生主义》与写实主义

一、外国文学:思想大于艺术

进化论文学史观的主要特点是关注文学的"现实性"、"当下性",即强调"黜古以崇今",当时很多学人都将目光聚焦于"新"、"新近"、"进步"、"潮流"等时髦而新锐的词汇。如《新潮》、《新青年》、"新浪漫主义"、"新写实主义"等,似乎只有这样才能证明自己是与时俱进的。可以说,"新字当头"成为当时文坛的一大特征。在《新青年》同人看来,这个"新"不但表现在对当下现实社会人生问题的关注,也表现在对外国作家作品的选择上。在作为政治家的陈独秀看来,文学具有鲜明的工具和功利色彩。所以,陈独秀对于19世纪外国作家作品,往往注重其思想性,而忽略其艺术性。从外国文学中发现思想,成为《新青年》从创刊号开始的宗旨。陈独秀在《法兰西人与近代文明》一文中认为,东西文明之间差异实际上是古代文明与近代文明差异,欧洲文明

---

①梅铁山主编:《梅光迪文存》,华中师范大学出版社2011年版,第98页。
②参见《近世欧美文学纲要》,载《师范教育·选课课程纲要》,第2期,1922年。

是最为独特的近代文明，法兰西文明又为欧洲近代文明之母。近代欧洲三大文明——人权说、进化论、社会主义①"皆法兰西人之赐，世界无法兰西，今日之黑暗不识仍居何等"。②可以看出，陈独秀对法兰西文明的赞誉溢于言表，而其重点不在法国文学。

在《现代欧洲文艺史谭》中，陈独秀时而称左拉、易卜生、托尔斯泰为世界"三大文豪"，时而又称易卜生、屠格涅夫、王尔德、梅特林克为近代"四大代表作家"。那么，在诸多外国作家之中，陈独秀为何对这六位大师情有独钟呢？在陈独秀看来："左氏之所造作，欲发挥宇宙人生之真精神真现象，于世间猥亵之心意，不德之行为，诚实胪列，举凡古来之传说，当世之讥评，一切无所顾忌，诚世界文豪中大胆有为之士也。"③陈独秀视自然主义为欧洲文学的主潮，认为"现代欧洲文艺，无论何派，悉受自然主义之感化"，而自然主义坚持"文学上之观察力，及现实界真诚之研究，其功迹亦未可没"。所以，陈独秀称左拉是"与理想派勇战苦斗"的"自然主义之拿破仑"；称托尔斯泰"尊人道，恶强权，批评近世文明，其宗教道德之高尚，风动全球，亦非可以一时代之文章家目之也"。最后陈独秀总结道："西洋所谓大文豪，所谓代表作家，非独以其文章卓越时流，乃以其思想左右一世也……若英之沙士皮亚（Shakespear），若德之桂特（Goethe），皆以盖代文豪而为大思想家著称于世者也。"④可以看出，陈独秀的着眼点在于这些外国文学家的思想价值，而并非其作品本身。

陈独秀认为，现代欧洲文坛最为推崇的文体是戏剧，诗与小说退居其次。戏剧"以其实现于剧场，感触人生愈切也"，并将王尔德、萧伯纳、梅特林克等人归为"以剧称名于世界者也"。《青年杂志》第一篇译介的外国文学作品就是王尔德的戏剧《意中人》，第1卷第3号的封面为王尔德的头像。虽然胡适在1916年10月致陈独秀的信中认为，陈独秀

---

①具体而言，它们分别指的是法国的拉法耶特的《人权宣言》、拉马尔克的《动物哲学》和傅里叶的社会主义。

②陈独秀：《法兰西人与近代文明》，载《青年杂志》，第1卷第1号，1915年。

③陈独秀：《现代欧洲文艺史谭》，载《青年杂志》，第1卷第3号，1915年。

④陈独秀：《现代欧洲文艺史谭》，载《青年杂志》，第1卷第3号，1915年。

"洞晓世界文学之趋势,又有改革文学之宏愿",但对于《青年杂志》刊载王尔德戏剧《意中人》却不以为然。胡适认为,原著虽佳,"然似非吾国今日士夫所能领会也",若"遽译之,岂非冤枉王尔德耶?……吾以为文学在今日不当为少数文人之私产,而当以能普及最大多数之国人为一大能事。吾又以为文学不当与人事全无关系。凡世界有永久价值之文学,皆尝有大影响于世道人心者也"。①在胡适看来,王尔德的唯美主义戏剧脱离现实生活,尤其是与文学革命的艰巨任务相去甚远。所以,在其后,《新青年》所刊载的翻译文学中,王尔德的唯美主义戏剧没了踪影。而易卜生的戏剧,则大受胡适青睐,只因其既"与人事"相关,又有益于"世道人心"。

二、只是一个写实主义?

1918年6月15日,《新青年》推出"易卜生专号"。该专号发表了胡适的《易卜生主义》、袁振英的《易卜生传》以及罗家伦、胡适合译的《娜拉》和陶履恭译的《国民之敌》等文章。其中,最值得注意的是胡适的《易卜生主义》,该文继承了陈独秀在《现代欧洲文艺史谭》对易卜生思想价值的关注,但与陈文轻描淡写地称易卜生是"刻画个人自由意志者也"相比,胡文更为详细地论说了易卜生戏剧思想对于文学革命的启示。胡适通过对易卜生的《娜拉》、《社会栋梁》、《博克曼》、《雁》、《国民公敌》、《海上夫人》等剧本以及易卜生书信的分析,阐述了易卜生所写家庭的四种恶德:自私自利、倚赖性、假道德、懦怯,以及社会的三大势力:法律、宗教、道德。胡适认为:"易卜生的人生观只是一个写实主义。易卜生把家庭社会的实在情形都写出来,叫人看了动心,叫人看了觉得我们的家庭、社会原来如此黑暗腐败,叫人看了觉得家庭、社会真正不得不维新革命——这就是易卜生主义。"②易卜生对社会阴暗面的揭露和批判,正迎合胡适"戏剧是工具"的文学观念。由此,胡适发现,"易卜生的戏剧中,有一条极显而易见的学说,是说社

---

① 赵家璧:《新文学大系·建设理论集》,上海文艺出版社2003年影印本,第14页。
② 胡适:《易卜生主义》,载《新青年》,第4卷第6号,1918年。

会与个人互相损害。社会最爱专制，往往用强力摧折个人的个性（Individuality），压制个人自由独立的精神；等到个人的个性都消灭了，等到自由单独的精神都完了，社会自身也没有生气了，也不会进步了"。①胡适从易卜生剧作中领悟到人的自由意志与个性的重要性，"易卜生可代表19世纪欧洲的个人主义的精华"。②

　　主张"多研究些问题，少谈些主义"的胡适，竟然也谈起了"主义"。其实，胡适给易卜生戏剧创作贴上个人主义与写实主义这两个标签，是在特定历史语境下胡适对易卜生的有意"误读"。正如胡适在开篇所言："'易卜生主义'这个题目不是容易做的，我又不是专门研究易卜生的人，如何配做这篇文字？但是现在我们推出一本'易卜生号'，大吹大擂地把易卜生介绍到中国来，似乎又不能不有一篇'易卜生主义'的文字，没奈何只好把我心目中的'易卜生主义'写出来，做一个'易卜生号'的引子。"③表面上看，胡适作此文似乎是无奈之举，或是其自谦之辞；实际上，易卜生的戏剧思想契合了胡适的社会改良理念。个人主义寄寓着胡适以"救出自我"、"个性解放"的思想启蒙之声，唤醒在专制守旧社会里沉睡的麻木国民的愿望。而对于当时具有觉醒意识而力求挣脱守旧势力束缚的青年来说，这一点也让他们欢欣鼓舞。可以说，胡适成就了"娜拉热"。由此，"娜拉"成为个性解放的标志性符码。

　　胡适对易卜生戏剧思想的关注，在一定程度上是胡适对陈独秀倡导的"推倒陈腐的铺张的古典文学，建设新鲜的立诚的写实文学"④的有效呼应。在他们看来，写实主义不仅仅是指一种再现现实的文学类型，它更指历史进步势力对腐朽文化的冲击。带着这样的理论预设，易卜生戏剧的社会思想成为胡适的首要关注点。对于这一点，胡适说得很明确："我们的宗旨在于借戏剧输入这些戏剧的思想。……试看我们那本

---

①胡适：《易卜生主义》，载《新青年》，第4卷第6号，1918年。
②胡适：《介绍我自己的思想》，载《胡适文集》第2集，人民文学出版社1998年版，第166—168页。
③胡适：《易卜生主义》，载《新青年》，第4卷第6号，1918年。
④陈独秀：《文学革命论》，载《新青年》，第2卷第6号，1917年。

《易卜生号》，便知道我们注意的易卜生并不是艺术家的易卜生，乃是社会改革家的易卜生。"①关于易卜生的身份定位，茅盾在《谈谈〈傀儡之家〉》中写道："《新青年》出'易卜生专号'曾把这位北欧的大文豪作为文学革命家，妇女解放，反抗传统思想……等等新运动的象征。"②鲁迅曾问："何以大家偏要选出 Ibsen 来呢？"③在这里，鲁迅引用青木教授的观点，认为："要建设西洋式的新剧，要高扬戏剧到真的文学底地位，要以白话来兴散文剧……因为事已亟矣，便只好先以实例来刺戟天下读书人的直感。"④无论是胡适眼中的"社会改革家"、茅盾所谓的"文学革命家"，还是鲁迅所认为的要"以实例来刺戟天下读书人的直感"，他们的着落点都在于易卜生戏剧强烈的社会意义。

　　胡适从思想角度关注易卜生戏剧的现实意义，而忽视其艺术成就的做法，遭到了其他学人的批评。如"学衡派"代表之一胡先骕认为，不应忽视易卜生对戏剧艺术的贡献。他指出："易卜生对于近代戏曲之影响……实在改革戏曲之方法。易氏承司克卜（Scribe）与小杜马之绪，以改良之。小杜马之借戏中人物口述其主义者，易氏乃将其主义分布于全剧中。昔人之戏剧，以动作之表示达其极点（Climax），易氏则每借剧中人物之口语，渐次达此极点。昔人戏剧中常用之手段，如假装逃匿、窃取问文书、窃听密语、独语、旁语及文学之语句等，易氏皆尽弃而不用，而纯以理致取胜。此则易氏之所不可及者。故无论易氏之主义如何，其艺术上之改革，实不可磨灭，而终为后世所宗仰者也。"⑤较之胡适，胡先骕对于易卜生戏剧艺术特色有着更为全面、更为理性的认识。在梁实秋看来，新文学运动以易卜生的戏剧作为提倡话剧的兴奋剂，是非常适当的。因为"易卜生不仅是一个思想家，他也是一个艺术

---

　　①胡适：《论译戏剧——答 T.F.C 等》，载《新青年》，第6卷第3号，1919年。
　　②茅盾：《谈谈〈傀儡之家〉》，载《文学周报》，第176号，1925年。
　　③鲁迅：《〈奔流〉编校后记》，载《鲁迅文集》第七卷《集外诗文选·序跋文选》，黑龙江人民出版社1995年版，第212页。
　　④鲁迅：《〈奔流〉编校后记》，载《鲁迅文集》第七卷《集外诗文选·序跋文选》，黑龙江人民出版社1995年版，第212页。
　　⑤胡先骕：《欧美新文学最近之趋势》，载《东方杂志》，第17卷第18期，1920年。

家，可是在新文学运动当中无疑的易卜生的思想比他的艺术赢得更大的注意。这在新文学运动方面来看，颇像是一个损失，因为抓到了易卜生的思想，可是没有抓到易卜生的艺术，所以对于新剧便没能有什么大的益处"。①梁实秋辩证地论说了缺失对易卜生戏剧艺术的关注，对于新剧建设而言无疑是"捡了芝麻，丢了西瓜"。

陈独秀的《现代欧洲文艺史谭》、胡适的《易卜生主义》等文章以文学改良社会的功利观念出发，多侧重阐发托尔斯泰、易卜生、左拉等作家的思想倾向及其作品的社会作用。这种单纯注重思想内容、忽视艺术分析的外部研究，虽然脱离外国文学的审美特征，也不是纯粹意义上的文学研究，但由于它契合了文学启蒙的需要，也因此显示出其存在的价值。

总的看来，《新青年》这种只抓"问题"、忘掉"戏剧"、"思想大于艺术"的思路，使当时的"娜拉热"、"维特热"、"易卜生热"、"拜伦热"、"王尔德热"、"高尔基热"等出现主题先行、偏重思想的倾向，如胡愈之所言，"现在讲西洋文学的总是偏于思想方面，艺术天才像都介涅夫的就少人注意。我想文学到底是一种艺术，思想不过是文学上所应必须表现的一种东西。要想吸收西洋的近代文学，确立我国的国民文学，艺术方面实在比思想方面，更应该研究"。②这种"思想大于艺术"的倾向后来也有发展，并长期以不同的面目存在。

第三节　《人的文学》与"人"的话语下的外国文学研究

舒芜在谈到周作人时指出："他是北京大学第一个讲授欧洲文学史的教授。他还写了大量介绍外国作家作品，输入外国文学理论与知识的文章。接着他又作为文艺理论家出名。他的名文《人的文学》，第一次给中国新文学运动制定了一个民主的人道的思想纲领，启发了一代两代

---

①龚翰熊：《西方文学研究》，福建人民出版社2005年版，第328页。
②胡愈之：《都介涅夫》，载《东方杂志》，第17卷第4号，1920年。

的文学青年。接着他第一个提出了'思想革命'的口号，为文学革命提出了进一步的目标。他呼吁人的发现，女性的发现，儿童的发现，他提倡宽容和自由，反对束缚和统制。"①从这段引文中可以看出，周作人在中国外国文学研究的历程中也作出过重要贡献。其中，"人的发现"对于这一时期外国文学话语秩序的建构具有极强的理论意义。在"人"的话语下，个人与人类的共处关系，置换了"国家"话语下的个人与国家的依附关系，人从"国家"话语的干预与束缚中解放出来，"人的自觉"、"民族觉醒"成为《新青年》同人反封建、反传统的目的。在此种语境下，"人的文学"之灵肉一致的人性论、个人主义的人间本位主义之人道主义等，同样规约了外国文学研究的总体面貌。

一、"人性论"研究范式的凸显

1918年12月15日，《人的文学》发表于《新青年》第5卷第6号上。在该文中，周作人以欧洲三次"人"的真理的发现为历史参照②，认为在中国"四千余年来，中国人的问题，从来未解决"。而重新发现"人"、"辟人荒"，关键是认识什么是"人"。周作人所界定的"人"，"不是世间所谓'天地之性最贵'，或'圆颅方趾'的人。乃是说，'从动物进化的人类'。其中有两个要点，（一）从'动物'进化的，（二）从动物'进化'的"。③前者旨在强调人的动物性本能；后者旨在点明人又是经过"进化"了的动物，其"内面的生活，比其他动物更为复杂高深，而且逐渐向上，有能改造生活的力量"。人除生物欲望之外，还有更高的精神追求与理智升华，这又是克服人的"兽性余留"与"古代礼法"的重要面向。所以，"这两个要点，换一句话说，便是人的灵肉二重的生活。……其实两者都是趋于极端，不能说是人的正当生活。到了近世，才有人看出这灵肉本是一物的两面，并非对抗的二元。兽性与神

---

①舒芜：《串味读书》，辽宁教育出版社1995年版，第52页。
②"第一次是在十五世纪，于是出现了宗教改革和文艺复兴两个结果。第二次成了法国大革命，第三次大约便是欧战以后将来的未知事件了。"
③周作人：《人的文学》，载《新青年》，第5卷第6号，1918年。

性，合起来便只是人性"。①周作人所讲的"人"，即是灵与肉、兽性与神性统一的独立个体。在周作人看来，片面地表现"兽性"或"神性"的文学，只能导致海淫海盗之状与不食人间烟火之态的"非人的文学"。周作人主张，应该用科学的态度描写人的"生物性"，"希望从文学上起首，提倡一点人道主义思想"。周作人不但在理论上倡导人性二元论，也将之贯彻到具体的外国文学研究实践中。在这里，不能不论及周作人的《欧洲文学史》与《近代欧洲文学史》。②

从外国文学学科发展史来看，晚清政府在1902年的《钦定京师大学堂章程》与1904年的《奏定大学章程》中，要求在文学类课程中设置"西国文学史"课程。由于当时条件的限制，该课程只是徒有虚名。1913年1月，新成立的民国政府教育部颁布了新的大学规程，要求文学类专业均设"希腊文学史"、"罗马文学史"、"近世欧洲文学史"等课程。③而在此时，李叔同正在杭州浙江第一师范学校（原浙江两级师范学堂）任教，并与同年5月在他创办的该校综合性刊物《白阳》上发表《近世欧洲文学之概观》的部分章节。1917年9月，周作人在北京大学教授"欧洲文学史"。在北京大学"中国文学"的课程设置中，"希腊罗马文学史"和"近世欧洲文学史"这两门课由周作人讲授，而课程的实际讲述内容与课表名称有所差异，分别变更为"欧洲文学史"和"十九世纪文学史"。1918年10月，周作人以1917年的"欧洲文学史"讲稿为底本，作为当时北京大学与商务印书馆合作的"北京大学丛书"出版同名专著《欧洲文学史》。该著共分三卷，分别介绍了古希腊、罗马文学的起源、发展和分类，中古与文艺复兴及17、18世纪欧洲文学的兴起。据止庵考证，周作人在编写该书的同时，也撰写了《近代欧洲文学史》，此书正是"近世欧洲文学史"的课程讲义。但因译名问题与出版社产生分歧，致使该书在当时

---

①周作人：《人的文学》，载《新青年》，第5卷第6号，1918年。

②本文的论述重点是民国时期的文学期刊史料，但周作人的这两部著作在外国文学学科史上占有重要地位，所以本文在此作为个案加以论述，特此说明。

③舒新城编：《中国近代教育史资料》中册，人民教育出版社1981年版，第645—646页。

未能及时出版。直到2007年，止庵先生根据新发现的史料校正注释，才正式出版。从具体内容来看，《近代欧洲文学史》前接《欧洲文学史》，续写了19世纪欧洲文学，将其分为"传奇主义时代"与"写实主义时代"两部分，每部分分别介绍了英国、法国、德国、俄国、丹麦、挪威等国的国别文学，与《欧洲文学史》共同呈现了欧洲文学从古希腊到19世纪的发展历程。

对于《欧洲文学史》，吴宓认为："盖自新文化运动之起，国内人士竞谈'新文学'，而真能确实讲述西洋文学之内容与实质者则绝少，仅有周作人北大教授之《欧洲文学史》上册，可与谢六逸之《日本文学史》并立。"①金克木也称该著"片言往往有新义"。②在这之前，马君武于1911年11月9日在《民立报》上发表《欧洲文学丛谈》。虽然马著题为《欧洲文学丛谈》，但是该著只论及雨果《可怜人》的部分节译，"法文豪庾哥Hugo所著《可怜人》（Les Miserable），汪洋闳肆，世界名著。其中一篇《石下之心》，尤为全书之结晶体"。③该文旨在宣扬人类之爱，"神者，天上之完全体；爱者，人间之完全体"。④上文提到李叔同的《近世欧洲文学之概观》，由于历史原因，只刊出第一章内容，其余皆已散失。从现存的文稿来看，作为艺术家的李叔同对欧洲文学史的描述，带有较明显的偏重艺术的倾向。与马著的简略与李著的未完成相比，周作人的《欧洲文学史》是中国外国文学研究史上第一部详细而又完整的区域文学史专著。

周作人在《人的文学》中认为，人的本质是理性与情感、神性与兽性、灵与肉等的二元统一，人的文学应是人的本质即人性的反映。基于这样的认识，周作人将"人的文学"理念贯穿于欧洲文学史的写作中。在《欧洲文学史》中，周作人这样写道：

---

① 吴学昭：《吴宓与陈寅恪》，清华大学出版社1992年版，第27—28页。
② 金克木：《金克木小品》，中国人民大学出版社1992年版，第274页。
③ 马君武：《欧洲文学丛谈》，见《马君武集》，莫世祥编，华中师范大学出版社2011年版，第213页。
④ 马君武：《欧洲文学丛谈》，见《马君武集》，莫世祥编，华中师范大学出版社2011年版，第214页。

希腊文化，为欧洲先进，罗马以来，诸国典章文物务必被其流泽，而艺文学术为尤最。故言欧洲文学变迁，必溯源于希腊。虽种族时地，各有等差，情思发见，亦自殊别，唯人性本元，初无二致，希腊思想为世间法之代表，与出世法之基督教，递相推移，造成时代。世之论欧洲文明者，谓本于二希，即希腊与希伯来思想，史家所谓人性二元者是也。物质精神两重关系，为人生根本，个人与民族皆所同具，唯性有偏至，则所见亦倚于一端。故希伯来思想为灵之宗教，希腊则以体为重，其所吁求，一为天国未来之福，一则人世现在之乐也。……希腊古代之精神，而后世文艺思潮中时或隐见，至近来乃益显。新希腊主义（Neo Hellenism）之复兴，实现代思想之特征，至可注意者也。①

从以上引文可以看出，在考察欧洲文学的源流时，周作人以历史循环论为出发点，将"二希"思想作为欧洲文学的两大源头。其中，希腊思想代表"体"，希伯莱思想代表"灵"，从其后的中世纪文学到18世纪的欧洲文学，就是希腊精神和希伯来精神的相互斗争和此消彼长的历程，也即是人性"体"与"灵"的二元交替出现。在这里，周作人特别强调欧洲文学的源头——希腊文学。在《欧洲文学史》中周作人用近三分之二的篇幅详叙希腊、罗马文学，他的"希腊情结"可见一斑。周作人认为，希腊民族是"世界最有节制之民族"，并将希腊文化概括为"尚美而不失道德，主情而不失理智，重思索而不害实行"。希腊神话"为纯粹神人同形说（Anthropomorphism）"；希腊戏剧"不明演杀伤事迹，仅以影写出之"；希腊美术"尤以安详著称。如雕刻之像，多静而少动"。周作人将希腊文学的特征总结为三点：尚美精神、现世主义、中和原则，并以此为准绳审视后世文学。在周作人看来，希伯来文学与

---

①周作人：《欧洲文学史》，岳麓书社2010年版，第55页。

罗马文学均是对希腊文学的反拨："希腊为尚美，罗马为崇实"、"人神（Mangod）既逝，神人（Godman）代兴"；中世纪文学主要关注"浪游之歌"和"骑士文学"。其中，"浪游之歌"满怀现世精神，它是对希伯来文学的颠覆；"骑士文学"源于宗教，趋于尚美，本为希腊文学的回归。文艺复兴，注重现世、人生、自然，可以说是希腊精神的回返等。周作人以希腊文学与文化精神为主线，将欧洲文学的历史进程概括为希腊精神与希伯来精神的循环往复的发展过程。

周作人用希腊精神与希伯来精神这两种相互冲突的力量对欧洲文学的总体发展加以抽象概括，尽管不无几分机械，但却在某种程度上道出了千余年来欧洲文学的总体发展趋向。《欧洲文学史》的"人性二重论"的写作范式对后来出现的外国文学论著多有影响，成为不少学者阐释外国文学发展的解释系统，如朱心星的《欧洲文学管窥》、曾虚白的《欧洲各国的文学观念》、高昌南的《怎样研究西洋文学》、胡水波的《世界文学的两大来源》、赵景深的《西洋文学史概论》、许振鸾的《欧洲近代文学鸟瞰》、朱自清的《欧洲文学的渊源》等。直至"革命文学"时期，文坛爆发关于人性论与阶级论的论争后，情况才有了变化。

二、"平民文学"与人道精神

在周作人看来，外国文学之于中国文学，最闪亮、最有价值的地方就是个人主义与人道主义，而这正是中国文学千百年来最为奇缺与匮乏之处。人道主义话语确实是当时国人想象外国文学的重要视角。

周作人在《人的文学》中，指出人道主义并非"世间所谓'悲天悯人'或'博施济众'的慈善主义，乃是一种个人主义的人间本位主义"。[①]虽然，周作人在强调个人本位主义上与西方文学史上的人道主义有相通之处，但是"人间本位主义"在中国传统的伦理学意义上，又延伸出对个人与人类互动关系的强调。周作人将个人与人类的关系比喻为树木与森林的关系，认为两者是相互影响、相互促进的关系。在周作人

---

① 周作人：《人的文学》，载《新青年》，第5卷第6号，1918年。

看来，妇女和儿童也必须拥有作为"人"的地位。周作人主张在文学上："（一）是男女两本位的平等；（二）是恋爱的结婚。世间著作，有发挥这意思的，便是绝好的人的文学。"只有满足这两个条件，才能有"真实的爱与两性的生活"，才能实现人的"灵肉二重的一致"。[①]周作人并以易卜生的《娜拉》、托尔斯泰的《安娜·卡列尼娜》、哈代的《苔丝》等小说作为范例，认为文学要表达这样的平等的爱情。周作人认为，荷马《伊利亚特》、欧里庇得斯《俄瑞斯特斯》、屠格涅夫《父与子》等表现父子关系的作品，"都很可以供我们的研究"。[②]人间本位主义的人道主义，即是关注人自身的个体存在与属性。

"人的文学"中的"人"的发现，意味着个人主体性的彰显，妇女、儿童等一直被忽视的弱势群体得以在文学中占有一席之地，从而使"人"的范围指向全人类。由此，周作人认为人类在精神层面是共通的，人与人之间不存在高低贵贱的等级或阶级差别。可以说，对人类意志、人类爱的表达，就是对个人自由与尊严的抒写。正是基于这种人类意识，周作人于1918年12月20日撰写的《平民文学》一文，可以说是对"人的文学"的具体阐释。周作人眼中的"平民文学"并不是指写作阅读对象或写作对象是否为平民，而是指向一种文学精神的平民性："平民文学不是专做给平民看的，乃是研究平民生活——人的生活——的文学。"[③]周作人认为："除却当时的境遇不同以外，思想趣味，毫无不同，所以在人物一方面上，分不出什么区别。"周作人对平民文学的提倡，基于对人类共性的关注。因为"平民文学所说，近在研究全体的人的生活，如何能够改进到正当的方向，乃是对于他自己的与共同的人类的运命"。

我们且从《新青年》的文学翻译的选择看这一问题。参见下表：

[①] 周作人：《人的文学》，载《新青年》，第5卷第6号，1918年。
[②] 周作人：《人的文学》，载《新青年》，第5卷第6号，1918年。
[③] 周作人：《平民文学》，载《每周评论》，第5号，1919年。

卷号	作者	国别	译作	译者
第1卷第1—4号	屠尔格涅甫	俄国	《春潮》	陈嘏
第1卷第5号—第2卷第2号	屠尔格涅甫	俄国	《初恋》(长篇)	陈嘏
第2卷第1号	泰来夏甫	俄国	《决斗》(短篇)	胡适
第2卷第5号	麦道克	英国	《磁狗》	刘半农
第2卷第6号、第3卷第5号	龚枯尔兄弟	法国	《基尔米里》(长篇)	陈嘏
第3卷第1号	莫泊三	俄国	《二渔夫》(短篇)	胡适
第3卷第2号	莫泊三	俄国	《梅吕哀》	胡适
第4卷第1号	陀思妥夫斯奇	俄国	《陀思妥夫斯奇之小说》	周作人
第4卷第3号	Sologub	俄国	《童子之奇迹》	周作人
第4卷第4号	Kuprin	俄国	《皇帝之公园》(幻想)	周作人
第5卷第3号	Ephtaliotis	新希腊	《扬拉奴妮复仇的故事》	周作人
第5卷第3号	Ephtaliotis	新希腊	《扬尼思老爹和他驴子的故事》	周作人
第5卷第4号	Henryk Sienkiowic	波兰	《酋长》	周作人
第5卷第5号	Ljov Tolstoj	俄国	《空大鼓》	周作人
第5卷第6号	江马修	日本	《小小的一个人》	周作人
第6卷第1号	H.C. Andersen	丹麦	《卖火柴的女儿》	周作人
第6卷第1号	F. Sologub	俄国	《铁圈儿》	周作人
第6卷第2号	Anton Tshekhov	俄国	《可爱的人》	周作人
第7卷第1号	L. Andredev	俄国	《齿痛》	周作人
第7卷第3号	Stefan Zerornski	波兰	《诱惑》	周作人
第7卷第3号	Stefan Zerornski	波兰	《黄昏》	周作人
第8卷第2号	科罗连珂	俄国	《玛加尔的梦》	周作人
第8卷第4号	阿尔支拨绥夫	俄国	《幸福》	鲁迅
第8卷第4号	千家元磨	日本	《深夜的喇叭》	周作人
第8卷第5号	国木田独步	日本	《少年的悲哀》	周作人
第8卷第6号	显克微之	波兰	《愿你有福了》	周作人
第8卷第6号	阿伽洛年	阿美尼亚	《一滴的牛乳》	周作人
第8卷第6号	普路斯	波兰	《世界的徽(La ahime)》	周作人
第9卷第1号	莫泊三	俄国	《西门底爸爸》	雁冰
第9卷第1号	Ku Prin	俄国	《快乐》(神话)	沈泽民
第9卷第3号	菊池宽	日本	《三浦右卫门的最后》	鲁迅

续表

卷号	作者	国别	译作	译者
第9卷第4号	包以耳	挪威	《一队骑马的人》	茅盾
第9卷第5号	伊巴涅支	西班牙	《颠狗病》	周作人

从上表可以看出,"人的文学"所包含的人道主义思想,使默默无名的"小人物"、社会底层的无业者、受压迫的无产者等,成为《新青年》外国文学译介与研究的重要一面。如《卖火柴的女儿》在周作人看来是别有一番特色的作品,该作的"译后记"中这样写道:"他写这女儿的幻觉,正与俄国平民诗人 Nekrassov《赤鼻霜》诗里,写农妇在林中冻死时所见过去的情景相似,可以同称近世文学中描写冻死的名篇。"①鲁迅赞叹菊池宽的小说:"是竭力的要挖出人间性的真实来","我便被唤醒了对于人间的爱的感情;而且不能不和他们吐 Here is a man 这一句话了"等。②这些个案显示了《新青年》对处在社会底层的妇女、儿童等弱势群体的关注。在《新青年》所刊载的33篇翻译小说中,俄国小说占据近二分之一(16篇),且译者大多是周作人。俄国文学素有的社会忧患意识,及其对现实人生的深切体察等特征,尤其是其对"被侮辱与损害的人"给予的人道主义关怀,更使周作人看到一种对个体命运的同情、尊重及对人类的爱。所以,周作人将目光投向俄国文学研究,其"文学表现人生"、"文学为人生"的思想,尤为周作人所看好。翻译《陀斯妥耶夫斯奇之小说》是周作人在《新青年》的第一次登场,该文表明周作人对俄国文学的高度关注。在"译者按"中,周作人这样写道:"谋杀老妪前,当时,及其后心理状态,极为精妙。吾非跪汝前,但跪人类苦难之前。陀氏所作书,皆可以此语做注释。七年,不过七年,他们当初快乐,看这七年只如七月。他们不晓得,新生活不是可以白得的。须出重价去买,须要用忍耐、苦难、同努力,方能得来。但是现在,一部历史已经开端。一个人逐渐的革新,缓慢而确实的上

---

①周作人:《〈卖火柴的女儿〉译后记》,载《新青年》,第6卷第1号,1919年。
②鲁迅:《〈三浦右卫门的最后〉译者附记》,载《新青年》,第9卷第3号,1921年。

进，从这一世界入别以未知世界的变化，这可以做一部新小说的题目。但我所要说给读者听的故事，却在此处就完结了。"①周作人对陀思妥耶夫斯基的代表作《罪与罚》所表现的忏悔意识和苦难意识的把握，可以说抓住了该作以及俄国文学的重要特征。

晚清时期，在林纾对《黑奴吁天录》以及狄更斯系列小说的引介中，就已经关注下层社会"小人物"，只是缺乏理论的导引，而周作人等《新青年》同人以"人的文学"为中心，在理论上加以系统论述，从而产生较大影响。可以说，后来《小说月报》直接继承了《新青年》的衣钵，倡导"文学为人生"、"血与泪"的文学宗旨，其开辟的"俄国文学研究专号"与"被损害民族的文学专号"等即是明证。

三、关于欧洲中心主义

在《人的文学》中，"人类"这一术语的出现，标志着世界主义观念已经开始深入到当时学人的学术理念中。具体表现为，学者们普遍打破"华夏中心主义"，将目光投向欧洲文学的内在流变，进而形成"欧洲中心主义"的趋势。如方孝岳所言："文学革命之声，倡之于胡君适，张之于陈君独秀。二君皆欲以西洋文学之美点，输入我国，其事甚盛。……知其异点，然后改良者有叙可循。"②显然，改良者是以西方的文学话语作为中国未来新文学的话语标准。

1917年2月，陈独秀在《文学革命论》开篇写道："今日庄严灿烂之欧洲，何自而来乎？曰，革命之赐也。欧语所谓革命者，为革故更新之义，与中土所谓朝代鼎革，绝不相类；故文艺复兴以来，政治界有革命，宗教界亦有革命，伦理道德亦有革命，文学艺术，亦莫不有革命，莫不因革命而新兴而进化。近代欧洲文明史，宜可谓之革命史。"③在陈独秀看来，思想文化上的"换脑"革命，使欧洲社会得以"庄严灿烂"，欧洲文学艺术也因此而"新兴进化"。欧洲文学在他的视野中有着

---

① 《陀思妥耶夫斯基之小说》，周作人译，载《新青年》，第4卷第1号，1918年。
② 方孝岳：《我之改良文学观》，载《新青年》，第3卷第2号，1917年。
③ 陈独秀：《文学革命论》，载《新青年》，第2卷第6号，1917年。

非同一般的作用:"欧洲文化,受赐于政治科学者固多,受赐于文学者亦不少。予爱卢梭巴士特之法兰西,予尤爱虞哥左喇之法兰西。予爱康德、赫克尔之德意志,予尤爱桂特郝卜特曼之德意志;予爱倍根、达尔文之英吉利,予尤爱狄锵士、王尔德之英吉利。吾国文学豪杰之士,有自负为中国之虞哥、左喇、桂特郝、卜特曼、狄锵士、王尔德者乎?有不顾迂儒之毁誉,明目张胆以与十八妖魔宣战者乎?予愿托四十二生之大炮,为之前驱。"①陈独秀鸟瞰欧洲文化界,发现文学家与其祖国之声望有着密切的关系,卢梭、雨果、左拉之于法兰西,歌德、霍普特曼之于德意志,狄更斯、王尔德之于英吉利,这些足以在陈独秀心中唤起对祖国未来的乌托邦想象。

《新青年》同人不但在文学革命的动力上向欧洲看齐,而且也将视野锁定在欧洲文学发展趋势上,以从中汲取文学革命的方法。1918年4月,胡适在《建设的文学革命论》中,认为"西洋的文学方法,比我们的文学,实在完备得多,高明得多,不可不取例"。在胡适看来,西方的散文系列文体,如长篇传记、科学文字、自传、史论等"都是中国从不曾梦见过的体裁",胡适对西方的戏剧、小说更是赞不绝口:"以戏剧而论,二千五百年前的希腊戏曲,一切结构的功夫,描写的功夫,高出元曲何止十倍。近代的莎士比亚(Shakespear)和莫逆尔(Molire)更不用说了,最近六十年来,欧洲的散文戏本,千变万化,远胜古代,体裁也更发达了。最重要的,'问题戏',专研究社会的种种重要问题;'寄托戏'(Symbolic Drama),专以美术的手段作的'意在言外'的戏本;'心理戏',专描写种种复杂的心境,作极精密的解剖;'讽刺戏',用嬉笑怒骂的文章,达愤世救世的苦心。……更以小说而论,那材料之精确,体裁之完备,命意之高超,描写之工切,心理解剖之细密,社会问题讨论之透彻……真是美不胜收。至于近百年新创的'短篇小说',真如芥子里面藏着大千世界;真如百炼的精金,曲折委婉,无所不可;真可说是开千古未有的创局,掘百世不竭的宝藏。"②

---

①陈独秀:《文学革命论》,载《新青年》,第2卷第6号,1917年。
②胡适:《建设的文学革命论》,载《新青年》,第4卷第4号,1918年。

胡适尤为看好西方短篇小说。1918年5月，胡适在《论短篇小说》中指出，"最近世界文学的趋势，都是由长趋短，由繁多趋简要"。①"写情短诗"、"独幕剧"、"短篇小说"代表世界文学最近的趋势。其中，胡适以都德的《最后一课》、《柏林之围》与莫泊桑的《二渔夫》为例，论证短篇小说的"短"不在篇幅短小，而在于"用最经济的文学手段，描写事实中最精彩的一段，或一方面，而能使人充分满意的文章"。短篇小说最有价值的地方就是，用最经济的文字描写人物、国家、社会的某个横截面，从而展现其整体的"纵剖面"。可以说，胡适对短篇小说的定义是切中肯綮的。胡适曾选译了各国短篇小说的代表作品，并于1919年、1920年出版《短篇小说》一集、二集。此外，1919年1月，张毅汉也在《小说月报》第10卷第1、2、5、10、12期上发表《名家短篇小说范作》，从西方文学理论术语"结构"、"人物"、"主意"、"设境"的角度论述小说创作的方法。张毅汉对莫泊桑、爱·伦坡、欧·亨利、亨利·詹姆斯等短篇小说家都有所论述。

1918年10月，胡适在《文学进化论与戏剧改良》中为了"证明研究西洋戏剧文学可以得到的好处"，举出了西方戏剧中"悲剧的观念"和"文学的经济"两个概念。关于"悲剧的观念"，胡适这样写道："中国最缺乏的是悲剧的观念。无论是小说，是戏剧，总是一个美满的团圆……这种'团圆'的小说戏剧，根本说来，只是脑筋简单，思力薄弱的文学，不耐人寻思，不能引人反省。而西方文学自从埃斯库罗斯、索福克罗斯、欧里庇底斯时代'即有极深密的悲剧观念'。""第一，即是承认人类最浓挚最深沉的感情不在眉开眼笑之时，乃在悲哀不得意无可奈何的时节；第二，即是承认人类亲见别人遭遇悲惨可怜的境地时，都能发生一种至诚的同情，都能暂时把个人小我的悲欢哀乐一齐消纳在这种至诚高尚的同情之中；第三，即是承认世上的人事无时无地没有极悲极惨的伤心境地，不是天地不仁，'造化弄人'（此希腊悲剧中最普通的观念），便是社会不良使个人销磨志气，堕落人格，陷入罪恶不能自脱

---

①胡适：《论短篇小说》，载《新青年》，第4卷第5号，1918年。

(此近世悲剧最普通的观念)。有这种悲剧的观念，故能发生各种思力深沉，意味深长，感人最烈，发人猛醒的文学。这种观念乃是医治我们中国那种说谎作伪思想浅薄的文学的绝妙圣药。"①胡适认为，中国的戏剧最不讲究"经济方法"，而"西洋的戏剧最讲究经济方法"。中国要"补救这种笨伯的戏剧方法，别无他道，只有研究世界的戏剧文学，或者可以渐渐地养成一种文学经济的观念"。针对中国戏剧自来就有的"光明的尾巴"与繁琐的"遗形物"，胡适从戏剧的内容和形式两方面，论述西方戏剧可资中国戏剧参考之处，亚里士多德的"悲剧净化说"与17世纪古典主义戏剧的"三一律"，是中国戏剧从中"可以得到的好处"。

在译介外国文学的策略上，欧洲文学也成为《新青年》同人的最爱。1916年2月3日，胡适在致陈独秀的信中这样写道："今日欲为祖国造新文学，宜从输入欧西名著入手，使国中人士有所取法，有所观摩，然后乃有自己创造之新文学可言也。"②1918年4月，胡适主张"赶紧多多的翻译西洋的文学名著做我们的模范"；国内学者通力合作，出版"西洋文学丛书"，附以"序言"和"著者略传"；先译小说、戏剧、散文，"诗歌一类，不易翻译，只可从缓"；在翻译语言上，采用白话。③这个意见得到北京大学教授宋春舫的赞同，宋春舫选译了《近世名戏百种目》。这100种剧目涵盖19世纪后半期13个国家的58位戏剧家，如胡适所言：这些剧目"未必能完全包括近世的第一流名戏，但这一百种戏很可代表世界新戏的精华"。④1917年2月，陈独秀在致钱玄同的信中，这样写道："中国小说，有两大毛病：第一是描写淫态，过于显露；第二是过贪冗长……但是外国文学经过如许岁月，中间许多作者，供给我们许多文学的技术和文章的形式。"⑤1919年7月，陈独秀在《今日中国之政治问题》中，认为无论从哪方面说，"西洋的法子和中国

---

① 胡适：《文学进化论与戏剧改良》，载《新青年》，第5卷第4号，1918年。
② 胡适：《论译书寄陈独秀》，载《胡适留学日记》(下)，安徽教育出版社1999年版，第269页。
③ 胡适：《建设的文学革命论》，载《新青年》，第4卷第5号，1918年。
④ 宋春舫：《近世名戏百种目》，载《新青年》，第5卷第4号，1918年。
⑤ 陈独秀：《文学革命论》，载《新青年》，第2卷第6号，1917年。

的法子绝对是两样……一切都应该采用西洋的新法子，不必拿什么国粹、什么国情的鬼话来捣乱"。①

《新青年》学人以外来文学与文化为切入点力主思想革新，以研究西方文体如戏剧、小说等来丰富中国文学创作的方法，其间大多以欧洲文学为标准，由此形成了他们在外国文学引介与研究上的特殊眼光。可以说，"言必及欧洲"是这一时期外国文学研究中普遍存在的倾向。这一点，在1913年李叔同《近世欧洲文学概观》、1915年陈独秀《现代欧洲文艺史谭》、1918年周作人《欧洲文学史》、1920年梅光迪《近世欧美文学概观》、胡先骕《欧美新文学最近之趋势》等著述中也是可以见到的。

相对于晚清和民国初年，1910年代中期以后的外国文学引介与研究，更多地具有了一种自觉。其主要原因在于，以《新青年》学人为代表的引介与研究主体具有了更为广阔的视野。他们大多既具有较为深厚的国学基础，又经历了欧风美雨的沐浴。近距离的接触，使他们对外国文学的认知更接近其本来面目，也是不少学人能够深入外国文学堂奥之缘由。陈独秀以进化文学史观审视西方文学思潮，胡适发起白话文运动，学衡派"唯经典是举"的研究模式在此时得以酝酿，"欧洲中心主义倾向"造就了研究的"西化"模式，外国文学研究话语从晚清时期的"国家"话语向"人"的话语转变。《新青年》是整个民国时期外国文学研究的多种倾向的理论源头。

①陈独秀：《今日中国之政治问题》，载《新青年》，第5卷第1号，1918年。

第七章
1920年代：文学革命话语下的外国文学研究
——以后期《小说月报》为主要对象

1920年代，陈独秀的"三大主义"、胡适的"八不主义"逐渐淡出人们的视野，而周作人倡导的"人"的文学话语保持了往日的温度，成为这一阶段外国文学研究的主流话语之一。文学研究会倡导的"文学为人生"、创造社秉承的"文学为艺术"，都从不同层面继承了"人"的文学的话语模式，成为其在另一历史语境的再生与延续。这一时期，各种社团和刊物如雨后春笋般出现在当时的文坛。[①]在诸多具有文学性质的社团中，文学研究会的《小说月报》侧重弱小民族和俄苏文学研究，创造社的《创造》季刊与《创造周报》侧重雪莱、歌德研究，"学衡派"的《学衡》侧重西方古典文学研究，新月社的《新月》侧重莎士比亚、哈代、曼斯菲尔德研究等。

其中，《小说月报》直承《新青年》的衣钵，成为继《新青年》之后中国外国文学研究的重要阵地，在茅盾和郑振铎主编《小说月报》期间，更是将中国的外国文学研究大大地向前推进了一步。在"文学为人生"的话语指导下，《小说月报》明确将"为人生"、"表现人生"作为外国文学研究的重点，以"走向世界"作为外国文学研究的目标，并形成了以19世纪现实主义文学为中心、以俄国与弱小民族为代表的被压迫民族文学为主导的外国文学研究模式。此种研究模式代表着1920年

[①]据统计，1921年到1923年，全国出现大小文学社团40余个，出版文艺刊物50多种。而到1925年，文学社团和相应刊物激增到100多个。著名的如1921年1月，文学研究会成立，同月，革新后的《小说月报》第12卷第1号出版；1923年《文学旬刊》创刊；1921年6月，创造社成立，其后《创造》季刊、《创造周报》等相继创办；还有浅草社的《浅草》、语丝社的《语丝》、未名社的《未名》、沉钟社的《沉钟》等。

代中国主流学界的外国文学观,影响深远。

第一节 介绍世界文学界潮流之趋向

1910年8月29日,《小说月报》在上海创办,1931年12月10日终刊,历时21年,共出258期,被誉为"二十年代第一刊"。[①]学界一般以1921年为界,将《小说月报》分为前后两个时期。1921年之前,王蕴章、恽铁樵主编《小说月报》,主要以刊登鸳鸯蝴蝶派小说为主,间或会有外国文学译介与研究之作出现,如孙毓修的《欧美小说丛谈》、《近代俄国文学杂谈》、谢六逸的《文学上的表象主义是什么?》等文章,影响较小。后期情况有了很大的不同,从考察外国文学研究话语转型的角度,本节主要关注的是后期的《小说月报》。

一、外国文学地图的绘制

1921年,茅盾出任《小说月报》主编之后,采取一系列措施进行大刀阔斧的整改,《小说月报》的面目因此而焕然一新,外国文学研究也由此获得了迅速发展。继茅盾之后,郑振铎、叶圣陶、徐调孚任《小说月报》主编之时,也格外注重外国文学的引介与研究。改革后的《小说月报》实践了《改革宣言》所规划的"译述西洋名家小说而外,兼介绍世界文学界潮流之趋向"的蓝图。在栏目设置上,《小说月报》开辟"文学家研究"、"小说新潮栏"、"译论"等栏目,发表了大量关于外国文学史研究、文学思潮研究、作家作品研究的论文。据统计,在1921—1931年间,《小说月报》共刊登了39个国家、304位作家的804篇作品,出版了"被损害民族的文学"、"俄国文学研究"、"法国文学研究"三个专号。此外,泰戈尔、屠格涅夫、陀思妥耶夫斯基、拜伦、安徒生、莫泊桑、法朗士、易卜生等名家专号、特辑,规模化、系统化地

[①] 陈平原:《思想史视野中的文学——〈新青年〉研究(上)》,载《中国现代文学研究丛刊》,2002年第3期。

介绍了外国作家作品。后期《小说月报》以广阔的视野，呈现了西方文学发展的整体景观，对于帮助当时的读者建立起西方文学发展史的基本框架，了解各国文学的主要特点和概貌，发挥了重要作用。

值得注意的是"文学家研究"这个栏目的设置。后期《小说月报》非常注重19世纪欧洲各国文学家的介绍力度，从第12卷第1号开始刊登茅盾的《脑威写实主义前驱般生》、《波兰近代文学泰斗显克微支》、《西班牙写实主义的代表者伊本讷兹》、《百年纪念祭的济慈》、《十九世纪丹麦大文豪柯伯生》，郑振铎的《史蒂芬孙评传》、《脑威现在的大文豪鲍其尔》，沈泽民的《王尔德评传》，厂晶的《犹太文学与宾斯奇》等论文。1921年12月，沈雁冰在第12卷第12号的《一年来的感想与明年的计划》中意识到，对于"闻名世界著名的文学家而用数千字一篇传去介绍他，总嫌太潦草，不能引起人十分的兴味；所以明年起特立这一门（文学家的研究），介绍一个文学家，从各方面立论，多用几篇论文，希望可使读者对于该文学家更能了解。因为国内还是读英文的人多，故更附一书名表列举英文著作的关于该文学家的书及译出的作品"。①从1922年1月即第13卷第1号开始，《小说月报》设置"文学家研究"一栏，相继推出系列外国作家研究。如第13卷第1号刊载陀思妥耶夫斯基研究，包括茅盾的《陀思妥以夫斯基研究专号的思想》与《陀思妥以夫斯基地位》、小航的《陀思妥以夫斯基传略》、记者的《关心陀思妥以夫斯基的英文书》；第13卷第2号刊载泰戈尔研究，包括郑振铎的《太戈尔传》与《太戈尔的艺术馆》、瞿世英的《太戈尔的人生观与世界观》、张闻天的《太戈尔之诗与哲学观》、《太戈尔的妇女观》、《太戈尔对于印度与世界的使命》；类似这样集中介绍的形式，还有从第13卷第3—6号分别刊载的屠格涅夫研究、包以尔研究、法朗士研究、霍普德曼研

---

① 茅盾：《一年来的感想与明年的计划》，载《小说月报》，第12卷第12号，1921年12月。

究。①1917年,《新青年》推出《易卜生研究专号》,但这样以专号形式集中介绍外国作家的形式,在当时并不多见,而真正大规模、系统化地介绍始自改革后的《小说月报》。《小说月报》重点、集中、多角度介绍外国著名作家,极大地便利了读者在短时间内全面、有效获得该作家的相关信息。

但是,从1922年7月第13卷第7号开始,"文学家研究"专栏被取消。1921年8月11日,茅盾在写给周作人的信中写道:"据实说,《小说月报》读者一千人中至少有九百人不欲看论文。(他们来信骂的亦骂论文,说不能供他们消遣了!)"②"曾有数友谓如今《月报》虽不能说高深,然已不是对于西洋文学一无研究者(或可说是嗜好耳)所能看懂;譬如一篇论文,讲到某文学家某文学派,使读者全然不知什么人是某文学家,什么是某文学派,则无论如何愿意之人不能不弃书长叹;而中国现在不知所谓派……以及某某某文学之阅《小小说月》者,必在数千之多也。"③不少读者纷纷发出感叹,认为改版后的《小说月报》"有许多不能领悟的地方"。④可以看出,或由于缺乏鉴赏外国文学的能力,或由于视文学为游戏消遣的观念,当时的普通读者大都"望外国文学而兴叹",并没有对外国文学产生强烈的求知欲。茅盾对此类读者的市民趣味和猎奇心理进行了批判,"读外国文学犹之看一盆外国花,尝一种外国肴馔"。⑤茅盾的本意欲提高读者的鉴赏水平,这些论文的刊载却显然背离了读者的期待视野。1922年11月,《小说月报》的"通讯"栏发

---

①《小说月报》第13卷第3号刊载屠格涅夫研究,包括谢六逸的《屠格涅夫传略》、耿济之《猎人日记研究》;第13卷第4号刊载包以尔研究,包括〔挪威〕卡特著沈泽民译《包以尔传》与《包以尔著作中的人物》、沈雁冰《包以尔的人生观》;第13卷第5号刊载法朗士研究,包括陈小航的《法朗士传》与《法朗士著作编目》、陈小航译《布兰兑斯的法朗士论》;第13卷第6号刊载霍普德曼研究,包括希真的《霍普德曼传》、《霍普德曼的自然主义作品》、《霍普德曼的象征主义作品》以及希真译《霍普德曼与尼采哲学》。

②茅盾:《沈雁冰致周作人》,载贾植芳等编:《文学研究会资料》(上),知识产权出版社2010年版,第656页。

③茅盾:《致周作人》,载孙中田、周明编:《茅盾书信集》,文化艺术出版社1998年版,第26页。

④王砥之致沈雁冰:《怎样提高民众的文学鉴赏力?》,载《小说月报》,第13卷第8号,1922年。转引自贾植芳等编:《文学研究会资料》(上),知识产权出版社2010年版,第233页。

⑤贾植芳等编:《文学研究会资料》(上),知识产权出版社2010年版,第233、476页。

出申明:"专研究一个作家,至少要懂得那时代文学思潮的大概情形,和那个国(作家所在之国)的文学史略,并且还须读过该作家的重要著作一二种(或译本)方才有兴味,如今国内大多数读者对于西洋文学源流派别,还不大明白,忽然提出一个作家,去评论起来,自然要觉得茫无头绪,不生兴味了。所以我们把每期附一个文学研究的计划暂时取消,预备将来再做。"①

从1922年7月第13卷第7号开始,直到1924年4月第15卷第4号的《拜伦专辑》、第16卷第8—9号的《安徒生专号》、第18卷第9号的《芥川龙之介专号》等出现之前,《小说月报》的外国作家研究栏目出现了近两年的空档期。"文学家研究"栏目的取消,可以说是读者市场、学者研究、期刊生存三者之间妥协的结果,显示了1920年代学界的两难处境,但最终外国作家研究还是在《小说月报》获得了它的合法地位。

如上所述,在《小说月报》第12卷第11号《通讯》中,茅盾明确把"每期附一个文学研究的计划暂时取消"。在第12卷第12号《一年来的感想与明年的计划》中茅盾谈到,下一年打算刊载"西洋小说史略"。在茅盾看来:"我们觉得现在一般读者对于西洋小说发达的情形上不大明白,新出版物中亦没有这一类的书,所以从明年起按期登载这一种,预定六期登完,希望未曾研究过西洋小说的读者可以得些帮助。"②于是,从《小说月报》第13卷第1号开始至第2、5、6、7、11号,《小说月报》连载谢六逸著《西洋小说发达史》,系统介绍西方文学的发展概况。从这里可以看出,由作家研究向文学史研究转变,表明茅盾"注重源流和变迁"、"介绍世界文学界潮流之趋向"的宏观史学姿态。据统计,《小说月报》共刊出100余篇介绍世界30多个国家文学发展和文艺思潮运动的论文,如海镜的《后期印象派与表现派》、雁冰的《未来派

---

①茅盾:《致马鸿轩》,载《小说月报》,第13卷第11期,1922年。转引自孙中田、周明编:《茅盾书信集》,文化艺术出版社1998年版,第80—81页。

②贾植芳等编:《文学研究会资料》(上),知识产权出版社2010年版,第478页。

文学之现势》、郑振铎的《俄国文学史略》①、谢六逸的《近代日本文学》等。其中，最引人注目的是《小说月报》从1924年1月第15卷第1号至1926年12月第17卷第12号，依次分40章连载《文学大纲》。②郑振铎以世界文学的视野和气魄，勾勒了自古希腊、古印度、古代中国以来的东西方文学发展大势，颇受读者欢迎。③

特别值得一提的是，《小说月报》还以专号和号外的形式，呈现了国别文学史研究的成果。1921年9月推出第12卷号外《俄国文学研究》，包括郑振铎的《俄国文学的启源时代》、耿济之的《俄国四大文学家合传》、郭绍虞的《俄国美论及其文艺》、张闻天的《论托尔斯泰的文艺观》、周作人的《文学上的俄国与中国》等20篇论文④；1921年10月

---

① 郑振铎：《俄国文学史略》，载《小说月报》，第14卷第5—9号，1923年。该著共14章，依次为：绪言、启源、普希金与李门托夫、歌郭里、屠格涅夫与龚察洛夫、杜思退益夫斯基与托尔斯泰、尼克拉莎夫与其同时代作家、戏剧文学、民众小说家、政论作家与讽刺作家、文艺评论、柴霍甫与安特列夫、迎尔询与其他、劳农俄国的新作家。王统照称该作是"近来论俄国文学最好的小册"。

② 《文学大纲》包括《世界的古籍》、《荷马》、《圣经的故事》、《希腊的神话》、《东方的圣经》、《印度的史诗》、《希腊与罗马》、《中世纪的欧洲文学》、《欧洲文艺复兴时代的文学》、《十七世纪的英国文学》、《十七世纪的法国文学》、《十八世纪的英国文学》、《十八世纪的法国文学》、《十八世纪的德国文学》、《十八世纪的南欧与北欧》、《十八世纪的英国诗歌》、《十九世纪的英国小说》、《十九世纪的英国批评家及其他》、《十九世纪的法国小说》、《十九世纪的法国诗歌》、《十九世纪的法国戏剧与批评》、《十九世纪的德俄文学》、《十九世纪的俄国文学》、《十九世纪的波兰文学》、《十九世纪的斯坎德那维亚文学》、《十九世纪的南欧文学》、《十九世纪的荷兰与比利时》、《爱尔兰的文艺复兴》、《美国的文学》。

③ "《文学大纲》连在本报上登载了好几年，颇受到一半读者的欢迎。现在单行本第一册已出版，全书亦可在明年四月内出全。明年本报正月号拟登一篇《现代的文坛》，这乃是《文学大纲》的总结束。"《最后一页》，载《小说月报》，第17卷第12号，1926年。

④ 包括郑振铎《俄国文学的启源时代》、耿济之《俄国四大文学家合传》、郭绍虞《俄国美论及其文艺》、张闻天《论托尔斯泰的文艺观》、周作人《文学上的俄国与中国》、沈泽民《俄国的叙事诗歌》、沈雁冰《近代俄国文学家三十人合传》、耿济之《俄国乡村文学家伯得洛柏夫洛斯基》、耿济之《阿里鲍甫略传》、鲁迅《阿尔志跋绥夫》、静观《兹腊托夫斯基略传》、胡根天《俄罗斯的美术——绘画怎样发达》、沈泽民《克鲁泡特金的俄国文学论》、明心《俄国文艺家录》、〔俄〕沙洛维甫著耿济之译《十九世纪俄国文学的背景》、〔日〕升曙梦著陈望道译《近代俄罗斯文学的主潮》、〔英〕约翰科尔诺斯著周建人译《菲陀尔梭罗古勃》、〔俄〕克鲁泡特金著沈泽民译《俄国的批评文学》、〔英〕拉哀脱著沈泽民译《俄国的农民歌》、〔日〕白鸟省吾著夏丏尊译《俄国的诗坛》、〔日〕西川勉著夏丏尊译《俄国的童话》、〔日〕升曙梦著灵光译《俄罗斯文学里托尔斯泰的地位》、〔俄〕克鲁泡特金著夏丏尊译《阿蒲罗摩夫主义》。

《小说月报》第12卷第10号推出《被损害民族的文学号》,包括茅盾的《新犹太文学概观》、胡天月的《新兴小国文学述略》等东北欧弱小民族文学发展历史及思潮流派的7篇论文。贺其颖在《苏俄与弱小民族》中指出,"'联合苏俄'实成为弱小民族的革命运动更向前的惟一机械;况且实际上也只有苏俄是弱小民族的友邦,因其客观上的阶级利益与弱小民族是共同的。因而,自苏俄产生后,全世界弱小民族的命运为之一变,土耳其民族之独立更足以证明"。①可以说,以俄国为代表的弱小民族文学研究是《小说月报》在外国文学研究方面的又一特色。1924年4月出版第15卷号外《法国文学研究》,包括谢六逸的《法兰西近代文学》、刘延陵的《十九世纪法国文学概观》、汪馥泉的《法国的自然主义文艺》等16篇论文(其中译作7篇,中国学者撰写9篇)。②表面上看,《法国文学研究专号》、《俄国文学研究专号》、《弱小民族文学专号》研究的对象差别较大,但在对写实精神的强调上,它们是一致的。如茅盾在《纪念佛罗贝尔的百年生日》一文中,明确指出:"我们如今恭敬地纪念他的百年生日,对于国内的将来不免有了两层希望:一是希望把佛罗贝尔的科学的描写态度介绍过来,校正国内几千年来文人的'想当然'描写的积习;二是希望佛罗贝尔的'视文学如视宗教'的虔诚严肃的文学观在国内普遍起来,校正数千年来文人玩视文学的心理。所以我觉得我们要拿更郑重的态度去纪念这位一百年前生的法国文学家!"③客观、真实的写作风格是茅盾推崇福楼拜的主要原因。可见,在"文学为人生"编辑方针的指引下,《小说月报》的总体筹划具有一定的严密性。

---

①贺其颖:《苏俄与弱小民族》,载《晨报副刊》,1923年11月8日。
②这16篇论文包括郑振铎与沈雁冰《法国文学对于欧洲文学的影响》、胡梦华《法文之起源与法国文学之发展》、王靖《法国战时的几个文学家》、刘延陵《十九世纪法国文学概观》、王统照《大战前与大战中的法国戏剧》、君彦《法国近代诗概观》、佩蘅《巴尔札克的作风》、俊仁《文学批评家圣佩韦评传》、雁冰《佛罗贝尔》、明心《法国文艺家录》、佛利柴著耿济之译《中产阶级胜利时代的法国文学》、谢六逸译《法兰西近代文学》(译自日本《近代文艺十二讲》)、G.L. Strachey著希孟译《法国的浪漫运动》、相马御风著汪馥泉译《法国的自然主义文艺》、L. Lewisohn著胡愈之译《近代法国写实派戏剧》、Sturm(史笃姆)著闻天译《波特莱尔研究》、刺外西原著沈泽民译述《罗曼罗兰传》。
③茅盾:《纪念佛罗贝尔的百年生日》,载《小说月报》,第21卷第12号,1921年。

二、关于写实主义与自然主义的论争

茅盾在主持《小说月报》之后，加大了对自然主义文学思潮的引介与研究力度。"要排除中国小说不重描写，不知客观观察，游戏消遣态度这三大错误，必须提倡文学上的自然主义。"[①]1922年的5月至7月是《小说月报》介绍自然主义最集中的时期，如谢六逸的《自然派小说》，茅盾的《文学作品有主义与无主义的讨论》、《通信——自然主义的论战》、《通信——自然主义的怀疑与解答》、《自然主义与中国现代小说》等。在茅盾看来，自然主义文学是克服中国文学"不重描写，不知客观观察，游戏消遣态度这三大错误"的利器。但是，对于自然主义作品的引介与研究，相对来说就显得有些冷清。众所周知，左拉是自然主义文学的重要代表，而《小说月报》对左拉自然主义理论的关注远远大于对其创作的兴趣。再者，《小说月报》对莫泊桑的作品关注也远远大于左拉。在《莫泊三研究》一文中，谢位鼎指出左拉只是自然主义"理论方面的大头脑"，而莫泊桑才是自然主义"创作方面的大头脑"。其原因是莫泊桑的创作既严格遵循了"真实"的原则，"也有理想主义的影子"，从而避免了左拉的宿命论[②]观念"使人完全绝望"[③]的弊端。所以，《小说月报》大量译介的是莫泊桑的作品，而不是左拉。

《小说月报》对写实主义与自然主义"客观描写"与"实地观察"的强调，引起了创造社、学衡派、新月派等学人的质疑。从学衡派与茅盾的争论，可见一斑。

在《近世欧美文学趋势》中，梅光迪以亚里士多德对照相和图画的区别为例，指出近世写实主义（即自然主义）的弊端在于描写人生而无选择。他认为："专写不良事实，不造理想人格，反日以囚盗淫恶之事为其材料，是率人而禽兽也。"[④]在梅光迪看来，时人所称颂的托尔斯

[①]沈雁冰：《自然主义与中国现代小说》，载《小说月报》，第13卷第7号，1922年。

[②]参见沈雁冰：《曹拉主义的危险性》，载《文学旬刊》，第50期，1922年9月。茅盾在该文中特别强调：科学观察与客观描写的态度、无私无我的要求、决定论的观念是左拉创作的主要特征。

[③]谢位鼎：《莫泊三研究》，载《小说月报》，第15卷第2号，1924年。

[④]梅铁山主编：《梅光迪文存》，华中师范大学出版社2011年版，第96页。

泰、莫泊桑（孟伯骚）等的写实主义，究其实质不过是欧美文学的一部分，"浅者不察竟视为不迁之宗，代表一切，不其谬乎。此无他故，乃不知欧美文学之奥蕴，日从日本故纸堆中讨生活也"。①

胡先骕在《欧美新文学最近之趋势》一文中指出，"戊己以还，新潮汹涌。国人之曩日但知司各得、迭更司者。今乃群起而膜拜易卜生、托尔斯泰、陀司妥夫士忌、捷苟夫。不两年间，写实主义遂受青年社会偶像之崇奉。此好现象也"。但是，"近日至趋势，亦有一种可虑之危险，则社会青年，但知新文学之一鳞一爪，而未能有系统之研究。以提倡之人以写实主义自然主义相号召，遂群以写实主义自然主义为文学之极则。有为最高之文学。斯为写实主义。再进而为自然主义者"。在该文中，胡先骕之所以反对写实主义、自然主义，其主要理由是："惟须知写实主义自然主义，终非文学界之极则。他日时过境迁，今日所痛心疾首大声疾呼之社会罪恶，已成陈迹，则此种种地狱变相，必为明哲之社会所不欲睹。而此类之著作。亦终有弃之于废篦中耳。"文末，胡先骕向青年读者提出两点警告：一是法、德、俄文学中多有性描写，要青年们"引以为戒"；二是"在著作某种文体或择定某种主义之前，宜平心静气，读各名人各主义之著作若干年，再观察人情物理若干年，然后择定一种主义而著作某种文体以问世，则无盲从胡诌之病，而中国文学始有发扬光大之一日。庶几他日中国，亦有托尔斯泰、易卜生、毛柏桑、辛奇依志得见于世乎"。②

茅盾在《〈欧美新文学最近之趋势〉书后》一文中，从"写实文学的意见"、"丑恶描写的文学之意见"、"新浪漫文学之意见"三方面反驳了胡先骕的意见。茅盾认为，写实文学："偏重观察而屏弃想象。虽于现实能适合。使表现（文学）不至与实在（人生）冲突。而其弊则在丰肉而枯灵。……写实文学家之以文学为主义的宣传，初不背乎文学之原理。所惜者，写实文学能抨击矣，而不能解决。能揭破社会之黑幕矣，而不能放进未来社会之光明。故其结果，使人愤懑而不知自处。而终至

---

① 梅铁山主编：《梅光迪文存》，华中师范大学出版社2011年版，第92—93页。
② 胡先骕：《欧美新文学最近之趋势》，载《解放与改造》，第2卷第15号，1921年。

于消极失望,或者则趋于危险之思想。"①

虽然写实主义在表现理想方面有不足之处,但是"其有功于文艺之进化,实不可磨灭"。②吴宓也发表《写实主义之流弊》一文,认为写实主义"以不健全之人生观示人也"。③吴宓认为,写实主义和自然主义只是历史潮流中"一偏",注重"客观描写"的写实小说存在诸多弊端,它不仅偏离写实的本来意思,更为恶劣的是缺乏一种"平达通正的人生观"作后盾。在吴宓看来,过度地暴露人类的弱点、社会的罪恶,会引导大家同入魔道、永堕悲观。

茅盾撰写《"写实主义之流弊"?——请教吴宓君,黑幕派与礼拜六派是什么东西!》予以回应。在该文中,茅盾以克鲁泡特金在《俄国文学的理想与实质》中反对左拉等人的"丑恶描写"为例,认为从果戈理以来的俄国写实主义,含有"广大的爱"与"高洁的自我牺牲精神"④,此种写实主义是区别于法国写实主义的"新"写实主义。由此,茅盾认为,"以不健全之人生观示人也"是吴宓加给俄国写实派的罪名。多年之后,茅盾在《我走过的道路》中回忆当年的争论时,认为:"事实上,吴宓对于欧洲的写实主义小说并没作全面的研究,只把帝俄时代的写实派大师如托尔斯泰、果戈理、屠格涅夫拿来作例子,这足以证明他对于托尔斯泰等等是毫无所知的。"⑤

此外,"新月派"的代表叶公超⑥也撰写了《写实小说的命运》一文,表达自己对"写实主义"文学的看法。该文开篇即表示,要"先把现代写实小说的几个最显要的特点提出来讨论一下,看看它们各自的表现在什么地方,它们所取用于生活的是哪类的资料,然后再从集中代表

---

① 茅盾:《〈欧美新文学最近之趋势〉书后》,载《东方杂志》,第17卷第18号,1921年。
② 茅盾:《〈欧美新文学最近之趋势〉书后》,载《东方杂志》,第17卷第18号,1921年。
③ 吴宓:《写实主义之流弊》,载《中华新报》,1921年10月22日。
④ 茅盾:《"写实主义之流弊"?——请教吴宓君,黑幕派与礼拜六派是什么东西!》,载《文学旬刊》,第54期,1921年。
⑤ 茅盾:《我走过的道路》,载《茅盾全集》第34卷,人民文学出版社1984年版,第243—247页。
⑥ 叶公超在《新月》上发表的文章不多,仅有创刊号上的《写实小说的命运》、《牛津字典的贡献》(第1卷第7号)、《墙上的一点痕迹》(第4卷第1号,伍尔夫著叶公超译)、《论翻译和文字的改造》(第4卷第6号)。

作品里去推算它们的作家对于生活是抱着哪种的态度与观念"。①叶公超试图回避观念化、概念化的文学研究,而从具体文本入手对"晚近三十年来的英文写实小说"进行探讨。

首先,叶公超将400年来的写实文学分为三大类:"感伤的"、"讥讽的"、"训世的"。在"感伤的"文学中,作家对书中的人物过度怜惜;在斯威夫特、萨克雷等"讥讽的"文学中,作者是"厌恨世人的,他讥讽中并未含有改良社会或惊世的目的";在狄更斯《老古玩店》、《雾都孤儿》等"训世"文学中,作者"用理智的眼光来批评生活,用直接攻击的方法来表示他们的理解"。在叶公超看来,以上三种对于生活的态度"都是过去的了",而以乔治·艾略特、高尔斯华绥等为代表的英文小说则"另开了一个新生面":"多数读过一两部现代小说的人,迟早都会感到现代的作家们对于生活的一种显明的冷淡态度,一种理智性的中立态度,或是一种'任它怎着吧'的客观观念。我们记得从前的感伤、讥讽和训世的三种态度,虽然各有不同,但全都是表示与生活很有关系而关心于生活的。那末,现在这样,不是变态吗?假如我们多看几部亨利·詹姆斯(Henry James)、康拉德(Joseph Conrad)或是哈代(Thomas Hardy)、韦尔士(H.G. Wells)、高尔士华绥、乔治·摩尔(George Moore)和乔治·吉辛(George Gissing)等一般人的小说,更就觉得骇异了。因为他们不但不批评或怜惜我们这个共同的生活,好像反而说:'我们是不爱与不恨,不攻击也不隐蔽生活的;我们的责任,只是观察和纪实。这便是我们的艺,我们的术。'"②叶公超所谓的现代"写实小说",包括了19世纪末20世纪初的西方现实主义小说与现代主义小说。前者主要指具有现代主义表现手法的现实主义作品,如以哈代、康拉德等作家为代表的小说;后者主要指以乔伊斯、伍尔夫为代表的现代主义文学。文章重点对前者进行了详细而客观的论述,对于后者也有所提及。

叶公超以具体的作家作品为例证,总结了现代"写实小说"的产生

---

① 叶公超:《写实小说的命运》,载《新月》,创刊号,1928年。
② 叶公超:《写实小说的命运》,载《新月》,创刊号,1928年。

及其特征:"英美的写实小说可以简单地说都是受了社会科学的影响而发生的。所以,写实小说对于生活的态度也是客观的,普及的同情;它取用的材料是'性'的,奇的,反常的;它表现的方法是生物学的,心理学的。这都是原来社会科学的常性,也就是现代写实小说'八字'的意义。"①他认为,写实主义小说的五大特征是:冷淡的客观主义、普及的同情、好奇心、偏重于性的表现、科学式的记载和表现法。叶公超认为,哈代的《无名的裘德》是现代"性"的小说的第一部。"以后没有一部出名的小说是没有'性'的分析的。渐渐的加以新心理学说之补充,'性'的实现,好像变成了小说的专利。"②叶公超质疑写实主义纯粹客观的创作原则,在他看来,冷静、客观的态度只是一种"时髦的传言"。叶公超认为,小说史上的理想主义和写实主义是"你来我往"的,即相互替代、此消彼长的,这与茅盾等学者所持的进化文学史观完全不同。叶公超将写实小说的优点归结于更接近于生活:"有许多往日我们不理会的事实,不敢说的情绪,现在都变成了小说的好材料;换言之,生活在现代的思想中是比以前更复杂了,显明了,郑重了。"③作者对写实小说的命运进行了颇为乐观的预测:"写实小说的体质,它倒是个健全的,有能力的,而且现在正走着中年的'眼运'。"④从以上分析可以看出,叶公超对英国写实小说的研究颇具真知灼见。

关于20世纪的现代主义文学,文章论述不多,但也有独到见解。在谈到"写实小说"的特征时,叶公超写道:"最奇怪的要算詹姆士·乔艾斯(James Joyce)的《尤利西士》(*Ulysses*)。这部书出版之后,大家都张目而视,不知怎样批评它才好,至今还有许多人不知所从。我想这类奇著,假使装订漂亮买来看完之后,放在书架上作个陈列品;否则看完了就把它当作便宜的字纸去换取灯也未尝不可。简单说来,这书里的话,尤其是尾后那无标点的六七十篇,都是我们胆大的人说不出口

---

① 叶公超:《写实小说的命运》,载《新月》,创刊号,1928年。
② 叶公超:《写实小说的命运》,载《新月》,创刊号,1928年。
③ 叶公超:《写实小说的命运》,载《新月》,创刊号,1928年。
④ 叶公超:《写实小说的命运》,载《新月》,创刊号,1928年。

的，我想就是张竞生先生恐怕也要觉得不好意思了。"①叶公超对于乔伊斯的意识流小说并不看好，而意识流小说的另一代表伍尔夫却引起他的高度重视。1932年，《新月》第4卷第1期上刊载了叶公超翻译的伍尔夫的《墙上的一点痕迹》。叶公超在"译者识"中认为，伍尔夫的小说"极端的婉丽"："她所注意的不是感情的争斗，也不是社会人生的问题，乃是那极渺茫，极抽象，极灵敏的感觉，就是心理分析学所谓下意识的活动。当我们看见一件东西，我们的意识和下意识立刻就开始动员；下意识的隐衷，和所积蓄的印象，都如饿鬼一般跳了出来为意识所唤使。所以，一个简单意识的印象可以引起无穷下意识的回想。这种幻影的回想未必有逻辑的连贯，每段也未必都能完全，竟可以随到随止，转入与激动幻想的原物似乎毫无关系的途径。吴尔夫的技术是绝对有价值的。"②叶公超从《墙上的斑点》中体悟到：伍尔夫运用自由联想的手法对"意识"、"下意识"等内在真实进行极为精细的描摹，使看似"极渺茫"且"毫无关系"的内心活动得以秩序化。在《"现代"的"评传"》中，叶公超这样写道："我以为我们不妨，或者是应该，走出一般人所谓的象牙之塔来，大步踏入'现实'里去，去观察它，剖析它，冷静地在它浮面的纷乱下，发现人生的'内实'的新方面。（'内实'这名词，自然是我杜撰；意义是'内在的真实'，与'现实'恰相对立。譬如希腊悲剧中所把握住的'运命'，莎士比亚所把握住的'性格'，浪漫主义所把握住的'热情'等，都是人生'内实'的一方面。）抓住了'内实'，这作品一定能超越时代。"③可见，叶公超所谓的"写实"既包含呈现外在真实时的客观态度，也包括人类意识、潜意识中飘忽不定、稍纵即逝的"内实"。显然，叶公超强调"内实"才是生活的最本质、最核心的要素。可以说，"内实"与"外物"的绝妙契合是伍尔夫意识流小说创作的重要特色，也是叶公超倾心伍尔夫而不是乔伊斯的理由之一。由此，伍尔夫比乔伊斯更具审美性。萧乾在书评《鉴赏的

---

① 叶公超：《写实小说的命运》，载《新月》，创刊号，1928年。
② 〔英〕吴尔夫：《墙上的一点迹痕》，叶公超译，载《新月》，第4卷第1号，1932年。
③ 叶公超：《"现代"的"评传"》，载《新月》，第4卷第3号，1932年。

脚注——评〈诗的意象〉〈天堂的乳汁〉》也提到:"这里,作者触到一个相当大的题目,那就是诗与小说的分野。直到哈代,小说家将意象用在形容动作、表现情节上,而吴尔夫夫人的《波浪》则把这个分野给打破了。"①叶公超对上述文学现象的论证和分析是高于同时代学者的。

第二节 "为人生":一种研究视角的确立

一、以19世纪现实主义文学研究为先导

"写实"一词来自日本,是明治时代的知识分子在翻译西方文学、哲学著作时,创造的众多新词中的一个。它继而被中国学生采用,他们中的大多数都是通过日文的课本和译作第一次接触到西方观念的。梁启超将"写实"这一概念首次引入汉语。②1902年,梁启超在《论小说和群治之关系》一文中,引用坪内逍遥的观点,将小说分为理想派和写实派,前者将读者从现实环境提升至一种更美好的想象性世界,而后者则向读者揭示常常被掩饰或忽略的现实世界的真相。③这种区分支配了后来许多有关小说的讨论,虽然"理想"一词常常被"浪漫"一词替换。茅盾将"写实"作为衡量外国文学价值、建设新文学的标准,并且在《小说月报》的《改革宣言》里明确指出:"写实主义的文学,最近已见衰歇之象。就世界观之立点言之,似已不应多为介绍;然就国内文学界情形言之,则写实主义之真精神与写实主义之真杰作实未尝有其一二,故同人以为写实主义在今日尚有切实介绍之必要。"④

---

①萧乾:《鉴赏的脚注——评〈诗的意象〉〈天堂的乳汁〉》,载《萧乾文集》第9卷,傅光明编,浙江文艺出版社1998年版,第139页。

②〔美〕安敏成:《现实主义的限制:革命时代的中国小说》,姜涛译,江苏人民出版社2011年版,第26页。

③〔美〕安敏成:《现实主义的限制:革命时代的中国小说》,姜涛译,江苏人民出版社2011年版,第29页。

④茅盾:《改革宣言》,载《小说月报》,第12卷第1期,1921年。

茅盾之所以强调写实主义文学的介绍，一方面受到进化文学史观点的影响，另一方面在于写实主义是改变中国传统的文学观念的依据。茅盾认为，文以载道的观念使中国小说家"抛弃真正的人生不去观察不去描写"；游戏的观念"也抛弃了真实的人生不察不写，只写了些佯啼假笑的不真实的东西"。①而写实主义文学则是医治此种文学观念的良药。在茅盾看来，写实主义文学能够发挥"为人生"的作用："我们现在的社会背景是怎样的社会背景？……顽固守旧的老人和向新进取的青年，思想上冲突得极厉害，应该有易卜生的《少年社会》和屠格涅夫的《父与子》一样的作品来表现它；迟缓而惰性的国民性应该有冈察洛夫的《奥勃洛摩夫》一般的小说来表现它；教育界的蠹虫就应该有像梭罗古勃的《小鬼》里的批雷道诺夫来描写它；乡民的愚拙正直可怜和'坏秀才'的舞文横霸，就应该有像显克微支的《炭画》一样的小说来描写……"②所以，"介绍西洋文学的目的，一半固是与介绍他们的文学艺术来，一半也为的是欲介绍世界的现代思想——而且这应是更注意些的目的的"。③在这里，茅盾将西洋文学的介绍一分为二，即"文学艺术"与"现代思想"两部分，更看重的艺术成就之外的思想性。在《小说月报》的作家作品研究中，很少有哪位重要作家仅仅因为艺术成就而被关注，往往是思想性、艺术性并重，或者思想性胜过艺术性。

1924年是拜伦逝世100周年，《小说月报》推出"拜伦专辑"，刊发了研究拜伦的19篇论文。郑振铎在这一期的《卷首语》这样写道："我们爱天才的作家，尤其爱伟大的反抗者。所以我们之赞颂拜伦，不仅仅赞颂他的超卓的天才而已。他的反抗的热情的行动，其足以使我们感动实较他的诗歌为尤甚。他实是近代一个极伟大的反抗者！反抗压迫自由的恶魔，反抗一切虚伪的假道德的社会。诗人的不朽，都在他们的作品，而拜伦则独破此例。"④茅盾在《拜伦百年纪念》中写道："中国现

---

①茅盾：《自然主义与中国现代小说》，载《小说月报》，第13卷第7号，1922年。
②茅盾：《社会背景与创作》，载《小说月报》，第12卷第7号，1921年。
③茅盾：《新文学研究者的责任与努力》，载《小说月报》，第12卷第2号，1922年。
④郑振铎：《卷首语》，载《小说月报》，第15卷第4号，1924年。

在正需要拜伦那样的富有反抗精神的震雷暴风般的文学，以挽救垂死的人心，但是同时又最忌那狂纵的，自私的，偏于肉欲的拜伦式的生活……我但愿盲目的'拜伦热'的时代已经过去，我们现在纪念他，因为他是一个富于反抗的诗人，是一个攻击旧习惯道德的诗人，是一个从事革命的诗人；放纵自私的生活，我们青年是不肯做的，正像拜伦早年本不肯做，而晚年——虽然他的生活是那样短促——是追悔的。"①在"为人生"观念的指导下，浪漫主义诗人拜伦之所以受到《小说月报》的推崇，主要不是因为他的诗歌艺术（虽然作者并不否认他的诗歌天才），而在于拜伦强烈的反抗精神。在中国学者的心目中，拜伦追求独立与自由的现实姿态，要远远高于其在诗歌艺术上的卓越创造。

在"文学为人生"的观念下，《小说月报》对现代主义作家的思想多持批判态度。沈泽民在《王尔德评传》一文中认为，王尔德的人生是不健全的，他贪恋享乐，远离人生，这使他不能成为"为人生的艺术家"。文章将王尔德概括为："他是个主情热的希腊主义的人，但又不能做个健康的希腊式人物而堕入了颓废一派。人生上艺术上，王尔德是一个个人主义者。缺乏同情的性质使他不能成为'为人生'的艺术家；自我的观念过强使他成为乖僻的王子。……因为避见和远避人生的缘故，使他更不了解人生的真义，因而一生在烦闷之中愈陷愈深。最后受了运命的教训。"②这样的解读，虽有一定的史实作依据，但未能客观反映出王尔德作为唯美主义作家的基本的思想特质。

可以说，是否"写实"以及如何"写实"成为《小说月报》判断外国文学价值的主要标准。由此，《小说月报》对那些"毫不注重文学于社会的价值"的"名士派"极端反感，而高度赞扬托尔斯泰、契诃夫那样的"有绝强的社会意识"③的"为人生"的作家。为什么俄国文学能够在西欧、东欧、北欧等区域现实主义文学中脱颖而出，成为《小说月报》的首选专号？周作人在《文学上的俄国与中国》中作出了解答：

---

①茅盾：《拜伦百年纪念》，载《小说月报》，第15卷第4号，1924年。
②沈泽民：《王尔德评传》，载《小说月报》，第12卷第5号，1921年。
③茅盾：《俄国近代文学杂谈》，载《小说月报》，第11卷第1—2号，1920年。

"俄国文学的背景有许多与中国相似,所以它的文学发达情形与思想的内容在中国也最可以注意研究。"该文认为,俄国文学是"社会的、人生的"文学,"俄国近代的文学,可以称作理想的写实派的文学,文学的本领原来在于表现及解释人生。在这一点上俄国的文学可以不愧称为真正的文学了"。①

二、弱小民族文学研究

1921年,《小说月报》推出了《被损害民族的文学号》,此举显示了当时的中国学界对弱小民族文学研究的重视。该专号包括记者《引言》、沈雁冰《新犹太文学概观》、胡天月《新兴小国文学述略》、〔波〕诃勒温斯奇著周作人译《近代波兰文学概观》、〔捷克〕凯拉绥克著唐俟译《近代捷克文学概观》、〔塞〕Chedo Mijatovich著沈泽民译《塞尔维亚文学概观》、Hermione Ramsden著沈雁冰译《芬兰的文学》、〔德〕凯尔沛来斯著唐俟译《小俄罗斯文学略说》等七篇文章。

对于如何研究弱小民族文学,茅盾在《被损害民族的文学背景的缩图》一文中认为,应特别注意这些弱小民族文学产生的社会历史背景:"一、属于何人种——民族遗传的特性;二、因被损害而起的特别性;三、所处的特别环境——自然的与社会的影响。"②可以看出,茅盾与其同时代的很多人一样,明显受到泰纳社会学文学观的直接影响。正如李何林所说:"这种'社会学的文学论'的思想,当时的创造社诸人无论已,即在文学研究会范围内,大家也都不过了解的朦朦胧胧,仅仅知道'文学是人生的表现或社会的'而已。"③茅盾也曾明确表示:"我现在最信仰泰纳的纯客观批评法,此法虽有缺点,然而却是正当的方法。"④该专号正是用泰纳的"文学三要素说",呈现了波兰、捷克、南斯拉夫、保加利亚、乌克兰、芬兰等6国的文学面貌。对于"为什么要研究被损

---

①周作人:《文学上的俄国与中国》,载《小说月报》,第12卷号外《俄国文学研究》,1921年。
②参见茅盾:《被损害民族的文学背景的缩图》,载《小说月报》,第12卷第10号,1921年。
③李何林:《近二十年中国文艺思潮论》,陕西人民出版社1981年版,第94页。
④茅盾:《通信》,载《小说月报》,第13卷第4号,1922年。

害的民族的文学",茅盾作出了如下陈述:

> 凡在地球上的民族都一样的是大地目前的儿子;没有一个应该特别的强横些,没有一个配自称为"骄子"!所以一切民族的精神的结晶都应该视同珍宝,视为人类全体共有的珍宝!而况在艺术的天地里,是没有贵贱,不分尊卑的!
>
> 凡被损害的民族的求正义、求公道的呼声是真正的正义的公道。在榨床里榨过留下来的人性方是真正可宝贵的人性,不带强者色彩的人性。他们中被损害而向下的灵魂感动我们,因为我们自己亦悲伤我们同是不合理的传统思想与制度的牺牲者;他们中被损害而仍旧向上的灵魂更感动我们,因为由此我们更确信人性的沙砾里有精金,更确信前途的黑暗后就是光明!①

茅盾打破文学的空间界限,认为一切民族的文学没有高低贵贱之分,它们作为人类共同的精神财富,在艺术世界中是独立而平等的。尤其是被损害民族的文学"求正义、求公道"的诉求,更能激发国人同病相怜的共鸣感与乐观主义的自信心。

鲁迅、周作人、茅盾等极大地推动了弱小民族文学的引介与研究。以波兰作家显克微支为例,鲁迅称显克微支"是波兰在异族压迫之下的时代的诗人,所鼓吹的是复仇,所希求的是解放。在二三十年前,是很足以招致中国青年的共鸣的"。②周作人翻译显克微支的《酋长》,并撰写了译后附记,给予高度评价。茅盾在《波兰文学泰斗显克微支》中,称显克微支"能兼有浪漫主义和写实主义的精神,确确实实,而又很有理想地主张地表现人类的生活,喊出人类的吁求"。③胡先骕在《欧美文学最近之趋势》中,称显克微支为"文学界之铁匠",其著作"实导源

---

①沈雁冰:《被损害的民族文学号·引言》,载《小说月报》,第12卷第10号,1921年。
②鲁迅:《鲁迅文集》第七卷《集外诗文选·序跋文选》,黑龙江人民出版社1995年版,第230页。
③茅盾:《波兰文学泰斗显克微支》,载《小说月报》,第12卷第2号,1921年。

于荷马、莎士比亚、司各得与大杜马四人之著作。虽为长篇叙事小说，然其精神方法，实不啻长篇叙事诗。故其著作中最显著之优点，为极大之伟力、雄奇之想象、描写景物之能力。其方法则注重叙述各个英雄之功绩。凡此种种特性，皆属于叙事诗者也"。①在1920年代，弱小民族文学之所以能够引起国人的共鸣，主要原因在于其所具有的反抗与革命精神，成为学界同情的对象与反观自身的镜像。

希腊文学也是诸多弱小民族文学颇受关注的一个。1925年，《小说月报》曾计划刊载"古希腊文学号"，但因故这个专号没能出版。之后，《小说月报》刊载了张水淇的《希腊人之哀歌》，沈玄英的《希腊神话与北欧神话》，郑振铎译述的《希腊罗马神话与传说中的恋爱故事》、《希腊神话与英雄传说》等文章。在郑振铎看来，"希腊神话是欧洲文化史上的一个最弘伟的成就，也便是欧洲文艺作品所最常取材的渊薮。有人说，不懂希腊神话价值没法去了解和欣赏西洋的文艺，这话是不错的。只要接触着西洋的文学艺术，你便会知道不熟悉希腊神话里的故事，将是如何的苦恼与不便利"。②可以看出，《小说月报》对希腊文学的重视，表明该刊物具有广阔的世界文学视野。当然，这与郑振铎当时正编写《文学大纲》也紧密相关。

从以上案例中可以看出，学者对弱小民族文学认同的心理，与备受外族侵略的国家或民族的作家有心灵的呼应。在《小说月报》的推动和影响下，后来出现的如《现代文学评论》等刊物，也重视对被压迫民族文学的研究，这使民国时期的外国文学研究没有完全局限于大国或强国文学，而是扩展至东北欧乃至亚非和南美等地区的众多弱小民族的文学。

三、对现代主义文学的认知

尽管《小说月报》在《改革宣言》中表明："不论如何相反之主

---

①胡先骕：《欧美新文学最近之趋势》，载《东方杂志》，第17卷第18号，1920年。
②郑振铎：《〈希腊神话与英雄传说〉原叙》，1934年9月。转引自龚翰熊：《西方文学研究》，福建人民出版社2005年版，第305页。

义咸有演剧之必要……对于为艺术的艺术与为人生的艺术,两无所袒。"①但从实际情况看,19世纪现实主义文学成为《小说月报》外国文学引介与研究的重中之重,而对"非写实的文学"的引介与研究则明显薄弱。

1920年代,谢六逸、田汉、茅盾、胡愈之等中国学者对现代主义文学流派都有过相关的论述。1920年1月,茅盾在《小说新潮栏宣言》中指出,西洋小说经历了浪漫主义、写实主义、表象主义、新浪漫主义的发展过程,而"我国却还是停留在写实以前,这个又显然是步人后尘的。所以新派小说的介绍,于今实在是很急切的"。由于新派小说"神秘表象唯美三者,不要说作才很少,最苦的是一般人还都领会不来。所以现在为欲人人能领会打算,为将来自己创造先做系统的研究打算,都该尽量把写实派自然派的文艺先行介绍"。②可以看出,茅盾在主张介绍写实派与自然派的同时,并不排斥新浪漫派。同时,茅盾对于写实主义和自然主义开始表示不满,认为"颓废和唯我便是自然文学在灰色的人群中盛行后产生的恶果"③,"写实主义的缺点使人心灰,使人失望,而且太刺戟人的感情,精神上太无调剂"。④1920年2月23日,茅盾写道:"我们提倡写实一年多了,社会的恶根发露尽了,有什么反应呢?可知现在的社会人心的迷溺,不是一味药所可医好,我们该并时走几条路。……况且新浪漫派的声势日盛,他们的确有可以指人到正路,使人不失望的能力。我们定要走这条路的。"⑤1920年4月,茅盾又解释说:"新世纪初表象派和神秘派大兴,纯粹写实派努力大减,渐渐有另成新派的现象。到今日已经有法国的罗兰、巴比塞和西班牙的伊本纳等立起那新浪漫来了。"⑥茅盾所言说的新浪漫派,其实就是20世纪带有现代

---

①茅盾:《改革宣言》,载《小说月报》,第12卷第1号,1921年。
②茅盾:《致傅东华》,1920年1月,载《茅盾全集》第36卷,人民文学出版社1989年版,第6—7页。
③雁冰:《为新文学研究者进一解》,载《改造》,第3卷第1号,1920年。
④雁冰:《我们现在可以提倡表象主义的文学么?》,载《小说月报》,第11卷第2号,1920年。
⑤雁冰:《我们现在可以提倡表象主义的文学么?》,载《小说月报》,第11卷第2号,1920年。
⑥茅盾:《近代文学的反流——爱尔兰的新文学》(续),载《东方杂志》,第17卷第7号,1920年。

性色彩的现实主义文学。

1920年8月,茅盾对"新浪漫派"作出正面解释:"最近海外文坛遂有一种新理想主义盛行起来了。这种新理想主义的文学,唤作新浪漫派运动(Neo Romantic Movement)。"①1920年9月,茅盾认为:"最能为新浪漫主义之代表之作品,实推法人罗兰之《约翰·克利斯朵夫》。罗兰于此长卷小说中,综括前一世纪内之思想变迁而表现之,书中主人翁约翰·克利斯朵夫受思潮之冲击,环境之压迫,而卒能表现其'自我'。进入新光明之'黎明'。其次则如巴比塞之《光明》,写青年之'入于战场而终能超于战场,不为战争而战争'。"②

罗曼·罗兰的《约翰·克里斯多夫》、巴比塞《光明》是20世纪现实主义的代表作,茅盾从"我要空气,我要对不卫生的空气反抗"与"打破锁链,消灭一切特权,争取平等"中,读出人类灵魂的英雄气息与谋求自由解放的浪漫精神。可以看出,茅盾所指的"新浪漫主义"除了指20世纪初期产生的"表象派与神秘派"等现代主义文学各流派,也包括20世纪现实主义文学中的理想主义精神。1920年底,茅盾"觉得研究是非从系统不可,介绍却不必定从系统。否则文海浩瀚,名著如山,何时才能赶上这世界文学步伐而不致落伍?"③基于先前的理论准备与反复,茅盾暂时搁置自然写实派的介绍,而大力提倡新浪漫主义。

1921年8月10日在《小说月报》中出现了这样一番话:"文学上的自然主义经过的时间虽然很短,然而在文学技术上的影响却是非常之重大。现在固然大家都觉得自然主义文学多少有点缺点,而且文坛上自然主义的旗帜也已竖不起来,但现代的大文学家——无论是新浪漫派,神秘派,象征派——那个能不受自然主义的洗礼过。"④从此之后,茅盾在《小说月报》上刊载了大量关于自然主义文学的介绍与研究的文章,并引发了与读者的"自然主义论战"。《小说月报》"为人生"的主张,以

---

① 沈雁冰:《文学上的古典主义浪漫主义和写实主义》,载《学生杂志》,第7卷第9号,1920年。
② 茅盾:《〈欧美新文学最近之趋势〉书后》,载《东方杂志》,第17卷第18号,1920年。
③ 贾植芳等编:《文学研究会资料》(上),知识产权出版社2010年版,第184页。
④《最后一页》,载《小说月报》,第12卷第8号,1921年。转引自茅盾:《茅盾全集》第18卷,人民文学出版社1989年版,第328页。

及自然主义文学对"真"的强调,使茅盾由早期对现代派的大力提倡,转变为以社会学视角对其加以否定。

1922年8月,茅盾在《文学上各种新派兴起的原因》①一文中,表达了他对于现代主义文学的基本观点。该文从文学的时代性和社会性主张出发,以"未来派"、"达达派"、"表现派"三种"西洋最新"的现代派文学为例,逐一分析了它们产生的社会背景以及创作特征。茅盾认为,未来派是小中产阶级心理反映的产物,这取决于20世纪初欧洲的社会状况。达达派兴起于欧战剧烈的1916年,该派作家避乱世于世外桃源,"觉得世界上的事都是可笑的、无意识的……他们就要本此见解以创作……破坏艺术上的一切法规"。表现派则是因为德国战败,人们一方面过着变态的肉欲和没有意义的生活,但另一方面却不肯服输,渴望着"精神复苏",表现派"破弃一切旧规则而努力要创新的精神,以及变态性欲的生活"都与此有关。该文将现代主义文学看成是一战后社会形势与社会心理的直接反映,同时也分析了现代派文学的特征,如未来主义对速度、力量、机械的崇拜,达达派视破坏为最高原则,表现派注重展现悲观情绪等。该文侧重现代派文学产生的社会原因,对现代派仍采取较宽容的态度:"这新派产生的东西亦尽有许多不满人意的地方,但这是启蒙时代必不可免的现象。"

1925年前后,茅盾开始关注革命文学。在《论无产阶级艺术》②这篇文章中,茅盾开始以阶级分析的观点,对现代主义文学进行批判。未来派、意象派、表现派等成为茅盾倡导无产阶级艺术的牺牲品,该文这样写道:"蔓草般的新派,什么未来主义、意象主义等,便是一无所用的。……譬如未来派意象派表现派等等,都是旧社会——传统的社会内所生的最新派;他们有极新的形式,也有鲜明的破坏旧制度的思想,当然是容易被认作无产阶级作家所应用的遗产了。但是我们要认明这些新

---

①茅盾:《文学上各种新派兴起的原因》,载《时事新报》,1922年8月12—16日。转引自中国现代文学研究会、北京出版社合编:《中国现代文学研究丛刊》,1984年第1辑,北京出版社1984年版。

②茅盾:《论无产阶级艺术》,载《文学周报》,第172、173、175、196期,1925年5—10月。转引自贾植芳等编:《文学研究会资料》(上),知识产权出版社2010年版。

派根本上只是传统社会将衰落时所发生的一种病象,不配视作健全的结晶,因而亦不能作为无产阶级艺术上的遗产。如果无产阶级作家误以此等新派为可宝贵的遗产,那便是误入歧途了。"[1]在茅盾看来,"革命的浪漫主义的文学和各时代的Classics"[2]才是无产阶级艺术学习的榜样,因为它们是"一个社会阶级的健全的心灵的产物"[3],而不是"腐烂的变态的"[4]现代主义文学。这种厚此薄彼的观点,显然有失公正与客观。

---

[1] 茅盾:《文学上各种新派兴起的原因》,载《时事新报》,1922年8月12—16日。转引自中国现代文学研究会、北京出版社合编:《中国现代文学研究丛刊》,1984年第1辑,北京出版社1984年版,第142页。

[2] 茅盾:《文学上各种新派兴起的原因》,载《时事新报》,1922年8月12—16日。转引自中国现代文学研究会、北京出版社合编:《中国现代文学研究丛刊》,1984年第1辑,北京出版社1984年版,第143页。

[3] 茅盾:《文学上各种新派兴起的原因》,载《时事新报》,1922年8月12—16日。转引自中国现代文学研究会、北京出版社合编:《中国现代文学研究丛刊》,1984年第1辑,北京出版社1984年版,第143页。

[4] 茅盾:《文学上各种新派兴起的原因》,载《时事新报》,1922年8月12—16日。转引自中国现代文学研究会、北京出版社合编:《中国现代文学研究丛刊》,1984年第1辑,北京出版社1984年版,第143页。

第八章
1930年代：外国文学研究中的阶级论话语与学术分析
—— 以左联期刊与《现代》等为主要对象

1930年3月，中国左翼作家联盟成立，左翼刊物从文学的阶级性和现实性出发，加强马克思主义文学观的引介与研究，以《毁灭》、《蟹工船》等为代表的无产阶级文学适应了中国革命的现实需要，从而构建了此时主流学界外国文学研究的秩序。与此相对，《现代》、《新月》等自由主义知识分子刊物，从文学的自主性出发研究西方文学，李健吾之于福楼拜、叶公超之于艾略特、梁实秋之于莎士比亚等经典作家研究的出现，显示了在学理层面上外国文学研究的实绩。此外，这一时期的学术论争也使外国文学研究走向前台。鲁迅与梁实秋关于"阶级论"和"人性论"的争论，使莎士比亚研究重返学界舞台；茅盾与施蛰存关于"文学遗产"的争论，显示宏观的文学史视角已经完成了启蒙任务，而注重文学文本细读的"新批评"（如《世界文学名著讲话》、《汉译西洋文学名著》）成为外国文学研究的主要方法。同时，鲁迅提出的"拿来主义"，表明此时中国学人已有明确的外国文学观。本章将从左翼刊物入手，论述此时革命、阶级视角下的外国文学研究成果；然后以《现代》这份具有左翼与自由主义双重视角的"非同人"刊物为例，以点带面地宏观论述1930年代外国文学研究的整体面貌。

第一节 阶级视角下的外国文学研究

一、左联期刊与外国文学研究

从1928年"革命文学"论争到1937年抗战爆发,这段时期在中国现代文学史上被称为"左翼十年"。中国左翼文学实际上是1920—1930年代国际性的无产阶级文学运动在中国的反映,也是这个运动的一个重要组成部分。[①]其间,"五四"时期以19世纪西方人道主义为核心、以民主科学为旗帜的文学革命,逐渐让位于凸显集体主义的无产阶级革命文学。在马克思主义文学观的引领下,战后苏联、日本等无产阶级文学成为中国学界建设新文学与文化的主要对象。以革命、阶级视角观照外来文学资源,成为"红色的三十年代"中国外国文学研究的主要特征之一。

左联明确将介绍和研究世界无产阶级文学作为自己的历史使命之一。1932年3月15日,在《关于左联目前具体工作的决议》中,左联要求学生团体和工农文艺团体,"一面研究着世界的普罗文学和革命文学,一面就要学习着把世界革命文学的名著用普通的白话传达给群众"。[②] 1934年,苏联"国际文学社"就下述三个题目征求世界著名作家意见:"苏联的存在与成功,对于你怎样?你对于苏维埃文学的意见怎样?在资本主义各国,什么事和种种文化上的进行,特别引起你的注意?"[③]鲁迅和茅盾对此均作出书面回答。他们认为,中国学者从伟大丰富的苏联文学中获得了工作的精神和方向,并认识到无产阶级是"新社会"的创造者,《毁灭》、《铁流》等具有战斗性的苏维埃文学正是中国

[①] 艾晓明:《中国左翼文学思潮探源》,湖南文艺出版社1991年版,第20页。

[②] 马良春、张大明编:《三十年代左翼文艺资料选编》,四川人民出版社1980年版,第195—196页。

[③] 孙中田、查国华:《茅盾研究资料》(上),知识产权出版社2010年版,第67页。

需要的文学。左联的"喉舌"——《拓荒者》、《萌芽月刊》、《北斗》①、《译文》等机关刊物，从文学的阶级性和现实性出发，将引介与研究国际无产阶级文学作为其主要常规工作。

《拓荒者》于1930年1月创刊，1930年5月终刊，共出5期。第1卷第3期的《中国左翼作家联盟的成立》中写道："加强对过去艺术的批判工作，介绍国际无产阶级艺术的成果，而建设艺术理论。"②在第1期特大号上，《拓荒者》刊登夏衍翻译的《露莎·罗森堡的俄罗斯文学观》、若沁的《小林多喜二的〈蟹工船〉》、祝秀侠的《格莱特可夫的传略及其〈水门汀〉》、若英的《罗曼诺夫与两性描写》等；第2期刊登成文英翻译的《论新兴文学》（即列宁的《党的组织和党的文学》）、沈端先翻译的《伊里几的艺术观》，第4、5合期上刊登阿英的《安特列夫与阿志巴绥夫倾向的克服》等。

《萌芽月刊》于1930年1月创刊，1930年6月终刊，共出6期。《萌芽月刊》重点介绍了马克思主义文艺理论和苏联及各弱小民族进步文学的概貌。1930年5月《萌芽月刊》第5期在提及国际文化研究会和马克思主义理论研究会的工作时称："研究部门分为如下几种：（一）欧美文化研究会；（二）日本文化研究会；（三）苏联文化研究会；（四）殖民地及弱小民族文化研究会。"具体研究课题包括"外国马克思理论的研究"、"外国非马克思主义的文艺理论的探讨"、"外国无产阶级文学作品之研究"、"爱尔兰的斗争及其文学"等。③在第1卷第1至5期连载鲁迅翻译的法捷耶夫的《溃灭》（今译《毁灭》）④，第1卷第2期刊登曹靖华的《〈第四十一〉后序》，第1卷第3期刊登恩格斯的《在马克思葬式

---

①《北斗》于1931年9月创刊，1932年7月终刊，共出8期。创刊号开辟"世界文学名著选译"栏目，刊载里琪亚·绥甫林娜著隋洛文译的《肥料》（创刊号、第1卷第2期）、卢那察尔斯基著易嘉译的《被解放的堂·吉诃德》（第1卷第3、4期，第2卷第3、4期）。在"批评与介绍"栏目中，刊载巴比塞著穆木天译的《左拉的作品及其遗范》（第1卷第2期）等。

②马良春、张大明编：《三十年代左翼文艺资料选编》，四川人民出版社1980年版，第134页。

③马良春、张大明编：《三十年代左翼文艺资料选编》，四川人民出版社1980年版，第137—138页。

④《溃灭》(《毁灭》)先由《萌芽月刊》连载，《萌芽月刊》被禁后由《新地月刊》接载，但该刊也随即被禁。

上的演说》、弗里契的《巴黎公社的艺术政策》、鲁迅的《"硬译"与"文学的阶级性"》等。

《译文》于1934年9月创刊，1937年6月终刊，共出28期，由鲁迅主编。正如当时与鲁迅合办《译文》的茅盾所言："办这个杂志，可以开辟一个新园地，也能鼓一鼓介绍和研究外国文学的空气。"①其中，第1卷第2期刊载《杜勃洛柳蒲夫诞生百年纪念》与《罗曼罗兰七十年诞辰纪念》；第1卷第5、第6期，第2卷第1期刊载《高尔基逝世纪念特辑》，第2卷第6期刊载《普式庚逝世百年纪念号》等。《译文》之所以推出这些作家专号、特辑，主要用意是："通过介绍苏联及其他国家的革命和进步的文学作品的方法，来推动当时作家们对于现实主义创作方法的学习，并在青年中间进行国际主义和爱国主义的教育。"②《译文》用整整三期隆重推出《高尔基特辑》表明，在1930—1940年代中国特殊的时代氛围和社会环境，为无产阶级作家高尔基受到中国学者的热捧，提供了良好的土壤。

在"红色的三十年代"，"普罗文学"即无产阶级文学适应了中国革命的需要，从而成为主流学界外国文学引介与研究的主要外来文学资源。如1934年，莱昂曾年委托国立北平图书馆的袁同礼统计当年该馆读者阅读的各国文学译作。结果显示，美国作品中辛克莱的三部小说借阅最多。恰在同一年，辛克莱的小说《石炭王》和《屠场》中译本由于"极力煽动阶级斗争"、"意在暴露矿业方面的资本主义的榨取与残酷"③，被列入国民党查禁的149种图书中，这从侧面反映了无产阶级文学强烈的现实批判意识。其中，苏联、日本等国无产阶级作家受到左联学人更多的关注。这里且以《毁灭》与《蟹工船》的研究为例。

鲁迅高度评价《毁灭》，称其是"一部纪念碑的小说"。他认为，这部作品"虽然粗制，却并非滥造，铁的人物和血的战斗，实在够使描写

---

①李标晶：《茅盾传》，团结出版社1990年版，第137页。
②刘宏权主编：《中国百年期刊发刊词600篇》下册，解放军出版社1996年版，第68页。
③王建开：《五四以来我国英美文学作品译介史 1919—1949》，上海外语教育出版社2003年版，第216页。

多愁善病的才子和千娇百媚的佳人的所谓的'美文',在这面前淡到毫无踪影"。①周立波在《非常时期的文学研究纲领》一文中强调,"对于国外的作品,首先要采取苏联的花蜜。不但是行将出现的铁霍洛夫的《战争》等作品,我们研究,就是《铁流》和《溃灭》等作品,我们也得把它们当作建立'国防文学'的艺术的模范,因为,中国今日,在另一种意义上讲,也正是《铁流》和《溃灭》的时代"。②周扬在《抗战时期的文学》一文中也指出:"《毁灭》写一队游击队牺牲到只剩下十九个人,那结尾是悲哀的",但并非"悲哀的文学",它灌输给读者"以胜利的信念,并且教育读者怎样去斗争,这是战斗的文学,我们目前需要的,就是这样的作品"。③上述评价一脉相承,体现了左翼知识分子对以《毁灭》为代表的苏联文学的肯定态度。

1930年,潘念之翻译小林多喜二的《蟹工船》。小林多喜二为该译本作序:"日本无产阶级在蟹工船上遭受的极其悲惨的原始剥削和从事囚犯般的劳动,难道不正是和在帝国主义的铁蹄践踏下、被迫从事牛马般劳动的中国无产阶级一样吗?""中国无产阶级的英勇奋斗,对紧邻的日本无产阶级是一股多么巨大的鼓舞力量啊!"④小林多喜二的无产阶级立场和国际主义精神,使《蟹工船》成为深受帝国主义政治侵略与经济盘剥的各国与民族的缩影。1930年1月10日,"若沁"(夏衍)的文章《关于〈蟹工船〉》出现在《拓荒者》第1期上,这是在中国左翼刊物上出现最早的有关《蟹工船》的评论。夏衍称小林多喜二是"为着普罗列塔利亚特的胜利和解放,苦心惨淡在那里从事组织运动的先锋";称《蟹工船》"在暴露文学上,得到了比辛克莱的《屠场》更加深刻、更加伟大的收获","是一部普罗列塔利亚文学的杰作"。在作者看来,小林多喜二在《蟹工船》中,以无产阶级的视角、现实主义的态度,客观地呈现了无产阶级的生存境遇。这种基于一定阶级立场的现实

---

①鲁迅:《鲁迅全集》第4卷,人民文学出版社1981年版,第385页。
②周立波:《非常时期的文学研究纲领》,载《读书生活》,第3卷第7期,1936年。
③周扬:《抗战时期的文学》,载《自由中国》,创刊号,1938年。
④〔日〕小林多喜二:《蟹工船·序言》,潘念之译,上海大江书铺1930年版。

主义，应是无产阶级文学要表现的主题和题材。"在这种血肉相搏的斗争里面，有两个代表的典型，就是，一个是噩梦里面的魔鬼一般张牙舞爪地笼罩在北海上面的帝国主义，一个是在这种死的胁威之下不断地生长急速地认识了自己阶级的力量的劳动大众！许多赤裸裸的描写例如——描写那些饥渴于女性的渔夫的性生活的场面——粗俗的字句，乃至土俗的言语，这些，或许都足以使我们唯美主义批评家和绅士淑女们的文学（？）爱好者颦蹙不堪，但是，我们假使承认，艺术的使命是在鼓动读者的感情，艺术的目的是在兴奋读者的心灵，使他们获得光明，确实有益的意识，而使他们从这种意识转换到组织化了的行动。"①夏衍认为，这部作品"没有一定的主人公，没有表示出一个特异的性格"，刻画出了无产阶级全体的群像，体现了无产阶级文学的重要特征。《蟹工船》在叙事过程中不注重典型形象的塑造和人物个性的刻画，它的意义在于以客观、真实的现实主义笔调，揭露了存在于日本社会内部的奴役与被奴役、侮辱与被侮辱的阶级关系，唤起了无产阶级团结起来的行动意识。

王任叔在《现代小说》第3卷第4期上发表文章《小林多喜二的"蟹工船"》。②该文以Matsa的《欧洲普罗列塔利亚文学之道》一文为理论源泉，认为《蟹工船》"从阶级的主观主义，移到阶级的历史的客观主义；从分析的写实主义，移到综合的写实主义"。"蟹工船的构成，正是一种综合主义的构成法，篇中没有一个所谓较主要的主人，但每个人都服从于一点。……这就是由于作者的意德沃罗基而反映于作品上的意德沃罗基的力。"在这里，作者所言的"意德沃罗基"即是意识形态，作品中的各个人物因作者的意识形态而具有向心力和凝聚力。在大段转引《蟹工船》的相关片段后，王任叔援引平林初之辅的观点，总结了无产阶级写实主义的基本构成要素：客观、现实的唯物主义态度；社会的、阶级的看事物的态度；以无产阶级的胜利为最终目标的看事物的立场。王任叔将《蟹工船》视作无产阶级文学的样本。

---

①若沁：《关于〈蟹工船〉》，载《拓荒者》，第1期，1930年。
②王任叔：《小林多喜二的"蟹工船"》，载《现代小说》，第3卷第4期，1930年。

对《毁灭》和《蟹工船》的解读表明，中国左翼学者高度关注世界性左翼文学思潮，并且在评论话语上深受其影响。

二、关于文学遗产问题的言说

1933年，郑振铎提议恢复《小说月报》并改名为《文学》，该意见得到茅盾、鲁迅及左联的支持。1933年7月《文学》创刊，1937年11月因上海沦陷停刊，前后持续了四年多时间。在左联所有的机关刊物中，《文学》是寿命最长的一个大型刊物。该刊由郑振铎、傅东华主编，茅盾作为隐形主编身份参与了实际编务。该刊曾刊出一系列的外国文学专号、特辑，如"弱小民族文学专号"、"一九三五年世界文人生卒纪念特辑"、"屠格涅夫逝世五十周年纪念特辑"、"高尔基纪念特辑"、"托尔斯泰逝世二十五周年纪念"等。此外，还有诸多外国作家作品研究，主要有顾仲彝的《巴蕾》，伍蠡甫的《德莱赛》，傅东华的《英国诗人济慈》，马宗融的《法国小说家雨果》，狄福的《丹麦童话家安徒生》，味茗的《匈牙利小说家诃摩尔》，胡仲持的《美国小说家马克吐温》，梁宗岱、马宗融的《再论〈可笑的上流女人及其他〉》，胡风的《蔼理斯的时代及其他》，马宗融的《现代法国人心目中的雨果》，孟十还的《果戈理论》，赵家璧的《安特生研究》，王独清的《古典主义的起来和它的时代背景》，惕若的《读〈小妇人〉》，沈起予的《纪德的一生》，济之的《托尔斯泰的离家与死》，宜闲的《戈尔登惠曳的回忆》，胡风的《〈死魂灵〉与果戈理》，马宗融的《浪漫主义的起来和它的时代背景》等。总的看来，与《萌芽月刊》、《拓荒者》、《北斗》等刊物对于战后无产阶级革命文学的关注不同，《文学》将关注现实、反映社会作为其择取稿件的主要标准，尤其对于19世纪末20世纪初现实主义作家作品的研究用力颇多，且旁及17世纪古典主义文学与19世纪浪漫主义文学。《文学》选取的外国文学研究的对象范围较广，并不是仅仅局限于无产阶级革命文学，同时重视文学的审美特性。

《文学》在第2、3卷设置"文学论坛"栏目，为1930年代开展关于"文学遗产问题"的讨论，搭建了互相交流的公共平台。外国文学遗产问题引起了当时学者们的关注。这一问题的讨论首先与施蛰存1933年秋在《申报·自由谈》撰文,奉劝青年读《庄子》和《文选》有关。鲁迅曾撰文驳斥,茅盾也撰写文章予以回应。由此,《文学》成为讨论的主要阵地,一场声势浩大的"文学遗产问题"大讨论就此拉开帷幕。

茅盾作为这次论争的主将,撰写了《文学的遗产》、《我们该怎样接受遗产》、《我们有什么遗产》、《中国的文学遗产问题》、《文学青年如何修养》、《再谈文学遗产》等多篇文章与施蛰存展开辩论。茅盾强调:"文学是没有国界的,在'接受遗产'这一名义下,我们不应当老是望着自己那不完全的一份;我们还得多多从世界文学名著去学习。不要以为中国字写的才是'遗产'呀!"①茅盾以苏联对文学遗产的尊重与传播为例,提出了必须放弃"新的是好的,旧的是坏的"观念,必须用批判的态度接受世界文学的遗产。②茅盾明确指出:"名著之所以为名著,必有它们的社会的历史的原因。接受遗产应该用批判的态度……从现代的视角下批判固然贤明,但是从历史的视角下批判也同样重要。……接受前代文学遗产是为增富现代故,因而遗产需拿来实际受用。"③这些观点都颇有见地。

关于"文学遗产问题"的论争,使古典文学受到研究者的关注。1935年,在"文学遗产问题"的讨论中,《中学生》杂志的编者为了使中学生对欧洲文学有一个初步而正确的认识,邀请茅盾在《中学生》第47—53期撰写了包括《伊利亚特》、《伊勒克特拉》、《神曲》、《十日谈》、《吉诃德先生》、《雨果与〈哀史〉》、《战争与和平》等七种世界文学名著的评论。1935年4月,上海东亚书局将以上七篇文章合并,推出名为《世界文学名著讲话》的单行本。此后,茅盾又撰写了不少类似的文章,生动论述了《伊利亚特》和《奥德赛》、《伊勒克特拉》、《神曲》、《十日谈》、《吉诃德先生》、《雨果与〈哀史〉》、《战争与和平》以及无名氏的《屋卡珊和尼各莱特》、莎士比亚的《哈姆莱特》、弥尔顿的

---

① 茅盾:《文学青年如何修养》,载《文学》,第2卷第4号,1934年。
② 茅盾:《文学的遗产》,载《文学》,第2卷第1号,1934年。
③ 茅盾:《我们该怎样接受遗产》,载《文学》,第2卷第1号,1934年。

《失乐园》、莫里哀的《恨世者》、伏尔泰的《赣第德》、笛福的《鲁滨孙漂流记》、斯威夫特的《格列佛游记》、菲尔丁的《约瑟·安德鲁传》、卢梭的《新哀绿绮思情书》、歌德的《浮士德》、席勒的《阴谋与爱情》、司各特的《萨克逊劫后英雄略》、拜伦的《曼弗雷德》、大仲马的《三个火枪手》、雨果的《欧那尼》、莱蒙托夫的《当代英雄》、显克微支的《你往何处去》、萨克雷的《浮华世界》、狄更斯的《大卫·科波菲尔》、果戈理的《巡按》、屠格涅夫的《父与子》、托尔斯泰的《复活》、陀思妥耶夫斯基的《罪与罚》、契诃夫的《三姊妹》、福楼拜的《波华荔夫人传》、左拉的《娜娜》、莫泊桑的《一生》、易卜生的《娜拉》、王尔德的《莎乐美》等数十种欧洲文学名著。1936年,上海开明书店出版单行本《汉译西洋文学名著》。《世界文学名著讲话》和《汉译西洋文学名著》是1930年代茅盾推出的两项重要的外国文学研究成果。这些研究成果表明,茅盾由原来的宏观研究转向对作家作品的微观细读,它们在当时发挥了重要的启蒙作用。

在茅盾有关外国文学名著的阐述中,可以窥见其切入视角。下面试举几例。

关于《十日谈》。茅盾将《十日谈》与《神曲》对比分析后,指出:"《神曲》是没落的贵族文化的总结束而带着新兴的'市民'文化之烙印的,《十日谈》则是完全属于'市民'文化的。新的文化的内容,要求一种新的形式,《十日谈》的形式便是这种新形式的'初步'。"茅盾从《十日谈》的艺术构思着手,从结构、形式层面分析该著是如何写成的。《十日谈》的100个故事表面上看彼此分离,但"在预定的大计划——思欲巴罗人间社会种种形相的大计划下"却是一个有机的整体。巴尔扎克的《人间喜剧》在组织结构上,"又何尝不能说是《十日谈》的计划的扩展"。"薄伽丘常常把相反的两个故事一前一后并置,以显示世态的多端以及他对于人性的真正的见解。"《十日谈》这种空间性结构作品的方式,"在欧洲(不单是意大利)文学上划一时代。这是'市民'的文艺式样第一次的果实,也是第一部的杰作。在这以前,韵文是文艺领域中最有势力的角色,《十日谈》打破了这种独尊的局面。在这以前,不是没有散文的作品,例如但丁的《新生》就是用韵文写的,但是《十日谈》不但把散文的文艺表现力提高了一阶段,并且开始了'小说'的纪元。"①茅盾对《十日谈》艺术特色的分析颇见水准。

关于《鲁滨孙漂流记》。茅盾认为,"人类从游牧渔猎的原始生活直到笛福那时的市民政权的生活,很巧妙地依着笛福(商业资产者)的人生观、世界观写了出来的。而且书中主人公鲁滨孙的冒险欲以及艰苦的奋斗,刚毅的意志,创造的能力,又都是那时代的商业资产者的冒险家的典型。在形式上,这不是并不写日常的社会生活,而写荒岛;没有许多人物,却只有一个人物。这也是空前的。……然而鲁滨孙比真人的息尔克伟大得多,有办法得多。倒是这虚拟的鲁滨孙才是笛福那时英国商业资产者最好的典型。又从鲁滨孙的生活上表示出只有靠自己的力量才能在生活中胜利,这自己就是个人,不是集团;所以此书又是礼赞了资产者的个人主义和自由主义的作品。"②茅盾将鲁滨孙定位为"商业资产者的冒险家的典型",认为《鲁滨孙漂流记》是对个人主义的礼赞,在今天看来,这种观点仍然是耳熟能详,可见其影响之深远。

茅盾对18世纪英国的现实主义小说家理查逊在小说发展史上所发挥的作用,亦有精彩的论述:"理查生所完成者,已经是很重要的一步;他将十七世纪的恋爱小说(这已经是商业资产者化了的东西)改作为家庭的教训主义的恋爱小说。十七世纪的恋爱小说描写上流社交界男女恋爱的浪漫史,理查生则描写并且宣扬那作为家庭生活基础的真挚的夫妇间的爱情。这种性爱关系是适应于资产者社会的家庭的。正像笛福他们的冒险小说是把从前贵族的骑士的'冒险谈'翻改为资产者的'冒险谈'一样。所以在这一点上,理查生和笛福他们所完成的,也可以说是并行线上两顶点。而菲尔丁却是将这并行的两顶点扭合为一,创立了更完备的形式的一人。"③茅盾不仅从表现内容上描述了西方小说的发展

---

① 参见茅盾:《世界文学名著杂谈》,百花文艺出版社1980年版,第107页。
② 参见茅盾:《世界文学名著杂谈》,百花文艺出版社1980年版,第280—281页。
③ 参见茅盾:《世界文学名著杂谈》,百花文艺出版社1980年版,第286—287页。

历史，更重要的是从小说结构、形式的层面，论述了上述作家在西方小说发展史中的地位和贡献，茅盾对于外国文学研究已经具有了相当宽广的理论视野。

茅盾重视社会历史分析，他对《荷马史诗》的分析总是与"经济"相勾连。在《莎士比亚的〈哈姆莱特〉》一文中，茅盾指出："莎士比亚的作品正反映了旧的贵族文化和新的商业资产者文化的冲突。……莎士比亚虽然很忠实地写出了贵族的不得不没落，但他属于贵族这方面的。他之所以享了不朽的盛名，皮相者每夸其诗句之美妙，及戏曲的技术之高妙，而其实则因他广泛地而且深刻地研究了这社会转型期的人的性格：妒忌，名誉心，似是而非的信仰，忧悒性的优柔寡断，傲慢，不同年龄的恋爱，一切他都描写了。他的作品里有各种的生活，各色的人等，其丰富复杂是罕见的。"①茅盾从社会反映论的角度，认为莎士比亚的创作反映了文艺复兴时期新旧两种文化的冲突，从而凸显了莎士比亚现实主义的创作特色。在茅盾看来，莎士比亚之所以不朽的真正原因在于他对人性的深刻揭示。茅盾抓住了莎士比亚创作的重要特征，而这样的评价在中国后来出现的莎评中一再重现。

茅盾持鲜明的阶级论的视角，他认为："波华荔夫人是脆弱的，色情狂的，贪婪的……《波华荔夫人传》有一个中心：人生的丑恶。"在茅盾看来，这与福楼拜早年神经衰弱所引起的悲观思想相关，同时也是"工业资本主义的内在矛盾所造成的世纪末的心情在作家身上最早的反映"。②包法利夫人的爱情悲剧，在茅盾的视野中是作为小资产阶级的个人主义情调而受到批判的。茅盾也指出了福楼拜客观之中有主观创作特色。同时，茅盾也以阶级论的观点批判了浪漫主义文学。茅盾指出，拜伦的作品混淆了古典主义的特性和浪漫主义的特征："他站在中世纪的封建制度的精神中，用强盗的服装披在那些对社会不满的新教徒和革命者的身上。他是用了诗的艺术把封建阶级没落的历史渲染至于不朽的。他的人物常常一面是纨裤的浪子，一面又是革命的煽动家，但在此两面

---

① 参见茅盾：《世界文学名著杂谈》，百花文艺出版社1980年版，第263—264页。
② 参见茅盾：《世界文学名著杂谈》，百花文艺出版社1980年版，第369页。

的中心却是个孤独的厌世的人。"①茅盾对"拜伦式英雄"的贬斥大于褒扬,此观点明显着有左翼文学批评的色调,代表了1930年代中国左翼学界对浪漫主义文学的否定态度。②关于唯美主义,茅盾在《王尔德的〈莎乐美〉》中这样写道:"印象的唯美主义是上流社会者和吃放债吃利息者一流的寄生阶层的文艺样式。写实主义,特别是自然主义,是努力要描写现实及具体的世态的,印象的唯美主义却极力要避开现实及过于物质了的东西,而以技巧浓重的形式去描写。自然主义者具有批判的悲观气氛,唯美主义者则是乐观的——生之愉快,对于世界完全取唯美的态度。他们以为人生之最高意义是美,艺术高于生活,美学就是最高的道德。所以唯美主义也是反道德的。"③茅盾的上述评论颇能代表1930年代左翼学者在外国文学研究中的话语方式。

三、再谈弱小民族文学与现代派文学

1934年5月,《文学》杂志推出了"弱小民族文学专号",刊登了亚美尼亚、波兰、立陶宛、爱沙尼亚、匈牙利、捷克、南斯拉夫、罗马尼亚、保加利亚、希腊、土耳其、阿拉伯、秘鲁、巴西、阿根廷、印度以及黑人、犹太等十七个弱小民族的作家作品,以及茅盾的《英文的弱小民族文学史之类》和胡愈之的《现世界弱小民族及其概况》。胡文介绍了"弱小民族"概念的三重内涵:(1)被压迫民族指殖民地半殖民地的"土民",在白种人统治下的有色人种等。(2)少数民族指若干国家内部的异民族,此等异民族虽失却政治独立,但在经济文化上依然保持其民族集团的独立性,不与其统治民族同化。(3)小国民族指若干弱小国家,尤其是许多战后新兴小国的民族;此等民族在表面上虽获得政治独

---

①参见茅盾:《世界文学名著杂谈》,百花文艺出版社1980年版,第310—311页。
②如邓恭三在《略论〈世界文库〉的宗旨选例及其它》(《国闻周报》,第30卷第1期)中指出,"'浪漫派'一词在中国,迄今犹被用作放荡甚至恶滥无品等行为的假借"。1932年4月《文艺新闻》上刊载的《追忆歌德百年祭》一文也称,"一般被称作'浪漫谛克'的气氛,至今还普遍在小资产阶级青年知识分子的血液中,没有清算。这是当我们在纪念歌德的时候,应该深自警惕的"。
③参见茅盾:《世界文学名著杂谈》,百花文艺出版社1980年版,第385页。

立，但其经济文化受强国支配，依然不能独立发展。①在胡愈之看来："这三种民族有一共同点，即其民族文化，受帝国主义政治势力的支配，不能独立地自由地发展，所以不妨概括起来，给予'弱小民族'这一个总称。这些民族的文学艺术都表现出一种共同的特征：反帝的情感，也要求民族解放的热望。所以研究弱小民族，不应用着好奇的心理，却应该以反帝情感和民族解放热望这共同性上面去探索，才有些意思。"②

弱小民族成为争取民主自由、反抗帝国主义侵略的代名词。不同立场的学者都对此有所关注。周扬在《非常时期的文学研究纲领》中指出，"真正能同情中国解放的国家，除了苏联，首先是各弱小民族的人民，他们的声音使我们感到亲切，他们的反抗，更能在精神上给我们许多兴奋和助力。因此，弱小民族文学也是我们的友伴"。③梅雨的《国防文学与弱小民族文学》则认为，弱小民族文学与国防文学建设有密切关系。作者认为，当时文坛对弱小民族文学译介的力度远远不够，"我们所见到的弱小民族文学，大多是探求人生意义的低音的哀歌，或是牧歌样的，唱咏田园的作品，真正能够找出赋有反抗侵略者精神的，实在是寥寥可数"。在梅雨看来，即便是含有反抗精神的作品，也不能无条件地接受。这是因为，它们有的存在民族的历史偏见，有的又有宗教信仰的纠纷，还有的含着"侵略的民族主义"的毒素，这些对于国防文学的前途是有害的。④梅雨称泰戈尔是隐藏在弱小民族阵营里"自己的敌人"、"典型的白种人的奴隶"、"我们学者曾经为文捧场的典型的奴隶诗人。这是国防文学应该唾弃的"。⑤而以匈牙利的拉古兹⑥、保加利亚的伐佐夫等为代表的战后弱小民族反战文学，则是国防文学的重要一翼，因为他们的作品"暴露了统治者的欺骗，战场上的残忍同展示战士们的

---

① 胡愈之：《现世界的弱小民族及其概况》，载《文学》，第2卷第5号，1934年。署名"化鲁"。
② 胡愈之：《现世界的弱小民族及其概况》，载《文学》，第2卷第5号，1934年。署名"化鲁"。
③ 周扬：《非常时期的文学研究纲领》，载《读书生活》，第3卷第7期，1936年。
④ 梅雨：《国防文学与弱小民族文学》，载《生活知识》，第1卷第11期，1936年。
⑤ 梅雨：《国防文学与弱小民族文学》，载《生活知识》，第1卷第11期，1936年。
⑥ 其作品《重归故乡》与巴比塞的《炮火》齐名。

觉醒。现在民族解放战争是伴同着反帝国主义战争的，这些反战的作品亦是我们宝贵的资料"。①

黑人文学、犹太文学也引起这一时期的学者们的关注。1931年8月，汪倜然在《美国黑人文学的启源》一文的"前言"中认为，"黑人作家的作品，都表现着强烈的民族意识和浓厚的反抗情绪。尼格罗民族在白种人世界之中所感受的苦闷与悲哀，所怀抱的希冀与热望，都在他们的作家的作品里透露出来；这样的透露愈到晚近愈明显。当然黑人文学是正在发展的时期，将来的收获现在尚难逆料，但对于关心民族运动和世界文学的人，却是很该加以注意的。黑人文学之兴，在美国也还是近来才引起批评界的注意；在中国则还没有人详细介绍过"。②杨昌溪在《黑人文学中的民族意识之表现》一文中写道："被美国人轻视的黑人也能在白人的藐视下，努力创造他们的文学，把他们的民族中意识，借着主人公的行动，活跃地表现出来，表现尼格罗人的反抗精神。"③作者认为，以麦克开《哈伦的回归》、那生《流沙》等为代表的革命小说，"蕴藏着对于白种人挑战的意识"。④1930年代后期，德国⑤在希特勒统治之下，排犹主义倾向越来越严重，许多犹太籍知识分子纷纷流亡国外。由此，"德语流亡文学"也成为当时学者们关注的一个方面。

这一时期，不少刊物基于提高民族意识、提倡民族精神的愿望，往往将目光聚焦于"弱小民族文学"的研究。例如，1934年6月，在南京出版的《矛盾》月刊推出《弱小民族文学专号》，其中刊有秘鲁、波兰、丹麦、立陶宛、罗马尼亚、新犹太、澳大利亚、朝鲜、西班牙、葡萄牙、爱沙尼亚等国的作家作品；《现代文学评论》和《黄钟》等杂志也有不少这一类的文章刊出。

---

①梅雨：《国防文学与弱小民族文学》，载《生活知识》，第1卷第11期，1936年。

②姜伯伦(John Chamblain)：《美国黑人文学的启源》，汪倜然译，载《真美善》，第6卷第1号，1930年。

③杨昌溪：《黑人文学中的民族意识之表现》，载《橄榄月刊》，第16期，1931年。

④杨昌溪：《黑人文学中的民族意识之表现》，载《橄榄月刊》，第16期，1931年。

⑤1929年，茅盾在《近代文学面面观》的序文中认为，"介绍弱小民族文学是个人的癖性。此册内所述，除德奥外，皆为小民族。但德奥在大战后，亦不复能厕于威焰逼人的'列强'之列，则亦几已可以视为小民族了"。茅盾：《近代文学面面观·序》，上海世界书局1929年版。

《现代文学评论》创办于1931年4月，终刊于1931年10月。虽然这份刊物存在时间只有6个月，且只有5期与读者见面，但是，其中也刊载了不少外国文学研究的论文，如杨昌溪的《匈牙利文学之今昔》、《雷马克与战争文学》、《土耳其新文学概论》、《一九三零龚枯尔文学奖得者佛柯尼》、《阿根廷的近代文学》，赵景深的《现代荷兰文学》、《英美小说之现在及其未来》，叶灵凤的《现代丹麦文学思潮》、《现代挪威小说》，谢六逸的《新感觉派》，林疑今的《现代美国文学评论》，段可情的《德国短命女作家碧萝芙的小说》，奚行的《几本文学史的介绍》、《"饿"与"哈姆生"》、《〈潘彼德〉与巴利》，易康的《西线归来之创造》，向培良的《戏剧艺术的意义》，李则刚的《新世纪欧洲文坛的转动》，周扬的《巴西文学概观》，张一凡的《未来派文学之鸟瞰》等。其中，荷兰、丹麦、匈牙利、阿根廷、巴西、土耳其、挪威等弱小民族文学成为该刊关注的一个重要方面。

　　《黄钟》在发刊词中称，我们当前的时代"是一个全世界弱小民族求生存和争自由平等的时代"，而想起弱小复兴的民族，"便不能不联想到他们伟大的文艺作家和他们在文学上对民族复兴的建树"，如波兰的美基委兹、斯洛委基、显克微支，立陶宛的珂隄尔达等等。①该刊特别注重介绍具有"民族性"的作家，如施善馀的《但丁的一生》，白桦的《热情诗人海涅的生涯及其思想》、《亨利·易卜生——北欧的反抗儿的孤愤的一生》、《象牙塔里的英雄——纪念民族文豪史格得的百年祭》、《美基委兹与显克微支——波兰二大民族文豪》、《大战前后的波兰民族文学》、《克利斯笃夫与悲多汶——罗曼罗兰的新英雄主义》、《新希腊的爱国诗人巴拉玛滋》、《新兴捷克斯洛伐克的双翼——第克与吉拉塞克》、《法西斯蒂文豪唐南遮及其代表作〈死的胜利〉》，陈心纯的《十九世纪的爱尔兰爱国诗人——爱尔兰文艺复兴的前驱》等。

　　与此相对应的是，1930年代文坛对现代主义文学的评论与研究。茅盾在《西洋文学通论》中曾对于现代主义文学进行辩证分析。他认

---

① 蘅子：《献纳之辞》，载《黄钟》，第1卷第1号，1932年10月。

为，现代主义文学反对自然主义的客观描写，无可厚非；但是现代主义文学"弄得自己使人看不懂，那么，艺术就成了'幻术'，失却了社会的意义。""自然主义以后的一些新主义都不免有些病态，甚或较自然主义为尤甚，都是极度矛盾混乱的社会意识的表现。"①这里，茅盾显然代表了左翼批评家的观点。

周立波1930年代在报刊上发表了一系列的文章，从这些文章中，可以发现周立波对外国文学研究所特有的思想印记。②以他对詹姆斯·乔伊斯的评论为例。周立波认为乔伊斯与普鲁斯特的作品只是"粪的分析和梦的微音"。③他在《詹姆斯乔易斯》一文中一方面高度评价了乔伊斯的文学地位，另一方面又强调："为什么乔易斯所看到的人间是这样地丑陋和恶心呢？第一，是他的社会的存在决定了他只能看到这些。通过灰色的玻璃只能看到灰色的对象，同样，通过颓废的没落心理，只能看见否定的人类。其次，他的那种爱无差等的速记式的写实和毫无选择的心理描写，更帮助他歪曲了现实，他看到了许多没有相互关系的表面的偶然的形象，却抓不住人间的本质，看不出人民大众的最根本的契

---

① 茅盾：《西洋文学通论》，书目文献出版社1985年版，第374页。

② 1930年代，周立波相继在报刊上发表如下论文：《美国市民的嘲笑者的马克特温》(《申报·自由谈》，1935年1月14日)、《俄国文学中的死》(《申报·自由谈》，1935年4月12日)、《詹姆斯乔易斯》(《申报·自由谈》，1935年5月6日)、《现代艺术的悲观性》(《申报·自由谈》，1935年5月23日)、《葡萄牙最伟大的诗人卡摩因一生的颠沛》(《申报·自由谈》，1935年7月29日)、《"太初有为"——读哥德的〈浮士德〉有感》(《申报·文艺专刊》，1936年4月24日)、《诗人马查多的六十诞辰》(《时事新报·青光》，1935年6月4日)、《一个古巴的半中国诗人及其作品》(《时事新报·青光》，1935年6月11日)、《纪念普式庚》(《时事新报·青光》，1935年6月14日)、《萧伯讷不老——为纪念他的生辰作》(《时事新报·青光》，1935年7月26日)、《最近的波兰文学》(《时事新报·青光》，1935年8月24日)、《悼巴比塞》(《时事新报·青光》，1935年9月1日)、《西班牙文学近况》(《时事新报》，1936年6月30日)、《中亚诗人沙德内丁·艾尼》(《时事新报·青光》，1935年10月28—29日)、《马克吐温的读者》(《大晚报》，1935年8月8日)、《纪念罗曼罗兰七十岁生辰》(《大晚报·火炬》，1936年2月23日)、《纪念巴比塞》(《生活知识》，第1卷第2期，1935年10月20日)、《纪念托尔斯泰》(《生活知识》，第1卷第4期，1935年11月20日)、《多勃洛留波夫诞生百年纪念》(《每周文学》，第27期，1936年3月24日)、《一个巨人的死》(《光明》，第1卷第2号，1936年6月25日)、《西班牙的法西斯文化》(《光明》，第2卷第10号，1937年5月)、《普式庚的百年祭》(《现世界》，第1卷第12期，1937年2月1日)。

③ 周立波：《"太初有为"——读哥德的〈浮士德〉有感》，载《申报·文艺专刊》，1936年4月24日。

机，不理解发展的基本线索，更不知道世界的动向，这样，在他的作品中，当然只有毫无价值的人物和杂沓的心理。"在周立波的视野中，乔伊斯的创作因脱离实际而毫无价值。乔伊斯狭小的视野使其"不得不去摸索意识和潜意识的每一个黑暗的角落，去抚弄他的'在的经验'的一切微小部分"。乔伊斯作品奇异的形式与空虚的内容，尤其是"他的显微镜的方法，他的'潜意识的实现'和'内在的独白'的方法，甚至于他的描写外界的自然主义的手法，对于文学都没有裨益，因为这都带着静学的、矫揉造作的性质，是与文学应当有新鲜的内容和崇高的目的相违反的"。所以，"《优里西斯》……是有名道德猥亵的小说……只能发见一些无价值的琐事和偶然的形象……在整个乔易斯作品里，充斥了俗物。……猥琐，怯懦，淫荡，犹疑是乔易斯的人物的特质"。①《尤利西斯》所体现的现代意识、现代情绪以及意识流的表现技巧，在周立波看来，只有"脂肪过剩的人"才需要它。周立波以阶级论视角对乔伊斯、艾略特等现代主义作家的误读，虽是时代所致，但方法论是错位的。当然，这并不能否定周立波在1930年代在外国文学研究方面所做的大量工作和所做出的成绩。

毫无疑问，1930年代，苏联学者的观点影响到了中国左翼学界对现代主义文学的看法。1936年译成中文的苏联学者柯根的《世界文学史纲》这样解释现代主义："它（现代主义）嘲笑市民制度之机械的压迫的形式，它具体化了由于它的人格之震动，因而在智力上所引起的骚乱，它指出了在工业生活之铁的锁链中是怎样的严密。它指示了那些唯一解放的路，这些道路是欧洲布尔乔亚智识份子的意识形态在旧世界破坏之前夜及世界普鲁列格利亚之开始来临时所达到的。让我们把这些道路归纳为简单的公式。尼采和易卜生对我们说，解放之路——尊重自我，对别人的痛苦无情的冷淡。梅特格林承认人类的命运之残酷，他提出悲观主义，神秘的遁世，在它里面灵魂才能无止底倾听生存之秘密，奥斯卡·王尔德是虚幻、虚伪、唯美主义的兴奋，普西具塞夫斯基是性

---

① 周立波:《詹姆斯乔易斯》，载《申报·自由谈》，1935年5月6日。

的兴奋，过失及犯罪之放纵，克鲁特·汉生不是合理的精神状态，妄澹，疯狂，所有的现代主义者都知道，这些解放之路——同时也就是到死之路。"①中国学者与其话语上的相同是显而易见的。被瞿秋白视为"革命的文学评论家"②的柯根对现代派的论述，在一定程度上强化了左翼文学界批判现代主义文学的倾向。

当然，以茅盾为代表的中国左翼视角，并不能完全代表当时整个中国学界对于现代主义文学的看法。这一时期也有一些作家和学者对现代主义文学持不同的立场，如施蛰存、柳无忌、叶公超等。戴望舒在回应关于波特莱尔论争时认为："对于指斥波特莱尔的作品含有'毒素'，以及忧虑他会给中国新诗以不良的影响等意见，文学史会给予更有根据的回答，而一种对于波特莱尔更深更广的认识，也许会产生完全不同的见解。……至少拿波特莱尔作近代Classic读，或是用更时行的说法，把他作为文学遗产来接受，总是允许的吧？他认为以一种固有的尺度去量一切文学作品，无疑会到处找到'毒素'的，而在这种尺度之下，一切古典作品，从荷马开始，都可以废弃了。至于影响呢，波特莱尔可能给与的是多方面的，要看我们怎样接受。只要不是皮毛的模仿，能够从深度上接受他的影响，也许反而是可喜的吧。"③这样的理解也许更接近于现代主义文学的本来面目。

第二节　另一种模式的外国文学研究

"左翼"文学、自由主义文学在1930年代的中国文坛都相当活跃。与以鲁迅、茅盾、夏衍等为代表的左翼学者不同，一些具有自由主义倾向的学者如梁实秋、徐志摩、叶公超、李健吾、柳无忌等，则往往从自

---

① 〔苏〕柯根：《世界文学史纲》，杨心秋、雷鸣蛰译，读书生活书店1936年版。

② 瞿秋白这样写道："俄国文学的伟大产生这文学评论的伟大——引导着人类的文化进程，和人生的目的。"瞿秋白：《瞿秋白文集·文学编》第2卷，人民文学出版社1986年版，第234页。

③ 戴望舒：《〈恶之华掇英〉译后记》，载《丁香空结雨中愁》，古吴轩出版社2012年版，第127页。

身的学术趣味出发，致力于英美作家作品的研究，叶公超之于艾略特、李健吾之于福楼拜、梁实秋之于莎士比亚、梁宗岱之于里尔克等的研究显示了1930年代外国文学研究的实绩。

左翼学者与具有自由主义倾向的学者的差异不仅仅是文学观念上，如当左翼学者抨击对方是自由派资产阶级时，徐志摩曾这样回击："我们不仅懂得莎士比亚，并且还认识丹麦王子汉姆雷德，英国留学生难得高兴时讲他的莎士比亚，多体面多够根儿的事，你们没到过外国看不完原文的当然不配插嘴。"①喝过西欧洋墨水的傲慢与优越溢于言表，自由派确实常常以熟知莎士比亚作为他们抵御左翼学者攻击的挡箭牌。当然，更重要的还在于两者世界观与文艺观的差别。"十字街头"与"象牙塔"之间的对立和矛盾，在鲁迅与梁实秋关于"阶级性"与"人性"的争论中得到充分表现。这里还可以看看关于"诗人之死"的不同表达。1930年4月，马雅科夫斯基自杀。周扬立即撰文称："他在死之前所写的悲痛的诗句（'恋爱的船在生活上面破碎了'）隐隐地反映了这位杰出的诗人，这位过去十五年间的最光辉灿烂的人物内心的悲剧。他是被他所深恶痛绝的旧世界的势力压倒了。……马雅珂夫斯基不能把自己完全改造，就这样从社会主义建设的高架上堕了下来。"②周扬将马雅可夫斯基的自杀原因归结于在新世界中不能完成自我改造相关。而戴望舒则强调马雅可夫斯基是新时代的诗人，同时又是一个未来主义诗歌的信徒。当革命的英雄时代终结，平庸的建设生活开始时，诗人极度失望，"我们是可以看到革命与未来主义这二者之间的矛盾的最尖端的表现了。……是一个最缺乏可塑性（plasticity）的灵魂，是一个倔强的、唯我的、狂放的好汉，而又是——一个革命者！他想把个人主义的我溶解在集团的之中而不可能。他将塑造革命呢，还是被革命塑造？这是仅有的两条出路，但绝不是为玛耶阔夫司基而设的出路。他自己充分意识到了这个，于是没有出路的他便不得不采取了他自己所'不劝别人这样做的'方法，于是全世界听到了这样一个不幸的消息——诗人符拉齐米

---

①徐志摩：《汉姆雷德与留学生》，载《晨报副刊》，1925年10月26日。
②周扬：《十五年来的苏联文学》，载《文学》，第1卷第3号，1933年。署名"起应"。

尔·玛耶阔夫司基死了。"①两位评论者都强调了诗人的死与他内心悲剧分不开,但却分别从新旧世界的冲突和理想与现实冲突的角度加以解读。

一、艾略特与福楼拜研究

长期以来,国内学界对具有自由主义倾向的知识分子的外国文学研究成果的关注是比较欠缺的。其实,以梁实秋、戴望舒等为代表的具有自由主义倾向的知识分子在1930年代对于外国文学的引介与研究颇有成绩。这些学者大多具有较完备的欧美教育背景,往往能够一以贯之地倾力于一个欧美作家的系统研究;在研究对象的选择上,往往选择留学所在国的作家,或直接将自己所学专业方向的导师纳入到自己外国文学研究领域中。从叶公超的《艾略特的诗》、《再论艾略特的诗》,李健吾的《包法利夫人》、《论福楼拜的人生观》、《福楼拜的内容形体一体观》、《福楼拜短篇小说集》,梁实秋的《〈哈姆雷特〉问题》、《〈马克白〉的意义》,费照鉴的《济慈与莎士比亚》、《济慈的一生》、《济慈美的观念》,宗白华的《浮士德与欧洲近代人文主义思想》等研究成果可以看出,相对于左翼学者将各国无产阶级文学作为主要研究对象,从社会反映论出发,紧密结合中国现实政治相比,自由主义学者更注重从文学研究的独立性出发,阐述自己对外国文学的见解,西方的研究方法常常出现在他们的研究实践中。例如,1930年代"新批评"兴起,叶公超等就将"细读"作为研究方法,使研究脱离宏大叙述,外国作家作品研究成为这一时期研究的重要收获。叶公超之于艾略特、李健吾之于福楼拜、梁实秋之于莎士比亚、梁宗岱之于瓦雷里、费照鉴之于济慈研究等,都是将研究从"粗放"向更具纯粹的学术研究转变的例证。下面选取叶公超与李健吾这两个个案来加以考察。

正是叶公超让艾略特走进中国读者的阅读视域。叶公超是1930年代研究艾略特用力最勤的学者。1934年,叶公超撰写《艾略特的诗》和《再论艾略特的诗》两篇文章,分别刊登在《清华学报》和《北平晨报·文艺》上。《艾略特的诗》全文约7000字,主要表达了叶公超对

---

① 戴望舒:《诗人玛耶阔夫司基的死》,载《小说月报》,第21卷第12号,1930年。

1923—1932年间伦敦出版的三本与艾略特有关的英文著作的看法：威廉生的《艾略特的诗》、马克格里非的《艾略特研究》和艾略特自我编造的《批评论文选1917—1932》。叶文依次评论了这三本书。叶公超认为：第一，了解艾略特的诗歌主张是理解艾略特创作的关键所在。"《荒原》是综合以前所有的形式和方法而成的，所以无疑的是他诗中最伟大的试验。"①当下青年人所受艾略特的影响大多是技术，而"在技术上的特色全在他所用的metaphor的象征功效。他不但能充分运用metaphor的衬托的力量，而且能从metaphor的意象中去暗示自己的态度和意境。要彻底解释艾略特的诗，非分析他的metaphor不可，因为这才是他的独到之处"。在叶公超看来，隐喻便是通过"两种性质极端相反的东西或印象来对较"，使它们形成更加强烈的对比与更加突出的审美效果。②第二，了解艾略特，就要了解他的宗教信仰与诗歌的关系。叶公超认为："艾略特的诗之所以令人注意者，不在他的宗教信仰，而在他有进一步的深刻表现法，有扩大错综的意识，有为整个人类文明前途设想的情绪。"③在叶公超看来，艾略特的非个人化观念，是其表达现代意识与运用相应表现手法的主要依据。由此，叶公超认为，将艾略特视为一个古典主义者是极不恰当的，"他为诗坛重开了一条生路，那也不能就定他为古典主义者"。④此外，叶公超还讨论了艾略特的"客观对应物"思想。在叶公超看来，在艾略特的诗论中，"最重要而又写得最精彩的部分"就是关于文学作品中的"情绪如何传达"的论述："艾略特答问情绪如何传达的话：'唯一用艺术形式来传达情绪的方法就是先找着一种物界的关联东西（objective correlative）。换句话说，就是认定一套物件，一种情况，一段连续的事件来作所要传达的那种情绪的公式；如此则当这些外界的事实一旦变成我们的感觉经验，与它相关的情

---

① 叶公超：《叶公超批评文集》，陈子善编，珠海出版社1998年版，第114—116页。
② 叶公超：《艾略特的诗》，载《清华学报》，第9卷第2期，1934年。
③ 叶公超：《叶公超批评文集》，陈子善编，珠海出版社1998年版，第117页。
④ 叶公超：《叶公超批评文集》，陈子善编，珠海出版社1998年版，第120页。

绪便立即被唤起了.'"①叶公超对新批评理论及其代表作家的解读,不仅仅限于一般层面上的常识引介,而已上升到对作品进行细读的理论层面。

1930年代,不少中国学者能够指出艾略特与人类的精神、心理层面的相关性,但这与通常所谓的"新批评"注重文本的语义分析、强调读者的接受等原则相距甚远。当时的中国学者只是接受了早期"新批评"的观点。《国立武汉大学文哲季刊》分别于1930年和1933年刊载了陈西滢的《文学批评的一个新基础》与张沅长的《Practical Criticism: A Study of Literary Judgment 之评介》,这两篇文章可以说是我国最早介绍与评论"新批评"的文章。其中,陈文提出了"批评的原则是专为人破坏而设的"、"批评是不能离开心理而独立的"②等观点;张文认为,"在文学批评中引用心理学,比起以前的文艺评论,当然是一种进步。Richards 对于意义及解释两方面的确有一些贡献。他教人家在心中感动时候去读诗、评诗,也是一种经验之谈,并不是怎样可笑的。心理学的弱点,他也知道。除了主观的心理分析之外,心理学对于自己许多难题没有办法,哪里会有多少力量来帮文学批评的忙?Richards 也是不得已才想到叩齿二十通,画起神符念'太上老君急急如急律令敕'"。③

在注重文本分析上,当时的中国学者抓住了"新批评"的主要特征。1931年,叶公超在清华大学外文系讲授现代诗歌。他认为,教材《现代英美代表诗人选》的编选者"并不想借此表现什么新理论,新主义,或是什么运动;不过是选出几位现代英美诗人来作一种单独的研究而已"。④当时,翟孟生在外文系讲授"西洋文学概要"。叶公超给其讲义《欧洲文学小史》作序时,认为其对作品内容的分析力度不够,并特

---

①参见叶公超:《艾略特的诗》,载《清华学报》,第9卷第2期,1934年。赵萝蕤在1940年的《时事新报》上刊出的《艾略特与〈荒原〉》一文也分析了艾略特诗歌语言的节奏和用典,并以《荒原》的三个主要意象来阐述其主题,体现了"新批评"注重文本细读的原则。

②陈西滢:《文学批评的一个新基础》,载《国立武汉大学文哲季刊》,第1卷第1号,1930年。署名"滢"。

③张沅长:《Practical Criticism: A Study of Literary Judgment 之评介》,载《国立武汉大学文哲季刊》,第2卷第1号,1933年。

④叶公超:《〈美国诗抄〉、〈现代英美代表诗人选〉》,载《新月》,第2卷第2期,1929年。

地向翟孟生指出，当时学生有"好谈运动、主义与时代的趋势，而不去细读原著"①的毛病。中国最需要的就是瑞恰兹倡导的"这种分析作品的理论"。②可以看出，叶公超极为重视从作品本身入手，强调对作品精研细读的文学本位立场。在当时"不描写时代便非文学"的主流话语中，叶公超重视文学作品细节呈现的微观研究尤显可贵。

1930年代，留学法国的李健吾成为研究19世纪法国作家福楼拜的专家。他先后撰写了《论福楼拜的人生观》、《福楼拜文学形体一致观》、《〈包法利夫人〉的时代意义》③等文章，并于1935年出版专著《福楼拜评传》。这部专著规模较大，共八章，417页。第一章介绍了福楼拜的生平，重点从遗传、环境、时代三方面切入，分析福楼拜性格与其创作的关系。李健吾认为，福楼拜的性格倾向于忧郁和幻想，喜欢中古世纪与旅行，幼年爱读"时代病"作家的作品。同时，福楼拜的性格导致了他对事物缜密观察的习惯，他很早就开始留意中产阶级的生活，并善于分析观察所得。正因为这样，福楼拜具有外科医生解剖病人的精细分析能力与写实派作家清楚的头脑。"他虽然隐居在路昂，他可不是和世界完全隔离。他喜欢蒙田，布路耶，服尔德，这些作家不无多少加深他观察的爱好。他又浸润于勒布莱，沙氏比亚，雨果，沙多布里安，拜伦和哥德——特别是他的浮士德——想深刻了解福氏的忧郁和悲观的作风，这些作家的影响当然不能漠视。"从第二章到第七章，李健吾分别研究了福楼拜的六部主要作品，即《包法利夫人》、《萨朗波》、《情感教育》、《圣安东尼的诱惑》、《短篇小说集》和《布法与白居谢》，阐明作家创作的动机和过程，以及作品的特色。每章的材料都非常丰富。第八章名为《福楼拜的宗教》，主要阐明福楼拜的艺术观念。

李健吾的文章，特别是他的专著《福楼拜评传》引起学界的关注。

---

①叶公超：《欧洲文学小史》，载《大公报·文学副刊》，第166期，1931年。

②叶公超：《曹葆华译〈科学与诗〉序》，载瑞恰慈：《科学与诗》，曹葆华译，上海商务印书馆1937年版。

③李健吾：《论福楼拜的人生观》，载《文学季刊》，第1卷第4期，1934年；《福楼拜文学形体一致观》，载《文学季刊》，第2卷第1期，1935年；《〈包法利夫人〉的时代意义》，载《文艺复兴》，第4卷第1期，1947年。

1936年，吴达元在《清华学报》上撰文高度评价这项研究成果。文章称，类似这样的"研究一个作家的巨著"在国内还是第一次出现，专著研究了福楼拜的全部作品，并"把它们的价值尽量指点给我们看"。文章分析了《福楼拜评传》的结构及其内容，赞扬了作者注重原始材料的实证研究，"李先生的旁征博引，实在是一番苦功夫"。"我们觉得应该特别感谢作者所介绍的高钠版本，其中福氏的信札都整理得清清楚楚，让研究福氏的人们好去发掘一切需要的材料。"专著的第八章"说明福氏怎样跑出浪漫派，走进巴尔纳斯派，从发泄主观的情感，到'无我'的客观的描写"。但吴达元认为，第八章的题目容易引起读者的误解："李先生的'宗教'两个字系修辞学的隐喻用法，作'信仰'解释。福氏的信仰就是艺术。可是我们读福氏的小说，时常遇见些关于宗教的问题的——尤其是《萨朗波》里面的日神和月神，《圣安东尼的诱惑》的上帝和魔鬼等，因此，我们会认为李先生用最后一章来研究福氏的宗教哲学，来阐明福氏到底信仰什么宗教？"文章还就"福楼拜是写实派还是浪漫派"的归属问题进行了讨论，认为，伟大的天才根本不受"门派"和"主义"的约束。对于福楼拜的作品，仅仅贴上写实派或浪漫派的标签是片面的，因为它们同时有浪漫派的气息和写实派的精神："李先生因为根本就不想下定论，这大约是研究福氏的艺术观念得来的聪明罢。……所以能都在他的《评传》里面尽量阐明福氏的多方面的作风。他一方面把《包法利夫人》的浪漫性格详细地分析给我们看，一方面告诉我们《包法利夫人》那本小说是经过福氏缜密地观察人生才写成的，它有浪漫派的血肉同时有写实派的骨干。这是他的《福楼拜评传》的一个很大的长处。"李健吾为了使《福楼拜评传》更易为中国读者接受，有时还将福楼拜的小说与《西游记》、《红楼梦》等进行比较。吴文指出，在《福楼拜评传》中，李健吾用大量的笔墨考察了福楼拜小说艺术的各种禀赋和特征，其论述之精当与材料之丰富，代表了当时中国福楼拜研究的最高水平。[1]这篇"研究之研究"的文章写得颇见水准。

---

[1] 吴达元:《福楼拜评传》，载《清华学报》，第11卷第4期，1936年。

二、莎士比亚研究

中国的莎士比亚研究在民国初年已经开始。1913年，孙毓修在《小说月报》上发表《莎士比之戏曲》①一文，对莎士比亚的生平和戏剧创作进行了较为详尽的介绍。文章高度评价莎士比亚在世界文学中的地位，称"莎士比之理想，其势力之伟大，凡英国之人，无不受其感化者，盖除新旧约Bible以外，无他书可以相匹也。……自十六世纪以后，久成为莎士比之世界矣。盖至今莎士比之曲，凡有文字者莫不翻译，则心思之被其转移者，固不独一英国也"。1917年，朱东润在《太平洋》撰写的《莎氏乐府谈》是现在所能见到的中国最早独立成章的、完整的莎评论文。该文主要介绍了莎士比亚的生平、莎士比亚时代的舞台、林纾翻译的《吟边燕语》的篇目以及《罗密欧与朱丽叶》、《尤利乌斯·凯撒》这两个剧本。作者认为，莎士比亚非常注重人物的个性化塑造，"人人具一面目，三十五种剧本之中，即不啻有几百几十人之小照。在其行墨之间，而此几百几十人者，又无一重复，无一模糊，斯真可谓大观也已"。在戏剧语言方面，"言词变化入神，文笔亦如天来游龙，夭矫屈伸，诚文学之大观。读莎氏原文者，于此不可不留意也"。②作者对莎剧的艺术成就有较为准确的把握，但停留在个人欣赏及经验性表达的层面。1920年代，茅盾与郭沫若讨论外国文学的翻译与研究问题时，茅盾主张要紧的是翻译和研究自然主义和写实主义的作品，而但丁、莎士比亚、歌德等经典作家不合时宜。如1921年，茅盾在《新文学》发表《近代文学体系的研究》一文，称莎士比亚只会"迎合贵族的趣味"、"贵族阶级的玩好"，而时代需要的"是社会的工具，是平民的文学"。③以茅盾为代表的文学研究会在文坛上的话语权地位，使1920年代关于莎士比亚研究的成果显得薄弱。

---

① 孙毓修:《莎士比之戏曲》，载《小说月报》，第4卷第8号，1913年。
② 东润:《莎氏乐府谈》，载《太平洋》，1917年第1卷第5、6、8号，1918年第1卷第9号。
③ 茅盾:《近代文学体系的研究》，载《茅盾全集》第32卷，人民文学出版社2001年版，第450—452页。

关于"文学遗产问题"的争论，特别是社会的转型带来的研究话语的转型，使学界的目光再度聚焦莎士比亚。据《全国专科以上学校教员专题研究概览》①记载，当时外国文学研究课题共有32个。其中，莎士比亚戏剧成为研究的热点，正如勃生在《从"文学遗产"到"世界文库"》一文中所言："莎士比亚在今日的世界文坛，一直是非常伟大的作家。读他的作品，自可以得到文学技术修养的帮助。这不消说，是莎氏的作品本身是伟大的，而同时英国文坛文艺批评的传统之对古典文学有相当的看重，未始不是一个原因。"②于是，1930年代成了中国莎士比亚研究成果最为突出的时期之一。

克夫在《莎士比亚的宇宙观与艺术》的"译者前言"中指出，"莎士比亚的研究占着文学遗产问题中最重要地位之一"。③郑伯奇在《〈哈姆雷特〉源流考》的"前记"中称，"'五四'以来的新戏剧运动是以易卜生开始的，伟大的莎士比亚在中国也不免受到冷遇。近年来，接受文艺遗产的号召和先进国家对于莎翁的评价才引起了国人对于这位剧圣的注意"。④1931年，张沉长首次在中国提出"莎学"⑤这一术语，并且将其与中国"红学"相提并论。1936年，马贯亭以编年体的形式撰写《莎士比亚年谱》⑥一文，比较详细地介绍了莎士比亚从1564年诞生到1616年去世的经历与创作，为当时的中国读者全面了解莎士比亚提供了重要史料。在诸多学者中，梁实秋对莎士比亚的研究，用力最勤。正如王平陵所言："梁先生是年来中国研究莎士比亚最努力一人。"⑦《全国专科以上学校教员专题研究概览》这样提及时任北平大学教授的梁实秋预定在民国二十一年至民国三十一年（1932—1942年）在"莎士比亚之翻译与研究"方面的计划："拟翻译莎士比亚之全集，并研究其生

---

① 教育部编：《全国专科以上学校教员专题研究概览》，上海商务印书馆1937年版。
② 勃生：《从"文学遗产"到"世界文库"》，载《杂文》，第2期，1935年。
③ 克夫译：《莎士比亚的宇宙观与艺术》，载《时事类编》，第4卷第17期，1937年。
④ 郑伯奇译：《〈哈姆雷特〉源流考》，载《中原》，第1卷第2期，1943年。
⑤ 张沉长：《莎学》，载《国立武汉大学文哲季刊》，第2卷第2号，1931年。
⑥ 马贯亭：《励学》，载《莎士比亚年谱》，第7期，1936年。
⑦ 梁实秋：《莎士比亚的戏剧艺术》，载《戏剧时代》，第1卷第3期，1937年。

平、艺术、背景等"；已有的工作基础："翻译方面已陆续完成者有哈姆雷特、马克白、奥赛罗、威尼斯商人、如愿、六种（原文如此——编者）。尚有两种在进行中，已交中华教育文化基金董事会编译委员会印行。研究方面，已完莎士比亚概论一册（尚未付印），及论文多篇。"①1930年代，中国莎士比亚研究的范围渐趋扩大和深入，问题意识逐步增强，研究方法渐趋多样，学院化研究的特色显现，学理研究的层面加强。

例如，学界曾就"鬼魂"与莎士比亚戏剧创作的关系展开过研讨。1936年，梁实秋的《略谈莎士比亚作品里的鬼》一文以《麦克白》为例，指出鬼"实在是弱者心里所造出来的。麦克白夫人一再代表着健康的常识，点破她丈夫的麦克白'忧郁见鬼出'的虚幻心理。麦克白所见的空中短刀是恐惧的描写，他所见的鬼也是如此"。②在作者看来，"鬼"是人物恐惧心理的写照。柳无忌的《莎士比亚的尤利乌斯·凯撒》、李子骏的《莎士比亚悲剧之实质》等论文都持有相似的观点。如李子俊认为，莎剧中的怪异力量"给已发生了的内心动作一种确证，定形和影响"。③梁实秋还进一步探讨了"鬼魂"与莎士比亚戏剧创作的关系。他指出，从表面上看，莎士比亚作品中常常描写鬼、穿插鬼的故事，这可能会使读者认为莎士比亚并未超出自己所处的时代。"但是如果进行深一步考察，我们就会发现莎士比亚作品中的鬼完全是一种'戏剧的工具'。鬼，在莎士比亚的作品中，永远不是主要的部分，永远是使剧情更加明显的方法，永远是使观众愈加明了剧情的手段。鬼的出现，总是有因的。或是因了冤抑而要求报复，或是因了将有不祥之事而预作征兆。所以把鬼穿插到作品里去，是一种艺术安排，不一定证明作者迷信。"④梁实秋从戏剧艺术创作的高度，为当时的中国读者理解莎士比亚作品中的"鬼魂"打开了新的思路和视野。

---

①教育部编：《全国专科以上学校教员专题研究概览》，上海商务印书馆1937年版。
②梁实秋：《略谈莎士比亚作品里的鬼》，载《论语》，第92期，1936年。
③李子骏：《莎士比亚悲剧之实质》，载《刁斗》，第1期，1934年。
④梁实秋：《略谈莎士比亚作品里的鬼》，载《论语》，第92期，1936年。

莎士比亚所取得的艺术成就举世瞩目，也使学人们以各自的视角对此进行了相应的探讨。较具代表性的，如1935年袁昌英在《国立武汉大学文哲季刊》发表的《沙斯比亚的幽默》①，该文从幽默的美学范畴出发，将莎剧中具有幽默审美特征的人物集中起来进行分析，重点论述莎士比亚剧作中幽默的不同表现及其所营造的艺术效果。又如1937年宗白华发表的文章《莎士比亚的艺术》，该文论述了莎士比亚在艺术上的独特性。作者认为，莎士比亚擅长铺陈叙述、艺术对照、性格塑造、注重"情调"的营造、强调悲喜剧的融合等，从中可以体悟到莎士比亚对于"人生生命的无穷热力与兴趣"。②该文较为深入地探讨了莎士比亚悲剧艺术的内部规律。再如1937年梁实秋撰写的《莎士比亚的戏剧艺术》③一文，该文从故事结构、人性描写、客观性、象征法等六个方面，较详尽地论述了莎士比亚戏剧在艺术上的特点。也是在1937年，顾良在《莎士比亚研究》和梁实秋在《莎士比亚是诗人还是戏剧家?》中都在为莎士比亚身份定位的同时，阐述了对莎士比亚艺术成就的认识。梁实秋认为："莎士比亚不仅是一个诗人，亦不仅是一个戏剧家，而是由诗人变成戏剧家，在蜕变之后他没有完全舍弃了他的诗人的性质，这种性质的保留使得他的戏剧大放异彩，不但演起来动人，其自身成为一个难以模仿的类型。……从大体论，莎士比亚已可称为诗人与戏剧家之希有的凝和。"④梁实秋指出，只有充分认识莎士比亚的双重身份对其创作的影响，才能正确而完整地理解莎士比亚的艺术之特殊与伟大。上述文字表明，人们对莎士比亚的认识逐步走向深化。

这一时期，学界还就莎士比亚作品的译介问题、莎士比亚与现实主

---

①袁昌英:《沙斯比亚的幽默》，载《国立武汉大学文哲季刊》，第4卷第2号，1935年。作者曾留学英国爱丁堡大学，为我国第一位获得英国文学硕士学位的女性。

②宗白华:《莎士比亚的艺术》，载《戏剧时代》，第1卷第3期，1937年。该文是中央大学教授宗白华先生在中央电台的特约演讲稿。

③梁实秋:《莎士比亚的戏剧艺术》，载《戏剧时代》，第1卷第3期，1937年。该文是作者在国立戏剧学校的演讲词，由王平陵先生笔录。

④梁实秋:《莎士比亚是诗人还是戏剧家?》，载《文学》，第1卷第2期，1937年。

义的关系问题、莎士比亚的阶级性问题等展开过讨论。①关于莎士比亚的阶级性问题，1935年梁实秋在《莎士比亚的阶级性》一文中认为："时髦的左倾批评家喜欢援引凯撒大将及考里欧兰奴斯两剧中，贵族对于平民所发之轻薄言词，为莎士比亚轻蔑平民的证据，从而断定莎士比亚是拥护资产阶级的。这是不公道的。假如我们也袭取这种推论方法，我们便很容易的从作品里检出不少的对于平民表示同情的话语。"②他在《莎士比亚与劳动阶级》中承认，莎士比亚在戏剧中有时既嘲弄了平民，又嘲弄了贵族，但这里不存在阶级的偏见。莎士比亚作品中的讽刺的指向是人性的弱点和社会的不公，这其间并没有阶级差别的限制。在梁实秋看来，任何伟大作家都具有阔大的胸襟，对于人间疾苦都有深厚的同情，然而，他们的同情是超阶级的。由此，梁实秋认为："从阶级斗争的立场来研究莎翁，故意在他作品中断章取义，附会到他们的政治倾向上去，而攻击莎翁也是不可取的。"③这样的观点是有道理的，但也应看到其中包含的论辩的色彩和对对方学者观点的片面解读。

这一时期的莎士比亚的研究逐步从印象式点评走向较为系统的研究。学者们在研究方法上也有可取之处，例如比较研究与跨学科研究。这里有莎士比亚与中国作家比较研究，如赵景深的《汤显祖与莎士比亚》主要对两者的相同点进行比较。作者认为，两人的生卒年相同；在题材方面大都是取材于前人；两人"同为东西两大戏曲家"；两人都是"不受羁勒的天才，写悲哀最为动人；莎士比亚不遵守三一律，汤显祖不遵守音律"。④有莎士比亚与外国作家的比较研究，如季信的《莎士比

---

①可参见味茗（茅盾）的《莎士比亚与现实主义》(《文史》,第1卷第3期,1934年)、杨深夔的《莎士比亚的〈汉姆莱脱〉译后记》(《文艺》,第3期,1936年)、梁实秋的《莎士比亚的戏剧艺术》(《戏剧时代》,第1卷第3期,1937年)、余上沅的《翻译莎士比亚》(《新月》,第3卷第5—6期,1932年)、徐云生的《研究莎士比亚的伴侣》(《文学季刊》,第2卷第1期,1935年)等文章。

②梁实秋：《关于莎士比亚——莎士比亚的版本》、《关于莎士比亚——仲夏夜之梦》、《关于莎士比亚——莎士比亚时代的剧院》、《关于莎士比亚——莎士比亚的阶级性》,载《自由评论》,第4、7、8、9期,1935年。

③梁实秋：《莎士比亚与劳动阶级》,载《自由评论》,第16期,1935年。主要是读者魏咏声与梁实秋之间的书信往来，讨论"莎士比亚讥笑劳动阶级了没有"。

④赵景深：《汤显祖与莎士比亚》,载《文艺春秋》,第2卷第2期,1945年。

亚与易卜生》。该文主要论述这两位经典的戏剧家与戏剧发展的关系，认为莎士比亚和易卜生的作品代表了整个戏剧的潮流："起点是莎士比亚所表现的'自身的意识'，终点是易卜生所表现的'一个时代全人类的性灵的总和'。"①这样的比较研究有的确实拓宽了人们的视野，但有的学理依据不强。也有跨学科的研究。如朱无掛《莎翁的生物学观》②、贞一的论文《莎士比亚与变态心理学》③等文章丰富了读者对莎士比亚剧作多面性的认知。贞一从心理学的观点出发，认为李尔王的性格就是老年痴呆病（senile dementia）个案的代表，从中可以看出莎士比亚学识之丰富。

　　实证研究也为学者重视。梁实秋《莎士比亚研究之现阶段》一文，从版本考据、传记研究、背景研究三方面，审视和梳理了西方400余年莎士比亚研究的趋势与轨迹。在梁实秋看来，18世纪学者马龙发表的《莎剧写作次序的试探》是"由考据而认识莎士比亚"，是第一个离开常识的批评而从事科学的考据，这种"故纸堆里寻材料"的精神奠定了莎士比亚研究的基础。后来梁实秋的《哈姆雷特之问题》、孙大雨的《莎翁悲剧〈黎琊王〉的最初版本写作年代与故事来源》④等文章也是运用实证的方法进行的莎士比亚研究，颇为出色。梁实秋从版本考据的角度，为我们解释了哈姆雷特的"延宕"问题："第一版的哈姆雷特是传统的哈姆雷特，第二版才是真正莎士比亚风味的哈姆雷特，第一版是初稿，第二版是定稿。剧中情节并无多大的改变，只是第二版增加了许多心理解释的大段独白。假如莎士比亚从没有改编第一版为第二版，即哈姆雷特问题根本就不致发生，即使发生亦不致若是之复杂。所以哈姆雷特问题是随着莎士比亚的改变剧本而起来的。"⑤这样的研究让人耳目一

---

　　①季信:《莎士比亚与易卜生》，载《现代》，第2期，1940年。与此相关的论文还有：1934年，费鉴照在《文艺月刊》第6卷第4期撰写《济慈与莎士比亚》；同年，汪梧封在《光华大学半月刊》第3卷第4期撰写《莎士比亚与莫里哀》等。
　　②朱无掛:《莎翁的生物学观》，载《中法大学月刊》，第4卷第1期，1933年。
　　③贞一:《莎士比亚与变态心理学》，载《清华周刊》，第44卷第8期，1936年。
　　④孙大雨:《莎翁悲剧〈黎琊王〉的最初版本写作年代与故事来源》，载《中山文化季刊》，第1卷第4期，1943年。
　　⑤梁实秋:《哈姆雷特之问题》，载《文艺月刊》，第5卷第1期，1934年。

新。在这篇文章中，梁实秋指出："哈姆雷特问题之研究，不但其本身是极饶兴味的一项工作，由此我还可以明白几种批评方法的优劣，我们可以看出浪漫派的批评是如何不可靠，文学批评是如何的需要研究的根据。"这一思考是有启迪意义的。

不少研究采用了文本细读的方法。梁实秋在《莎士比亚的戏剧艺术》中采用了这种方法。该文认为，"莎翁每一个戏曲的词汇，在应用时，都预定一个特殊的倾向，循着这个倾向，去搜寻主要的材料"。①莎士比亚注重"在每一个字被组成对话以后所体验到的意象的感觉"。作者向读者介绍了如何运用统计方法去研究莎翁用字的技巧。朱生豪的《傻子在莎士比亚中的地位》一文也运用"新批评"的细读法对莎士比亚戏剧中的"傻子"进行了分析。作者认为《李尔王》中的傻子是莎剧中最著名的，"当利尔被他的女儿所冷遇，发了疯而在暴风雨中狂奔的时候，他的愤怒的咒骂，和那跟他一同出走的那'傻子'的嘲讽的感慨，以及含冤佯疯的爱特茹的装腔的鬼话，合成了一种奇特的三部合奏曲，把悲剧的情调格外增强了"。②

由于受历史条件的限制，这一时期的莎士比亚研究虽取得了一些成绩，但尚不够丰富，尽管如此，它们为后来中国莎学的发展奠定了基础，这一点是不可抹杀的。

第三节 《现代》的外国文学研究

《现代》于1932年5月创刊，1935年2月终刊，共出版34期，成为1930年代上海文坛的重要文学期刊。在《现代》的《创刊宣言》中，主编之一施蛰存强调了杂志的"非同人"色彩，"所刊载的文章，只依照编者个人的主观为标准。至于这个标准，当然是属于文学作品的本身

---

① 梁实秋：《莎士比亚的戏剧艺术》，载《戏剧时代》，第1卷第3期，1937年。
② 朱生豪：《傻子在莎士比亚中的地位》，载《青年周报》，第12、13期，1938年。

价值方面的"。①鲁迅、瞿秋白、周扬、钱杏邨、苏汶、赵家璧、叶灵凤、凌昌言、穆木天、邵洵美、梁实秋、顾仲彝、伍蠡甫、徐迟等均是《现代》的撰稿人。从他们的社会身份和文学趣味上,可以看出《现代》的左翼文学倾向、自由主义立场。《现代》尊重文学独立性与自足性的审美立场,对"新兴文学"和"尖端文学"的接受"不讲什么派别圈子的,完全是由着趣味来"。②这一编辑方针,使《现代》在1930年代诸多文学刊物中脱颖而出。

施蛰存在回顾其一生的学术历程时,曾说自己打开了四扇窗,西窗即外国文学翻译与研究,当时的读者正是通过《现代》这份刊物,看到了"西窗"的别样风景。《现代》兼容并包、自由开放,不论是对19世纪批判现实主义经典作品的研究,还是对20世纪初的现代主义文学、战后苏联社会主义现实主义、新兴的美国文学等的评论,其不拘一格的多样化倾向在同类杂志中首屈一指,大大拓展了中国外国文学的引介与研究的范围。

一、马克思主义文论的引介与研究

《现代》对于左翼文学及其理论给予了一定的关注。其中,较具代表性的文章主要有:周扬的《文学的真实性》③与《关于"社会主义的现实主义与革命的浪漫主义"——"唯物辩证法的创作方法"之否定》,瞿秋白的《马克思恩格斯和文学上的现实主义》,〔德〕Richard Lewinsohn 的《苏俄的艺术的转换》,〔苏〕华希里可夫斯基著森堡译的

---

①施蛰存:《创刊宣言》,载《现代》,第1卷第1期,1932年。

②施蛰存:《最后一个老朋友———彭雪峰》,载《沙上的脚迹》,辽宁教育出版社1995年版,第129页。施蛰存也坦言曾"接受了日本人的观念":"在日本文艺界,似乎这一切五光十色的文艺新流派,只要是反传统的,都是新兴文学。……用日本文艺界的话说,都是'新兴',都是'尖端',共同的是创作方法或批评标准的推陈出新,各别的是思想倾向和社会意义的差异。"

③周扬:《文学的真实性》,载《现代》,第3卷第1期,1933年5月。署名"周起应"。周扬在该文中认为:"只有站在革命阶级的立场,把握住唯物辩证法的方法,从万花绮乱的现象中,找出必然的,本质的东西,即运动的根本法则,是到现实的最正确的认识之路,到文学的真实性的最高峰之路。"可见,周扬认为文学的真实性与作家的阶级立场密切相关,并得出"愈是贯彻着无产阶级的阶级性、党派性的文学,就愈是有客观的真实性的文学"的结论。

《社会主义的现实主义论》等论文。其中，值得我们关注的是瞿秋白与周扬的文章。

1931年6月，瞿秋白参与左联的相关工作后，向文坛大力介绍马克思恩格斯的文艺思想和苏联文坛关于现实主义文学创作方法的论述。他的《马克思恩格斯和文学上的现实主义》就是其中一篇。在该文中，瞿秋白常常直接将马恩的一些论述译出，如关于巴尔扎克："巴尔扎克在政治上是个保王主义者，他的伟大的著作是不断的对于崩溃得不可救药的高等社会的挽歌；……巴尔扎克不能够不违背自己的阶级同情和政治成见，他见到了自己所心爱的贵族不可避免的堕落，而描写了他们的不会有更好的命运，他见到了当时所仅仅能够找得着的真正的将来人物——这些，正是我所认为现实主义的伟大胜利之一，老头儿巴尔扎克的伟大特点之一。"关于狄更斯、萨克雷等英国现实主义小说家："英国现代的最好的一派小说家，他们的很明显很巧妙的描写，暴露了这个世界的政治的社会的真相，比一切政治家，社论家，道德家所写的东西都要更多些……"这些经典论断对后来的外国文学影响很大。另一方面，瞿秋白在该文中还不时会发表自己的观点。如在转述马、恩对19世纪英国现实主义作家的评述之后，瞿秋白写道："他们这种勇敢、公开地暴露资本主义社会的内部矛盾，这种'揭穿假面具'的手段，正是马恩在资产阶级的和小资产阶级的现实主义里面所看重的地方。"瞿秋白指出，马、恩"并没有把思想家的巴尔扎克和艺术家的巴尔扎克对立起来，并没有把艺术家的主观的宇宙观和他的描写的客观性对立起来"，这正是辩证法唯物论的一元主义的方法。瞿秋白认为，巴尔扎克"'肯定'是资产阶级的作家，他了解并且知道当时阶级斗争的主要骨干正是资产阶级克服地主的贵族和氏族的（世家的）贵族，而资产阶级的这种胜利的'钥匙'就是金钱……他的《人的滑稽戏》是一部法国资产阶级从高利贷的守财奴发展到银行家的历史"。"一般的说起来，巴尔扎克虽然偏重于所谓'旧式的正直的商业资产阶级'，然而他是一般的资产阶级的意识代表，他是一个资产阶级的艺术家。因袭，不管他怎样同情于贵族和宗教，而他的《人的滑稽戏》却仍旧成了'教皇国'——梵谛冈的禁书，罗马教皇认为这部大著作是赞美科学而'亵渎宗教'的。"①瞿秋白的这些论述对于当时无产阶级文学运动的意义自是不必待言，新国成立后学界对巴尔扎克的认识也大体承袭了这一观点。在转述马、恩关于现实主义的论述中，瞿秋白也有理解不够确切的地方。如他认为，马、恩提倡"莎士比亚化"而反对"席勒式"的艺术主张，"不应当塞勒化，而应当莎士比亚化。……鼓励现实主义，而反对浅薄的浪漫主义"。而实际上，马、恩的原意是既要注重莎士比亚剧作情节的生动性和丰富性，也不能忽视席勒的倾向性。只不过马、恩认为，这种倾向性不能刻意直白地表达出来，而应该从情节和场面、从人物性格的发展中自然流露出来，避免人物成为时代精神的传声筒。

周扬撰写的《关于"社会主义的现实主义与革命的浪漫主义"——"唯物辩证法的创作方法"之否定》一文，是周扬根据苏联理论家吉尔波丁的报告撰写而成。1934年，苏联召开了第一次作家代表大会，并将"社会主义现实主义"规定为苏联文学创作与文学批评的方法。周扬的这篇文章在介绍了这次会议的情况以后指出："截至现在为止，这个问题虽然还是一个未解决的问题，但这个新口号的提出无疑地对于创作方法的发展有着划时期的意义。"此前刊载于《艺术新闻》、根据上田进的论文撰写的《苏联文学的新口号》一文，首次将"社会主义现实主义"介绍到中国。在周扬看来，该文对这一概念的论述极不充分，且包含错误的理解："自从这个口号提出来以后，即在苏联，也还是不见得都能正确地理解社会主义的现实主义这个口号的真正意义；在日本左翼文学的阵营里，对这个问题，更是表露了种种皮相的理解（如上田进等）和机会主义的，甚至取消主义的歪曲（德永直）。新的口号在中国尤其被误解和歪曲的。特别是，这个口号是当作'唯物辩证法的创作方法'的否定而提出来的，假如我那么不从全体去看苏联文学的这个新发展，而单单从'唯物辩证法的创作方法是错误的'这个命题出发的话，那就不但会给那些一向虽不明言但心里是反对唯物辩证法的文学者们一

---

①瞿秋白：《马克思恩格斯和文学上的现实主义》，载《现代》，第2卷第6期，1932年。

个公然反对唯物辩证法的有利的根据，给那些嘲笑我们'今日唱新写实主义，明日又否定……'的自由主义的人们一个再嘲笑的机会，而且会把问题的中心歪曲到不知甚么地方去，会不自觉地成为文学上的资产阶级影响的俘虏。"在周扬看来，之所以要以"社会主义现实主义"取代"唯物辩证法"的创作方法，是因为，"虽然艺术的创造是和作家的世界观不能分开的，但假如忽视了意识的特殊性，把艺术对于政治，对于意识形态的复杂而曲折的依存关系看成直线的，单纯的，换句话说，就是把创作方法的问题直线地还原为全部世界观问题，却是一个决定的错误"。①周扬较为准确地指出了"唯物辩证法"的根本缺陷，表现了中国左翼学者虽仍受苏联文坛的深刻影响，但也有了某种程度的理论自觉。由于国民党的文化围剿，左联期刊介绍社会主义现实主义的文章并不多。②1933年11月，《现代》上周扬的这篇文章无疑具有重要意义。正如施蛰存所言："我们愿意尽了一个文艺杂志所做的革命工作"，"对于一般安于逸乐，昧于危亡，没有看见中国社会种种黑暗，没落，残颓的景象的有希望的青年，我们愿以《现代》为一面警惕的镜子。使他们从这里多少得到些刺激和兴奋，因而坚定了他的革命信仰，这就是我们的目的了。"③可以看出，《现代》对不同文艺思想的兼容。

二、《现代·美国文学专号》：现代意识构建世界文学图景

《现代》之所以命名为"现代"，并不是因为这份刊物由现代书局刊印的缘故。在创刊号的《编辑座谈》中，施蛰存透露："这个月刊既然名为'现代'，则在外国文学之介绍这一方面，我想也努力使它名副其实。我希望每一期的本志能给读者介绍一些外国文学现代作家的作品。"④《现代》较关注的是第一次世界大战之后的外国文学思潮和作

---

①周扬：《关于"社会主义的现实主义与革命的浪漫主义"——"唯物辩证法的创作方法"之否定》，载《现代》，第4卷第1期，1933年。

②1937年4月10日，在日本创刊的左联期刊《文艺科学》出过一期"社会主义现实主义特辑"，有六篇文章介绍社会主义现实主义的创作方法。

③施蛰存：《社中谈座》，载《现代》，第3卷第4期，1933年。

④施蛰存：《编辑座谈》，载《现代》，第1卷第1期，1932年。

家作品的研究，保持着与国外当代文坛大致相同的步调，"文学上的Modernism，是指第一次世界大战之后出现的各种各样的文学流派，新的文学创作方法，包括采用新的文学题材。这所谓'现代'，是指二十世纪，第一次世界大战以后。换句话说，就是一九二〇年以后"。①

综观《现代》刊载的外国文学研究文章，不但海明威、帕索斯、福克纳、杰克·伦敦、奥尼尔、高尔斯华绥、高尔基等战后新兴作家成为学者们研究的主要对象，而且通过设置"杂碎"、"艺文情报"、"现代文艺画报"等栏目，《现代》对外国文学现状进行了跟踪报道。正如施蛰存所言："关注世界各国的文学动态以及文学思潮，因此特将引介外国文学作为编辑方针之一，以此吸引读者，让他们通过阅读《现代》杂志了解世界文坛的著名人物和大事。"②正是基于这种现代意识，施蛰存将现代翻译为法文时用"les contemporains"一词，即相当于英文的"contemporary"，表示"当代的"、"同时代的"、"同时期的"等意思。李欧梵称这一法译标题"是施蛰存这个团体的集体自我意象，这些人自觉很'现代'并声称自己是世界文学的'同代人'——是关注世界各地最新、最先锋的文学动态的人"。③当然，这与1930年代的大环境分不开，"三十年代的文艺界，无论是所谓'京派'、'海派'，还是早期的左翼作家，他们对外国都相当熟悉。那时候，外面有了什么新书都能进来。苏联的文艺杂志在秘密书店里也可以买到。外面对于国外文学的了解和吸收基本上是和他们文学发展保持同步的……三十年代外国文学传入中国比较多，外面在上海的人接受的机会也多，自然不免受到影响"。④

在施蛰存看来，最具现代意识的要数美国文学。《美国文学专号》是《现代》隆重推出的系列外国文学研究专号之一。施蛰存曾构想：

---

①施蛰存：《为中国文坛擦亮"现代"的火花——答新加坡作家刘慧娟问》，载新加坡《联合早报》，1992年8月20日。

②林祥主编：《世纪老人的话·施蛰存卷》，辽宁教育出版社2003年版，第57页。

③〔美〕李欧梵：《上海摩登：一种新都市文化在中国1930—1945》，毛尖译，人民文学出版社2010年修订版，第144页。

④施蛰存：《沙上的脚迹》，辽宁教育出版社1995年版，第159、165页。

"在介绍现代外国文学方面，我们还有一个计划，我们预备在每一卷里出一次某一国家的现代文学专号，以美国，法国，苏联，英国……这样的次序出下去。这些专号，篇幅将比普通号增多一倍，将登载着许多详尽的介绍和精选的译作"①；"从第五卷起，每卷六期编一个外国文学专号，第五卷第六期的《现代美国文学专号》是预备为第六卷第六期的《苏联文学专号》打掩护的"。②但由于客观条件的限制，这个计划没能实现，只有"现代美国文学专号"如期问世。此前学界对美国文学大都存有一种偏见，如曾虚白在《我的美国文学观》一文中认为，"在真正世界文学史上是没有独立的资格的。它只是英国文学的一个支派"。③萧乾在1931年也撰文认为，"印在一般人心目中的美国文学是浮躁，是诡奇，正如好莱坞制造的那些影片"。④美国作为英国的殖民地，美国文学的确在相当长的一段时期内深受英国文学的影响与制约，其自身的独立性与独特性始终淹没在英国文学的辉煌中，直到马克·吐温的出现，其民族特征才得以彰显。一战后，美国出现了一批优秀的作家，但由于此时世界范围内的左翼文学思潮将美国文化视为逆流，所以许多中国学者和读者对美国文学存在一定的偏见。施蛰存看到了这一点，他指出，"往时，在几近十年以前的《小说月报》曾出了《俄国文学专号》和《法国文学研究》，而替十九世纪以前的两个最丰富的文学，整个儿的作了最有益的启蒙性的说明，那种功绩是我们至今都感谢着的。不幸的是，许多年的时间过去，便简直不看见有继起的、令人满意的尝试。……我们的读书界，读20世纪的文学，战后的文学，却似乎除了高尔基或辛克莱这些个听得烂熟了的名字之外，便不知道有其他名字的存在。……于是，我们觉得各国现代文学专号的出刊，决不是我们的'兴之所至'，而是成为我们的责任。在这么许多民族的现代文学之中，我们选择了文学历史最短的美国来做我们工作的开始。……这一种先后

---

① 施蛰存：《编后记》，载《现代》，第5卷第2期，1934年。
② 施蛰存：《沙上的脚迹》，辽宁教育出版社1995年版，第55、27页。
③ 虚白：《我的美国文学观》，载《真美善》，第3卷第1号，1928年。
④ 萧乾：《奥尼尔及其〈白朗大神〉》，载《萧乾选集》第4卷，四川人民出版社1984年版，第191页。

的次序,固然未必是包含着怎样重大的意义,但究竟也不是太任意的派定。首先,我们看到,在各民族的现代文学中,除了苏联之外,便只有美国可以十足的被称为'现代'的。其他的民族,正因为在过去有着一部光荣的历史,是无意中让这部悠久的历史所牵累住,以致固步自封,尽在过去的传统上兜圈子,而不容易一脚踏进'现代'的阶段。美国,则不然,被英国的传统所纠缠住的美国已经是过去了;现在的美国,是在供给着到20世纪还可能发展出一个独立的民族文学来的例子了。这例子,对于我们的这个割断了一切过去的传统,而在独立创造中的新文学,应该是怎样有力的一个鼓励啊!"①

在施蛰存看来,美国文学有两个特点:(1)它是创造的。即使在过去为英国的传统所束缚的时期内,美国文学就已经绽露了新的萌芽。如象征主义虽然是法国的产物,"但是根底上却是由于美国的爱伦·坡的启发。在爱伦·坡还没有被美国的读者所了解的时候,那新生的萌芽是到法国去开出灿烂的花来了",甚至包括苏联在内的革命诗歌,也都直接或间接地渊源于美国的惠特曼。美国文学不但已经断然地摆脱了别国的影响,而且已经开始在影响别国文学了,"美国的左翼作家并没有奴隶似地服从着苏联的理论,而是勇敢的在创造着他们自己的东西。……甚至反过来可以影响苏联"。(2)它是自由的。"在现代的美国文坛上,我们看到各种倾向的理论、各种倾向的作品都同时并存着;它们一方面是自由的辩难,另一方面又各自自由的发展着。它们之中任何一种都没有得到统治的势力,而企图把文坛包办了去,它们任何一种也都没有用政治的或社会的势力来压制敌对或不同的倾向。美国的文学,如前所述,是由于它的创造精神而可能发展的,而它的创造精神又以自由的精神为其最主要的条件。在我们看到美国现代文坛上的那种活泼的青春气象的时候,饮水思源,我们便不得不把作为一切发展之基础的自由主义精神特别提供出来。"②施蛰存对于新兴美国文学的赞誉,可以说是其充分研究美国文学之后的真知灼见,足见其开阔的理论视野。

---

① 施蛰存:《现代美国文学专号导言》,载《现代》,第5卷第6期,1934年。
② 施蛰存:《现代美国文学专号导言》,载《现代》,第5卷第6期,1934年。

《现代美国文学专号》的正文内容分三个部分：第一部分是关于现代美国文学的概述，主要有赵家璧的《美国小说之成长》、顾仲彝的《现代美国戏剧》、邵洵美的《现代美国诗坛概观》、李长之的《现代美国的文艺批评》等论文。因为文艺批评这部分的流派太多，而且大多是有冲突的，一个人不容易写全面，所以请了三位作者对现代美国三种流派的文艺批评家及其理论分别予以介绍，这就是梁实秋的《白璧德及其人文主义》、赵景深的《文评家的琉维松》、张梦麟的《卡尔浮登的文艺批评论》。关于诗歌这部分，施蛰存认为，现代美国最伟大的当然要算T.S.艾略特，但因为他已于1927年加入了英国籍，所以就将艾略特略去了。第二部分是美国现代作家研究：沈圣时的《杰克·伦敦的生平》、毕树棠的《德莱赛的生平、思想，及其作品》、赵家璧的《怀远旧念的维拉凯漱》、伍蠡甫的《刘易士评传》、顾仲彝的《戏剧家奥尼尔》、苏汶的《安得生发展之三阶段》、徐迟的《哀慈拉邦德及其同人》、叶灵凤的《作为短篇小说家的海敏威》、杜衡的《帕索斯的思想与作风》、凌昌言的《福尔克奈——一个新作风的尝试者》。第三部分是毕树棠的《大战后美国文学杂志编目》、薛蕙的《现代美国作家小传》及《现代美国文艺杂话》。该专号共400多页，是1930年代美国文学研究的重要收获。

上述研究文章中，不管是作家研究还是文学思潮研究，对当时的中国读者来说，均颇有启迪作用。例如，顾仲彝的《戏剧家奥尼尔》认为，奥尼尔剧作的价值在于"启示人类向上的奋斗"；他剧中的人物不是"以社会一员的资格出现，而只是作为'一个个人'"；他是戏剧艺术的"实验者"，"打破了许多戏剧的规则"。赵家璧在《美国小说之成长》①中认为，马克·吐温是近代美国小说的始祖，替美国文学开辟出一条发展的道路；以辛克莱和杰克·伦敦为代表的美国早期的写实主义思潮，以暴露为目的，把典型的美国生活作为小说的主要题材；20世纪初，以德莱赛、刘易士为代表的美国作家使小说从文字、内容和写作

---

① 1936年，赵家璧将该文编为专著《新传统》（上海良友图书印刷公司印行）的"总论"。该著对德莱赛、安德森、福克纳、海明威、帕索斯、赛珍珠六位作家进行了集中论述。

方法上更加美国化；战后的1920—1930年代，美国经济危机爆发，帕索斯和福克纳代表了美国文学新一代的成长。尽管论述宏观，但把握准确。邵洵美在《现代美国诗坛概观》中介绍了美国诗歌的发展，指出意象派的特点是"用文质去写实质，用实质去表现思想"；分析了T.S.艾略特的《荒原》，也有新意。

《现代》刊载的一些译文对读者了解世界文学的趋向有所帮助。从第5卷第1期至第5期分别刊载了由赵家璧翻译的华尔德曼著《近代美国小说之趋势》、瓦塞曼著《近代德国小说之趋势》、蒲里契著《近代西班牙小说之趋势》、皮蓝得娄著《近代意大利小说之趋势》、瓦尔普尔著《近代英国小说之趋势》等文章。如《近代德国小说之趋势》[①]一文从"过去德国小说的缺点"、"自然主义的文艺复兴"、"战争小说"、"心理小说"四个方面介绍了近代德国小说的发展面貌，并进行了理论探讨，展示了德国文学的前沿动态。此外，《现代》还将弱小民族文学纳入自己的文学视野，如第2卷第6期刊载傅平撰写的《现代爱沙尼亚文艺鸟瞰》、第3卷第5期的"文艺史料·逸话"栏里刊载《朝鲜文艺运动小史》等。这样的介绍开阔了当时读者的文学视野。

《现代》对一些重要的当代作家给予了更多的关注，如叶灵凤对海明威的研究。1934年，叶灵凤在《现代》上发表文章《作为短篇小说家的海敏威》，着重分析了海明威短篇小说创作的特征。文章认为，海明威的短篇小说"没有思索，没有忧郁"，"没有中心人物，没有故事，没有发展，没有结束，可是他却能使你从头至尾读下去而不觉得空虚和枯涩"。海明威有时将几个不同人物的生活片段用一个偶然发生的事故连接起来，有时将几个连贯的或不连贯的短篇构成一个长篇。海明威这种蒙太奇式的开放性叙事结构，"平淡中见神奇"的叙事效果，在叶灵凤看来，是海明威对小说艺术的最大贡献。海明威创作中的"冰山原则"是对乔伊斯的反抗："十年以来，在世界文坛上支配着小说的内容和形式的，是乔也斯的《优力栖士》。他的风靡一时的精微的心理描

---

① 瓦塞曼：《近代德国小说之趋势》，载《现代》，第5卷第22期，1934年。

写,将小说里的主人公的一切动作都归到'心'上,是对于19世纪以来,专讲故事和结构所谓 Well-made novel 直接的反抗,用几百页的篇幅写一个人几小时的心理过程,这决不是用十几页篇幅描写女主人公一副手套的19世纪小说家所能梦想的事。乔也斯的小说所造成的势力,影响到每部小说里的人物,使他们只会思想,不会说话,即使会说话,那也是独白或呓语。但是,现代世界的生活并不是全是这样悠闲的,海敏威一流的作家所代表的便是这种对于乔也斯的反抗。他们的小说也不是专讲结构和故事,但是他们同时也不爱那晦涩平泛的心理分析,他们所要的只是动作。人是表现在动作上,而不是表现在思想上。用着轻松的文体,简单的造句,平易的单字,不加雕饰的写着人类在日常生活上所表现出的一切原始赤裸的动作和要求,这便是他们的小说,这便是海敏威的小说。没有感情吗?他们原先是富有感情的,可是世界上的一切使他们将感情藏到喝酒,藏到说话里面去了。将这整个所谓迷途的时代(Lost Generation)的创伤,不安和苦闷,用他自己所追寻的文体传达了出来。"叶灵凤认为,19世纪之前的小说注重情节与结构,20世纪现代主义小说有向内转的趋势,使心理分析成为文学创作中心,而海明威则以"轻松的文体,简单的造句,平易的单字",用动作表现人物。[1]这样的分析既体现了作者对西方小说叙事结构的宏观把握,又凸显了海明威短篇小说创作及其文体特征在西方小说发展史中的地位和贡献,是较为到位的研究。

《现代》也将目光投向意识流小说家福克纳。除了赵家璧在《美国小说之成长》关于福克纳小说特点的介绍外[2],凌昌言的《福尔克奈——一个新作风的尝试者》一文对福克纳进行了更为细致的研究。该文将福克纳小说与人类文明的发展联系起来,福克纳写出了现代人的"现代心":"福尔克奈描写了在文明与野蛮的边境上出入的人物,描写残暴,描写罪恶,描写原始的性欲,他便很自然的成为同样的被要求刺激的都市的读者所爱好,因为他写的不能不说是中古世式的恬静的乡

---

[1] 叶灵凤:《作为短篇小说家的海敏威》,载《现代》,第5卷第6期,1934年。
[2] 赵家璧:《美国小说之成长》,载《现代》,第5卷第6期,1934年。

村,而只是最适当的罪恶和残暴的背景的蛮荒僻境。"文章介绍了福克纳小说出现的背景和其在世界文坛上的地位,又概述了福克纳的作品情况和他的小说的意识流特点。对于福克纳小说主题,作者这样评价道:"威廉·福尔克奈并不是一个深刻的思想家,要在他的作品里找寻思想发展的过程的人是会失望的。他的人生观也宁说是非常单纯,即他看到这世界是整个的恶的。他甚至可说自身在神经上也许有某种不健全的处所,因此所看见的一切便都成为罪恶和病狂。我们与其在作家本人身上找寻他的思想的特征,却还不如去考察一下这个福尔克奈可能成为流行的时代的特征较为有益些。……福尔克奈所能给予的不是常态的社会或是人生的表现,他所给予的只是刺激。"①显然,作者更欣赏的是福克纳的意识流小说的写作技巧。

帕索斯也是《现代》关注较多的一位新兴作家。赵家璧在《帕索斯》中讨论了帕索斯在小说形式方面的探索,认为帕索斯使用"新闻篇"、"名人传记"、"摄影机镜头"三种技巧,将时代背景、时代中心人物和作者本身的行动渗入到故事中,打破了旧形式的束缚,把写实主义作品领向了另一个簇新的道路。所以,帕索斯的小说"已经达到了文学的最高点"。杜衡在《帕索斯的思想和作风》中认为,"当时的美国知识群中颇流行着一种绝望和迷惘的心情,这种心情一般是称之为defeatism,我们勉强可以译为'失败情绪'"。这种失败情绪在帕索斯的作品中占着绝对优势。他的作品"诅咒物质文明,赞颂安静和自然美,那书的主人公几乎想替自己的'诗的灵魂'在俗世中找一个避难所,但事实告诉他是不可能。……他渐渐的从对机械文明的盲目的憎恨转而为对社会制度的憎恨。于是,把整个罪恶的社会在作品里表现出来的企图便在帕索斯身上慢慢的成熟。"②可以看出,作者对帕索斯的解读更注重其创作的社会历史内容。

《现代》对于福克纳、海明威、帕索斯等现代作家的研究,大多关注其在小说艺术形式方面的探索和贡献,而对于其小说的思想内容论之

---

① 凌昌言:《福尔克奈——一个新作风的尝试者》,载《现代》,第5卷第6期,1934年。
② 杜衡:《帕索斯的思想和作风》,载《现代》,第5卷第6期,1934年。

较少。①杜衡认为:"在这许多尝试中,有许多固然是非常合理的,是由新的内容所决定了的,但尽也有许多是发展到一种无必要的。而甚至是不合理的形式上去。……我们应该把好的和坏的区别出来,前者不妨称之为'革新',而后者不过是一种'怪诞'而已。"②施蛰存也认为:"显然的,近年来的新文学是多量的吸收到西洋文学的影响的。但是我们所应该吸收的,是西洋文学的技巧,而不是要把他们的内容和情绪都完全照原样的搬到中国来。"③《现代》既关注了苏联左翼文学,也比较集中地展示了西方现代主义文学的面貌。在施蛰存看来:"'现代派'就是第一次世界大战之后,否定了十九世纪的文学,另外开辟新的路。有的人用新的创作方法,有的人用新的题材。……所以左翼的苏联文学,也是现代派。"《现代》的外国文学引介与研究表现出一种多元性和复杂性。《现代》学人对新近发生的外国文学现象的独到分析,足见其学术功力与学术敏感。

由此可见,在1930年代,左翼系期刊以革命、阶级视角,侧重苏联、日本无产阶级革命文学的引介与研究;自由主义系期刊以文学本位视角,侧重对英美现代文学的引介与研究。两者的区别泾渭分明,但这并不意味着它们之间没有交叉与重合。如上所述,《现代》正是在这两种视角下,展开对战后苏联文学与美国现代文学的引介与研究的。但是,在革命与战争语境下,《现代》的"现代"视野显然是不合时宜的:"施蛰存在这三年里处身文学—意识形态前沿,所取得的微妙平衡到1936年就维持不下去了。……一个反帝国主义敌人的民族主义迅速取代了施蛰存的都会世界主义的旗号。"④

---

①高明:《一九三三年的欧美文坛》,载《现代》,第5卷第6期,1934年。
②杜衡:《帕索斯的思想与作风》,载《现代》,第5卷第6期,1934年。
③施蛰存:《编辑座谈》,载《现代》,第1卷第4期,1934年。
④〔美〕李欧梵:《上海摩登:一种新都市文化在中国1930—1945》,北京大学出版社2001年版,第164页。

第九章

1940年代：研究话语的杂糅与不同旨趣

——以《西洋文学》与《时与潮文艺》等为主要对象

1940年代，战争成为外国文学引介与研究的主要语境。正如徐迺翔所言："文艺为战争服务，为战争这个最大的政治服务，突出文艺的'工具'和'武器'功能，强调文艺在战争中的宣传鼓动作用，构成了整个抗战时期乃至解放战争时期的文艺理论和文艺思潮的主旋律。"[①]文史研究者通常把抗战时期的中国划分为三个区域：解放区、沦陷区、国统区。其中，解放区指共产党管辖的区域，如陕北及华北的革命根据地；沦陷区指抗日战争期间被日本侵占的地区，如北京、上海、广州等；国统区指国民党统治管辖的区域，如重庆、成都、昆明等。

基于三个区域不同的政治环境，1940年代的外国文学研究呈现出多元化的场景。俄苏文学研究、反法西斯文学研究、欧洲古典文学研究构成了此时外国文学研究的主要领域。解放区以毛泽东《在延安文艺座谈会上的讲话》精神为指导，将"政治标准第一，艺术标准第二"的原则运用到外国文学研究中，其中周立波在延安鲁迅艺术学院的外国文学讲稿[②]颇具代表性。国统区的《时与潮文艺》刊载了俞大纲的女性文学研究、陈瘦竹的古典戏剧研究、盛澄华的纪德研究、范存忠的传记文学研究、徐仲年与吴达元的法国文学史研究，以及"当代美国小说专号"等，显示了学院派研究的特点；"战国策派"的《战国策》、《民族文学》等刊物在民族主义话语下，力主战时文化的重建与民族精神的重

[①] 徐迺翔主编：《中国新文艺大系：1937—1949理论史料集》，中国文联出版公司1998年版，"导言"，第4页。

[②] 1940年代，解放区的外国文学研究期刊较少。所以，本文暂以周立波在鲁艺术学院的外国文学讲稿为分析个案，特此说明。

塑,对歌德、易卜生等进行了颇具特色的解读,其中陈铨的欧洲文学研究较有代表性。沦陷区的《西洋文学》虽然存在时间短,但在文体方面的精细研究也闪烁着学术的火花。

第一节 《讲话》精神指引下的外国文学研究

1939年8月3日,陕甘宁边区中央局在延安召开了民族形式问题的座谈会。何其芳在《论文学上的民族形式》一文表达了对民族形式问题的思考:"我认为欧洲的文学比较中国的旧文学和民间文学进步,因此新文学的继续生长仍然主要地应该吸收这种比较健康,比较新鲜,比较丰富的养分。这种吸收,尤其是在表现方法方面,不但无损而且有益于把更中国化,更民族化的文学内容表现得更好。(比如托尔斯泰的《战争与和平》我们不都承认是很俄罗斯化的吗,然而那形式完全是西欧文学的形式。)"① 何其芳主张以欧洲文学的"瓶"容纳中国文学的"酒",这样既可以丰富中国文学的表现手法,而又不失去中国特有的民族内涵。在何其芳的学术视野中,欧洲文学可为中国新文学的向前发展提供有效的借鉴与参考,其出发点是审美形式的优劣。

1940年1月,毛泽东在《新民主主义论》中对文艺的继承和借鉴问题作出进一步明确指示:"中国应该大量吸收外国的进步文化,作为自己文化食粮的原料",但是要"排泄其糟粕,吸收其精华"。② 1942年,毛泽东在《在延安文艺座谈会上的讲话》(以下简称《讲话》)中对此作出了精辟的论述。他说:"我们必须继承一切优秀的文学艺术遗产,批判地吸收其中一切有益的东西……但是继承和借鉴决不可以变成替代自己的创造,这是决不能替代的。"③

---

① 何其芳:《论文学上的民族形式》,载《文艺战线》,第1卷第5期,1939年。
② 毛泽东:《毛泽东选集》第2卷,人民出版社1991年版,第706—707页。
③ 毛泽东:《在延安文艺座谈会上的讲话》,载王钟陵主编:《二十世纪中国文学史论文精粹·文学史方法论卷》,河北教育出版社2000年版,第135页。

"取其精华，去其糟粕"、"批判地继承"是1940年代解放区和左翼学界对待外国文化与文学的基本立场，但是面对纷繁杂沓的外国文学，哪些是精华，哪些又是糟粕，这本身就包含着一定的理论预设。《讲话》强调"政治标准放在第一位，艺术标准放在第二位。……政治和艺术的统一，内容和形式的统一，革命的政治内容和尽可能完美的艺术形式的统一"。①《讲话》为文艺工作者指明了方向，即文艺为政治服务、文艺以"工农兵"为主体、以马列主义文艺观为指导。由此，"革命化、民族化、大众化"成为文艺工作者的风向标。在《讲话》精神的指引下，"为工农兵服务"成为此时段的外国文学引介与研究的基本话语之一。

一、解放区的外国文学研究

1938年，鲁迅艺术文学院在延安成立。抗战救亡的民族意识、普及大众的启蒙意识是鲁迅艺术学院的办校宗旨。1940年到1942年，外国文学在鲁迅艺术学院颇受欢迎，最值得一提的是周立波开设的课程"世界文学名著选读"。

该课程的讲稿内容丰富，主要包括《蒙田和他的散文》、《司汤达和他的〈贾司陶的女主持〉》、《〈贾司陶的女主持〉的诗表现在哪里?》、《巴尔扎克》、《梅里美和他的〈卡尔曼〉》、《莫泊桑和他的〈羊脂球〉讨论提纲》、《普希金：〈驿站长〉》、《浮士德故事》、《浮士德》、《普士庚：〈驿长〉》、《谈果戈理和他的〈外套〉》、《〈混人〉讨论提纲》、《罪与罚》、《作为一个思想家的托尔斯泰》、《作为艺术家的托尔斯泰》、《安娜·卡列尼娜》、《〈一个秋夜〉的讨论提纲》、《毁灭》、《不走正路的安德伦》、《关于童话的论述及对〈表〉的分析》、《关于莱辛论画与诗的界限》等。从中可以看出周立波文学视野的宽广和外国文学学养的深厚。

该讲稿涉猎面广，从16世纪的文艺复兴文学到19世纪的现实主义文学，而在论述具体作家时，往往又将其置于外国文学史的整体视野

---

① 毛泽东：《在延安文艺座谈会上的讲话》，载王钟陵主编：《二十世纪中国文学史论文精粹·文学史方法论卷》，河北教育出版社2000年版，第144页。

中。周立波对司汤达、梅里美、巴尔扎克等作家作过分析。在《司汤达和他的〈贾司陶的女主持〉》中,他从"布局或结构"、"奇异"、"懂得心理、知道种种性格"、"力、恋爱和热情"等方面阐述司汤达小说的艺术特征。[①]在《作为艺术家的托尔斯泰》中,他将托尔斯泰的艺术创作归为五点:最清醒的现实主义、自然与和谐的歌唱者、一切人性的洞察者、青春的心、传道的心。[②]在《莫泊桑和他的〈羊脂球〉讨论提纲》中,他将莫泊桑创作特色总结为"纯客观"与"写真实"。周立波对所选外国作家创作的总体风貌,对这些作家作品的思想内容与艺术特色,都有独到的分析与严谨的概括。

该讲稿以18世纪的启蒙主义文学、19世纪现实主义文学为主要讲述内容,尤其是集中讲述普希金、托尔斯泰、屠格涅夫、果戈理、高尔基、法捷耶夫、绥拉菲莫维奇等俄苏文学的经典作家。《讨论会》一节在讲述托尔斯泰对于19世纪的颓废派、象征派的排斥态度时,讲稿提到了波特莱尔、马拉美、魏尔伦、梅特林克、乔伊斯、艾略特等现代主义作家。该讲稿未涉及20世纪现代主义作家。可见,1940年代,解放区延安未认可这些"暧昧"且专注"游戏"的现代主义作家。周立波本人并没有对这些作家持盲目批判的态度,他客观地认识意识流小说所采用的自由联想、内心独白等创作手法的特征。在谈到意识流小说的创作技巧时,周立波写道:"这个新的方法是企图运用作者的心理学的机智和直觉,和他对于人物心灵,它的深度,它的下意识的冲动,活动禁止(inhibitions)和掩着的刺激的深刻的知识,去构成一个不被扰动的思想的川流,这流水是从一个不安的心灵倾注出来,对于思想者,也许常常不是有意识的,而且常常被千百个非主要的目的物使这思想从主要的思想的过程岔开。"[③]但是,周立波还是谨慎地谈到了它的不合时宜:

[①] 周立波:《司汤达和他的〈贾司陶的女主持〉》,载《周立波鲁艺讲稿》,上海文艺出版社1984年版,第9—16页。

[②] 周立波:《作为艺术家的托尔斯泰》,载《周立波鲁艺讲稿》,上海文艺出版社1984年版,第92—101页。

[③] 周立波:《司汤达和他的〈贾司陶的女主持〉》,载《周立波鲁艺讲稿》,上海文艺出版社1984年版,第15页。

"我们对于人物的处理的方向，不是自我陶醉的毫无意义的对于他们的意识的分析，而是对于他们的行为的表露。"①周立波因此尽量避谈那些现代主义作家。周立波对梅里美的艺术成就赞赏有加。据陈涌回忆："当时也有一些同学，虽然也敬服梅里美在艺术上的精湛、完美，却更倾向于俄国文学的强烈深厚、博大深雄。他们是非议过立波同志的欣赏趣味的。"②在"讲政治"的延安，欣赏梅里美这样的资产阶级作家显然有"越界"之嫌，周立波在这点上是难能可贵的。

周立波在鲁迅艺术学院的外国文学讲稿，早于毛泽东《在延安文艺座谈会上的讲话》与延安整风运动。但在解放区的主流意识形态下，讲稿基本符合《讲话》的主要精神。

二、对欧洲文学的态度

毛泽东继承了鲁迅的"拿来主义"，提出"古为今用"、"洋为中用"的文艺方针。但是，在"怎么用"的层面上，当时文艺界的认识并不是十分清晰的。表现在外国文学的引介与研究上，阶级分析是主要话语。欧洲文学被切割为资产阶级的腐朽文学、小资产阶级的人道主义文学、无产阶级的革命文学。其中，资产阶级或小资产阶级文学的人性论、人道主义、"为艺术而艺术"的唯美主义文学等受到批判。1942年，张庚在《论边区剧运和戏剧的技术教育》中指出，过去"没有很好为革命内容服务，学习古典的和外国的文学遗产没有很好地批判继承"。③茅盾在《反动派压迫下斗争和发展的革命文艺》一文中，这样论述国统区革命文艺的缺陷："因为醉心于提高，因为把艺术价值单纯化为技巧问题，又因为抱着上述的各种糊涂见解，于是就出现了漫无批判的'介绍'乃至崇拜西欧资产阶级古典文艺的倾向。欧洲资产阶级的古典作品，其中本来也有的是包含着比较健全的现实主义的创作方法，和

---

①周立波：《司汤达和他的〈贾司陶的女主持〉》，载《周立波鲁艺讲稿》，上海文艺出版社1984年版，第15页。

②陈涌：《我的悼念》，载李华盛、胡光凡编：《周立波研究资料》，湖南人民出版社1983年版，第142页。

③张庚：《论边区剧运和戏剧的技术教育》，载《解放日报》，1942年9月11—12日。

若干进步的思想因素,值得介绍,也值得学习。但介绍不能漫无标准,而学习也同时应加批评。不幸那时成为一种风气的,则既无标准,也不加批判。(此指一般现象而言,个别进步的文艺工作者当然不是这样的。)有些文艺工作者甚至以为熟读了一些西欧资产阶级的古典作品就可以获得中国文艺所缺少的高度艺术性。罗曼罗兰的名著《约翰·克里斯多夫》无论就思想深度言,或就'艺术性'言,当然是不朽之作,但不幸许多读者却被书中主人公的个人主义精神所震慑而晕眩,于是生活于四十年代人民革命的中国,却神往于十九世纪末期个人英雄主义的反抗方式,这简直是时代错误了。崇拜西欧古典作品的,最极端的例子就是波德莱耳耶成为值得学习的模范。这当然更不足深论。"①1948年,邵荃麟在《对当前文艺运动的意见》一文中,指出1940年代国统区革命文艺运动的右倾状态:"大量的古典作品在这时候翻译过来了。托尔斯太、弗罗贝尔,被人疯狂地、无批判地崇拜着。研究古典作品的风气盛极一时。安娜·卡列尼娜的性格,成为许多青年梦寐以求的对象。在接受文学遗产的名义下,有些人渐渐走向对旧世纪意识的降服。于是旧现实主义、自然主义以及其他过去的文艺思想,一齐涌入人们的头脑里,而把许多人征服了。这个情形,和战前国家革命文艺思想对我们的影响相比较,实在是一种可惊的对照。"该文认为,19世纪欧洲资产阶级古典文学具有"繁琐的和过分强调技巧的倾向……所谓超阶级的人性,以至所谓'圣洁的爱'与'永恒的美'的追求。……对于历史中与现实批判的软弱无力,人道主义的微温的感叹与怜悯;以'含泪的微笑'代替当前中国艰苦的战斗"。②这些文章的基本倾向是一致的。

在这样的观念下,邵荃麟认为,约翰·克利斯朵夫只是"个人主义的战斗者,并且是这样一个战斗的最高典型",他的奋斗不过是"在个人主义的盲巷中"所作的"无谓摸索"。③聂绀弩称不喜欢《简·爱》这

---

① 张新编著:《中国文论选·现代卷》(下),江苏文艺出版社1996年版,第651页。
② 徐迺翔主编:《中国新文艺大系:1937—1949理论史料集》,中国文联出版公司1998年版,第414页。
③ 徐迺翔主编:《中国新文艺大系:1937—1949理论史料集》,中国文联出版公司1998年版,第414页。

本书，因为它"不过是世俗观念，市侩观念的表扬，作为艺术品，它不应得到较高的评价。……且不说作者对阶级的观念对不对，只说不同的阶级虽然爱和结婚了，阶级本身仍然如故毫无损伤。而把低阶级的人写成往上爬的，假如用来代表低阶级，对低阶级却是一种侮辱"。① 在阶级斗争的视角下，简·爱追求人格独立和精神自由的品格，被曲解为劳动阶级向有产阶级的求宠献媚。这表明，当政治过多地介入文学话语时，外国文学研究就会偏离应有的轨道。

1940年代，俄苏文学是解放区和左翼学界最重要的外来文学资源。1942年，作家何其芳在《论文学教育》一文明确指出："在作品方面，应该着重的在外国是欧洲和旧俄的旧现实主义的文学，尤其是苏联的社会主义现实主义的文学。"② 1945年，茅盾撰写的《近年来介绍的外国文学——国际反法西斯文学的轮廓》③一文，以太平洋战争爆发为界，将1937—1945年间的外国文学引介与研究分为两个时期："前期的介绍工作主要是苏联的战前作品（苏维埃文学中划时代的长篇巨著），以及世界的古典名著。后期呢，则除继承前期工作而外，还把注意普遍到英美的法西斯战争文学了——不用说，苏联的反法西斯战争文学是尤其介绍得多的。"④ 从现有的史料也可以看到这一点。夏衍在《乳母与教师——关于俄罗斯文学》⑤一文中，甚至以乳母与教师为喻，表达了俄苏文学对中国文学所造成的"广大而且深刻的关系"。

这一阶段，相关的研究文章和随笔也不少。例如，胡风的《A.P.契诃夫断片》⑥、阳翰笙的《关于契诃夫的戏剧创作》⑦、艾芜的《略谈果

---

① 聂绀弩:《谈简爱》，载《萌芽》，第1卷第1期，1946年7月。
② 何其芳:《论文学教育》，载《解放日报》，1942年10月16—17日。
③ 该文最初发表于1945年5月4日《文哨》第1卷第1期《创刊特大号》，为《〈现代翻译小说选〉序文》，后收入《茅盾文艺杂论集》时改为现题。
④ 茅盾:《近年来介绍的外国文学——国际反法西斯文学的轮廓》，载《文哨》，第1卷第1期，1945年。
⑤ 夏衍:《乳母与教师——关于俄罗斯文学》，载《时代文学》，9月号，1941年。
⑥ 胡风:《A.P.契诃夫断片》，载《中原》，第2卷第1期，1945年。
⑦ 阳翰笙:《关于契诃夫的戏剧创作》，载《中原》，第2卷第1期，1945年。

戈理的描写人物》①、周钢鸣的《关于〈欧根·奥尼金〉的几个问题》②、王西彦的《论屠格涅夫的罗亭》与《论罗亭》③、郭沫若的《向普希金看齐!》④、司马文森的《向〈静静的顿河〉学些什么》⑤、邵荃麟的《对于安东·柴霍夫的认识》⑥、芦蕻的《从奥布洛莫夫、罗亭论中国知识分子的几种病态生活》⑦等文章,从不同角度解读了俄苏作家及其作品。周钢鸣的文章主要从《叶普盖尼·奥涅金》反映的社会现实、塑造的典型人物以及语言运用等方面,高度评价了这部诗体小说的价值:"诗人在人生与现实中,以及在诗的艺术形象中,所追求的是最高的真、善、美的情操和意境。"女主人公塔基亚娜"表现了真正的国民性",而男主人公奥涅金"对当时的社会改革的激进而麻痹,对于爱情的冷淡和寒热病,对于生活的幻想和不安的忧郁","在我们的生活中,是不应走向奥尼金的那条道路去的"。⑧邵荃麟的文章指出,契诃夫不是一个悲观主义者,或人生的旁观者,契诃夫是真正了解俄国人的生活的,"而且了解到他们精神生活的内面,到人民的心底奥秘之处,这样他才能以天才的笔力抉发出这个民族的病根","他是深深地感受着人民所痛苦而为他们受伤苦闷而斗争"。⑨这篇文章不仅是谈契诃夫的,它与《讲话》的精神也是默契的。胡风则认为契诃夫是世纪之交的作家中,"感觉到革命之不可避免的第一人",赞扬契诃夫"保持了那样的批判精神,就是由于灵魂的坚强"。⑩芦蕻的文章认为,要把俄国作家笔下的人物"作为我们的镜子",克服三种病态倾向:对于生活的追随态

---

①艾芜:《略谈果戈理的描写人物》,载《青年文艺》,第1卷第1期,1942年。
②周钢鸣:《关于〈欧根·奥尼金〉的几个问题》,载《诗创作》,第15期,1942年。
③王西彦:《论屠格涅夫的罗亭》,载《时与潮文艺》,第5卷第1期,1945年;王西彦:《论罗亭》,载《文艺春秋》,第7卷第3期,1948年。
④郭沫若:《向普希金看齐!》,载罗果夫、戈宝权编:《普希金文集》,时代书报出版社1947年版。
⑤司马文森:《向〈静静的顿河〉学些什么》,载《艺丛》,第1卷第2期,1943年。
⑥邵荃麟:《对于安东·柴霍夫的认识》,载《文艺青年》,第1卷第6期,1944年。
⑦芦蕻:《从奥布洛莫夫、罗亭论中国知识分子的几种病态生活》,载《中原》,第2卷第2期,1945年。
⑧周钢鸣:《关于〈欧根·奥尼金〉的几个问题》,载《诗创作》,第15期,1942年。
⑨邵荃麟:《对于安东·柴霍夫的认识》,载《青年文艺》,第1卷第6期,1944年。
⑩胡风:《A.P.契诃夫断片》,载《中原》,第2卷第1期,1945年。

度、消沉、麻痹回避现实的态度,玩世的个人主义。①王西彦的文章着重分析了罗亭形象,尤其是罗亭的恋爱悲剧、性格悲剧及其悲剧所产生的社会土壤。作者认为,"罗亭的错误是时代的错误,他的悲剧是时代的悲剧"。"罗亭虽然是一个无力的英雄,但绝不是那种对祖国命运漠不关心,对人世采取嘲弄态度的冷血者,他知道应该秉承爱人类的信念,为人类努力,而他也确实献出自己的努力了。他的漂亮的言辞,为自己招来了无数的不幸,不过对于人类和祖国可决不是完全没有用处的。他以一个宗教家的热情,带着理想的种子,风尘仆仆,从一处到另一处,随时随地撒播。……正因为有他们这些不幸的先驱者,才有继起的轰轰烈烈的实行者。……屠格涅夫创造了罗亭,同时又创造了列兹尧夫,乃是使之互相批评,互作对照,从这两个老同窗身上,反映了十九世纪四十年代的英雄的全貌,反映出历史的真实。"②作者的到位分析,从中也能看到《讲话》精神的辐射力。司马文森在《向〈静静的顿河〉学些什么》中写道:"在苏联革命文学兴盛时,其幼稚成分,也和今日的中国差不了多少,他们单纯地歌颂着革命,公式地让作品拖了一条革命的尾巴,或是带着纠责心情来检讨自己的失败。在这些作品中,看来革命的成功是太容易了,或者是公式地说:不错,革命也会遭受了打击失败过,但是最终它是会成功的。这种观念化的结论在苏联大革命初期的作品中,和我们现在的作品中都存在着。读了《静静的顿河》后,第一个使我深感兴趣的就是这部作品已经脱离了或多或少的公式化和概念化了。"左翼学界对公式化和概念化已经抱有警觉。不过,当时有些评论或研究文章过于侧重于人民性、阶级性的话语,机械、生硬地套用一些理论,造成了不少与研究对象脱节的现象。

---

①芦蕻:《从奥布洛莫夫、罗亭论中国知识分子的几种病态生活》,载《中原》,第2卷第2期,1945年。
②王西彦:《论罗亭》,载《文艺春秋》,第7卷第3期,1948年。

第二节 不同的现代旨趣：
《西洋文学》、《战国策》与《民族文学》

一、《西洋文学》的外国文学研究

1940年9月1日，《西洋文学》在日本占领下的上海公共租界内诞生，1941年7月停刊，共出10期，由居住在美国的林语堂出资赞助。林语堂曾"责难国人介绍西方文学，不多事翻译英，法，德文学名著，反而热心负贩'不甚闻名'的波兰，匈牙利作家"。①这从一个侧面反映了此时中国外国文学引介与研究的不同取向。《西洋文学》以译介英、美、法、德等国文学为主。在《发刊辞》中，编者在谈到办刊宗旨时称："本刊的工作是翻译，介绍西洋文学。（这不是同人只着重于西洋文学，我们以为文艺创作也一样地重要；但是，介绍西洋文学的工作已经够巨大烦重了，目前本刊只能专为此而工作。）文学原无所谓种族国家之分，我们希望能够陆续把西洋古代和近代最好的文学作品介绍过来。"②该刊的名誉主编有叶公超、郭源新（郑振铎）、李健吾、巴金、赵家璧，实际上主要负责人是张芝联、夏济安、柳存仁、徐诚斌四个人。

张芝联在回忆《西洋文学》征稿的对象时，这样写道："上海在珍珠港事变（1941年12月8日）前尚未沦为孤岛，许多未内迁的大学都从郊区迁租界上课，这些学校的教师成为我们征稿的第一批对象。当时滞留上海的著名翻译家如耿济之、傅统先、黄嘉德、周煦良、邢光祖、予且（潘序祖）、全增嘏、谢庆尧、巴金、李健吾，还有我们同辈的郑之骧、陈楚祥、班公（周班侯）、谭维翰等，都在《西洋文学》上发表译作。征稿的第二批对象是远在北平的，特别是燕大的年轻译者，通过挚友宋悌芬，我得以经常收到吴兴华、南星、黄宗江和悌芬自己的译稿。第三批对象是西南联大的一些成名译者，最卓著的有潘家洵、卞之

---

① 陈占元：《两部法国的文学史》，载《文学杂志》，第2卷第7期，1947年。
② 《西洋文学》1940年9月1日创刊号。

琳、孙毓棠、温源宁、姚可昆（冯至夫人）等。"①可以看出，《西洋文学》的稿件大多出自当时著名的外国文学专家，这确保了该刊物外国文学研究的稿源质量及其学术水平。

《西洋文学》有相当一部分是中国学者对国外研究成果的翻译，选译的文章内容广泛，如张芝联的《十九世纪文艺之主潮》、《罗马文学的特质》、《乔易士论》、《叶芝论》，刘岱业的《但丁与中古思想》，陈耘的《托尔斯泰短评》，宋克之的《论莫泊桑》，诚斌的《曼殊菲尔论》，谬思齐的《近代小说趋势》，吴兴华的《菲尼根的醒来》、《乔易士研究》，徐诚斌的《拜伦论》等。如 Edith Wharton 在《近代小说趋势》中认为，想象力"绝并不是一个力量够大的东西，必须被直接的观察力顶替。小说家将创造力换了摄影机。且关于衣物，背景，身体的特点看得出，触得到的详细描写替换了自由随便的人物描写；统计挤出了心理学。这里，'现实派'作家击中了适当的方法；他们发现，当某一个人物出现时，将同一个字句放在他口上，将读者的注意引到同一的身体缺陷上，像斜眼，口吃，怪音（巴尔扎克时常用得过分的辨认方法）等等，比一笔一笔描写他灵魂的形状和生长，来得容易多了。不论什么东西，像亨利詹姆士有一次说的，只要能嗅到，能看到，能尝到，能碰到，应该处在脑力和道德的特质之上。但是后来乃发现，这方法毕竟由另一条路通到早期小说陈腐的呆板方式中——除了这点，先前仅是守财奴的人，现在变成了左眼角向上搐搦的人，先前只是一个神妖的人现在变成了一个跟在一阵'白玫瑰花'后年青的女人"。②这篇文章生动而形象地阐述了小说从浪漫主义想象到现实主义写实转变的过程，从理论到具体文学史实的呈现，显示了原作者对近代小说趋势深刻而透彻的把握。尽管是译文，但别具一格。

《西洋文学》中也不乏中国学者自己撰写的研究文章，如林语堂的《谈西洋杂志》、巴金的《克鲁包特金的〈伦理学〉》、司徒辉的《法兰西大悲剧》、吴兴华的《现代诗与传统》、方重的《英国诗文研究集》、

---

①张芝联：《五十五年前的一次尝试》，载《读书》，1995年第12期。
②Edith Wharton：《近代小说趋势》，廖思齐译，载《西洋文学》，第6期，1941年。

潘家洵的《近代西洋问题剧本》等。关于这一点，张芝联这样写道："百分之九十都是译文，但书评乃出自作者手笔，偶尔也有自传论文。"①在《西洋文学》设置的"书评"栏目中，先后发表了近40篇学者撰写的书评。这些书评在一定程度上体现了学者们对现代主义文学的研究力度。1939年，乔伊斯的《芬尼根的苏醒》问世。1940年，《西洋文学》刊载了吴兴华对《菲尼根的醒来》的书评。吴兴华对乔伊斯作品的艰涩给予高度评价，认为它们是"苦思及苦作加上绝顶的天才的产生品"。②在吴兴华看来，乔伊斯的作品虽难懂难读，但值得用心研究，因为"无论Joyce怎样为普通读者所不了解，他已成为现代精神的代表"。③1940年，《西洋文学》刊载邢光祖撰写的书评。该书评认为，艾略特奠定了一种新的作风："在他自我的抒情里隐含着整个时代的反映"，《荒原》可以说是"二十世纪人们心里的epic"。在作者看来，艾略特的诗可以说是智慧的诗，这些诗是艾略特在"触动圆览"后，把其"独具的人生宇宙的见解——智慧之果——给装进诗的形式和字句的音乐内。诗人在宇宙的默察和体念中常受着一种强烈的感应（heightened consciousness）。在他执笔的时候，他把观念消融在意象中，情感的意态化滤在客观事物的描摹的暗示里，他把观察凝成一种境界，透示出一种心灵的状态"。④作者以细腻的笔触，显示了对艾略特诗歌艺术特色的精准把握。

　　《西洋文学》虽然存在时间短，但它代表了沦陷区学者对于外国文学引介与研究的旨趣。从第4期开始，《西洋文学》先后刊出了《托尔斯泰特辑》、《乔易士特辑》、《叶芝特辑》。每一辑包括小传、原著选译、评论，如1941年3月《乔易士特辑》就有乔伊斯像及小传，乔伊斯诗选，乔伊斯的短篇《一件惨事》和《友律色斯插话》，以及Edmund Wilson的《乔易士论》（张芝联译）。从这本刊物所刊载的译文看，它及

---

① 张芝联：《五十五年前的一次尝试》，载《读书》，1995年第12期。
② 吴兴华：《菲尼根的醒来》，载《西洋文学》，第2期，1940年。
③ H.S. Gorman：《乔易士研究》（1939年），吴兴华译介，载《西洋文学》，第2期，1940年。
④ 《西洋文学》，第4期，1940年。

时地反映了国外外国文学研究的学术动态。尤其是书评栏目对国外的新书新作进行及时述评,这些文章在刊物中所占比例虽小,但却闪烁着学术的火花。

自胡适发表《易卜生主义》以来,社会问题剧受到学者关注。在《西洋文学》为数不多的中国学者撰写的外国文学研究论文中,潘家洵的《近代西洋问题剧本》[①]值得注意。文章分为三个部分,分别以"从易卜生到萧伯讷麦利生:问题剧本的起源"、"以各阶级间之不平等为题材的作品"、"萧伯讷的巴布勒上尉和华仑夫人的职业"为题,论述了与西洋社会问题剧相关的问题。

在潘家洵看来,社会问题剧即"正经讨论当代问题的剧本",男女关系、贫富贵贱、劳资关系是在近代剧本中的重要问题。对于男女关系,作者指出:"本来恋爱在戏剧中间一向占着重要的地位,昔人与今人之不同只在其态度之有异。譬如,前人之描写恋爱多出以欣赏的态度,把恋爱当作一出富有诗意的浪漫情绪看待。他们不追求恋爱的本质,不注意恋爱与人生各方面所发生的连系,不理会它所包含的社会意义。所以从前剧本的恋爱故事多限于未婚嫁的青年男女。夫妻关系很少被人以严肃的态度提出描写。"[②]潘家洵认为,易卜生开创了以婚姻关系作为现代剧本主要问题的风气,易卜生社会问题剧不但着眼于社会,而且也关注个人。个人主义是易卜生戏剧的出发点与归宿点,真正的个人主义不是独善其身,而是兼济天下的,"想要救大众,又必须先有救自己的能力"。所以,崇真理、重自由的个人主义的态度在《玩偶之家》、《群魔》、《社会支柱》等剧本中"非常之明显"。由此,易卜生使欧洲戏剧从内容到技巧都发生了空前的变化,创造了一个崭新的时代。

作者指出,霍普特曼的《织工》与高尔斯华绥的《争斗》是描写劳资冲突的名著。类似的剧本往往以"进退两难的事实为题材",劳资问

---

①《近代西洋问题剧本》先是收入《国立北京大学四十周年纪念论文集》(1938年12月编印,1940年1月出版),后又在1940年分别以"从易卜生到萧伯讷麦利生:问题剧本的起源"、"以各阶级间之不平等为题材的作品"、"萧伯讷的巴布勒上尉和华仑夫人的职业"为题,发表在《西洋文学》第1、2、3期。

②潘家洵:《从易卜生到萧伯讷麦利生:问题剧本的起源》,载《西洋文学》,第1期,1940年。

题"最容易激动作者的意气,一己的爱憎常是代替了客观的衡量"。一个肤浅的作者通常会将"争斗的责任加入一方的肩上",但"高斯倭绥目光如炬,看清了问题的症结。固然,他只提出了这个现实迫切的问题,而不会指点什么解决的路径,但这不能算是他的缺点,因为剧本的责任只是提出问题,使人思想。能使人思想,其效力之宏大远过于贡献一个主观的具体方案。高斯倭绥如此,易卜生,托尔斯泰,萧伯纳亦复如此,他们都只是谈谈病原,说说病象,而不肯立方下药,因为治病不是他们的责任"。[1]作者对高尔斯华绥的评价,可以说抓住了社会问题剧的本质,即"提出问题,引起注意",而不是要以解决问题为旨归,由此避免了文坛对社会问题剧的批评与指责。对于剧本应不应该以讨论问题为中心,作者写道:"有人说,一个剧本若是不能在观众心里引起一个问题,它就像是一件没有骨干的东西,不但没有价值,不能使观众真正发生浓厚的兴趣。另有人的意见恰恰于此相反,他们以为戏剧的要素情感多于理智,过分的注意思想会妨碍艺术的美感;有时因为太注意了问题,便忽略了戏剧,其实照原理说,一个问题剧本尽可以同时是好的戏剧。不过实际上许多问题剧本往往不是很好的剧本,主要原因是写剧本的人技巧不够,在提笔的时候胸中早预定下全剧的结局,不顾人物故事如何发展和演进,只想拿一切来迁就自己,来证明预定要证明的真理。结果,自然免不了牵强、过火、空虚、浅薄这几种毛病。手段高强的作家知道人物和故事是剧本的主干,人物须求其象真,故事须求其自然,在这种情形之下发生的问题才会鲜活而有力,可以引起人家同情的注意,发生长久而深刻的印象。这样问题剧本才算充分发挥了他们的效能。"[2]潘家洵对社会问题剧的研讨触及了问题的内核,颇有见地。

---

[1] 潘家洵:《以各阶级间之不平等为题材的作品》,载《西洋文学》,第2期,1940年。
[2] 潘家洵:《萧伯纳的巴布勒上尉和华仑夫人的职业》,载《西洋文学》,第3期,1940年。

二、"战国策派"与陈铨的欧洲文学研究

《战国策》、《战国副刊》、《民族文学》①是1940年代"战国策派"的主要刊物,西南联大教授陈铨、林同济、雷海宗等为其主要撰稿人。"战国策派"学人试图建立以民族主义为基础的文学。

陈铨在《民族运动与文学运动》一文中,力图在世界文学史中寻找民族文学运动得以成立的理由。文章系统梳理了意大利、英国、法国、德国等欧洲各国文学史的发展概况。这里且以陈铨对意大利与德国的民族文学运动的论述为例。在陈铨看来,中世纪是政治和宗教的蜜月期,整个欧洲大都接受罗马教皇的统治,其民族意识极为薄弱。在语言文字方面,拉丁文是全欧的通用语言,凡用本国文字从事创作,"都不能占文学崇高的地位"。而但丁以意大利方言写作《神曲》,表达了人类的喜怒哀乐。但丁在语言创造文学方面的功绩,使意大利人具有了强烈的民族意识,从而奠定了意大利民族文学的基础。德国文学在17世纪效仿法国。莱辛认为,德国的民族性与法国根本不同,德国文学必须先要认识自己的民族性,这样才能摆脱法国文学的束缚。莱辛尖锐地指出法国新古典主义并不是古代文学的真面目,真正能够符合亚里士多德精神的是莎士比亚。接着,赫尔德尔领导的狂飙突进运动,以及歌德和席勒作品的出现,造就了德国文学的黄金时代。德国的民族意识发达了,德国民族的文学也形成了。文章认为,纵观欧洲各国发达的历史,"很惊异每一个文学运动,都要先经过语言运动,民族意识又往往是推动语言文学运动的原动力"。②民族文学又与世界文学紧密相关:"所谓世界文学,并不是全世界清一色的文学,或者某一个民族领导,其余的民族仿效的文学,乃是每一个民族发扬自己,集合拢来成功一种文学。我们可以说,没有民族文学,根本就没有世界文学。世界上许多伟大的文学运

---

①1940年4月,《战国策》创刊于昆明,1941年7月终刊,共出17期。1941年12月,又在重庆《大公报》开辟《战国副刊》,于1942年7月停刊,共出31期。《民族文学》于1943年7月创刊,1944年1月终刊,共出5期。

②陈铨:《民族运动与文学运动》,载温儒敏、丁晓萍编:《时代之波——战国策派文化论著辑要》,中国广播电视出版社1995年版,第339—400页。

动,往往同伟大的民族运动同时发生,携手前进。意大利是这样,法国是这样,英德也是这样。"①陈铨强调,任何一个民族的文学"需要旁的民族的文学来充实它,培养它。……对于外来的文学,不能奴隶式仿效,也不能顽固地拒绝"。②基于这样一种认识,"战国策派"学人格外注意对外国文学的引介与研究。

在"战国策派"的主要刊物中出现了相当数量的研究外国文学的论文,如陈铨的《狂飙时代的德国文学》、《狂飙时代的席勒》、《文学批评的新动向》、《寂寞的易卜生》、《浮士德的精神》、《欧洲文学的四个阶段》、《中西文学的世界性》、《戏剧深刻化》、《第三阶段的易卜生》、《哈孟雷特的解释》、《巴雷的平等观念》③等,吴达元的《法国戏剧诗人高乃依》、《法国悲剧诗人拉辛》、《法国喜剧诗人——莫利哀》,梁宗岱的《莎士比亚的商籁》,孙大雨的《译莎〈黎琊王〉序》,费照鉴的《莎士比亚的故事》,袁昌英的《现代法国文学派别》等,这些文章体现了"战国策派"独特的外国文学观。

戏剧是"战国策派"学人用力较多的一种文类。莎士比亚、易卜生、莫里哀、拉辛、高乃依等经典戏剧作家之所以成为该派刊物的主要研究对象,正如陈铨在《赫伯尔的泛悲观主义》所认同的赫伯尔对文学种类的看法那样,乃是因为艺术最高尚的形式就是戏剧。如果把艺术比作一座金字塔,那么戏剧就是金字塔的塔尖,因为它最能表现时代的意义和人生的真理。戏剧最好的材料是时代转变的关头,这时旧的社会已经动摇,新的社会即将产生。剧中人物应当是新旧社会两方面理想的代表。这些代表人物是悲剧里的英雄,他们必须牺牲,才能开创时代的新局面。与此同时,"战国策派"学人对于德国文学、挪威文学,尤其是对歌德、易卜生的研究,也颇见研究功力。可以说,这些研究成果极为

---

①陈铨:《民族运动与文学运动》,载温儒敏、丁晓萍编:《时代之波——战国策派文化论著辑要》,中国广播电视出版社1995年版,第372页。

②陈铨:《民族运动与文学运动》,载温儒敏、丁晓萍编:《时代之波——战国策派文化论著辑要》,中国广播电视出版社1995年版,第376—377页。

③陈铨:《巴雷的平等观念》,载《民族文学》,第1卷第4期,1943年。该文署名"吴瑞麟",为陈铨母亲的姓名。巴雷(Barrie)是英国20世纪初作家,代表作有《可钦佩的克莱敦》。

鲜明地体现了"战国策派"学人在非常时期独到的研究视角,在一定程度上丰富了民国时期外国文学研究的成果。

"战国策派"中最有成绩的要数陈铨。陈铨的《欧洲文学的四个阶段》①一文将欧洲文学的发展分为四个阶段:第一个阶段是希腊时期。"命运的观念,是希腊文学的中心……希腊悲剧的中心题目就是,人类在命运的绝对支配之下,怎样处理自己。……命运虽然压迫,人生虽然悲惨,但是人类奋斗的精神,和光明磊落的人格,不但命运不能压迫,反而因命运的压迫而更显出他的伟大。"俄狄浦斯"决不愿意在虚伪中求生活。他这一种求真的精神,就是希腊'世界哲学'表现的时代精神"。第二个阶段是中世纪。欧洲的时代精神由希腊时期的"世界"转向"上帝"。在这种时代精神的支配下,宗教文学成为中世纪文学最有价值的文学。"圣经的解释,赞美的诗歌,忏悔的记录,证明上帝存在的逻辑,少数表演神迹的戏剧,才受到尊敬。"第三个阶段是文艺复兴时期。此时的人类在世界、上帝之外,发现了自己。"人类是一切的中心,人类的思想感情,因此也就成了文艺复兴以后文学最重要的题材。"莎士比亚的戏剧是文艺复兴时代精神最高的代表。"他们自己的情感,自己的个性,是他们悲剧的成因。罗蜜欧和朱丽叶的热情,马克伯斯的野心,哈孟雷特的怀疑,李尔王的天真,阿色罗的嫉妒,都与命运无关。悲剧从个人的内心出发,正表示人类地位的尊严。"第四个阶段是18世纪以来的近代文学。随着18世纪欧洲工业文明的发达,19世纪欧洲社会组织也随之改变,"团体无形对人类取得了伟大支配的力量,人类的尊严渐渐失掉了,个人的意志也渐渐淹没了,代替希腊的'世界'与中世纪的'上帝'来威胁人类的,乃是新起的'社会'"。②社会成为此时时代精神的焦点,近代文学"表现个人和社会的冲突,或社会和社会的竞争"。陈铨对欧洲文学发展阶段的划分,以及对各阶段时代精神的总结,清晰、准确,显示了其开阔的视野与学养。

---

①陈铨:《欧洲文学的四个阶段》,载《大公报·战国副刊》,第6期,1942年1月。该文收入《文学批评的新动向》时改名为《文学与时代》。

②陈铨:《欧洲文学的四个阶段》,载《大公报·战国副刊》,第6期,1942年1月。

陈铨曾留学德国，受到叔本华、尼采权力意志论的影响。在《寂寞的易卜生》里，陈铨认为一个内心不感到寂寞的人，就是没有希望的人。易卜生之所以寂寞，是因为"人类是不平等的，智愚相隔的程度，不啻天渊，天才站在时代的前面，时代永远不能了解他，他永远是寂寞的"。"易卜生要抨击腐朽的旧世界，创造他理想中的新世界，社会上却只要用美丽的文字娱乐大众的戏剧家。"易卜生的戏剧表现出与众不同的特征："他再不用历史上的故事，间接攻击现代的社会，他要把实际的生活，直接搬上戏台。他不用诗歌的格式，表示人生普遍的真理，他要用日常生活的语言，痛快描写社会的真相。"陈铨认为，同样是写社会问题剧，奥尼尔反对欺骗社会上的人，小仲马保护被欺骗的人，易卜生则进一步研究为什么会有欺骗的人。"娜拉出走，不过是对于旧式观念一种鲜明反抗的表示。易卜生的主要目的，是要根本铲除这些障碍物，至于整个的妇女问题，当然不是一走就可以解决。"在陈铨看来，易卜生重视的不是个性解放，而是以个体对抗群体的超人精神。易卜生就是要塑造一种反抗一切旧式观念的象征姿态，即尼采式的姿态。解决出走问题的办法在于更加彻底的反抗，这才是易卜生的本意。陈铨以易卜生1891年创作的《黑达加贝勒》为例，认为易卜生戏剧人物的魅力不在理性、道德，而在"他们不可推倒的意志和力量。他们像狂风暴雨急电走霆，他们到处摧毁，到处建设，替世界开一个新局面"。[①]在陈铨看来，这种典型的尼采式的超人，惊世骇俗的超人主义就是易卜生最后思想的结晶。

在《第三阶段的易卜生》里，陈铨指出易卜生的戏剧在欧洲产生的影响，主要表现在两方面：一是技术，一是思想。在技术上易卜生的戏剧有如下特征：抛弃浪漫的题目，描写切实的人生；摆脱节奏的诗句，采用日常的语言；废除传统的结构，创造新颖的形式；摈除一切不自然的表达方式，如独白、旁白等。在陈铨看来，技术只是思想的表现形式，思想决定技术的创新。所以，陈铨将重点放在易卜生思想转变的论

[①]陈铨：《寂寞的易卜生》，载《战国策》，第4期，1940年。署名"唐密"。

述上。该文认为易卜生的思想主要经历了三个阶段：前两个阶段是预备阶段和社会改造阶段，而第三阶段（1885—1900年）易卜生的思想"充满了尼采超人主义的精神"。陈铨没有找到易卜生与尼采有联系的确实证据，但他自认为找到了"旁证"：伯南德士教授曾在丹麦大学开设尼采哲学的课程，1889年他撰写的《贵族的过激主义》一文反响很大，此时尼采思想轰动全欧。由此，陈铨认为易卜生第三阶段的思想"直接间接，受了尼采思想的暗示，并不是不合理的揣测"。与第二阶段易卜生极力攻击社会、指出它的一切弊病相比，1885年发表的《野鸭》明显地告诉我们："一个平凡的人，还没有准备接受新理想的时候，你把他的旧理想打倒，灌输他新理想，只有使他生活陷入同科的状态。"《野鸭》虽表现出消极的倾向，但从另一方面看，"易卜生的态度，比以前更积极的地方，和尼采完全相同。他们俩人都根本认识，高尚思想的事业，不是群众的事业，宣传的对象，不是多数的群众，乃是少数的天才，天才才是推动一切的力量，是指挥群众的将军。群众生活的改进，完全靠他们领导。这一种天才，他们自己可以创造一切，支配一切。他们是宇宙间伟大的力量，力量的发挥，创造出人生一切的精彩"。①在这一立场之下，陈铨将易卜生晚年的思想归结为尼采的超人思想。

当然，陈铨的观点也引起过争议。有人不同意陈铨用尼采的权力意志论解读易卜生的戏剧，如洪钟在《"战国"派文艺的改装》②中认为，陈铨将易卜生与尼采的思想联系起来是错误的，易卜生是一位民主主义战士，他的著作代表着"北欧的小市民走向完形的市民阶级之转变的迹态"，他的剧作"驳斥平庸的天才，尊崇个性"，是资本主义上升期的一般新人性的描摹，这与尼采超人有着内容乃至本质上的不同。

陈铨在《浮士德的精神》一文中认为，歌德是19世纪西洋文化的最高峰，诗剧《浮士德》是19世纪日耳曼民族精神最高尚的表现。该文追溯了浮士德故事的源起，并将歌德的浮士德精神总结为"对于世界人生永远不满足"、"不断努力奋斗"、"不顾一切"、"激烈感情"和"浪

---

①陈铨：《第三阶段的易卜生》，载《民族文学》，第1卷第4期，1943年。署名"唐密"。
②洪钟：《"战国"派文艺的改装》，载《群众》，第9卷第23、24期，1944年。

漫"。①在《狂飙时代的德国文学》一文中,陈铨介绍了狂飙突进运动的来龙去脉及其对德国文学的意义。狂飙突进运动将感情因素引入德国文学,如歌德《少年维特之烦恼》与《铁手骑士葛兹》、席勒《阴谋与爱情》与《强盗》等均体现出"感情真挚的流露",从而使感情成为狂飙时代新的人生理想的中心,与17世纪光明运动的理智主义针锋相对。陈铨强调,"浮士德无限追求的态度,热烈的感情,使他成了狂飙时代的象征,实际上我们要了解狂飙时代的精神,必须要彻底了解浮士德。因为浮士德精神,就是狂飙时代的精神"。②应该说,陈铨抓住了狂飙突进运动的精髓。

陈铨对于外国文学发展史的研究,以及对易卜生、歌德的研究,均体现着极强的个人化色彩。他的观点曾受到抨击。洪钟认为,陈铨对《浮士德》以法西斯黑色的污染,将狂飙时代个人"青春的倔强",牵强解作天才的流露。③不过,贺麟则认为:"攻击陈先生的人,大都从某种政治的立场说话,误认英雄崇拜的提倡,即是为法西斯主义张目。其实英雄崇拜,根本上是文化方面,道德方面,关于人格修养问题,不是政治问题。站在政治的立场去提倡英雄崇拜固然不对,站在政治立场去反对英雄崇拜亦是无的放矢。"④陈铨的观点可以商榷,但是其犀利的目光和充沛的热情,也表现出"战国策派"学人的深厚外国文学素养和研究实力。

第三节 《时与潮文艺》:学院派研究的典范

1940年代,国统区研究的主要力量在高校。如孟繁华所言:"百年中国的思想文化到了40年代,逐渐形成了两种不尽相同的传统,这就

---

① 陈铨:《浮士德的精神》,载《战国策》,第1期,1940年。
② 陈铨:《狂飙时代的德国文学》,载《战国策》,第13期,1940年。
③ 洪钟:《"战国"派文艺的改装》,载《群众》,第9卷第23、24期,1944年12月。
④ 贺麟:《英雄崇拜与人格教育》,载温儒敏、丁晓萍编:《时代之波——战国策派文化论著辑要》,中国广播电视出版社1995年版,第302页。

是以延安为代表的革命文化传统和以北京大学西南联大为代表的学院文化传统。"①随着战争的爆发，北京大学、清华大学、南开大学合并组建西南联合大学。该校教师杨振声、李广田创办《世界文艺季刊》，该刊物刊载了西南联合大学教授冯至、卞之琳等多篇外国文学研究论文，主要有卢式的《爱密尔·白朗代及其〈咆哮山庄〉》、《A.N.奥斯特洛夫斯基的〈大雷雨〉》、《罗曼·罗兰的〈悲多汶传〉》，杨周瀚的《路易麦克尼斯的诗》、《论近代美国诗歌》，以及卞之琳的《新文学与西洋文学》，君平的《冈察洛夫的〈悬崖〉》，方敬的《托尔斯泰的两个中篇》，闻家驷的《罗曼罗兰的思想、艺术和人格》，卞之琳的《小说六种》，杨振声的《传记文学的歧途》等。同时，国立中央大学迁至重庆。该校外文系的教师孙晋三、范存忠、柳无忌②、赵瑞麒、盛澄华、方重、徐仲年等学者创办《时与潮文艺》，在此发表了大量外国文学研究的论文。重庆作为战时首都和抗战大后方，当时许多著名的外国文学研究专家云集于此。相对于《世界文学季刊》，《时与潮文艺》更为集中地体现了1940年代外国文学研究的成果。这里就以《时与潮文艺》为例，梳理国统区外国文学研究的一个侧面。

1943年3月15日，《时与潮文艺》在重庆沙坪坝创办。该刊于1946年6月终刊，共发行5卷26期。主编孙晋三在《发刊词》中称："《时与潮文艺》的主要对象，是世界文学。所以我们对世界文学名著，对中外的作家，将逐个加以分析和评介，研究与批评。对于外国作家的作品，我们要以超出一般水准的译文，把它介绍进来。"③该刊外国文学研究成果极为丰富，例如俞大纲的《文学里的女性自我表现》、《曼殊斐尔论》，范存忠的《鲍士伟尔的约翰生传》、《卡莱尔的英雄与英雄崇拜》，

---

①孟繁华：《中国20世纪文艺学学术史》（第三部），上海文艺出版社2001年版，第123页。

②柳无忌曾著有《西洋文学研究》，该著是作者1932年至1946年在高校任教期间撰写的有关西方文学专题研究的16篇论文，包括《西洋的研究》《西洋文学与东方头脑》《西洋戏剧的发展阶段》《希腊悲剧中的人生观》《莎士比亚的该撒大将》《柯立奇的诗》《吉卜龄的诗》《欧战与英国诗人》《现代英国文学背景》《现代英国小说的趋势》《巴比塞的战争小说》《三部战争小说》《二十世纪的灵魂》《少年歌德与新中国》《蒲伯与讽刺的艺术》《亚诺特论文学与人生》。

③孙晋三：《发刊词》，载《时与潮文艺》，第1卷第1期，1943年。

徐仲年的《四十年来的法国文学》、《巴黎解放前后的法国文学》、《纳粹铁蹄下的法国文学》、《法国文学的主要思潮》，吴达元的《法国古典派诗人伯洼洛》、《法国文学史序》、《罗兰之歌》，盛澄华的《忆纪德》、《试论纪德》，吴景荣的《奥斯登（Jane Austen）恋爱观：从"劝导"讲起》、《吴尔芙夫人的〈岁月〉》，陈瘦竹的《法国浪漫运动与雨果〈欧那尼〉》、《法国古典悲剧与〈熙德〉》、《象征派剧作家梅特林》，柳无忌的《莎士比亚的该撒大将》、《沙恭达罗》、《印度的史诗》，赵瑞霱的《回忆诗人燕卜孙先生》、《斯丹达尔及其〈红与黑〉》，商章孙的《少年维特之烦恼考》，方重的《乔叟和他的康妥波雷故事》，焦菊隐的《柴霍甫与其〈海鸥〉》，孙晋三的《"美国当代小说专号"引言》，林疑今的《美国当代问题小说》，孟克之的《托尔斯泰后期作品》，谢庆尧的《英国小说家吴尔芙夫人》，徐迟的《里尔克礼颂》，陈麟瑞的《叶芝的诗》，杨周瀚的《奥登——诗坛的顽童》，王西彦的《论屠格涅夫的罗亭》，戴镏龄的《当代英国文学批评的动向》等。除此之外，该刊物也十分重视对国外研究成果的译介。①可以看出，《时与潮文艺》既有对各国文学的宏观分析，又有对具体的作家与作品的微观研究，显示了开阔的视野和学院派研究的学术气息。

一、女性文学研究

民国时期，真正涉足外国文学研究的女性学者并不多，俞大纲就是这少之又少中的一位。②在《时与潮文艺》这本刊物中，俞大纲以女性

---

①例如，〔日〕桥本政尾著李春霖译《关于战争文学的问题》、〔英〕史屈谦作戴镏龄译《麦考莱传》、〔俄〕布加郭夫著吴奚真译《托尔斯泰出走与死的真相》、〔法〕纪德作盛澄华译《忆王尔德》、《伦敦泰晤士报》载吴景荣译《泛论美国小说》、〔苏〕梅泰洛夫作诸侯译《德国的反法西斯文学》、〔苏〕洛克托夫作李葳译《反纳粹的德国作家》、〔美〕格莱登作吴茗译《美国晚近文艺思潮汛论》、〔匈〕凯士特勒作焦菊隐译《小说作家的三大危机》、〔英〕史屈莱夫著孙家新节述《苏联文学二十五年》等。

②俞大纲，浙江绍兴人，外国文学研究专家。1931年毕业于上海沪江大学，1933年赴英国牛津大学留学，1936年获硕士学位，回国后曾任南京中央大学教授，1949年起任北京大学西语系教授，1966年去世。俞大纲著有《现代英国文学的新源流》等著作，除在《时与潮文艺》发表外国文学研究论文外，还在《学生杂志》等杂志撰写《海洋小说家斯摩拉特》、《李查生和他的小说》等文章。

特有的视角，先后发表了《曼殊斐尔论》、《妇女与文艺》、《文学中的女性自我表现》等文章，对于外国文学史上女性文学与女性作家创作进行了系统梳理，并发表了自己独特而又深刻的见解。

俞大纲在《文学里的女性自我表现》①里认为，在卢梭之前，作家们几乎不重视自我表现，卢梭是"具体的有意识的自我表现的创导者"。该文例举了三种女性自我表现的方式：对男性意识形态的屈从、非建设性的抱怨以及对男权体制的直接反叛。如奥斯丁一生写了六部非常精细和逼真的家庭故事，极为真切地描写了中等社会的家庭生活琐事。除此之外，关于女性的表现，差不多完全是男性作家代拟的。俞大纲对女性作家的创作与境遇给予了深切关注。《妇女与文艺》②一文同样充满了对于女性作家的极大同情与关注。作者认为，两性教育的不平等和重男轻女的社会制度，使得女性不能发现自我，自然也就不能自由地表现自我。古今中外的女作家，在她们的成名与成功的背后，"不知经过几多艰难与挫折"。许多女性天才因"舆论的仇视、社会的压迫"而被埋没。为避免一般的顽固偏见，女作家不得不用男性的名字作为笔名发表作品，如乔治·桑、乔治·艾略特等。作者认为，"假设女子有完全自由平等的环境，她对于文艺的贡献必不亚于男子"。作者从诗歌、小说、文学批评和戏剧等四个方面，详细论述了中国的李清照、希腊的萨福、英国的乔治·艾略特、法国的乔治·桑、法国的斯达尔夫人和英国的伍尔芙夫人等女性作家。在俞大纲看来，对于世界文艺贡献最大的是英国的乔治·艾略特和法国的乔治·桑。乔治·艾略特是最有学问和最富于思想的女性作家，她的作品大多以英国乡下中等社会的生活为材料，结构简单，人物稀少，个人与社会的失调是乔治·艾略特所写小说的重要主题。俞大纲以《织工马南传》与《佛洛斯河上的磨坊》为例，指出"深刻的含蓄，玄奥的哲理，和深刻的技艺"是其创作的重要特色。俞大纲将乔治·桑的小说分为四类：恋爱小说、社会小说、乡村风味的描写、混杂的自述。在作者看来，乔治·桑的一生和作品可以说是

---

①俞大纲：《文学里的女性自我表现》，载《时与潮文艺》，第4卷第4期，1944年。
②俞大纲：《妇女与文艺》，载《时与潮文艺》，第2卷第4期，1943年。

浪漫派的象征,"深染着卢梭的热忱,加上她丰富的生命,以及婚后痛苦的遭遇,她便产生了许多情真意切的文学。她反对残酷和势利的社会,提倡一种纯洁而不自私的爱。她的作品盈溢着纯洁、热情,和敏感"。乔治·桑的创作中充满乌托邦的想象成分,"她常梦想一个黄金的时代"。这些评价把握准确,闪烁着思想的火花。

吴景荣的《吴尔芙夫人的〈岁月〉》和《奥斯登(Jane Austen)恋爱观:从"劝导"讲起》、俞大纲的《曼殊斐尔论》等文章,则对伍尔夫、奥斯丁和曼殊菲尔进行了分析。吴景荣选取伍尔夫的《岁月》为个案,阐述了该作的创作特色,并将其置于整个现代主义文学的总体氛围中加以论述。作者认为,现代主义文学充满了悲观的色彩,主要因为"科学摧毁了宗教的基础,仍然不能代替宗教。人们失掉了感情上的寄托,反陷于惆怅的漩涡里。弗洛伊德的学说,揭穿人类尊严的最后帷幕";同时,欧美经济危机、希特勒登台、两次大战等,"是现代文学的悲观背景"。因此,伍尔夫的"伤感"和"悲观",不是偶然的。《岁月》"以柏其特家庭为中心,从一八八零年写到现代。这半个世纪的光阴,带给时代,柏氏家庭以及书中每一个人,都有不可磨灭、无可挽回的变化。岁月毁灭了一切,把一切烦恼纷扰堆成一起"。伍尔夫暗暗地讽示:人之所以为人,就免不了虚荣,免不了烦恼,所以也就免不了作"时间"、"命运"、"死亡"的奴隶。作者认为,在伍尔夫的小说里,着重点不是在"现在",而是"现在"所引起的"过去"。因为"一个人的'自我',在现代错综复杂的社会中,绝非外表的行动可以表现;在内心黑暗的角隅里,在下意识里,才可以探求真理的埋藏所在"。所以,"自我"是埋藏在下意识里,而下意识在"过去"里才能显露出来。由此,伍尔夫将"动作"变为"回忆",而"情节"也不能像传统的小说那样平铺直叙了。文章论述了《岁月》中的悲观色彩,以及伍尔夫意识流的创作技巧,吴景荣的分析与当时有些学者否定意识流小说相对,他的观点更接近伍尔夫创作的本来面目。吴景荣是奥斯丁研究专家,他以《理智与情感》为例,分析了奥斯丁的恋爱观。他认为,奥斯丁主张恋爱"应该是理智考虑的结果,决不可有感情的冲动;结婚的目的,不是寻求幸福，只是希望过着平稳的日子"。①在吴景荣看来，奥斯丁的观点"代表了当时社会传统的意见"。从理查逊到哈代的英国小说家最喜欢戴着道德家的面具，只是他们的程度不同而已。可以说，在《劝导》以前，奥斯丁的女主角把恋爱看成是一种义务、一种报答，男主角与女主角结婚，并没有真正情感作基础，"不自私的爱或牺牲便是真正的幸福"。在《劝导》里，这种"理性"已经不能控制"情绪"了。在恶势力的威胁利诱下，温迪华士与安妮的恋爱，竟遭到不近人情的干涉。"所以奥斯登一改往日作风，一字一句，都寄以浓厚的情感，使一种唏嘘低徊的气氛笼罩《劝导》的故事。"感情之所以成为《劝导》的主导方面，作者认为主要是因为从18世纪中叶以后，英国文学史正由伤感主义向哥特传奇（Gothic Romance）转变。作者认为，"《劝导》表现出奥斯登在道德观上，在艺术上，正在蜕变。她对于道德观恋爱观的改变，必然的引起语调的改变，十八世纪末同十九世纪初间，渥慈华斯（Wordsworth）和柯立慈（Coeridge）正揭开浪漫主义运动；奥斯登的这种改变正不期的使他靠近时代的召唤"。在《曼殊斐尔论》一文中，俞大綱展现了外国短篇小说的发展历程。她认为，19世纪的英国短篇小说比较重视"正面积极的叙述，而忽视侧面、随意的素描"。而曼殊斐尔则超越了这种"绅士"作风的毛病，"用冗长繁累的语句，表达他们认为时尚和道德的思想"。在写作技巧上，曼殊斐尔注重"侧面叙述和随便的笔法"，并根据自己的生活经验塑造出一系列中下层女性的形象。俞大綱非常赞赏曼殊斐尔这种在"平凡的人物"、"平淡的生活"中寻找"深厚的诗意"的创作手法，"她善于拿片段来代替全部，用一套情节，来暗射另一套情节，拿遗漏的反观存在的。她喜欢她的人物心理的转变，表现在读者面前。她的人物，老是在一种不停歇的自问自答的状态中"。②

对于乔治·艾略特、乔治·桑、奥斯丁、伍尔夫和曼殊菲尔等女性

---

① 吴景荣：《奥斯登（Jane Austen）恋爱观：从"劝导"讲起》，载《时与潮文艺》，第1卷第2期，1943年。

② 俞大綱：《曼殊斐尔论》，载《时与潮文艺》，第5卷第3期，1946年。

作家的引介与研究是《时与潮文艺》的一个亮点。学者们不仅就作家论作家，而且将作家放在文学发展的长河里加以考察，为当时的外国文学爱好者与研究者提供了更为广泛的学术视野。这些学者的耕耘，为后来的女性文学研究打下了良好的基础。

二、古典戏剧研究

《时与潮文艺》在戏剧方面的研究成果主要有：陈瘦竹的《法国浪漫运动与雨果〈欧那尼〉》、《法国古典悲剧与〈熙德〉》、《象征派剧作家梅特林克》，柳无忌的《莎士比亚的该撒大将》、《沙恭达罗》，焦菊隐的《柴霍甫与其〈海鸥〉》等文章。这里且以陈瘦竹[1]的几篇文章为例。

在《法国古典悲剧与〈熙德〉》[2]一文中，陈瘦竹在具体分析了《熙德》的剧情后，认为该剧主题类似"死胡同主题"，其悲剧性并不是基于情节的结尾，而在于人物内心的冲突，以及人物所遭遇的厄运及其克服厄运的努力。正是剧中人物的高贵性及心理的悲剧性，使《熙德》"永远会使读者或看者发生兴趣而感动"。同时，该剧也凸显了古典派戏剧的特征："布局谨严，简洁明了，具有建筑的美"。

在《象征派剧作家梅特林克》里，陈瘦竹认为，象征主义表现内心生活和灵魂世界，以补充自然主义的外表动作和物质世界。自然主义与象征主义的区别是：前者着眼于已知的现实和可见的世界，而以实物为其表现；后者着眼于人所未知的世界和肉眼所看不见的世界，而以象征为其表现。前者是科学的，分析的；而像后者是哲学的，综合的。象征

---

[1]陈瘦竹(1909—1990年)，江苏无锡人。1933年毕业于武汉大学外文系，之后到南京国立编译馆任编辑。抗日战争爆发后，在武汉加入中华文艺界抗敌协会。1940年到国立戏剧专科学校任教，潜心研究戏剧理论。先后在《学生杂志》、《时与潮文艺》、《文艺先锋》等刊物发表《萧伯纳及其〈康蒂姐〉》、《论〈威尼斯商人〉的布局》、《新浪漫派剧作家罗当斯》、《戏剧鬼才安德列夫》、《法国浪漫运动与雨果〈欧那尼〉》、《法国古典悲剧与〈熙德〉》、《象征派剧作家梅特林克》、《世态戏剧杰作"巴瓦列先生的女婿"》、《高尔斯华绥及其〈争强〉》、《自然主义名剧：高尔基的"下层"》、《莎士比亚及其〈麦克白〉》、《窝狄浦斯王》、《希腊悲剧大家：攸里比德斯和他的杰作"美狄亚"》、《希腊戏剧艺术渊源与竞赛》、《希腊戏剧艺术之演员与观众》、《希腊戏剧艺术剧场与布局篇》等论文。

[2]陈瘦竹：《法国古典悲剧与〈熙德〉》，载《时与潮文艺》，第5卷第5期，1946年。

主义戏剧家梅特林克不满足于以外在动作为主的戏剧,他独创出一种新的戏剧:"将恍惚迷离的心境,潜在意识,隐晦的情感,表现在舞台上。"①梅特林克与一般剧作家的区别是:后者往往从热闹中观察生命的真相,其所见的是生命的火花;而梅特林克却是在宁静中体会生命的真谛,其所见的是生命的本体。所以,梅特林克的戏剧所表现的动作,"乃是心理上的动作"。而一般作家所采用的外在的动作,不能也无法传达神秘的生命本体与隐晦的潜在意识等"心理的动作"。所以,梅特林克的戏剧是"静止的"心情戏,无情节、无动作,人物都是傀儡,人物之间的对话,"不在推进动作、阐明性格,而在创造气氛"。"梅特林克使我们知道,在人类热情的激烈争斗以及社会法律和风俗的热烈讨论之外,尚有所谓'戏剧'存在。"陈瘦竹对梅特林克戏剧艺术的分析,鞭辟入里,具有很高的学术价值。

《法国浪漫运动与雨果〈欧那尼〉》②一文对法国的浪漫主义运动、雨果的艺术主张、《欧那尼》的结构特色进行了富有深度的论述。陈瘦竹系统梳理了浪漫主义运动发生的历史背景,指出《〈克伦威尔〉序言》集中体现了雨果的艺术主张,其要旨是"主张怪诞,打倒形式规则,崇尚天才独创,偏重地方时代特性"。其中,陈瘦竹所言的"怪诞"即我们今天所通用的"美丑对照原则"。在作者看来,"怪诞为雄伟之对照,又为大自然所能赋予艺术之最丰富之源泉"。《欧那尼》之所以名为浪漫剧而非奇情剧,全在其抒情诗。在详细分析《欧那尼》每一幕的戏剧效果后,作者指出《欧那尼》的结构,全以"对照"为其基础。《欧那尼》破坏了古典派所秉持的"三一律",该剧虽然为浪漫悲剧,但其悲剧性的产生并不是源于人物性格的缺陷。该剧仅是一部情节悲剧,人物性格虽鲜明,但离现实生活过远。陈瘦竹在西方戏剧史的整体视野下,以《欧那尼》为切入点,对浪漫派戏剧的产生与发展进行了精细论述,足见其对于西方戏剧有着精湛的研究。

---

①陈瘦竹:《象征派剧作家梅特林克》,载《时与潮文艺》,第4卷第2期,1944年。
②陈瘦竹:《法国浪漫运动与雨果〈欧那尼〉》,载《时与潮文艺》,第5卷第2期,1945年。

三、文学思潮研究

《时与潮文艺》对法国和美国的文学思潮也较关注。在法国文学思潮研究方面，刊载有徐仲年[①]的《四十年来的法国文学》[②]、《纳粹铁蹄下的法国文学》[③]和《巴黎解放后的法国文学》[④]。《四十年来的法国文学》分上、下两篇。上篇分为"十九世纪的遗产"、"昨日的大师"、"今日的权威"三部分；下篇分为"四十年来的诗歌"、"四十年来的小说"、"四十年来的戏剧"三部分。每一部分，文章都有详细的介绍，如在谈小说部分时，作者又分别从理想小说、分析小说、风俗小说、历史小说、地域小说等角度展开。《纳粹铁蹄下的法国文学》，副标题为"续《四十年来的法国文学》"，全文由"回顾"、"正视"和"展望"三部分构成。"回顾"主要讲述一战与法国小说，"正视"则详细分析二战与法国文学，具体包括"战败的法国"、"自我检讨"、"鸣呼《新秩序》"、"有志之士的出奔"、"因祸得福的诗坛"、"目下的法国杂志"和"可怜的出版家"等七个部分；"展望"则对法国文学的未来进行了前瞻。《巴黎解放前后的法国文学》一文从"光明的更生"、"反省的自勉"、"智识分子的奋斗"、"奴隶文学"、"诗与诗人"、"抗战诗撷粹"、"两个百年祭"、"逝者如斯夫"、"几部新书"、"新生的象征"等十个方面对巴黎解放前后的法国文学进行了阐述。从以上简述中可以看出，徐仲年对法国文学研究具有扎实的功底。他梳理了法国文学各时段的概况，成为当时的中国读者从宏观上了解战时国外文学的重要窗口。

吴达元在这方面更有突出贡献。他在清华大学、西南联合大学和中法大学长期讲授法国文学史。1940年代，他的著作《法国文学史》是民国时期外国文学研究的重要收获。1946年，他在这部著作的"自序"中写道："20世纪是东西文化交流合并的时代，在中国对欧洲文学

[①] 徐仲年，法国文学研究专家，创办过《法国文学》《世界文学》等刊物。
[②] 徐仲年：《四十年来的法国文学》，《时与潮文艺》，第1卷第2、3期，1943年。
[③] 徐仲年：《纳粹铁蹄下的法国文学》，《时与潮文艺》，第2卷第1期，1943年。
[④] 徐仲年：《巴黎解放前后的法国文学》，《时与潮文艺》，第4卷第5期，1945年。

发生兴趣的人一天比一天多。但是因为文字关系，国人多向英国文学方面努力。法国文学虽然也有人作研究工作，但可惜还很少，而且多数是零碎的介绍，引不起国人的注意。我们如果想认识欧洲文学的真面目，法国文学的研究应当是目前的急务，一部用中文写的法国文学史应当是迫切的需要罢。"①作者介绍了法国文学在欧洲文学史中的地位、研究法国文学史对研究欧洲文学史的意义。作者把法国文学史分为六个时期，即"中古时期"、"十六世纪"、"十七世纪"、"十八世纪"、"十九世纪"、"二十世纪"，并分别论述了法国文学各阶段的面貌，清晰地呈现了它从古至今的发展过程。作者指出："这六个时期虽然各有不同的特点，但这一千多年的文学创作，不管是本土的或模仿希腊、罗马的，古典的或浪漫的，实写主义的或自然主义的，巴拿斯派的或是象征派的都充分表现出法兰西民族的特性。"建国后，吴达元与杨周翰、赵萝共同主编我国第一部《欧洲文学史》。

《时与潮文艺》继《现代》之后，也开设了《美国文学研究专号》，并将研究对象锁定在"美国当代小说"。编者强调美国当代小说具有鲜活的"现实性"："近二十年中，美国文坛比英国文坛活跃得多。至于小说方面，从纯文艺观点而言，当代英国小说自然是晶莹光彩的……但是，英国的小说犯了一个大毛病，就是和活生生的人生已经是距离越来越远，研究的对象，走向变态的人生……缺乏一种'活'的感觉，一种'生'的喜悦。而这种'活'的感觉，'生'的喜悦，却正是当代美国小说所给予我们最夺目的印象。"②该专号包括孙晋三的《"美国当代小说专号"引言》、林疑今的《美国当代问题小说》、吴景荣翻译的《泛论美国小说——离了旧世界的桎梏》，以及德莱赛、海明威和斯坦贝克等作家的八篇短篇小说。

孙晋三的文章总结了美国当代小说的发展状况，并对相关的作家作品进行了简要的述评。作者认为，美国文学经历了较长的懵懂期，19世纪至20世纪初，美国文学"完全受新英格兰所支配……在美国古典

---

①吴达元:《〈法兰西文学史〉序》，载《时与潮文艺》，第5卷第5期，1946年。
②孙晋三:《"美国当代小说专号"引言》，载《时与潮文艺》，第3卷第2期，1943年。

作家中，除了梅尔维尔别具才怪和霍桑是比较变质了的清教徒外，其余的都很少与英国的作家有何区别"。①美国文学的生成是在脱离新英格兰的独占之后，而这种解放当然要靠真正的美国人，"生在美国，心在美国的人们"。作者指出，八位作家中除了斯坦贝克和萨洛扬外，几乎全是中西部的人，而"中西部是美国的布尔乔，所以美国的当代文学也富于小市民的气息"。美国当代小说的主流是写实主义。与一般写实主义小说给人以灰暗的感觉不同，美国的写实主义小说具有"素材内蕴的浪漫性"。写实主义小说在美国大致经历了四个发展阶段：一是本地风光的加重。作家们以本地风光为对象，现实地描写某一区域的生活。二是赤裸的现实主义。美国文坛出现了故意提倡"力的文学"的怪味，由此狂放地、赤裸裸地描写现实成为文坛的主要方面。最具代表性的是杰克·伦敦的《野性的呼唤》、《海狼》。三是社会批评。杰克·伦敦的后期作品攻击社会制度，辛克莱等又揭露美国社会的黑暗面，后者的《林莽》（直译《屠场》），"震骇一时"。此后，美国小说界出现了几个巨人，如刘易斯。刘易斯讽刺美国生活，尤其是对小市民心理进行了透彻观察，他的《大街》也曾引起风波。四是幻想破碎的写实主义。一战后，美国文学为幻想破碎的写实主义所淹没，"海明威的《战地春梦》和帕索斯的《三士兵》都是反战作品的杰作，海明威的《太阳也出来了》更刻画了战争后期道德观念的混乱"。然而，美国民族具有惊人的康复力，很容易地便脱出了绝望的深渊。于是，美国文学便有了史坦贝克和萨洛扬的兴起。接着，文章谈到了美国的短篇小说。孙晋三认为，美国文学是以短篇小说起家，从欧文、爱伦·坡、霍桑起，很多的美国文学杰作都是短篇小说。短篇小说能够"代表当代的美国小说，这在换一个国家，便是很危险的事了"。美国的短篇小说到19世纪末，"更日趋精炼"。尤其是亨利·詹姆斯，"以他谨严和忠于艺术的态度，使短篇小说超越了速写与故事的阶段，成为精湛的艺术品"。克莱恩和杰克·伦敦则把短篇小说引向了写实主义的道路。然而，美国的短篇小说也有

---

① 孙晋三：《"美国当代小说专号"引言》，载《时与潮文艺》，第3卷第2期，1943年。

其俗气的一面,那就是投合读者趣味,如欧·亨利的小说。他的小说"取了当前的生活,借助莫泊桑的布局(但增加巧合成分),益以幽默,无疑是最讨人喜欢的读物,但是,除了对城市中某些人物的性格描写外,他的作品便少坚硬的质地。……美国第一流的短篇作家,都意识地避去欧亨利的方法和作风"。[1]关于刊物中重点介绍的"八位作家与八部作品",孙晋三也作了评点。例如,他称德莱赛是一位悲观沉重的作家,《美国的悲剧》"对软弱的人性,分析最为详尽";海明威是一位能够深深影响欧洲的大作家,他"以口语对话写小说的方法,简短而有色的字汇",熔浪漫与自然主义于一炉;斯坦贝克是近来美国最出风头的作家,他的小说较此前的社会小说类型,"更尖刻,更深入民间,文格更高,技巧更成熟"。[2]孙晋三对美国现实主义文学的发展,特别是当代小说的发展,描述清晰,分析精到。

四、作家研究

《时与潮文艺》涉及的作家不少,如叶芝、麦尔维尔、霍桑、劳伦斯、梅里美等。

1944年10月15日,《时与潮文艺》第4卷第3期推出了"介绍参桑"的专号。这个专号包括"编者前言"和《目睹者》、《长布单》、《墙》等三篇翻译小说。编者孙晋三在《介绍参桑:从卡夫卡说起》中写道:"本刊这里介绍的参桑,是此次战时在英国最引起文坛注意的一个青年作家,服务于消防总队,年只二十余岁,但他这里的三篇作品,已是炉火纯青,充分表现Kafka氏方法的优点了。"[3]虽然卡夫卡在欧洲的现代文坛具有广泛的影响力,"而在我国,他的名字却是全然陌生的,这未免是件遗憾之事"。孙晋三指出,卡夫卡的创作具有神秘主义的色彩,主要表现了"人生晦涩的深奥"。卡夫卡倾向于象征主义的方向,但却完全不同于正宗的象征派。"卡夫卡型的寓言小说,并不是本

---

[1] 孙晋三:《"美国当代小说专号"引言》,载《时与潮文艺》,第3卷第2期,1943年。
[2] 孙晋三:《编者按》,载《时与潮文艺》,第1卷第1期,1943年。
[3] 孙晋三:《介绍参桑:从卡夫卡说起》,载《时与潮文艺》,第4卷第3期,1944年。

扬或施威夫特显喻性的寓言,无宁可说是相当于梅尔维尔或杜思妥益夫斯基式晦喻式的小说。……卡夫卡的小说看去极为平淡,写的并非虚无缥茫之事,而是颇为真实的人生,但是读者总觉得意有未尽,似乎被笼罩于神秘的气氛中,好像背后似乎另有呼之欲出的东西,而要是细细推考,而有发现象征之内另有象征,譬喻之后又有譬喻,总是探测不到渊底。卡夫卡的小说,不脱离现实,而却带我们进入人生宇宙最奥秘的境界,超出感官的世界,较之心理分析派文学的发掘只止于潜意识,又是更深入了不知凡几。"在这里,孙晋三对"卡夫卡式的小说"进行了言简意赅的阐述,抓住了卡夫卡作品的主要特色。①

《纪德研究》是盛澄华有关纪德研究的代表作。1934年,盛澄华在清华大学因温德教授的课程《纪德》,而对纪德的作品产生兴趣。1935年留学法国时,盛澄华通读了《纪德全集》。在巴黎,盛澄华结识了纪德,他们时有书信往来。1947年回国不久,纪德获得了诺贝尔文学奖。次年,盛澄华《纪德研究》问世。该著共有九篇文章以及两个附录②,其中最能代表盛澄华纪德研究水平的是《试论纪德》③一文。1945年,《时与潮文艺》刊登了盛澄华的这篇文章。该文长达6万字,共计117页,内容非常丰富。④

赵瑞霱《斯丹达尔及其〈红与黑〉》⑤一文介绍了司汤达的生平及创作,并着重分析了司汤达的创作思想与艺术特色。作者认为,司汤达憧憬18世纪的生活艺术,具有古典派明朗而简练的作风。在司汤达的

---

①王蔚认为,1930年代以后的中国大陆,"卡夫卡似乎销声匿迹,经历一个长达30多年的空缺期"。这样的说法显然值得商榷。王蔚:《中国对卡夫卡作品的译介(1979—2004)》,载卫茂平主编:《阐释与补阙:德语现代文学与中德文学关系研究》,上海外语教育出版社2012年版。
②这九篇论文为:《安德列·纪德》、《〈地粮〉译序》、《试论纪德》、《〈新法兰西评论〉与法国现代文学》、《普卢及其〈往事追踪录〉》、《纪德的艺术与思想的演进》、《纪德的文艺观》、《介绍一九四七年诺贝尔文学奖金得主纪德》、《纪德在中国》,两个附录:"纪德作品年表"、"纪德书简"。
③盛澄华:《试论纪德》,载《时与潮文艺》,第4卷第5、6期,1945年。
④可参见《中国外国文学研究的学术历程》法国卷对此进行的论述。此外,张若名也值得一提。张若名除1930年在法国里昂大学完成博士学位论文《纪德的态度》外,1940年代在《新思潮》等刊物上也发表过《纪德的介绍》和《小说家的创作心理——根据司汤达、福楼拜、纪德三位作家》等研究纪德的文章,有关情况也可见法国卷。
⑤赵瑞霱:《斯丹达尔及其〈红与黑〉》,载《时与潮文艺》,第4卷第3期,1944年。

作品中，人物的性格不变，男主角通常是"自我主义、自私、冷漠，老是打着人生的时代的算盘"，女主角有三种类型："聪明、欢快而热情；热情、温柔而愚蠢；残忍且较量轻重"。司汤达用"全副的力量创造一二个主要的人物"，当"人物的轮廓、性格、色彩描绘成了，他便让人物自己发展下去"。司汤达不但运用"心理的"方法分析人物性格，而且"剖辟入微，穷究人心深处的细流"。赵瑞蕻对文学史家朗松称司汤达为"人类心灵的观察者"表示异议，他认为称司汤达为"人类情感的分析者"更为恰当。在赵瑞蕻看来，司汤达崇拜性格和行动的力量，在《红与黑》中读者处处可以"感觉到一种冲突的力量在扩长，在燃烧。从开始到终结，这书就是力量冲突的场面，特别是心理冲突的过程"。关于于连，赵瑞蕻这样写道："玉连是一个残酷地追求名利的青年。……他经过一番深远的考虑后，决定从'红'色的路程走向'黑'色的路程。他跟社会作战……他要起来反抗，充分表现了自我的精神。"该文高度评价了《红与黑》在法国文学上的地位："决不可把斯丹达尔《红与黑》仅仅看成一个爱情的悲剧。它代表了小说艺术的新传统，它是西洋心理小说最崇高的成就。"赵瑞蕻对《红与黑》与《人间喜剧》进行了比较："巴尔扎克用海洋似的篇幅来制造十九世纪四十年代法兰西社会的全面的图景。……斯丹达尔作了一个心理与哲学的深刻的研究……一刀深入事物的灵魂。"也在这一年月，赵瑞蕻翻译了《红与黑》的1—15章，这是我国第一次对该作进行译介的尝试。

1944年，《时与潮文艺》刊载了陈麟瑞的《叶芝的诗》。文章把叶芝的创作分为三个阶段：第一个阶段是叶芝青年时期的"梦"的阶段。在这个阶段叶芝沉浸在爱尔兰民族的"神仙想象"中，恍恍惚惚离开了现实，创造出很多"现实与想象的事物不分，各种知觉官能也混合在一处"的"模糊"的诗。第二个阶段是叶芝抛弃"梦境"，走到现实中的阶段。在这个阶段，他的诗遭到了视文学为消遣品的人的遗弃，得到了"有智阶级"的欢迎。第三个阶段是叶芝"梦"与现实相融合的阶段。在这个阶段，他达到了诗歌艺术的高峰。在文章中，陈麟瑞肯定了叶芝在超越纯粹抽象和纯粹现实后，所达到的既植根于现实，又以丰富的象征蕴涵深刻诗意的创作。

从对《时与潮文艺》相关内容的分析可以看出，不论是对女性文学、戏剧文学、传记文学研究，还是对意识流小说、"卡夫卡式"小说和其他重要作家作品的研究来看，1940年代国统区不少学者的外国文学研究成果已达到相当的水准，他们的研究成果也使《时与潮文艺》成为国统区外国文学研究中颇具代表性的刊物。

综上所述，即使限定在期刊范围内，也可以看到新中国成立前外国文学研究已经取得丰硕的成果。新中国成立前，国内的刊物名目繁多，除少数外，生存时间大多不长。因题旨所限，笔者仅重点关注了这些刊物中如《小说月报》、《现代》、《时与潮文艺》等少量期刊。但是，需要说明的是，据笔者掌握的材料，当时有大量的刊物或多或少地涉及了外国文学的介绍与研究，有的可能只是刊载了数篇短文，有的则较长时间关注，且有重要研究文章发表，甚至有的还以专号、特辑的形式研讨外国文学。这些刊物有：《少年中国》、《学生杂志》、《文学周报》、《创造季刊》、《创造周报》、《创造月刊》、《语丝》、《世界文学》、《世界文艺季刊》、《暨南大学文学院集刊》、《清华学报》、《国立武汉大学文哲季刊》、《北大文学》、《文艺月刊》、《真美善》、《学文月刊》、《沉钟》、《戏剧》、《世界文学》、《世界文艺季刊》、《文艺复兴》、《文艺春秋》、《文学新报》、《文哨》、《苏联文艺》、《文学季刊》、《中国文学》、《春光》、《文艺风景》、《当代文学》、《东流》、《文学评论》、《奔流》、《现代小说》、《半月文艺》、《北国杂志》、《长风》、《春雷》、《刁斗》、《创作与批评》、《读书与顾问》、《读书通讯》、《天地人》、《时与文》、《希望》、《文学批评》、《法国文学》、《燕京文学》、《学术界》、《长虹周刊》、《春秋》、《大风》等等。

新中国成立前外国文学引介与研究中确实存在着种种问题，但在走向成熟的过程中也出现了一批视野开阔、学贯中西的大家，如鲁迅、茅盾、郑振铎、周作人、胡适、钱杏邨、梁实秋、吴宓、林语堂、陈西滢、钱钟书、方重、季羡林、施蛰存、戈宝权、李健吾、李赋宁等。这些学者不仅在当年发挥了重要作用,其中部分学者还在1950年代后成为中国大陆和台湾地区外国文学研究的中坚。

  回望历史,必须承认,民国时代的不同译介研究模式和译介群体并不像表面上那样势不两立,而是互相补充,各司其职,怀着"参考外国文学,创造新文学"的共同理想,甚至重构文化的远大目标,营造了那个时代外国文学研究多元共生的繁荣局面,建构出一个成分复杂、独具中国特色的外国文学世界。这种特色表现为:中国外国文学研究从"学习时代"起就不是象牙塔里的刻板学问,而是深深浸泡在现实当中,充当思想、政治、文化斗争的战场,不同研究主体对于中国文化身份定位的投射场,知识界对现代化想象的隐喻场。尽管学术从来都不是"纯粹"的智力活动,学术与政治的紧密纽结仍然是中国学界一个最为鲜明的特点。随着新文化运动话语权的确立和革命的声势日见壮大,几种译介研究话语模式的遭遇发生着变化。1949年新中国的建立,结束了外国文学领域的"割据"状态,"鲁迅模式"被塑造成新中国外国文学译介工作唯一的优秀传统。

第十章
1950年代至1970年代：
外国文学研究话语的创建与变异

温 华[①]

第一节 "十七年"外国文学一元话语的创建

新中国成立后，毛泽东《在延安文艺座谈会上的讲话》精神得到强化，国家对文艺工作进行了有组织、有计划的管理，政治意识形态强有力地控制着文学艺术与学术的生产，外国文学研究与其他学科一样，走上了规范化道路。

晚清到民国的半个多世纪以来，中国社会一直处于动荡不定之中，意识形态呈现出多元化态势，各种主义和学说众声喧哗，却没有哪一种成为绝对主导。北洋政府与国民党政权也曾对文学生产实行严格控制，但实际产生的约束力却比较有限。这在客观上造就了那个时代文艺界多元话语共生的局面。1949年之后，马克思主义、毛泽东思想成为绝对主导的一元意识形态，文艺的"政治性"被空前强调，"十七年"外国文学引介与研究不再众声喧哗，而是阶级革命话语一曲独奏。经过毛泽东的亲自阐发，实际上丰富多元的鲁迅被提炼成一个革命斗士的形象，他所倡导的译介模式也被建构成为新中国外国文学工作的优秀传统，曾经具备多重内涵的启蒙与革命话语此时已归结为一个单纯明晰的声音，那就是："重视苏联社会主义现实主义文学，重视欧洲现实主义和积极浪漫主义文学，特别是俄国批判现实主义文学，重视东欧被压迫民族的

[①] 温华，文学博士，解放军外国语学院副教授，撰写本卷"下篇"第十章至第十三章。

文学。既注意作品的思想性,又注意作品的艺术性。"①这些特点的确存在于鲁迅的外国文学译介实践,但他对象征主义的偏爱却因为不符合意识形态的要求被遮蔽了。与之同理,曾经存在的其他译介模式从此销声匿迹。以阶级性、人民性为标准,对外国文学进行评价和"批判",成为这一时期外国文学研究的主要话语模式。

总体而言,"文革"前"十七年"的外国文学研究遵循《讲话》精神,为工农兵服务,以"普及"为主,排斥"为学术而学术"的研究,因此"翻译、介绍和批评"仍然是这一阶段中国认识外国文学的主要方式,研究成果以文学史写作和期刊文章为主。"十七年"中译介的主角不再是文学期刊,只有《译文》专门译介外国文学作品,但刊登外国文学评论的期刊和学报增加了许多。这一时期,译介活动所描绘的外国文学景观与上半个世纪大为不同,表现出三个特点:首先,翻译数量、关注范围与广度都有大幅提高。据官方公布的数字,新中国成立后不到10年的时间里,共翻译出版外国文学艺术作品5356种,远远超过新中国成立前的30年间的2200余种,"各个国家,各个时代,各种流派,差不多都有了代表作和我们的广大读者见面"。②然而实际上,在"各个国家、各个流派"当中,新中国的译介有明显的侧重和取舍标准:苏联文学与文学批评独领风骚,亚非拉文学得到空前强调。这正是"十七年"外国文学译介的第二个特点。在上述统计数字里,苏联文学作品占65.8%,总印数超过74.4%。③不但俄苏的经典和大家被多次重复翻译,许多二三流的作家作品都得到充分译介;同时还有将近40个亚非拉国家的文学被译介。新中国成立前,鲁迅也特别重视苏联和东欧文学的译介,但对于同处弱势的亚非拉民族文学的翻译数量不多,分布也不均衡。"十七年"中,中国第一次较大规模地翻译了亚非拉文学,改变了

---

①卞之琳、叶水夫、袁可嘉、陈燊:《十年来的外国文学翻译和研究工作》,载《文学评论》,1959年第5期,第47页。

②卞之琳、叶水夫、袁可嘉、陈燊:《十年来的外国文学翻译和研究工作》,载《文学评论》,1959年第5期,第45页。

③卞之琳、叶水夫、袁可嘉、陈燊:《十年来的外国文学翻译和研究工作》,载《文学评论》,1959年第5期,第47页。

长期以来比较单一的翻译格局，填补了世界文学译介地图上的许多空白。新中国对亚非拉文学的重视，当然不只源于视野的开阔，更多地甚至主要地是出于意识形态的需要。与亚非拉的文学交往配合着政治外交，是和谐"第三世界大家庭"的重要手段。同样道理，对苏联文学理论和动向的步步紧跟也不仅是鲁迅传统的发扬，而是冷战形势下文学对政治的跟随。还是出于意识形态的要求，形成了新中国外国文学地图的第三个特点：欧美现代主义文学基本消失。在新的评价标准下，欧美现当代文学成为西方资产阶级颓废、没落的代表，是应该坚决摒弃的糟粕，即使有所介绍也被作为反面教材给予猛烈抨击。

配合翻译活动，文学史写作和作家作品批评也构建出同样的外国文学秩序。据笔者统计，在56种文学史类著作中，俄苏文学史28种，总体文学史23种，东方文学史4种，仅有的一两种英美文学史也是译自苏联著作；大学学报和文学研究专业刊物登载的外国文学论文数量较上一阶段明显增加，写作模式不再是从前那种作家作品介绍与印象式评论，而是以阶级分析为基础，意识形态话语压倒一切，艺术探讨相对稀少，研究对象集中于革命、进步作家作品和现实主义作家作品。"批判式"文体是这一阶段评介文章的主要表现方式。《文艺报》上的相关论文几乎全部采用这种文体，各学报论文学术性稍强，但基本模式不变。这种模式具体操作如下：首先对作家及作品人物进行阶级定性，然后就作品的思想内容和社会意义展开详细分析，再加一点艺术上的评价，最后得出总体结论。在具体分析中，对归入无产阶级的革命作家给予无保留的赞美，那些表现出阶级局限性的现实主义作家被一分为二地看待，阶级立场不对、为艺术而艺术的作家作品则遭到无情的批判。经过阶级革命话语的重新言说，新的外国文学秩序呈现出鲜明的中国特色："政治性"被视为作家作品的第一生命。这里的"政治性"，更准确地说是指革命性和阶级性。作家的政治立场成为其创作价值的评定标准，一个最典型的例子就是美国作家法斯特，因为退出共产党，他先被赞美，后遭挞伐；在西方寂寂无名的《牛虻》、《钢铁是怎样炼成的》等作品成为经典，影响远超莎剧；许多西方视角中的经典和杰出作家或者消失，或者被边缘化。种种变化都表明,"十七年"的中国外国文学界有意识地对抗着西方中心主义话语。当然,这种对抗有时只是武断地否定,缺少真正的了解。

必须指出,"十七年"外国文学秩序的确立并非一蹴而就,其间也经历了数次批判与论争的曲折过程。下文将对这一过程进行简要勾勒。

一、新中国成立之初:"全盘苏化"

新中国成立之初,中国的"外国文学工作"(包括翻译、介绍和批评)进入了"全盘苏化"的状态。这种"全盘苏化"主要表现在两个方面:一是将苏联文学作为译介研究的重中之重;二是以苏联的外国文学研究方向和审美标准为标准,来对待苏联之外的外国文学。有学者曾经对此作出详细描述:

> 介绍得最多的自然是苏联文学和俄罗斯古典文学,有的出版社甚至规定苏联和俄国文学占全部外国文学的百分之六十。那个时候,苏联的影响是深远的,即使是西欧和其他国家的文学,介绍与否,也是一看苏联有没有译本,二看苏联怎么说。长远规划和选题计划也都是参照苏联的。掌握的准绳除了马、恩、列、斯提到过的作家和作品外,那就不敢越日丹诺夫所规定的"雷池"一步了;宽一点的,无非是参考一下苏联评论家时常引证的别、车、杜的论点和论据,结果也难免以俄国的美学趣味来衡量欧美的作品。这样,不仅某些西窗,是长期装上了窗帘,而且西方的古典作家也是有幸有不幸的了:巴尔扎克是受到推崇的,小仲马的《茶花女》虽然周总理肯定,也还是没有列入"丛书"出版,拜伦、雪莱被作为积极浪漫主义陆续介绍了,济慈却受到冷淡,华兹华斯则无人问津,据说他是消极浪漫主义者……①

---

① 吴岩:《放出眼光来拿》,载《读书》,1979年第7期。

不可否认，在外国文学界百花齐放、一派繁荣的景象之中，外国文学工作者可以选择的对象其实相当有限。即使是全面引进的俄苏文学，虽译介规模空前，依然有所侧重。苏联文学作品和文学理论的译介与研究被放在首位。"以新时代为主要描写对象，以爱国主义和革命英雄主义为主旋律"的"社会主义现实主义"作品占将近十分之九[1]，俄国古典文学只占总数的十分之一强，而且"偏重于有定评的俄国古典作家的作品"[2]，对那些存在争议的作家作品明显回避。由于严格遵循"政治标准第一，艺术标准第二"的要求，"白银时代"的著名诗人和作家茹科夫斯基、蒲宁、阿赫玛托娃，当代作家帕斯捷尔纳克、索尔仁尼琴等等，皆因政治立场不过硬而受到冷落甚至无视。与此同时，在选择和评价欧美文学时，"苏式眼镜"的作用显得十分强大。当时欧美文学的译介和研究集中于古典名家，如莎士比亚、菲尔丁、狄更斯、塞万提斯、拉伯雷、巴尔扎克等，现当代文学中符合标准的有萧伯纳、德莱塞、法斯特、肖恩·奥凯西、小林多喜二、聂鲁达等"进步"作家。现代派作家则由于"颓废主义、低级趣味"或者"思想反动"遭到有意屏蔽。

引文中已经提到，所谓苏联的文学批评标准和批评模式，可以用"日丹诺夫主义"一言以蔽之。当时的研究者将日丹诺夫主义等同为苏联社会主义文艺的方针以及中国文艺界"必须遵循的文艺路线和方针政策"。在中国学界，作为"外国文学研究工作的一个指导思想，日丹诺夫的基本论点和基本语言，一直得到广泛的引用"。[3]所谓日丹诺夫主义，主要表现方式之一是"用政治宣判的方式解决文学问题"，其次便是以政治标准为判断作家作品的至高原则。1950年代初，中国文坛对一系列文艺作品及相关作家的批判，即明显表现出这种文艺路线的强大影响。日丹诺夫主义对外国文学界更为直接的影响，则表现在当时外国文学译介与研究对象的选择和评价话语之上。日丹诺夫在第一次全苏作家代表大会致辞中如是说："由于资本主义制度的颓废与腐朽而产生的

---

[1] 陈建华：《二十世纪中俄文学关系》，高等教育出版社2002年版，第162页。
[2] 陈建华：《二十世纪中俄文学关系》，高等教育出版社2002年版，第161页。
[3] 徐迟：《日丹诺夫研究》，载《外国文学研究》，1981年第1期。

资产阶级文学的衰颓与腐朽，这就是现在资产阶级文化与资产阶级文学状况的特色和特点。资产阶级文学曾经反映资产阶级制度战胜封建主义，并创造出资本主义繁荣时期的伟大作品，但这时代是一去不复返了。现在，无论题材和才能，无论作者和主人公，都是普遍地在堕落……沉湎于神秘主义和僧侣主义，迷醉于色情文学和春宫画片，这就是资产阶级文化颓废和腐朽的特征。资产阶级文学家把自己的笔出卖给资本家和资产阶级政府，他的著名人物，现在是盗贼、侦探、娼妓和流氓。"①在《关于〈星〉和〈列宁格勒〉两杂志的报告》中，他甚至省略论证过程，直接将左琴科和阿赫玛托娃斥为反动的"市侩"、"荡妇"，言语之粗暴令人咋舌。日丹诺夫报告所表现的强词夺理、粗暴批评、武断甚至歪曲事实的评价，正是中国粗暴批评的先声。在《文艺报》等喉舌上，中国学者对反动作家和西方现代派作品所作的批判中，一再重复着相同的文风和批评话语。当然，将当时外国文学秩序中的缺失完全归咎于学习苏联是不可取的，也是不符合实际的，"政治第一、艺术第二"是新中国清醒的主体选择，两个国家因为共同的意识形态诉求，执行了十分相近的文艺路线。

随着文艺政策日益左倾，外国文学研究越来越深地卷入思想路线斗争当中，成为政策宣传和外交活动的工具。不过，当文艺政策出现松动的时候，研究又立刻表现出不一样的面貌，阶级话语和批判模式呈现出微小松动。这种话语的微调主要集中在现代派文学和欧洲19世纪文学两个领域。

二、"百花"开放：短暂的多元化

1956年4月，毛泽东在国务会议上提出"百花齐放、百家争鸣"的方针。"双百"方针的提出反映了新中国试图突破苏联模式，建构民族独特性的意识。新中国成立初期，外国文学界追随日丹诺夫话语，认为现代派文学"政治反动"，而将其彻底屏蔽于视野之外。在短暂的"百花"时代，现代派文学终于得见天日，甚至显出一点"翻身"的希望。

---

①〔苏〕日丹诺夫：《日丹诺夫论文学与艺术》，戈宝权译，人民文学出版社1959年版，第7—8页。

1957年5月，《文艺报》召集社科院文学研究所外国文学专家进行座谈，讨论怎样向世界文学敞开大门的问题。与会学者普遍认为，外国文学研究尤其是西方文学研究没有得到应有的重视，建议多开辟一些外国文学的园地。罗大冈认为，当时中国文学创作不够繁荣与不注意广泛介绍西欧文学很有关系；袁可嘉也指出，外国现代文学的研究太不受重视，呼吁开办专门的外国文学杂志；吴兴华更是直言外国文学研究有中断绝种的危机。[①] 很快，当时唯一的外国文学译介专刊《译文》便以"专辑"形式对现代派鼻祖波德莱尔进行了全面译介。专辑刊登了诗人陈敬容从《恶之花》中选译的九首诗，"编者按语"检讨了中国长期以来对"恶之花"的误解，特意编选了苏联学者列维克与法国诗人阿拉贡为波德莱尔辩护的评论文章。列维克认为：波德莱尔的诗歌对资本主义社会表达了强烈的批判和厌恶，所描绘的景色是"卓越的现实主义的写照"。[②] 用"现实主义"来界定波德莱尔的创作，显然是种误读，但它却为一种"另类"写作合法进入社会主义话语系统提供了可能。编辑的选择表明了当时中国对诗人态度的变化，"按语"所作基本客观的评价，推翻了新中国成立初期对诗人所作出的"颓废"认定。此后，一些具有现代主义倾向的作家作品陆续得到介绍。1957年1月号的《译文》刊登稿约："欢迎世界各国优秀的现代文学作品以及富有代表性的古典文学作品的译稿"[③]，不再特别强调译稿应当是"苏联、人民民主国家和其他国家反映人民的现实生活、思想和斗争的现代优秀文学作品以及富有代表性的古典文学"作品。5月号上更加明确地表示要"多登些现代资本主义国家内种种流派和风格的作品，不必非社会主义现实主义作品即不能入选"。[④] 与此同时，研究者们也开始在政策允许的情况下发表不同意见。各大学术期刊上出现了一批"别样"的学术论文。这些论文不以阶级分析和政治批判为第一要义，而是以研究对象的艺术奥秘和创作方

[①] 冯钟璞:《打开通向世界文学的大门》，载《文艺报》，1957年第12号。
[②] 〔苏〕列维克:《波特莱尔和他的"恶之花"》，载《译文》，1957年7月号。
[③] 这一稿约自1958年8月号起不再刊登。
[④] 编者:《读者意见综述》，载《译文》，1957年5月号。

法为中心。其中代表当属杨绛的《菲尔丁在小说方面的理论和实践》、李赋宁的《乔叟诗中的形容词》。①

杨绛的文章篇幅很长,分为上、中、下三部分,没有多少对于作家和作品人物的阶级分析,而以菲尔丁的小说理论和小说艺术为主要议题,条分缕析地解读菲尔丁的小说观,举出大量创作实例与其理论相印证,而且将菲尔丁的创作置于整个欧洲文学史的视野内评价,论证有理有据,文风平和细密,显示出深厚的学术水平。李赋宁的文章更是直接受到西方治学方法的启发,集中辨析乔叟诗歌中形容词运用的艺术效果。显然,这种以艺术分析为主的论文写作方式并不符合"政治第一、艺术第二"的治学标准,实际上这批文章在"百花"过后不久都遭到了批判。杨绛文章被批"不做阶级分析,抽空社会内容……贬低了菲尔丁小说的意义,也曲解了现实主义的概念"。②其余各篇文章都被扣上"为学术而学术"的帽子。在昙花一现的多元化之后,外国文学研究迅速回到了阶级分析加政治批判一统天下的旧模式当中。

"百花"时代之后,现代派文学并未完全消失,而是以内部发行的方式零星出现。1960年代初期,"文艺八条"提出"西方资产阶级的反动文学艺术和现代修正主义的文艺思潮"也"应该有条件地向专业文学艺术工作者介绍"。此后,伴随着"黄皮书"的内部发行,一系列评价现代派文学的文章出现在期刊上。代表作有袁可嘉的《托·史·艾略特——美英帝国主义的御用文阀》,柳鸣九、朱虹的《法国"新小说派"剖视》等。文章采用了基本一致的写作方式:首先将研究对象定性为资产阶级腐朽、反动、没落的产物,表明自身的批判立场;在用阶级革命话语解读作品的同时曲折表达对其艺术上的肯定。显然,此时的评价不再像"百花"时代那样"基本客观",阶级话语已经成为唯一合法

---

① 杨绛:《菲尔丁在小说方面的理论和实践》,载《文学研究》,1957年第2期;李赋宁:《乔叟诗中的形容词》(上、下),载《西方语文》,1957年第1卷第2、3期。另外还有李健吾:《科学对于十九世纪现实主义小说艺术的影响》,载《文学研究》,1957年第4期;王佐良:《读蒲伯》,载《西方语文》,1957年第1卷第1期;许国璋:《鲍士威文稿及其他》,载《西方语文》,1957年第1卷第3期。

② 卞之琳、叶水夫、袁可嘉、陈燊:《十年来的外国文学翻译和研究工作》,载《文学评论》,1959年第5期,第63页。

的批评话语和评价标准。

三、阶级话语一曲独奏

1957年下半年,"反右"运动轰轰烈烈展开,文艺路线迅速转向,一度"放开"的文学译介与研究再次"收紧"。曾经在第12号整版刊登《打开通向世界文学的大门》,呼吁重视西方文学研究的《文艺报》,在7月14日出版的第15号上开始了自我批评,检讨前一段时间所犯的错误。1958年,《文艺报》连载茅盾长文《夜读偶记》,批判现代派文学,彻底否定了"百花"时代的相关评价。稍后,外国文学界兴起欧洲古典文学重评活动。怎样看待欧洲古典文学(包括文艺复兴时期到19世纪的文学)是"十七年"外国文学界的另一个焦点问题。民国时代,欧洲古典文学是推动中国新文学产生的重要力量。在阶级话语至上的评价体系中,这个整体分出了等级和层次。其中批判现实主义文学为最佳,积极浪漫主义文学和其余的现实主义作品次之,那些表现出非现实主义倾向的作家作品则被视为另类。莎士比亚、拜伦、惠特曼、萧伯纳、菲尔丁、巴尔扎克、托尔斯泰等作家,都经过"现实主义"或者"革命"的重新"包装","十七年"中一直受到评论界的集中关注和高度肯定。然而在"大跃进"时期,古典文学的稳定地位遭到"藐视古董、批判遗产"潮流的强烈质疑,外国文学界"厚古薄今"的倾向被斥为资产阶级思想残余,并由此引发了对于表现"人道主义和个人主义"的西方经典的重评活动。通过批判欧洲古典文学与人道主义和个人主义,"十七年"的外国文学研究最终完成了一元独尊的阶级话语体系和外国文学新秩序的建构。

早在"五四"时代,以周作人为代表的"新文化运动"先锋就从西方文学中"拿来"了"人道主义"。在《人的文学》中,周氏将人道主义界定为"并非世间所谓'悲天悯人'或'博施济众'的慈善主义,乃是种个人主义的人间本位主义"。[①]周作人和他所代表的"五四"一代人

[①] 周作人:《人的文学》,载《中国新文学大系·建设理论集》(影印本),上海文艺出版社2003年版,第195页。

都认为，这种强调个人和人间本位的人道主义思想，正是西方文学中最有价值、最值得我们学习的地方。它就是医治古老中国痼疾——泯灭个人——的良药。甚至可以说，人道主义思想就是"五四"一代人心中西方文学的灵魂，是当时中国看待外国文学的主要视角，构成了外国文学研究话语传统的主要部分。随着国内阶级矛盾的急剧尖锐和民族危机的加重，文学界爆发了关于人性、人道主义问题的第一次论争。以梁实秋为代表的一派坚持以个人主义为核心的旧人道主义立场，遭到以鲁迅为代表的左翼阵营的猛烈抨击。鲁迅犀利地指出，"文学不借人，也无以表示'性'，一用人，而且还在阶级社会里，即断不能免掉所属的阶级性"①，这种看法开启了以阶级性看待人道主义的传统。新中国成立后，"五四"新文化运动虽然得到主流意识形态的肯定，但新文化运动所倡导的人道主义与个人主义却遭到彻底批判，人道主义被界定为"资产阶级思想"，外国文学界通过数次批判运动彻底抛弃了这一话语，建立起新的阶级革命话语系统。在几次论争中，"十七年"与新时期话语之间的关系最为密切也最为复杂，因此需要细致分析。

1950—1960年代，在意识形态的有力控制下，所有关于"人道主义"的讨论都是在阶级革命话语框架下进行的，即是说，必须将人道主义置于阶级分析的视角之下考察，把历史上的人道主义界定为资产阶级思想，以资产阶级的历史作用为参照，判断这一思想的进步与反动；凡肯定、提倡人道主义者其政治立场必有问题，必定是站在反无产阶级、反社会主义的立场之上，企图复辟资产阶级世界。马克思本人在后期对人道主义展开批判，指出这种思想实为资产阶级的意识形态。新中国对人道主义的认识直接来自于马克思，但是对人性与阶级性的关系缺乏更深入的辩证论述，在具体讨论中政治斗争意味过于明显。必须明确的一点是，当时外国文学领域的人道主义批判其实"醉翁之意不在酒"，在乎"反右"也。"五四"传统对个人主义和人道主义的强调，显然属于"右派"思想，必定是要被反掉的。作为资产阶级人道主义思想主要的

---

① 鲁迅：《"硬译"与文学的阶级性》，载《鲁迅全集》第4卷，人民文学出版社1957年版，第164页。

也是最形象的载体，欧洲古典文学首当其冲，成为批判的靶子。

在众多批判文章中，冯至的《略论欧洲资产阶级文学里的人道主义和个人主义》最具代表性。文章在谈到批判吸收欧洲资产阶级文学遗产时，指出了这一遗产的危险性：

> 因为一部文学作品写得越成功，感人的力量也越大，读者在受它感动的时候，就容易缩短和它的距离，失却客观的分析批判的态度；有时会更进一步，起了共鸣，沉溺在书的世界里，脱离现实，甚至盲目地接受了它的指导。并且中国现在的知识分子绝大多数还是从剥削阶级出身的，过去一向受的是资产阶级教育，在思想感情上，他们对于欧洲资产阶级文学比对于祖国长期封建时代遗留下来的古典文学还要更接近些……欧洲资产阶级文学里的一些主题思想，在中国民主主义革命阶段发生过不少的影响，在知识分子中间是容易引起共鸣的；如今，当资产阶级思想和无产阶级思想在许多人的头脑里还在争夺地位的时候，它们对于我们的思想情感有着比中国过去的封建时代文学更为复杂错综的关系。①

文中提到的最容易引起知识分子共鸣的"一些主题思想"，便是人道主义和个人主义。这一对"孪生兄弟"正是周作人在《人的文学》里一再强调要大力向欧洲学习的新文学精神，"五四"时代外国文学视野中的主要话语传统。冯至敏锐地看到，这种精神对于新中国知识分子影响巨大，远超过封建时代文学。然而在工农革命基础上建立起的社会主义新中国对这一传统却不能认同。作为一种现代性意识形态，人道主义的确属于资产阶级的思想建构，这种理论预设一种普遍的人的本质作为

---

① 冯至：《略论欧洲资产阶级文学里的人道主义和个人主义》，载《北京大学学报》，1958年第1期，第17页。

前提，并强调这种本质是"孤立的个体"的属性①，近代哲学的认识论、历史观、政治经济学、伦理学都建立在这一形而上学基础之上。在这一前提之下形成的近代资产阶级思想体系，曾经推动西方社会的整体发展，具有历史的必然性和合理性。但是正像马克思和海德格尔等思想者指出的那样，这种对于人的抽象认识切断了人的本质与人的生存实践活动之间的联系，经过几百年的发展，这一体系已经陷入困境。马克思在后期著作中，既肯定人道主义的历史地位，又否定它的规范意义，与它划清了界限。他认为，并不存在人道主义宣称的所谓"抽象的人"，个人在其现实性上，是"一切社会关系的总和"②，而这些社会关系"不是个人和个人的关系，而是工人和资本家、农民和地主的关系"。③简言之，便是阶级关系。新中国不但继承了马克思对于人道主义的批判，更进一步地将思想批判推进为政治运动，让学术讨论为"反右"呐喊助威。在冯至的文章中，清晰地呈现出这种政治意味。文章概述了人道主义从欧洲文艺复兴以来在文学作品中的表现，认为这一思想在社会主义阶段已经过时。然而经历过"五四"的知识分子，绝大多数受到这种资产阶级思想熏陶，虽然经过无产阶级思想改造，却仍然受到旧思想的极大诱惑，显示出摇摆不定的阶级立场。最为严重的是，由于右派分子"用一个超阶级、超现实的抽象的人来反对党的领导，反对社会主义制度"④，窃取"人道主义"来隐蔽他们阴险的目的，表达人道主义思想的欧洲文学作品已经成为非常危险的东西。因此，外国文学工作者必须在译介和教学中对之进行严格的批判⑤，站稳无产阶级立场。

此文代表了"十七年"欧洲文学人道主义问题讨论的性质和话语基调。首先，这不是单纯的学术界争论，而是配合政治运动的宣传教育。

---

① 〔英〕史蒂文·卢克斯：《个人主义：分析与批判》，朱红文、孔德龙译，中国广播电视出版社1993年版，第19章。

② 《马克思恩格斯选集》第1卷，人民出版社1995年版，第60页。

③ 《马克思恩格斯选集》第4卷，人民出版社1995年版，第135页。

④ 冯至：《略论欧洲资产阶级文学里的人道主义和个人主义》，载《北京大学学报》，1958年第1期，第21页。

⑤ 冯至：《从右派分子窃取的一种"武器"谈起》，载《人民日报》，1957年11月21日。

最直接的标志就是在批判中影响最大、发声最为响亮的不是纯粹的学术期刊，而是《文艺报》、《人民日报》、《中国青年》等有着鲜明政治色彩的报刊；其次，在言说人道主义及其相关概念时，对言说者的政治立场进行先入为主的判断。问题在于，文学作品传达某种思想就像朱光潜所谓"有如盐溶解在水里，饮水方知盐味，很难在盐水里搜求盐粒"。①因此，当时的许多文章都与冯至此文一样，并不就某一具体作品展开分析，而是径直对其思想进行宏观描述与评价。在批判引发的经典重读活动中，只有《约翰·克里斯朵夫》、《红与黑》得到了相对具体的分析。概括起来，当时文艺界的人道主义论争只存在两种声音，一个是来自"右派"阵营的赞同声，另一个便是正确者发出的批判声。②两种声音的力量对比极为悬殊，后者的力度和强度远远超过了前者。（在1958年《读书》杂志就《约翰·克里斯朵夫》专门开展的讨论中，还颇有几篇文章高度肯定了主人公的"个人主义"精神，但很快就遭到彻底否定。）我们看到，论战双方对"人道主义"、"人性"、"个人主义"的概念理解不同，以"各取所需"的原则运用这几个概念：人道主义有时指人类社会普遍认同的伦理原则和道德规范，赞同一方认为无论哪种社会制度下它都存在，提倡在文学作品中传达这种共性，而批判一方认为资本主义社会无法实现这种理想，只有社会主义国家才能实现真正的人道主义；有时它又被界定为资产阶级意识形态，批判一方指责赞同一方没有认清这一点，盲目地甚至是别有用心地为敌人呐喊助威，反对阶级斗争。至于个人主义，一方面指个人行为的利己准则；另一方面也可能指一种世界观，一种对历史、对个体生存的看法；有时候又意指那种要求"个性解放、独立"的人本主义思潮。批判方在言说时，总是根据论述的需要，随时调整对这些概念的基本理解，刻意混淆对同一概念的不同看法，先将原本不属于赞同方的观点强加于人，再不由分说进行批判，

---

①朱光潜：《文艺复兴至十九世纪西方资产阶级文学家艺术家有关人道主义人性论的文论概述》，载《社会科学战线》，1978年第3期。

②呼唤人道主义的重要文章包括巴人的《论人情》，发表于《新港》1957年4月号；还有钱谷融的《论"文学是人学"》，发表于《上海文学》1957年第5期。批判文章则为数众多，不一一列举。

让对方百口莫辩。大多数批判文章并不以提高认识、辨析问题为最终追求，标示政治立场、划清敌我界限才是它们的目标。在具体论述中，"批判"并不按这个词的本意——"研究、分析"进行，而是占据"正确"立场后的肆意批评和攻击。事实上，两种声音根本无须论战，因为批判一方先天正确，赞同一方注定失败。作为"反右"政治斗争的工具，这次批判以不容置疑的强硬姿态否定了"五四"人道主义话语传统。

要之，这一次人道主义批判在阶级框架中展开，以政治斗争、思想改造为目的，全面否定了"五四"时代的外国文学视野。作为"五四"以来的话语传统之一，人道主义与个人主义失去了合法地位，阶级分析成为外国文学研究中唯一正确的话语，欧洲古典文学被放逐于必须质疑与审判的位置上。外国文学界的视野从此日见狭窄。

综上，新中国成立后"十七年"，外国文学这一学科真正实现了系统化和规范化，并且构建了具备自身特点、不同于西方的话语体系。这种阶级革命话语体系所建构的外国文学秩序受到了当时苏联文学批评的较大影响，是马克思主义和中国本土经验结合产物——毛泽东思想在文艺上的体现，也是在新语境中对鲁迅传统的继承和发扬。由于将"政治性"放在第一位，这一外国文学新秩序不可避免地牺牲了"艺术性"。在这个阶段，外国文学译介与研究对本国文学来说，已经不再具有上一阶段那种举足轻重的启蒙作用，除了作为一种与敌对阵营的斗争方式，作为一种社会主义阵营之间认同和交流的方式之外，外国文学本身对于本国文学的参考作用其实已经并不那么重要。客观而言，一元话语构架了一个比较完整的外国文学体系，但是也束缚了文学的丰富解读可能，在过分强调政治标准和批判模式时，文学自身的空间变得非常狭小，甚至会完全消失。这种局限性在"文革"中表现得淋漓尽致。

第二节　"文革"十年外国文学话语的变异

　　1966年，"部队文艺工作座谈会"的召开和座谈会纪要的发表标志着文艺界一个新时代的到来。《纪要》攻击新中国成立"十七年"以来的文艺界"被一条与毛主席思想相对立的反党反社会主义的黑线专了我们的政，这条黑线就是资产阶级的文艺思想、现代修正主义的文艺思想和所谓30年代文艺的结合"。①以文学为革命服务的纯粹性为标准，《纪要》开列了必须"破除迷信"的中外文学的名单，"中外古典文学"和"十月革命后出现的一批比较优秀的苏联革命文艺作品"名列其中。在一切正常秩序被砸烂的"文革"前期（1966—1969年），外国文学活动基本上销声匿迹。1970年开始，高校招生和教学逐渐恢复，外国文学重现课堂；外国文学作品的翻译出版也在极为有限地恢复，公开出版作品以苏联文学为最多，而内部发行则超过公开出版，成为当时译介的主要方式。（关于"黄皮书"的影响学界已有深入研究，此处不赘。）1973年11月，专门译介外国当代文学作品的内部发行刊物《摘译》在上海创刊，先后出现的其他刊物如《学习与批判》、《朝霞》、《苏修文艺资料》、《苏修文艺简况》和《外国文学动态》等，也刊登部分外国文学作品和评论文章。苏、美、日三国当代文学作品是此时的译介重点。

　　这一时期，外国文学已彻底沦为政治斗争的工具。无论是上述期刊还是"黄皮书"的出版，其目的都是为政治斗争服务。美国、日本、苏联的当代文学作品之所以被选中，完全是因为它们可以作"斗资批修"的活材料，艺术性、文学性根本不在考虑范围之内。1976年，曾有文学青年致信《摘译》，表示刊物上大部分作品艺术很拙劣，希望译介一些有代表性的作品，但遭到编辑部严词拒绝："它的主要任务是通过文艺揭示苏、美、日等国的社会思想、政治和经济状况，为反帝反修和批

---

①《林彪同志委托江青同志召开的部队文艺工作座谈纪要》，载《人民日报》，1967年5月29日。

判资产阶级提供材料的；所发表的作品主要是根据这个原则选定的"，借鉴艺术技巧，"不能成为为着批判而要看一点苏修文艺的目的"。①为了表明政治立场并引导读者，避免大家"中毒"，当时出版的每篇作品都会附上一两篇火药味极浓的评论。在这些出自工农兵群众和专业研究者的批判文章里，曾经比较成熟的阶级分析模式被推向简单化和极端化，沦为一种二元对立、划清界限的万能公式。所有文章的宗旨都是政治批判压倒一切，客观冷静的文学解读荡然无存，而代之以嘲讽、攻击、辱骂、丑化、强词夺理、歪曲原意。如果说阶级话语、批判模式在"十七年"中还称得上是中国外国文学研究的一大特点和民族主体性的一种体现的话，那么到了这个阶段，经过对阶级话语和批判模式的极度发挥，中国已经不存在什么外国文学研究，只剩下以外国文学作品为影射或武器的政治斗争。这些批判文章只能作为历史的见证存在，没有多少学科价值。不过这种批判活动虽志在"洗脑"，实际效果有时却适得其反。许多读者学会了"反读"那些批判文章，在铺天盖地的政治词语中寻找艺术的蛛丝马迹。②一些颇有艺术水准的作品本来因为政治需要被翻译、批判，在读者中激起的却是强烈的审美反应和创作启发，许多新时期崛起的作家都从中得到了虽然有限却至关重要的营养。

必须承认，"文革"与"十七年"之间并非截然断裂，而是直接继承的关系。"文革"中外国文学研究的彻底变异在之前的"十七年"里已经初露端倪。《讲话》所确立的"文学为政治服务"的宗旨，从一开始就决定了新中国外国文学研究的方向和模式。"政治"以简单、直接甚至粗暴的方式要求文学研究为之服务，深深地伤害了学术的独立品格，限制了整个中国学术的发展空间。没有相对独立的话语空间，处于体制中的研究者不得不服从于现实利益的驱遣，在激烈的政治斗争中随

---

①参见上海外国哲学历史经济著作编译组编：《摘译》（1976年第1期），上海人民出版社1970年版（内部发行），第171—173页。

②参见罗建华：《由余秋雨说到学习与批判》，载《中华读书报》，2002年2月7日。文中提到："我学会了'反读'那些大批判式的文学评论，曲折地去探寻文学的小径。它批判葛朗台，我揣摸巴尔扎克的创作技巧；它批判宋江，我品味'浔阳楼题诗'。而对'苏修小说'《特别分队》、《围困》、《热的雪》的批判，则在封闭禁锢中掀开了外部世界的一角，'漏'进一些新鲜空气。"

风摇摆。

当政治变迁带来文艺政策的大幅调整之后,学术研究又迅速恢复生机,从前被压抑和遮蔽的话语开始浮出历史地表。

第十一章
1980年代：外国文学研究话语的重建

"1980年代"①对于中国的意义非同一般。"文革"之后，各个领域都在此时走上重建之路。在学术界，"1980年代"已经成为继"五四"之后又一次思想解放和启蒙运动的象征。表面看去，"1980年代"的确与"五四"时期有着诸多相似的地方：1980年代的中国，再次兴起外国文学译介热潮，启蒙话语又成为知识界言说的中心，人文学科独领风骚，知识界分享着共同的社会关怀和问题意识；包括文学在内的西方文化，又一次成为中国解决自身问题的主要思想资源。尤为重要的是，整个1980年代的学术界一直将"五四"作为一种标准去追随、反省和超越。当时文艺和学术的重建面临着两个最关键的问题：第一，按什么标准去重建？第二，在什么基础上重建？"回到五四"就是许多思想者对第一个问题的回答。然而事实上，"回去"又是不可能的，因为我们脚下的根基早已发生了改变。"五四"是理想和历史，而现实是怎样的呢？极左文艺路线虽然没有彻底切断文艺和学术的血脉，却留下了阶级话语和批判模式的深刻烙印。"文艺从属于政治"的口号虽被放弃和否定②，旧式话语和思维模式的影响仍然久久难以散去。尤其在1980年代

---

①这里的"1980年代"也包括"文革"结束后到1980年之前的一段时间。

②十一届三中全会后，这一口号被放弃。另见胡乔木的批评："文学服从于政治这种话是不通的。古往今来的文学都服从于政治，哪有这回事？文学服从于政治的说法，一方面是把文学的地位降低了，好像它一定要服从于某个与它关系不多的东西；另一方面把文学的范围不可避免地缩小了，好像作品不讲政治的作家就是没有政治倾向（这种作家很多），就不觉悟、落后，他的作品就不是文学。这样一来，好些事情就讲不清楚了。"胡乔木：《关于延安文艺座谈会前后》，载《胡乔木回忆毛泽东》，人民出版社1994年版。

早期，对"文革"的批判使用的还是"文革"话语模式，思想解放经常受到来自政治的警示。对外国文学研究来说，在真正的重建之前，必须对那些已经成为思想桎梏的旧话语作一番清理。

第一节　阶级话语与批判模式的滞留与退隐

一、转折与过渡

话语的转变是渐进的，新旧话语之间必须经过一番缠斗。1976年10月"四人帮"覆灭到1978年12月十一届三中全会的两年间，中国处于"后文革"状态。历史并未因政局的突变在瞬间掉头，极左意识形态继续控制着思想文化界，陈旧的文学观念和批评模式依然充斥于市。与此同时，民间涌动着对外国文学作品的狂热渴望。曾经被划为禁区的外国文学领域刚做出一点小小的"动作"——重印了几部古典名著，就立刻引发各大城市的抢购风潮。1977年，《世界文学》以内部发行的方式复刊，同年5月，中共中央正式撤销《部队文艺工作座谈会纪要》，彻底清理了"文艺黑线专政论"。9月，高考制度恢复，中文、历史、哲学成为最热门的专业，外国文学成为大学生们最喜爱的课程。1978年，《外国文艺》创刊，一批古典名著被重印，人民文学出版社推出11卷本的《莎士比亚全集》，历史上第一份外国文学专业学术期刊《外国文学研究》内部试刊。12月，十一届三中全会正式宣布抛弃"文艺从属于政治"这一长期以来不容置疑的口号，文艺界的解放全面展开。1979年10月，第四次全国文代会召开，宣布"十七年"的文艺路线"基本正确"，重申"百花齐放、百家争鸣"方针，重建文艺界的管理体制。在此之前，文艺界的调整已经开始，外国文学界风向改变的标志，便是1978年11月25日在广州召开的"全国外国文学研究工作规划会议"。这是新中国成立以来外国文学研究界召开的第一次盛会。来自全国各地70多个单位的140多名代表出席了此次会议，曹靖华、朱光潜、伍蠡甫等学界老前辈，各地高校、各编辑出版部门、各科研单位的代表，从四面八方汇聚羊城，共襄盛举。

为期12天的会议里，"代表们愤怒控诉林彪、'四人帮'对外国文学工作的疯狂破坏，对外国文学工作者的残酷迫害，热烈讨论外国文学研究工作如何为加快实现四个现代化服务"。会议的中心议题是讨论修改《全国外国文学研究工作八年规划》，同时成立全国外国文学学会，并就热点问题展开学术交流。社科院领导周扬和梅益分别作了讲话。周扬谈到三个问题：第一，外国文学工作者应该了解世界文学的来龙去脉。世界文学的前途是社会主义文学，我们的文学要与第三世界民族主义革命文学建立联盟，其他资本主义国家具有民主倾向的文学，也应当是我们的盟友。第二，学习与批判的问题。"对外国文化一定要学，而且要好好学，认真学。要批判，首先也要学。批判要解放思想，实事求是。解放思想，既要破除崇洋思想，也要破除排斥外国的思想"，对人道主义也不应笼统地反对。第三，应当造就一支外国文学专家队伍。外国文学工作者不是简单的翻译家，而是思想政治战线、文化战线上的一个战士。梅益指出，外国文学工作的中心任务是为加快实现四个现代化服务。要批判"四人帮"反对研究外国文学的文化排外主义和否定中外文化遗产的历史虚无主义。外国文学研究工作规划应该抓两个重点，一是马克思主义文艺理论和无产阶级文学运动史，另一个是研究当代外国文学，也就是第二次世界大战以来各主要国家和地区的文学。[①]

两人的讲话充分展示了过渡期的外国文学观念和话语特色。周扬谈到世界文学时仍在沿用"冷战"思维："我强调以社会主义文学为主体，联合友军。对友军要团结，也要批评。这样，我们的阶级路线很清楚，界限很清楚。"显然，他仍然在用"战争"术语描述世界文坛态势，仍然在以阶级作为划分敌我的标准，依然把外国文学的译介和研究看作是"思想政治战线"的一环，话语间充满着政治斗争气息。值得细细品味的是，虽然他还在提对外国文学的"批判"，却一再强调"学"

---

① 《全国外国文学研究工作规划会议在广州召开》，载《外国文学研究》，1979年第1期。

是更重要的,而在批判的内涵当中,也注入了"解放思想、破除排斥外国思想"这一新的提法。在老调重弹的同时,其实表现了前所未有的开放心态。周扬这番讲话是为新时期的外国文学研究"定调子",梅益的讲话则更强调具体工作。外国文学为"四个现代化"服务,并非梅益的创新,而是官方话语对文艺社会功能的新表述,这种表述所传达的显然是一种不同于"政治工具论"的新文艺观,它将文学及文学研究的目的扩展到了远比政治更开阔的领地。梅益所提到的两个关注重点更是清晰地呈现出过渡期的特色,马克思主义文艺理论是"十七年"文艺工作的首要理论资源,而当代外国文学则被"十七年"的文学标准屏蔽或者否定;在新时期强调前者,意在保持外国文学译介与研究的正确政治方向,而关注后者是为了弥补"十七年"以来的缺失。既要向"十七年"的话语传统和理论资源回归,又要面对千变万化的当代文学现实,这便是1970年代末期官方对于外国文学工作的态度,也是研究者必须遵守的规则。1980年代初期,外国文学的译介与研究必须在这充满表面张力的规则中辗转腾挪,找到充分的话语空间。

二、变与不变

正如陈平原所说,1980年代的文学、学术、艺术,是一个整体,有共同的社会关怀与问题意识①,知识分子们经常跨越学科疆域,就共同话题展开争论。同样的热烈场面也曾出现在1920与1930年代,那时现代学术体系虽已初步建立,中国文学和外国文学之间的学科分野还不甚明晰,"参考外国文学,创造新文学"是两个学科的共同追求。1980年代,两个领域再次携手合作,共同推动了新时期文学的发展。与"五四"时代一样,1980年代兴起的外国文学译介高潮源于中国文学自身变革的需要。冲破陈旧观念的禁锢,重建新文学,迫切需要新话语资源的刺激和启发。知识界又一次选择了向西方学习,外国文学又一次成为各群体、各领域、各人文学科共同关注的对象。在这次译介大潮中,构成话语资源的两个不同部分——西方现当代文学理论和文学作品——进

---

①查建英:《八十年代访谈录》,生活·读书·新知三联书店2006年版,第136页。

入中国的时间存在错位。1980年代初期,话语资源的主要转变来自文学作品,对理论的译介仍然以古典文论和马列、苏联文论为中心。"翻译、介绍和批评"依然是此时外国文学界的中心,学术研究还处于积累准备当中。

这一回,文学期刊再一次扮演了引入火种的重要角色。1980年代初期是文艺期刊的黄金时代。国家级以及省、地、市级的文学期刊如雨后春笋,空前繁荣。外国文学类期刊正是其中的佼佼者,除了具有全国影响的《世界文学》、《译林》、《外国文学》、《外国文艺》、《外国文学研究》之外,各省相关单位还主办了一批类似期刊,像上海社科院情报研究所和上海师大外语系合办的《外国文学报道》,长沙铁道学院、湖南外国文学研究会合办的《外国文学欣赏》等。再加上一些国别文学期刊,共计20余种。这些刊物大体可分为翻译类和研究类两种。两类刊物的代表分别是《世界文学》和《外国文学研究》。翻译类期刊也会登载一些评介文字,但所占比例极小。也有个别期刊译介与研究各占一半,像《国外文学》。如果按读者定位分类,则可分三类:有一部分面向文学青年与普通读者,如《译林》便是外国通俗文学名刊;有一部分身兼两职,既要供高校外国文学教学参考,又想吸引广大文学青年,如《外国文学研究》[①];还有一类最为单纯,纯粹以学术研究和交流为目的,如《外国文学研究集刊》。在1980年代初,第三类期刊最少,纯粹以普通读者为对象的通俗期刊也不多,最大多数的就是第二类,追求雅俗共赏,既登作品,又登评论,"普及与提高"兼顾,介于学术刊物与文学刊物之间。在全民热爱文学的1980年代,以译介为主的期刊制造了极其巨大的社会效应。相比之下,研究类期刊要寂寞一些,但仍然拥有专业研究者之外的众多读者。

总体看来,各家期刊的译介范围虽略有差别[②],但都集中于现当代

[①]"《外国文学研究》是……普及与提高相结合的专业性学校刊物,以广大文学青年、中小学语文和外语老师、大专院校学生、中等学校部分高年级学生,以及业余和专业文学工作者为主要服务对象。"《致读者作者》,载《外国文学研究》,1979年第1期。

[②]在几大外国文学期刊中,《译林》以译介通俗文学为主;《外国文艺》最早介绍了后现代诸位作家;《国外文学》更强调东方现当代文学的介绍。

文学。为弥补"十七年"以来的译介空白,当时的出版社和期刊都对现当代外国文学进行了"恶补"。由于出版周期短,组稿速度快,期刊在译介当代外国文学时独具优势,是当之无愧的主要力量。现当代文学中大部分译介盲点和空白都是由期刊首先填补,继而引起文坛关注。当时几大出版社在译介外国文学时遵循兼顾古今、均衡用力的原则,而外国文学期刊则几乎全都"一边倒"地关注现当代文学,冷落了古典文学。通过期刊这一载体,现代主义各流派、后现代主义文学、魔幻现实主义文学,乃至整个20世纪世界文坛上的主要文学创作,几乎都在十多年里一起涌入了中国,其规模与涉及广度已经远远超过了"五四"时代。

综合来看,1980年代的确称得上20世纪外国文学译介的全盛期,译介所绘制的世界文学版图非常全面,既重视西方现当代文学,又不冷落古典文学和亚非拉文学;从严肃文学、先锋文学到通俗文学、畅销作品,都有全面及时的引入。这些"全新"作品的输入冲击着中国原有的文学观念,引发了整个文化界的激烈争论,也迅速催生了本土文学的改变。

相比之下,外国文学界对全新理论话语的输入则缓慢得多。相对于新鲜可读的文学作品,西方文学理论显得晦涩而又深奥。正因如此,当时外国文学界虽有一批学者致力于当代理论的译介,步伐还是明显滞后于外国文学作品的译介。另一方面,1980年代早期,主流意识形态一直在强调对于马列文论的深入研究,学界与读者中间都还没有形成适合的接受土壤。当时各期刊只有零星的新理论介绍点缀在作品当中,是各出版社承担了翻译出版理论著作的主要任务,引进范围限于西方古典文论和马列、现实主义文论,西方现代文论基本空白。其中最有代表性的应属人民文学出版社和上海译文出版社联合推出的"外国文艺理论丛书"50种,以及社科院外文所编辑、五家出版社共同出版的"外国文学研究资料丛刊"。在研究型期刊当中,《外国文学研究》是刊载理论文章最多的一家,该刊创刊号的《编后》声明办刊重点为:"介绍当代外国文学的新成果和新思潮,给予恰当的实事求是的评价;用马克思主义的历史唯物主义的观点和方法来研究和评价外国古典文学,主要是欧洲文学遗产；研究马克思主义文艺理论以及它的发展历史，研究世界无产阶级文学运动的历史经验。"经笔者统计，从1978年试刊到1985年，该刊所载理论文章中讨论马恩列斯文艺思想的共23篇。其中14篇都是在1978年到1979两年内发表，总数居理论文章之首。讨论西方古典文论的10篇，位列第二。其中对古希腊文论、古典主义文论和席勒文论的探讨较为集中。在少有的几篇新理论介绍文章中，存在主义是一个焦点。实际上，当时学界最关心的不是西方现当代的文学理论，而是对于"现代派文学"的总体认识。《外国文学研究》曾开设专栏探讨"现代派文学"与"人道主义"，关于这两个话题的论文有44篇之多，远远超过其他话题。这一格局基本代表了那一阶段中国学界的外国文学理论视野。1980年代中期之前，学界就是以这样的理论视野来评价研究外国文学作品的。

三、新旧话语并存

在官方倡导和民间支持的双重推动下，外国现当代文学的译介盛况空前，基本达到了与世界文坛同步的反应速度。相比之下，研究不但滞后于作品在中国译介的速度，更远远落后于其源语国的水平。文学史写作与期刊论文仍然是这几年里研究成果的主要组成部分。由于"外国文学史"是高校中文系主干课程，文学史的出版照例十分红火，1977—1985年，共有57种通史出版。杨周翰的《欧洲文学史》（1979年），朱维之、赵澧的《外国文学简编》（1980年），石璞的《欧美文学史》（1980年）是其中影响较大的几部。这几种文学史所构建的外国文学秩序基本相同，以阶级分析、社会历史批评为方法论，受到苏联文学观念较大影响，经典名单与西方视角明显不同，研究时间截止于20世纪苏联文学，对西方现当代文学较少涉及。以《外国文学简编》（欧美部分）为例，该书按时间段分为上、中、下三篇，中篇的主体是批判现实主义文学；下篇为"无产阶级文学"，详细介绍了宪章派文学、巴黎公社文学、俄国及苏联无产阶级文学，论述截止到20世纪初。同期其他著作的安排与之基本相同。新时期之前，中国一直没有自己编撰的比较完整的外国文学史教材，主要以翻译的苏联相关著作为大学教材。1964年杨周翰主编的《欧洲文学史》（上卷）刚一出版，便赶上"文革"，其影响与应用范围都很有限。1979年再次出版时，只对"旧版里某些失误和不适当的提法作了修订"[①]，整体构架和叙述模式没有明显变化。文学史著作以稳定性为基本原则，这就决定了它与期刊论文相比，话语变化要缓慢许多，因此这些著作当中仍然以旧话语方式叙述外国文学现象和历史。若要更准确地观察话语动态，必须考察期刊论文。

在本文主要考察的《外国文学研究》、《外国文学研究集刊》和《国外文学》几家研究类期刊中，呈现出一个共同规律：这一时段依然沿袭了"十七年"时的研究重心，大部分现当代文学作品和作家都没有进入研究视野；研究中采用的主要还是传统的社会学方法，尤其是1970年代末到1980年代初，还在沿用阶级分析的老套路。在经典作家中，莎士比亚最受关注，卢梭、歌德、雨果、巴尔扎克、普希金、屠格涅夫、高尔基、契诃夫等18、19世纪作家和现实主义作家也是研究热点。对于激起热烈争论的"现代派文学"，则并无多少真正具体深入的研究，学界热衷讨论的是这一文学现象的性质和状态。但在研究对象基本不变的同时，所有文章的叙述语调都在慢慢地脱离"文革"以来的批判模式，强词夺理、嘲讽挖苦、歪曲原意的解读不见了，代之以客观冷静的描述分析。如果一个历经"十七年"、"文革"和新时期的学人，翻看那几年的期刊，必定会有一种老友重逢的亲切感，这些熟悉的面孔从"批判"的旧相框中慢慢走出，褪去多年蒙尘，变得生动具体起来。除此之外，他还会在众多历经沧桑的老友当中，发现星星点点前所未见的新面孔，豁然一亮。

虽然为数不多，毕竟有新的研究和新的话语方式开始破茧而出：20世纪初期之后那些没有进入文学史叙述范围的作家中，有海明威、萨特、卡夫卡、普鲁斯特、康拉德、T.S.艾略特、海勒等进入了研究视野；曾经被拒之门外的西方现当代文学流派、理论和文学批评方法，包

---

①杨周翰、吴达元、赵萝蕤主编：《欧洲文学史》（下卷），人民文学出版社1979年版，"再版后记"。

括意识流、精神分析、新批评、意象派、新小说、叙事学在内，也得到了一些初步的介绍。这些文章依然不脱"介绍"的模式，对研究对象的认识还算不上深刻，但已经不再滥用阶级分析的方法，更注重艺术风格的把握和细节分析。

需要指出的是，全新与全旧的文章都不是当时的主流，各期刊上占据最大比例的是那些新旧话语混杂的文章。在这些文章中，直接的阶级分析与综合的社会历史背景介绍并存，"文革"式词语与客观的学术分析共在，马、恩、列、斯文论既被用来诠释经典作家，也是解读现当代作家和流派的利器。

当然，旧有研究模式并非一无是处，但任何研究方法与模式皆非万能，一旦推向极致便难以避免谬误，使洞见变成盲视，让启蒙化身为遮蔽。因此，外国文学领域的重建并不是回到原来的话语传统中去，而是反思这一传统，清理某些过于政治化的话语，让学术回归自身。新时期之初的人道主义讨论和现代派文学论争，正是学界反思传统、清理新旧话语关系的一次努力。

第二节　"人道主义讨论"和"现代派文学论争"的话语分析

前文提到，1980年代的文学、学术和艺术是一个整体，有着共同的问题意识。1980年代初热闹一时的"人道主义讨论"和"现代派文学论争"正是这种共同问题意识的表现。当时整个文化界各路人马几乎都卷入其中，就这两个话题各抒己见。我们要问的是，这两场讨论对于外国文学学科的意义何在？外国文学界在两次讨论中发挥了怎样的作用？是与其他学科合奏一曲还是另辟蹊径？毋庸置疑，正是外国文学界最早拉开了两次讨论的大幕，并且通过译介作品为讨论提供源源不断的鲜活例证。从"五四"时代到"十七年"，乃至1980年代，这两种话语都以不同的面目出现在中国视野里，代表着不同时期中国对世界尤其是西方迥异的文化想象。发生在1980年代初的再讨论，又出现了哪些新的解读，产生了怎样的效果呢？

在考察这两个话语事件之前，我们必须清楚地看到，新时期之初的思想解放和新启蒙运动存在着局限性。对局限性可以有多种理解，但是在这里特指意识形态对思想解放有形与无形的限制。无论1980年代人是多么激情澎湃、意气风发，都不能否认"解放"与"启蒙"存在着一条不能冲破的红线。任何讨论都不能突破由权威意识形态设定的这一底线，"阶级性"、"无产阶级"、"人民群众"这些经典概念，"一直处在一种比'西方'、'资产阶级'、'普遍人性'等概念更优越和更正确的位置上"。[1]这一限制的存在使得当时所有西方话语资源的合法化，都必须经过主流意识形态的认可和"包装"，只有将异质话语整合进马克思主义思想体系之内，才能获得传播通行证。与此同时，极左文艺路线虽被否定，原有的阶级话语系统和知识谱系依然左右、影响着人们的视野，有时候不是讨论者刻意为之，而是那条红线已经内化于心，在无形中束缚着讨论者的自由。这种局限性注定了它们又是两次力量并不均衡的"讨论"。

一、对人道主义的呼唤

在两次论争当中，关于人道主义的讨论发生更早，影响更大，整个文学界、哲学界乃至党的重要领导人都参与其中。[2]早在1977年末，已出现一些文章，提出"大抒无产阶级之情"的口号，但理论上的探讨还尚未展开。1979年后，由呼吁文艺表现无产阶级的人性进入到理论层面的探讨。1983年讨论进入高潮。概括来看，几百篇文章集中讨论的问题包括如何认识人道主义思想，人性与阶级性的关系，文学与人性、人道主义思想的关系以及如何认识文学作品中所揭示的人道主义思想。

讨论人性与阶级性的关系，其实也就是在讨论如何认识人性论和人道主义，讨论马克思主义与人道主义的关系。对于这个问题，大致有三

---

[1] 程光炜：《文学讲稿："八十年代"作为方法》，北京大学出版社2009年版，第128页。
[2] 详细索引参见复旦大学中文系资料室编：《新时期文艺学论争资料（1976—1985）》，复旦大学出版社1988年版。

种意见：第一种看法认为，"人是马克思主义的出发点"[①]，人的解放是共产主义革命的最终目标，马克思主义不仅包含了人道主义的内容和性质，而且是"彻底的人道主义和真正的人道主义"。[②]"全面否定人道主义，就可能异化到'神道主义'与'兽道主义'去"[③]，十年浩劫已经证明了这一点。因此，持这种观点的朱光潜、汝信、王若水等学者大声疾呼人道主义的回归。另一种意见则认为，人道主义是资产阶级的意识形态，与马克思主义分属两种截然不同的思想体系，今天的无产阶级没有必要重新拾起这种武器。如果把人道主义局限于伦理原则和道德规范，那么可以在历史唯物主义的基础上，立足于社会主义的经济基础和政治制度，宣传、实行社会主义的人道主义；如果把人道主义理解为一种历史观和世界观，即认为人类社会的历史是人的异化和异化的扬弃，那就必须予以坚决反对。[④]此论代表胡乔木认为，第一种意见看似来自于经典马克思主义，其实无视或者曲解了马克思主义的精髓：历史唯物主义。第三种意见倾向于折中，认为第一种看法不符合马克思主义创始人的思想实际，抹杀了马克思主义的鲜明阶级性。根据马克思主义的观点，可以对人道主义作如下表述：（1）阶级的人道主义；（2）社会主义的人道主义；（3）共产主义的人道主义。[⑤]

与"十七年"的人道主义批判相比，此次焦点问题的论争要深入许多，讨论的方式也出现了明显变化。这一次论争各方虽各持己见，有些甚至针锋相对，却普遍肯定了人道主义的积极意义，不再是一边倒的批判打倒。相对来说，这次论争的言说空间和氛围也要宽松许多，作为马克思主义理论权威和党内领导的胡乔木，虽然对第一种看法极不认同，也没有采用"十七年"常见的那种"一棍子打死"的方式，而是从自己

[①] 王若水：《为人道主义辩护》，生活·读书·新知三联书店1986年版，第200页。
[②] 白烨：《人性和人道主义学术讨论会情况综述》，载《中国社会科学》，1981年第1期，第96—102页。
[③] 王若水：《文艺与人的异化问题》，载《上海文学》，1980年第9期。
[④] 胡乔木：《关于人道主义和异化问题》，人民出版社1984年版。
[⑤] 白烨：《人性和人道主义学术讨论会情况综述》，载《中国社会科学》，1981年第1期，第96—102页。

对马克思主义的理解出发，写长文论证。尤其是当他试图掀起一场"清除精神污染"的政治运动时，历史并未重演，运动草草收场，不同意见者仍然可以自由发言，没有受到多大影响。同时也要指出，在公开发表的相关论文当中，尽管存在明显的意见分歧，却并未真正突破原有阶级话语系统的限制。无论自愿抑或被迫，所有参与讨论者都承认，阶级性是辨析人道主义问题的根本原则，有许多论者在批判"四人帮"对人道主义的践踏时，继续采用与之非常相似的思想资源和话语方式。另外，为了张扬人道主义又不触动红线，一部分激进者试图将马克思主义人道主义化，但遭到主流意识形态以清污运动展开的否定与批判，立论者想要在理论上提升人道主义话语的努力并未完全实现。大多数围绕人道主义展开的深入探讨都因政治因素的干扰而被迫搁浅。因此有学者认为，人道主义讨论是一个最终流产的未完成的"文学预案"[①]，没能实现应有的理论突破。当然，讨论本身的结局并不等于讨论所带来的效果。此次讨论虽然以清污运动而告一段落，却唤醒了文艺创作与研究领域的人道主义、人性话语，使之成为新时期文艺活动中最活跃的一种声音。正如陈思和所说，"在1980年代前半期，文化界的启蒙主义、人道主义思潮，虽然不可能形成'五四'时期那样绝对的强势话语，但已颇有上升为'准共名'的趋势"。[②]这种状况在外国文学领域的相关讨论中也是显而易见。

在众声喧哗的热烈氛围中，外国文学界最早投入了这次讨论。其实人道主义讨论是1980年代的共同话题，所谓的"界"在当时并不特别明晰，并未出现特别明确的专属各界的不同看法。外国文学领域对人道主义的探讨并未超出主流话语的限定，中规中矩，并不以理论探索为旨归，恢复正常的外国文学视野才是最迫切的要求。一般认为，新时期第一篇呼唤"人性"和"人道主义"的文章，是朱光潜发表于《文艺研究》1979年第3期的《关于人性、人道主义、人情味和共同美问题》一文，再加上其后汝信的《人道主义就是修正主义吗？》和王若水的《谈

[①] 程光炜：《文学讲稿："八十年代"作为方法》，北京大学出版社2009年版，第149页。
[②] 陈思和主编：《中国当代文学史教程》，复旦大学出版社1999年版，第294页。

谈异化问题》，这三篇文章共同引发了全国的人道主义大讨论。实际上，朱文并非对人道主义进行理论探讨的第一篇文章，关于人道主义的讨论也不是自这几篇文章开始。早在1978年11月召开的"全国外国文学研究工作规划会议"上，周扬就在讲话中提出，不应"笼统地反对人道主义"，应当作历史的、阶级的分析。作为"十七年"主管文学艺术工作的主要领导之一，周扬曾经在《我国社会主义文学艺术的道路》等政策性文章中为人道主义下过断语，长期影响着相关话语方向。他在新时期伊始所作的这番号召，为后来的讨论拉开了大幕。外国文学界对此作出迅速反应，《外国文学研究》在1979年第1期便开设"人道主义笔谈"专栏，专栏的头四篇文章无疑是新时期人道主义大讨论的先声。

　　四篇文章以非常饱满的激情控诉了"四人帮"的极左文艺路线，宏观评价了欧洲古典文学的价值与人道主义的进步意义，话语方式仍然保留浓重的"文革"色彩，对人道主义的基本看法与冯至当年文章中的提法遥相呼应，但文章宗旨却判然有别。冯至文章志在批判，而今天的认识虽然不变，却意在呼唤人道主义。其中《昨日的人道主义与今日的封建法西斯主义》一文提到，欧洲古典文学曾被扣上"宣扬人道主义和个人奋斗"两条罪状；《人道主义断想》和《人道主义的历史进步意义无容否定》都沿用经典马克思主义对人道主义的界定，但却高度肯定了资产阶级人道主义的积极意义，尤其肯定了欧洲古典文学中所表现出的人道主义批判的积极意义；《从读莎氏喜剧的一点感受谈起》一文更是以莎士比亚喜剧为例，论证人道主义在"今天"仍然有着不可抹煞的价值。①此后，一系列笔谈文章陆续发表，为人道主义与相关文学作品正名，呼吁恢复欧洲古典文学的应有地位。值得注意的是，四篇文章对讨论对象的认识非常一致，没有意见分歧，都把人道主义归结为资产阶级意识形态，都认为它不但曾经在历史上发挥过积极作用，在社会主义的新时期也仍然有着积极意义。最重要的是，所有文章都表达了一种共

---

①四篇文章分别为沈国经：《昨日的人道主义与今日的封建法西斯主义》；周乐群：《人道主义断想》；李赞：《从读莎氏喜剧的一点感受谈起》；秦德儒：《人道主义的历史进步意义无容否定》，均载《外国文学研究》，1979年第1期。

识：作为欧洲古典文学的精髓，人道主义精神并非"十七年"判定的需要"排泄"的糟粕，而是我们应该吸收的精华。两相对比，"十七年"的讨论实质为"批判"，而此次讨论的实质为"呼唤"。整体看来，外国文学界的人道主义讨论并未在理论认识上对这一思想本身有多少推进，而是意在完成外国文学视野的"拨乱反正"，在意识形态许可的范围内重建外国文学话语。"反正"之"正"为何？显然不是"十七年"的话语传统，但也并不是要完全恢复"五四"时代的人道主义话语，后者对于个人本位的特别强调为新时期主流意识形态所不喜。毋宁说，人道主义讨论折射出的，正是新时期外国文学研究话语与"十七年"话语传统的复杂关系。

1983年第2期，《外国文学研究》再次开设"外国文学中的人道主义"专栏，试图将讨论从宏观评价转向深入的文本分析。"本刊拟先从个别作家、作品入手，然后再转入普遍性的问题。来稿请密切结合作家、作品实际，特别是结合文学形象进行分析，论述，不要从概念、定义出发，脱离了文学作品，泛泛而论。"①这次开设专栏，不仅是要对"十七年"及"文革"中集中批判的相关作家作品再次重评，探讨人道主义问题，而且希望改变"十七年"以来形成的外国文学研究模式，将"从概念、定义出发"，以阶级分析为中心的话语模式转变为"以作品为中心"，以文学形象剖析为主。在传统的阶级话语模式下，正常的研究程序是先给作家作品定性，然后展示具体例子证明先行判断，作品和文学形象本身并非关注的中心。"十七年"的人道主义批判甚至整个外国文学研究活动所奉行的都是这种程序。这一次《外国文学研究》的编者却希望把这个程序颠倒过来，先从个别入手，再谈普遍性的问题。这当然不仅仅是研究方法的一种更新，而是隐含了编者对传统研究模式背后之意识形态的批判和反思。不过，这种美好的愿望却没能实现，这次重开专栏并未像上一次那样吸引众多来稿，真正能够深入文本的论文少之又少，评论者依然很难摆脱从前的话语习惯，摆脱关于人道主义的固有

---

①《编者话》，载《外国文学研究》，1983年第2期。

看法。有趣的是，在旧概念和旧模式下产生的，却是与"十七年"完全不同的价值判断。

曾经在"十七年"激烈批判罗曼·罗兰作品中人道主义和个人主义思想的罗大冈在专栏中发表《再论罗曼·罗兰的人道主义和个人主义》，完全改写了从前的文章。1950—1960年代，罗大冈不断强调要彻底批判约翰·克里斯朵夫所体现出的个人主义和人道主义，认为这两种思想是罗曼·罗兰作品中必须扬弃的糟粕，而在这篇文章中他却明确承认："把罗曼·罗兰的书生气的人道主义言论作为西方资产阶级上层的策略性的伪善人道主义破产的一个例证，确实是形而上学式的引申，是错误的论点。"罗曼·罗兰的人道主义"是他思想不断进步的积极因素之一，对他思想进步过程所起的积极作用是主要的，决定性的"。[①]前后对比，我们不禁会为其中话语转向的彻底而感叹。面对着同样的作品，同样的背景数据，同一位研究者竟会给出两种完全不同甚至互相矛盾的评价。但这并不意味着当时学界已经在使用全新的话语系统和研究模式，恰恰相反，上述相反结论正是由同一话语系统推演而来。如此吊诡的局面再次证明学术研究的"不纯洁性"，证明学术生产之受控于政治。同时也让我们看到，新话语模式的确立着实艰难。当然，确实有人努力地想要在旧话语系统中实现新的研究模式，同年第3期《外国文学研究》所载蓝星文章《人是矛盾的统一体——关于〈牛虻〉中人性的共同性与人性的阶级性》便是一例。人性的阶级性与共同性是历次人道主义讨论的一个争论焦点，"十七年"话语系统否认普遍人性的存在和合理性，新时期话语则与之相左。蓝星文章的价值在于，它并未纠结于两者关系的讨论，而是真正从作品人物的性格和心理入手，对牛虻父子之间那种爱与恨、亲情与信仰的激烈冲突和纠缠条分缕析，进入人物形象的内部，读解他们的精神世界。在这篇文章当中，真正重要的已经不是人性与阶级性关系的辨析，而是通过人物形象剖析所展示的文学本身的力量。这本来是文学研究中最基本的展开方式，却是新时期外国文学界

[①] 罗大冈：《再论罗曼·罗兰的人道主义和个人主义》，载《外国文学研究》，1983年第2期，第5页。

需要努力回归与重建的"新"话语模式。

我们看到,外国文学界的人道主义讨论表现出新时期话语共有的一种矛盾性:既要清理"十七年"话语造成的误区,又要承认"十七年"话语的政治正确性不可动摇。由于在理论上不能突破话语传统的限制,研究者们转而在丰富的作品研究中寻找新话语的生长点,重建新的外国文学秩序。为此,他们有时需要策略性地故意"误读"研究对象,使其符合主流话语的要求。但是《外国文学研究》第二次专栏的开设却并未达到预期效果,何以故?旧有的研究范式已显僵化,研究者囿于原有话语系统之中,无法读出新的意思,说出新的词语。同样的局面也存在于其他人文学科领域,在基本的学术重建完成之后,中国学界面临的共同问题就是如何进一步提升研究水平,对此,学界的选择是引入更开阔的理论视野和更丰富的话语资源。话语资源的改变已经不可避免。

二、"现代派"的转化

"五四"时代,以"新浪漫主义"命名的现代派文学被当时的引介者视为中国新文学的出路、世界文学进化之途中的最高理想;1930—1940年代,在西方影响下产生了具有中国本土特色的现代主义文学;"十七年"时,它们统统被斥为资产阶级堕落、腐朽的产物,充满颓废气息,没有资格进入新中国的外国文学视野。1958年,曾经热情引介新浪漫主义的茅盾发表长文《夜读偶记》,否定了"五四"以来对文学进化的公式化认识,指出现代派文艺表面上是在进步之中,"实质上却是一件美丽的尸衣掩盖了还魂的僵尸而已。这个僵尸就是作为假古典主义的本质的形式主义"。①茅盾此时身为主流意识形态的代言人,明确指出在阶级话语系统里,坚持现代派的人就是在为资产阶级服务,现实主义和现代主义都不再是文艺运动,而是政治路线的分歧,是进步与反动的冲突。在冷战格局下,现代派文艺被视为帝国主义和资本主义的象征符号而销声匿迹,由于这种全面封锁,中国文学界失去了与世界文坛同步的感应,"不知有汉,无论魏晋"。

---

① 茅盾:《夜读偶记》,百花文艺出版社1958年版,第3页。

因此，当新时期的外国文学界重新睁眼看世界时，冲破"十七年"划定的思想禁区，补上落下的现代主义一课，便成为最迫切的任务。作为新时期之初思想解放的两个标志，人道主义与现代派论争的讨论方式大同小异，效果也基本相似。单就外国文学界来说，通过人道主义讨论，欧洲古典文学恢复了应有地位，同时发动的现代派论争，则为"十七年"以来更大的禁区——现代派文学正了名。有学者指出，"曾经在冷战格局中被看作是'颓废、没落的资产阶级文化'的'现代派'文学，经过1980年代文化逻辑的转换，成了'世界文学'最前沿的标志，并被作为反叛传统现实主义规范的有效资源和先锋派的仿效对象"。①

现代派文学，是中国特有的一个名词，并非国际通用的学术概念。它特指20世纪以来，传统现实主义之外所有流派的文学作品，既包括西方现代主义各流派，也包括后现代主义在内，还指代中国新时期所出现的具有现代主义色彩的创作。1983年后，由于遭到清污运动的批判，这一概念在中国当代文学史叙述中消失，在外国文学领域则被更准确的"现代主义文学"所取代。

现代派文学论争并未像人道主义讨论那样引起整个思想界的震动，参与讨论者大都是文艺界人士，但热烈程度有过之而无不及。论争分为两个阶段：1978年起，外国文学研究界发起了重新评价西方现代派文学的讨论。在1978年的"全国外国文学研究工作规划会议"上，柳鸣九作了题为"现当代资产阶级文学评价的几个问题"的发言，提出要一分为二地看待现当代资产阶级文学，发言稿刊登于1979年第1期的《外国文学研究》上，同期还登载了陈焜的《西方现代派文学和梦魇》。同年，社科院外国文学研究所主办的《外国文学研究集刊》第一辑开展"关于现当代资产阶级文学评价问题"的讨论，卞之琳等四位学者集中发言。稍后，《外国文学研究》在1980年第4期开始了为期一年、更大规模的"西方现代派文学讨论"，将前半段讨论推向高潮。1982年，该

---

①贺桂梅：《后冷战情境中的现代主义文化政治》，载《上海文学》，2007年第4期，第88—96页。

刊主编徐迟在刊物第1期上发表《现代化与现代派》一文，为讨论作阶段性总结，此文和青年诗人徐敬亚对"朦胧诗"的赞美引发了整个文艺界的现代派论争热潮，有数百篇文章在两年时间中卷入后半段论争。虽然这场论争也因"清污"而告一段落，但其实际效果与影响却远非"运动"所能清除。外国文学界在前半段讨论中发挥了主导作用，为后半段讨论奠定了基本的方向和话语基调。论争主要围绕三个问题展开：第一，关于现代派文学的起因。以徐迟为代表的意见认为，现代派文学是西方现代物质文明的产物；另一种意见认为，资本主义社会物质生产与精神生产不平衡导致了这种文学的出现，其根源主要是唯心主义思想体系；还有一种意见认为现代派的产生有三个重要因素：垄断资本主义时期西方社会关系的产物，现代资产阶级文化思想的影响和资本主义生产力的发展，因而是一系列经济、社会、文化的因素决定了现代派复杂的内涵，必须具体分析。第二，关于如何评价和对待西方现代派。一种意见将其视为20世纪人类文明伟大的成果；另一种意见主张一分为二地看待之；第三种看法倾向于否定，认为其虽然丰富了文学表现手法，但其思想体系属于资产阶级意识形态。第三，关于"现代化"和"现代派"的联系以及我国文学的发展方向。徐迟等人认为现代派是现代化的必然产物，"我们将实现社会主义的四个现代化，并且到时候将出现我们现代派的文学艺术"[①]；批驳者认为现代派并不是现代化的唯一目标，现代主义在社会主义的中国根本没有发展前途；另一种意见认为不能把文学现代化与现代派混为一谈，也不能把现实主义和现代派看成互不兼容的两极，中国文学的未来是"五四"文学传统加现代派手法的多元化总体结构。[②]这个问题是后半段讨论的焦点，外国文学界对之发言相对较少。前两个问题的参与者则主要来自于外国文学研究者。其中，袁可嘉、卞之琳、陈焜、柳鸣九等学者积极推动着讨论的开展和深入，声音十分响亮，可谓新时期现代主义启蒙的领军人物。几位学者的观点只是略有差别，全面引进现代派文学是大家的共识。当时，以这些学者

---

①徐迟：《现代化与现代派》，载《外国文学研究》，1982年第1期，第117—119页。
②严家炎：《历史的脚印，现实的启示》，载《文艺报》，1983年第4期。

为代表的外国文学界的现代派视野决定了整个中国文学界的世界视野，奠定了中国对于"世界文学"想象的基础。

在《外国文学研究》和《外国文学研究集刊》开展的现代派文学讨论中，将近40篇文章里的绝大多数都热情支持开放这一禁区，主张认真学习研究。只有个别文章仍从旧有话语逻辑出发，视其为洪水猛兽。但这一声音最终消失在热情学习的主旋律当中。在新时期之初，对于那些热情引介西方现代派文学的研究者来说，最关键的问题在于：如何在不违背政治正确的大前提下，将传统话语中一无是处的"现代派文学"转化为具有建设性的新话语资源？在这一转换当中，学者们采取了与人道主义讨论相同的逻辑，那就是用马克思主义的理论资源对"现代派"作一番辩证的分析和包装。柳鸣九的文章《现当代资产阶级文学评价的几个问题》便是这种话语策略的体现。此文的一大原则就是"一分为二"，用最通俗的说法表达，即现当代资产阶级文学有好的一面，也有不好的一面。因为历史上被过分否定，作者此时主要致力于剥离出那"好"的一面。在文章中，作者时刻强调马克思主义辩证分析、实事求是的认识原则，按照正统的阶级革命话语系统为作家定位，特别点明大部分现代派作家政治上的进步性和相对低微的阶级地位，诸如波德莱尔参加1848年起义，萨特参加共产党，贝克特投身反法西斯运动等等，彻底颠倒了从前"反动分子"这一界定。文章认为现代派文学的思想基础是资产阶级人道主义，并且强调这一思想在当时仍具进步意义，否定了从前"思想颓废"这一判断。反传统、反现实主义的创作方法是现代派文学最难被传统话语包容的一个问题，文章在此仍然坚持强调其"好"的一面，认为创作方法的突破符合文艺发展规律，有很高的艺术价值。至此，文章已经完成了对现代派文学全面的价值判断逆转。这其中的逻辑其实在文章开头即已明言：建设四化要求我们重新评价现当代资产阶级文学，因为马、恩所说的"世界文学"时代已经到来，中国应当融入到世界潮流中去。

此文与其后的大多数文章都采用了同样的逻辑，其中尤以徐迟的《现代化与现代派》最为直接。作者以马克思的政治经济学原理为依据，直接将现代派文学等同于现代化的必然产物，进而推出结论：中国要实现现代化，也必将出现现代派文学。虽然徐迟的激进观点遭到来自各方的驳斥，但实际上他所采用的逻辑却深入人心，这次论争之所以能够将处于话语系统边缘的现代派文学推向中心，正是得力于这样一个基本信念：现代派文学是文学发展史上超越现实主义的新潮流，现代派文学处于文学进化的顶端，是中国融入世界必须要补上的一课。这个时期外国文学界讨论现代派文学还有一个特征，就是将现代派作为一个整体，进行宏观描述和评价。在宏观描述时诉诸这个整体的基本特点是：（1）反现实主义；（2）20世纪的；（3）西方资本主义国家的。①这样一种描述其实就是将现代派文学作为正统文学标准的对立面来呈现。现实主义的、19世纪的、社会主义国家的文学曾经是主流话语中正统的文学标准，经过这种对立呈现，似乎已经显得"落后"、"过时"。文学进化观从"五四"以来就是中国学界的共识，只是在不同时期"进步"文学的所指不同而已。从前我们以苏联为榜样，而现在，西方现代派文学取而代之。在重新评价西方现代派的过程中，学界也完成了对"世界文学"的重构。在1980年代的视野里，所谓世界文学，其实就是欧美文学。而现代派文学则是欧美文学的最新发展，是中国文学必须了解学习的先进事物。

  需要指出的是，我们不应该过于强调现代派文学讨论中的策略性，似乎当时所有研究者都在"明修栈道，暗度陈仓"。新时期外国文学界对于现代派文学的"误读"，有时并不是特别自觉的主体选择，而是政治红线与学者知识结构双重限制的结果。在几位启蒙先锋当中，袁可嘉与卞之琳都曾经沐浴过现代派文学的"欧风美雨"，并且亲自创作过现代主义风格的诗歌，对现代派文学有一份挥之不去的亲切感。其他几位学者则大都在新中国成立后毕业于高校西语系，工作在社科院外文所，既接受了正统的马克思主义、毛泽东思想教育，也吸收了欧美文学的营养。与前者不同的是，现代派文学是作为颓废反动之物为他们所知。对

---

① 贺桂梅：《后冷战情境中的现代主义文化政治》，载《上海文学》，2007年第4期，第88—96页。

于这两代学者,"现代派"文学原本就并不陌生,因为工作关系,他们还能够一直了解其动态。从"十七年"到新时期,诸位学者跟随主流意识形态的变化数次调整描述现代派的话语基调。在封杀现代派的"十七年"里,为了配合阶级革命话语的斗争要求,袁可嘉曾经写下几篇标准的批判"八股文":《托·史·艾略特——美英帝国主义的御用文阀》、《新批评派述评》、《略论美英现代派诗歌》,无情棒杀滋养过自己的话语资源。我们当然不能妄加猜测他的批判是否违心,但可以肯定的是,一旦话语控制稍有松动,他立刻调整了自己的话语基调。其中写于"文艺八条"之后的《略论美英现代派诗歌》,批判力度明显减弱许多,增加了大量的客观介绍。1960年代初,这批学者遵照组织安排翻译了一批现代派文学的代表作,并在作品前面附上一篇"火星四溅"的批判文章。这些内参读物成为"文革"后期叛逆青年的主要话语资源。但很显然,这些翻译活动并非学者们的主动选择。直到拨乱反正之后,风向迅速转变,学术研究不再是政治的工具,学者们终于可以表现出一些主体性,他们主动选择了现代派文学作为突破口,表达内心深处埋藏已久的肯定。不过这种主体性依然是有限的,以马克思主义理论资源对现代派文学进行的"误读"并非全部出自刻意,而是受到研究者知识谱系的限制。

尽管人道主义讨论与现代派文学论争存在局限性,我们还是应当看到其积极效果。这两场论争不仅将人道主义和现代派两种话语重新唤回到中国思想、文艺界的话语体系之中,而且将它们从隐匿与边缘推向了中心,使它们成为新时期的核心话语关键词。虽然1980年代初期并未建立起真正能够与阶级话语传统全面抗衡的话语系统,人道主义与现代派话语在与正统话语的交流中还略显弱势,但阶级话语一元化的格局已经打破,阶级话语正在逐渐地退居幕后,成为一种背景而不再直接指点江山。对于外国文学界来说,人道主义与现代派话语无异于学科重生的还魂之水,论争让欧洲古典文学与现代派文学合法化,为学界打开了前所未有的广阔天空,实现了对"五四"启蒙传统的部分回归。

两次论争也让我们看到:新时期之初学界面临的主要问题,就是如何处理"十七年"话语传统与新话语的关系。怎样在恢复外国文学话语自主性的同时摆脱"十七年"话语的残存影响，在将阶级话语转换为人道主义与现代派话语的同时不触犯政治禁忌，都需要研究者们小心对待。在当时语境下，参与讨论的学界中人充分展示了话语过渡期的局限、矛盾与尴尬。

第三节　西方新理论话语的引入与影响

1985年，经过一段不平坦的酝酿过程之后，整个文艺界和学术界出现了重大转折。1985年之前，各领域、各学科都处在新旧杂陈的过渡期，西方话语资源的输入还没有积累到足以引起本土文化剧变的程度。1985年之后，随着西方文化与理论的大规模输入，加之新一代人才和学者的成熟（"文革"后培养的大学生与研究生走上了各自岗位），文艺界与学术界的面目出现了突变。1980年代前期以人道主义和现代派为代表的"新"话语和以阶级革命为代表的"旧"话语的论争告一段落，文艺界与学术界一致开始"向内转"，"文学主体论"代替"阶级斗争工具论"，成为1980年代后期的主流话语。仅就学术界而言，唯"新"是务、独重审美的倾向非常鲜明。1985年，理论界集中探讨文学批评方法的更新，全国性的"新方法"学术研讨会举行了四次之多，因而这一年被称为"方法年"。此外，现代文学界在这一年开始了"二十世纪中国文学"的讨论，意在用"现代化叙事"来取代此前一直沿用的阶级革命话语。[①]随着先锋文学、寻根小说的流行，当代文学批评倡导"文学语言学"和"叙述学"为重心的批评走向，成为当时最活跃、最新潮的领域。相形之下，外国文学界不再像1980年代前期那么活跃，继续致力于输入西方话语资源，但明显加大了理论的输入量，西方现当代文学理论开始从边缘走向话语中心。与此同时，外国文学研究的话语实践也开始突破"十七年"传统，走向多元化，各种形式的分析方法，诸如审

[①] 查建英：《八十年代访谈录》，生活·读书·新知三联书店2006年版，第128页。

美批评、结构批评、心理分析、叙事学、文体语言批评，被应用于批评实践当中。新的外国文学秩序与话语模式开始建立。

一、新旧理论的选择

（一）总体译介景观

上文提到，1980年代初期，学界的理论视野还局限于经典马列文论和西方古典文论，对西方现当代文学理论的译介数量既少又不系统，大多以单篇译文的形式散见于相关刊物。1985年后，西方理论译介呈井喷之势，西方现代文学思潮和美学的单本译作、系列译丛纷纷面世，译介范围几乎涵盖了各个文论思潮和流派，译介质量亦不断提高。相对来说，得到更为集中介绍并且影响更大的，是科学主义思潮中的形式主义、新批评和结构主义、符号学、系统论等理论，以及人文主义思潮中的存在主义、精神分析学说、表现主义与法兰克福学派。在大量输入话语源的同时，对新理论话语的研究也陆续展开，有评介某一流派的专著，如赵毅衡的《新批评——一个独特的形式文论》（中国社会科学出版社，1986年）；还有综论各流派的合集，如《西方现代哲学与文艺思潮》（上海文艺出版社，1987年）；同时也出现了中国学者撰写的西方文学理论思潮史专著，如伍蠡甫的《欧洲文论简史》（人民文学出版社，1985年）、张隆溪的《二十世纪西方文论述评》（三联书店，1986年）等等。

从此，理论席卷中国学界，理论热时代正式开始。

在这次西方文论的大规模"旅行"中，最受中国学界青睐、给中国理论话语带来巨大影响的有以下几种：神话—原型批评、心理学批评、形式—文体批评、系统论、比较文学、阐释学与接受美学。[1]1980年代中期到1990年代初期，这些理论非常流行，人文学科尤其是各文学学科都在研究中努力地消化、实践着这些话语。上述理论中，以形式—文体批评最受当时学界青睐，而在诸多形式主义文论中，又以"新批评"对文学批评的影响最巨。当时，形形色色的形式主义理论著作受到热烈关

---

[1] 朱寨、张炯主编：《当代文学新潮》，人民文学出版社1997年版，第66页。

注，甚至罕见地成为畅销书被一抢而空。《俄国形式主义文论选》、《结构主义和符号学》、《新批评文集》、《文学理论》、《人论》、《情感与形式》、《符号学原理》、《小说修辞学》、《当代叙事学》、《叙事话语·新叙事话语》等欧美学者的专著，发行量都很大，尤其是《文学理论》，连印两次，又一版再版，发行逾10万册。众所周知，《文学理论》将文学研究区分为"外部研究"和"内部研究"，又特别重视"内部研究"，这种观念与当时学界"力图使文学非政治化的历史诉求一拍即合"①，而且它还提供了非常"好用"而又"专业"的文本分析"技术"，因此得到了学界的广泛欢迎。一时间，现当代文学研究界兴起了以新批评解读作品的热潮。不过，各学科对新理论的接受和运用程度存在明显差异。外国文学研究界的理论接受图与整个学界基本类似，重点在形式—文体批评，但具体的批评与研究实践变化与当代文学界不同，还需要深入梳理。

由于期刊论文发表周期短，比专著更能及时反映话语的变化，我们选择这一时段（1985—1989年）的五家主要外国文学专业期刊，包括《外国文学研究》、《外国文学评论》、《外国文学》、《当代外国文学》和《国外文学》，通过对所载文章统计分析得出结论。

（二）学术期刊的理论译介

1980年代初期，由于受到整体学术氛围的影响，以及期刊双重定位的限制，理论介绍并不是各期刊关注的热点，西方现当代理论更是很少出现。各家期刊当中，《外国文学报道》相对较多且较早译介西方当代文论②，主要译介了法国新小说、现代主义、后现代小说、新批评、结构主义和叙事学理论，已经展示出学界对于新理论的兴趣点所在；《外国文学研究》则以马列文论和西方古典文论为主③，也刊登了一些介

---

①贺桂梅：《"纯文学"的知识谱系与意识形态》，载洪子诚等著，程光炜编：《重返八十年代》，北京大学出版社2009年版，第138页。

②1980年第3期刊登由曹风军摘译的约翰·巴思的文章《后现代派小说》，1981年第3期刊登林秀清的文章《关于法国新小说派》，1984年又发表格雷马斯和托多罗夫的叙事理论译文。1985年之前共发理论译介文章（包括译文）21篇。《外国文学报道》是这一时段里各期刊中刊登西方现当代文论最多、最早的一家学术期刊。

③1985年之前，现当代理论的译介与意象派、神话—原型批评、新小说、叙事学、精神分析相关的文章各有一篇，关于存在主义的文章有两篇。

绍新理论、应用新批评方法的文章，最著名的就是1981年第4期张世君的文章《〈巴黎圣母院〉人物形象的结构和描写的多层次对照》，成为当时学术界最早运用系统论进行作品解读的范例。1980年代中期开始，该刊增加了一些新理论的介绍，但没有表现出足够的敏感。其他期刊如《外国文学》、《当代外国文学》、《外国文学动态》、《国外文学》等，最初只是零星点缀几篇理论文章，后来略有增加，也并无明显差别。总体而言，1980年代早期外国文学界关注的重心不在新理论和新方法之上，但学界已经日益感到：旧理论话语框架已经难以实现学术创新，新批评方法的引入乃势所必然。

在我们考察的五家期刊中，当时真正以理论研究为重点的期刊非《外国文学评论》与《外国文学研究》莫属。其中《外国文学研究》在1980年代初的两次论争中起到举足轻重的作用，但1980年代中期后未能及时关注和引领西方当代理论潮流，话语地位有所下降；《外国文学评论》问世最晚，但创刊伊始就明确定位于"理论研究"，"向各种批评理论与方法开放"①，集中力量推出了一系列有关新理论的专栏，大大开启了外国文学界的理论视野，并迅速取代了《外国文学研究》在学术领域"独领风骚"的地位。下表列出了1978年到1989年间两家期刊的理论文章与相关专栏，《外国文学评论》对西方当代理论的推介力度显然更为强劲。

《外国文学研究》1978—1984年理论文章

*现代派	马列文论	*人道主义	古典文论	苏联文论
34	24	10	3	3
存在主义	现代文论总论	文学原理	神话—原型	新小说
2	2	1	1	1
意象派	叙事学	意识流		
1	1	1		

---

①《编后记》，载《外国文学评论》，1987年第2期。

《外国文学研究》1985—1989年理论文章

古典文论	现代文论总论	苏联文论	马列文论	解构主义	接受美学
9	6	3	2	4	1
叙事学	结构主义	心理分析	表现主义	黑色幽默	意象派
2	2	1	1	1	1
女权主义	模糊美学	神话—原型	存在主义		
1	1	1	1		

《外国文学评论》1987—1989年理论文章

*西马	结构主义	巴赫金	现代文论总论	*形式主义	符号学
8	4	6	5	4	4
叙事学	象征主义	女权主义	接受美学	后现代	解构主义
4	4	3	3	1	4
黑色幽默	意识流	古典文论			
1	1	1			

注：带＊号者为期刊所设专栏。

　　《外国文学评论》在创刊三年内共发理论译介与研究文章53篇，其中以西方现当代理论为主题的占99.5%。《外国文学研究》在1985—1989年五年间共刊登理论文章33篇，西方现当代理论占57.5%，古典文论则超过了前几年，占24.2%之多。显然，在注重现当代的共同趋势之下，两家期刊当时的理论视野和取向仍然存在重大差别，《外国文学评论》几乎只关注现当代理论，而且集中于形式主义理论（结构主义、叙事学、符号学都属于形式主义倾向的理论）和西方马克思主义；《外国文学研究》总体而言对理论关注较少，而且更多流连于传统理论话语之上，在当代理论中更注重对创作流派的认识，较少关注"纯"理论。两家期刊之间的差异源于各自定位的不同，也代表了当时外国文学界接受西方当代理论话语的不同步伐。《外国文学评论》对理论的大力推介呼应着时代氛围，适时引领了学界的风向，自身的话语地位得到迅速提升。

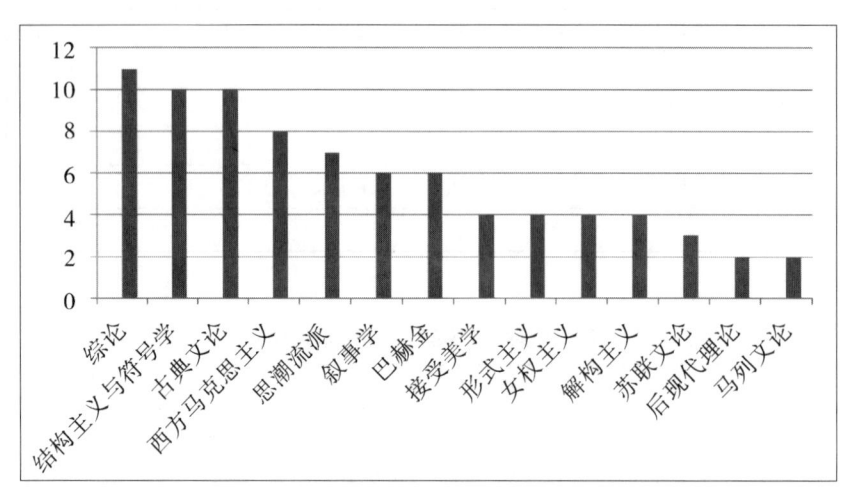

1985—1989年《外国文学评论》、《外国文学研究》的理论主题

仅从两家期刊这五年的统计结果来看，外国文学界的理论关注点集中于结构主义、古典文论、各类形式主义文论、巴赫金以及西方马克思主义理论。这一结果当然不能够完全代表整个学界的理论研究态势，但也基本能够反映出当时理论视野的侧重。放眼期刊之外的理论译介与研究，可以看到大体相同的趋势：在西方当代理论代替马列文论成为热点的同时，古典理论依然吸引着众多学者去探寻研究。那么，在理论引介之外，具体的作家作品研究实践当中，又是哪些理论话语在发挥着作用呢？

二、新理论话语对批评实践的影响

（一）话语更新滞后？

回顾1985年到1990年之间的外国文学研究实践，不难发现，理论的译介热潮并未马上带来研究实践的剧变，理论只在潜移默化之间改变着学界的研究视野和研究方式，在这短短的几年中，批评实践并未表现出与理论界同步的变化速度。毋庸置疑，理论或者说大多数理论，并不直接为研究文本提供一种方法。明乎此，便不难理解这一阶段外国文学批评实践与理论引进之间存在的反差。此外，学界对一种新理论话语从理解到运用也需要一个过程。然而,当我们放眼整个人文学界,就会发现:作为1980年代引进西方理论话语的主力,外国文学界为本土话语的更新提供着最重要的资源,但是外国文学研究实践却依然受到旧有研究模式的强大束缚,远远滞后于中国现当代文学研究的更新速度。这样一种判断被当时的学界普遍接受,而且成为外国文学研究者一种强烈的、挥之不去的"落后焦虑":在《外国文学评论》创刊号开展的名为"改进外国文学研究,加强外国文学评论"的笔谈中,陈孝英、章廷桦的文章《外国文学评论必须全面更新》认为,当代文学评论界已经越来越注重文学的审美价值和娱乐价值,但在外国文学评论中,"那种单纯注重思想内容、忽视艺术分析的倾向,至今远未从根本上得到扭转"。此外,外国文学界并未真正树立起一如当代文学界的批评主体意识和创造意识,"过分迷信外国评论家的结论",研究实践中的"主体性"相对缺乏。第二期笔谈文章中,类似的看法不绝于耳:外国文学研究工作"不能适应我国思想文化总体发展的速度","一些外国文学研究者对中国当代文化思潮缺乏自觉领悟,同充满创新、探索、开拓、崛起的中国当代文学创作和批评'隔行',满足于循规蹈矩、但求保险的观念和方法"。①这里提到的旧方法,就是后来学者总结的"传记式研究模式"②,当时已有学者对之表示不满:"介绍某一作家的生平、创作道路,评述某部名著或走红新作的内容及其反响,这样的文章目前正占据着外国文学学术园地的多半块地盘,而具有一定理论水平、带有作者独立见解的文章却较少见。"③

概括起来,当时学界认为外国文学研究的落后主要表现有三:其一,不重视艺术形式分析;其二,研究模式陈旧,对新理论新方法反应迟钝;其三,缺少主体性和创造性。

相对于现当代文学界话题频出、争论激烈的热闹场面,外国文学界

---

①李黎:《外国文学研究与当代中国文学》,载《外国文学评论》,1987年第2期,第56—57页。
②王晓路:《事实·学理·洞察力——对外国文学传记式研究模式的质疑》,载《外国文学研究》,2005年第3期,第157—162页。
③刘文飞、李萌:《无主题对话》,载《外国文学评论》,1987年第2期,第57—59页。

的确显得平淡寂静了许多，但如果仅从本学科自身发展判断，阶级革命话语的退隐与新话语的出现还是很明确的，并非学者们印象中那般"落后"。强调批评主体性、注重形式分析和审美分析是1980年代后期中国学界的主流声音，外国文学界在大力引介西方当代理论的同时，也在批评实践中应和着整个学界的潮流，努力矫正"只重思想内容，忽视艺术分析的倾向"，对作家作品的审美价值和形式探索给予了更多关注。从1985年《外国文学研究》所发论文来看，在总共65篇讨论作家作品及流派的文章中，以文本形式分析和审美特征为论题的文章有21篇，较1984年10∶75的比例明显增加。另外，这一年运用传统的社会历史批评方法从"外部"探讨作品主题或思想内容的文章有10篇，1984年的同类文章为11篇。单从数字来看，研究倾向的转变还是很显豁的。但不得不承认，在1985年前后的几年中，无论是谈形式还是谈思想的文章，都没有真正占据《外国文学研究》最多的版面。1985年超过半数的文章都是那种对某一作家、作品、某一时期文学的总体"介绍性"文章，内容、主题、形式面面俱到，泛泛而谈。1986年，这类文章占刊登论文总数的65.7%，而在1984年，这个数字达到了72%。即使在那些以形式、审美为论题的文章中，也多半是对所论作家作品艺术特色的总体概括介绍，真正深入细致的解读相对少见。此外，参考书目及引文可以反映一篇论文的主要思想资源和影响源，1985年前后《外国文学研究》所载论文的注释与引文表明：当时研究者的理论来源主要有两部分，一是马列、俄苏文论与西方古典文论，一是西方学界对某一作家作品的评论。流行于当代文学批评界的热点理论在这里并没有出现。其他几家期刊的情况也证实了上面的判断，外国文学界的研究模式从1980年代中期开始逐渐转变，但并未出现当代文学批评界那种速度和声势。自从外国文学学科初创以来，"介绍"就一直是这一学科最主要的工作，是外国文学研究最主要的存在形式。进入1980年代，我们虽然已经脱下了阶级分析的旧衣服，却依然执着于那种初步的"译介"工作，并未达到应有的深入与成熟，甚至有些地方还不及1930、1940年代。

何以如此？绝非学者怠懒，也不单是历史惯性、学科范围宏大、学术积累薄弱即可解释。在当时的学者看来，这种状况是由外国文学这一学科的"桥梁"性质所决定的。①它的研究对象决定了它在本国学术体系中不可能处于中心的地位，决定了它在本国话语场中缺少特别切实、直接的针对性。它的价值就在于为本国文学研究提供参考和借鉴，于他者话语的汪洋大海中"拿来"那些对本土文学与文化有益的资源。引入西方理论，是为了解决中国本土问题和话语方式的困境。本土研究对象和外国研究对象孰轻孰重，自然是一目了然。所以，对本学科学术更新滞后的一个解释就是：批评实践的更新固然重要，但是对1980年代的外国文学界来说，译介仍然是最主要的研究存在方式。

除此之外，还有一个因素造成了理论与实践的错位。当时外国文学界的理论译介及研究者和批评实践者分为两个阵营。两个群体各自为政，做理论研究的学者很少从事批评实践，而大多数批评实践者的理论知识还是陈旧的马列文论加古典文论再加上一点时髦新名词的混合。出身中文系的批评实践者受语言限制只能依靠译本吸收新理论，而出身外语系者受到新中国成立后文学教育让位于语言教育的影响，理论素养薄弱，视野相对狭隘。

显然，"落后"是存在的，但更令人深思的是学界对于落后的那种强烈的焦虑。事实上，外国文学界在1980年代早期对整个文学界、知识界的话语更新作出了巨大贡献，尤其在现代派论争中，充当了话语方向的引导者，并非批评者所说的那么"保守"，究竟为什么学界会产生如此深重的"技不如人"之感呢？

也许，学界之所以产生这种落后焦虑，不仅是对现状的一种反应，很大程度上来自于笼罩着外国文学界的身份认同焦虑。这种落后焦虑与认同焦虑始于1980年代中期，其中折射出外国文学与现当代文学在不同历史语境中学科关系的变化。在现代文学和当代文学的概念还未真正确立、相关学科还未建立的民国时代，学者们根本没有将三者进行对比的意识，落后自然无从谈起。同时，围绕外国文学展开的研究并未局限

---

① 参见刘文飞、李萌：《无主题对话》，载《外国文学评论》，1987年第2期。

于学科之内，而是广泛勾连着整个中国新文化的建设，研究者的主体意识相当明晰。新中国成立后，政治意识形态有力地控制了学术生产，现代文学与当代文学的生产与研究作为民族国家和阶级革命的象征，得到政权的精心扶持和操控，地位超越了外国文学。同样由于意识形态的控制，此时外国文学研究中的民族意识非常鲜明，那就是以阶级革命为取舍评价标准，配合社会主义战线和外交工作的需要。重思想、轻艺术的倾向就在此时成为传统。1980年代早期，外国文学译介红火异常，文学界与批评界都要依靠外国文学界了解外部世界，外国文学作为一个学科也得到了空前的发展。但到了1980年代中期，现代文学学科和当代文学批评的崛起压倒了外国文学界的势头。现代文学研究通过"重返五四"解释当时的社会转型，显示了十分鲜明的"当下性"，成为"当时最具历史活力和思想锐气的研究领域"①；而当代文学批评则因为直接响应着创作界的种种动向，似乎颇有社会"轰动效应"，更加衬托得此时的外国文学界黯淡无光，在学术界的话语地位大幅下降。与此同时，学科的发展带来日益明确的学科分界，更增加了学者们的身份焦虑。甚至可以说，正是学者们不断增强的学科意识，给自己带来了日渐浓重的困惑：在本土文学研究蓬勃发展的时候，外国文学研究的特性何在？价值何在？面对着来自异域的研究对象，本学科如何体现出本土性和有效的当下性，进而不单提升本学科的学术影响力，也为中国文化思想建设增添一抹独特的色彩？不能有效回答上述问题，本学科的发展就无法摆脱"落后"的命运。

其实，还可以从另外一种角度去思考这个问题。因为以今天的学术标准衡量，关注思想内容和主题研究并不一定代表着观念落后，真正分析透辟的主题研究与审美分析具有同等意义。但为什么当时外国文学界会深深自卑于"形式研究"的不足呢？这里真正有意味的地方不在于外国文学界为何落后，而在于为何会被认为落后。当时所有持此论者心中都有一个无须证明的预设：审美与形式批评是先进的，用西方形式主义

---

① 程光炜：《当代文学的"历史化"》，北京大学出版社2011年版，第78页。

批评进行的研究是先进的。相反,以社会历史批评进行的思想内容分析是落后的。当我们将这种预设历史化,就会发现其中的逻辑实际上并非无懈可击。这个预设蕴含着1980年代学界典型的认知框架:内容/形式、内部/外部的二元对立。在这两个二元结构当中,还存在着等级秩序。那就是形式与内部研究优于内容和外部研究。再深入挖掘下去,还会找到这个预设背后隐藏的更多的二元对立结构:中国/西方、新/旧、传统/现代、文学/政治。这些二元结构普遍存在于当时知识界的价值判断当中,表现出同样的等级秩序,印证了杰姆逊的判断:"只要出现一个二项对立式的东西,就出现了意识形态,可以说二项对立是意识形态的主要方式。"①学界高举"审美"的姿态与"政治第一、文学第二"的意识形态对抗,在对抗中构建了另一种意识形态。

  1980年代中期之后,中国学界普遍笼罩在强烈的"去政治"化情绪之中,"阶级斗争工具论"的文艺标准遭到一致排斥,"整个中国知识界都在寻找新的理论和学术话语,希望从旧的准社会学式的思想方法和话语结构中突围出去"。②正是因为投合了当时知识界的期待视野,形式主义文论在学界大受欢迎。中国学界将新批评所谓的"外部研究"与自身极力抗争的政治化批评画上等号,而极力推崇代表着文学"自律性"追求的"内部研究"。在1980年代中期,尽管各学科的主流研究模式仍然属于"外部研究",只有当代文学明显转向了"内部研究"③,但是"向内转"的声势如此巨大,已经成为学术界追求的理想和标准,甚至构成了一种"非如此不可"的强大压力,令所有逆流而动者忐忑不安。在这种历史语境当中,不仅是外国文学研究者深受落后焦虑之苦,各学科学者都如有人所比喻的那样,"被创新的狗"追得喘不过气来。

---

①《后现代主义与文化理论:弗·杰姆逊教授讲演录》,唐小兵译,陕西师范大学出版社1987年版,第27页。

②戴锦华:《犹在镜中:戴锦华访谈录》,知识出版社1998年版,第4页。

③外国文学界、古典文学界及现代文学界情况大体相同。相关梳理见戴锦华:《犹在镜中:戴锦华访谈录》,知识出版社1998年版;周兴陆:《20世纪中国古代文学研究史·总论卷》,黄霖主编,东方出版中心2006年版;程光炜:《当代文学的"历史化"》,北京大学出版社2011年版。

（二）外国文学新秩序

人道主义和现代派话语是1980年代影响外国文学研究最深的西方话语，两种话语的流行颠倒了"十七年"构建的外国文学等级秩序。上文曾经指出，1980年代初外国文学界在讨论人道主义和现代派文学时，主要致力于对这两种话语的宏观描述与评价，而较少从某个具体作家、作品出发，深入探讨两者在文本中的复杂呈现。经过讨论和消化，1980年代中期之后，两种话语对外国文学视野和具体批评实践的影响日益明晰，以人道主义和现代派话语为中心的外国文学新秩序开始形成。

首先，伴随着人道主义和现代派话语走向中心，传统话语系统中特别重要的"无产阶级文学"淡出了学界视野。由"宪章派文学、巴黎公社文学、俄苏无产阶级文学"组成的这部分内容，曾经占据中国外国文学史著作与大学教学的重要地位，同时也频频出现于新时期之初外国文学学术期刊的论文当中。在1985年后出版的所有外国文学史著作中，这些政治意义远大于审美价值的部分都大大"缩水"，甚至彻底消失。相应地，在各家学术期刊中，探讨这部分内容的论文也几乎销声匿迹。①《外国文学研究》创刊时，曾经将研究无产阶级文学运动的历史经验作为刊物三大任务之一，九年之后，这一任务因饱含政治色彩已经不再被《外国文学评论》的《发刊词》提起。在1980年代后期学界强烈的"去政治化"氛围中，如此变化显得顺理成章，但是比起当年对无产阶级文学一边倒的重视和赞美，后来这种一边倒的漠视同样有失偏颇。对于"十七年"话语传统中这部分遗产，笼统的否定或肯定都是武断的，还需要学界对之进行多角度的深入清理。

第二，两种话语的深入人心改变了学界对研究对象的选择标准，让一批作家"浮出地表"，一批作家被"重新解读"，学界的研究重心开始由19世纪批判现实主义文学逐渐转向19世纪浪漫主义文学及20世纪作

---

① 其实，这种"一哄而下"也是学界不够成熟的表现，对于"无产阶级文学"，我们没有特别全面深入地反思，只是简单地"维持原判"或者"置之不理"。因此，1988年9月出版的《外国文学研究集刊》第十三辑兰明的文章《素描与思考：日本无产阶级文学运动》所作的回顾便显得十分可贵。通过反思日本无产阶级文学，文章反观了中国学界对这一文学现象所采用的认识方法和存在的误区，此文是1980年代难得的一篇有深度的无产阶级文学研究论文。

家和具有现代主义倾向的作家作品。1978—1983年《外国文学研究》刊载论文的论题集中于俄苏作家作品和19世纪的经典作家。莎士比亚、巴尔扎克、高尔基、马雅可夫斯基、屠格涅夫、托尔斯泰、契诃夫被研究最多,其次是歌德、莫泊桑、狄更斯、马克·吐温等现实主义作家。在当时的外国文学视野中,上述作家居于"经典"地位,而那些不太"保险"的新锐作家,包括有现代主义倾向的作家和当代作家,像海明威、波德莱尔、卡夫卡等,虽然也得到一些介绍,却远不及经典作家的地位那样无懈可击。变化出现在1985年前后。1984年到1990年的统计显示,各国别文学所占比例虽然大体相同,具体研究对象的比重却出现了变化:20世纪作家所占比例显著增加,20世纪之前文学相应减少;一些现代派作家与"反动"作家成为研究热点。俄苏作家中,对陀思妥耶夫斯基的研究从上一阶段的1篇迅速上升到11篇,数量仅次于莎士比亚和肖洛霍夫(1990年华中师大主办肖洛霍夫研讨会,集中发表了17篇会议论文);类似的情况也出现在对劳伦斯、勃朗特姐妹和美国作家奥尼尔的研究上。陀氏在"十七年"中被冷落是因为其创作不符合"社会主义现实主义"的要求,有现代主义倾向,表现人性与社会中的病态阴暗,宣扬宗教。在阶级话语系统中,只有《穷人》、《死屋手记》这类作品才有研究价值,其余皆不合格。新时期的研究者逐渐放弃了单一的阶级分析方法,重新挖掘作家创作中的人道主义关怀,开始关注那些曾被冷落的作品,对其创作中的"现代主义色彩"有了初步认识。①一个全新的陀氏慢慢出现在学界视野当中。与陀氏以老作家新面目出现不同,劳伦斯在1980年代的中国视野中完全是个"新人"。虽然他早在1930年代便进入中国视野,但经过"十七年"的屏蔽,不为世人所知已逾30年。毫无疑问,劳伦斯之所以大"热",正因其契合了当时整个社会呼唤人性的潮流,他的作品既被当作人性解放的理想投射,也蕴含着文学对于工业"现代性"的批判。中国学界对这两个层面都进行了探讨。劳伦斯之外,还有许多被屏蔽的非现实主义作家开始现身:如乔伊

---

①例如夏仲翼:《陀思妥耶夫斯基的〈地下室手记〉和小说复调结构问题》,载《世界文学》,1982年第4期;刘亚丁:《〈两重人格〉浅探》,载《外国文学研究》,1986年第2期。

斯、康拉德、王尔德等等。与此同时，另外一些曾经受到青睐的作家失去了往日的热度，像马雅可夫斯基、高尔基、巴尔扎克等。

《外国文学评论》创刊后，更加强调对20世纪文学的研究，现代主义作家以及传统研究视野中被忽视的作家，如福克纳、海明威、帕斯捷尔纳克、T.S.艾略特、布莱克一批作家，得到了前所未有的关注。相应地，巴尔扎克、高尔基等作家明显受到冷落。同时，一些表现出后现代倾向的作家如塞林格、纳博科夫、福尔斯、克罗德·西蒙等，首次出现在学界的研究视野当中，扩大了中国的外国文学版图。通过这些研究重点的改变，学界逐步构建着外国文学的新秩序。在这一新秩序中，阶级革命话语系统建构的"红色经典"地位剧降，代之以西方世界普遍认同的经典名单，20世纪西方文学，尤其是现代、后现代主义文学开始占据越来越重要的地位。从下表中可以清楚看出这种趋势：

20世纪文学、19世纪文学在《外国文学研究》、《外国文学评论》中所占比例[①]

	《外国文学研究》		《外国文学评论》	
	20世纪文学	19世纪文学	20世纪文学	19世纪文学
1978—1983年	33.3%	60%		
1984—1986年	33.6%	53.8%		
1987—1990年	50.5%	42.3%	66%	23%
1991—1993年	55.8%	26.9%	67%	24%

第三，从人性视角和审美分析入手的研究模式日渐流行。阶级性不再是认识外国文学作品的唯一角度，而且逐渐被人性、人道主义、异化、文学性、艺术形式这类话语所取代。这种变化特别集中地体现在对一些经典作家的"重评"上。其中最典型的莫过于高尔基，他曾经被阶级话语缩减为一个无产阶级文学的象征符号，失去了本来的鲜活和复杂。新时期以来，研究者们放弃原来的认识角度，重新认识高尔基的人道主义思想和创作思想，深入理解作家审美取向和内心世界的变化，努

[①]古典文学中最主要的研究对象是莎士比亚，以此为题的论文占古典部分的60%强。

力开掘其创作中的人性批判、社会批判、文化批判深度。①原来那个干瘪的符号正在慢慢变得饱满立体。

(三)《外国文学评论》的努力

面对令人不满的落后局面，外国文学界作出了积极的应对。为改变审美分析不足和研究方法陈旧的状况，以《外国文学评论》为首的学术期刊通过各种方式介绍西方新理论话语，强调新理论、新方法在研究中的应用，倡导学界改变研究模式。在《外国文学评论》的《发刊词》里，主编张羽如是说："外国文学工作的一个迫切任务是继续引进，同时在大量掌握材料的基础上展开全面的、深入细致的研究和探讨。"②从这一判断出发，《外国文学评论》坚持两个筛选标准：首先，向各种批评理论与方法开放；其次，倡导以新视角、新方法进行精细研究。创刊号《编后记》如是说："经过研究，我们打算把'理论与探索'、'二十世纪外国文学'两个栏目辟为刊物今后一个时期的重点。"同期开展的笔谈——"改进外国文学研究，加强外国文学评论"中，四篇文章都将"创新与深入"视为当前外国文学研究最首要的目标。从创刊之日起，《外国文学评论》便通过各种方式推进着这一目标的实现，包括开设"西方现、当代理论专栏"、"二十世纪文学专栏"、举行各种专题学术研讨会等等，尤其是通过刊登创新又深入的论文，倡导不同于以往的新研究方式。仅从《外国文学评论》1987—1990年所发论文题目来看，研究者开始更多关注研究对象的细部，论题丰富而多元，不再停留于总体介绍。那种泛泛而谈的介绍性文章很少出现在这里，取而代之的是对作品主题与艺术深入细致的解读，尤其是对艺术形式的关注，较前一阶段有显著提高。③通过每一期的《编后记》，编者引导着"多种声音、多种样式和各种风格"的出现，尤其强调用新视角和新方法解读研究对象，"超越八股式的刻板评论"：例如在积累最多、传统话语束缚最深重也

---

①参见陈建华主编：《中国俄苏文学研究史论》(第三卷)，重庆出版社2007年版，第229—241页。

②张羽：《在改革和开放的实践中努力办好〈外国文学评论〉——代发刊词》，载《外国文学评论》，1987年第1期。

③1987—1989年，《外国文学评论》中深入探讨文本艺术形式的文章有55篇，达到总数的41.6%，《外国文学研究》同期的数字是21.3%。

最难突破的俄苏文学领域,出现了一批见解独到、角度新颖的优秀文章——《托尔斯泰和陀思妥耶夫斯基对长篇小说创作的拓展》一文分析了两位巨人在长篇艺术尤其是结构上的不同贡献;另外两篇讨论高尔基的文章,一个从作家的心理分析艺术入手,一个探讨作家审美取向的历史进程;还有作者从格式塔心理学视角揭示屠格涅夫的艺术魅力,都能令人耳目一新。[①]

当然,这并不意味着其他刊物就在墨守成规,《外国文学研究》等期刊同样在致力于推动学界研究的深化,所刊论文也出现了与《外国文学评论》大致相同的变化规律,只是比较起来《外国文学评论》的力度显得更强劲一些。

(四)新理论话语的运用

需要指出的是,1980年代后期外国文学批评实践的主流模式还是社会历史批评,新理论话语的悄然渗入固然推动着批评方法的多元化,但学界对之的理解和运用还嫌简单。早在1981年第4期《外国文学研究》上,就发表了张世君运用系统论分析《巴黎圣母院》人物关系的文章,这一大胆尝试被公认为是"新方法论"运用的第一次。此后,运用系统论及自然科学最新理论解读作品的文章陆续出现,包括以全息理论探索莫迪阿诺小说的奥秘,以系统的自组织原理分析于连性格的内在机制,不一而足。[②]仅从数量来看,系统论对外国文学研究实践的影响并不明显,完全以之展开研究的文章只有寥寥几篇,它们的共同特点就是用这种理论特别细致地解读作品及人物,换言之,系统论是它们进行作品细读的一个工具。

将新理论视为一种解读工具,也许是当时中国外国文学界的"集体无意识"。其实许多西方理论在世界观、文学观上都与我们一贯坚持的

[①] 倪蕊琴:《托尔斯泰和陀思妥耶夫斯基对长篇小说创作的拓展》,载《外国文学评论》,1987年第2期;张杰:《论高尔基的心理分析艺术》,载《外国文学评论》,1987年第2期;汪介之:《社会批判·文化心态批判·自我批判》,载《外国文学评论》,1988年第2期;卢兆泉:《从格式塔看屠格涅夫六部长篇小说的蕴藉美》,载《外国文学评论》,1988年第3期。

[②] 冯寿农:《论莫迪阿诺小说世界中的全息结构》,载《外国文学评论》,1989年第4期;蒋承勇:《以系统的自组织原理看于连性格的自在性与自主性》,载《外国文学评论》,1987年第2期。

马克思主义相龃龉，与中国本土文化语境和接受者的历史及现实经验存在距离，我们的期待视野注定了我们会产生"误读"，当我们无法认同新理论的世界观和文学观时，最现实的做法，就是将之视为一种批评工具。正如1989年第4期《外国文学评论》在《编后记》中表达的那样："在世界观和方法论上我们坚持一元论，在具体研究方法上主张多样化。"不过，并不是每一种新理论都可以"拿来"做"趁手"的工具，有些理论并不那么"实用"；也并非每一种具备操作性的新理论都得到了当时外国文学研究界的热心实践。在当时学界热衷于审美分析和艺术探讨的大潮下，各家学术期刊重点介绍的各种形式主义文论、心理分析批评、西方马克思主义、巴赫金对话理论、女权主义批评、叙事学诸理论中，如果仅从论文数量判断，当属叙事学在批评实践中的运用最多。

以最重视创新的《外国文学评论》为例，在1987到1989年刊登的130余篇作家作品研究论文中，有24篇采用了最新的批评理论和方法，达到总数的18%。这些文章运用的新理论及批评方法包括精神分析批评、新批评、女权主义批评、结构主义与符号学理论、叙事学。其中，有8篇是运用叙事学理论分析作品叙事艺术的文章，占总数的1/3。（同一时期的《外国文学研究》上刊登7篇同类论文。）这类文章对叙事学理论的运用主要集中于现代主义、后现代主义文学作品，福克纳、乔伊斯与格里耶都是关注焦点，也有论者将之用于《十日谈》、《商弟传》这样的古典作品。①细读这组论文会发现，当时学界对"叙事学"的理解与接受程度虽嫌粗浅，一部分文章只是对西方定评的简单重复，但还有一些论文已经能够跳出原理论的窠臼，并未将叙事文本视为一个纯粹由语言技巧构成的、完全与社会历史内容割裂的自律系统。它们最喜欢从"视点"和"叙述者"入手，将文本放置于更广阔的社会历史空间之内，探寻作品形式与内容之间的复杂关系。在探讨《变》的第二人称叙述视角的文章中，作者非常精辟地指出了这一视角所折射的社会与文化

---

① 方平：《〈十日谈〉的叙述系统——关于作品的艺术形式的研究》，载《外国文学评论》，1987年第4期；王建开：《〈商弟传〉：十八世纪的现代派》，载《外国文学研究》，1989年第3期。

意义。①而方平先生在研究《十日谈》叙述系统的文章中，更是时刻将叙述上的技巧与作品的思想主题和社会背景相联系，完全不曾受到叙事学鼻祖托罗多夫代表作《〈十日谈〉语法》的影响。在另一篇讨论《呼啸山庄》叙述手法的论文当中，他又以完全相同的模式分析了叙事技巧与作品主题的呼应。②显然，当时的很多研究者并未真正接受叙事学理论的文学观，不是在文本中寻找叙事的共同规律，而是志在发现每一作品独特的叙事奥秘，为更好的理解作品而服务。在他们的文章中，甚至找不到一点相关理论的引用，或者是引用了而并未注明，但这并不妨碍他们将"叙事学"作为一种新工具，去深入解读作品。同理，当时有许多文章使用"结构"、"心理原型"、"复调"、"神话—原型"这样的新词语，却并不一定遵循它们在各自理论中的定义，很多时候作者只是想借这些新名词标榜自己能够与时俱进而已。

正因如此，机械的数字统计其实并不能够完全反映出批评实践的变化。新理论话语的影响很难用量化的方式表现。"标新"者不一定真正"立异"，那些并不以新理论为题目夺人眼球的文章，也并非完全与新理论绝缘。在1980年代后期，西方新理论话语对批评实践的影响并不完全表现在直接指导某一具体的个案研究上，也远远没有达到后来的深度和强度，学界对于新理论还没有产生后来那种顶礼膜拜的态度，几乎没有人会在论文中引"新"经据"新"典，以此来证明自己理论资源的纯正。应当说，在1980年代，对于外国文学界来说，理论的"热"基本上还停留于理论研究领域，在作品批评实践当中，理论的影响在升温，却并未达到"热"的程度。就这种状况而言，本学科的话语更新速度确实落后了，不过仍然踏上了学术界的整体步调——传统研究模式虽仍居主流，却已经失去话语强势地位，学术价值大打折扣。受当时学术界整体"向内转"潮流的影响，外国文学界亦将形式审美批评视为学界应该奔赴的新方向。因此，虽然我们在各期刊上并未看到太多实践形式主

---

①林青：《〈变〉的第二人称的叙述视角》，载《外国文学评论》，1989年第2期。

②方平：《一部用现代艺术技巧写成的古典作品——谈〈呼啸山庄〉的叙述手法》，载《外国文学研究》，1987年第2期。

批评方法的论文，却必须要承认，1980年代中期后对外国文学研究影响最大的新理论就是形式主义诸理论。需要指出的是，这一判断通过考察期刊论文而得出，与当前学界既有的判断并不完全相符。

哪种理论对1980年代外国文学研究影响最大，目前学界存在两种截然相反的看法，一种认为1980年代学界"热衷的主要还是新马克思主义、弗洛伊德主义、神话—原型分析，这些更具整体论倾向的西方思潮"①，各种形式理论与中国传统批评方法很难契合，虽热闹一时，其实从未真正被学界普遍接受，因此中国的文学研究也从来没有在形式主义的路上走得足够远；另一种意见则认为1980年代各种形式主义文论对包括外国文学研究在内的整个文学研究界影响最大，形式审美研究"成为众望所归的研究模式"②，"而接受美学与精神分析理论的影响相对小得多"③。到底哪一种判断更准确呢？单就我们熟悉的外国文学领域而言，可以说两种判断都有合理之处。本文所作统计已经表明，形式文论和新马克思主义是1980年代后期最受关注的理论热点，但1980年代学界的主流研究模式仍然是社会历史批评，形式审美研究论文所占比例很小，具体数据无疑支持了赵毅衡先生的判断。不过本文也曾指出，当代文学界的形式审美批评制造了强大的话语效应，令外国文学界深以落后为耻，视形式研究为努力的主要方向。所以形式文论的实践在当时虽无数量优势，却比任何理论引起的反响都要大。本文的统计已经表明：在各种西方新理论当中，有关形式文论的研究和批评实践是最多的。如此局面很容易令站在不同角度的观察者得出相反的结论。笔者以为，持论双方之所以会有完全相左的判断，正是因为他们的文学观念、思想渊源与知识立场各自不同。不同的知识谱系和学术训练决定了双方

---

①赵毅衡：《我们需要补一个"语言转折"吗？——形式文论在中国六十年》，载王德威、陈思和、许子东主编：《一九四九以后——当代文学六十年》，上海文艺出版社2011年版，第296页。持相同观点的还有李欧梵，参见《西方现代批评经典译丛·总序》，江苏教育出版社2005年版。

②周小仪：《从形式回到历史——20世纪西方文论与学科体制探讨》，北京大学出版社2010年版，第160页。

③贺桂梅：《"纯文学"的知识谱系与意识形态——"文学性"问题在1980年代的发生》，载《山东社会科学》，2007年第2期，第29—46页。

判断出发点的差异：第一种意见的代表者赵毅衡，接受了系统的新批评、符号学和叙述学理论及实践训练，属于坚定的形式主义者，一直致力于形式文论的中国化。身为此领域的权威，又是从"纯粹学术"和实践层面观察这种理论的影响，他更多看到了形式文论与中国传统批评方法的龃龉，也比其他人更了解形式文论在实践中的障碍，因此认定形式文论在1980年代影响有限，学界对形式文论的认识远未达到应有的深度和效果；第二种观点的代表周小仪与贺桂梅，则浸淫于文化研究与话语权力理论，以综合视野看待文学，尤其擅长意识形态分析。与赵毅衡从批评实践判断影响不同，他们并不关心形式文论如何具体而微地影响中国学界，而是关注形式审美研究的话语效应，意在指出那貌似纯粹的学术性背后所蕴藏的意识形态性，揭开其"纯洁外表"下的权力关系。换句话说，他们是将1980年代形式文论的流行视为一个文化事件，讨论其中传达出的思想逻辑以及这种理论与其他理论话语的关系。形式文论到底对中国的文学批评实践产生了怎样的影响，并不是他们讨论的主要目标。总之，一方希望中国学界更多实践形式研究；另一方认为文学研究应当更注重社会和文化的因素，分歧自然不可避免。

归根结底，双方在这个问题上的对立判断其实是学界两种对立的文学观、学术观的表现。我们发现，文学本质主义者一般都会认为形式审美研究展开不够，而文学社会学论者则反感形式研究的泛滥。本文无意评判孰是孰非，只想强调一点，无论作出哪种判断，都应当提供充分而强有力的论据来支撑。

第四节　期刊专栏与话语热点

学术期刊属于学术权力机构之一种，主要通过设置专栏、取舍稿件、举行会议等方式行使话语权，引导学界的话语方向，推动学术发展；文学期刊以大致相同的方式行使权力，但两者分属不同的场域。1980年代，中国出现了一批兼具双重身份的期刊，以文学作品为本，又有学术关怀。在本文重点考察的五家期刊当中,《外国文学》和《当代外国文学》在当时都属于以翻译作品为主的文学期刊,《国外文学》则是论文占2/5,作品占3/5,介于文学期刊与学术期刊之间。即使是全部以论文出现的《外国文学研究》和《外国文学评论》,仍然心系普通文学爱好者,并不自足于学术定位。由于1980年代学术疆域还不像后来那么明晰,学术研究并未封闭在象牙塔内,而是与现实中的思想解放运动和文学创作界频繁互动,学术期刊身处这些互动集中展示的"现场",记录着当时中国学界乃至文化界共同关心的重要问题,表现出强烈的社会参与意识。五家期刊虽定位不同,却存在诸多相似的编辑安排和专题栏目,表达了大致相同的问题意识。此外,各家期刊还凭借各自的特色栏目和其他方式,积极参与整个学术界、思想界的问题讨论,表达外国文学界的独特声音。通过梳理各期刊所载作品、论文与专栏,我们能够看到当时外国文学研究的特点和问题,了解本学科与文化思潮互动过程中的曲折。

一、期刊定位与外国文学新秩序

(一)普及与提高:期刊的定位

期刊的定位决定了它对稿件的取舍,也反映着编辑者及其所处时代的学术观念,所以有必要对几家期刊的办刊宗旨和自我定位作一梳理。作为外国文学研究界历史上的第一份专业期刊,《外国文学研究》在1980年代对外国文学学科的作用至关重要、无可替代。它记录着外国文学界突破"文革"话语模式,逐步恢复学术秩序的全过程,引导着新时期之初外国文学界的话语方向,特别是于1979年起展开的"西方现代派文学"讨论,深刻地改变了整个中国的外国文学视野,对此已经在本章第二节中作过分析。作为"头一份"外国文学专业学术期刊,《外国文学研究》的办刊宗旨影响了同类期刊,充分展现着1980年代学术研究的特色。在1978年内部试刊的创刊号上,编者指出:刊物是"普及与提高相结合的专业性季刊。它希望成为专业和业余外国文学工作者交流学术思想、切磋研究成果的园地,同时也力图办成能帮助文学青年和中、小学教师正确阅读外国作品的普及读物"。[①]无独有偶,季羡林先生在《国外文学》的《发刊词》中也将"普及与提高"作为刊物的主要原则之一,而且认为这一原则对"其他刊物也同样是适用的"。[②]"普及与提高相结合",是毛泽东《在延安文艺座谈会上的讲话》对文艺工作提出的要求。将"普及"作为一份专业学术期刊的主要任务之一,似乎显得很不"学术",很不"专业"。姑且不论"普及与提高相结合"的要求是否适用于学术期刊,这一定位既反映出《讲话》精神对中国文艺界影响之深,也彰显出新时期之初学界特有的"学术观"。在当时的办刊者与学者眼中,学术不仅是专业人士的智力活动,还是能够引导广大群众的教育手段,并不排斥普通爱好者的参与。经过"文革"对外国文学的全面封锁,不单单广大文学青年需要普及外国文学知识,就是相当一部分外国文学工作者的知识结构也出现了巨大空白。因此,普及与提高相结合并不单纯呼应着《讲话》精神,也是学界现状的必然要求。正是出于"普及"的需要,1980年代的同类学术期刊上刊登了大量"介绍性"文章,《外国文学研究》还特设"阅读与欣赏"与"马克思主义经典著作中的文学故事"、"自学之友"等栏目,展示作品解读的范例,进行知识启蒙。以今天的学术眼光看来,它们的确很不"学术",有失浅显,但当我们了解了彼时学界的状况和期刊的原则,便不难理解这种安排。除此以外,促成当时《外国文学研究》整体面貌的还有一个关键因素,那就是刊物对"民间性"的强调。在1979年第1期的《致读者作者》中,编者对"民间性"作出了特别说明:

> 民间性,大约首先意味着有较充分的学术民主;刊物所登载的稿件,无需经哪一级文化领导机关和它的首长审查,也不经哪一种学术机构或团体及其权威过目。文责自负嘛!民间性,就是未经谁授权,不代表任何团体说话;这可能更适于用民间方式贯彻党的"百花齐放,百家争鸣"的方针,努力容纳

[①]《编后》,载《外国文学研究》,1978年第1期,第103页。
[②]季羡林:《锦上添花——代发刊词》,载《国外文学》,1981年第1期,第4页。

不同的学术观点，自由开展学术讨论。民间性，唯其是民间的国内出版物，胆子也许可以更大些；学术无禁区，在民间谈学术问题应该更无禁忌。民间性，刊物作者的圈子将扩大；本来，办刊物，就该逐步有一支比较稳定的作者队伍，有了"民间性"这一条，大约圈子一定是可以广大一些的。民间性，也许能充分发挥刊物约请的学术顾问的作用；因为是民间往来，顾问同志讲起话来客套的成分会少，民间刊物接受他们的指导也应该更虚心、更诚恳。民间性，从主编到编委，都各各有自己的岗位工作，全属兼职，这就便于向群众和专家学习，也便于发扬三十年代"皮包杂志"优良传统的一面。[①]

这段话十分耐人寻味，谈到了"民间性"的六层意思。六层意思其实都指向一个理想，那就是学术自由和民主。这是思想解放在学术界的反映。"文革"中所有出版物都成为政治斗争工具，而新时期的学术期刊想要摆脱政治操纵，开拓一个类似1930年代的、自由的公共话语空间。"不代表任何团体说话"，这一理想虽然不一定能实现，却饱含着对学术自由的期盼。对"扩大刊物作者圈子"这一条，编者没有明言，从前后语境中可以推断出，其潜台词仍然是请广大业余爱好者也加入到这个学术圈子里来。所以，"民间性"在强调学术民主与自由之外，又与"普及与提高相结合"的原则呼应起来。

正是因为坚持上述原则，《外国文学研究》特别重视读者的要求和希望，曾应普通读者要求开展"苏联当代文学是禁区吗？"笔谈。[②]创刊最初几年，读者群也确实非常广大，从"读者·作者·编者"栏刊登的读者来信可以看出，读者有解放军战士、建筑工人、高校学生、图书馆员等等，涵盖各行各业。然而"普及"终究不是学术期刊的立身之本，随着学术疆域明晰和学科体制化的发展以及研究水平的逐渐深入，读者群不可避免地发生了变化。学术期刊已经无法吸引曾经是普通读者主体

---

① 《致读者作者》，载《外国文学研究》，1979年第1期，第10页。
② 参见《外国文学研究》，1979年第4期。

的"文学青年"。当刊物于1991年举办"我与外国文学研究"的征文活动时，文章作者已经清一色地变成高校教师及外国文学学者。不知不觉间，"普及"已经不再被提起。当1987年《外国文学评论》创刊时，时代语境与学术环境已经大为不同，"普及"的声音已经彻底隐去。办刊者关心的是如何追赶世界文学的先进潮流，提高学界的研究水平，"使我们的外国文学研究工作稳步走向世界"。①时隔九年，《外国文学研究》虽然没有明言，也已经默默改变定位，两家期刊都从普及走向了提高。"为了适应目前学术形势的需要"，《国外文学》也于1993年大幅改版，阐明了深化学术思考的办刊宗旨，悄然搁置了"普及与提高相结合"的原则。②

（二）期刊中的外国文学新秩序

外国文学期刊对作家作品的选择，直接体现了一个时代的文学秩序。作品是1980年代外国文学学术期刊上的重要组成部分，反映着当时学界外国文学视野的变化。由于目前学界在这方面的研究已经比较充分③，在这里我们只是粗线条地勾勒出《外国文学》、《当代外国文学》、《国外文学》刊登作品的一些共性和个性。

毫无疑问，重视当代外国文学的介绍，是当时所有外国文学期刊的共同追求。不过当代外国文学的范围极其庞大，每家期刊都只能选择它们眼中最重要的部分。三家期刊对此有各自不同的选择。《国外文学》将东南亚小语种文学作为最主要的译介对象，其次是苏联文学，当时最为热门的拉美文学、美国文学则很少出现；《外国文学》与之形成互补，译介范围覆盖了除俄语之外的几乎所有语种④，英语文学所占比重最大，拉美文学也受到一定重视。《当代外国文学》的译介重点依次为

---

①张羽：《在改革和开放的实践中努力办好〈外国文学评论〉——代发刊词》，载《外国文学评论》，1987年第1期，第4页。

②《国外文学》编辑部：《告读者》，载《国外文学》，1993年第1期。

③参见卢志宏：《新时期以来翻译文学期刊译介研究》，上海外国语大学博士学位论文，2011年。

④当时北京外国语学院俄语系主办有《当代苏联文学》，专门刊载苏联文学作品，因此《外国文学》里见不到俄语文学的翻译作品。

美国文学、法国文学、苏联文学和德国文学，拉美与奥地利文学位居其后，东南亚文学没有涉及。三家期刊中，《国外文学》的作品安排与我们对1980年代外国文学秩序的思维定式大相径庭。这种以苏联和亚非第三世界国家文学为重，少谈欧美的做法，很容易让人联想起"十七年"的老传统。对于如此安排，刊物主编季羡林已经在《发刊词》中作了解释：当时外国文学期刊众多，为办出特色，《国外文学》要依托北京大学小语种的力量弥补其他期刊忽视的部分。①虽然《国外文学》构建的独特外国文学秩序与"十七年"颇为相似，但在具体作家的选择上其实并不相同。无论是俄苏作家抑或亚非拉作家，革命与否都不再是选择的衡量标准，那些具有"现代"色彩的作家明显增多。因此，这种秩序并不是"十七年"外国文学秩序的重现，它已经不再作为国家意识形态的表征而存在，而只是一个学术共同体凸显自身力量的表现。综合三家期刊的译介来看，当时学界的外国文学视野相当全面，并未出现向西方文学的"一边倒"现象，以美国文学为首的英语文学代替俄语文学，成为译介的中心，同时其他语种文学的译介覆盖面也相当充分。总之，"十七年"那种政治性第一的外国文学译介标准已被扬弃，在全面介绍的同时，"厚今薄古"已成大势所趋。

二、"比较文学"与"走向世界"

1980年代早期，比较文学还没有在学科设置上与外国文学划清界限，比较的方法和中外文学关系研究成为外国文学研究中特别"新颖"而出彩的研究方式。五家期刊都开设了比较文学类专栏。这类专栏名称不同，包括"比较文学"、"中国作家与外国文学"、"外国文学与新时期中国文学"、"中国当代作家谈外国文学"几种。对这类专栏用力最多、最为重视的是《外国文学研究》，分别开设了三个不同名称的同类专栏；其次是《国外文学》，"比较文学"一栏的发文量达到论文总数的30%；《外国文学评论》并未专设"比较文学"栏，但每期都会刊登高质量的中外文学关系论文，而且在"我与外国文学"栏呈现了大量可供

---

① 季羡林：《锦上添花——代发刊词》，载《国外文学》，1981年第1期，第3页。

影响研究所用的第一手资料。比较文学类栏目在外国文学学术期刊上流行一时，本身就是个很有意思的现象。它反映出比较文学在当时的火热，凸显出新时期学界共享的旨在认清自我的"比较意识"。早在"五四"时代，这种比较意识就是知识者挥之不去的情结。1980年代，比较文学再度受到重视，甚至成为人文学科中的"显学"，绝不仅仅因为它为中国学界提供了一种新方法[①]、新视角，而是其中蕴含的意识形态功能使然。比较文学学科的形成与繁荣并不单纯是学术发展的必然，而是与一个民族自我身份建构的过程紧密相关。

许多学者都注意到：比较文学对促进民族文化认同有强大作用。苏珊·巴斯奈特在她的《比较文学导论》中提到印度学者戴威的观点。戴威指出，印度的比较文学研究与民族主义思潮紧密相关，比较文学直接促成了印度的民族文化认同。巴斯奈特将这种观点推而广之，认为"比较文学这一术语最初出现在民族斗争的时代，那时新的疆界开始建立，民族文化和民族认同等问题在欧洲正在讨论之中并延至美国"。[②]同样道理，中国比较文学的兴起、发展、停顿和复兴，都与现代民族国家形成和社会发展密切相关。持"比较文学死亡"论的巴斯奈特也发现，从1970年代末起，比较文学虽在西方衰落，却崛起于东方。[③]

在1980年代学界的二元对立认识结构中，作为"进步"和"现代"的化身，西方就是中国无须置疑的参照系。正是这种以西方为参照的特殊语境，使得"比较"在当时成为一个看待中国文学、认识外国文学最流行的视角，"比较意识"成为学界主要的问题意识，比较的方法大量出现在各类文学研究论文当中。但从几家期刊这类专栏论文整体来看，当时外国文学界对"比较文学"的认识尚嫌浅薄。相当一部分作者是在"简单比附"，并未将作为方法的"比较"和作为本体的"比较文学"区分开来。在将近200篇的论文当中，有一半是在两个人物形象之

[①]早在1930年代，学者就对比较文学有系统介绍，但在1950—1970年代被迫中断，于是在1980年代比较文学成为一种"新"学。

[②]Susan Bassnett, *Comparative Literature: A Critical Introduction*. Oxford: Blackwell, 1993, pp. 8-9.

[③]Susan Bassnett, *Comparative Literature: A Critical Introduction*. Oxford: Blackwell, 1993, p. 5.

间进行的平行比较，诸如于连与高加林、桑丘与猪八戒之类。考证扎实、论证严密的影响研究只占1/4。平行研究的流行，一方面是因为它比影响研究更易操作，无须太多第一手资料和考证工作，往往是作者"灵机一动"的产物；另一方面，则是因为它比影响研究更有利于民族性的塑造。通过寻找异国文学与本国文学的异同，研究者们的最终目标是要寻找中国文化独立价值与人类普遍价值的相通之处。①因此，尽管后来遭到批评，当时的研究者们并不太在意"可比性"的问题，也不太在意区分比较文学与外国文学的学科差异。甚至可以说，当时比较文学与外国文学之间的确是不分你我，你中有我，我中有你。所以，在比较文学学科的专业杂志《中国比较文学》创刊之前，这几份外国文学期刊一直是刊登比较文学论文的主要园地，而在《中国比较文学》创刊之后，各家的比较文学类专栏仍然红火热闹。直到1990年代中期后，状况才出现明显改变。

无论自发还是自觉，研究方式是否纯正，这些研究的确为建构民族自我身份贡献了一份思考。

（一）"中国作家与外国文学"

在比较文学类专栏当中，"中国作家与外国文学"显得有些特别。该专栏文章以作家自述为主，似乎"学术性"不强，却传达出当时学术期刊强烈的社会参与意识。

《外国文学研究》于1979年正式创刊时，设立了名为"中国作家与外国文学"的不定期专栏，主要发表探讨中国现代作家所受外国文学影响的文章，也有作家本人的自叙，还包括周立波在延安鲁艺讲课时的外国文学名著讲稿。编者并未对专栏定位作出说明，不过其用意十分明确。此举可谓开创了一片影响研究的园地。其后，《当代外国文学》和《外国文学》也于1985年推出"中国当代作家谈外国文学"和"中国作家与外国文学"专栏，《外国文学评论》自创刊号起开设"我与外国文学"专栏，请老、中、青三代作家畅谈阅读与创作中吸收的外国文学营

---

① 周小仪：《从形式回到历史——20世纪西方文论与学科体制探讨》，北京大学出版社2010年版，第211页。

养,后来改为"中国作家与外国文学"。这个栏目在三家期刊受重视程度不太一样,比较而言,在《外国文学评论》中地位最高,发文量最大。此外,《世界文学》也于1987年开设同题专栏,并一直延续至今。还要提到的是,1980年代开设同类专栏的文学与学术期刊并不仅限于外国文学类,《中国现代文学研究丛刊》、《中国比较文学》都曾在这个时段开设类似专栏。

1980年代,四家期刊的同名专栏涉及的话题范围虽略有不同,目标却称得上完全一致,那就是《外国文学评论》所言——为中外文学关系影响研究提供"第一手资料"。[①]虽然这个话题属于"比较文学"的范畴,但每家期刊都将其单独列出。因为这个专栏的定位在于其史料性和现场感,并非单纯的学术研究。

如果将此专栏所有文章按照作者出生年代从早到晚连缀起来,可以看到一部中国外国文学接受的曲折历史。其中的代际差别异常鲜明:叶君健、冰心等民国前后成长的老作家,从阅读林译小说启蒙,外国文学视野相对全面,对欧美俄苏、现代古典都有了解,例如列入徐迟最喜爱作家名单的是艾略特、海明威、斯泰因、里尔克等。而1930、1940年代出生的一批作家,如王蒙、鲍昌等,则一律倾倒于19世纪的西方经典,尤其是俄苏文学。他们几乎都将托尔斯泰、屠格涅夫、契诃夫列入自己"最喜爱"、"受影响最深"的作家名单,而对于现代主义的大师们非常隔膜。以余华、马原、格非为代表的1950、1960年代生人,则把最高的崇敬献给了福克纳、卡夫卡这类更具现代性的作家。无论喜好如何,三代作家都在文中不断强调外国文学对自己乃至中国创作界的深刻影响,字里行间充满敬佩与感激。可以说这个专栏的主旋律就是唱给外国文学的一首赞美诗,不和谐的音符实在是少之又少。由于大部分文章出自第二代作家笔下,19世纪文学经典就成为赞美最主要的指向。不过,就在大多数作者饱含深情地回忆自己与19世纪经典的恋情时,也有作者表达了质疑和反思。李陀指出:包括自己在内的一代人对19世

[①] 参见《编后记》,载《外国文学评论》,创刊号,1987年。

纪经典和俄苏文学的痴迷其实已经成为一个逝去时代的梦境，这种痴迷阻碍着中国文学界的"与时俱进"，已经不能给新时期的中国文学带来有益的变化，该是清醒过来，走向20世纪的时候了。最重要的是，无论此后面对哪个时代的外国文学，我们都不应该再走入梦境，重蹈覆辙。[1]文章所表达的对于中国创作界落后的强烈焦虑，不是一己之见，而是1980年代非常普遍的"落后焦虑"。与此同时，作者又特别强调面对外国文学的主体性，这种"迷失焦虑"同样是当时研究界与创作界的共识。作家是感性的，在回忆时不免夸张，但是这么多作家一致膜拜外国文学的景观恐怕是很少见的。以谦卑的学习态度面对外国文学并没有错，关键在于不能失去自我。几乎所有作者都在强调主体性的重要，但又无法摆脱深深的自卑感。

综合而言，这个专栏不仅为影响研究提供了资料，它更大的意义在于为学术界与创作界架设了一座沟通桥梁。在这个园地里，还有作家表达了对学术期刊乃至整个外国文学研究界的期望。例如汪曾祺认为，外国文学研究的最终目的是"推动、影响、刺激中国的当代创作"[2]，所以，《外国文学评论》这类期刊的读者应该定位于中国作家、中国文学爱好者、中国的外国文学研究者，刊物要顾及社会的和文学界的效应。这样的期望不禁令人想起《外国文学研究》创刊之初的自我定位，两者之间存在颇多共鸣。在今天的学术观念里，学术期刊应以学术为本位，读者群以学者为主。但是在当时，学术期刊编辑者与作家却都认为学术期刊要扩大读者群，让作家以及更多普通读者受益。这个栏目便是这种学术观的体现，它为创作界与研究界的互动提供了一个平台，它的存在是1980年代学术期刊强烈的社会参与意识的证明。1990年代中期，四家期刊相继终止这一专栏，是期刊追求纯粹"学术性"的必然结果。2000年，《国外文学》又开设了同名专栏，但是专栏文章的作者、内容

---

[1] 李陀：《告别梦境》，载《外国文学评论》，1987年第4期，第116—120页。王朔对19世纪文学抱同样看法，认为"19世纪产生的所有文学作品对今天的作家毫无补益，在技术上都是过时的"。不过他对现代派作家也是一概摒斥。王朔：《欣赏与摒斥》，载《外国文学评论》，1989年第4期，第128—129页。

[2] 汪曾祺：《西窗雨》，载《外国文学评论》，1992年第2期，第125—126页。

和风格与1980年代已是判然有别。作者以1950、1960年代出生的作家为主，文章也不再一味赞美19世纪经典，涉及范围十分广泛，尤以当代西方文学为重。这显然是1980年代外国文学译介的功劳。最有意思的变化来自文章写作方式，虽然出自作家笔下，大部分专栏文章却并不像1980年代同类文章那样长于抒情，反而充满了学术色彩，有几位作者还展示了非常专业的"细读"功夫和理论水平，令人恍惚有读学术论文之感。种种变化彰显的，是中国文学界视野的改变，学界话语方式的改变，学术期刊定位的改变。这些转变决定了这个专栏不可能在学术期刊上存在下去。

于是，今天的各代作家已彻底从学术期刊中撤离出来，在《世界文学》的同名专栏里继续书写着他们的外国文学接受史。①

（二）"外国文学与新时期文学"

1987年，《外国文学研究》推出"外国文学与新时期文学"专栏，与"中国作家与外国文学"专栏各自独立，仍然讨论中外文学关系，只是将时间锁定在新时期。"该栏重点放在现当代外国文学对中国新时期文学的影响研究。"②上文曾经提到，1985年后，一种不满情绪流行于学界，认为外国文学研究与中国当代文学发展十分隔膜，外国文学界没有及时地跟上中国本土文学的变化速度，没能为本国文学的进步输入应有的、充分的外来参照，尤其是"对外国文学与中国文学之间某些具体思潮和现象的比较研究就显得更为欠缺"。③《外国文学研究》于1986年底计划推出的这个专栏，正是对这种不满作出的有力响应。它为打破学科隔阂，增加学科交流创造了一个新空间。

在专栏存在的四年里，共刊登论文17篇，既有对外国文学与新时期文学关系所作的宏观探讨（7篇），也有从两个文本入手进行的微观分析（10篇）。《西方现代派文学影响与新时期小说结构艺术的多元走向》④分

---

①目前《中国比较文学》亦开设同名专栏，不过是从影响研究的角度进行学术探讨。
②《外国文学研究》启事，1986年第4期，封二。
③李黎：《外国文学研究与当代中国文学》，载《外国文学评论》，1987年第2期。
④汪昌松：《西方现代派文学影响与新时期小说结构艺术的多元走向》，载《外国文学研究》，1988年第1期，第104—109页。

析了新时期小说在形式上接受西方影响的几个阶段；《西方文学与我国新时期文学的人性探索》[①]讨论的则是两者在主题上的影响关系。文本分析论文较多关注了"寻根"文学，对比了拉美、美国与中国寻根文学的主题、形象与形式。以今天的标准衡量，宏观讨论大部分都是泛泛而谈，微观分析有几篇并非真正的影响研究或者平行研究，只是以传统批评方法进行的简单对比[②]，表明当时学界对"比较文学"研究和这个论题本身的理解还不够深入。但是学术史回顾不能停留于指出缺点，我们必须将研究对象放置于当时的语境之中，判断其在当时的意义。由此出发，我们会意识到，这个专栏所讨论的，是那个时期当代文学与外国文学两个学科共同关注的一个问题，也是创作界与研究界共同关注的话题。本专栏和"中国作家与外国文学"一样，是外国文学研究界走出学科囿限，积极参与中国本土文学建构的明证。两个栏目各司其职：一个提供第一手数据，另一个进行学理提升。后者展示的学术成果表明，当时学界还在新旧批评方法之间挣扎，除了老套的主题、人物、艺术三分法，也有作者从审美视角、审美理想、审美方式以及创作动因等方面进行比较。[③]相对来说，这个专栏出现的意义要大于它的学术价值。

（三）"诺贝尔文学获奖作家研究"

诺贝尔文学奖，是1980年代中国文学界"心中永远的痛"。早在1920、1930年代，文学界就开始同步跟踪每年的颁奖情况，也有人表达过对中国获奖的希望，不过当时"新文学"还在萌芽之中，文学界并未特别当真地奢望过这一大奖。1980年代，中国知识界对诺贝尔文学奖的心态变得大为不同。创作界与研究界一致认为，这一奖项为世界文学最高奖，获得这一奖项，就等于得到了世界承认，等于中国在文学这一领域已经达到了世界先进水平，证明中国文学已经"走向世界"。得

[①] 戴安康：《西方文学与我国新时期文学的人性探索》，载《外国文学研究》，1987年第2期，第114—118页。

[②] 例如对比莫言作品《欢乐》与《麦田里的守望者》、于连和高加林、《百年孤独》与《小鲍庄》的文章。

[③] 王国华：《军事文学领域的新拓展——〈一个人的遭遇〉和〈西线轶事〉之比较》，载《外国文学研究》，1987年第2期，第101—106页。

到世界承认的渴望是如此强烈，以至于有人用"诺贝尔文学奖情结"来描述它。这一次，不仅外国文学界掀起了声势浩大的介绍与研究，整个文化界都展开了热烈讨论。当时一种流行的看法就是：中国在医学、物理、化学上得奖无望，相比之下，文学最具竞争力。可惜梦想总被现实无情击破，让"诺贝尔情结"难以化解。另外一种意见则认为，文学成就不能用得奖来衡量，不应急功近利地追求。在争论当中，出版界、批评界与创作界围绕着诺贝尔文学奖，展开了各种活动。从1985年起，漓江出版社陆续出版了《诺贝尔文学奖获得者丛书》，丛书包括小说、戏剧和诗歌，以小说为主，计划分7辑出版，每辑10种，对体裁、语种、地区、年代都作了适当的安排。因为制作精良，又及时满足了读者需求，这套丛书销量可观，得到高度评价。此外，《诺贝尔文学奖获得者诗选》和《诺贝尔文学奖获奖作家谈创作》两部书的影响也比较大。1986年初冬，"中国当代文学国际研讨会"在上海召开，20多位中国作家和来自世界各国的70多位汉学家共同探讨了中国文学走向世界的问题。中国作家如何问鼎诺贝尔文学奖成为讨论的焦点。①各文学期刊与学术期刊上的相关讨论亦是屡见不鲜。1988年4月，在《外国文学评论》与《文艺报》联合召集的"20世纪世界文学与中国当前文学"讨论会上，中外文学研究者和与会作家一致认为：不能用是否获奖来衡量文学走向世界的进程，与音乐、绘画等艺术门类相比，文学的可比性要小得多。中国文学不必去赶诺贝尔的时髦。②

《外国文学研究》试图将讨论引向深入——于1989年第2期开设了名为"诺贝尔文学获奖作家研究"的专栏，同年第3期专栏更名为"诺贝尔文学研究"，同时出现的"编者按"解释了专栏开设目的："鉴于诺贝尔文学在二十世纪世界文学中的重要性，而且迄今无一位中国作家获奖，鉴于现在世界上尚没有人对此进行系统的研究（斯德哥尔摩的十八

---

① 李曼：《中国作家何时问鼎诺贝尔文学奖？——中国当代文学国际研讨会侧记》，载《世界博览》，1987年第1期，第34—36页。

② 万缘了子：《文学：两个世界的对话——"20世纪世界文学与中国当前文学"讨论会述略》，载《外国文学评论》，1988年第3期，第133—135页。

位委员每年只研究未获奖的作家),《外国文学研究》编辑部计划对获奖规律与过程进行全面系统的研讨,为二十世纪世界文学的研究开拓新的角度和领域,为中国作家早日获奖创造条件。"在这段话里,明明白白地传达出对中国作家获奖、中国文学走向世界的渴望,以及外国文学研究界为本土文学提供参考的意图。在此之前,学界虽议论纷纭,却没有对诺贝尔文学奖获奖规律的集中探讨,《外国文学研究》此举,无疑是开创性的。

不过从所发论文来看,编者的意图并未得到真正的实现。专栏存在的五年间,共发论文30篇,除了一篇探讨该奖文化意义的论文,其余皆为作家作品研究。探讨获奖规律是编辑部开设专栏的目标,作家作品研究虽然也是题中应有之义,却更需要研究者从历史、文化、文学各个角度全方位地展开话题,可惜我们看到的专栏论文却并未表现出多少这方面的思考,仍然延续了此前论文的研究模式,局限于作家作品的内部研究。因此,这又是一个存在意义大于内容价值的专栏,记录着当时学界特有的问题意识。

其实,对得奖的关注只是一种表象,让"中国文学屹立于世界文学之林"才是"诺贝尔情结"的根源和文学界的终极目标。1980年代,"走向世界"是中国知识界共同的诉求。在大多数人看来,获得诺贝尔文学奖即是中国文学"走向世界"最强有力的证明。这里的"世界"不仅是与"中国"形成二元对立的那个他者,还是"世界文学"的简称,指代着这个颇有渊源的概念。"世界文学"这一说法最早由歌德提出①,马克思、恩格斯也曾在《共产党宣言》中指出,世界经济体系和世界市场的形成将人类文学带进了"世界文学"时代。在这个新的历史阶段,"各民族的精神产品成了公共的财产。民族的片面性和局限性日益成为不可能,于是由许多种民族的和地方的文学形成了一种世界的文学"。②应该看到,无论歌德还是马克思、恩格斯,对于"世界文学"的界定都是语焉不详,准确地说还只是一种对未来的预言和愿景。但1980年代

①〔德〕爱克曼辑录:《歌德谈话录》,朱光潜译,人民文学出版社1978年版,第103—104页。
②《马克思恩格斯选集》第一卷,人民出版社1972年版,第254—255页。

的中国知识界就从这些简洁的句子中生发出了无限的希望和力量。那时的学者一致相信，人类文学发展的第三个阶段——世界文学时代已经到来，而且进入了空前繁荣的状态，各民族文学不再自我封闭，开始在全球范围内普遍交往和联系，相互渗透、吸收和相互促进、影响，共同构建"世界文学"的整体形象。1980年代，每当提到"世界文学"，几乎所有人笔端都是热情流溢，仿佛世界文学大同已然实现。中国文学界所要做的，就是敞开胸怀迎接新时代，融入世界文学新秩序中去。在1980年代影响极大的《走向世界文学——中国现代作家与外国文学》一书中，编者饱含激情地畅想着中国文学融入"世界文学"的图景；《外国文学评论》创刊号的笔谈中，作者们亦不断强调当代中国文学的"世界意识"，强调中国文学"必须符合'世界文学'总的发展方向"。[1]拨开这团一边倒的理想主义云雾，我们发现这首"世界文学"大合唱的逻辑与现代派文学论争所体现的话语逻辑如出一辙。所谓"世界文学"，虽然也包括东方、非洲、拉美各民族的文学，但其价值核心仍然是以欧美为代表的"西方文学"。在当时绝大多数作家和研究者心目中，"世界文学"就是"西方文学"[2]，"西方文学"的发展方向，就是"世界文学"的发展方向。中国当代文学在1980年代的发展无疑证实了这种集体无意识。尽管学界将文学民族性与世界性的辩证关系引入了讨论，却并未改变以西方作为主要价值参照系的整体框架。对"世界文学"过于理想化的解读，使学界未能充分认识到"走向世界"路途上的陷阱和困难。

三、"20世纪外国文学走向"大讨论

"走向世界文学"、适应世界文学总的发展方向是1980年代学界的共识。为了更清楚地把握这一大方向，对20世纪外国文学形成整体透视，《外国文学评论》创刊不久，即于1987年7月和11月连续召开三次

---

[1] 蒋卫杰:《走向世界的沉思》，载《外国文学评论》1987年第1期，第22—29页。

[2] 万缘了子:《文学:两个世界的对话——"20世纪世界文学与中国当前文学"讨论会述略》，载《外国文学评论》，1988年第3期，第133—135页。

名为"20世纪外国文学走向"的学术研讨会,并且在1988年全年开辟同名专栏,刊登讨论会论文。

前两次座谈会的与会者来自外国文学和中国文学两个领域,第三次研讨会则完全在外国文学研究者中展开。三次会议的核心主题就是绘制20世纪外国文学走向的地形图,描述其总体律动。如何"用精辟的语言概括这幅地图最本质、最核心而又最具体的全貌特征"①,引起了与会者的热议。一种意见认为现实主义和现代主义的相互斗争和融合是20世纪外国文学的基本特征。②大部分与会者同意这种把握,但也有学者提出异议,认为现实主义与现代主义这种二分法不能概括文学的丰富变化,20世纪文学的基本特征是"主体的突出",即"向内转"。也有学者提醒,讨论20世纪文学走向不应只谈西方,不能忘掉苏联、东欧的文学。与外国文学研究者的切入点不同,当代文学研究者张炯通过对新时期文学变化的观察,提出了如下问题:"为什么现代主义会成为世界性的现象?"显然,提问者将现代主义视为20世纪文学的主流。

第三次讨论会上,有论者清理了"现实主义"、"现代主义"、"颓废派"、"反传统"等常用概念,还有论者试图对两大主义的关系作进一步引申与定性,"将苏、美两大对立政治势力的文学观念作为现实主义与现代主义的代称,把两国文学内部的消长起伏的比较作为20世纪文学状态的一个基本模型"。③现实主义与现代主义不仅是创作手法,还是文艺观念,更是政治意识形态的折射。从这一前提出发,许汝祉认为,以苏联与美国为代表的东西方文坛若想突破各自在二战后的停滞状态,必须放弃对"现实主义"和"现代主义"的坚守,从对方的文学观念和创作手法中吸收有益营养。④不过许文表达了明确的价值判断,天平向

---

① 佳水:《纷繁复杂 千姿百态——本刊召开"20世纪外国文学走向"座谈会》,载《外国文学评论》,1987年第4期,第41—44页。
② 佳水:《纷繁复杂 千姿百态——本刊召开"20世纪外国文学走向"座谈会》,载《外国文学评论》,1987年第4期,第41—44页。
③ 慈公:《世纪末的思虑:从何处来 向何处去——"20世纪外国文学走向"学术讨论会速写》,载《外国文学评论》,1988年第1期,第26—29页。
④ 许汝祉:《突破东西方文坛某种停滞的可能性——关于二十世纪世界文学的走向》,载《外国文学评论》,1988年第1期,第15—19页。

"大现实主义"大幅倾斜,甚至反复提到"社会主义文学"在未来的复兴。此次讨论,与会者普遍接受20世纪文学走向是两大主义互相交叉融合或者"摆锤状运动"的观点。但是赵毅衡等人仍然认为用这两个概念理解20世纪文学走向过于宽泛,两者的关系无法穷尽20世纪文学的整体风貌。盛宁干脆认为只有等到新的认识范式出现,对20世纪文学走向的把握才会有所突破。夏仲翼则建议抛弃"主义"之争,用"文学性"的演变来描述文学的走向。夏文指出,文学性是个历史概念,内涵处于不断变化当中,文学性在历史演化过程中所获得的一切内容规定着文学本身的走向。文学性包含诸多对立的范畴:客观与主观、对象与主体、现实与理想、真实与虚拟、描绘与表现、具象与抽象、社会与人性等等。特定的历史语境是文学性两极变化的条件。研究者应当跳出某一流派文学观念的局限,从总体上把握文学本质在文学现象中实现的程度。夏文以"文学性"为关键词,一再强调文学性才是判断文学发展的根本,似乎受到俄国形式主义文学观念的影响,其实依然是文学本质观、社会历史分析和辩证思维的推演。相比而言,钱念孙的《形式的寻求与凝铸》更多地接受了形式主义文论的影响。钱文主要从20世纪文学在形式上的开拓这一角度认识其总体走向,文章征引诸多20世纪现代、后现代作家及符号学、俄国形式主义理论家的观点,颠覆了"内容决定形式"的传统观念,认为20世纪文学最重要的变化在于形式具有了文学本体的意味。[①]作者对自己的马克思主义立场一语带过,表明自己只是对西方观点进行转述和梳理,但字里行间充满对所述观点的赞同和肯定。与之形成交锋的是陈燊的《谈现代外国文学"向内转"的走向——从一颗露珠见花园》一文,文章运用社会历史分析法,认为以伍尔夫为代表的现代小说家之所以"向内转",是因为"害怕现在、逃避现实","向内转"只是现代主义的共同倾向,并非欧美文学的走向。进而,作者在现代主义和现实主义之间作出了明确的优劣判断。总体而

[①]钱念孙:《形式的寻求与凝铸——漫议20世纪外国文学走向的一个特点》,载《外国文学评论》,1988年第2期,第12—17页;夏仲翼:《文学性的演变标志着文学走向》,载《外国文学评论》,1988年第3期,第3—8页。

言，讨论基本形成一个共识，认为20世纪文学走向就是现实主义与现代主义之间某种关系的演进。但是对于两者的价值判断却赫然形成两个阵营。一种意见以现实主义为标准，另一种认为现代主义更先进。但双方都基本肯定了20世纪文学的"向内转"和形式追求。

对学术史来说，更有价值的恐怕不是讨论的结论，而是讨论所展示的当时学界的文学观念、理论资源、话语模式。所以我们不去评价"现实主义和现代主义对立融合"这一结论的对与错，而是要思考"20世纪外国文学走向"这个问题产生的历史语境，分析促使这一问题产生的认识模式，进而探析讨论当中所体现的话语模式。

首先要问的是：为什么是20世纪而不是其他时代？第一，选择20世纪是中国文学发展的要求。18、19世纪文学既是"五四"以来中国新文学最主要的参照系，深刻影响且参与了中国现代文学的建构过程；同时也是"十七年"话语传统认可的文学经典，滋养了1930—1950年代出生的几代中国作家。但是对于迫切希望赶上世界步伐的中国知识界，19世纪文学纵有万千魅力，也已是明日黄花。正在进行中的20世纪文学才是中国文学发展的坐标系。李陀在《告别梦境》中已表达过告别19世纪、拥抱20世纪的强烈呼声。1987年，中国文学复苏已近十年，学界"第一次真正开始了关于中国文学在20世纪世界文学这个大的坐标系里位置点的定性思考"。[①]"20世纪"、"世界文学"，这两个词组在当时就是进步的标志，昭示着未来的方向。在1980年代的现代化逻辑之中，融入20世纪世界文学大潮是中国不容置疑的唯一选择。第二，同样是出于现代化（实质上就是西化）的逻辑，学界认为必须在全面了解的基础上修改此前对20世纪外国文学的认识迷误。"十七年"与"文革"期间，大部分20世纪文学作为资产阶级糟粕遭到屏蔽，外国文学界在新时期对这些空白进行恶补，短短10年内输入了断档30年来海量的外国文学作品，经过全面介绍，此时需要在整体上对纷繁复杂的文学现象加以概括提炼，重新作出宏观评价，绘制新的外国文学地形图。

[①] 万缘了子：《文学：两个世界的对话——"20世纪世界文学与中国当前文学"讨论会述略》，载《外国文学评论》，1988年第3期，第133—135页。

第二个要问的问题是：将20世纪世界文学的走向归结为"现实主义与现代主义之间的对立融合"，体现的是当时学界怎样的文学观念？相信文学史有其最本质的规律，并可以用简洁的语言将之概括出来，这就是本次讨论所标示的1980年代外国文学界的文学史观和认识模式。虽然在讨论当时已经有人质疑这种观念，但声音微弱，未能改变讨论进程。对一个时代的文学进行整体概括的活动是现代社会的产物，前有勃兰兑斯的《十九世纪文学主流》，后有英国文学评论家戴维·洛奇用现实主义和现代主义的摆锤状运动描述20世纪英国文学的走向。不同之处在于，勃兰兑斯的写作有强烈的建构意图和启蒙诉求，而戴维·洛奇相对来说更自觉地追求"价值中立"的学术立场。1980年代学界的意图显然与勃兰兑斯更为接近，希望通过概括20世纪文学的本质特征，重写中国的外国文学史，让文学历史的叙述符合中国对世界的想象，符合本土文学对世界文学的需求。就是在这样一种文学史观指引下，当时学界要对20世纪世界文学作一个简洁的概括，而之所以选择两大主义的演进作为表述内容，在于两种思潮对于中国文学界的特殊意义。在中国文学界，现实主义远远不止是一种创作方法，而是承担着沉重的政治和历史记忆的象征符号，而现代主义则是从资产阶级意识形态转变而来的"现代化"主流方向。站在历史与未来之间的中国文学界，不能彻底抛弃旧传统，又想尽力拥抱新潮流，所以特别钟情于这种能够综合新旧的描述。在讨论者眼中，现实主义是旧传统，通过与现代主义的综合仍有新生命；现代主义是新话语，凭借现实主义的提升可以超越其局限性。

可以看出，在现代派论争几年之后，现代主义文学从理论到创作都已经得到研究界的普遍了解和认同。即使是坚持现实主义为正统的学者，也在文章里旁征博引现代主义作家与理论家的观点，认为现代主义虽然颓废、悲观，其创作手法却是对现实主义的有益补充。更多的学者已经不再把"颓废悲观"的帽子扣在现代主义文学头上，也不再试图将现代主义收编为现实主义创作方法的另一种资源。还有一些学者已经跳出现实主义/现代主义这一二元认识框架，意识到需要引入新的认识范式，却并不知晓其为何物。此次讨论表明，学界对现实主义、现代主义以及两者之间关系的认识更加全面深入，已经能够客观地分析两种文学观念与政治意识形态的联系，已经超越从前单一的阶级革命话语模式，而代之以一种"半新不旧"的综合认识模式。对中国学界来说，所谓"新"其实就是来自西方的非马克思主义的理论话语，之所以用"半新不旧"来形容当时学界的话语模式，是因为这种模式仍然以马克思主义文艺理论为认识基础，相信文学进化论，其价值判断标准综合了反映论和文学本体论，基本方法综合了社会历史分析和审美分析。在这种认识模式之中，各种西方新理论只能在马克思主义的总体框架内作为新观点或新方法甚至只是新词语而存在，却还未在根本上改变学界的文学观和认识模式。就像吴元迈在讨论中指出的那样，中国的文学观念正在向辩证综合的方向发展①，其理论资源不再局限于传统的马列文论，但这一传统仍然构成了最基础的认识框架。

在这次学术大讨论中，出现了许多激烈的观点交锋，也使讨论者意识到许多基本的概念和术语需要认真清理。会议虽然结束，却引起了长久的反响。讨论之后，《外国文学评论》刊登了讨论"布莱希特和卢卡契的现实主义辩论"及其他相关文章，试图理清这一话语的历史和内涵。②与此同时，还出现了"象征主义专栏"，探讨现代主义与传统之间的复杂关系。还有学者撰文质疑讨论会的结论，指出文学发展中新与旧之间否定之否定的运动规律。③关于"走向"的探讨一直延续到1989年第4期。1990年11月，编辑部又召开了"文学的传统和创新"研讨

---

①吴元迈：《二十世纪文学观念的格局——科学主义、人文主义、马克思主义》，载《外国文学评论》，1988年第2期，第3—11页。

②1989年第1、2期柳鸣九文章《关于左拉的评价问题——对恩格斯关于现实主义与左拉论断的质疑》，辨析了现实主义与自然主义；同期郭树文在《批判现实主义质疑——重读一部西方小说引发的对一理论定势的思考》中质疑"批判现实主义"这一术语；同期"象征主义专栏"里，余虹讨论了象征主义划时代的作用。1989年第3期"西方马克思主义美学专栏"中两篇论文探讨了布莱希特和卢卡契对现实主义的不同观点。1990年3月，编辑部举办"布莱希特同卢卡契关于现实主义问题的论争"研讨会，再次探讨了这一概念。

③傅浩：《现代英诗的运动轨迹：否定之否定》，载《外国文学评论》，1989年第2期，第114—118页。

会，并于1991年开设同名专栏。此次研讨会主题与"20世纪外国文学走向"这一主题基本相同，是上次研讨会的延续。

行文至此，我们已经对1980年代的外国文学研究进行了概略的梳理，呈现出这十余年间学术研究话语转变的基本线索和曲折进路。新时期伊始，遵照四次文代会的精神，学界既要尊重"十七年"话语传统，又要将"现代化"话语引入中国，走过了一段曲折。通过人道主义和现代派两次论争，阶级革命一元话语退出中心，人道主义与现代派取得相对合法的地位；1980年代中期之后，学界与当代文学界积极互动，怀着"走向世界"的共同追求，大量引进西方新理论话语，试图突破传统的研究模式。整体而言，1980年代学界的文学观念和研究模式还没有突破传统的马克思主义文论和社会历史批评方法，西方新理论话语并未引发学术话语的质变。在面对外国文学时，外国文学界仍然运用二元论的认识框架，用中国—西方、进步—落后之间的对应和二元对立格局看待本土文学与世界文学的关系，以文学—政治、内容—形式的两分法看待文学的功能和价值。怀着强烈的比较意识和融入世界的追求，以学术期刊为代表的外国文学界，在1980年代构建了与"十七年"和"文革"迥然不同的外国文学新秩序。在这一新秩序里，19、20世纪西方文学受到最多的关注，其中20世纪文学因为更能代表世界文学新动向而得到更集中的介绍与研究；东方文学与欧洲古典文学[①]相对被忽视。因为秉承《讲话》精神，又怀抱"启蒙"的关怀，1980年代初期几家期刊都以"普及与提高"兼顾为原则，注重广大文学青年的需要。随着学术秩序的逐渐确立，"普及"退出了学术期刊视野。在以《外国文学研究》和《外国文学评论》为代表的学术期刊倡导下，一个学术话语的等级体系开始形成。在这一体系中，评价论文学术等级的标准有二，首先是使用的研究方法，其次是开掘的深度。我们发现，处于这个学术话语等级体系中最低一级的是传统的阶级分析法，1980年代中期以后，这种解读方法因为过于"政治化"而被各家期刊淘汰；稍高一级的是那

[①] 欧洲古典文学特指古希腊、古罗马文学和17世纪古典主义文学。外国文学界有时会将20世纪以前的全部文学都划入古典文学的范畴之内。

种主题、人物、艺术三大块泛谈式的文章,这种传记式研究模式在学界一度十分流行,但因为不新、不深,1980年代后期已经很难得到各期刊采用;而那些从审美视角进入的文本细读文章和新理论、新方法批评实践类的文章,因为特别符合各期刊对"创新"的需要,在这一体系中等级最高。在1980年代的文化逻辑中,西方就是"新"的代表,是新视角、新方法的最大源泉。因此,通过对"创新"的强调,学界一步步走向了西方新理论和新话语的漩涡。

第十二章
1990年代：外国文学研究话语的转换

国际政治格局剧变和国内经济转型共同造就了中国的1990年代。冷战结束改变了世界秩序，"全球化"大幕就此拉开。邓小平南方谈话和中共第十四次全国代表大会确立了市场经济在国家体制上的合法性，从此，中国加速融入全球经济一体化，开启了"文革"之后的第二次大规模转型过程。在一切以经济为中心的语境当中，知识分子也褪去了1980年代"启蒙者"的光环，在"如何看待、评估'现代化'进程产生的后果上，在如何看待大众文化上，在知识分子的精神价值和社会功能上，思想态度发生了分化"。[①]这种分化的主要表现，就是在面对共同问题时，失去了1980年代曾经拥有的"共识"；或者由于知识者各自思想立场的差异，对什么是真问题产生了分歧。对文学界来说，社会转型带来的最大冲击在于崛起的大众文化取代了"文学"（不包括通俗文学）的话语地位，"文学"失去了1980年代那种号召力和影响力，从主流退居边缘。

在现实剧变的同时，西方后现代理论的集中输入为知识界认识范式的根本改变提供了理论资源。后现代主义话语于1980年代中期已经进入中国，当时反响并不热烈，却在1990年代制造了巨大效应。[②]后现代

[①] 洪子诚：《中国当代文学史》，北京大学出版社2007年版，第330页。

[②] "后现代主义思潮"涉及哲学、文学、艺术各领域，1960年代以来的各种新理论几乎都与之有或多或少的联系。1980年代初期学界已经在介绍后现代的理论和文学作品，却并未用"后现代"这个范畴去界定。詹姆逊1985年在北大讲授"后现代主义与文化理论"课程，其后讲义出版，当时反响远不及1990年代那般强烈。

理论反本质、去中心的思维方式让中国知识界开始质疑曾经奉为真理的"现代性"话语，甚至重新看待经典马克思主义理论。于是，1990年代的中国学界的确出现了"众声喧哗"的热闹场面，在先后出现的人文精神讨论、国学热、后殖民理论热、文化研究热等论题中，现代主义、后现代主义、后殖民理论、经典马克思主义以及新儒学等各种话语并行于世，就各种新旧问题争论不断，形成了多元共存的文化格局。各种话语拥有的话语权力虽然并不相等，却没有哪家之言能够一统天下，没有哪种话语能够统一学者们的看法。思想界和学术界进入了陈思和先生命名的"无名"状态，难以形成某种相对单一的时代主题和价值取向。①在这样一个价值多元化、文学边缘化的新语境中，外国文学研究领域又出现了怎样的变化呢？

普遍认为，1990年代的学术界不再像1980年代那样共享问题意识，不再承担过多的启蒙重担，各学科都在走向正规化、专业化，学术疆域日益明晰，学科意识不断增强。外国文学学科的变化与学界整体的学术转型基本同步。整体而言，1990年代外国文学界的研究水准较1980年代有大幅提高，但在学术化、规范化的同时社会参与意识明显减弱，在历次文化热点问题争论中，外国文学界的声音不再像1980年代那样响亮，与相关学科的积极互动亦付阙如。②总体而言，局部研究有明显深入而整体问题意识不够清晰。上文已经指出，1980年代学界的文学观念和认识框架都未突破传统马克思主义文论，西方新理论只是作为新视角、新批评方法被传统的马克思主义文论所接纳。外国文学界建构的新秩序综合了"十七年"话语传统和人道主义与现代派话语，虽大力加强了对西方文学的研究，俄苏文学与东方文学（亚非拉文学）仍然得到应有的重视。但1990年代以后，经典文论不再被视为唯一正确的"真理"，学者们不再以经典马克思主义理论为本位，而是以西方某种当代文化理论为切入视角，从文学观念到探讨的问题和表述的方式都

---

①陈思和:《中国当代文学史教程》，复旦大学出版社2006年版，"前言"，第1—14页。
②1990年代的外国文学专业期刊对学界"热点话题"的直接呼应相对于1980年代减少了。因为期刊定位日益向"学术"倾斜，与本学科关系不大的话题难以进入学术期刊。

发生了极大的变化。由于研究对象的限定,本学科必须以"外国文学理论、思潮和作品"为关注中心,研究模式也以西方学术为参照,似乎比其他学科更容易陷入"西方中心"的漩涡。事实上,在诸多话语之中,西方新理论话语对外国文学研究的影响的确远远超过传统理论和正统话语的影响。[①]在这种影响之下,外国文学研究的重心和模式都发生了变化。不但西方批评理论和西方文学作品成为外国文学研究的中心,西方理论话语更是成为本学科研究和批评实践中最主要的理论来源,1980年代主流的研究模式——社会历史批评被多种新的阐释方式所取代。在外国文学研究领域,所谓"多元共生"只能用来描述各种西方话语之间并存的状态,传统话语在这里基本缺席。因此,本文认为,外国文学研究在1990年代真正形成了以"西方学术话语"为主导的研究模式,延续了1980年代学界的"西方主义"倾向。[②]

不可否认,正是1980年代那种将中国与西方等同于落后与进步的二元对立文化逻辑直接导致了1990年代的这种状况。不同之处在于,1980年代的"西方"是理想的乌托邦[③],而1990年代学界接受了更多西方学界内部对西方的批判,开始认识到1990年代"西方"话语建构中的本质主义误读,重新审视"西方"的文化帝国主义性质。学界一直存在的本土意识凭借这些新视角的启发,开始质疑与批判这种普遍主义的西方话语模式。因此,1990年代外国文学研究领域并非西方话语一曲独奏,"西方中心"倾向与质疑这种倾向的声音始终共时存在,相互争论。

正是基于上述判断,本文认为1980年代和1990年代之间的关系既不是所谓"断裂",也不是简单的"延续"。处于两个时代的外国文学界在一些基本问题上存在延续性,但"同时在一些关键性范畴和话语上却

[①] 作为中国学界"正统"的马克思主义也是西方理论,因此这里的西方理论特指马克思主义之外的西方现、当代理论。

[②] Xiaomei Chen, *Occidentalism: A Theory of Counter-Discourse in Post-Mao China*. New York: Rowman & Littlefield Publisher, Inc., 1995.

[③] Xiaomei Chen, *Occidentalism: A Theory of Counter-Discourse in Post-Mao China*. New York: Rowman & Littlefield Publisher, Inc., 1995.

又有相当程度的'转型'"。①

两个时代学术话语的变化最直接地反映在各专业期刊之中。由于国家将文学期刊推向了市场，加之1980年代曾经十分庞大的文学青年读者群急剧缩小，全国各级别的文学期刊都遭遇了生存危机。《国外文学》、《外国文学》这两家文学与学术兼顾的期刊分别在1993年和1996年改版，一家彻底取消译作版面，另一家将之大幅压缩，让位给学术论文。另外一些双重身份的专业期刊如《外国文学欣赏》、《外国文学报道》等，受到市场的冲击无力维持，纷纷于1990年代停刊。以《外国文学评论》为首的五家期刊凭借着国家政策的照顾和学术机构的支持，不但生存下来，而且在纯化期刊的学术定位之后发展壮大，成为外国文学界最重要的学术期刊。本章对学界话语转型的梳理，仍然从这五家期刊入手，分别从专栏热点、理论研究、作家作品研究三个角度进行。

第一节 "延续性问题"的再探讨

一、"延续性问题"和"新问题"、"新话语"

通过梳理各期刊在两个时段的专栏设置、编者寄语和举办会议等活动的变化，参考其他人文学科学术史反思成果，本文认为1990年代学界面对的延续性问题包括：

其一，学科定位问题，也即外国文学研究在中国文化、中国学术体系中的定位问题。1980年代学术话语重建之时，学界就对外国文学研究在中国文化建设中所起的作用进行了讨论，冯至、叶水夫、吴元迈都在外国文学学会的历次年会发言中表达了大致相同的看法——外国文学研究的价值在于为本国文学的创作提供借鉴，为中国文学走向世界提供知识背景和参照系；各家期刊也通过"创刊词"或"编者寄语"申明了这种立场，回答外国文学学科"为什么研究"的问题。这种定位来自历

---

① 王岳川：《中国九十年代话语转型的深层问题》，载《文学评论》，1999年第3期，第71页。

史和现实的经验,而且得到了政治意识形态的充分肯定。1990年代,学界反复强调这一定位,而且不再停留于口号宣言,开始进入学术反思。在1994年外国文学学会第五届年会的发言中,吴元迈更是大胆地提出,应该创立一门独立的"外国文学学",对中国"外国文学研究的历史、现状及当前的热点和重点、成就和问题、不同的学术观点和学派、发展的趋势和方向等,作出全面的客观的评估"。[①]这种自觉的学术反思意识无疑受到了1990年代学术反思潮流的启发。

其二,研究之主体性问题。实际上这个问题与学科定位问题密切相关。学科定位要回答"为何研究"的问题,对研究主体性的强调则最终指向"怎样研究"这一问题。换言之,研究主体性的表现就是外国文学研究应有的"问题意识"。在鲁迅"拿来主义"(或使用,或存放,或毁灭)的主张里,充满强烈的本土意识和主体意识,1980、1990年代,它仍然被外国文学界奉为立身之本,在各种学术会议上一再响起。但问题在于,原则虽然明确,实践却殊为不易。虽然一再强调外国文学研究的"中国视角"、"中国特色",甚至要建立外国文学研究的"中国学派"[②],学界却一直对没能真正做到而焦虑不已。1990年代,学界中人的本土意识日益增强,对西方学术话语强势的不满也持续升温,终于在1990年代中期酿成了一场关于"殖民文学"的争论。这场争论深入讨论了外国文学的学科定位和方法论问题,第一次把此前的"口号宣言"带入了学理辨析的层面。

其三,如何认识20世纪世界文学。前两个问题从外国文学学科存在以来就被不断提起,答案本身其实并无太大争议,为何研究和怎样研究最终都要凭借"研究什么"才能体现出来,因此对这一问题的具体回答更能凸显学术话语的延续和变化。1980、1990年代学界的研究范围、研究重点与盲点当然不是单一的,不过两个时代都以"20世纪世

[①] 吴元迈:《面向二十一世纪的外国文学——在中国外国文学学会第五届年会上的发言》,载《外国文学评论》,1995年第1期,第5—12页。

[②] 吴元迈:《面向二十一世纪的外国文学——在中国外国文学学会第五届年会上的发言》,载《外国文学评论》,1995年第1期,第5—12页。

界文学"为关注重点,其中又以20世纪西方文学理论、20世纪西方文学为重中之重。由于文学观念的差异,两个时期的具体认识、研究重点和表述方式都不尽相同。本节第二部分将有详细阐述。

在基本目标和问题关怀不变的前提下,1990年代的外国文学界继续引进西方当代理论,拓展、加深对新理论及20世纪文学的研究,同时延续1980年代的经典重评活动,通过不断"重写文学史"[①],完善1980年代奠定的外国文学新秩序。1990年代外国文学研究一方面充实了这一秩序中的空白和疏漏,继续强调形式审美研究;另一方面又遭遇了新语境、新话语带来的新问题,这些新话语和新问题不同程度地改变了原有的外国文学秩序。

那么,1990年代的外国文学界又关注了哪些新问题呢? 1990年代,人文学界引进了许多西方"新"理论[②],从后现代主义、新历史主义到后殖民主义、文化研究,都影响了外国文学界的视野和话语方式,改变了外国文学研究的视角和关注的问题。诸理论中,当属后现代主义思潮对1990年代的学术话语冲击最大。同时它也是外国文学研究界最为关注的新问题和新话语。严格说来,后现代主义并非真正的"新"话语,因为早在1980年代初期,学界就开始介绍后现代的理论和文学作品,只不过并未使用"后现代"这个范畴去界定,而是将其与现代主义混为一谈。在当时,后现代主义并不构成一个问题,更不是一种话语方式。1980年代中期后,凭借着当代文学批评界的大力宣传,"后现代主义"开始为人熟知,对现代主义与后现代主义的辨析成为当时讨论的焦点。这一次,外国文学研究界依然表现得慢了半拍。虽然此前对后现代主义的介绍并非一片空白,却缺少足够的理论敏感。在象征着1980年代外国文学研究阶段总结的"20世纪文学走向"大讨论中,后现代主

[①] 外国文学界的"重写文学史"活动不及现当代文学界的"重写文学史"思潮那样声势浩大,并未提出明确口号,但"重写"与"重评"一直贯穿在研究批评实践当中,文学史著作亦有大量更新改写。其中,郑克鲁主编的《外国文学史》及徐葆耕所著《西方文学——心灵的历史》是较为突出的两部。

[②] 这里的"新"是相对于1980年代而言的,像西方马克思主义理论、解构主义等,1980年代中期后已经进入了学界视野,就不再属于"新"理论了。

义话语完全缺席，没有进入"现实主义与现代主义斗争融合"的论述框架当中。未能充分关注20世纪西方文学的这一巨大变动，可以说是1980年代外国文学界视野中的最大盲点。直到1989年，关于"后现代主义"的讨论才首次在外国文学学术期刊上出现。[①]其后，被划入后现代主义范围的文学理论、作家作品陡然增多，学界开始以"后现代主义"这一视角去研究那些已经或者未经介绍过的文学现象，"后现代主义"才真正以新理论的面貌登场，与之相关的研究随之成为1990年代学界的新问题。然而实际上，后现代主义在1990年代的重要性并不在于它自身成为学界关注的新问题，而在于它给学界传统思维方式和文学观念带来的巨大冲击。这里需要说明"后现代主义"这个概念本身的特点。严格说来，后现代主义本身并非一种所指明确的理论，它不是一个统一的、一成不变的概念，而是一种涵盖了社会、哲学、艺术、文学各领域的全球性文化思潮，由于其内涵与外延因地区、领域、时间的不同而变动，准确的界定几乎不可能。一般来说，广义的后现代主义是个历史分期概念，指的是晚期资本主义社会的历史阶段；在外国文学研究领域，作为研究对象的狭义的"后现代主义"仅仅局限于西方后现代主义文学，并不涉及其他；处于广义与狭义之间的后现代主义，则是对建筑、文学、艺术、电影乃至学术思想各领域一种风格和思维方式的概括。1960年代以来，西方学术界产生的种种批评理论都对现代性传统表达了怀疑，皆可归入"后现代理论"的麾下，因此1990年代学界引进的大部分西方新理论话语也都泛出"后现代"的色彩。我们这里提到的后现代主义话语正是在这一层面上的所指。

1980年代后期，学界开始认识到后现代主义"反现代"的一面，不再将两个概念混为一谈。1990年代，包括解构主义、新历史主义、后殖民主义等理论在内的"后现代主义"诸理论的威力迅速发挥出来。各理论共同的质疑中心、质疑传统、质疑语言的思维方式虽未动摇正统文论在学科中

[①] 赵一凡：《后现代主义探幽》，载《外国文学评论》，1989年第1期，第47—54页。此前，早在1983年第10期《读书》上就出现了董鼎山介绍美国后现代主义文学的《六十年代以来的美国小说——后现代主义及其他》，但当时"现代派论争"刚刚过去，学术界并未自觉地区别现代与后现代。

的权威地位①,却真正改变了本学科问题的产生和研究的视角。什么是文学?作者是什么?作品与现实有怎样的关系?"形式"、"内容"、"想象"……这些在传统文学观念中不证自明的概念都变得成问题,以传统文学观为基础的社会历史批评和1980年代新锐的形式审美批评都无法再独占话语强势,而是融汇在各种新理论、新话语的众声喧哗之中。

把1990年代学界的新问题和新话语笼统地归结于"后现代主义"显然有失精确。这一时期引进的新理论从不同层面和角度启发着学界视野,又与本土语境互相作用,催生出了不一样的新问题。例如后殖民理论中对西方话语中心的质疑,触发了1990年代中期本学科的"殖民文学"论争,外国文学学科的研究方法和价值第一次遭到严重质疑;再如文化研究重视大众文化而忽视文学独特性,彰显出曾经备受推崇的形式审美研究的狭隘,动摇了学界已经普遍认可的经典秩序。

总体而言,1990年代外国文学研究界最大的变化在于西方学术话语对文学观念与研究模式的全面渗透。在基本问题的讨论和具体的研究实践当中,我们都将看到这种话语方式的改变。不过西方话语并未一统天下,异质的话语方式依然存在。

二、"20世纪外国文学"再讨论

20世纪外国文学,尤其是20世纪西方文学,是1980、1990年代外国文学界最为关注的研究对象。其中原因和动机大致相同,就是将20世纪西方文学视为本国文学走向世界的参照系和超越目标。所不同的,是两个时期的认识方式和关注重点。1980年代的"现代派论争"和"20世纪外国文学走向"大讨论皆从宏观把握入手,个案研究还停留于全面介绍、简单分析的层次,缺少"点"的透视。1990年代,学界在宏观把握的同时,将认识推进到细部,继续关注现代主义文学,又将后现代主义文学引入讨论。

1990—1999年,《外国文学评论》举办了以"20世纪外国文学"为

---

①1990年代,国家政权很少直接干涉学术活动,学术界在政治正确的大前提下享有充分的自由,因此正统马克思主义文论更多是作为符号存在,对于学术研究的影响不大。

中心，各种主题的多次研讨会，其中包括：1990年的"文学的传统与创新"、1991年的"20世纪外国文学：主题、语言、风格"、1992年的"20世纪西方文学中的批判意识与荒诞问题"、1993年的"20世纪西方文学中的异化主题和社会批判意识"、1995年的"回顾与展望：跨世纪的外国文学"、1997年的"时代与社会"、1999年的"文学·社会·文化——世纪之交的外国文学与研究"。历次会议虽名目不同，主题却一脉相承，那就是探寻20世纪世界文学的走向和规律，摸清中国文学在世界文学格局中的地位。我们发现，各次会议之间存在连续性，先是"传统与创新"的宏观概括，然后缩小范围，进入到"主题、语言、风格"的分别讨论，之后进一步缩小论题，集中讨论"荒诞问题"和"异化主题"，接下来又是对整个20世纪文学的开放讨论，分"20世纪文学总体研究"、"20世纪外国文学理论"和"20世纪作家及作品"三个部分。1997年会议在总题内着重讨论了俄罗斯文学的现状，1999年会议则就全球化、后殖民主义批评展开了热烈争论。在每次会议的小小变奏之中，是主旋律的重复出现、一唱三叹——现实主义、现代主义、后现代主义的界定及其相互关系。

"文学的传统与创新"研讨会的中心议题并未局限于20世纪文学，却是直接针对20世纪世界文学的特殊情势而提出的。组织者认为，这个世纪的文学一边是传统依然生机勃勃，另一边是新潮迭起，"反传统"呼声频现，尤其是近几十年，曾经的先锋文学又遭到后现代思潮的挑战。鉴于此，学界需要对文学的传统与创新问题作全面审视，寻觅其中规律。[①]显然，这次讨论的主题与1987年的三次"20世纪外国文学走向"讨论遥相呼应。两相对比，两次会议有如下差异：首先，此次讨论用"传统与创新"替换了"走向讨论"中两大主义对立融合的表述模式。这一替换表征着学界视野的变化。上次讨论中学者们就意识到，现实主义与现代主义这两个范畴不能够充分概括20世纪纷繁复杂的文学现象，还有学者指出这种认识范式本身在面对20世

[①]《编后记》，载《外国文学评论》，1991年第1期，第144页。

纪文学时的有效性已经大为减弱，需要引入新的范式。这次讨论尝试用"传统与创新"描述文学历程的律动，不单指向20世纪文学，更是对整个文学史的描述，所以仍然是极为宏观的概括，但这种概括比"两大主义"的概括更充分，更具包容性。更重要的是，讨论会不再以形成统一结论为目标，转而从多个角度进入问题："传统究竟是什么？创新是否具有或是否应该具有标准？传统与创新在抽象和具体意义上的关系分别是什么？在历时与共时阶段的相互界定是什么？"①这样的入思方式显然比简单论证"传统与创新的辩证关系"更精细，更具生产性。其二，本次会议引入了"后现代主义"这种新的认识范式和新话语。有很多讨论者尝试在这种新认识范式中探讨"传统与创新"的意义。这一新理论视角与学界熟悉的传统辩证观的理路大相径庭，当有论者从解构视角出发质疑本质主义的传统观，认为"传统"是一种虚构时，引起了赞同者与反对者之间的热烈争论。正如《外国文学评论》常务副主编吕同六在会议闭幕式上的讲话所说的那样，"传统话语与新话语两种声音的并存，是研讨会的特色之一"。②在12篇同名专栏论文中，讨论者分别从西方文论，英、美、日、法、拉美各国别文学入手，以传统理论或者后现代理论为认识范式展开论述。其中余虹的文章即是受到海德格尔哲学的启发，指出西方形式批评依然在遵循传统的"内容—形式"二元思维模式，虽标榜反传统，其实只反了内容中心的价值观念，并未突破深层思维模式的传统。③文章虽未讨论后现代思潮突破"内容—形式"二元论的尝试，其内在思路却正是后现代认识模式的推演。总体而言，论文中采用传统研究方法展开论题的仍然占多数，但新话语所造成的冲击力明显超越了前者。

应当说，在1990年召开以"传统与创新"为主题的研讨会，是学

---

①佳水：《传统与创新：一个日久常新的题目——"文学的传统与创新"学术研讨会侧记》，载《外国文学评论》，1991年第1期，第18页。

②佳水：《传统与创新：一个日久常新的题目——"文学的传统与创新"学术研讨会侧记》，载《外国文学评论》，1991年第1期，第24页。

③余虹：《传统中的"反传统"——西方现代形式批评之批评》，载《外国文学评论》，1991年第1期，第3—8页。

界在新形势下对1980年代学术研究的一次总结和反思。其中既有对1980年代文学界与学术界"创新强迫症"的反思，也表达了重新审视西方文学传统、建构新认识范式的创新意识。研讨会虽以外国文学为议题，谈的都是"别人"的事情，其实寄托着明确的本土问题关怀。之所以有学者回顾美国摆脱文化依赖，创建民族文化的过程，就是为了给当时中国的文化建设以启示。[①]钱满素在文中指出，美国独立之初也曾缺乏文化自信，以爱默生为代表的美国精神通过自我否定、自我认识和自我更新，超越了对欧洲文化的依赖和传统的束缚，美国文化才有了今天的强大。尽管文章本身没有多少学术性探讨，更像一篇文化宣言，但其明确的现实诉求值得肯定。另外两篇回顾日本及拉美文学创新历程的论文虽然只是就事论事，编者在众多与会者文章里选中它们，已经说明了其借鉴之意。其余几篇乔伊斯、劳伦斯、阿波利奈尔的个案研究论文，细致入微地梳理了这几位现代主义代表作家创作中"传统"与"创新"因素的复杂构成，增进了学界对现代主义文学与文学传统之间关系复杂性的认识。这些文章出现在专栏里也自有其用意，是对1980年代现代主义文学认识的推进和深化。

同样道理，1992及1993年的两次主题研讨会也是对西方现代派文学的认识深化和总结。从题目上即可看出，这两次会议属于"姊妹篇"。组织者将"荒诞问题"、"异化主题"以及"社会批判意识"作为理解西方现代派文学的关键词拎出，讨论者们却从各自视角出发给以大相径庭的解释。其中，以正统马列文论进入议题的论者已经大大减少，大部分论者都借鉴了西方当代理论对"荒诞"、"异化"等范畴的分析，而且紧跟"语言学转向"的潮流，一直将探索的触角延伸到语言哲学层面。例如"荒诞问题"，有人认为"荒诞"不仅是现代主义文学的特点，后现代主义文学当中，甚至任何时代的西方文学，包括中国古典文

---

① 钱满素：《谈谈文化超越》，载《外国文学评论》，1991年第1期，第13—17页。

学中都存在这种意蕴①；另外一种观点坚持"荒诞"只是现代主义文学的产物，因为现代主义文学仍然幻想拯救，而当解构主义消解了意义、真理、理性这些荒诞意识产生的根基时，荒诞也因之消解，所以后现代主义文学中已经不再有荒诞意识。②那些将荒诞文学外延无限扩大的论者忽略了一点，即现代主义文学中的荒诞乃是特定哲学、美学观念的表现。尽管讨论者对"荒诞"及"荒诞文学"的界定有不同理解，却几乎一致肯定了荒诞文学体现出的理想主义、人道主义和社会批判意识，认为荒诞意识中蕴藏着理性精神。1980年代现代派论争当中，学界曾将非理性主义视为现代派文学的本质特征，此次讨论已经不再轻易作出非此即彼的判断，视角更为多元，认识更加深入。

"异化主题"在1980年代就被视为现代主义文学的主要特征。同名专栏的五篇论文分别梳理了西方思想史上从古希腊、古罗马到歌德、莱辛、黑格尔直至马克思、卢卡契、海德格尔、萨特、马尔库塞诸人的"异化"观，以及"异化"与现代主义文学、后现代主义文学的关系，"异化主题"在20世纪文学中的表现。其中一条较清晰的线索就是辨析了马克思主义（包括经典与西马）异化观与现代主义文学中异化主题的差异，前者认为异化是可以超越的，而后者表露出深深的绝望。这种认识早在1980年代已经形成③，区别在于研究者们对这种差异的态度发生了变化。1980年代的持论者受阶级革命话语传统的影响，无情批判后者的虚无主义，1990年代的持论者却认为：现代主义作家"不是虚无主义者，真正的虚无主义者不会感到绝望。他们的痛苦和绝望，他们的异化感恰恰表明他们竭力希望自己相信点什么……他们如此执着、深入地表现人的异化感，有意无意地反映了他们内心对传统观念、对井然有

---

①柳鸣九：《荒诞概说》，载《外国文学评论》，1993年第1期，第52—53页；达豁：《应该想象西绪弗斯是幸福的——"20世纪西方文学中的批判意识与荒诞问题"学术讨论会侧记》，载《外国文学评论》，1993年第1期，第73—77页。

②达豁：《应该想象西绪弗斯是幸福的——"20世纪西方文学中的批判意识与荒诞问题"学术讨论会侧记》，载《外国文学评论》，1993年第1期，第73—77页。

③王齐建：《现代主义与异化》，载《外国文学研究》，1984年第4期，第14—20页。

序的世界和有意义的生活深深的渴望"。①相比之下，本次讨论专栏文章的论述显得更客观、更深入。

广泛运用西方当代理论，特别是后现代诸理论话语，对研究对象进行更细致、更深入的剖析，正是1990年代关于20世纪外国文学讨论的总体倾向。在话语方式变化背后，可以看出学界对外国文学整体研究的基本认识范式并未改变，那就是通过文学思潮的更替和嬗变来概括文学发展的历程。

三、"十七年"话语传统的"昙花一现"

1990年代的大部分时间里，政治意识形态不再直接干涉文学与学术生产。但是1989—1993年市场经济全面展开之前，是政治意识形态控制相对"收紧"的时期。这一阶段，各家期刊都公开表态，要坚持"以马克思主义的基本原理为指导，坚持四项基本原则，坚持改革开放，反对资产阶级自由化，贯彻'双百'方针"的办刊原则。不过，在表态之后，各期刊的秩序并未出现多大变化。最典型的例子就是《外国文学研究》，该刊于1989年第4期推出了"世界无产阶级文学评论"头版专栏，但专栏内三篇文章谈的是阿拉贡、《这里的黎明静悄悄》和艾特马托夫小说的艺术成就，并未从无产阶级视角进行论述，而且此专栏仅此一期，再无下文，可见其设立也仅是"表态"而已。

作为中国社会科学院外国文学研究所主办的国家级刊物，学术界的"国家队"，《外国文学评论》承担着学术先锋之外"意识形态喉舌"的责任。因此，在众多学术期刊中，它所作的"表态"最鲜明，最用力。

1992年是毛泽东《在延安文艺座谈会上的讲话》发表50周年。《外国文学评论》编辑部于这一年2月召开"《讲话》与外国文学"座谈会，并于同年第2、3期该刊头版发表会议发言8篇。值得注意的是，参加本次会议的专家冯至、汝信、吴介民、孟伟哉、朱子奇、卞之琳、叶水夫、敏泽、程代熙、袁可嘉、张羽、陈燊、高莽等，几乎是清一色的老一辈学者。除了袁可嘉、卞之琳曾经大力引进、肯定现代派文学，其

---

①肖明翰：《文学中的异化感与保守主义》，载《外国文学评论》，1994年第1期，第64—71页。

余各位都曾对1980年代初的现代派文学热颇有微词,尤其是程代熙与陈燊,更是论争中批判方的代表。因此,这次座谈会的任务十分明确,首先是要表明外国文学界的政治立场,重申毛泽东文艺思想的绝对指导地位,重提鲁迅传统;其次就是以"二为"方向为标准,批判1980年代外国文学译介研究中出现的"现代派文学热"和"全盘西化"倾向。

冯至在发言中指出,新时期以来外国文学工作中的偏向在于"出版方面、介绍方面都有极大的盲目性"①,具体表现就是违背《讲话》精神,唯西方马首是瞻,不加选择地引进了外国通俗文学作品②和西方当代理论,对之缺乏客观认识和深入研究。程代熙甚至将这种西方崇拜的倾向总结为两个新的"凡是","即凡是西方的,尤其是美国的,就是好的;凡是西方的,特别是美国的,就是新的"。③鉴于此,与会者一再重申被毛泽东肯定过的,以鲁迅模式为代表的优秀传统,强调这一传统对本土问题和主体性的重视。专家们从各个角度阐发对于《讲话》精神的理解,1980年代后期已经淡出学界的"普及与提高"并重的口号又被再度提起。吴岳添指出:"近几年来在外国文学研究方面有一种不大健康的倾向,似乎文章越难懂,新名词越多,研究就越深奥,这种脱离群众的文风不宜提倡。"④叶水夫则基本上重述了"十七年"话语传统中的现代派文学观,认为"贯穿在西方现代派文艺中的唯心主义、非理性主义的世界观,社会达尔文主义、无政府主义的社会政治观,极端个人主义的人生观,'表现自我'的美学观……在青年中造成了不良影响。实际上,这是'全盘西化论'在文艺领域中的一种反映"。因此,对待现代派文学的正确态度应当是:"有选择地介绍出版一些现代派作品是可以的,也是应该的,只要我们加强研究分析,划清两种思想体系的界限,作出正确的评价。"⑤

这些表述容易使人产生一种错觉,以为外国文学界要回到"十七

---

① 冯至:《加强对外国文学的评论》,载《外国文学评论》,1992年第2期,第3—4页。
② 冯至在1980年代初对《译林》等杂志大量译介外国通俗文学非常不满,多次进行批判。
③ 程代熙:《坚持社会主义的主体意识》,载《外国文学评论》,1992年第2期,第9—11页。
④ 吴岳添:《谈谈研究工作中的普及与提高》,载《外国文学评论》,1992年第3期,第8—9页。
⑤ 参见叶水夫:《如何正确对待外国文学》,载《外国文学评论》,1992年第2期,第7—8页。

年"那种阶级革命话语秩序中去。实际上这次会议却并未真正改变外国文学界的原有秩序。虽然会议中保守一方的声音更强势，但是由于国家并未采取从前那种严格又直接的文艺政策，而且特别强调贯彻"双百"方针，会议上出现的批判更多只是表明一种政治立场，并未对学术活动产生什么真正的影响。外国文学研究所老领导吴介民在会议上提出，今后社科院的工作重点就是清理理论是非，外国文学界要"摆出外国文学研究中有哪些重大的争论问题，然后召开专题座谈会，区别哪些是资产阶级自由化的观点，哪些是自由化的思想理论基础，哪些是非马克思主义的理论是非问题，哪些是一般性的学术问题"。[1]但是在后来的《外国文学评论》上，并未看到对这一建议的任何实践。

那么，1990年代初召开的这次会议，就仅仅是一种姿态，只有政治意义而没有学术价值吗？非也。作为一个"元文本"，《讲话》在不同历史语境中得到了不同的阐释。与历次惯例的纪念活动不同，1990年代这次纪念的阐释因语境关系显出格外浓重的政治象征意味，但它又不仅仅是学界的政治表态，还是一次对"鲁迅传统"的召唤与致敬。会议上批判的种种"偏向"，当然不单是纯粹政治立场的偏差，也是学术立场出现偏差的结果。对中国外国文学研究界来说，"为何研究"、"怎样研究"和"研究什么"从来就不是单纯的学术内部问题，而是事关本土文化建设的"政治"问题。对于前两个问题，各位与会者并无异议，一致将毛泽东肯定的"鲁迅传统"视为当时学界必须坚守的原则，只是在"研究什么"的具体问题上，出现了小小的分歧。与叶水夫、程代熙、吴岳添诸位学者不同，卞之琳和袁可嘉两位先生反对前者那种过于政治化的判断，坚持认为应当大力加强对西方各种新理论和创作的（包括现代主义和后现代主义）研究，有趣的是他们的依据还是来自《讲话》。卞之琳指出，《讲话》精神的精粹在于其实践性和灵活性，《讲话》中虽未提到现代主义的问题，但从《讲话》精神和文学实践出发，就可以肯定现实主义与现代主义之间并不是水火不容。但是"十七年"的"全盘

---

[1] 吴介民：《外国文学研究要全面贯彻"洋为中用"的方针》，载《外国文学评论》，1992年第2期，第4—6页。

苏化"和1980年代的弃苏学美都偏离了辩证的《讲话》精神。[1]袁可嘉则直接以毛主席指示"应该先学外国的近代的东西"[2]为支持,肯定新时期以来对西方现当代理论和创作的引进,认为1990年代"应当努力在'化'字上下功夫,适当地放慢一点速度,加强对工作对象的整体研究和深入理解,多咀嚼,多消化,使我们的工作像毛泽东同志指出的,'要越搞越中国化,而不是越搞越洋化'"。[3]

尽管学术反思色彩被浓重的政治表态意味所冲淡,这次会议对1980年代外国文学研究"偏向"的批判仍然值得1990年代学界警醒。此后,会议上老同志建议的"学科清理工作"并未实施,对西方新理论和创作的"咀嚼"和"消化"倒是逐渐深入。《讲话》精神虽然仍是学界必须奉行的基本指导原则,却不再被频频提起,这样的"表态"活动也再未出现。

第二节 西方话语中心的形成

外国文学的学科研究对象是"外国文学",具体说来就是外国文学理论、思潮流派与作家作品。然而"外国"的范围何其广大,任何时代的学术研究都要在这一范围中有所侧重、取舍。从1980年代开始,学界既已选择西方作为外国文学新秩序中的根基,却并未因此放弃学术传统中对东方的关注,直到1990年代,包括理论与文学实践在内的西方文学才真正成为学界视野的中心,西方学术话语的渗透才彻底改变了学界的研究模式。

当年中国社科院外文所在《外国文学研究集刊》创刊号上曾明确提出口号:"逐步建立外国文学研究的中国体系",中国外国文学学会会长

---

[1] 卞之琳:《重温〈讲话〉看现实主义问题》,载《外国文学评论》,1992年第3期,第3—6页。

[2] 毛泽东:《同音乐工作者的谈话》,载中共中央书记处研究室文化组编:《党和国家领导人论文艺》,文化艺术出版社1982年版,第15页。

[3] 袁可嘉:《学——用——化》,载《外国文学评论》,1992年第3期,第6—8页。

吴元迈先生也曾多次表示，中国学界应当建立外国文学研究的"中国学派"。双方皆表达了建构中国特色的外国文学秩序和外国文学学术话语的诉求，希望外国文学研究能够体现鲜明的文化主体性。经过1980年代对旧话语系统的扬弃和新话语的全面引进，1990年代的学界似乎离这一目标近了一些，然而学习道路依然漫长，虽然一再强调主体选择，1990年代的学界却在实践中不断向西方学术话语靠拢。某种程度上说，这是中国学界汇入世界学术格局的必然选择。

一、理论译介特点

1990年代，随着学界对新理论研究的逐渐深入，新理论的批评实践开始大规模地渗透至整个外国文学研究当中。为了更清晰地描述这种变化，本文将1990年代分为1990—1994年、1995—1999年两段，如此分期并无特别用意，只是希望缩小时间跨度能够反映更细微的变化。

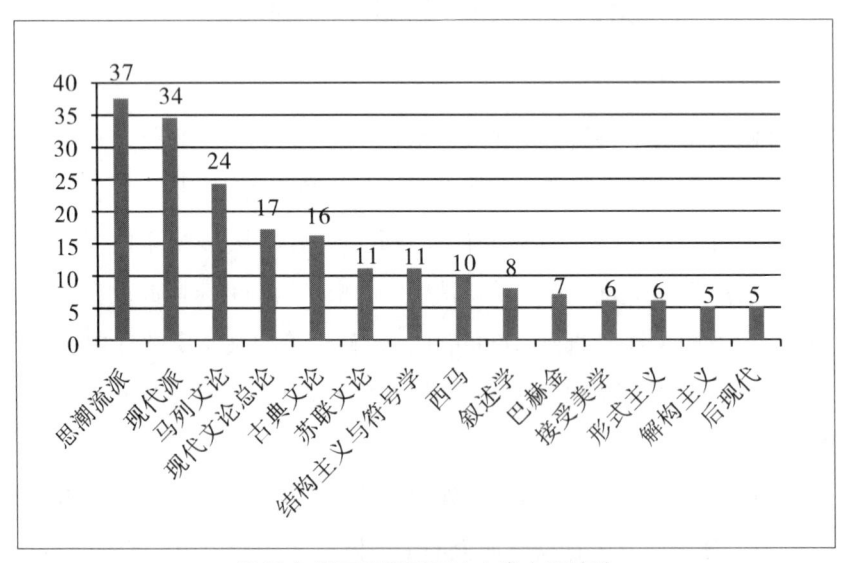

主题	数量
思潮流派	37
现代派	34
马列文论	24
现代文论总论	17
古典文论	16
苏联文论	11
结构主义与符号学	11
西马	10
叙达学	8
巴赫金	7
接受美学	6
形式主义	6
解构主义	5
后现代	5

1980年代五家期刊理论文章主题统计

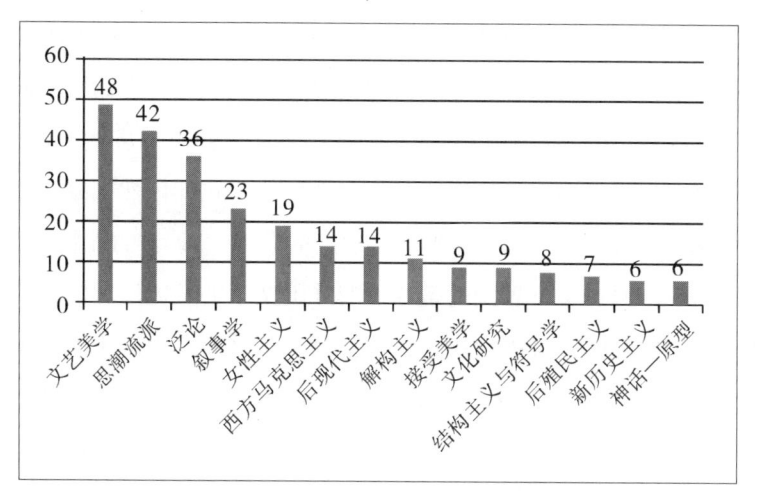

1990年代五家期刊理论文章主题统计

我们先将1990年代与1980年代作一总体对比，可以看到，两个时期最直观的变化在于1990年代的理论研究论文总量增加，具体变化表现为：（1）1980年代数量最多的是对思潮流派、现代派①及马列文论的研究，现代文论总论与古典文论、苏联文论紧随其后。专门针对新理论的研究所占比例较小，正统理论还占据相当重要的位置。1990年代的前三名为文艺美学、思潮流派和现代文论泛论，随后就是各种新理论，马列、苏联文论完全消失。（2）1980年代最受重视的新理论是结构主义与符号学、西方马克思主义和叙事学。1990年代，在叙事学和西方马克思主义热度不减的同时，新理论研究重心转向女性主义、后现代主义和解构主义。此外，还增加了新的关注点：文化研究、后殖民主义与新历史主义。可以说1980年代学界更倾向于形式主义文论的引进与研究，而1990年代理论视野变得更加开阔，更多元化。在研究视野从正统文论走向西方当代理论的同时，两个时期的研究模式也呈现出一些共性与差异：

首先，"思潮流派"是两个阶段都非常重要的研究板块，数量位居前列。上文曾指出，人道主义、存在主义、现代主义、现实主义曾是

---

① "思潮流派"主要包括对人道主义、存在主义及现代主义各流派的评价介绍；"现代派"则指1980年代初"现代派文学论争"中对现代主义文学的宏观评价。因此在1980年代统计表中将"现代派"单列出来。

1980年代学界理论探讨的焦点和重点，思潮研究是当时理论研究的主要方式。学界通过对各种思潮的整体认识和微观研究，传达了不同于以往的外国文学观。到1990年代，具体研究的"思潮"虽然有所改变，将思潮研究作为外国文论研究基本认识框架的模式却依然如故。特别是在贯穿两个时期的"20世纪外国文学走向"及"文学的传统与创新"等讨论当中，通过文学思潮的嬗变说明外国文学的发展历程已经成为外国文学整体研究的一种固定模式，尽管有人对之质疑，却未能提出更有效的框架。不可否认，这种研究模式对建构外国文学整体视野十分有效，直到现在仍然是各种外国文学史主要的结构线索。但如果只停留于思潮更替与斗争的认识，理论研究会有失深度。

其次，两个时期对现代文论和外国文学现象进行"总论"和"泛论"的文章都比较多。这些论文的题目都比较"大"，都是就某一主题进行的"宏大叙事"：例如《神话主义与宗教意识——20世纪文学现象之一》、《西方现代怪诞艺术的审美特性》、《非理性背后的深层理性——对现代派文学的一点思考》、《欧洲小说的历史进化》、《文学本体论与文学批评的方法论——关于西方当代文学批评理论的两点思考》[①]等等，这里不一一列举。从这些题目即可看出，因为研究范围与时空跨度都相当庞大，这类文章一般来说都会选择某一相对较小的角度进入论题，展开论述。与"思潮流派"研究一样，这种总论、泛论式研究对于建构外国文学整体视野很有帮助，与微观研究互为补充，是外国文学研究中必不可少的一部分。两类文章在两个时期的大量出现，表明宏观研究仍然是当时学界最基本、最重要的理论研究模式之一。数据显示，随着研究的不断深入，两类文章在全部理论研究中所占比例逐渐减小。实际上，1990年代伊始，《外国文学评论》的"理论研究"专栏中便完全不见了这类文章，而刊登这类论文最多的《外国文学研究》，则一直持续到

[①] 杨传鑫：《神话主义与宗教意识——20世纪文学现象之一》，载《外国文学研究》，1991年第4期；毛宣国：《西方现代怪诞艺术的审美特性》，载《外国文学研究》，1992年第3期；何国瑞、李炜：《非理性背后的深层理性——对现代派文学的一点思考》，载《外国文学研究》，1993年第1期；蹇昌槐：《欧洲小说的历史进化》，载《外国文学研究》，1995年第1期；盛宁：《文学本体论与文学批评的方法论——关于西方当代文学批评理论的两点思考》，载《外国文学评论》，1987年第3期。

1999年才明显减少此类论文的发文量。这种变化折射出学界"理论观"的变迁,也反映了学界内部对"理论"这一概念的不同理解。从经典马列文论到现代派文学论争,再到西方当代理论的引进,学界对"理论"的理解越来越向"前沿"和"西方中心"倾斜,泛论式研究已经不能满足学界对众多理论话题纵深透视的要求;以这种理论观为原则,《外国文学评论》的"理论探索"栏锁定西方当代理论,只有很小一部分篇幅刊登泛论文章,而《外国文学研究》编者则显示了更庞杂的理论视野,"理论之页"栏涵盖范围极大,几乎所有作家作品研究和比较文学之外的文章都可收录进去,因此成为泛论类文章的主要园地。历史已经证明,宏观把握、全面铺开的理论观最终向前者靠拢,学界一致走向了对当代各种理论话语精细、纵深的剖析。

接下来,我们将两个时期的总体统计表结合1985—1989年主要理论刊物《外国文学评论》和《外国文学研究》的柱形图对比分析,能够看到1980年代到1990年代学界理论视野变迁的整个过程:1980年代初,学界主要致力于经典文论重述和现代派的宏观评价,新理论引介还不成规模;从两家主要理论期刊1985—1989年统计表可知,对新理论的集中关注始于1980年代中期,1980年代绝大部分西方新理论研究的论文都是在这一时段发表,而且集中于两家期刊。

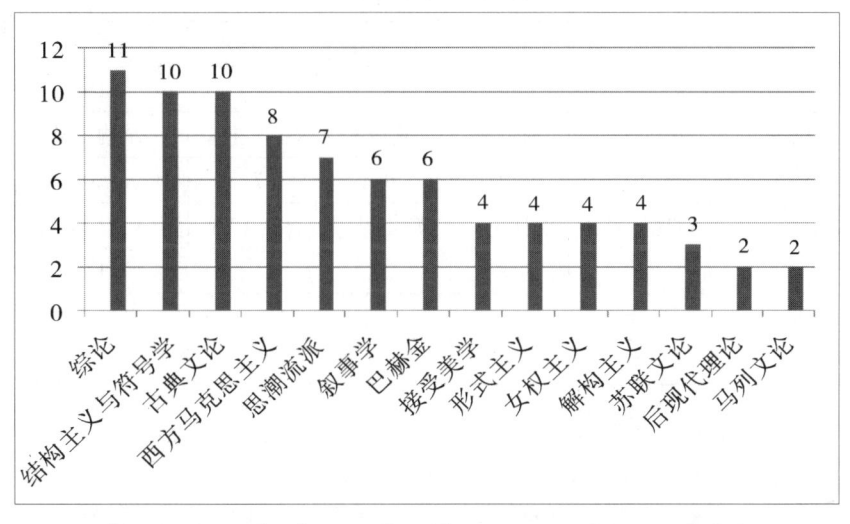

类别	数量
综论	11
结构主义与符号学	10
古典文论	10
西方马克思主义	8
思潮流派	7
叙事学	6
巴赫金	6
接受美学	4
形式主义	4
女权主义	4
解构主义	4
苏联文论	3
后现代理论	2
马列文论	2

《外国文学研究》与《外国文学评论》1985—1989年理论文章统计

进一步对比1990年代前后两个时段的统计结果可以看出，1990年代前半期最受关注的理论热点是后现代主义、叙事学，后半期的热点则是叙事学、文化研究、西方马克思主义和后殖民主义、女性主义[1]，以及关于"全球化与本土化"的讨论。[2]这其中，叙事学从1980年代后期以来一直得到学界持续关注，因其特别符合当时学界通过形式审美研究表达的去政治化追求，而且在诸多新理论中操作性较强；而其余几个理论新热点的形成，则是1990年代社会文化转型与学术转型综合作用的结果。

1990—1994年理论研究主题统计

文艺美学	思潮流派	新批评	巴赫金	詹姆逊	新历史主义
11	28	2	5	2	4
文本理论	西马	叙事学	解构主义	泛论	接受美学
3	4	11	5	16	4
后现代主义	结构主义	女性主义	解释学	神话—原型	现代与后现代
9	1	1	5	6	3
形式主义	存在主义	福柯			
2	3	1			

1995—1999年理论研究主题统计

泛论	文艺美学	思潮流派	马列文论	海德格尔	西马
20	37	14	2	2	10
巴赫金	接受美学	叙事学	文化研究	后殖民主义	结构主义
6	5	12	9	7	3
解构主义	后现代主义	女性主义	詹姆逊	存在主义	全球化与本土化
7	5	18	2	1	13
新历史主义	符号学				
2	4				

---

[1]由于北京世界妇女大会的召开，对女性主义理论的研究集中出现于1995年。

[2]需要强调的是，上述所有结果都只是从五家期刊的统计数据得来，并不能代表学界理论探索的全貌。例如福柯的思想，1990年代以来对中国学术界的影响日益加深，但在我们考察的五家期刊中却几乎没有专门讨论其思想的文章，仅《外国文学》有一篇对福柯的简单介绍。

二、叙事学与后现代主义的接受历程

这一部分，本文将以叙事学和后现代主义为例，尝试说明学界在理论引进与研究中的特点和模式。考虑到连续性，我们将21世纪以来的相关研究也纳入考察。

叙事学是1990年代理论统计表上位列第一的研究对象，数量达到了23篇。我们知道，从1980年代中期开始，叙事学就受到学界的青睐，不过学术期刊上的相关论文并不算多，其中大多数是对叙事学理论的一般介绍。值得强调的是，有些学者在运用叙事学理论进行文本解读时，并不拘泥于经典叙事学理论的语言学模式，而是将叙事手段视为文本主题的另一种反映，将文化的思考融汇进去，在对叙事学理论的"误读"中显示了一种"中国视角"。当然，从另一个角度讲，这种"误读"不一定出于自觉，而是源于对西方话语的不了解。1990年代集中研究开始之初，学界没有区分"叙述"与"叙事"这一对容易混淆的概念①，更多使用"叙述学"这一名称来界定研究对象，而且延续1980年代的研究风格，表达出对叙事学理论的多元理解：在《外国文学评论》1990年开设的名为"叙述学研究"的专栏中，有文章通过解读原典，准确阐释了结构主义叙事学的情节观；还有些文章通过作品细读解说叙事理论，并非纯粹的"叙事诗学"探讨，甚至有人整合了西方理论资源，颇为大胆地将海明威创作的叙事技巧命名为"现象学叙述"；更有一向倡导形式主义批评的赵毅衡先生，直接将叙述形式与文化相联系，超越了结构主义叙事学的封闭文本观②，将西方理论应用于中国文学作品的分析。从这些文章可以看出，当时学界的叙事学理论资源主要来自于经典叙事学，也即结构主义叙事学，但研究者们并不完全认同结构主义叙事学的文本观，也无意于按照经典叙事学的方向建构"叙事诗

---

① 有关"叙事"与"叙述"的差异，申丹与赵毅衡等学者近些年都曾撰文辨析。
② 申丹：《论西方叙述理论中的情节观》；胡再明：《〈真品〉的叙述艺术》；赵毅衡：《叙述形式的文化意义》，均载《外国文学评论》，1990年第4期。邵建：《论海明威小说的现象学叙述》，载《外国文学评论》，1991年第1期。

学",而是将叙事学视为一种新颖的批评工具,直接通过叙事批评演绎理论,从而实现对理论的理解,进而将西方叙事学"中国化"。不过在后来的研究中,研究者们开始越来越深入地研读经典叙事学原典,不再"自由发挥","多元"的理解逐渐让位于更忠实原意的阐释。

总体而言,1990年代叙事学研究的主流是经典叙事学研究。以申丹、赵毅衡、王阳、胡亚敏为代表的叙事学研究者共同努力,推进了叙事学研究的深入和规范化。其中又以申丹最为活跃,从她的一系列论文中,可以看到1990年代叙事学研究的共同特点和路径。那就是凭借深厚的语言功底和理论素养,深入研读结构主义和形式主义叙事学原典,系统而清晰地梳理经典叙事学基本概念,尤其对叙述视角和叙述功能进行了比较详尽的阐释,并尝试用中西方文学文本印证理论观点。为了澄清此前学界存在的某些混乱认识,研究者们经常就某一问题展开争论,申丹与赵毅衡、王阳,黄希云与肖明翰之间都曾出现过激烈的学术碰撞,争辩哪一种理解更准确、更符合西方理论的原意。但是学界在追求准确理解原典的时候对这种研究的局限性认识不够,因为经典叙事学将叙事文本视为完全自足的封闭系统,进行纯粹技术性的考察,无视读者和社会历史语境对文本意义的影响。追求准确阐释固然十分必要,但同时也失去了1980年代阐释方式的那种中国特色。当我们阅读这类叙事学研究论文时,一方面折服于作者精确缜密的逻辑推演,一方面又会因其语言学论文式的条分缕析而略感窒息,深感文学作品的魅力因解剖而丧失。当然,1990年代的叙事学研究也并非唯西方马首是瞻,许多研究都对经典叙事学理论中某些混乱不清的概念表达了有力的质疑,例如申丹认为热奈特的叙事层次三分法并无必要,需要区分的只是"叙述话语"和"所述故事"两个层次[①];黄希云从经典叙事学出发,指出西方批评界所谓的"内心独白"这一概念在叙事学意义上根本就不存在[②];

---

① 申丹:《论西方叙事理论中"故事"和"话语"的区分》,载《外国文学评论》,1991年第1期。
② 黄希云:《判断"内心独白"的两个根本问题》,载《外国文学评论》,1991年第4期。文章引发了肖明翰的质疑:《内心独白并非虚幻——与黄希云同志商榷》,载《外国文学评论》,1992年第4期。两位学者的分歧主要来自于对西方叙事学中"人物"和"叙述者"两个概念的不同理解。

也有学者提出突破封闭文本，将叙事学研究置于更广阔的社会文化语境之中，如吴晓都指出"叙述文体的进化既离不开外部环境的变革，也不可脱离自身内部的艺术规律"[①]；王丽亚将后结构主义叙事学引入研究视野，主张将叙事文本置于与"社会文本相互作用中来考察形式与内容的关系"。[②]

王丽亚的文章开启了新世纪学界叙事学研究的后结构主义转向之路。这一转向与西方后经典叙事学的兴起存在着20年左右的时间差。当1980年代西方叙事学者开始吸收接受美学、文化研究、新历史主义等理论的影响，将文本的开放性和意识形态性引入理论建构时，中国学界正在努力摆脱文学研究的政治性，学习西方1960、1970年代盛行的结构主义叙事学理论，坚持在封闭的文本内进行纯粹的形式研究。在西方经典叙事学被宣告"过时、死亡"的1990年代，中国的经典叙事学翻译和研究却形成了高潮。这种反向的发展正是外国文学界叙事学研究历史的主要特点，是特定语境下中国文学研究去政治化、"向内转"趋势的一个折射。

在理论界集中探讨"叙事诗学"的同时，运用叙事学理论阐释文本的"叙事批评"也非常繁荣，数量达到理论研究的四倍之多。[③]这类文章大都以西方当代作品及19世纪几位"作家中的作家"为研究对象，以经典叙事学理论为分析工具，通过文本分析，既深化了对文本形式的认识，又印证了理论中的某一观点。与1980年代相比，1990年代学界显然更熟练地掌握了叙事分析的方法，更准确地理解了叙事学理论的文本观念，能够作出比较"标准"的叙事学分析。但总的来说此时的叙事批评仍然处于学习时代，常常是对某一作品叙事艺术的基本介绍，精细入微的分析较为少见。许多文章都在开头引经据典展开论述，结论也并未超越西方学界已有的研究，甚至有一部分论文的观点和内容都是直接

---

①吴晓都：《叙事话语流变：叙思、叙意》，载《国外文学》，1996年第2期。
②王丽亚：《分歧与对话——后结构主义批评下的叙事学研究》，载《外国文学评论》，1999年第4期。
③根据"中国知网"的数据，1990年代运用叙事学理论进行文本阐释的论文共有90余篇。

来自于西方学术期刊①，作者只是进行了翻译和整理。不过由于个别研究者引用的是1980、1990年代西方后经典叙事学流行时学者的叙事批评论文，或多或少会把形式分析与读者反应和语境联系起来，倒是在某种程度上克服了经典叙事学理论的局限性。

综上，学界的叙事学研究可分为三个阶段，第一阶段是1980年代的初学期，某种程度上也是"误读"期，由于接触不多，学界还存在着以传统文学观念消化这一异质理论的倾向；1990年代进入精确阐释期，深入理解和运用经典叙事学的封闭文本分析模式；第三阶段视野转向后经典叙事学，从形式至上转向注重历史。注重"内容批评"本是中国学界的传统，这次转向并非对传统的简单回归，而是以形式研究为基础，吸收众多注重社会历史语境的西方理论影响，从而实现的一次学术新推进。实际上，从1990年代开始，许多学者就尝试以西方经典叙事学为参照，将历史和文化因素纳入文本形式分析之中，建构适用于中国叙事文学作品的叙事学理论，出版了一批叙事学专著。②这种理论建构的探索已经超越了"阐释理论—运用理论分析作品"的模式。但是，这种注重形式之历史文化意义的叙事学探索却很少出现在外国文学作品研究当中。③必须承认，外国文学界长期流连于经典叙事学理论的研究，极少作出推进和主动建构，也迟迟未能跟上西方叙事学的发展。之所以如此，或许是因为引进者过于信赖西方理论话语，将"符合原意"视为最高标准，缺少超越意识；也或许是研究者们畏惧文学批评的"政治化"，相信形式研究和内部研究是有效的反抗之路，还未意识到形式研究的"意识形态性"④；还可能由于中国学者对异国文化和历史缺乏全面了解，更容易掌握以封闭文本为对象的分析操作。无论出于哪种原

---

①刘立辉：《康拉德：听众与谎言——黑暗的中心叙事结构与阅读效应》，载《外国文学研究》，1996年第1期。

②代表作有杨义：《中国叙事学》，人民出版社1997年版；罗钢：《叙事学导论》，云南人民出版社1994年版；赵毅衡：《当说者被说的时候——比较叙述学导论》，人民大学出版社1998年版。

③在诸多研究者中，赵毅衡当属一个例外，他在研究中一直强调探讨形式与文化的关系。《叙述形式的文化意义》一文即是代表。

④申丹就表示了对意识形态批评倒向"极端的政治倾向"的担忧。申丹：《多维、进程、互动——评詹姆斯·费伦的后经典修辞性叙事理论》，载《国外文学》，2002年第2期。

因，1990年代外国文学界引进叙事学功不可没，但在叙事学研究与批评的路上却没有走出学习时代。

外国文学界对"后现代主义"这一话题的讨论明显分为两个阶段：1980年代末到1990年代初为前期，主要致力于宏观定位，追根溯源，廓清概念；从1993年之后，就很少进行宏观把握，而是将讨论限制在"后现代主义文学"这一相对最明确也是最小的范围之内。

与1980年代引领"现代派文学论争"不同，外国文学界在后现代主义的争论中姗姗来迟，反应颇为"迟钝"，就是在投入讨论之后，声音也并不多么响亮。众所周知，1980年代中期后现代主义思潮初入中国时，曾有一批学者为之欢呼雀跃，摇旗呐喊，认为找到了一个描述中国语境的理论利器。在这种热闹氛围之中，外国文学专业期刊的反应与之形成了强烈的对比。最早出现在本学科学术期刊上对后现代主义进行宏观理论探讨的是赵一凡的《后现代主义探幽——兼论西方文学应变与发展理论》一文。[①]文章从历史、社会、文化三方面梳理了后现代主义思潮的起源与发展，将后现代主义概括为西方思想界解释文学、文化发展的一种应变理论，剖析后现代主义对西方批评观念与方法的影响，进而指出：面对研究对象——西方文学与文化的巨大变化，必须调整中国学界的研究范式。这篇文章已经预示了1990年代外国文学研究界对后现代主义思潮的态度。与当代文学批评界极力渲染后现代主义之中国化的做法不同，外国文学研究界认为应在全面深入研究之后再作判断。

赵文发表之后不久，《外国文学评论》编辑部于1990年1月召开"西方后现代主义"座谈会，首次在外国文学界集中讨论这一热点话题。会议主要目标是介绍后现代主义并探讨这一思潮与中国现实的关系。对于后现代主义到底是什么的问题，讨论者从各自学术背景出发，选择了西方学界给出的不同答案。袁可嘉赞同后现代主义是晚期资本主

[①] 赵一凡：《后现代主义探幽——兼论西方文学应变与发展理论》，载《外国文学评论》，1989年第1期。"后现代主义"一词最早出现于1980年第3期《外国文学报道》刊登的译文《补充的文学：后现代主义小说》，作者约翰·巴思。另外有些论文中曾提到这个概念，在本文考察的五家期刊上对之进行专题讨论的论文还是赵文出现最早。

义社会的文化逻辑；王宁引述德国批评家库勒的观点，认为后现代可以包容二次大战以后崛起的既不属于现实主义，也不属于现代主义的文学流派；章国锋指出，后现代主义的哲学源头来自海德格尔和尼采，后现代是客观存在的社会思潮。[①]关于中国是否有后现代主义文学土壤的问题，争论激烈了许多，与会的外国文学研究者意见比较一致，认为在没有真正理解这一思潮之前，不应贸然地将之引入中国现实的讨论；而当代文学批评界的代表陈晓明则极力渲染中国后现代主义文学的出场。两相比较，外国文学界的态度更加审慎。

此后，在同年11月举办的"文学的传统与创新"研讨会上，后现代主义又成为讨论的焦点之一。稍后发表的会议论文与其他期刊上的同题论文基本上都是宏观研究[②]，同时也有极少数研究者注目于微观研究，探讨不同国家、不同体裁的后现代主义文学作品。[③]宏观讨论的焦点在于如何认识后现代主义。面对这样一个难以"定性"的研究对象，学界的态度有些"暧昧"，无法统一。这一次，学界不再旗帜鲜明地将其视为文学进化的方向或者资本主义社会没落的缩影，也并不认为西方话语可以直接转换成解决中国问题的钥匙。这种判断与当代文学界呼声极高的"挺后现代"一派的意见形成了对照。此外，学界在宏观认识这一西方文化思潮时，显示出一种共同的变化，那就是对后现代诸理论之视角及批判模式转换的重视。赵一凡、盛宁等学者都在文中强调，后现代文化思潮给我们的最大启示在于其反传统、去中心，独出心裁的思维方式，面对西方文化的这种转变，传统的认识范式已经失效，学界必须在多种话语中筛选、重建新的批评范式。

[①] 佳水：《客观审视 冷静观照——记本刊"西方后现代主义"座谈会》，载《外国文学评论》，1990年第2期，第134页。

[②] 盛宁：《关于后现代表征危机的思考》，载《外国文学评论》，1991年第1期；钱佼汝：《小写的后现代主义：点点滴滴》，载《外国文学评论》，1991年第4期；王岳川：《后现代主义文学与写作》，载《外国文学评论》，1992年第4期；王逢振：《也谈后现代主义》，载《国外文学》，1990年第1期；曾艳兵：《后现代主义与中国传统文化》，载《国外文学》，1996年第3期。其余三篇西方学者论述后现代主义的译文，在统计时未计入总数。

[③] 许汝祉：《对美国后现代主义文学的评估》，载《外国文学评论》，1991年第3期；杨济戫、吴立平：《多重译码：游乐于〈小世界〉话语的张力场》，载《外国文学研究》，1992年第4期。

很快地，学界的后现代主义讨论就进入到了第二阶段，搁置对后现代思潮的宏观探讨，转而兵分两路。在宏观理论研究领域，学者们选择钻研后现代主义各理论分支，如解构主义、后殖民主义等，不再流连于总体评价；另外一部分学者搁置纯理论研究，选择探究作为一种创作流派的"后现代主义文学"。在1990年代总共14篇以后现代主义为题的论文中，有9篇讨论了后现代小说的创作理论和风格。从开始的不谈后现代主义，继而稍作讨论便迅速转入"小写的后现代主义文学"[1]的技术探讨，外国文学界对这一思潮的处理方式颇耐人寻味。也许，是因为整个学术界对后现代文化思潮的讨论已经有段时日，外国文学研究界无须再过多流连于"后现代主义"的知识普及；也许，是出于对宏观定位这种认识范式本身的一种怀疑，就像赵毅衡在《后现代派小说的判别标准》的开篇指出的那样，1990年代初卷入后现代主义争论的双方过早就"中国是否有后现代"的问题激烈交火，却忽视了一些基本问题的辨析。明智的做法应当是先从最基本的概念入手，不再奢谈"后现代文化"，而是缩小范围，回归文学本位，先理清后现代文学（主要指小说）的特点再说。[2] 换言之，大问题争论不清，不如去研究小问题。这种务实的态度也许就是外国文学界后现代研究焦点转变的内部原因；深究起来，这种务实也许更是无奈的选择。"后现代"本身的复杂和跨学科性质让局限于一个学科内的宏观讨论难以深入。严格说来，"后现代主义"并不是一个所指明确的理论概念，而是包含了经济、哲学、历史、文化多方面变革的"大杂烩"，学界没有像1980年代讨论"现代派"那样展开大规模宏观争论，正是因为它比"现代派"问题要复杂得多，远不止是一种文学现象。面对这样复杂的问题，当时学界那种单科单语种学科划分造成的单一知识结构已经无法有效应对。在学科整合和知识结构调整不可能迅速实现的时候，学界只有将它缩小成一种文学现

---

[1] 参见钱佼汝：《小写的后现代主义：点点滴滴》，载《外国文学评论》，1991年第4期，第58—63页。文中将后现代主义研究分为微观和宏观研究两大类，微观研究主要是从文体的角度研究后现代主义作品的形式特点和美学原则。

[2] 赵毅衡：《后现代派小说的判别标准》，载《外国文学评论》，1993年第4期，第12—19页。

象,运用相对单一的文学研究模式,将研究重点置于后现代文学的特点之上,讨论与研究才能够有的放矢,才不至于陷入混乱。1990年代"后现代主义"研究重点的这种变化正是学界研究模式处于新旧交替期间的一个"症候",尽管有学者强调知识结构和学术研究方法亟须改变,倡导以综合视野和新视角看待西方文学①,这种呼唤已经超越了1980年代中期的"形式研究至上论",直接呼应着当时国际学界的范式变化,但是当时学界才刚刚投入形式研究没多久,新鲜感尚在,要迅速转向更新的范式着实困难。所以在后现代主义研究中,更多研究者还是遵循相对单一的形式审美研究模式,没能把社会、历史、哲学和文化的参照有效地引入视野。

我们看到,当时的微观研究围绕后现代主义文学几个最基本的理论问题展开讨论:关于"元小说",关于"读者、拼贴画"在后现代主义小说的作用,关于后现代小说的"真实观"等等,全部属于"内部研究"。可惜就像钱佼汝已经指出的那样,微观研究"看来似乎有所发现,但实际上只能起到证实某种假说或某些已被发现的东西的作用"。②即便是佛克马这样的理论大家亦不能避免。9篇论文中的绝大部分都是对某一理论观念的介绍、演绎和证明,在稍加评论之后表达对这种理论概括的认同。这种理论演绎式的论文固然有助于加强学界对后现代主义文学的认识,但一味"证实"而不"证伪"的研究显然无法提升我们的理论水平。不过,赵毅衡的《后现代派小说的判别标准》一文目标却不在"证明",而是显示了微观研究对理论假设的"破坏"力量。文章通过对后现代小说实践的细致分析,指出后现代小说形式追求透露出的先锋性,反驳了几乎被引为公论的"后现代主义文学填平雅俗鸿沟"一说,真正体现出作者的思考,给人耳目一新之感。

在期刊论文之外,当时学界还投入许多精力翻译了西方各种后现代主义理论著作,也有一批中国学者的后现代主义研究专著出版。毕竟,

---

①参见赵一凡:《后现代主义探幽——兼论西方文学应变与发展理论》,载《外国文学评论》,1989年第1期。

②钱佼汝:《小写的后现代主义:点点滴滴》,载《外国文学评论》,1991年第4期。

讨论"后现代主义"这样一个复杂的话题,仅凭几篇期刊论文是远远不够的。如果只看五家期刊上的相关学术论文,我们甚至会觉得1990年代学界的后现代主义理论研究有点浅尝辄止的味道,无论是"面"的把握还是"点"的透视,都没有达到理想的效果。但是这个时期的研究已经奠定了一种研究路径,那就是主要将后现代主义作为一种文学流派进行微观研究。据统计,"后现代主义"是2000—2004年外国文学CSSCI来源期刊关键词标引论文篇数的第三名,达96篇之多,仅次于"小说"和"美国文学"。①显然,"后现代主义"是此时外国文学研究中最重要的话语之一,五家期刊的后现代主义研究在21世纪真正进入了高潮。然而,在翻阅五家期刊之后我们发现,虽然学界对这一论题的认识在深入,从宏观概括转向了对不同理论家的精细解读②,但实际上,真正以"后现代主义"为主题的论文却并不是太多,甚至没有在《外国文学评论》的"理论研究"栏出现一篇,其余几家期刊的理论栏中相关论题的论文也并不多见,大部分相关论文都是在作品分析、文本解读类栏目出现,探讨"后现代主义文学"(主要是小说)的特点或者某位后现代作家的创作。③这种安排表明,后现代主义在新世纪已经不再是学界最为关注的"理论热点",而是一个理论之外的热点。但与此同时,这个词语之所以被频频提起,绝不仅仅因为它是个充满生产性的研究对象,还因为"后现代主义"已经成为谈及当代文化(文学)时无法绕开的大背景,甚至就是产生讨论的语境本身。

1988年,慈公先生在为"20世纪外国文学走向"讨论会所作的概述中,曾经总结当时学界的不足:"首先,宏观高度不足,微观也不够细致……其次,从文学中荡开得还不够,同时与文学本身拥抱得还不够

---

①江宁康、邓三鸿:《我国近年来外国文学研究热点》,载《华东师范大学学报》,2006年第5期,第113—118页。

②在诸位后现代主义理论家中,詹姆逊的理论受关注最多,代表作有胡亚敏:《詹姆逊的后现代理论再探》,载《国外文学》,2002年第4期;王钦峰:《后现代主义小说的麦当劳化》,载《国外文学》,2004年第1期;魏燕:《大众文化的意识形态分析——解读詹姆逊的后现代主义文化理论》,载《外国文学》,2004年第5期。

③五家期刊中,《外国文学》的相关论文最多,几乎占总数的一半。因为该刊于2000—2005年开设了"西方后现代作家"专栏,每期都有1—2篇讨论后现代主义小说的论文。

紧。"①这种判断对于1990年代的"后现代主义"研究同样适用。无论是以文本为中心的探讨还是文学之外的考察，学界的研究深度都有待加强。

三、作家作品研究版图

1990年代，外国文学研究最主要的领域——作家作品研究这部分，基本遵循着1980年代建构的新秩序，在将既有研究推向深入的同时，研究重心出现较大转移，批评模式和话语方式也出现了变化。

为了更细致地呈现变化过程，本文依然将10年分成前后两段，分别统计两个五年里国别研究和重要作家研究的论文数量。如此分类主要是考虑到国别与时代划分一直是学界呈现外国文学秩序的主要手段，其变化是外国文学秩序改变的主要指标；同时经典作家名单的变化也能够有效地呈现研究重心的改变。

仅从论文数量来看，两个时段最大的不同，就是研究重心从俄苏文学转向了英美文学，从19世纪文学转向了20世纪文学。自1980年代中期开始，学界的研究重心已经开始出现类似转移，但真正在数量上实现颠倒是在1990年代。

从两个时段国别文学研究统计图上可以看到：1980年代，俄苏文学领域的论文位居第一，其中20世纪的相关论文少于20世纪之前②；英国文学两部分比例与之类似，20世纪之前要远远多于20世纪；法国文学也是如此；美国文学则恰好相反，20世纪文学远远多于20世纪之前，这当然是因美国文学历史相对最为短暂所致。1990年代，美国文学论文数量大增，由第四位跃居第一，仍然集中于20世纪文学的研究；俄苏文学退至第三位，两部分数量相当；英国文学中20世纪部分超越了20世纪之前；此外，还要提到一个并非不重要的现象，那就是在各国文学论文普遍增加的同时，法国文学与东方文学论文数量明显减

---

①慈公：《世纪末的思虑：从何处来　向何处去——"20世纪外国文学走向"学术讨论会速写》，载《外国文学评论》，1988年第1期。

②俄苏文学"20世纪之前"部分主要集中于19世纪文学，而英国文学"20世纪之前"部分则主要由19世纪文学以及莎士比亚研究组成。

少。简单概括一下，1990年代外国文学文本研究的趋势就是厚今薄古，20世纪英美文学独领风骚，其中又以美国文学最受重视。对比两个时段的重要作家统计表，也可以看到类似的重心转移。

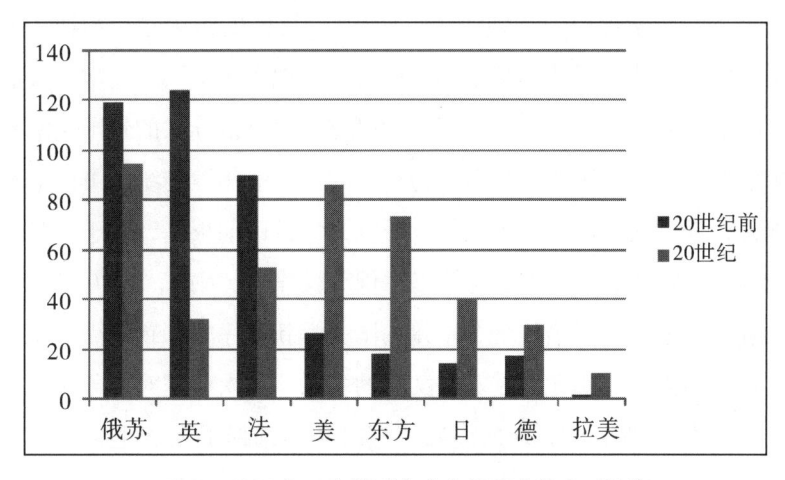

1978—1989年三家期刊作家作品研究论文对比[1]

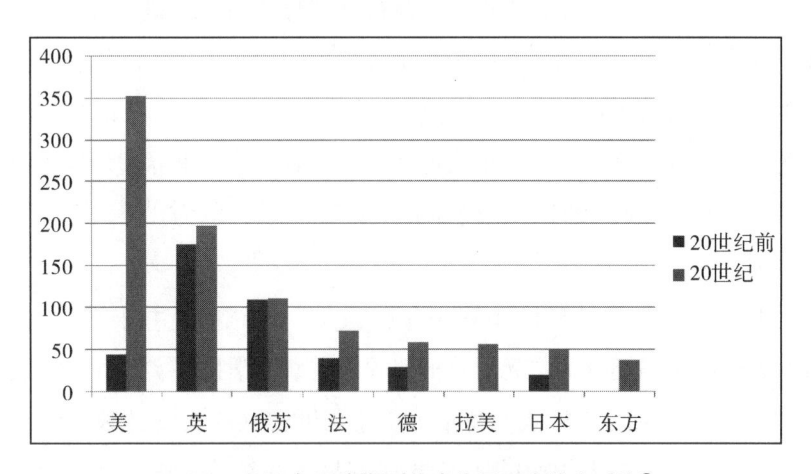

1990—1999年四家期刊作家作品研究论文对比[2]

---

[1] 三家期刊为：《外国文学研究》、《外国文学评论》、《国外文学》。由于《外国文学》与《当代外国文学》在1980年代很少刊登论文，所以未计入。由于日语在中国并非"小语种"，而其余东方各国语言皆属"小语种"，相应的文学受重视程度不同，因此将"日本文学"与"东方文学"分别单列。

[2] 四家期刊为：《外国文学研究》、《外国文学评论》、《国外文学》、《外国文学》。考虑到《当代外国文学》定位于"当代"，不涉及20世纪之前，如果计入会影响整体比例，因此没有计入。

研究重心从俄苏转向英美当然不是单纯的学术重心转换,而是学界"外国文学观"转变的表现。俄苏文学长期以来一直受到中国学界最多关注,"五四"时代就因"社会色彩浓厚,人道主义发达"[1]成为许多人心目中新文学的榜样,之后,中国文学创作界和研究界一直以俄苏文学创作及苏联文学理论为"导师和朋友"[2],尤其在1950年代初期,中国基本上照搬了苏联文艺思想中的"社会主义现实主义"、"文学为政治服务"等一系列口号和政策,外国文学研究界更是以苏联的外国文学秩序为参照,建构了以阶级革命话语为核心的"十七年"传统。可以毫不夸张地说,俄苏文学就是"十七年"外国文学秩序的根基,对于当时的中国而言,"外国文学"几乎就等于"俄苏文学"。因此,1980年代学界在清理"十七年"话语传统、重建外国文学新秩序时,首先需要反思的就是我们与俄苏文学尤其是苏联文学的关系,其次就是对俄苏文学进行重评,为其重新定位。众所周知,当时学界选择了人道主义(人本主义)作为新秩序的意识形态基础,又以现代派文学和形式研究为前进方向。尽管俄苏文学也蕴含着许多与新秩序契合的因素,却因为历史上被赋予太多政治色彩,加之与中国文学过于复杂的纠葛,无法代表一种全新的未来。在1980年代学界的逻辑当中,苏联文学是阶级论和政治工具的象征,欧美文学却传达出人道和审美,后者才是世界文学进化的新方向。于是,"欧美文学"就代替了"俄苏文学",成为"外国文学"的代名词。

准确说来,这种替换在1980年代只是一种意向,并未真正实现。其中隐藏的稍显粗暴的二元对立框架并未主宰文学批评实践,学界也没有用简单的二元对立模式对待俄苏文学与欧美文学。统计数据已经表明,俄苏文学仍然是1980年代学界研究最多的领域。毕竟这一领域的研究队伍最为广大,学者们很难在短时间内迅速转向另一语种文学的研究,更重要的是,学界也必须要对旧秩序的这片根基做一番清理和重建

---

[1] 参见李大钊:《俄罗斯文学与革命》,载陈建华:《二十世纪中俄文学关系》,高等教育出版社2002年版,第72页。

[2] 鲁迅:《祝中俄文字之交》,载《鲁迅全集》第4卷,人民文学出版社1998年版,第460页。

工作。在注重文学主体性和艺术性的新标准下，通过大规模的重评，学界大幅改写了俄苏文学的面貌，将之转化为新秩序中符合"中心思想"的一部分。重评过程中，俄苏文学这一整体受到区别对待。苏联左倾文艺思想和庸俗社会学文学观遭到坚决摒弃；以19世纪文学为代表的俄罗斯文学因强烈的人道主义精神得到高度肯定；一部分艺术水准不高的20世纪作家沉没于历史深处，以高尔基、肖洛霍夫、帕斯捷尔纳克为代表的不同风格、不同观念的作家获得了多角度的重新阐释。经过改写之后的俄苏文学，虽然还顶着同一个称谓，内部构成已经大为不同。革命的无产阶级的"苏联文学"已经退隐，代之以人道的、宗教的、审美的、现代主义的"俄语文学"。俄苏文学高超的艺术成就决定了它在新秩序中地位仍然重要，仍然是学术生产关注的主要领地之一。然而，它已经不再是1980年代中国作家热心追随的"导师"，也不再是中国现代性想象中的主要投射。当年施蛰存曾经认为，在各民族的现代文学中，只有苏联文学和美国文学可以实足地被称为"现代"①，值得中国文学学习。而今，学界选择将现代性想象和反思寄托在英美文学身上。

历史总是出现有趣的逆转。就像1950年代中国不厌其详地介绍苏联文学的方方面面一样，1990年代学界对英美文学倾注的热情有过之而无不及。尤其是20世纪美国文学，译介与研究数量都是第一。20世纪短短几十年中出现的各类美国作家与作品，不论大小都得到了详细介绍和反复研究。与此同时，学界还紧紧跟随美国文论界的潮流更替，甚至对大部分欧洲理论的接受都是源于美国学界的青睐和"中转"。1990年代中国学界最热门的理论——女性主义、新马克思主义、新历史主义、后殖民主义，最初全部经由美国引进。②如果说1950年代影响中国最深的他者话语来自俄语世界，1980年代以来最强势的他者话语毫无疑问来自英语世界。英语文学的强势正是1990年代西方话语成为学术界话语中心的"症候"，这一症候在1980年代并不特别鲜明，直到1990年代方才彻底"显形"。凭借1980年代打下的基础，1990年代英美文学

---

①施蛰存：《导言》，载《现代》，第5卷第6期《现代美国文学专号》。

②参见陈厚诚、王宁主编：《西方当代文学批评在中国》，百花文艺出版社2000年版。

研究的范围、规模和深度都出现了前所未有的提升。在这一过程中，学界的研究越来越多地表现出对西方学术话语（主要来自英美学界）的高度认同。西方学者的观点常常被拿来支持研究者的论述，或者干脆成为一篇文章据以展开的主要观点。以西方学者的观点看待西方文学，缺少对作品及西方观点的批判，跟随西方学界研究热点，照搬西方学界经典名单，种种表现已经成为外国文学研究界的通病，让学界难以逃脱"西方中心论"的指责。

伴随着英美文学中心化的，是东方文学的彻底边缘化。俄苏文学是"十七年"外国文学秩序的根基，包括亚非拉各国在内的"东方文学"[①]则是这一秩序中重要的组成部分。"十七年"时，东方文学被塑造成"无产阶级的、进步的"文学，作为欧洲文学的对立面受到重视。1990年代，伴随着英美文学研究的持续升温，东方文学研究论文数量出现大幅下滑。虽然人人都能切身感受到东方文学研究在学界的弱势地位，具体统计数字依然令人吃惊。整个1990年代，四家期刊有关东方文学的论文不足40篇，还不及1980年代三家期刊相关论文的一半。[②]数字表明，1980年代学界有关东方文学的研究仅次于美国文学研究，论文数量与前几位的差距也不是太大。应该说，当时学界研究力量在东西方文学上的分配还是相对均衡的。虽然不及"十七年"时的亚非拉文学那么受重视，东方文学依然得到了1980年代学界一定程度的关注。但是东西方文学这种相对均衡的秩序在1990年代被彻底打破，英美文学与东方文学的地位呈现出前所未有的悬殊对比，两个领域的研究论文比例严重失调，外国文学研究在区域分布上的"西方中心（英美中心）"格局已经彻底形成。

此外，这种"西方中心"的倾向还表现在经典作家、作品名单的变化上。从1980年代开始，学界的经典确立标准就开始从阶级革命话语向艺术标准第一的"纯文学"话语靠拢，而所谓"纯文学"的概念和艺

[①]"东方文学"中的"东方"并非纯粹的地理概念，而是糅合了地理、政治、经济、文化各方面因素的复合概念，包括了亚、非，甚至拉美在内的第三世界各国。

[②]这个数字当中并不包括"日本文学"的研究论文，原因前面已有交代。

术性的标准,正是西方话语的产物。我们可以通过对比两个阶段不同的文学史编排来观察这种变化,以两个阶段诸多文学史著作的代表——朱维之、赵澧主编的《外国文学史》(1985年)与郑克鲁主编的《外国文学史》(1999年)为例:两部著作对19世纪之前外国文学经典的认知几乎完全相同;从19世纪开始,差异出现了。郑本中将华兹华斯、麦尔维尔作为浪漫主义文学的代表单独列专章介绍,肯定了他们作为文学大家的地位。这一认定与西方学界相一致。而朱、赵本却没有完全摆脱传统阶级革命话语对浪漫主义积极/消极划分的影响,对这两位作家只字未提。相反,朱本中列专章介绍的密茨凯维奇、裴多菲、鲍狄埃这三位革命作家,则没能出现在郑本中,其中原因自是一目了然。此外,两部文学史对作家代表作的选择也体现出不同的标准,例如朱、赵本中辟专节讨论的高尔基代表作,是标志着"无产阶级文学新纪元"①的《母亲》,而郑本则选择了内涵更复杂、更被西方认可的《克里姆·萨姆金的一生》。在研究转向更迅速的专业期刊上,两个时段经典认定的差异更加明显。我们以《外国文学研究》、《国外文学》和《外国文学评论》、《外国文学》四家期刊为统计范围②,统计了两个时段的作家研究论文,将其中10篇以上的作家列表如下:

1980—1989年三家期刊作家研究[③]

莎士比亚	托尔斯泰	屠格涅夫	陀氏	高尔基	肖洛霍夫	巴尔扎克
63	22	22	18	16/2	13	13/5
川端康成	勃朗特姐妹	普希金	卡夫卡	马克·吐温	福克纳	海明威
13	12	12	12	10/4	10	10
帕斯捷尔纳克	雨果					
10/2	10/2					

---

① 郑克鲁主编:语出《外国文学史》(下),高等教育出版社1999年版,第86页。
② 1980年代只选择前三家,1990年代四家期刊都包括进来,其中原因前面已经交代。因为统计范围有限,结果只具有参考意义,不能作为结论。
③ "1980—1989年三家期刊作家研究"与"1990—1999年四家期刊作家研究"两个表格中"/"后面的数字是另一时段的篇数。

1990—1999年四家期刊作家研究

莎士比亚	T.S.艾略特	劳伦斯	海明威	福克纳	普希金	卡夫卡
66	47/8	40/8	29	25	25	23
托尔斯泰	陀氏	川端康成	歌德	易卜生	乔伊斯	萨特
22	22	19	16/6	16	15/4	15/8
莫里森	屠格涅夫	肖洛霍夫	哈代	勃朗特姐妹	霍桑	
14/1	14	14	14	13	11	

我们看到，两个时段排在第一位的都是莎士比亚，这位象征着艺术"永恒"魅力的巨人[①]，受到的关注远远高于其他任何作家，经典地位不可撼动。对比两份表格，我们发现两个时段最关注的作家大部分是相同的，除了莎翁，还有托尔斯泰、屠格涅夫、陀思妥耶夫斯基、肖洛霍夫、普希金、川端康成、勃朗特姐妹、海明威、福克纳诸位作家，都得到了较多研究，显示出相当稳固的地位。不过从数量上判断，两个阶段的关注重心还是出现了差异：1980年代被研究最多的是19世纪作家，其中又以俄苏作家占大多数，1990年代则是20世纪欧美作家的研究总量远远超过了19世纪作家。另外，1990年代还有一些"新"面孔出现在名单中，如T.S.艾略特、劳伦斯、乔伊斯、莫里森等作家，尤其是T.S.艾略特和劳伦斯，研究数量仅次于莎士比亚。与此同时，又有一些作家"消失"，像高尔基、巴尔扎克、雨果等。这些变化表明，此时学界通过作家作品研究构建的外国文学秩序已经基本脱离旧话语的影响，全面向西方学界公认的经典秩序[②]和研究重心靠拢。第二份表格清晰地呈现了1990年代以英国和美国为中心的"英语文学"的强势地位。

某位作家研究热度下降的原因是多方面的，并不一定表明该作家经典地位的下降。研究数量并不必然说明研究对象在文学史上的地位，试

[①] 有关莎士比亚"经典化"的过程，国内已有学者论述。例如沈林：《莎士比亚：重现与新生》，载《读书》，2010年第3期，第130—139页。

[②] 对于美国学界1990年代兴起的"经典"之争，中国学界当时还未加注意，所以这里提到的经典秩序指的是英美学界1950、1960年代公认的经典名单，筛选标准表达了人文主义关怀和当时盛行的新批评的文学本质观。

图以此为根据给作家"排座次"显然太过片面。颇有一部分经典作家不再是，或者从来就不是期刊上的研究热点，地位依然无可置疑，就像雨果和塞万提斯。另外一些作家流行一时也不一定说明其创作地位永远重要，而只是因其契合了某种社会语境和心态，或者被借以表达学界的某种价值投射或审美诉求。不过，研究重心的转移还是能够折射出学风的改变，折射出学界某种共同的旨趣和选择。高尔基研究的降温显然是因为其创作的思想内涵过于"直白"，政治色彩太浓，而艺术风格又相对单纯，不及另外几位俄罗斯作家那样丰富多元，缺乏更多的学术研究可能。尤其重要的是，在英美学界视野中，他的地位无法与托尔斯泰、陀思妥耶夫斯基和屠格涅夫这三位"大作家"相比，不被重视。再如巴尔扎克研究，研究热度降低的原因自然是多方面的，其中很重要的一个原因就在于他的创作相对于现代主义作家要"明白易懂"许多，被视为"19世纪现实主义"的代名词。这样一个比较"单纯"的作家，很难与1990年代盛行的新潮理论挂钩，很难再翻出什么新花样，虽然也有人讨论他小说中的浪漫主义色彩，却不能改变他在艺术上更多属于"19世纪"而缺少超时代性的现实。两位作家热度剧降的原因有共同之处：首先，他们都不受当代英美学界重视；其次，他们的作品不够"时尚"，不能够满足1990年代中国学界对文本艺术形式深度解读的追求，而深入的形式审美研究乃是当时学界最看重的研究模式之一。应当说，1990年代学界对某位作家发生或丧失兴趣并不完全以西方视野为依据，而是根据本土学术建设的需要，有所取舍。

综上，1990年代学术期刊构建的外国文学秩序基本延续了1980年代奠定的方向，以英美学界经典秩序为参照，实现了从19世纪到20世纪、从俄苏向英美的重心转移，英美文学成为最重要的研究领域，学界的研究视野表现出鲜明的"英美中心"格局。

四、理论与批评的时间错位

从1990年代理论统计表上来看，这一时期学界理论视野中形式主义文论研究虽然仍是热点，但在总量上却不及以新马克思主义、后殖民批评、女性主义为代表的聚焦于文学"外部研究"的理论，后者的论文总量远远超出了研究叙事学与结构主义的论文。而1980年代两个部分的论文数量基本相当。这个数字对比直接说明了1990年代学界理论研究重心的变化。简言之，就是从形式转向了历史、从内部转向了外部、从审美研究转向了文化研究。但是本文发现，批评实践领域研究模式的变化要滞后于理论重心的变化速度。

我们知道，"向内转"在1980年代中期之后成为冲击各文学学科的强势话语，"内部研究"被置于与传统的社会历史批评所代表的"外部研究"尖锐对立的状态之中。不过，此时文本批评实践的主流研究模式依然是以社会历史批评为主的外部研究，很少有论文能够运用纯粹的形式主义批评方法进行精细入微的文本分析①，大多数研究还是停留在比较粗疏的"传记式"研究阶段，"文本细读"尚未形成规模。

1990年代以来，学界更多地与国际学界互动，跟上了西方学界历史转向的节奏，不再像1980年代那样主张"形式至上论"，不再将形式主义理论视为解读文学的最新钥匙，而是更加重视那些强调文本与历史、文本与社会语境、文本与读者这些"文学外部因素"的理论。尤其是在引进文化研究之后，固守文学本体的批评理论受到日渐强烈的冲击。然而此时的文本研究领域，方才完成了形式主义理论的消化，开始进入形式审美研究与内部研究的集中实践期。准确地说，是中国式内部研究的集中实践期。在批评实践领域，本土文学理论界呼吁的"向内转"的口号直到1990年代才得到了彻底实现。之所以加上"中国式"这一限定，是因为"内部研究"这一话语在中国语境中发生了异于原意的变化。"内部研究"概念的流行源于1984年美国学者韦勒克、沃伦《文学理论》的中译本出版，韦勒克在界定"内部研究"时，强调它是对作为文学作品本体的"符号结构"的研究，是对作品的声音（谐音、节奏和格律）、意义（语言结构、风格与文体）、意象与隐喻、象征和神

---

① 在1980年代最强调创新与形式审美研究的《外国文学评论》上，形式审美研究的论文也只占总数的1/5。

话四个层面的研究①，对于创作者生平、创作过程、心理动机、个性心理特点的研究并不属于内部研究。但是中国文艺学界将"内部研究"作为反对"十七年"文学政治工具论的武器，极力强调文学的主体性、作家的主体性，呼唤文学研究从阶级、政治决定论中解放出来，转向对文学内部规律的研究。中国学者认为，作家的创作心理学是文学"内部研究"的重要内容，作家的个体心理结构和潜意识、直觉、灵感等非自觉意识是文学创作中最为重要的"内部规律"。②因此中国的"内部研究"实践，并不局限于封闭文本内的纯形式主义研究，还包括了对作家心理和思想的研究。③

数据显示，1990—1999年的10年间，在《外国文学评论》刊登的400余篇作家作品研究论文中，有1/3的文章是纯粹的形式研究，学者们主要运用新批评、叙事学、结构主义等形式主义批评方法，以某一文本为中心，对其结构、文体特征、风格、意象、象征等各层面进行细致分析，这类研究毫无疑问属于韦勒克认可的"内部研究"。不过还有更多的文章是将形式分析与主题解读结合在一起，或者以文本为中心探讨作品主题、作家思想、创作观、心理特征等，虽然有"意图谬误"之嫌，却是从文本出发又回到文本，仍然属于"内部"研究，而并非学界极力摆脱的那种对文学与政治、历史关系的外部研究。如果按照中国学界对"内部研究"的理解来界定，1990年代大多数外国文学文本研究皆可归入"内部研究"模式当中，真正运用传统的社会历史批评、后殖民主义、女性主义及文化研究批评方法进行研究的论文，只有很小一部分。

经过统计，我们发现其他几家期刊的情形也是大同小异，以形式审

---

① 〔美〕勒内·韦勒克、奥斯汀·沃伦：《文学理论》，刘象愚等译，江苏教育出版社2005年版，《韦勒克与他的文学理论（代译序）》，第11页。

② 支宇、罗淑珍：《西方文论在汉语经验中的话语变体——关于韦勒克"内部研究"的探析》，载《外国文学研究》，2001年第4期，第15—22页。

③ 有关"新批评"在中国语境中的变异问题，参见支宇、罗淑珍：《西方文论在汉语经验中的话语变体——关于韦勒克"内部研究"的探析》，载《外国文学研究》，2001年第4期；张惠：《理论旅行——"新批评"的中国化研究》，华中师范大学博士学位论文，2011年。

美研究为目标，属于"内部研究"模式的论文数量大增，远远超过"外部研究"论文。可以毫不夸张地说，"内部研究"已经成为1990年代学界文本批评的主流研究模式。

事实上，将文学研究分出"内、外"只是一种理论的抽象，所谓的"文学外部和内部的研究不过是文学研究的两个不同视点而已，二者之间并非是完全矛盾的对立关系"。[1]实际上，那些以"外部研究"为目标的理论在研究实践中从来不反对形式分析。中国文学理论界在1980年代极力强调"内部研究"而反对"外部研究"，以二元对立的框架看待这两个概念，扬此而抑彼，自有其意识形态诉求。这种诉求在1990年代已经不那么清晰，也失去了现实针对性。不过，对于文本研究来说，从内部进入研究对象的方式的确能够弥补传统研究方式的不足。因此，1990年代"内部研究"的盛行推动了学界整体学术水平的提升。

正是理论研究与批评实践中存在的这种时间错位，造成了学界对1980、1990年代外国文学研究截然相反的两种看法。如果只看理论界的变化，就会得出1990年代"从形式走向历史"的结论。相反，当观察范围局限于文本研究实践，则会得出与之完全相悖的认识。

第三节　西方话语与本土意识

本节试图在期刊专栏和话题讨论中寻觅1990年代外国文学研究问题意识的变与不变，及其反映出的学术话语转变。前面已经指出，1980年代学界在构建外国文学新秩序时，有明确的基本问题意识，那就是为中国文学走向世界提供参考借鉴，为中国文学提供"世界文学"的总体视野。这一基本定位在1990年代并未改变，不同之处在于，1990年代学界通过反思西方理论对外国文学研究的意义和价值，寻找着外国文学中国化的合理有效方式。

---

[1] 王本朝:《超越内部与外部:中国现代文学研究的方法转换与互动》，载《贵州社会科学》，2007年第5期，第54—59页。

一、"殖民文学"论争

1990年代中期，学界发生了一场不大不小的论争。论争探讨了外国文学学科的价值取向和研究方法，是外国文学学术史上少有的一次集中的学术反思。此次论争，是本学科基本问题在1990年代特定语境中的一次重新发问，虽然没有确定答案，却记录着当时学界本土意识与西方强势话语之间复杂的纠葛。

此次论争主要通过《外国文学评论》"外国文学研究方向与方法探讨"专栏展开，这一专栏于1994年第2期开设，持续一年之久，共发文五篇，参与讨论者涵盖学界老、中、青三代。讨论的焦点问题为"外国文学研究是不是殖民文学"。论争与当时知识界的后殖民理论热有直接关系。1990年代初，中国文化界兴起"国学热"，1980年代激进的西化倾向遭到否定和批判。以批判西方话语中心为特征的后殖民理论就在这种语境中成为学界关注的新热点。1993—1994年，一批学者纷纷著文评介这种理论，对后殖民理论是否适合中国各执一词。此时中国还没有出版后殖民理论的原著译本，学者们的介绍和理解都不够全面，而且在具体实践中存在情绪化倾向。对于文艺界的这一理论新话题，外国文学界出现两种反应，一部分学者埋头翻译理论原著，也有学者将这种理论迅速转化，拿来作批判中国问题的武器。本次专栏头一篇文章即易丹的《超越殖民文学的困境》明显受到后殖民理论的直接启发，文章立论前提有二：第一，"文学在一定程度上是文化观念的修辞性陈述"；第二，无论是帝国时代还是当下，西方世界一直在利用语言、文字对东方进行"文化殖民"。由此出发，易文作出一个基本判断：中国的外国文学研究一直扮演着"殖民文学"的角色，为西方的文化殖民效力，做"殖民文学中国总代理"。造成这种局面的原因主要是："自身文化立场不明确、缺乏独立的哲学思想和方法论、缺乏主动的批判精神"。[①]围绕第二点，易文展开了详细分析。

易文指出，从过去到现在，从马克思主义到后现代主义，外国文学

[①] 易丹：《超越殖民文学的困境》，载《外国文学评论》，1994年第2期，第111—116页。

研究一直在使用"来自外国的方法"。外国文学界一边不遗余力地把西方各种理论搬运进来，推动了中国文学界和文学研究界的思想解放和形式革新；一边在学术研究中努力地应用这些理论，不知不觉间已被产生这些理论和方法的文化同化，失去了自己的民族文化立场。推而广之，不但作为子系统的外国文学研究是如此，从西学东渐之初，整个中国知识系统都进入了这种认同他者、失去自我的宿命之中。

鉴于此，易文提出，学界应当超越目前使用的话语，站在以我为主的文化立场上，建立中国自己的方法论，建立和自己的文化相吻合的话语。

今天看来，这篇文章的缺点和漏洞都异常鲜明。文章将文学等同于文化，用简单的二元对立框架看待中西方关系，在行文中过于情绪化，论述不够客观稳妥，有些偏激。由于文章否定了整个外国文学研究的过去和现在，打击面实在太大，激起众怒实属必然。但是这些缺点并不能掩盖文章的价值。实际上，剥去那些有失公允甚或刻薄的言词，便可以看到文章的问题意识与它的缺点同样鲜明。我们引进和研究外国文学的目的何在？如何在引进和借鉴中坚持自身的文化立场？虽然文章对历史和现状的判断不够准确，但它提出的这些问题却是外国文学这一学科，乃至整个中国文化自现代化以来至关重要的问题，晚清以来的历代学人都曾为之思考、实践，却直到今天都没有得到有效的解决。同时，由于这些问题并非外国文学研究一个学科的问题，而是中国文化整体面临的问题，而易文却将批判的焦点锁定于外国文学研究界，超出了这个"子系统"能够承受的限度，文章的偏激便是不可避免的。

此文发表后，黄宝生、赵炎秋、张弘、吴元迈分别撰文表达不同意见。首先遭到批判的就是文章对外国文学研究的全盘否定。几位学者一致肯定了外国文学研究在历史和当下所作的贡献，批驳"殖民文学"一说。其次，四位学者都对易文中的基本逻辑，所谓"我们的—他们的"方法这种简单的二元对立式划分表示了异议。他们认为，"不存在外国文学的研究方法和中国文学的研究方法这样两种不同的文学研究方法"①;"也不存在纯属中国的独特的研究方法和话语体系"②;"以'我们的'代替'他们的'……其结果只能是从一个极端(全盘接受)走向另一个极端(全部拒斥),都不可能解决外国文学研究的问题"。③张弘更是精辟地指出了这种二分法的根本问题所在:"易文用静态的观点看待话语,似乎存在着两种静止的、一成不变的话语结构,一种是本土的,一种是外来的……"这种划分没有看到"话语结构永远无法和话语操作割裂开来"④,而话语实践的过程就是对话语改写的过程。易文的最大漏洞就是误将方法作为判断外国文学研究立场的标准,将方法视为本质,混淆了方法论与本体论、价值论之间的界限。"它没有看到文化对方法的运用的巨大的制约作用,没有看到结论的得出归根结底取决于研究者所具有的文化体系,而不取决于他所运用的方法与话语。"⑤换言之,"断定中国外国文学研究是否具有'殖民主义'性,关键在于我们的文化价值取向,而不在于话语体系和方法论是谁首创的"。⑥经过几位学者的分析,易文中二元对立思维的局限性已经一目了然。尤其是张弘一文,更进一步指出这种将中国与西方、我们与他们截然对立的二元思维仍然是冷战政治思维在1990年代的回响,所谓"殖民文学"的判断是将学术和政治"搅和在一起的产物",正是易文"缺乏主动的批判精神",盲目照搬"他们"那儿正在流行的"后殖民主义"理论的结果。张弘认为,将这种话语照搬来评价中国的外国文学研究是大错特错:

---

①黄宝生:《外国文学研究方法谈》,载《外国文学评论》,1994年第3期,第123—126页。

②赵炎秋:《民族文化与外国文学研究的困境——与易丹先生商榷》,载《外国文学评论》,1995年第2期,第127—131页。

③吴元迈:《也谈外国文学研究方向与方法——关于一次有意义的探讨》,载《外国文学评论》,1995年第4期,第125—129页。

④张弘:《外国文学研究怎样走出困惑?——与易丹同志商榷》,载《外国文学评论》,1994年第4期,第122—129页。

⑤赵炎秋:《民族文化与外国文学研究的困境——与易丹先生商榷》,载《外国文学评论》,1995年第2期。

⑥赵淳:《话语实践与文化立场:西方文论引介研究(1993—2007)》,南京大学出版社2008年版,第111页。

所谓后殖民主义等新理论,很大程度上属于政治策略对学术的一种渗透。它们的倡导者是政治上的边缘人物,试图通过学术实现对西方政治中心的颠覆……易文照搬这种政治化理论来对待我国的外国文学研究界,就是彻头彻尾的南辕北辙了……我们的实际情况是长时期极左路线的干扰使学术饱受政治化的冲击与损害,更需要让学术从类似"四人帮"的那种粗暴干涉的阴影下走出来。这方面我们刚刚开了个头,没有丝毫理由不珍惜刚刚取得的初步繁荣的局面。①

后殖民主义的确强调文学的政治性,后殖民理论家也的确试图通过学术活动批判西方政治,但是就此认为后殖民理论是"政治化理论",是"政治策略",则是对这一理论的误读。后殖民理论关注的政治只是文本的政治,"由于它把注意力完全集中在文化问题上,因此就掩盖了政治和社会实践层面上的真正的问题"。②这段话里谈到的政治化,其实有两种不同内涵:一个是后殖民理论的政治化,以解构西方语言、文本中心为目标;另一个是干扰学术的"政治化",指学术被现实政治力量所操纵的状态,此政治非彼政治也。在这里,对学术研究沦为现实政治工具的极度担忧让张弘夸大了后殖民理论的政治意味和政治作用,他由此推断易文照搬这一理论会使外国文学研究重回政治工具的老路,也有过分阐释的嫌疑。不过,张弘的这种看法的确反映出当时外国文学界对后殖民理论有所怀疑的态度。在专栏的五篇文章当中,除了易文和张文,赵炎秋也在文中提到后殖民理论。他认为,后殖民主义将一切外来的强势文化视为殖民文化的看法过于绝对③,易文的偏激正是由于一味

---

①张弘:《外国文学研究怎样走出困惑?——与易丹同志商榷》,载《外国文学评论》,1994年第4期。

②刘康、金衡山:《后殖民主义批评:从西方到中国》,载《文学评论》,1998年第1期,第150—160页。

③赵炎秋:《民族文化与外国文学研究的困境——与易丹先生商榷》,载《外国文学评论》,1995年第2期。

照搬这种观察角度，而模糊了正常的文化交流和文化殖民的区别。

在批驳易文中"殖民文学"以及"我们的方法"两个概念的同时，几位讨论者也基本肯定了易文认为外国文学研究面临困境的判断，只是在这种困境的具体内涵和超越途径上与之存在分歧。张弘、赵炎秋、吴元迈都认为，由于立论基点的偏激，易文主张的超越之途——"建立我们自己的方法论话语"自然也是难以成立的。这种主张很容易让人联想起中国文论界有关"失语症"的讨论，两者出自相同的逻辑，提出的应对方式也如出一辙。①对于如何避免外国文学研究的他者化，其他四篇文章不约而同将希望寄托于比较诗学，即中西方理论话语的对话和"打通"。但易文恰恰将学界的比较文学实践视为"殖民文学"困境的又一种表现，认为这些比较当中没有对话，都在外国方法论框架当中进行，没有我们自己的立场。赵文的观点可做反对方的代表："我们可以有我们的话语体系和方法论，但它们只是在'我们的'民族文化基础上产生的，而不是我们独有的。"建立以中国立场为特点的话语体系，只有在吸收、消化种种有益营养之后才能实现。在这里我们已经可以看出，易文与另外四篇文章的最高诉求其实并无太大差别，只要抛开对"我们自己的方法论"的时刻强调，易文的观点就不再那么不可接受，双方都充分肯定"我们的立场"的重要性，都将民族文化立场视为外国文学研究中应当坚持的根本原则，都主张外国文学研究的方向应当是有助于中国文化的建构。张弘甚至在文章结尾也承认，创造出不同于中西方传统的新话语是中国学术研究的最高目标，只是目前我们还处在学习之中。换言之，在这场围绕"外国文学研究方向与方法"展开的争论中，抛开对"方法论"认识的分歧，争论双方都认为中国外国文学研究的方向应当是坚持文化立场，最终在国际学界发出自己独特的声音。

正像作者本人声称的那样，《超越殖民文学的困境》一文将外国文学研究乃至中国文化面临的困境推到了一个极端。现在重读这篇文章，仍然能够感到作者为外国文学研究缺乏主体性而扼腕的焦急心情，我们

---

①曹顺庆等学者认为,没有自己的话语,就丧失了自己的精神家园,因此要通过古今中西之间的对话和沟通"重建中国文论话语"。

尽可以批评文章立论前提的错误，具体表述的偏激，批评它生硬照搬后殖民理论，有文化保守主义倾向，却必须承认它对现状的判断很大一部分是事实。在西方话语输入日益增多的1990年代，在学界普遍走向学术规范化的同时，强调外国文学研究中的本土文化立场和批判精神并非"文化保守主义"，而是十分必要。易丹文章尽管有诸多偏激，却仍然存在合理内核，它表达的最高理想是与国际学界对话，开辟更广阔的学术空间，绝不是批评者所说的保守传统，孤立于世界。

要之，"殖民文学"论争是新时期以来学界第一次对学科定位与研究模式问题展开集中的、深入的、学理上的讨论，简言之，就是对"为何研究"和"怎样研究"这两个学科最基本问题的讨论。对这两个问题，1980年代有过零散讨论，1992年纪念《讲话》发表50周年时也有较多涉及，但大多是对"洋为中用"、"拿来主义"原则的阐释和重复，没有充分展开，也不具备学理深度。这次论争，首次将外国文学研究的方法论置于讨论中心，并且精细辨析了方法论与价值论之间的关系，廓清了易文所代表的部分学人对两者关系的错误认识，在这一问题的讨论上达成了一致。此外，论争的焦点问题——外国文学研究中的"文化立场"和"文化身份"问题，引发了后来的系列讨论。其后学界对"越是民族的越是世界的"、"全球化与民族化"几个话题的讨论皆围绕文化立场和文化身份展开。不过，对于如何在研究中坚持或表达我们应有的文化立场，真正实现与西方学界的对话，此次论争的双方都未提出特别有效的解决之道。

此次论争本由西方理论大规模渗透本土学术研究模式而触发，在具体讨论中，西方理论话语的影响也是无处不在。几位作者对西方理论话语的熟练掌握和运用，展示了新时期以来西方理论引进的实际效果。同时，他们对后殖民理论的借用和不同理解也充分说明，完全照搬西方理论其实是不可能的，每一种话语的实践都是话语的变更和衍异；对于当时的中国学界，真正超越西方话语还遥遥无期。

此次论争虽以易文逻辑遭到一致否定而告一段落，但其中观点无论在当时还是后来都不乏支持者。在1996年出版的《走向后现代与后殖民》一书中，作者徐贲表达了类似的观点："西方对第三世界的话语控制并不只是简单地将西方观点强加给第三世界。这种控制是以现今世界上通用的科学话语形式为基础的。这些话语形式可以有效地消解纳于其中的任何反对意见，而使反对意见本身成为它的容纳性和客观性的证明。"①在2000年发表的文章《世纪末·"全球化"·文化操守》中，盛宁亦认为："当代西方文论并不是中性的方法论，而是有其非常明确的主体性的。如果我们在应用这些理论时缺少主体立场，就很容易陷入西方意识形态的陷阱。"②认为方法应用会导致价值认同，这种判断显然与易文被批判的逻辑非常相似，不同之处在于，两位学者的表达方式和认识更加客观、深入。他们既不天真地以为西方理论话语只是一种纯粹中立的方法，也不偏激地否定中国学界曾经作出的努力。谁都无法否认这样的事实：中国学术是在全面学习西方学术话语体系基础上建立起来的，中国"已经丧失了与西方发达国家共同制定文化学术规范的机会……中国文化与学术面临的基本选择就是：要么拒绝汇入全球文化学术格局，要么就得在一定程度上接受西方主导的"世界文化学术规范"。③中国学界若想与西方学界对话，必须先掌握这套话语的规范，摸清其中隐藏的问题和秘密。与此同时，还要保持警惕，避免被这种以普世性和中性化面貌出现的话语体系所蒙蔽，丧失了自己的文化立场。

二、"全球化与民族化"

1990年代后期到世纪之交的几年中，关于"全球化"的讨论成为思想界的热点话题，其中"全球化与本土化（民族化）"的关系又是讨论的焦点。毫无疑问，这是1930年代"中西之争"在新语境中的再次交锋，也是百余年来一直让中国学界纠结不已的焦点问题。就像学者刘纳概括的那样："'全球化'问题使持续了百年的中西文化之争获得了新的语码，陈旧的逻辑思路有机会经概念的转换而纳入时代语境。

---

①徐贲：《走向后现代与后殖民》，中国社会科学出版社1996年版，第175页。
②盛宁：《世纪末·"全球化"·文化操守》，载《外国文学评论》，2000年第1期，第5—15页。
③陶东风、徐艳蕊：《当代中国的文化批评》，北京大学出版社2006年版，第168页。

'西'/'中'的对峙与对话转换为全球化/本土化、中心/边缘等新近引入的概念。"①

此番讨论,外国文学界除了继续充当西方话语引入者的角色,也照例积极参与了讨论。早期讨论的焦点集中于全球化对外国文学研究的影响、外国文学研究如何在全球化语境中既适应国际学术规范又坚持本土文化立场等问题,随着对"全球化"这一话语认识的加深,学界开始质疑"文化全球化"的合理性,批判"全球化"话语中的帝国主义意识形态性。讨论呈现出多元的视角和话语方式。当时后现代、后殖民理论已经为学界熟知,部分讨论者明显受到去中心、反本质思维方式的影响,不再以非此即彼的方式看待全球化与本土化的关系,也不再以经典的辩证法阐释两者之间的关系。

西方世界建构的"全球化"这一理论话语,包含了经济、金融、科技、文化各方面。中国人文学科界集中探讨的自然是所谓"文化的全球化"。②1980年代,中国学界还没有输入"全球化"这一概念,但文学界普遍相信"世界文学"的时代已经到来,我们需要做的就是迎头赶上,融入其中。"世界文学"与"文化全球化"这两个概念产生的时间不同,但内涵颇为相似。当年马克思指出,世界市场的形成将导致世界文学的产生,而1990年代的西方学者认为,经济全球化将使文学生产和研究突破传统的民族、国别疆域限制,走向跨区域、跨文化、世界性的交流。③两种理论描述的其实是同样一种现象,不过"全球化"已经不仅是一种理论预言和建构,而是有了日益丰富的现实基础。因此本文认为,1980年代学界对"走向世界文学"的讨论虽未谈及"全球化",其实已经熟悉了后者的理路,所论问题也大同小异。但相比之下,1990年代学界对于"文化全球化"的认识已经不再像1980年代对"世界文

---

① 刘纳:《全球化背景与文学》,载《外国文学评论》,2000年第5期,第96页。

② 学者盛宁认为,大多数西方学者其实并未直接使用"文化全球化"这种提法,这一概念是中国学者引进"全球化"话语时的误读。参见盛宁:《世纪末·"全球化"·文化操守》,载《外国文学评论》,2000年第1期,第5—15页。

③ 〔美〕希利斯·米勒:《论全球化对文学研究的影响》,郭英剑编译,载《当代外国文学》,1998年第1期,第154—161页。

学"那样一致，态度也出现了变化。讨论者从不同的视角和知识背景出发理解这一概念，有人认为它不过是改头换面的"帝国主义"，有人认为它代表着经济落后国家必须融入的文化新秩序，有人则干脆否认文化全球化的存在。相应地，争论者对全球化与本土化关系的认识也各执一词，一种意见肯定全球化对中国文化建设的积极作用，热情欢迎全球化的到来；另一种意见号召警惕全球化对本土文化的威胁，强调本土文化的主体性；还有一种意见采取折中，认为两者可以互相促进、二元共存。①我们看到，面对中西文化关系这个宏大论题，以新概念包装的讨论其实并未提出太多新鲜见解，依然不出"左、中、右"三个方向。实际上，如何对待中西文化关系这一问题在理论上已经很难有重大突破，各种或激进，或保守，或折中的主张早在百年之中轮番出现，无论哪种态度，都是持论者站在各自知识立场上的话语建构，随着时代语境和视角的变化，讨论的话语方式一直在变化，问题的答案却没有太大改变。其实，对于学术反思来说，答案本身并不是最重要的，话语建构中的话语实践方式才真正体现出一个时代的学术话语特色。在1990年代这次讨论中，最引人注目的正是学界话语方式的改变。

外国文学界最早涉及"全球化与本土化"这一论题，《外国文学》于1997年第3期开设的"越是民族的越是世界的"笔谈专栏。笔谈虽未以全球化为题，讨论却时刻围绕文化的民族性—世界性展开。1987年，《外国文学评论》创刊号曾经就这一论题展开讨论，当时学者还是用传统的矛盾对立、辩证统一这种认识框架来描述二者关系，认为中国文学必须进入与世界文学的交流互动中才能创新发展，同时世界文学一体化的构想只是空想，文学的民族性不会被世界性影响完全取代。②在1990年代的笔谈当中，讨论者使用的认识和批判武器有所改变，已经不单单局限于马克思主义的政治经济学和辩证法，而是综合吸收了以詹姆逊为代表的新马克思主义、后殖民批评、康德美学的思想方法和批评

---

①这三种意见主要从《外国文学评论》等期刊当时开展的相关讨论中总结而来。
②蒋卫杰：《走向世界的沉思》；童道明：《"没有拿来的，文艺不能自成为新文艺"——谈文艺的民族性和世界性》，均载《外国文学评论》，1987年第1期。

角度，对"民族"概念的历史性和话语建构性进行了更为深入的学理剖析。"越是民族的越是世界的"这一说法的来源遭到讨论者质疑①，六篇文章几乎一致认为这一口号的逻辑成问题，是一个悖论，"很容易导致狭隘的民族主义，导致一种保守主义的立场，甚至可能导致一种妄自尊大的态度"。②刘康指出应当将这一说法"历史化"，鲁迅当年提出这一口号是为了与全盘西化论针锋相对，而今天（讨论当时）这一口号被文化保守主义利用来为复古张目，否定本土文化对西方文化的吸收借鉴，是不可取的。刘康进而指出，重提"越是民族的越是世界的"这一命题，应关注的是在这个全球化也即多元多极的时代，"如何认识和实践现代化的不同选择。在文化方面，就是创造出新的民族文化形式。要创造新的、现代的、世界化的民族文化，就应学习鲁迅，超越西化和民族化的二元对立"。③从这段话中，可以看到作者对于二元对立认识模式的否定，也能读出对"殖民文学"论争的一种呼应。此次笔谈，讨论者不约而同地质疑了这一口号中可能存在的文化保守主义立场，进而否定了这一命题，认为它过于绝对化，不能概括文化（文学）的民族性与世界性之间存在的既对立又促进的张力关系。

此后，《外国文学》于1999年第2期开展"全球化与文化"笔谈，同年第4期又开设"全球化与文化和文学身份建构"笔谈。两次笔谈都以"全球化的影响"为焦点。第2期的五篇专栏文章大都是对经济、文化全球化的背景介绍，在此基础上分析全球化对中国的影响。有人十分乐观地认为全球化只会给本土文化带来好处："文化全球化只可能使各国本土文化更趋完美"④；有人则排斥这一时髦概念，认为西方推出的"全球化"里"未必有我们的正当位置，主动迎合这种论调，会在某一个地方迷失我们自己"。⑤更为冷静的态度是："我们不能不警惕和忽视

---

①吴其尧在《文学的民族特性和外来影响——对一种"说法"的否定》（《外国文学》，1997年第3期）中提出，"越是民族的越是世界的"这一说法并非鲁迅先生的原话，而是后人的概括和阐发。
②王逢振：《越是民族的越是世界的：一个悖论》，载《外国文学》，1997年第3期，第3—5页。
③刘康：《1990年代的文化民族化与全球化》，载《外国文学》，1997年第3期，第6—7页。
④顾嘉祖：《全球化与本土化二元共存关系》，载《外国文学》，1999年第2期，第53—55页。
⑤阎晶明：《全球化的幻影》，载《外国文学》，1999年第2期，第40—41页。

西方依附在全球化战略上的国家强权政治和文化霸权思想",同时,也应当怀着文化平等的心理积极参与全球化的文化互动。①这次笔谈表明,当时学界理解的"文化全球化"有多种面目,一为全球范围内的文化互动,一为西方推行的意识形态策略,另一为经济全球化催生的文化新动向。有些学者只强调其中一面,有些学者则注意到了它的多面性。

第4期的笔谈以西方学者译文为主,这次笔谈不再纠结于"全球化与本土化"的关系,而是介绍西方正在兴起的文化身份研究,意在将这种研究引入中国学界。荷兰学者瑞恩·塞格斯在专栏文章中指出,文化身份研究特别有助于人们理解全球化与本土化的悖论关系。②在唯一一篇中国学者的文章中,王宁指出:"文化全球化的对立物便是文化本土化,由欧洲学者率先发起的文化身份研究实际上也是从(欧洲的)本土化的立场出发对(文化)全球化进程的一种制约。"③由此不难看出,中国学界对文化身份研究的关注并不仅是跟随国际学界的动向,拓展研究视野,而是怀抱着相似的寄托:"从文学文本中的文化身份问题入手,我们也可介入关于全球化与本土化之论争和对话的讨论",王宁在此并未明言抵制文化全球化中隐藏的霸权主义,而是一再强调文化身份研究对中国学界视野的拓展。事实上,文化身份研究的确在世纪之交蔚然成风,至今仍然一片繁荣。至此,外国文学专业期刊上关于"全球化"的集中讨论就告一段落,流行一时的"全球化"话语归于沉寂。进入新世纪后,虽然很少有人再讨论这一话语本身,1990年代的讨论却给中国学界带来了不大不小的影响。首先,讨论强化了学界的本土意识和民族文化立场,也推动着学界与西方话语的对话;其次,对于外国文学研究实践,讨论最直接的结果就是引入了文化身份研究,催生了一股研究热潮。

全球化曾经是世纪之交最受关注的理论话语,在诸多讨论中,外国文学界的声音并不十分突出。在稍做讨论之后,学者们没有纠缠于口号

---

①刘崇中:《全球化与文化认同之我见》,载《外国文学》,1999年第2期,第49—52页。

②〔荷兰〕瑞恩·塞格斯:《世纪之交的文学和文化身份建构》,斯义宁译,载《外国文学》,1999年第4期,第41—44页。

③王宁:《文学研究中的文化身份问题》,载《外国文学》,1999年第4期,第51页。

之争，而是迅速投入到文化身份的具体研究实践当中。笔者以为，相对于全球化与本土化的理论探讨，文化身份研究的引入更有价值，也的确开拓了新的研究空间。在引进西方理论话语时，理论的澄清固然十分必要，但更重要的是加强具体研究实践，经过精细扎实的研究决定"何者应取，何者应舍"。蔡元培先生在1930年代既已强调："凭空辩论，势必如张之洞'中体西用'的标语，梁漱溟'东西文化'的悬谈，赞成或反对，都是一套空话。"①今人盛宁也认为，坚持文化立场，"与其说是一个理论问题，不如说是个实践问题"。②

三、"理论"之争

"理论"一词，在本节中有特定所指。它还有另外几个称呼：批评理论、文论、西方文论，特指1960年代后兴起的西方批评理论和文化理论。

肇始于1980年代中期的西方当代理论热，在1990年代达到了高潮。这种"热"不仅表现在理论的大规模引进和深入研究上，新理论、新批评方法在批评实践中的运用也一直为学界极其看重。尤其是1990年代以来，西方当代理论的"热"力已经全面渗透进批评实践当中。一篇文章是否拥有理论框架和理论深度，已经成为公认的学术水平评价标准。追求理论深度自然绝对必要，但是在追求的过程中，学界渐渐形成一种不太正常的风气，许多研究者以引用、照搬西方当代文论为标榜，学术权力机构也以是否运用西方理论为取舍稿件的标准。③虽然很难举出数据证明，但学界中人都能体会到这样一种"理论情结"的存在。于是，伴随着生硬套用和照搬理论进行文本解读文章的大量出现，在理论愈来愈热的同时，对理论的质疑和反抗也日见增多。1990年代末，学界对"理论"本身的认识更加深入，对于理论的价值、理论与文学批评的关系，出现了明显的认识分歧。总体而言，1990年代学界的"理论

---

①蔡元培：《北京大学月刊发刊词》，载《申报》，1935年1月19日。
②盛宁：《世纪末·"全球化"·文化操守》，载《外国文学评论》，2000年第1期，第14页。
③对这一点，大多数外国文学学术期刊都未曾明言，但它却是学界人尽皆知的"潜规则"。

观"还相当传统，还是将西方文论视为分析、批评文学作品的方法或工具，认为理论的价值就在于加深对文学作品的认识。随着认识的深入，学界逐渐认识到：形形色色的西方当代理论其实并不以指导文学阅读为目标，这些理论不再指向实践，而是返归自身，颠覆了"来自实践指导实践"的传统理论观。对此，学者们各持己见，展开了对于"理论"、"理论与作品关系"的讨论。

讨论集中于1999年第5期《外国文学》开设的"文论与文学阅读"笔谈，还有一些单篇文章散见于其后的各家期刊。此外，2001年到2003年间，殷企平、王丽亚、张和龙等学者围绕《黑暗的心脏》解读中反映出的理论与批评、理论与作品阐释的关系展开论争，具体呈现并且深化了笔谈中曾经表达的几种意见。①《外国文学》笔谈专栏的六篇文章表达了三种不同的观点。其中，汪民安是坚定的理论拥护者，高调地为理论的晦涩和反传统辩护，认为理论之所以制造晦涩，是为了抵制形而上学和理性传统。刘雪岚则与之针锋相对，极力赞美利维斯的"反理论"主张与实践，批评"理论"的晦涩与价值虚无。与刘雪岚过于情绪化的论述不同，殷企平在文章中冷静分析了利维斯"反理论"的批评实践，认为他并未将文学批评与哲学分开，只是从较为传统的哲学观和艺术观出发，"通过'拥抱具体'而使'抽象的概括增强了分量'"。②不过，殷文并未涉及西方当代理论与文学阅读、批评实践的关系，这正是专栏中其余三篇文章讨论的主题。三篇文章对理论的看法不尽相同，有的肯定多一些，有的否定多一点。但总体而言，三篇文章都阐述了理论积极和消极的两面，没有全盘否定或肯定，属于第三种意见。不过，它们对理论的肯定与汪民安式的肯定并不相同，前一种肯定有一个前

---

① 其中代表有王逢振：《为理论一辩》，载《外国文学》，2001年第6期；盛宁：《对"理论热"消退后美国文学研究的思考》，载《文艺研究》，2002年第6期；盛宁：《"理论热"的消退与文学理论研究的出路》，载《南京大学学报》（哲学·人文科学·社会科学版），2007年第1期；刘意青：《当文学遭遇了理论——以近三十年我国外国文学教学与研究为例》，载《解放军艺术学院学报》，2008年第4期。关于《黑暗的心脏》解读的论争文章见《外国文学评论》2001年第2期及《外国文学》2002年第1期、第3期，2003年第1期。

② 殷企平：《用理论支撑阅读——也谈利维斯的启示》，载《外国文学》，1999年第5期。

提，就是将理论视为文学研究的方法论。它们否定"理论"的自反性，否定"理论"的晦涩，不认同"理论"超越方法论及脱离文本的独立性、哲学化倾向。"在文学阅读实践活动中，西方文论所承担的任务就是为读者提供适当的切入点和评判作品价值的尺度——一种行之有效的鉴赏作品的方法。""如果只醉心于对方法的研究而不能用方法来解决问题，忽略其接近真理的目的，那么这便是舍本逐末。""文本与理论相辅相成，互不可缺。"① 诸多论述表明，持论者没有接受理论对真理、理性、道德等传统价值的颠覆，只接受了理论有助于文学阅读的那一部分。在坚定的支持者汪民安和王逢振看来，这其实是对理论的误解。

事实上，支持者和反对者看问题的出发点完全不同，他们各自的"理论观"与文学观也迥然有别。双方所有的分歧都来自于此。支持者接受了当代理论的独立性和多元性，并不认为理论必须指导实践。在他们眼中，理论不仅是一系列新颖的概念和研究方法，还是对于资本主义体制的系统批判。与之相反，反对者还秉承传统的理论—实践观，仍然根据实践指导性衡量理论的价值。大多数学者谈理论的双重作用时，也怀抱同样的以文学为本、以文本阅读为本的理论观。当反对者指责理论在"为理论而理论"时，支持者却以此为自豪，告诉大家理论本来就不以文本为目标。在笔谈不久之后发表的文章中，王逢振曾这样为理论辩护："大部分理论是抽象的，不直接为探讨文学文本提供一种方法，但对文学研究的方式具有重要的意义，这种意义不会因理论缺少直接的实用价值而被取消。"② 乔纳森·卡勒的表述更能帮助我们加深理解："理论基本上不是一种阐释性的批评；它并不提供一种方法，一旦用于文学作品就能产生迄今未知的新意，与其说它是一种发现或派定意义的批

---

① 崔少元：《文论：芝麻开门》；史志康、吴刚：《走出文论研究中的误区》，分别载《外国文学》，1999年第5期，第53—54页、第57页。

② 王逢振：《为理论一辩》，载《外国文学》，2001年第6期，第6—8页。

评,毋宁说它是一种旨在确立产生意义的条件的诗学。"①我们发现,一般来说,专攻理论的学者会对当代理论抱有更多"理解之同情",非理论研究者则表现出审慎和有所保留。这当中自然存在争论双方对各自专业的维护心理,此外,是否也说明反对者对自己所反对之物还不够了解呢?

抵制当代理论的学者们,大都以利维斯所倡导的"伟大传统"为替代方案,认为文学批评应当以文本细读为中心,以"普通读者"和作品的道德意义为重。相对于当代理论,这也是一种理论,只是较为传统而已。正像王逢振总结的那样:"所有形式的批评都依据某种理论,或某种混合的理论,不论它们是否意识到这点。"②那么,抵制理论的学者乃至外国文学界又是为何会产生如此强烈的"反理论"情绪呢?表面看来,是由于学界对理论的过分强调以及批评实践中不加选择地滥用理论,导致了剧烈反弹。③如此解释固然合情合理,却还远远不够。窃以为,原因首先出自当代理论本身。"当代理论的特点有二:一是它的异质性,即各种理论并不求取一致;二是对传统批评的基础设想进行空前的批判。"④问题的关键在于第二点。当代理论对文学本身、作者、批评与文本的关系都进行了质疑和颠覆,直接威胁到传统批评实践存在的价值⑤,而事实上传统批评在研究和教学中仍然十分有效,拥有庞大的研究队伍和强大的话语权。面对激烈批评,岂能坐以待毙?于是,为捍卫自己的正当性奋起反击便不可避免。这里其实已经引出了第二个原因:1980年代建构的纯文学观念和"内部研究"话语在学界影响极大。对于大多数不以理论为主业的外国文学研究者,当代理论不但过于晦涩深

---

① Jonathan Culler, *Structuralist Poetics: Structuralism, Linguistics, and the Study of Literature*. Ithaca: Cornell University Press, 1975, p. viii. 转引自盛宁:《"理论热"的消退与文学理论研究的出路》,载《南京大学学报》(哲学·人文科学·社会科学版),2007年第1期,第57—71页。

② 王逢振:《为理论一辩》,载《外国文学》,2001年第6期。

③ 对于这种状况,刘意青在《当文学遭遇了理论——以近三十年我国外国文学教学与研究为例》一文中作出了细致描述。

④ 王逢振:《为理论一辩》,载《外国文学》,2001年第6期。

⑤ 这里的传统批评方式,指文学史、文学传记、道德—美学批评、新批评等,它们对作者、文学作品的性质,以及批评的目的有着相同或相似的认识。

奥,远远不及利维斯乃至"新批评"倡导的"细读"方式那样平易近人,容易把握,而且从根本上违背了他们的价值观念。最令这些学者难以接受的,就是当代理论对"纯文学"观念的解构,及其对审美—道德批评的质疑。第三,中国文化注重实用性而忽视哲学性的特点影响了学界的接受视野。当初学界大量引进理论主要是为了获得新方法,待明白了"理论"的真相,许多人都平添几分失望,这种失望集中爆发,理论便成了众矢之的。用盛宁的话来说:"当人们意识到理论仅仅是一种意识批评,仅仅是一个对于意义产生过程的反思的时候,大多数人对它的兴趣当然也就难以为继了。人们在对'意义'产生的过程,对这一过程的方方面面都讨论了一番之后,终于发现这种讨论离文本阐释的需要实在太远,于是便理所当然地告别了它。"[1]第四,20世纪末,西方学界的理论热已经退潮,西方学界开始了对"理论"的反思。一直追随西方学界动向的中国学界,自然也受到一些启发。简言之,中国学界"反理论"话题的出现是本土语境与西方影响综合作用的结果,反理论的话语资源则主要来自西方。利维斯只是中国"反理论"潮流中被选中的诸多话语投射物之一,此外,倡导"对抗性批评",为文学纯洁性而奋战的老将哈罗德·布鲁姆也受到了学界青睐。美国学者认为理论流行导致人文教育水平下滑,中国学者也表达了同样的担忧。这么说并不意味着有关"理论"的讨论又是舶来的问题,恰恰相反,"理论"问题是1980年代以来中国学界需要面对的最大问题之一。如何认识形形色色的当代理论,应该以怎样的知识构型输入理论,如何让西方理论为我所用,将其转化为中国知识体系中有效的组成部分,这些围绕理论产生的诸多问题一直是学者们思考的重点。换言之,面对理论,恐怕所有研究者都会问:理论到底有什么用?西方学界的理论反思潮流适时出现,给了这一长期疑问一个集中爆发的契机。

始于世纪之交的这次讨论对于外国文学研究的意义何在?很显然,相关讨论是学界对20年来理论引进热潮的一次集中反思。首先,讨论

---

[1] 盛宁:《"理论热"的消退与文学理论研究的出路》,载《南京大学学报》(哲学·人文科学·社会科学版),2007年第1期。

让我们得以窥见当时学界不同"理论观"的碰撞。单就这次笔谈的六篇文章而言，处于针锋相对的两极——完全无视理论与文本关系的学者和彻底排斥理论者其实都很少，大多数学者都能够客观地评价理论对文学阅读的作用。也就是说，大多数学者仍然赞同或者倾向于传统的理论观，对他们来说，理论仍然没有而且也并不应该超越方法论的范畴。此外，只有一小部分学者完全认同了理论的独立性。一次笔谈当然不足以反映当时学界持不同"理论观"学者的比例，但至少是学界各种代表性声音的一次展示。从中我们又可以发现，对于理论热的反思存在两种倾向：一种号召回到文本细读。讨论表明，当时学界"反理论"的呼声相当响亮。另一种意见接受多元理论的合理性，认为应当在真正理解的基础上有所取舍。学者盛宁的总结便体现出对理论反思的全面和理智。他认为，西方文论热给学界带来的最基本收获有三：（1）认识范式的转型。（2）认识假设的改变。（3）认识方法的更新。而存在的问题是引进过程中过于信任西方学界，缺少独立的问题意识。对此，学界对理论热的反思应当从三个方面进行：返回经典、深化实践、该放则放。①

的确，反思"理论热"，不能像笔谈中某些学者倡导的那样，简单地以"回到细读传统"作为应对和结论。伊格尔顿已经指出：理论退热并不意味着我们就该回到前理论的那个时代，回到那个由新批评所主宰的天真时代。②在进行全面反思之前，必须准确评估"理论"对中国外国文学研究的实际影响，明了中国知识界、文化界的实际需要。这是外国文学学术反思中一个至关重要的部分，绝非一人之力所能胜任。

---

① 盛宁：《"理论热"的消退与文学理论研究的出路》，载《南京大学学报》（哲学·人文科学·社会科学版），2007年第1期。

②〔英〕特里·伊格尔顿：《理论之后》，商止译，商务印书馆2009年版，第2页。

第十三章
21世纪初期：外国文学研究多元话语的建构

对于外国文学研究界来说，21世纪并不是真正意义上的"新"世纪。与1980年代和1990年代经历的两次文化转型相比，新世纪以来学界面临的所有变化都是沿着既有轨道前进的必然结果，称不上划时代的转折。在诸多变化之中，有三点值得注意：首先，是近十年来学术评价制度的日益规范化和数字化，导致了学术研究的"生产性"持续增强。一个最直观的现象就是2000年之后，本文关注的五家期刊全部扩版，以适应不断增长的学术产量；但与此同时，外国文学在文学界和学术界的话语地位却远远不及前20年。第二，持续20年的理论热退潮，学界对理论的理解和应用都进入了成熟期，外国文学研究呈现出多元话语共存的局面，同时研究实践中的"文化转向"成为大势所趋。第三，经过20年对本土话语的不断呼吁和学术积累，外国文学研究中的"中国视角"日益凸显，出现了多种建构本土批评话语的有益尝试。

第一节 理论退热与话语多元

一、学术繁荣与理论退热

（一）学术生产激增

进入21世纪之后，每个学界中人最直观的感受可能就是学术活动的"繁荣"，尽管这种繁荣并不一定意味着学术本身的繁荣。这种繁荣首先来自国家政策的鼓励,同时也是各研究机构学术评价不断量化的结果。1980年代末,南京大学率先在校内推行学术成果量化评价制度,1990年代以来,越来越多的学术机构起而效仿,实施学术成果定量化评价办法,通过规定研究成果的等级,计算研究成果的数量,给予不同等级的价值认定和奖励。这种制度最初对人文学科影响不大,随着国家进一步加大对哲学人文学科的学术资助与管理力度[①],进入新世纪之后,量化考评制度最终取代了1980年代那种"行政评议与同行评议相结合"的制度,成为学术场域中占据垄断地位的学术评价制度。由于这种评价制度将学术研究的产量视为衡量学术水平的主要指标,直接导致了学界研究成果数量激增,催生了学术界的一派"繁荣"景象。

身为学术权力机构,学术期刊肩负双重任务,一方面要为繁荣的局面推波助澜,另一方面必须倡导学术规范,引导学术风气。单从本文考察的五家期刊来说,2000年之后,每家期刊都显得比从前活跃了许多,主要通过两种方式适应并促进着学术繁荣:一是扩大版面、增加发文数量,二是频繁举办学术会议。1990年代,五家期刊每年的发文总量为500篇左右,其中还包括《外国文学》、《当代外国文学》上分别占3/5和5/6的文学作品;2000年扩版之后,这个数字增加到600篇左右,其中99%是学术论文,只有《外国文学》每期还刊登一篇文学作品。此前,五家期刊中只有《外国文学评论》定期主办学术研讨会,而在这个时期,五家期刊编辑部共同掀起了一股"办会"热潮。这些会议一般都是采取编辑部与高校联合主办,高校承办的方式,各家频率不一,有的两年一次,有些是一年一次,甚至两次,都已形成惯例,是学术期刊在办刊之外主要的学术活动。会议论题都是主办方所认定的当年学界的热点问题,各家之间经常有交叉和重复。诸如文学研究的文化转向问题,经典、族裔和性别文学研究,批评理论的反思问题,外国文学研究中的

[①]1990年代至今,国家有关部门连续发文,通过评奖、项目管理等各种方式推动哲学人文科学的繁荣。具体情况见刘明:《学术评价制度批判》,长江文艺出版社2006年版;袁同成:《我国学术评价制度的变迁逻辑考察:基于学术场域与权力场域互构的视角》,载《华中科技大学学报》(社会科学版),2012年第5期。

本土视角问题。每次会议在推动学术交流的同时，还会催生出一批相关论文，集中在期刊上发表。

此外，《外国文学评论》和《外国文学研究》还另出高招，用评奖的方式奖挹先进、引导学风。两家期刊都于2000年开始从所发论文中评选当年优秀论文，《外国文学评论》设立的"思源"外国文学评论奖由于资助方撤资，只评一届便告中止①；《外国文学研究》的年度论文奖因为不设奖金，持续了四年。值得一提的是，在唯一的一次"思源奖"评选中，一等奖空缺。评委们认为，外国文学研究首先应当掌握第一手资料，在分析和运用他人材料及看法的过程中，既要表现研究者的个性，又要坚守严谨学风；既要有扎实的考证工夫，又要显示开阔的学术视野。②在这一标准的衡量下，没有一篇文章足以担当一等奖。由此，学术权力机构《外国文学评论》表达了对当时学术研究水平的判断，也树立了学术研究的一种标准。也是从2000年起，《外国文学评论》每一期都附上认真撰写的《编后记》③，细评各篇论文短长，从技术问题到人文关怀，对学术研究的方方面面表达意见，批评只重数量忽视质量的不良学风，肯定严谨务实的研究成果。通过这些非常具体的评点，《外国文学评论》更显豁地发挥着学术权力机构的指导作用。

尽管学术评价制度导致的学术产量激增给学风带来了不良影响，学术论文数量和质量的提高并不同步，但总体而言，外国文学研究的整体水平在这个时期仍然表现出明显的提升。对此，一贯以严谨著称的《外国文学评论》也在《编后记》中予以认可。2009年第4期《编后记》这样描述学界的变化："批评的主体意识越来越明确，评论者的目光从早先较多的'仰视'，渐渐转为'平视'，越来越多的文章已不再满足于对国外动向的介绍，而是学会了抽丝剥茧、层层深入式的分析，明显体现出一种以我为主的把握……"在下文中，我们就会呈现这些变化。

---

①时任主编盛宁先生所言。
②《"思源"外国文学评论奖揭晓》，载《外国文学评论》，2001年第1期。
③在2000年之前，《编后记》是不定期存在的。

（二）理论研究走向细致深入

单从数量上看，新世纪最初几年五家期刊上的理论文章较1990年代有明显增加。从2005年起，数字才开始逐年下降。[①]但是学界却普遍认为理论研究在世纪之交就已现出停滞的趋势。首先是理论原来的至尊地位遭到质疑。其次，是理论研究的新话题、新热点明显减少，理论界的活力显著降低。2000年第3期和2001年第2期《外国文学评论》都在《编后记》中提到，一段时间以来，虽然理论文章的来稿数量很多，但刊发量却在减少，因为研究中缺乏问题意识、缺乏重点和热点。[②]其实，理论研究虽然退热，却并非停滞不前，权威学术期刊编者的批评表明，是学界对理论研究的要求和预期越来越高了。从这一时期的理论文章统计表中可以看到，学界的理论研究版图的确没有太大变化，基本延续了1990年代的研究视野，只有"生态批评"是新话题。此外，研究重点和热点稍有变化，前五位是"诗学"、"解构主义"、"叙事学"、"文化研究"、"后殖民主义"，1990年代曾位居前五的"女性主义"和"西方马克思主义"研究论文相对减少。最大的变化在于，1980、1990年代数量最多的"泛论"与"思潮流派"类文章大幅减少。这表明，学界理论研究的方式不再以宏观把握为主，而是日趋精细、深入。实际上，这里使用的以流派为分类标准的统计方式已经很难呈现研究方式的变化。例如：近十年来理论界已经极少讨论以理论流派出现的"精神分析批评"和"神话原型批评"，而是转向对理论家拉康和弗莱的深入研究，研究者已经不再将两位理论家局限于"精神分析"和"神话原型"的框架之内。再如，在"解构主义"这个标签下集结的，主要是分别研究德里达、希利斯·米勒、保罗·德曼等理论家的文章，宏论解构主义的文章只有1/6。研究者已经越来越多地注意到不同理论家各自的理论个性，而不是笼统地用"解构主义"这一视角将他们定位了事。在理论

[①] 参见赵淳：《话语实践与文化立场：西方文论引介研究1993—2007》，南京大学出版社2008年版，附录《1993—2007年五家外国文学理论期刊研究主题逐年分类统计表》，第325—326页。

[②] 在2003年第4期的《编后记》中，盛宁先生又推翻了自己之前的判断："看来那只是一种表面现象。实际的情况是：思考——卓有成效的思考——仍然在继续。"

家个案研究之中,研究模式也不再是1980、1990年代那种整体性评介,而是从某个侧面、某个细微之处切入,进行纵深式阐发。尤其是近几年来,这种研究方式有蔚然成风之势。以德里达研究为例,文章切入角度多种多样,许多都是"小题大做":讨论德里达的"原初书写"概念;德里达著作《马克思的幽灵》的方法论;德里达与乔伊斯的对比;德里达对自然—文化对立关系的解构等等。①尤为重要的是,有些研究者并不满足于再现和解读德里达理论,还试图批判性地审视其理论渊源,突破西方学界的认识水平。这种批判性眼光在詹姆逊研究中得到了更多体现。詹姆逊是对当下中国学界影响最大的西方学者,中国学界对他研究较多,认识也较深入。詹姆逊的理论视野非常开阔,广泛涉猎马克思主义、现代性与后现代性、文化研究、全球化、叙事理论等领域。中国学界对詹姆逊理论的批判也从不同角度切入:例如胡亚敏立足宏观,指出詹姆逊主要理论观点的矛盾在于其"元评论展示了新马克思主义批评的包容性,而多种视角的并存所产生的张力可能导致马克思主义批评的泛化;詹姆逊的'历史观'有将马克思主义关于存在与意识的反映认识论转换成叙事认识论的危险;詹姆逊文学批评中的政治性理解则有图解文学和把有限经验普遍化的倾向"。②李世涛则分析了詹姆逊的意识形态理论,认为他的意识形态理论是回应后结构主义挑战和重建马克思主义阐释有效性的一种调和之物,这种理论"局限在理论文本的建构上,相信理论能代替实践对现实发生作用。在这种调和中,其理论失去了马克思主义的实践锋芒"。③两篇文章显示,研究者在作出批判之前,都对詹姆逊理论进行了深入研究,而且怀抱着充分理解,不仅看到了其理论的矛盾,更清楚认识到产生矛盾的原因。中国学界的詹姆逊研

---

①四篇文章为陈本益:《释德里达的"原初书写"概念》,载《国外文学》,2005年第2期;盛宁:《"解构":在不同文类的文本间穿行》,载《外国文学评论》,2005年第3期;李永毅:《德里达与乔伊斯》,载《外国文学评论》,2007年第2期;金惠敏:《自然与文化的解构限度——思考在德里达"之后"》,载《外国文学评论》,2008年第4期。

②胡亚敏:《"理论仍在途中"——詹姆逊批判》,载《外国文学》,2005年第1期。

③李世涛:《还原意识形态的动作过程——詹姆逊的意识形态理论》,载《外国文学》,2003年第3期。

究，正像胡亚敏描述的那样，经历了一个走近、理解、对话、批判的过程。[①]

近年来理论研究表现出的这种由粗到细、从宏观转向细部的变化，是学术研究必经的过程，同时也表明理论研究并未停滞不前。换个角度来说，正是由于研究模式转向精细化，才使得理论研究的难度增加许多，期刊发文量减少实属必然。

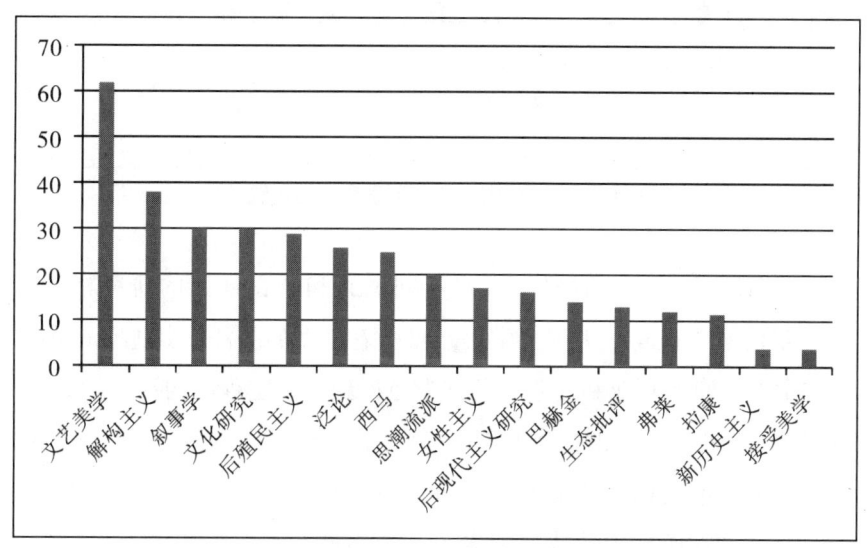

2000—2010年五家期刊理论研究统计

（柱状图数据从高到低依次为：文艺美学约62，解构主义约38，叙事学约30，文化研究约30，后殖民主义约29，泛论约26，西马约25，思潮流派约20，女性主义约17，后现代主义研究约16，巴赫金约14，生态批评约13，弗莱约11，拉康约11，新历史主义约3，接受美学约3）

在这个10年当中，本文采用的统计方法有一些变化。由于1980、1990年代学术论文的形式还未规范化，各家期刊都未要求提供"摘要"和"关键词"，所以前面两个时段的数据都是笔者逐篇翻阅论文统计而来。2000年前后，五家期刊都开始要求论文提供摘要和关键词，这就使机器统计成为可能。在这个10年当中，本文主要依赖五家期刊论文的关键词统计结果进行再分析。与人工统计相比，这种方式更加机械僵化，因此下面的数据只是勾勒出这一时期的研究概况，仅供参考。

---

① 李定清：《借鉴·整合·创造：西方文学批评的中国化道路——胡亚敏教授访谈录》，载《外国文学研究》，2006年第2期。

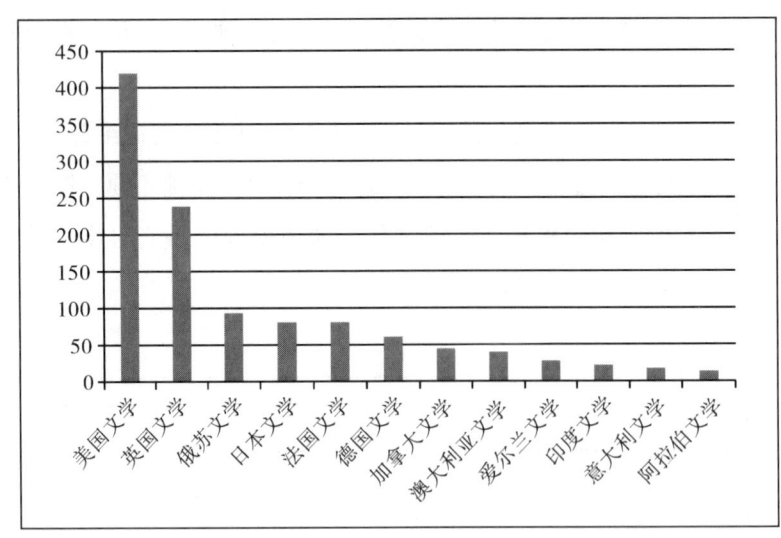

2000—2010年国别和地区研究关键词统计①

  如图所示，这个时段学界对不同民族和语言地区的研究格局与1990年代基本相同。美国文学仍然吸引着最多的关注，其他英语国家像加拿大、澳大利亚和爱尔兰的文学也得到了一定程度的重视。此外，各语种文学相应研究的比例并无明显变化。至于东方文学，由于统计的只是各期刊论文标示的关键词，而不是像前面两个时段那样，只要是"东方"范围内的作家都划入此类，因而虽然标示"东方文学"关键词的论文只有十余篇，却并不意味着东方文学研究论文就只有这几篇。与1990年代相比，学界在这一时段对东方文学的研究力度没有明显变化，数量不多，只有对诺贝尔文学奖得主帕慕克的研究相对集中一些。

  作家研究这部分情况也大体相同，研究重点变化不大，表明学界对经典作家的判断已经比较固定。细部的变化表现为：有些作家从名单中消失，像1990年代还是研究重点的俄苏作家托尔斯泰、屠格涅夫、肖

---

①此统计结果主要依据为南京大学中国社会科学研究评价中心对2000—2010年之间CSSCI来源期刊论文关键词统计，其中2000—2004年结果为邓三鸿先生完成，见江宁康、邓三鸿：《我国近年来外国文学研究热点》，载《华东师范大学学报》（哲学社会科学版），2006年第5期；2005—2010年结果由白云女士完成。由于这一时段中CSSCI期刊包括了《俄罗斯文艺》，该刊不在本文考察范围之内，而且会使"俄苏文学"部分的数据增多，不利于综合评价，笔者在参考邓、白两位先生统计结果的基础上剔除了《俄罗斯文艺》，对标示"俄苏文学"关键词的论文进行了单独统计。

洛霍夫，由于此前的研究已经比较充分，研究热度大幅降低；还有一些作家新晋研究重点名单，包括诺奖得主奈保尔、库切、君特·格拉斯、大江健三郎、多丽丝·莱辛，还有非常活跃的当代作家阿特伍德、村上春树、米兰·昆德拉、汤亭亭，以及地位重要但1990年代研究不多的康拉德、纳博科夫、贝克特、亨利·詹姆斯。与1990年代相比，这一时段增加了更多当代作家，折射出学界的研究重心继续向当代转移[①]；另外，重点作家构成显得更加多元化，既有莎士比亚、卡夫卡等大家，也有村上春树这样的当代热门作家，奈保尔这样的离散作家，还增加了三位女性作家。总体看来，学界的作家研究仍然集中于欧美，对拉美与东方作家涉及不多。

2000—2010年作家研究关键词统计[②]

莎士比亚	83	贝克特	26	萨特	17
卡夫卡	59	哈代	25	米兰·昆德拉	17
海明威	42	阿特伍德	25	多丽丝·莱辛	17
陀思妥耶夫斯基	36	普希金	24	华兹华斯	16
福克纳	36	乔伊斯	24	川端康成	16
托妮·莫里森	36	霍桑	23	伍尔夫	15
艾略特	34	汤亭亭	22	卢梭	15
康拉德	34	王尔德	21	卡尔维诺	13
奈保尔	32	歌德	20	奥尼尔	13
库切	31	福楼拜	20	果戈理	12
劳伦斯	30	大江健三郎	19	加缪	11
纳博科夫	29	亨利·詹姆斯	19	叶芝	10
君特·格拉斯	27	村上春树	18	契诃夫	9
易卜生	26	博尔赫斯	18	布尔加科夫	9

二、多元化研究模式

1990年代，外国文学界虽然引进了多种理论话语，但在批评实践中却是以审美批评为主导，后殖民主义、新历史主义、文化研究这类注

---

① 当代作家增多还有一个原因，就是这一时期统计的期刊增加了《当代外国文学》。
② 这份表格仍然以邓三鸿、白云的统计结果为基础，减去了《俄罗斯文艺》中的相关数据。

重挖掘文本与社会历史语境关系的理论话语并未真正在批评实践中得到广泛应用。直到近十余年来，批评实践领域的文化转向才真正形成规模，以上述几种批评理论为武器的文化批评实践才日渐繁荣，让推崇形式审美研究的学者担心文学研究已经远离了"文学文本自身"。[①]其实，文化转向并不意味着研究模式走向单一。恰恰相反，这个时期的外国文学研究真正开始走向多元化，各种理论话语，无论形式文论还是文化批评理论，都频频应用于批评实践。另一方面，随着1980年代那种"纯文学观"被祛魅，作为一种意识形态的审美研究的确不再有市场，但是审美批评这种研究模式却并未被文化批评取代，而是继续发展，或者成为文化批评实践过程中必不可少的一环，与文化批评融合在一起。且看一组数据：2005—2010年间，以"叙事学"、"叙事策略"、"叙事话语"、"叙事视角"等主题词为关键词的论文有160余篇，以"女性"、"女性意识"、"女性主义"等为关键词的132篇，以"身份"、"文化身份"、"身份认同"为关键词的有77篇，以"后殖民"、"后殖民主义"、"后殖民语境"为关键词的70篇，以"生态批评"、"生态意识"、"生态伦理"等为关键词的54篇。仅凭这些高频词的数量并不能说明论文运用理论话语的具体情势，但至少表明，后殖民、女性主义、叙事学分析这些理论话语和文本解读方法应用广泛，它们可能单独出现在一篇论文中，也可能被一篇文章综合运用。几组主题词中，"后殖民"、"女性主义"、"身份认同"与"生态批评"这几类自然都属于文化理论一脉，而"叙事学"这一类在1990年代是形式主义文论的代表，运用叙事学阐释文本的论文皆可归入形式审美研究一类，但近年来学界兴趣转向了注重文本与社会语境关系的后经典叙事学，因此这类词的数量并不等于局限在封闭文本内的形式研究论文的数量。实际上，在当下这个多元化时代，形式文论与文化批评理论之间已经放弃了二元对立，选择了互相吸收和借鉴。批评实践自然也会随之改变。理论视角多元并存，内—外融合，审美批评与文化批评融合，已经成为当前外国文学研究的大趋势。

[①]《编后记》，载《外国文学评论》，2011年第1期，编者引用一位投稿者的话。

研究模式另外一个重要的变化仍然与"理论"有关，那就是理论运用开始走向成熟。从1980年代中期开始，学界一直强调批评实践中新理论、新方法的应用。尽管事实上单纯演绎新理论话语的文章并不占多数，这种理论情结仍然带来了批评实践中生硬套用理论、给文本贴标签的现象。近十年来，理论研究本身虽然失去了高潮时的热度，整个外国文学研究对理论的理解和应用倒是逐渐走向了深化和成熟。学界已经认识到，并非所有的西方当代理论都适用于文本批评实践，适合中国语境。因此，各种理论话语对文本批评实践的影响并不均衡，理论研究热点不一定就对批评实践影响很大。像解构主义，虽得到理论界最多关注，在批评实践中的直接运用却明显稀少。其中原因已经有学者指出："解构主义作为一种具有乌托邦色彩的反形而上学假说，注定要与实证性的批评实践脱节；后殖民主义、女性主义等批评实践正是因为与解构主义哲学保持着既连续又断裂的关系，才得以以解构的姿态屹立于批评领域。"[①]的确，解构主义对中国学界的影响并不是通过直接运用于批评实践体现出来的，它不是文学研究之"术"，而是一种"道"。虽然新世纪以来理论界在解构主义阵营中更为关注的是强调文本解读的耶鲁学派，显然是希望能够从中借鉴有效的文本阅读策略，但是若要在西方文学文本中实践解构主义阅读策略，批评者必须具备深厚的西方语言语义学、词源学、语法学、修辞学、音韵学功底和丰富的文学文化背景知识，还要深谙解构主义精髓。这对于中国学者来说，实在是困难重重。因此，近年来的外国文学界关注的不再是批评实践中是否应用了新理论，而是看重理论应用是否有效解读了文本，推进了认识。

20年来的西方理论应用的确为文本解读打开了一片新天地，不过近年来批评实践的多元化还表现出一种新趋势，即"理论"的隐形或消失。我们注意到，除了理论演绎型论文，各家期刊上还有许多文章通篇不见任何理论，它们或是将理论消化于无形，以文本细读见长；或是以

[①] 萧莎：《德里达的文学论与耶鲁学派的解构批评》，载《外国文学评论》，2002年第4期。

考证取胜，提供前所未见的资料。①在每年巨大的论文总产量当中，考证型文章所占比例很小。学界一般认为，中国学者若想在外国文学研究领域"言人所未言"，只能以所谓的中国视角作出某种新的解读，在考证上作出贡献着实是难上加难。考证类论文的出现改变了这种定见。两相比较，未见明显理论框架的文本细读类文章的数量要多一些。文本阐释、文本细读本是文学研究最基础的工作。从1980年代起，几家权威学术期刊就在倡导作品解读的新意和深入，但是中国外国文学研究在这方面的积累却并不深厚，直到1990年代，宏观介绍作品思想、人物、艺术的三段式研究仍然大量存在；还有许多演绎新理论的文章看似新颖，却缺少对文本的细致分析，甚至歪曲文本以适应理论，除了证明理论本身的正确，并未读出多少文本的新意。近年来，泛泛而谈的文章和落入俗套的理论演绎文章在五家期刊上已经越来越少见到，大部分文章不论是否运用某种理论话语，都进行了比较细致的文本解读，从文本细读出发的研究模式已经得到学界一致认同。这当中，那些将理论运用于无形、不以时髦理论话语炫耀的文章显然已经进入了更为成熟的阶段。理论之于文本解读，当如盐之入水，这才是文学研究最为成熟的境界。诚如《外国文学评论》2001年第1期《编后记》所言："所谓优秀的论文，我们觉得首先应该是对某一个论题的研究：其立论应该有新意，论证应该缜密，关键是要能提供翔实的论据和材料，当然最好还能有点不同凡响的识见……论据充分而立论不足，论文仍能有一定的价值；而仅有滔滔宏论却没有论据，则根本不能成其为论文。"②以此观之，我们的外国文学研究已经迈出了第一步，但还有很长的路要走。

综上，经历了"十七年"的阶级分析模式一统天下，到1980年代形式审美研究呼声压倒社会历史批评，再到1990年代形式审美研究的深入实践，进入新世纪的外国文学研究真正在研究模式上走向了多元

---

①具体文章此处不详述。仅举一两例：《外国文学评论》2010年第3期李征的《火车上的三四郎》如果要归类的话属于文化研究，但文章并未出现任何难懂的理论术语，理论视角不露痕迹。《外国文学评论》2002年第1期吕大年的《人文主义二三事》即是考证型论文。

②《编后记》，载《外国文学评论》，2001年第1期，第160页。

化，走进了成熟时期。

第二节　文化研究：理论探讨与批评实践

外国文学界从1990年代中期开始积极引介西方文化研究理论，但是外国文学领域的"文化转向"真正形成规模是在近十余年来。这种文化转向主要表现在两个方面：一是文学研究对象的多样化。除了以往研究所关注的文学经典，少数族裔文学、通俗文学、电影、电视、大众文化、民间传说都被纳入了文学研究的视野，研究范围大大拓宽。二是研究方法和旨趣的变化。批评家们不再满足于对文学文本进行纯审美研究，而是将文学视为文化的产物，视为一切社会关系的总和，从整体历史视野去考察文学作品，注重揭示文本的文化内涵。通过梳理外国文学界对"文化研究"的研究历程及其个案研究中的文化批评实践，本节试图分析文化研究与中国学术、中国文化身份建构的关系，追寻文化批评实践中的中国视角与问题意识。

在梳理之前，需要辨析文化研究和文化批评这两个概念。这里借用学者陶东风的准确分析，将文化研究分为广义、狭义两种。广义的文化研究就是英国伯明翰大学当代文化中心所代表的研究范式：以包括文学在内的一切文化现象为研究对象，而狭义的文化研究是把前者那种研究方法与追求用于文学研究，又可称为"文化批评"。文化批评解读文本的目标不同于审美批评，不是揭示文本的"文学性"，而是致力于揭示文本的意识形态及其隐含的权力关系。因此，下面以文化研究表示其广义，以文化批评表示其狭义。诚如陶东风所言，无论广义狭义，文化研究都具有突出的政治学旨趣、跨学科方法、实践性品格、边缘化立场与批判性精神。①

---

① 陶东风：《试论文化批评与文学批评的关系》，载《南京大学学报》（哲学社会科学版），2004年第6期，第116页。

一、理论探讨

在外国文学研究领域，对文化研究的接受依然遵循"先理论后实践"的模式。文化研究的相关理论从1990年代中期开始介绍，直至新世纪之后，运用文化研究的方法和视角对文学作品进行文化批评才渐成风气。

1990年代的理论研究统计显示，五家期刊上以"文化研究"为题的论文只有9篇，在各个理论话题中数量并不突出。2000—2010年，讨论"文化研究"理论的论文达到30篇，以"文化研究"为关键词的文章有52篇，受关注程度显著提高。整体看来，理论研究文章可以分为两类：一类主要介绍西方文化研究理论，其中英国文化研究理论又是介绍重点；另一类通过介绍相关理论探讨文化研究对中国学术、外国文学研究的价值。此外，外国文学期刊上有关"文化研究"的讨论大致可分为两个阶段：1990年代主要介绍、研究"英国文化研究"；新世纪以来，随着文化批评实践的拓展，单一文化内部研究开始转向不同文化间关系的讨论。

"文化研究"最早进入中国的两本标志性著作，当属詹姆逊的《后现代主义与文化理论》（陕西师范大学出版社，1988年）以及霍克海姆与阿多诺合著的《启蒙辩证法》（重庆出版社，1990年），但当时学界还没有用"文化研究"这一术语作为标签。作为学术思潮的"文化研究"最初"名正言顺"进入中国的标志，是1995年8月在大连召开的"文化研究：中国与西方"国际学术研讨会。1995年第4期《国外文学》上，出现了五家期刊中最早探讨"文化研究"的论文：周小仪的《文学研究与理论——文化研究：分裂还是融合？》。此后，《国外文学》于1996年第2期设专栏，刊登了大连会议的部分论文。这组文章共八篇，西方学者译文与中国学者论文各占一半。译文中除伊格尔顿宏论后现代主义与中国现实之外，皆为从某一文本入手进行的文化研究实践范例。中国学者的文章则以宏观介绍为主，或详或简地梳理了英国文化研究的历史及理论来源，宏观讨论了文化研究与文学研究的关系。几位学者都指出，文化研究并无专属理论和方法论，其特点在于面对"问题"时，灵活运用多种理论与方法，不以建构理论为目标，而是追求实践性。张颐武认为，这种"思路问题化、理论微型化"的研究方式，正是文化研究带给中国学术的启示。[①]王宁依据西方文化研究的成果，总结出未来中国学界可以深入研究的六个课题：后工业社会和后现代文化消费问题、后殖民语境下的第三世界写作和批评话语、女性写作与妇女研究、文化相对主义、多元文化主义及文化身份、影视制作与大众传媒。[②]不难看出，这些课题都是西方学界当时的研究热点。谈到文化研究与文学研究的关系，周小仪在文中指出，文化批评家切入文学研究的角度发生了变化："从认识论转向实践论，从本体论转向方法论，从内部研究转向外部研究。"[③]面对这种变化，几位学者都表达出乐观的态度，认为文化批评与审美批评是两种不同的文学研究范式，前者不会取代后者，也绝非势不两立。

作为引入"文化研究"的开场白，这一束文章照例对文化研究作出了概览和宏观评价，给未来的深入研究留下了极大的空间。1990年代其余几篇文章以介绍英国文化研究奠基人雷蒙·威廉斯的理论为主，很少作出评价。在为数不多的几句评论中，有学者指出威廉斯的价值在于其实践性，他"并未将理论和学术追求当成目的本身。他的写作显然是以政治斗争而不是以理论精致为目的"。[④]此后，对雷蒙·威廉斯著作的解读一直是"文化研究"研究中的一个重点，其著作也一直是文化研究论文引用最多的资源之一。近几年来，另一位文化研究代表人物斯图亚特·霍尔的文化认同论述和英国的亚文化研究也得到学界较为集中的关注。与此同时，宏观梳理仍然是这一研究领域中主要的研究视角之一，有将近一半文章采用了这种方式。其中对文化研究的认识有推进，亦不乏重复。需要指出的是，尽管法兰克福学派和美国学者都曾经或正

[①] 张颐武：《文化研究与中国的现状》，载《国外文学》，1996年第2期，第37—42页。

[②] 王宁：《文化研究：西方与中国》，载《国外文学》，1996年第2期，第29—36页。

[③] 周小仪：《文学研究与理论——文化研究：分裂还是融合？》，载《国外文学》，1995年第4期，第3—7页。

[④] 赵斌：《雷蒙德·威廉斯的"文化与社会"》，载《外国文学》，1999年第5期，第69页。

在进行文化批判与研究,三种文化研究的认识预设和文化观念都存在分歧,不能一概而论,学界的视野还是主要集中于英国文化研究理论,对德、美文化批判及文化研究的相关理论与实践的讨论相对较少。①2006年,《外国文学》编辑部与《差异》编辑部共同主办"英国文化研究与中国"学术研讨会,可谓英国文化研究之研究的一个阶段性总结。会议集中讨论的问题包括:英国文化研究的概念与重要性、英国文化研究学科史中的具体问题、英国文化研究与马克思主义的关系、英国文化研究在中国的意义。会议主办者希望能够通过重审"英国文化研究"这一相对确定的学术实体,应对国际、国内学界文化研究日益泛化的趋势,找到"阐释中国"的参考坐标。②研讨会上,颇有几位学者反复强调,英国文化研究最值得中国学界借鉴的特点和价值就在于其实践性。在扼要梳理英国文化研究学术史时,有学者辨析了斯图亚特·霍尔与雷蒙·威廉斯文化研究的不同理念,也有学者关注英国文化研究发展过程中政治经济学分析的逐渐淡化与重提,认为阶级分析的方式对中国的文化研究很有启发。从这次会议和同期论文中可以看到,经过十余年的引进研究,学界的"英国文化研究"研究已经明显深入,而且将引进之初对这一思潮"实践性"和"批判性"的强调一直保持了下来。西方几十年来的文化研究历史证实,理论建构并不是文化研究的主要目标,"实践性"的确是它的独特品格。但是对于它的"批判性",西方学界的认识却不尽一致。伊格尔顿就在大连会议的论文中指出,文化研究只是一种时髦的学术思潮,其本身并不具有激进或保守的政治倾向和价值观,并不天然具有批判性。对于现存体制,它有时认同,有时批判,有时又认同又批判,其中变化完全取决于文化研究者本人。③在这一点上中国学界的认识要统一得多,几乎所有学者都认为文化研究表达了西方左派的

---

① 1990年代以来,五家期刊中专门讨论法兰克福学派文化批判思想的论文有7篇,专题讨论美国文化研究的更少,有些文章介绍了美国的"经典之争",还有文章论述詹姆逊的文化批判实践,从不同侧面考察了美国文化研究的一些特点。

② 黄卓越等:《"英国文化研究与中国"研讨会纪要》,载《外国文学》,2006年第6期,第84—95页。

③ 〔英〕特里·伊格尔顿:《后现代主义的矛盾性》,王宁译,载《国外文学》,1996年第2期,第3—6页。

政治倾向和价值立场,并且在实践文化研究时,学习西方左翼文化研究学者,以批判资本主义现代性为宗旨。对中国学界来说,"文化研究"就意味着批判精神。

既有的"文化研究"研究成果显示,目前学界对西方文化研究的经典著作和基本方法已有相对全面的介绍和了解,而且确立了以"实践性和批判性"为中心的借鉴方向。同时也应看到,虽然一再强调"实践性",但学界对文化研究的研究主要还是围绕理论展开,更注重提炼文化研究著作中的理论观点,而忽视了通过其中的具体研究范例学习实践经验,对具体的"实践性"关注不够。因此,外国文学界在未来的"文化研究"研究中,除了继续深入了解英、德、美等西方不同旨趣的文化研究理论,为中国的文化研究实践提供理论借鉴之外,还应当加强对西方文化研究经典个案的引介与分析,展示原创理论的具体应用途径和思路,为运用文化研究方法讨论本土问题提供经验、示范或者教训。毕竟,这才是中国"文化研究"引进与研究的最终诉求。

进入新世纪后,受到后殖民文化批评的影响,学界的"文化研究"讨论不再像英国文化研究那样局限于单一文化内部,而是转向不同文化之间的影响与差异。换言之,讨论范围已经不再局限于英国那种大写的"文化研究"(Cultural Studies),而是扩展到以美国后殖民理论为代表的泛化的文化研究。早在1990年代初,澳大利亚学者格雷姆·特纳就曾指出:"对于文化之间而不是文化内部的差异的不敏感性,或许正是当代文化研究实践中流传最为广泛的疾病。"[1] 注重不同文化间关系的后殖民理论广泛传播,推动了文化研究由内而外的转向。中国学界及时地呼应着这种变化,同时也表现出对西方学术话语的审慎态度。2001年4月,《外国文学评论》编辑部主办了名为"文化的迁徙与杂交"的学术研讨会。会议不以"文化研究"本身为主题,但所讨论的问题正是当时

---

[1] 〔澳〕格雷姆·特纳(Graeme Turner):《为我所用:英国文化研究,澳大利亚文化研究与澳大利亚电影》(It Works for Me: British Cultural Studies, Australian Cultural Studies and Australian Films),载劳伦斯·格罗斯伯格等(Lawrence Grossberg et al.)编:《文化研究》(Cultural Studies, London: Routledge, 1992)。转引自陶东风:《文化研究:西方话语与中国语境》,载《文艺研究》,1998年第3期,第29页。

西方"文化研究"的学术热点。按照该刊2001年第3期《编后记》的说明，文化形态的迁移和文化影响的扩散本是个老话题，由于"文化研究"尤其是后殖民批评的盛行而成为新热点。①《编后记》认为，文化研究的宗旨是要重新改写长期以来人们对自己文化属性的种种认识，但实际上文化之间的影响仍然是以西方强势文化对弱势文化的改写为主，近年来西方学界盛行的以后殖民视角进行的文化批评依然是以西方人文价值观为准绳进行的知识整合。这种看法与特纳不谋而合。身处西方世界边缘的特纳也认为：尽管英国文化研究（后殖民文化批评也是如此）致力于抵抗种种普遍主义话语，更反对自己成为人文学科中的权威、正宗话语，但吊诡的是，随着它们在国际学界的广泛传播，普遍化的趋势却真真切切地出现了。因此，《编后记》明言：《外国文学评论》之所以发起这次研讨会，就是为了应对西方文化的文化挑战，讨论如何在各种文化潮流相互激荡的大势下保持民族文化的主体性问题。言下之意，借鉴文化研究事小，不被西方学术话语同化事大。中国学界在借鉴后殖民文化批评时，应当自觉意识到这种研究方法当中蕴含的政治性。

迁徙与杂交，是后殖民理论家表述文化流动状态的术语。这次研讨会虽以后殖民文化批评为议题，言说的还是中—西文化与学术关系的老问题。在具体讨论中，大多数学者都对盛行于美国的后殖民批评与后殖民写作进行了不同角度的审视与质疑，倡导研究中的民族文化立场和主体意识。《外国文学评论》于2001年第3期头版刊登了本次会议的部分论文。陆建德在文中指出，后殖民批评家与作家们在标榜文化迁徙与杂交时，并不能"超然独立于美国的文化环境和学界的内部竞争。真正的文化多样性并不能由迁徙和杂交来保证"。②在提倡文化交流的同时，中国批评家应当"强调文化血脉的传承并保护处于濒危状态的文化身份"，充分认识到后殖民批评这一理论话语的特定背景，在具体的生活

---

① 后殖民批评与大写的"文化研究"即英国文化研究学术渊源与路径不尽相同，前者兴起于美国，而影响传布世界，也被归入文化研究之一翼。

② 陆建德：《地之灵——关于"迁徙与杂交"的感想》，载《外国文学评论》，2001年第3期，第10页。

环境和社会关系中感受"地之灵"。石海峻借鉴后殖民批评视角,以印度现当代文学和侨民文学为例,指出后殖民作家与萨伊德所标榜的"世界主义"实为虚妄。①戴从容则深入萨伊德理论内部,认为他提倡"流放"的知识分子立场(也即世界主义的立场),实际是把摆脱霸权的希望寄托在寻找一劳永逸的立足点之上,从而陷入了该立足点的特殊与各地位点的平等之间的矛盾。②戴文认为,后殖民文化研究的价值就在于它不断地批判,这批判既指向传统话语,也指向批判者自我,甚至是这种批判本身。"这一批判行为是一个永不间断、螺旋型发展的过程。通过这个过程,批判者使自己真正地迈向多元文化目标。"与第一世界不断批判自我的历程不同,对第三世界国家来说,迈向多元文化的必经之路是民族主义。在这条路上,第三世界的文化研究者肩负多重任务:批判文化关系中的霸权结构、寻找自我、建立自我与批判自我。基于对中西关系同样的判断,张德明认为这个时代需要一种多元杂交的文化诗学。这种诗学的核心是"研究跨文化交流中民族文化记忆的发掘、阐释和转译问题"。③

显而易见,对于后殖民批评家提出的"文化迁徙和杂交"理念,几位学者不约而同都以强调民族文化传统作为应对。几位学者普遍认为,在批判西方文化霸权时,后殖民批评是可供中国学界借鉴的一种话语,但这种话语本身却依然隐藏着霸权,不加辨析地接受世界主义的文化杂交论,有可能遮蔽我们自身语境的特殊性。面对强势文化的冲击,中国必须在不同文化的关系对比中确立自己的位置和身份。不过,正如陆建德文中所述,萨伊德之所以漠视甚至反感文化身份问题④,是因为他将"文化的杂交与迁徙"视为实现世界主义理想的必由之路,本质主义的

---

① 石海峻:《地域文化与想象的家园——兼谈印度现当代文学与印度侨民文学》,载《外国文学评论》,2001年第3期,第24—33页。
② 戴从容:《从批判走向自由》,载《外国文学评论》,2001年第3期,第34—41页。
③ 张德明:《多元文化杂交时代的民族文化记忆问题》,载《外国文学评论》,2001年第3期,第11—16页。
④ 萨伊德在一次访谈中说:"身份问题是当前所有问题中最次要的。比这更重要的事是要超越身份界限,走向别处,不管那是什么地方。"《萨伊德访谈录》,载《中华读书报》,2000年12月27日。

身份认定与这一理想相冲突。相比之下，中国学界对文化身份问题的高度关注恰恰是文化归属感面临危机的表现。

从几位学者的文章可以看出，与1990年代中期相比，对于后殖民理论在中国的适用性、后殖民理论的双重性以及后殖民理论家的双重身份等问题，学界的认识已经全面、深入了许多。对于后殖民批评与中国学术的关系，几位学者的态度比较客观，既反对完全拒斥，也反对全盘照搬。

通过文学研究探讨不同文化之间的关系，一直是中国外国文学研究的重要任务之一。在这次关于中—西关系老问题的新讨论中，结论仍然不是最重要的，重要的是如何在研究实践中体现对这一问题的思考。换句话说，弄清楚"应该怎样"固然重要，但更有意义的还是"做得如何"。在外国文学领域近年来的文化批评实践当中，也许可以找到更多耐人寻味的细节。

二、批评实践

首先需要说明，本文梳理文化批评实践的目的不是为了确定谁的研究更正宗，更符合文化研究的模式。文化研究是一个极其强调实践性的知识生产领域，过分执着于辨析文化研究本身的理论构架和研究实践的理论归属其实远离了这种研究的精神，就像霍尔表白的那样，他"并不生产理论，只是运用。东抓一把，西抓一把，把什么东西都抓到自己的窝里"。[1] "文化研究拥有多种话语，以及诸多不同的历史，它是由多种形构组成的系统；它包含了许多不同类型的工作，它永远是一个由变化不定的形构组成的系统。它有许多轨迹，许多人都曾经并正在通过不同的轨迹进入文化研究；它是由一系列不同的方法与理论立场建构的，所有这些立场都处于论争中。"[2]

---

[1] 转引自盛宁：《走出"文化研究"的困境》，载《文艺研究》，2011年第7期，第12页。

[2] [英]斯图亚特·霍尔(Stuart Hall)：《文化研究及其理论遗产》(Cultural Studies and It's Theoretical Legacies)，载劳伦斯·格罗斯伯格等(Lawrence Grossberg et al.)编：《文化研究》(Cultural Studies, London: Routledge, 1992)，第278页。

事实上，几乎所有西方1960年代以来的理论都能在文化研究实践中找到影响痕迹。因此伊格尔顿将1960年代之后涌现的诸多理论统称为"文化理论"，认为正是以后结构主义、后殖民批评、西方马克思主义为代表的文化理论推动了文化研究的盛行。[1]按照这种观点，文化研究实践就并非英国文化研究出现之后的产物，伯明翰学派的贡献之一就是为这种研究方式命名，将它的影响传向世界。不过，鉴于这种文化研究概念的外延过于宽泛，已经有"无边"之嫌，本文还是采用大写的"文化研究"指称的那个概念。在梳理当中，本文主要关注外国文学研究中文化批评实践的基本发展历程、理论来源、研究重点，以及其中表达的问题意识。

中国学界对"文化研究"的研究虽始于1990年代中期，文化研究实践其实早在1980年代末到1990年代初就已显露端倪，不过还局限于影视创作和通俗文学领域，并未对传统文学研究形成多大冲击。由于英国伯明翰大学当代文化研究中心所代表的"大写的文化研究"还不曾引进介绍，当时国内的文化研究实践尚未进入理论自觉期，关注大众文化现象的学者还没有用"文化研究"一词为自己的研究命名，他们的理论资源主要来自法兰克福学派的文化工业批判、詹姆逊的后现代文化研究，以及雷蒙·威廉斯的《文化与社会》。1990年代中期，"文化研究"正式引进，尤其是后殖民批评进入学界视野之后，文化研究实践的重心开始由国内大众文化批判转向了对西方普遍主义的现代性话语及各种文化帝国主义话语的揭示，文化研究的视野也不再局限于影视创作与社会文化现象，开始渗透进传统文学研究之中。

在中国外国文学研究领域，1980年代末1990年代初正是审美批评最为盛行的时期，运用传统社会历史批评方法讨论文学与社会、文学与政治关系的外部研究文章不被看好。对于同为外部研究又很不了解的文化批评，学界更是极少涉及。偶尔有一两篇读解作品中文化意义的论文，也显示出对"文化研究"浑然不知。即便是引介"文化研究"之

---

[1]〔英〕特里·伊格尔顿:《理论之后》，商正译，商务印书馆2009年版，第6页。

后，外国文学研究实践也并未立刻出现"文化转向"，仍然以审美批评为主流研究模式。直到2000年前后，学术期刊上真正体现出文化研究之政治取向、跨学科方法和批判立场的文章才渐呈增多之势，少数族裔文学、性别文学、流散文学这些文化批评最为关注的领域，也是近十年来才成为学界研究的热点。外国文学研究领域批评话语的"文化"转向究竟达到何种程度？机械的数字统计难以反映丰富的研究面貌。因此本文选择文化批评视野中"标志性"的作家作品，还有学界公认较早实践文化批评的学者，通过"点"的梳理透视外国文学领域文化批评实践的特点。在梳理中，重点关注如下问题：（1）国内文化批评实践的主要理论来源。在具体应用中学界表现出怎样的主体性选择？（2）文化批评与审美批评处于怎样的关系？（3）相对于国外学界的同题研究，国内的文化批评实践是否有所突破？

在这里，有必要辨析"文化批评"的所指及其与"审美批评"、"社会历史批评"的关系。文化批评的特点表现在政治学旨趣、跨学科方法与批判性精神，审美批评则以揭示文本的"文学性"为唯一目的。两者各有优劣，形成互补。文化批评不把文本看作封闭自足的存在，但在具体实践中重视文本分析，充分运用各种"内部研究"的文本分析方法。两种批评模式的根本差别在于它们解读文本的目的不同。但是文化批评也并不等于传统的社会历史批评，因为文化批评试图打破传统文学社会学所设定的文学在形式—内容、内部—外部之间的二元对立关系，而且突破了后者的阶级论框架，"关注比阶级关系更加复杂细微的社会关系和权力关系——比如性别关系、种族关系等"。[①]由于社会历史批评是中国学界长期以来最权威、最主流的文学研究模式，影响至今仍在，因此在具体研究中容易与文化批评混淆。

(一) 托妮·莫里森研究中的文化批评实践

中国学界对托妮·莫里森的介绍始于1980年代后期，最早出现于本文所选五家期刊上的学术论文是王家湘的《托妮·莫里森作品初探》

[①] 陶东风：《试论文化批评与文学批评的关系》，载《南京大学学报》（哲学社会科学版），2004年第6期，第119页。

（《外国文学》，1988年第4期）。在1993年莫里森获得诺贝尔文学奖之前，中国学界对她创作的介绍和研究都是星星点点，不成规模。研究视角也比较狭窄，仍以思想主题、人物形象和表现手法的一般性介绍为主。1993年莫里森获得诺贝尔文学奖之后，相关研究开始集中出现，尤其是1994年，在1990年代里文章数量最多。2000—2010年，以莫里森为题的论文更是成倍增长，仅五家期刊上就接近50篇。总体而言，研究主要集中于四个方面：一是莫里森作品的女性主义主题，二是其创作中的黑人文化主题，三是莫里森小说中的历史内涵和社会意义，四是莫里森小说的叙事艺术。[1]1990年代的十余篇文章中，大部分仍是运用传统的社会历史批评方法分析作品主题、人物形象、艺术手法，也有几篇文章运用新批评及叙事学的方法分析作品的艺术形式。进入新世纪以来，传统批评模式继续存在，但新的批评方法的运用明显增多，而且渐呈强势。研究者从神话—原型批评、巴赫金对话理论、读者反应批评、新历史主义、后殖民理论、文化研究、女性主义批评等多种视角切入，对文本的社会文化历史内涵进行阐发。不过在近几年来，国内莫里森研究中所借鉴的理论变得比较集中，运用后殖民理论对文本进行文化批评渐成趋势。[2]需要说明的是，在全部60余篇论文中，纯粹的审美研究实际上非常少，仅三四篇而已，其余文章都是通过文本细读和艺术形式分析讨论作品蕴含的社会、历史、文化意义，或多或少地表现出文化批评的特点。可以说，中国莫里森研究的一个特点就是内部研究与外部研究并重，审美分析与文化批评共存。更准确地说，在莫里森研究当中，我们可以看到学界已经超越了那种传统的内—外、形式—内容二元对立的文本观，虽然"文化研究"的五个特点并不全都很鲜明，但已经开始尝试打通文本分析、形式分析、语言分析与意识形态分析、权力分析，从文本的叙事方式和修辞手段中解读作者的意识形态立场。

从一开始，中国学界就将莫里森视为"黑人女性文学"的代表，而且认识到了其艺术手法对于主题的价值和意义。王家湘在《喜闻莫里森

---

[1] 杜志卿：《托妮·莫里森研究在中国》，载《当代外国文学》，2007年第4期，第122—129页。
[2] 研究中运用后殖民理论的论文占总数的1/4，而且集中在近10年。

获诺贝尔文学奖有感》一文中指出，莫里森的创作从黑人女性的视角揭示了种族歧视制度对黑人精神世界的戕害，其独特的创作手法与主题之间相得益彰。①特别引人注意的是，文章结尾对诺贝尔奖"授奖辞"中所谓莫里森创作"超越黑人性"的说法表达了质疑。作者举例说明，莫里森非但没有要从种族的桎梏中解放语言的行为，反而运用鲜明的黑人文化传统手法，突出了作品的"黑人性"（blackness）。强调莫里森的"黑人性"，这正是文化批评"政治学旨趣"的表现。当然，这篇1994年的文章只是对莫里森创作的整体介绍，研究模式还是传统的社会历史批评，并非真正意义上的文化批评，但它却提出了后来莫里森研究中的一个关键问题，那就是：如何看待莫里森作品中传达的"黑人性"与"美国性"？两种文化属性之间是什么关系？这一问题，正是从文化批评视角研究莫里森必须要回答的基本问题。

有关莫里森创作的文化归属问题，在美国学界也是研究中的主要分歧之一。对于莫里森创作到底表现了更多的美国性还是黑人性（非洲性），学者们一直争执不下。所谓美国性、黑人性，既指作家的文化归属和身份认定，也指作品中所表达的文化内涵以及所采用的艺术手法。两个概念互相对立，"美国性"有时特指美国白人文化，有时也泛指美国所代表的西方文化；"黑人性"则特指黑人的文化传统和文化意识。早期的研究者包括瑞典文学院都以西方价值观和西方文学评价模式为标准来判断莫里森创作，认为她超越了人物的"黑人性"，赋予人物以人人都能理解的一种抽象的普遍性。从这种判断中不难看出，西方世界试图以普遍主义话语包容并吞噬莫里森创作的异质性，用"人性"、"爱"、"救赎"一类的说辞为这些作品"消毒"、"褪色"，拒不承认她创作中的文化特殊性。另外一种意见认为，莫里森的创作深深植根于黑人文化的历史和现实之中，表达了她强烈的"黑人意识"。莫里森本人则一再重申，自己的写作是要把"追求已得到承认、验证的黑人艺术的原

---

① 王家湘：《喜闻莫里森获诺贝尔文学奖有感》，载《外国文学》，1994年第1期，第11—14页。

则作为其创作任务和凭证"。①她对评论界以白人作家为标准来判断黑人作家的做法非常不满,认为这种评论"仅仅是力图将这本书纳入一个已经确立了的文学传统"。②这些自白似乎为第二种看法提供了强有力的支持。但是在后殖民批评家看来,用"黑人性"或者"美国性"对莫里森本人和她的创作进行绝对的文化归属区分,体现的是非此即彼的二元对立思维,这种区分已经不能有效描述莫里森创作的特点。他们认为莫里森本人与其创作都具有双重文化属性,她本人既有强烈的黑人文化意识,又有选择地认同了西方(美国)文化中的某些价值。她的创作既属于美国文学中的西方传统又与之相脱离,表达了对白人文化霸权的挑战。③

对于莫里森及其创作的文化归属问题,中国学界的看法也存在与美国学界类似的变化过程。1990年代早期的论文中,除了王家湘先生将黑人性与美国性的争论作为一个关键问题提出并明确表态之外,大部分论文还是就作品谈作品,没有专门涉及这个问题。不过从各文章对主题的分析中可以看出,大部分研究者都将莫里森视为黑人、黑人女性的代言人,认为她的小说控诉了美国的种族主义。此外,也有人将莫里森创作归入西方现代主义文学和文化传统中去,忽略了其中的"黑人意识"。这种认识无疑受到了美国学界那种西方化批评话语的影响。④还有人表达了折中的看法,认为莫里森"不是狭隘的民族主义者,她是从自己民族文化的立场上感应着各民族共同关心的自由、自我、文化和历史等方面的问题"。她带给中国的启示便是:越是民族的,越是世界的。⑤

---

① Toni Morrison, "Memory, Creation, and Writing," *Thought*, Vol. 59, No. 235, 1984, p. 389. 转引自吕炳洪:《托妮·莫里森的〈爱娃〉简析》,载《外国文学评论》,1997年第1期。

② 王家湘:《访托妮·莫里森》,载《外国文学》,1991年第3期,第59—62页。

③ 参见陈法春:《西方莫里森研究中的几个焦点》,载《外国文学动态》,2000年第5期,第22—26页。

④ 例如,罗选民分析了《宠儿》中"荒诞"技巧的运用,认为作品表达的是对西方文明异化的批判,而不提作品的黑人文化背景。罗选民:《荒诞的理性和理性的荒诞》,载《外国文学评论》,1993年第1期,第60—65页。

⑤ 杜维平:《呐喊,来自124号房屋——〈彼拉维德〉叙事话语初探》,载《外国文学评论》,1998年第1期,第66—70页。

这里需要特别提到的是张弘的文章,它是中国学界将后殖民批评视角引入莫里森研究的最早尝试。文章指出,莫里森小说里"文化问题被放在了首位。莫里森小说中着重展现的,是白人文化侵入黑人文化的总格局,以及这种格局对黑人心态的影响。借用赛义德的文化理论,这是文化上的殖民主义,虽然这发生在美国本土,而不是西方与东方之间。在此大背景下,怎样实现黑人的自我,保持种族的个性?怎样抵御异质文化的侵蚀,维护文化本位的完整?怎样清理历史冲撞造成的残骸,重建本民族的新文化?……所有这些,就是莫里森1970年代以来小说创作的中心点"。[1]文章并未就这一视角展开论述,而是综览莫里森小说,强调了她创作中的"黑人文化本位"。

随着莫里森创作的发展和后殖民理论的流行,新世纪以来,学界对莫里森文化归属的看法以及讨论这个问题的视角都发生了变化。那种将莫里森创作归入西方文学传统(白人文学传统)的模式不见了,但这并不意味着学界作出了非此即彼的选择。在后殖民视角观照下,对莫里森本人及其创作文化属性的辨析已经不再是最重要的,因为她本人与作品的双重文化身份早已被主流文化承认,她不再需要通过高扬"黑人性"博取话语权,其影响已经强大到"西方性"话语难以消化的程度。后殖民批评的讨论焦点是她创作中呈现这种双重文化属性的具体过程,以及在这一过程中所表达的对种族主义话语的批判、对黑人文化传统及美国历史的改写。与早期大多数研究者强调莫里森创作的"黑人性"不同,近几年来越来越多的研究者开始强调她对"黑人性"的超越。他们认为,黑人的历史和文化是莫里森展开文学想象的空间,是她的创作之源。她的作品的确通过重述黑人历史批判了白人文化霸权,但同时也表达了对人类普遍价值的关怀。就像后殖民批评解释的那样,莫里森的文学创作就是弱势文化(奴隶)积极利用"主人"的语言,重新建构了自己的文化,进而改写了"主人"的文化,最终成为主流文化中的一部分。例如,学者王玉括认为:莫里森在创作中既体现自己的种族身份,

---

[1] 参见张弘:《展示文化冲突中的心灵困境——托妮·莫里森小说创作简论》,载《外国文学评论》,1994年第3期,第77—83页。

又张扬自己的性别特征。但她的伟大之处在于,"她在借助种族与性别身份的同时,又超越了它们",她的创作丰富了"美国文化"的内涵,扩大了"美国文学"的版图。她已经突破了自己原来"黑人"、"女性"的文化身份,成为超越种族与性别身份的"美国作家"。①换言之,正是凭借自己的"黑人性",莫里森成功进入美国经典名单,拥有了"美国性",甚至"世界性"。在众多文章中,刘炅对莫里森创作中"双声特征"的剖析相当精彩。文章指出,《所罗门之歌》中存在分别代表西方文化传统与黑人文化传统的两种歌唱方式,这是两种对于个人身份、种族历史、黑人文化传统和现实存在的不同旨趣的思考,作者故意在文本中并置了两种声音,让它们互相冲突又对话,并未给出明确的价值判断。这种文本的分裂使得任何一种绝对化的解读都是片面的,因为小说展示的不是静止的价值判断,而是一个动态的过程。②此文虽然只是对一个文本的细读,却印证了两年后美国学者赫尔曼·比弗斯的看法,即莫里森的故事言说了这样一种观念:身份是一个过程问题而不是位置问题。③这种观念同样可用来解释莫里森本人的文化身份问题。

综观国内莫里森研究中的文化批评实践,我们发现,虽然问题域和研究模式来自美国学界,但我们在一些个别的意义点上已经做出了有效的突破。西方学界莫里森研究存在多个视角,叙事学、新批评、后殖民批评、女性主义批评、神话—原型批评、文化研究、新历史主义这些理

---

①王玉括:《莫里森的文化立场阐释》,载《当代外国文学》,2006年第2期,第105—110页。《当代外国文学》2009年第2期王守仁、吴新云的《超越种族:莫里森新作〈慈悲〉中的'奴役'解析》(第35—44页)一文及《当代外国文学》2002年第4期王娘娘的《欧美主流文学传统与黑人文化精华的整合——评莫里森〈宠儿〉的艺术手法》(第117—124页)一文也表达了类似看法。还有胡俊:《〈一点慈悲〉:关于"家"的建构》,载《外国文学评论》,2010年第3期,第200—210页;朱新福:《托尼·莫里森的族裔文化语境》,载《外国文学研究》,2004年第3期,第54—60页;李美芹:《"伊甸园"中的"柏油娃娃"——〈柏油孩〉中层叠叙事原型解析》,载《外国文学评论》,2007年第1期,第77—84页。

②刘炅:《〈所罗门〉之歌:歌声的分裂》,载《外国文学评论》,2004年第3期,第91—98页。

③Herman Beavers, *Postmodern Heroics, Misreading and Irony in the Fictions of James Alan McPherson and Toni Morrison*(《麦克斐逊与莫里森小说的后现代豪语、误读与反讽》),载《外国文学研究》,2006年第5期,第13—21页。

论及方法都有运用，而且互相交叉渗透。具体研究中，西方学界不仅通过作品情节、语言、人物形象进行分析，还从作品所涉及的神话寓言、民俗仪式、民间传说、民间信仰、黑人音乐等多个方面切入，展开全方位的考察。国内的莫里森研究基本上追随着西方学界的研究模式，但在审美批评和文化批评中明显更注重后者，尤其注重从后殖民视角和女性主义批评视角解读莫里森创作的政治意义。面对丰富而复杂的莫里森作品，中国学者并不满足于用"后殖民写作"或者"女性文学"这类标签为之下断语，但是在多元化的解读视角当中，莫里森作品对民族历史与现实处境的再现，以及对弱势文化中的个体建构自我的可能性所作的探索，最能激起中国研究者的共鸣，也最为中国学界强调。这是中国学者将异域符码与本土问题结合的必然结果。这种偏重一方面是紧跟美国学界动向使然，另一方面也寄托着中国学界对全球化时代本土文化身份认同和建构方式的思考。通过研究莫里森重写民族历史与美国历史的作品，学界展示了弱势文化对抗西方强势话语、建构自我身份的一种方式。从强调莫里森的"黑人性"到肯定她"超越种族"的普世价值追求，这种认识变化更是折射出学界对本土文化和本土文学未来的美好愿望，寄托着学者们对文学作为重述历史、构建多元话语之力量的希望。

（二）文化批评视角下的美国华裔文学

作为一种少数族裔文学，美国华裔文学近40年来逐渐为主流文化所接纳甚至重视。[①]对于这种边缘文学的批评和研究也同时出现并逐渐发展，伴随着美国各大学"亚美研究系"、"族裔研究系"的建立而日益繁荣。同为少数族裔文学研究，学界的华裔文学研究与莫里森研究采用的研究模式、理论话语都大同小异，不过侧重点明显不一样。美国学界的莫里森研究者有两个群体，一为黑人批评家，一为白人批评家。两

[①] 美国华裔文学兴起的标志是1974年赵健秀等人合编的《唉呷!美国亚裔作家文集》。1980年代末1990年代初，美国两大主流文学选集《希斯美国文学选集》和《诺顿文学选集》开始收录美国华裔文学作品；1988年出版的《哥伦比亚美国文学史》辟专章论述美国亚裔文学，表明美国主流文学界和学术界开始承认华裔文学。

者研究方法虽无根本差异，但总体而言黑人批评家更强调莫里森创作的"黑人性"，而白人批评家则津津乐道于她的"美国性或者普世审美价值"。而且，两类批评家都对莫里森创作的艺术形式进行了非常充分的研究。但是在华裔文学研究领域，却只有华裔研究者在孤独地言说，华裔文学更多是作为少数族裔话语权的标志而被奉行多元文化主义的主流文化接纳，在美国文学版图上仍处于边缘的边缘。尤其是在早期，美国的华裔文学研究形成了一种模式，就是倾向于运用女性主义、后殖民主义和各种文化批评理论对文本进行历史、社会、政治、文化的分析，而相对忽视了从审美视角进行文学性研究。不过近年来，汤亭亭、谭恩美等代表作家不再将"自我身份的追寻"当作创作中唯一重要的主题，而是不断强调自己创作的"美国性"。同时，"去民族化"开始成为研究中一种不断显现的趋势，对华裔文学作品"文学审美价值"的研究和理论建构得到越来越多的强调。作家与评论家都充分意识到，华裔文学仅仅作为族裔身份的形象说明其实并不能够得到主流文学与学术界的真正认同，只有证明了自身作为文学的审美价值，华裔文学才能成为美国经典文学的一部分。

国内美国华裔文学研究始于1990年代中期，新世纪之后成为外国文学领域的研究热点。研究方向和模式一直追随美国的华裔文学研究，侧重于文化批评，主要运用女性主义、后殖民理论、散居族裔批评等批评话语。仅就本文选择的五家期刊来说，在1990年代至今以"美国华裔文学"为主题的24篇文章中①，除了三篇是专门讨论文本叙事技巧之外（三篇论文都发表于2006年之后），其余皆围绕身份政治、民族主义、种族差异等论题展开。近年来受到美国学界影响，也开始注重"审美价值"研究。当然，这并不意味着中国学界的华美文学研究就是美国学界的翻版。比起美国学界，国内研究者更加关注美国华裔文学与中国文学和文化传统的关系。相对较早的一些文章认为，美国华裔文学通过表现华裔双重身份的遭遇，以及中国文化和美国文化的冲突，表达了对华裔

---

① 这个数字是在中国知网以"美国华裔文学"为主题搜索得到的结果，不是全部相关研究论文的总数。

文化之根——中国文化的认同。甚至有学者认为，美国华裔文学对中国文化传统的回归是中国文化在世界上影响力日益增强的表现。①这种看法说出了部分事实，但也有点一厢情愿的味道。近几年来，更多的研究者注意到了美国华裔文学表现出的文化"杂交性"，更清楚地认识到华裔作家身份认同的最终指向并非中国文化。徐颖果指出，中国文化在美国华裔文学中更多的是一种文化象征符号，并不代表传统的中国文化观念。华裔作家利用这些符号，不仅用来颠覆美国主流文化对华人的刻板印象，也是在投合主流文化对异域风情的需要。最重要的是，这是华裔作家建构自己华裔美国人身份的一种策略，她（他）们对中国传统文化的颠覆远远多于认同。②赵文书则认为："作为美国文学一部分的华裔文学所着力体现的是美国文化，它把中国文化当作一种与其自身间隔着巨大时空的外部文化，吸纳其中有利于自身发展的因素，以强化其以美国/西方价值体系为基地的内核。"③在2009年7月南京大学和美国加州大学洛杉矶分校共同主办的"文化·语境·读者"美国华裔文学国际学术研讨会上，华美文学与中国文化传统的关系又成为讨论的焦点之一。中美两国学者一致认为：中国文化传统只是华裔作家写作中的一种叙事或话语策略。美国学者张敬珏教授认为，许多华裔作家对中国文化的引用是"偏颇"的引用；赵文书教授则指出，华裔作家对中国文化传统的态度并不像学界早期理解的那么单一。华裔作家曾在1970年代激烈批判中国文化传统，试图斩断华美文学与中国文化的一切联系，到1980年代才开始强调回归中国文化传统，这种前后变化其实都是出于建构自己华裔美国人身份的需要。即使是最坚定捍卫中国文化纯洁性的赵健秀，也一样在

---

①柯可：《边缘文化与喜福会》，载《外国文学》，1999年第2期；卫景宜：《美国主流文化的"华人形象"与华裔写作》，载《国外文学》，2002年第1期；胡勇：《论美国华裔文学对中国神话与民间传说的利用》，载《外国文学研究》，2003年第6期；张龙海：《关公战木兰——透视美国华裔作家赵建秀和汤亭亭之间的文化论战》，载《外国文学研究》，2004年第5期。

②徐颖果：《美国华裔文学中的中国文化符号》，载《外国文学动态》，2006年第1期。

③赵文书：《华裔美国的文学创新与中国的文化传统》，载《外国文学研究》，2003年第3期。

创作中篡改了中国文化。①还有一些学者通过细致的个案分析，讨论了华裔作家对中国文化符号具体的移植、改造、颠覆过程以及产生的意义。可以看到，对于华裔文学与中国文化传统关系这个问题，学界部分研究者早期的认识其实是一种"误读"。这种误读放大了中国文化的影响力，也放大了美国华裔作家和作品的"中国性"。之所以如此，很大程度上出自中国学者的民族主义文化立场。就像有位学者解释的那样：从文化批评的视角得出华裔美国文学作品的主题是寻找华夏之根这样的结论，会带来一种民族自豪感。不仅使批评者得到精神满足和心理补偿，还能调动读者的民族情绪。②这种批评虽然有失尖刻，却道出了"误读"的策略性。就像西方世界试图用"西方性"来解读莫里森创作一样，部分中国研究者对华裔美国文学"中国性"的放大也是"政治化"的批评行为，蕴藏着某种"文化同化"的意图。但这种意图与研究对象双重文化属性之间的裂缝太大，最终被学界一致否定。放弃这种民族主义的误读之后，国内学界对华美文学文化属性的认识更加全面也更加深入了。

此次国际会议，还反映出中美学界共同的研究趋势变化："族裔性"与"文学性"两种视角的并重与融合。所谓并重，指学界针对过去研究中过于关注"族裔性"、唯文化批评的倾向，加强了文学形式和文类研究作为校正。单就这次会议来看，运用两种研究模式的论文比例基本相当。融合则是指将两种视角综合应用于文化批评实践中，即从文本形式入手进行文化批评。目前国内学界主要研究模式仍然是文化批评，不同之处在于以前的研究几乎清一色是从主题、情节、人物形象角度切入，而近年来对文体形式、叙事方式、修辞手段中蕴藏的意识形态性解读逐渐增多。③总体而言，国内华美文学研究仍然以文化批评为主，文

---

①King-Kok Cheung, *Slanted Allusions: The Politics of Bilingual Poetics in Marilyn Chin and Russell Leong*,载程爱民、赵文书主编：《跨国语境下的美洲华裔文学研究与文化研究》，南京大学出版社2011年版，第134—150页。赵文书：《华裔作家文化转向原因探析》，载《当代外国文学》，2009年第4期。

②孙胜忠：《质疑华裔美国文学研究中的"唯文化批评"》，载《外国文学》，2007年第3期。

③例如张琼：《谁在诉说，谁在倾听：谭恩美〈拯救溺水鱼〉的叙事意义》，载《当代外国文学》，2008年第2期；程爱民、邵怡：《女性言说——论汤亭亭、谭恩美的叙事策略》，载《当代外国文学》，2006年第4期。

本仅仅被视为阐释中美文化互动、美国华裔与中国文化的关系、华裔在美国的文化适应等宏大命题的一个媒介。

两相比较，国内莫里森研究与华美文学研究表现出的异同耐人寻味。首先，由于两者研究的都是少数族裔文学，所以"黑人性/美国性"、"中国性/美国性"就成为相关文化批评要讨论的焦点问题。对于这个问题的认识，两个领域都走过了从强调"族裔性"到描摹复杂双重性的过程，而且近来都出现了"超越族裔"的趋势，致力于发现研究对象在艺术和文化上蕴含的"普世价值"。其次，两个领域运用的批评话语基本相同，但研究模式存在差异。莫里森研究中形式分析和审美批评一直很受重视，而华美文学研究在这方面用力不多，不过随着"超越族裔"呼声渐高，两个领域的研究模式都走向了审美批评与文化批评的并重与融合。

仅从这两个个案来看，1990年代学界的研究模式仍然以社会历史批评和审美批评为主，新世纪之后，运用新理论话语进行的文化批评才明显增多。整体而言，学界的问题域和研究深度并未突破西方（美国）学界，但在一些具体的点上有所推进。从两个个案中还可看到，学界对文化批评的理解还不够深入，批评实践还停留在比较表面的描述现象、粗浅分析阶段。在上述研究实践中，大部分都是从作品到作品，就作品谈作品，局限于作品内部探讨作品人物或者作家的文化身份及作品形式的文化意蕴问题，而极少生发开去，探索作品中具体文化现象与事件生成的深层原因。这样的解读当然不是封闭于文本之内的审美研究，但与"文化研究"借文学作品讨论文化生成过程的宗旨还是存在着距离。因此，虽然学界整体出现了"文化转向"的趋势，其声势甚至引来不少人呼唤"回归文学本身"，具体研究中的实际情形却远非那么简单。从上述个案即可看出，学界的文化批评还并未完全掌握文化研究的精髓，借用慈公先生的一句话，就是"从文学中荡开得还不够"。[①]鉴于此，《外国文学评论》于2008年第1期推出一辑"文化研究"论文，纠正学界对

[①] 慈公：《世纪末的思虑：从何处来　向何处去——"20世纪外国文学走向"学术讨论会速写》，载《外国文学评论》，1988年第1期。

这种研究模式的模糊认识。编者认为,真正的文化研究在对文学作品进行解读时,切入点和着力点都不在于所论作家和作品本身,而是要关注文学—意识形态—社会行为之循环过程中文化的生成问题。①这一组论文清晰地呈现了编者心目中"文化研究"的特色。例如虞建华从1920年代美国的"萨柯—樊塞蒂事件"入手,既考察事件的来龙去脉,又梳理了介入事件的各种社会力量及它们所代表的政治倾向,层层深入,最后分析这一事件对两代左翼作家、美国文学史乃至美国文化的影响,颇有以小见大之功。其余几篇论文也都跃出了单纯的作品解读,关注作品作为文化生成个案的价值。②

其实早在这一组论文之前,学界已经有人在积极尝试类似的文化研究实践。下文即以学者程巍的文化批评实践为例,探讨这种研究模式的特点。

(三)程巍的文化批评实践

判断一种研究是否属于文化批评,最关键的不是其中的理论资源和批评方法,而是这种研究是否体现出政治学旨趣、边缘化立场和批判性精神。我们注意到,在中国外国文学研究领域"文化转向"的潮流中,"理论"的作用非常重要,1960年代以来流行一时的各种文化理论都可以在研究实践中觅得踪影,其中后殖民批评、女性主义批评又是出现频率最高的批评话语。但这并不意味着只要运用了某种文化批评理论,研究者所做的就是真正有价值的文化批评。相当一部分文章只是套上了理论的外衣,或者只是将文本作为证明理论正确的工具,重复西方学者既有观点和文本解读过程,缺乏深度思考。实际上,文化批评的价值并不在于证明理论,而是凭借丰富而复杂的文本细节推进对相关问题的认识。当然,在诸多文化批评实践中也有许多成功的范例,它们以文本细读为基础,综合运用各种文化理论和批评话语,表现出鲜明的问题意识,既超越了以往的社会历史批评模式,也不乏中国立场下的创见。学

---

① 《编后记》,载《外国文学评论》,2008年第1期,第160页。
② 虞建华:《"萨柯—樊赛蒂事件":文化语境与文学遗产》;王建平:《19世纪美国圣地游记文学与东方叙事》;徐贲:《"记忆窃贼"和见证叙事的公共意义》,均载《外国文学评论》,2008年第1期。

者程巍在这方面的表现值得重视，因此本文试图通过审视他的文化批评实践，展示中国学界在外国文学文化批评实践上的可能性。

与直接讨论本土问题的文化研究实践不同，外国文学研究领域的文化研究实践必须通过剖析外国文学作品与相应社会、政治、历史、文化语境的关系来展开，这对研究者的知识储备构成了极大挑战。除了大量跨学科的知识储备，文化批评还要求研究者必须有过硬的文本细读功夫，两者缺一不可。程巍的论文在这两方面用力尤多。从2000年到2007年，程巍在《外国文学评论》、《外国文学》上陆续发表五篇文化批评论文。[1]其中，《〈爱情的故事〉或，1968年造反学生分析》与《霍尔顿与脏话的政治学》皆以1960年代美国学生造反运动为题；《伦敦蝴蝶与帝国鹰：从达西到罗切斯特》讨论19世纪英国从乡村社会走向世界帝国的过程；《〈汤姆叔叔的小屋〉与南北方问题》研究美国政治话语中宗教语言和意象的渗入；《清教徒的想象力与1692年塞勒姆巫术恐慌——霍桑的〈小布朗先生〉》探讨1692年巫术恐慌的心理原因。文章所论话题都是英美两国历史上的重大事件，作者之所以选择这些话题，显然有其"宏大叙事"的诉求。经过讨论，文章往往能够揭示出导致各种现象产生的非常复杂的政治、经济、文化及社会心理原因，刷新学界之前的认识。更为可贵的是，几篇文章都是"以小见大"，从一个文本甚至文本中的某个意象生发开来，充分显示出文化批评既重文本细读又重理论提升的特点。

在讨论1960年代学生运动的两篇论文中，作者联系运动精神领袖马尔库塞的革命设计，还有诸多思想家（丹尼尔·贝尔、特里·伊格尔顿、欧文·豪等）对这场学生运动的评价和反思，又引用一些"当事者"的回忆，认为学生造反运动是资产阶级子弟反抗资产阶级父亲的文化革命。"1960年代的造反运动其实是在政治激进主义名义下进行的一场

---

[1] 这五篇论文是：《阐释〈爱情的故事〉或,1968年造反学生分析》,载《外国文学评论》,2000年第1期；《伦敦蝴蝶与帝国鹰：从达西到罗切斯特》,载《外国文学评论》,2001年第1期；《霍尔顿与脏话的政治学》,载《外国文学评论》,2002年第3期；《〈汤姆叔叔的小屋〉与南北方问题》,载《外国文学》,2004年第1期；《清教徒的想象力与1692年塞勒姆巫术恐慌——霍桑的〈小布朗先生〉》,载《外国文学》,2007年第1期。还有一些文章未在本文所选期刊上发表,此处省略。

回归贵族文化传统的文化保守主义运动,是浪漫主义时代的反现代性情感在现代的延续和回光返照。"文章综合运用弗洛伊德主义的心理分析和马克思主义的政治经济学分析,指出资产阶级子弟所受的贵族化教育培养了他们的历史犯罪感和道德感,促使他们起来反抗父辈。然而有趣之处在于,通过宣泄犯罪感,这场造反运动最终瓦解了资产阶级子弟的犯罪感和道德观,使他们成为与父辈一样的资产阶级。1970年代开始的教育改革瓦解了校园与社会之间的价值对立,"资产阶级终于在教育上取得了胜利,正在把社会转变成一个没有反对者的社会,此后,还要通过经济、政治和文化的全球化,企图将世界转变成一个没有反对者的世界"。①《爱情的故事》中的奥利弗,正是资产阶级子弟从反叛到回归的一个形象说明。将人物的心理剖析与造反运动分析结合在一起互相印证,将文本与历史事件互读,正是此文之为文化批评的主要表现。而《霍尔顿与脏话的政治学》一文,则是通过对《麦田守望者》连篇累牍的"脏话"作符号学和社会学分析,得出了基本相同的结论。文章指出,霍尔顿语言中频频出现的"他妈的"一词不指向具体意义,是一个没有所指的纯粹能指,是政治寂静主义的修辞学表达,象征着新一代资产阶级的叛逆缺乏行动力量,从一开始就注定了被资本主义体制收编的命运。对于1960年代学生造反运动,西方学界看法不一,中国学界讨论不多。程巍的观点虽然受到西方学者的启发,却也融会了自己独特的思考。尤其是他选择这两个文本来论证自己的观点,即使在西方学界也属创新之举。在论证过程中,作者除了聚焦于文本分析和学生运动史之外,视野还涉及1960、1970年代美国教育史、美国社会史、法兰克福学派思想及发展历史,真正展示了文化批评所要求的文本细读功夫和跨学科知识储备。最为关键的是,文章中贯穿着强烈的批判精神,从文本中的人物,到1960年代学生运动,再到资产阶级体制,都在作者不断地审视追问中褪去了面纱,现出了另一种真实。从文章结尾对资产阶级全球化策略所作的批判可以清晰看出,此文虽以历史为题,其实直接指向当下现实,

---

① 程巍:《阐释〈爱情的故事〉或,1968年造反学生分析》,载《外国文学评论》,2000年第1期,第42页。

体现出文化批评之政治学旨趣与批判性的结合。这种现实关怀与批判精神在《〈汤姆叔叔的小屋〉与南北方问题》一文中更加鲜明突出。文章引用大量美国社会、经济、政治、党派、黑人运动各方面的文献和历史资料，颠覆了"《汤姆叔叔的小屋》引发南北战争"这一流传甚广却似是而非的判断，揭开了美国内战中国家政治话语变化的秘密。文章最终指出，美国这种圣经启示录式的国内政治话语在今天并未消失，而是转变为国际政治话语，它毫无道理地将美国描绘成上帝和正义的化身，将东方、南方国家视为魔鬼和邪恶的一边。时隔多年，这种始于南北战争时期的宗教逻辑和"圣战"色彩依然弥漫在伊拉克战场上。

其实，南北战争时期政治话语中渗入了宗教意象和语言这一判断，并非作者的创见，艾德蒙·威尔逊早在《爱国者之血》中即已阐明。程文所做的就是用更多丰富的文学与历史叙述进一步阐发这一判断，并将之引申到当下现实中。在对《傲慢与偏见》、《简·爱》与英国当时历史文化语境进行互读的过程中，作者总结出两个非常生动的意象："伦敦蝴蝶"与"帝国鹰"，用这两个意象来概括18世纪早期到中期英国理想男子的不同模式。蝴蝶舞姿翩翩，超然于乡间，乃摄政时代固守本土的贵族；雄鹰强悍粗犷，四处出击，是放眼世界的中产阶级。两个文本所表现的审美心理变迁背后，是男性社会意识形态的变迁，是英国从乡村社会走向帝国事业的过程。如同其他文章一样，程文的观点并非首创，但捕捉的意象新颖，资料翔实，论证过程起伏跌宕，颇具可读性和说服力。

实际上，包括程巍在内的大部分中国学者的外国文学文化批评实践都是借鉴了国外学界观点之后"跟着说"的产物，属于"接着说"式的阐发，当然这种阐发不是人云亦云、完全照搬，而是用更多的文本和历史细节推进、完善了原有的认识。更为重要的是，这些观点与细节的选择其实经过了作者社会政治立场的过滤。正是在这里，中国学者的文化批评实践体现出某种程度上的主体立场。毕竟，中国学者受制于知识背景和文化语境，很难超越对象国学者的认识深度，也很难完全脱离既有的认识框架另立新说。我们能够提供的，就是一种中国视角。这种视角也许是作者政治文化立场的体现，也许只是提供了一个新的意象、一些新的细节和资料。

综观这一束文章可以看出，若想在以外国文学作品为对象的文化批评实践中言之有物，批评者必须感觉敏锐，同时熟悉各种文本形式研究方法、各种经典批评理论；还要对所论问题的背景知识和历史文化语境作全面深入的考察，必须掌握翔实的第一手历史文献资料。其中的困难不言而喻。正因如此，中国学者想要超越国外学界的研究水准还有很长的路要走。

至此，我们已经回答了开始提出的问题：中国学界的文化批评实践真正形成规模是在新世纪之后，在此之前，批评实践中的"文化批评"模式还未真正成形，经常与传统的"社会历史批评"模式混为一体。十余年来的文化批评实践表明，学界存在着两种倾向的文化批评实践。一种注重以后殖民理论、女性主义批评等理论话语解读少数族裔文学、流散文学等作品，以文本解读为中心；另一种立足文本又跳出文本，注重探讨作品中所蕴含的某种文化生成过程。相比之下，前者更为普遍，占据数量优势，后者难度更大，也更为深入。总体而言，外国文学研究中的"文化转向"只是迈出了第一步，若要实现更大突破，必须加强文本细读和历史文化背景视野拓展两方面的工作。1980年代理论界呼吁文学研究"向内转"，当批评实践领域慢慢地转了起来，在1990年代初期刚刚形成趋势的时候，理论界又马不停蹄地跟上了西方"文化转向"的步伐，于是学界还没有真正经历西方学界那样扎实而长久的内部研究，就急急忙忙地又奔向了外部研究的潮流。因此，中国学界的文化批评实际上与传统的社会历史批评保持着"暧昧"的关系，许多研究者借社会历史批评的视角来理解并实践文化批评，从一种外部研究跳到另一种外部研究，缺乏丰厚的内部研究积累。赵毅衡甚至认为，中国学界"内部研究"的历史传统其实从未真正建立，基础非常薄弱。在"文化转向"已是大势所趋的今天，学界在融入国际学术潮流的同时，还必须补上从前没有完成的课程。

第三节　建构本土批评话语的尝试

自从提出中国文论失语一说，建构中国特色的批评话语就成为学界挥之不去的执念。对于如何在古代文论、现代文论和西方文论三重话语传统中建立真正适应当下语境和彰显本土文化特色的批评话语，学界展开了旷日持久的讨论。实际上，从"西学东渐"之初起，建构本土话语就是中国知识界努力的方向，百余年中不乏有益的尝试和经验。例如王国维兼收中西美学独创的"境界说"；宗白华融合古代文论与德国生命哲学而提出的"散步"式美学；毛泽东《讲话》创造性吸收马列文论，直接推动"十七年"学界建构的具有强烈政治色彩、民族意识与现实性的阶级分析话语系统；钱中文受巴赫金对话理论启发提出的"新理性精神"和文艺学的"现代性"理论……种种尝试虽不一定产生了国际影响，却是真正立足本土文化和现实语境的话语建构。

新世纪以来，随着学术积累的不断增长，学界本土意识的不断增强，越来越多的学者不满足于中国学界作为西方理论消费国的角色，倡导建立适合中国语境的理论话语，在国际学界发出独特的声音。不可否认，中国学界整体水平还远远落后于西方，我们的学习时代还远未结束，但这并不妨碍我们在学术研究中紧扣本土问题，按照自身需要吸收甚至改写西方理论话语，为国际学界提供具有中国文化特色的中国视角。仅以外国文学研究领域为例，无论在理论研究还是批评实践当中，研究者的主体意识和独特视角都日见明晰。例如一些学者出于消解西方中心的问题意识，有点"一厢情愿"地认为德里达解构理论得益于其东方犹太文化思想，试图突破国际学界对德里达的认识。[1]再如学界在研究英国文化研究理论时，更注重剖析其方法论，表达出明确的借鉴意图，而在文化批评实践中，则不时从民族文化立场出发，对研究对象进

---

[1] 肖锦龙：《论德里达解构理论的东方性》，载《外国文学研究》，2003年第1期。

行某种程度的误读。①当然,"中国视角"并不意味着以己度人的主观立场,上述尝试只是一种探索,并不代表唯一正确的方向。可以确定的是,在今天这个"全球化"的时代,任何批评话语的建构都不可能是全新的创造,而必然是各种话语资源与时代语境相结合的产物。

一、文化诗学

严格说来,"文化诗学"并非外国文学研究实践中出现的话语建构,而是以童庆炳为代表的文艺理论学者提出的理论构想。虽然本文是对外国文学研究的整体反思,却要打破学科疆域,以整体学界的脉动为参照,因为建构本土批评话语一直是中国人文学科面对的共同问题。"文化诗学"作为一种文学研究话语建构,原本就是针对中国学界在中、外文学研究中的现实问题而设计的,对外国文学研究实践也有推动和启发。目前,"文化诗学"已经形成了比较明晰的理论观点和操作方案,实践效果也得到了学界肯定。②

"文化诗学"这一概念本身并非童庆炳原创,它是"新历史主义"批评最重要的理论概念,早在1986年美国学者史蒂芬·格林布拉特既已提出。但是据童庆炳自述,他的构想并非来自格林布拉特,而是基于对中国现实的具体感受和思考。③童庆炳最早提出"文化诗学"是在1998年扬州举办的"文学理论走向何处"的会议上。当时,针对1990年代社会转型带来的种种现实问题,陶东风、金元浦倡导继续引入文化研究,拓宽文学研究空间。但童庆炳认为,文化研究并非文学理论,而是一种文化社会学研究,关注的焦点不在文学作品的艺术性和审美价值;同时,文化研究产生于欧美社会历史语境,并不完全适应中国社会文化现实。因此,他提出"文化诗学"作为应对,强调"文化诗学"是以文学审美特征为关注中心的文学理论,通过文本历史语境和文本细读

---

① 例如对美国华裔文学"中国性"的认识,见本章第二节。
② 赵勇:《"文化诗学"的两个轮子——论童庆炳的"文化诗学"构想》,载《江西社会科学》,2004年第6期。
③ 童庆炳、邹赞:《从"文化诗学"到"文化研究"——北京师范大学童庆炳教授访谈》,载《社会科学家》,2012年第9期,第5页。

两个方向的拓展，表达对文学乃至现实的反思。①不难看出，童庆炳的"文化诗学"构想从一开始就与文化研究旨趣不同，对文化研究既有吸收又表达了质疑。这种理论话语仍然坚持以文学为本位，以文学文本和文学理论为关注中心，反对文化研究那种政治化、"反诗意"的研究目标。

此后，童庆炳不断完善"文化诗学"的理论框架，反复强调这一理论话语的本土性和现实性。童庆炳坦言，自己的理论设想受到了新历史主义"一切历史都是文本，一切文本都是历史"这一主张的启发，但主要理论养料则来自于中国古代文论、西方文化人类学及巴赫金理论。三者中，古代文论又得到了最多强调。童庆炳指出，"文化诗学"在中国文论中早已有之，只是没有明确命名，也没有得到很好的继承。古人所谓"知人论世"、"歌谣文理，与世推移"，都是一种文化诗学的表述。"文化诗学"理论建构者所要做的，就是对之进行自觉的总结和概括。童庆炳所著《中国古代文论的现代意义》与李春青的《中国文化诗学的源流与走向》，即是从这一角度对中国传统话语进行的阐发。除了本土性，现实性也是"文化诗学"建构者极力推崇的立论出发点。童庆炳指出，中国传统话语皆重视现实性，从孟子的"知人论世"说到章学诚的"六经皆史"论，都凸显出中国传统话语对文本历史语境的重视，而巴赫金理论也是因其强烈的现实性得到童庆炳的青睐。"现实性"，正是"文化诗学"的生命力所在。②"文化诗学是对于文学艺术的现实的反思。它紧紧地扣住了中国文化市场化、产业化、全球化折射在文学艺术中出现的问题，并加以深刻揭示。立足于文学艺术的现实，又超越现实、反思现实。"③在一次发言中，童庆炳直接将这种"现实性"品格定位为"文化诗学"的问题意识："它的出现是对于社会发展平衡的一种呼吁。它是一种文学理论话语，但这个话语折射出社会的时代的要求。"④

---

①童庆炳：《文化诗学结构：中心、基本点、呼吁》，载《福州大学学报》（哲学社会科学版），2012年第2期，第45—52页。

②童庆炳：《植根于现实土壤的"文化诗学"》，载《文学评论》，2001年第6期，第35—40页。

③童庆炳：《植根于现实土壤的"文化诗学"》，载《文学评论》，2001年第6期，第40页。

④童庆炳：《文化诗学结构：中心、基本点、呼吁》，载《福州大学学报》（哲学社会科学版），2012年第2期，第52页。

"文化诗学"的话语建构，是对1980年代以来中国学界忙乱于"向内转"、"向外转"的反思和升华，它试图超越单一的内部批评与外部批评，结合宏观研究与微观研究，"恢复语言与意义、话语与文化、结构与历史"原本"同在一个'文学场'的相互关系，给予它们一种互动、互构的研究"。①必须承认，这一话语建构贯穿着非常明确的问题意识，特别体现出中国文化特有的整体性思维方式，的确拓宽了文学研究空间，表现出强烈的本土性。

然而问题在于，由于"文化诗学"的理论命名与新历史主义之"文化诗学"完全相同，事实上也从后者的思想中吸收了养料，两者的基本术语和研究方法一直存在交叉与雷同，学理界限暧昧不明。尤其是在批评实践当中，许多实践者并不十分清楚两种文化诗学及文化诗学与文化研究的区别，往往将三种研究路径混为一谈，虽以"文化诗学"命名，却很难确定其理论归属，也很难说真正实现了"以审美性为关注中心、双向拓展"的理论设想。在外国文学作品研究中，这种话语的影响就更是有限，本文所选五家期刊上，以"文化诗学"视角展开的批评实践大都以新历史主义为理论资源，没有文章明确声明是在中国的"文化诗学"理论框架下进行讨论的。这种现象从侧面凸显出"文化诗学"建构面临的困境：因为在学理上没有完全与新历史主义"划清界限"，理论建构尚待完善，"文化诗学"虽志在发出独特的声音，影响仍然局限于中国学界的中国文学研究当中，缺少更大范围的回应，"中国视角"的作用还未能充分发挥出来。

总体而言，"文化诗学"建构者对中国文学原典的重构和阐释已经取得了初步成效②，若要实现更大的突破，必须在完善理论框架的同

---

①童庆炳：《文化诗学：宏观视野与微观视野的结合》，载《甘肃社会科学》，2008年第6期，第135页。

②例如童庆炳《中国古代文论的现代意义》，李春青《宋学与宋代文学观念》，李壮鹰《禅与诗》，都从"文化诗学"视角对传统话语进行了整理与重释。三部著作均属北京师范大学出版社"文化与诗学丛书"之一，2001年出版。在丛书10本专著中，涉及外国文学的有三本：程正民《巴赫金的文化诗学》，2001年；王志耕《宗教文化语境下的陀思妥耶夫斯基诗学》，2003年；王向远《翻译文学导论》，2004年。

时，将话语实践的范围扩大到西方文论与西方文学批评当中。

二、作为"方法"的古典西学研究

2000年前后，以刘小枫、甘阳为代表的中国学者开始集中引介美国政治哲学家列奥·施特劳斯的著作，引发了中国学界对其学说的关注。刘小枫更是经由施特劳斯研究，一头扎进对西方古典原著的精细研读，同时积极倡导学界投入古典西学的研究当中。正如刘小枫本人所言，对施特劳斯的译介和关注不但在中国学界内部引起争论，更令一向对中国学界动向漠不关心的欧美学者颇为诧异，不断有西方学者对此表示不解，中国学界为何要引介这一西方极为边缘、极为孤立的学说？为什么要沿着施特劳斯的方向去钻研西方的古典学问？[1]这种关切和疑问又引起了刘小枫本人的思考，新时期以来30多年的译介历史中，中国引介海德格尔、福柯、德里达都不曾引来西方疑问，为什么唯独这次引介令西方学界发生兴趣呢？

线索还得从施特劳斯思想中去找。施特劳斯政治哲学在西方学术界和政治界的影响极不对称，直到20世纪末，施特劳斯学派都是西方学界最不被认可的流派，很少被人提及；但其思想在政界却颇受重视，1994年之后，施特劳斯被追认为美国"共和党革命的教父"，其学说成为共和党高层标榜的政治理念。[2]中国学界积极引进施特劳斯，主要并不是源于其在政界的影响，而是寄托了三重诉求：第一，"摆脱百年来对西方现代的种种'主义''盲目而热烈的'追逐"[3]；第二，反思现代西方教育制度；第三，"摆脱以现代西方之道来衡量中国古典之道的习惯立场"。[4]

在当代西方学界，施特劳斯的学说既独树一帜又深奥难解，即便是

---

[1]刘小枫：《施特劳斯的路标》，华夏出版社2011年版，第335页。

[2]参见甘阳为《自然权利与历史》中译本所做序言：《政治哲人施特劳斯：古典保守主义政治哲学的复兴》，载〔美〕列奥·施特劳斯：《自然权利与历史》，彭刚译，生活·读书·新知三联书店2006年版。

[3]〔美〕列奥·施特劳斯：《自然权利与历史》，彭刚译，生活·读书·新知三联书店2006年版，第340页。

[4]〔美〕列奥·施特劳斯：《自然权利与历史》，彭刚译，生活·读书·新知三联书店2006年版，第354页。

他的私淑弟子们也对其思想精髓各执一词。在中国引介者刘小枫看来，施特劳斯给予当代中国学界最大的启发在于：他毕生倡导"回到古典"，用古典的眼光衡量、审视西方种种现代的"主义"。所谓古典的眼光，特指一种简朴的道德原则。施特劳斯认为，现代社会的种种"主义"以及与之配合的教育制度最根本的问题，就是废除了古代经典传达的道德原则。因此，施特劳斯倡导古典教育，致力于将古老的"是非、对错、善恶"等道德原则唤回到学术研究中来。①在刘小枫看来，中国学界如果一味沉溺于西方现代各种"主义"的引进之中，也会走入类似西方的"现代迷信"及"道德麻木"状态。刘小枫认为，在中国大学教育制度还没有完全与西方接轨之前，必须尽快推进古典教育。古典教育的内容包括两大部分：西方古典与中国古典。百年来中国的西学引进之路，始终以现代西学为中心，以"启蒙"精神衡量、批判中国古典学问。中国古代经典承受着一次又一次的猛烈抨击，再经过现代教育制度的切割，不但失去了崇高地位，还失去了完整传承的机制。刘小枫、甘阳等学者就是要借助施特劳斯对西方古典的推重，提醒中国知识界重新思考自己对经典的态度，推进中国古典学研究的复兴和发达。诚如甘阳所言：研究古典西学，是为古典中学服务。通过古典学研究，是要重新思考西方古典与西方现代的关系，重新思考中国古典与中国现代的关系，重新看待西方，重新看待中国。②

正是基于这种明确的问题意识，刘小枫、甘阳大力倡导并实践西方古典研究，积极呼吁改革大学文科建制。尤其是刘小枫，于古典学研究用力极多，近年来陆续推出由他主编的古典研究系列辑刊"经典与解释"及"政治哲学文库"丛书，共计五十余种；又主编"汉语学界第一份专致于研究、解读古典文明传世经典的"中文国际学术期刊——《古

---

①刘小枫：《施特劳斯的路标》，华夏出版社2011年版，第340—348页。另外一位引介主将甘阳的看法与刘小枫不尽相同，他认为施特劳斯是了解当代西方、当代美国的重要入口，通过这一入口，可以看到从前被遮蔽的事物。参见甘阳、王钦：《用中国的方式研究中国，用西方的方式研究西方》，载《现代中文学刊》，2009年第2期，第6页。

②甘阳、刘小枫、张志林、何明等：《古典西学在中国（之一）》，载《开放时代》，2009年第1期。甘阳发言题为："中国人简单化学习西方的时代已经结束了"。

典研究》,"从具体文本入手,研究、疏解、诠释中国、西方、希伯来和阿拉伯等古典文明传世经典"。①其中"经典与解释"书系包括"西方思想家"、"西方传统"、"中国传统"三个系列,以"西方传统"系列成果最为丰富,由经典注疏集及西方古典研究译著组成,充分显示了中国学界古典西学视野的拓展。刘小枫本人的研究则集中于古希腊悲剧、诗歌与哲学经典②,他在对古希腊悲剧条分缕析的细读中,不但贯穿着跨文化、跨学科的解读视角,还特别强调不带现代偏见,"尖着眼睛"去看经典当中的道德—政治问题。在刘小枫看来,高度重视古代经典中的道德—政治关怀,避免用现代的标准去解释古典,正是施特劳斯阅读古代经典最为独特的视角。③同时他也认为,道德关怀是中国学术目前最为缺失、最需要从古典研究中获取的财富。

西方古典一直是历代西方思想家不断回返的精神家园,他们不断从中寻找新的思想火花和学术灵感,重新看待自己的文明。"五四"以来,中国知识界基本上是在以西方现代思想和学术为标准否定中国的古典学问,或者削足适履,尽量将中国古典解释得符合现代。今天,在中国学界日益不满于传统断裂之时,施特劳斯的引入为我们提供了一种回到古典的新方式,古典西学的研究为我们提供了看待中国的新方法。西方学者为何对中国引介施特劳斯感到困惑?怀抱着对中国古典学问的巨大信心,刘小枫不无主观地这样回答:因为他们担心,施特劳斯对现代性的强烈批判与中国传统的道德政治观念会"团结"起来,冲击西方世界引以为傲的现代性普世理想。④

客观而论,号召"中学复兴"并非刘小枫、甘阳的创举,致力于西方古典研究也并非自他们而始,甚至中西古典比较研究也早已有比较文

---

①参见《古典研究》网页之"期刊简介",http://www.gudianyanjiu.org/aboutus.html。

②代表论著有《普罗米修斯之罪》,生活·读书·新知三联书店2012年版;《〈安提戈涅〉第一合唱歌的启蒙意蕴》,载《国外文学》,2004年第2期;《一个故事的两种讲法——读赫西俄德笔下的普罗米修斯神话》,载《中山大学学报》(社会科学版),2010年第2期;《略谈希罗多德的叙事笔法》,载《国外文学》,2006年第2期。

③刘小枫:《施特劳斯的路标》,华夏出版社2011年版,第346页。

④刘小枫:《施特劳斯的路标》,华夏出版社2011年版,第356页。

学研究者的多年努力,但是这种通过古典西学研究重审中国古典的思路,确属独辟蹊径,颇有令人豁然开朗之感。放弃用西方现代观念解读中国经典,这就是施特劳斯读经方法带给中国学界的启示。这也是中国学界建构本土话语的第一步。

三、文学伦理学批评

在本节所论及的话语建构活动当中,文学伦理学批评是唯一产生于外国文学研究界的一种。在聂珍钊等学者的精心打造之下,它已经不仅是一种中国视角的体现,更成为本土话语建构的有益尝试。

2004年6月,在《外国文学研究》与江西师范大学共同主办的"中国的英美文学研究:回顾与展望"全国学术研讨会上,聂珍钊作了题为"文学批评方法新探索:文学伦理学批评"的大会发言,揭开了国内学界建构这种新批评话语的序幕。此后,《外国文学研究》于2005年第1期开设"文学伦理学批评"专栏,挪威奥斯陆大学的克努特以及中国学者王宁、刘建军、邹建军等撰文发表各自看法。2005年10月,《外国文学研究》与东北师范大学等单位共同主办"文学伦理学批评:文学研究方法新探讨"全国学术研讨会,这是"文学伦理学"批评提出之后的首次全国性学术会议。近年来,《外国文学研究》成为这种新批评话语理论建构与实践的主要阵地。截至2010年底,已经发表相关理论探讨与批评实践论文30余篇。[①]在聂珍钊的大力倡导和其他学者的积极响应之下,文学伦理学批评目前已经成为学界非常活跃、颇有影响的一种批评模式。

作为文学伦理学批评的主要倡导者和建构人,聂珍钊在许多文章中强调了这种批评方法的原创性、本土性、现实针对性和实践性。刘建军、邹建军等学者也从各自不同的角度对聂珍钊的论述进行了完善与丰富。在首篇推出伦理学批评的文章中,聂珍钊认为:"自从有了文学以来,伦理学方法尽管都在广泛地被有意或无意地用来批评文学,但遗憾的是无论国外还是国内,都还没有人明确地把它作为批评文学的方法提

[①] 根据中国知网数据,在"文学伦理学"批评提出之后,以这一批评话语为主要视角的期刊论文、硕士、博士学位论文共计144篇,其中博士学位论文4篇。

出来。"①必须承认，这种看法其实并不全面，"伦理批评"在国外确实不是一种理论流派，但早已有学者肯定了它作为一种文学批评方法的价值，并且进行了系统化的建构。诺思罗普·弗莱在1957年出版的《批评的解剖》中已经认为：伦理批评可以包容历史批评、原型批评、修辞批评三种批评方法，具有整体阐释的效力。1990年代以来，以韦恩·布斯、希利斯·米勒为代表的美国学者分别致力于从新人文主义、解构主义角度建设文学伦理批评，《我们的朋友：小说伦理学》集中体现了布斯的伦理批评思想和实践，米勒则在《阅读伦理学》中对文学阅读、教学与评论中的伦理学维度给予了特别关注，"他的理论设想为立足于文本的阅读伦理学奠定了基础"。②近20年来，"伦理批评"（ethical criticism）一词频繁出现于美国学界的文学研究专著与论文当中，以至于有人将1990年代文学理论的变化命名为"伦理转向"。③对于美国学界的这种动态，文学伦理学批评的建构者也并非全然忽略。刘建军、邹建军两位学者后来都曾提到美国学界的伦理批评，对聂文的疏漏作出了补充。不过邹文依然强调，西方虽有文学伦理批评的理论和实践，却没有系统的总结。④笔者注意到，聂珍钊在自己的所有文章中都不曾提到西方学界伦理批评的现状，而是一再突出文学伦理学批评的原创性和本土性。也许，正是因为要突出原创性和本土性，文学伦理学批评的理论建构者们有意地忽略了西方学界相关话语的存在。在解释推行文学伦理学批评的原因时，聂珍钊特别强调的第一点，就是中国学界批评话语基本来自西方，缺少原创的文学批评方法。学界存在着过分注重理论而忽视具体文本研究的倾向。文学伦理学批评便是改变理论方法西化倾向的新尝

---

①聂珍钊：《文学伦理学批评：文学批评方法新探索》，载《外国文学研究》，2004年第5期，第23页。

②刘英：《回归抑或转向：后现代语境下的美国文学伦理学批评》，载《南开学报》（哲学社会科学版），2006年第5期，第90—97页。

③Jane Adamson, Richard Freadman, and David Parker, eds., *Renegotiating Ethics in Literature, Philosophy, and Theory*. London: Cambridge University Press, 1998, pp. 1-17.

④刘建军：《文学伦理批评的当下性质》，载《外国文学研究》，2005年第1期，第21—23页；邹建军：《文学伦理学批评的独立品质与兼容品格》，载《外国文学研究》，2005年第6期，第7—13页。

试。①第二个原因依然与西方理论影响直接相关。聂珍钊认为："后现代批评、精神分析以及其他一些从西方新近引入的批评方法和理论，往往都有忽视文学作品伦理价值的倾向"，中国当下的文学批评受其影响，也普遍地忽视文学作品的伦理价值，缺少人文关怀。②文学伦理学批评正是要匡正这种流弊，重振文学的教诲功能。不难看出，文学伦理学批评的建构动机中倾注着极其强烈的本土话语意识。如其所言："我们倡导文学伦理学批评，其目的就在于为我们的文学研究方法提供一种新的选择，在西方批评话语中加入一些自己的声音。"③因此我们可以认为，文学伦理学批评建构者对西方学界相关研究的忽视乃是一种有意为之的话语策略。

在文学伦理学批评的建构过程中，除了强调这一方法相对于西方理论的本土性，学者们还特别推重这种批评的实践性。聂珍钊多次表示，推出这种批评方法就是为了促进作家作品研究，并不希望过多纠缠于理论的讨论。"最重要的是怎样运用这种批评方法去批评文学、去研究作家和作品，以求研究方法的多样化、多元化，这就是我提出这种方法的目的，也是这种方法得以存在的价值。"④正因如此，在140余篇文学伦理学批评的相关论文当中，理论建构和讨论只有十余篇，其余皆为批评实践。在这些批评实践中，确有许多文章实现了伦理学批评建构者的意图，从伦理视角对作品进行了颇有新意的解读，揭示出其他批评方法导致的认识盲点，挖掘了作品的伦理价值，从而展现了文学批评的社会教诲功能。但是也有许多研究混淆了伦理批评与传统的道德批评，不仅行文中"伦理"、"道德"、"伦理道德"几个词互相换用，而且将揭示不同语境中的伦理关系简单化为道德批评。许多文章都在用一种模糊的、笼统的描述来解释文本中复杂的伦理关系，还有许多研究者直接将

---

①聂珍钊：《文学伦理学批评：文学研究方法新探讨》，华中师范大学出版社2006年版，"序言：文学伦理学批评"，第1页。
②黄开红：《关于文学伦理学批评——访聂珍钊教授》，载《学习与探索》，2006年第5期，第117页。
③聂珍钊：《文学伦理学批评与道德批评》，载《外国文学研究》，2006年第2期，第9—17页。
④黄开红：《关于文学伦理学批评——访聂珍钊教授》，载《学习与探索》，2006年第5期，第117页。

伦理批评与道德批评画等号。道德批评当然也是一种解读文学作品的方式，但在推崇价值多元化的今天，其太过封闭的价值一元论不利于更深入的理解作品。《外国文学研究》本来在2006年开设"文学伦理学批评"专栏，由于许多专栏文章混淆伦理批评与道德批评，编辑部决定中止专栏。[①]之所以出现混淆，一方面源于研究者们对文学伦理学批评相关概念理解的偏差，另一方面是因为建构者对相关概念的辨析还不够精细准确。在《文学伦理学批评与道德批评》一文中，聂珍钊这样区分两种批评：两者研究对象相同，研究方法、目的和结果不同。文学伦理学批评以历史主义的立场看待文学作品中表现的伦理关系，重在分析、阐释和理解；道德批评则从现实和主观的道德立场出发，重在评价人物的行动本身和行动结果。然而，文章在结尾和摘要中又明确表示：文学伦理学批评在评价当前文学时，与道德批评的任务是一样的，"要坚持用现实的道德价值观对当前文学描写的道德现象作出价值判断"。[②]这种"自相矛盾"其实与聂珍钊倡导文学伦理学批评的目的直接相关。他多次表明，提出文学伦理学批评的一大原因就是因为不满当下批评中伦理道德价值的缺位，特意强调文学及其批评的社会责任，强调文学的教诲功能作为应对。尽管他对两种批评所作的理论辨析十分清晰，但是为了突出伦理批评的教诲功能，又不得不在两者之间作出调和。这一理论上的含混致使许多研究者在实践中难以将两种批评方法截然分开，就是聂教授本人的具体作品解读与其理论辨析亦出现龃龉。[③]因此，若想避免批评实践中的偏差，学者们还需进一步在理论上厘清两者之间的关系。其中的难点在于：如何既保留文学伦理学批评的社会教诲功能，又与道德批评区分开来。一种可行的办法就是改变最初的理论设计，淡化文学伦理学批评的道德价值判断功能，突出其在价值上的多元性和包容性。就像张杰、刘增美建议的那样："文学伦理学批评应该是一种敞开式的

[①] 2011年12月23日，笔者采访聂珍钊先生所得。

[②] 聂珍钊：《文学伦理学批评与道德批评》，载《外国文学研究》，2006年第2期。

[③] 在以《安娜·卡列尼娜》为例说明两者区别时，文章的具体表述与理论界定明显不符。聂珍钊：《文学伦理学批评与道德批评》，载《外国文学研究》，2006年第2期。

对话批评。它不是在对读者进行道德说教，而是不断提出问题，引发读者思考，与读者对话。"①

由于文学伦理学批评建构者们不断张扬这一方法的"本土性"，学界开始出现一些质疑的声音，有人以西方学界研究现状为对照，认为"我国的文学伦理批评是西方相关研究的滞后反应"。②面对质疑，建构者也作出了一些回应，文学伦理学批评的阵地《外国文学研究》上出现了介绍美国伦理批评现状的文章③，聂珍钊也在一些学术演讲中提到韦恩·布斯的伦理批评，但同时认为布斯的伦理批评与中国学界建构的文学伦理学批评不同，是一种道德批判。④这一判断显然是对布斯伦理批评的"误读"，在《我们的朋友：小说伦理学》中，布斯详细辨析了自己的伦理批评与传统道德批评的差别，布斯对道德批评的批判恰恰是聂教授对布斯伦理批评的认识。⑤显然，这一误读还是出于建构者对文学伦理学批评本土性的坚持。换个角度看来，在建构文学伦理学批评的过程中，中国学者对西方相关研究动态的忽视和不了解恰恰表明，这一批评话语的提出的确没有受到西方学界的直接影响，而是学者们紧扣中国学界的现实问题，独立思考之所得。诚如聂珍钊所言，伦理批评并非全新的研究方法，一直在古今中外文学批评活动中发挥着重要作用，文学伦理学批评的原创性及本土性在于，中国学者针对国内学界理论泛滥及批评中道德关怀缺失的问题，赋予新语境中的"文学伦理学批评"以新的内涵，重新界定并实践了这种批评方法。虽然其理论框架与主要概念界定还存在缺憾，但瑕不掩瑜，作为一种本土话语建构与重构的尝试，它的开创性是毫无疑问的，值得充分肯定。

---

①张杰、刘增美：《文学伦理学批评的多元主义阐释》，载《外国文学研究》，2007年第5期。

②段俊晖：《伦理批评的两种范式——列维纳斯的伦理形而上学与哈贝马斯的话语伦理学》，载《重庆工学院学报》（社会科学版），2008年第4期。

③杨革新：《〈艺术与伦理批评〉：美国伦理批评的新动向》，载《外国文学研究》，2011年第6期，第32—36页。

④2011年12月22日聂教授在上海大学题为"文学伦理学批评：基本理论与批评实践"的讲座中所言。

⑤Wayne C. Booth, *The Company We Keep: An Ethics of Fiction*. Berkeley and London: University of California Press, 1988, pp. 7-8.

同时也要承认，忽略或者误读西方伦理批评从而凸显自身本土性的策略已经不适合文学伦理学批评的建构需要，若想进一步完善这一批评话语，真正在西方学界发出自己的声音，中国学者必须充分了解国际学界相关研究动态，合理吸收西方学界在理论上的有益探讨，加强交流与对话。只有在全面了解和互相对话之中，才能确立自己的位置，找到自己的特色。

新时期至今30余年，在两次学术转型潮流中，外国文学研究走过了一段头绪纷繁、步调独特的路程。虽然其话语转型的整体趋势与学术界保持一致，仍不时演绎出独特的节奏。这个包容了理论与作品两大研究领域的学科，有时引领着学界话语转变的浪潮，为本土文化提供了丰富的他者话语资源；有时又显得步履缓慢，研究模式转变的过程总是比其他学科更长。在本文分别从理论研究和批评实践两个角度展开的梳理之中，已经揭示了话语转型过程中两者不同的步调。领先与滞后矛盾共存，应该是外国文学研究话语转型最为独特的地方。

其实，这种矛盾彰显的是外国文学学科在中国学界的尴尬地位。外国文学研究，属于沟通中外的"桥梁"学科。外国文学进入中国视野之后的百余年来，外国文学译介与研究的主要目标一直十分明确，那就是将异域话语有效地转化为本土文化建设的资源。因此，外国文学研究的学术历程，便是一部外国文学中国化的曲折历史。中国化的过程由两部分组成：一为输入，一为转化。两者不分先后，同时发生。输入什么与如何转化都需要研究者充分了解本土文化需要，根据需要作出选择。在这一过程中，无论是专攻理论还是诉诸作品，研究者都必须面对一个核心问题：如何解决他者话语和文化主体性之间的冲突，达到外来话语与本土视角之间的理想平衡状态。

然而尴尬之处在于，多年来中外分割的教育模式使得外国文学研究者往往对于本土问题比较隔膜，缺乏明确的主体视角和问题意识。外国文学研究长期停留于"介绍、描述、理解"的初级阶段，而难以达到批判和对话的更高境界。换言之，外国文学学科总体来说勤于输入而有效转化不够。在30余年的学术历程当中,缺乏主体视角、唯西方马首是瞻的现象屡见不鲜。事实表明,如果不能及时掌握本土语境的变迁和文化的需要,面对着异域的研究对象,使用着表面中性而暗含意识形态的西方学术话语,外国文学研究就会比其他学科更容易陷入"失去自我"的深渊。历史学者葛兆光曾经这样评价包括外国文学在内的中国外国学研究:"中国的外国学,并没有触及自己现实的问题意识,也没有关系自己命运的讨论语境,总在本国学术界成不了焦点和主流……"①这种看法当然不能概括全部外国文学研究实践,却是对外国文学学科地位的准确判断。毫无疑问,外国文学学科想要摆脱这种尴尬状态,必须解决好这一根本问题:如何使关于外国文学的研究与中国的问题相关?如何使关于外国文学的言说具有本国的问题意识?

经由本文的回顾不难看出,自从外国文学学科创建以来,中国知识界就一直在强调并且实践着外国文学译介与研究的主体性。从鲁迅的重视弱小民族文学到"十七年"的阶级分析话语模式,再到1980年代的现代派文学热,都是一种中国特色的外国文学秩序建构,是知识界根据自身文化建设需要对他者话语进行主体选择的产物。每个时代的"外国文学"都有其各自不同的组成部分与表现方式,都是那一时代学界以不同本土视角过滤的结果。外国文学研究的历史已经表明:并不存在一个恒定不变的本土视角,本土视角一直随着时代语境和中国文化建设需要的变化而改变。"外国文学曾先后作为反传统的话语、政治革命的工具、观看外部世界的窗口参与中国社会变革"②,但是随着时代语境的变化,反传统、政治工具、窗口作用都已成为历史,不再构成外国文学研究的本土视角。尤其是1990年代以来,所有文学研究都面临着前所未有的边缘化趋势,窗口作用日见微弱的外国文学更是失去了往日荣光,无论是学术界还是普通读者,都不再完全依赖外国文学理论和外国文学作品的输入了解他者。因此,明确本土视角,走出"介绍、描述、

---

① 葛兆光:《域外中国学十论》,复旦大学出版社2002年版,第30页。
② 王守仁:《现代化进程中的外国文学与中国社会现代价值观的构建》,载《外国文学评论》,2004年第4期,第99页。

理解"的初级阶段,已经成为外国文学学科发展的唯一选择。

那么,在全球化时代,西方学术话语依然强势的今天,中国外国文学研究的本土视角究竟应当是什么呢?在本文所作的学术回顾中,可以清楚看到学界近年来围绕这一问题进行的努力和尝试。但是不得不承认,这些努力还只是开始,中国学界才刚刚开始"组织和整理外来文化与过去事物交织成的混沌"。①这一问题在短时间之内难以得到有力的回答。笔者以为,确立外国文学研究的本土视角,必须打破现有学科疆域,与中国文学乃至历史、哲学各人文学科积极互动,同时深入了解现实社会语境,才能真正把握中国文化的"需要"。局限于狭隘的学科之内,注定无法全面理解这一整体问题。虽然目前还不能明确本土视角究竟是什么,但可以肯定的是,本土视角不是狭隘的民族主义,不是本国意识形态的投射,也不单单是对西方普遍主义话语的揭露和批判,而是一种超越过去的、体现中国文化特色的、具有完善的方法论和价值评价系统、整体观照外国文学的理论。同时,这一理论必须具有充分的包容性和开放性,能够及时应对时代语境的变迁。

1994年,时任会长吴元迈在中国外国文学学会第五届年会上倡议建立外国文学研究的"中国学派"。所谓"中国学派",正是学界对"本土视角"的另一种表述。20年过去了,外国文学研究依然行进在建构本土视角的漫漫长途上。

---

① 在《历史对于人生的利弊》一文中,尼采认为希腊文化兴盛的原因就在于希腊人面对外来文化(主要是东方文化)和过去事物的一片混乱,学会了如何组织和整理这种混沌,坚持专注于自身,专注于自己真正的需要,因此没有长久沦为整个东方文化的囫囵吞枣的子嗣和仿效者,而是成为一个伟大的文化民族。张旭东:《全球化时代的文化认同》,北京大学出版社2006年版,第161页。

后　记

　　《外国文学研究的方法论问题》是多卷本专著《中国外国文学研究的学术历程》的第1卷，也是"总论卷"的第一部分。本卷主编陈建华教授，负责全书的设计、构架和统稿工作。

　　本卷主要涉及外国文学研究中的两个重要问题：上篇讨论方法论问题，它由四个部分构成，撰稿者分别为陆建德研究员（中国社会科学院文学所）、范劲教授（华东师范大学）、杜心源副教授（华东师范大学）、罗昔明博士（江苏大学）；下篇讨论从清末民初到21世纪初各历史阶段外国文学研究的话语转型问题，撰稿者分别为杨克敏博士（北方民族大学）、温华副教授（解放军外国语学院）。

　　感谢陆建德研究员拨冗为本卷撰稿，也感谢范劲教授等各位作者的辛勤劳动，他们的共同努力才使我们有了今天的收获。

陈建华
2015年早春于上海

中国外国文学研究的学术历程
主编　陈建华

全书各卷要目[①]

总　序　吴元迈

导　言　陈建华

第1卷
外国文学研究的方法论问题（陈建华主编）

上篇·外国文学研究的方法论

　　第一章 | 形式理论与社会/历史学转向

　　第二章 | 外国文学研究的元方法论

　　第三章 | "本土"实践与世界文学

　　第四章 | 新媒体时代外国文学研究方法的理论跟进

下篇·外国文学研究话语的转型

　　第五章 | 清末民初：外国文学研究的滥觞

　　第六章 | 1910年代中期后：启蒙思想话语下的外国文学研究

　　第七章 | 1920年代：文学革命话语下的外国文学研究

　　第八章 | 1930年代：外国文学研究中的阶级论话语与学术分析

　　第九章 | 1940年代：研究话语的杂糅与不同旨趣

　　第十章 | 1950年代至1970年代：外国文学研究话语的创建与变异

　　第十一章 | 1980年代：外国文学研究话语的重建

　　第十二章 | 1990年代：外国文学研究话语的转换

　　第十三章 | 21世纪初期：外国文学研究多元话语的建构

第2卷
外国文学研究的多维视野（陈建华主编）

上篇·多维视野中的外国文学研究

　　第一章 | 文学与宗教的跨学科研究及其价值

　　第二章 | 社会学批评视野中的外国文学研究

　　第三章 | 世界文学背景下的外国文学研究

---

①"全书各卷要目"只保留章名，详见各卷。

第四章 | 文化人类学视野中的外国文学研究

第五章 | 文学伦理学批评视野中的外国文学研究

第六章 | 译介研究：展示中国外国文学研究的另一面

第七章 | 后殖民语境中的外国文学研究

第八章 | 从古典学视角看古代东方文学的研究

第九章 | 全球化语境中的东方文化与文学研究

第十章 | 生态批评视角的外国文学研究

第十一章 | 叙事学视野中的外国文学研究

第十二章 | 女性主义视角中的外国文学研究

下篇·外国文学史范式的建构及相关问题

第十三章 | 论外国文学史范式的建构

第十四章 | "外国文学"课程设置与学科发展

第十五章 | 中国近代报刊中的翻译小说及其评论

第十六章 | 中国台湾地区的外国文学研究

第3卷

外国文论研究的学术历程（周启超、张进著）

绪　论 | 理论的旅行与思想的命运

第一章 | 新中国成立前对外国文论的引介与研究

第二章 | 新中国对马克思主义文论的引介与研究

第三章 | 新中国对俄苏文论的引介与研究

第四章 | 新中国对欧陆文论的引介与研究

第五章 | 新中国对英美文论的引介与研究

附录一 | 新中国成立前外国文论译介与研究资料要目（1900—1949年）

附录二 | 新中国成立后外国文论译介与研究资料要目（1949—2009年）

第4卷

美国文学研究的学术历程（江宁康、金衡山、查明建等著）

绪　论 | 西学东渐与美国文学在中国的传播（1860—1919年）

第一章 | 早期中美文化交流与美国文学研究（1919—1949年）

第二章 | 新中国成立后美国文学的接受与传播（1949—1978年）

第三章 | 新时期美国文学研究的复苏与发展（1978—1990年）

第四章 | 新时期美国文学研究的深化与繁荣（1990—1999年）

第五章 | 新世纪美国文学研究的开拓与创新（2000—2013年）

结　语 | 学术自信与学术创新

附录一 | 中国美国文学研究重要著作书目

附录二 | 美国主要作家人名中英文对照表

第5卷
英国文学研究的学术历程（葛桂录著）

绪　论 | 中国的英国文学学术史研究：视野与方法

第一章 | 他者之镜：交流与利用

第二章 | "精华"与"糟粕"：英国文学研究中批判意识的张扬（1950—1960年代）

第三章 | 范式转换：1980年代中国的英国文学研究

第四章 | 繁荣兴盛：1990年代中国的英国文学研究

第五章 | 多元拓展：新世纪第一个十年的英国文学研究

余　论 | 中国的英国文学研究前瞻与初步思考

附录一 | 中国的英国文学研究资料要目（截至2009年）

附录二 | 中国的英国文学研究学术编年（截至2009年）

第6卷
法国文学研究的学术历程（袁筱一、王静等著）

绪　论

第一章 | 发起、发展与法国文学"形象"在中国的初步形成

第二章 | 1949年至1978年：规划、摸索与停滞

第三章 | 1978年至1989年：具有突破意义的时期

第四章 | 1990年至1999年：多元文化与批评语境下的法国文学研究

第五章 | 规划、需求与未知：新世纪以来的法国文学研究

附　录 | 中国法国文学研究书目

第7卷
俄苏文学研究的学术历程（陈建华等著）

绪　论

第一章 | 俄罗斯文学研究的滥觞

第二章 | 学理精神的初现与艰难的前行

第三章 | 俄苏文学研究的机遇与困境

第四章 | 焕发生机的俄苏文学研究

第五章 | 俄苏文学研究的拓展与深化

附录一 | 中国俄苏文学研究资料要目

附录二 | 中国俄苏文学学刊简表

附录三 | 中国著名俄苏文学学人

第8卷

六十年来的中国德语文学研究（叶隽著）

绪　论

上篇·制度：现代学术制度的双轨非均衡

第一章 | 中国现代大学双轨制度的形成与德文学科

第二章 | 科学院、学会与现代大学的制序互动

中篇·学人：学术事业的灵魂与主体

第三章 | 学术领袖的形成与定位

第四章 | 学科领军者的器局与限度

下篇·著述：学术本身的承继与开辟

第五章 | 守成与推进

第六章 | 拓新与开辟

结　论 | 21世纪中国的"德语文学学科"与"德国学"建设

附录一 | 民初到1940年代中国的德语文学研究

附录二 | 中国德语文学研究资料要目

附录三 | 主要参考文献

附录四 | 西文—中文名词对照表·索引

第9卷

日本文学研究的学术历程（王向远著）

绪　论

第一章 | 日本文学史综合研究

第二章 | 《万叶集》及和歌、俳句的研究

第三章 | 《源氏物语》等古典散文叙事文学的研究

第四章 | 日本戏剧文学研究

第五章 | 对日本汉学及汉文学的研究

第六章 | 日本现代文学研究

第七章 | 日本文论的译介与研究

第八章 | 中日文学关系史研究

附　　录 | 参考书目并索引

第10卷

印度文学研究的学术历程（郁龙余、黄蓉等著）

绪　论

第一章 | 印度文学研究呈品字结构

第二章 | 泰戈尔及孟加拉语文学研究

第三章 | 印度文学史的教学与研究

第四章 | 印度古代文学研究学术考察

第五章 | 普列姆昌德及印地语文学研究

第六章 | 伊克巴尔及乌尔都语文学研究

第七章 | 印度英语文学作家作品研究

第八章 | 中国印度文学诗学比较研究

第九章 | 古代印度佛经文学的再研究

第十章 | 印度文学研究的回顾与前瞻

附　　录 | 中国印度文学研究资料要目

第11卷

欧美诸国文学研究的学术历程（朱振武、孙建、彭青龙等著）

绪　论

第一章 | 中国澳大利亚文学研究

第二章 | 中国加拿大英语文学研究

第三章 | 中国新西兰文学研究

第四章 | 中国东欧文学研究

第五章 | 中国拉美文学研究

第六章 | 中国西班牙文学研究

第七章 | 中国北欧文学研究

第八章 | 中国古希腊罗马文学研究

附　　录 | 中国对欧美诸国文学研究资料要目

第12卷
亚非诸国文学研究的学术历程（孟昭毅等著）

绪　论｜中国亚非文学研究回望

上篇·中国亚非文学研究概况

第一章｜蒙古文学研究

第二章｜朝鲜—韩国文学研究

第三章｜菲律宾文学研究

第四章｜新马泰文学研究

第五章｜印度尼西亚文学研究

第六章｜越南文学研究

第七章｜缅甸文学研究

第八章｜孟加拉文学研究

第九章｜斯里兰卡文学研究

第十章｜尼泊尔文学研究

第十一章｜巴基斯坦文学研究

第十二章｜阿富汗文学研究

第十三章｜波斯—伊朗文学研究

第十四章｜土耳其文学研究

第十五章｜希伯来—以色列文学研究

第十六章｜阿拉伯文学研究

第十七章｜埃及文学研究

第十八章｜黑非洲文学研究

下篇·中国亚非重要作家作品研究

第十九章｜《吉尔伽美什》研究

第二十章｜《阿维斯塔》研究

第二十一章｜《古兰经》研究

第二十二章｜《一千零一夜》研究

第二十三章｜《列王纪》研究

第二十四章｜黎萨尔研究

第二十五章｜普拉姆迪亚研究

第二十六章｜翁达杰研究

第二十七章｜伊克巴尔研究

第二十八章｜卡勒德·胡赛尼研究

第二十九章｜艾特玛托夫研究

第三十章 | 海亚姆研究

第三十一章 | 萨迪研究

第三十二章 | 哈菲兹研究

第三十三章 | 赫达雅特研究

第三十四章 | 奥尔罕·帕慕克研究

第三十五章 | 纪伯伦研究

第三十六章 | 阿格农研究

第三十七章 | 塔哈·侯赛因研究

第三十八章 | 纳吉布·马哈福兹研究

第三十九章 | 阿契贝研究

第四十章 | 索因卡研究

第四十一章 | 纳丁·戈迪默研究

第四十二章 | 库切研究

余　论 | 中国亚非文学研究的反思与前瞻

附　录 | 中国亚非文学研究资料要目

The Academic Course of Foreign Literature Studies

General Editor: Chen Jianhua

GENERAL CONTENTS

Foreword | Wu Yuanmai

Introduction | Chen Jianhua

Vol. 1

Problems in Methodologies of Foreign Literature Studies

Editor: Chen Jianhua

Part One: Problems in Methodologies of Foreign Literature Studies

Chapter 1 | Formal Theory and Social/Historical Turn

Chapter 2 | Meta-methodology in Foreign Literature Studies

Chapter 3 | "Native" Practice and World Literature

Chapter 4 | Methodology and Direction of Foreign Literature Studies in New Media Era

Part Two: Discourses Transition of Foreign Literature Studies

Chapter 5 | Late Qing Dynasty and the Early ROC: the Origination of Foreign Literature Studies

Chapter 6 | In the Middle of and Late 1910s: Foreign Literature Studies under the Discourse of Enlightment

Chapter 7 | In 1920s: Foreign Literature Studies under the Discourse of Literature Revolution

Chapter 8 | In 1930s: Discourse of Class Theory and Academic Analysis in Foreign Literature Studies

Chapter 9 | In 1940s: Blend of Study Discourses and Different Purports

Chapter 10 | From 1950s to 1970s: Establishment and Variation of Discourses in Foreign Literature Studies

Chapter 11 | In 1980s: Re-establishment of Discourses in Foreign Literature Studies

Chapter 12 | In 1990s: Conversion of Discourses in Foreign Literature Studies

Chapter 13 | The Early Twenty-first Century: Construction of Pluralistic Discourses in Foreign Literature Studies

Vol. 2

Multidimensional Perspectives of Foreign Literature Studies

Editor: Chen Jianhua

Part One: Foreign Literature Studies in Multidimensional Perspectives

Chapter 1 | Interdisciplinary Study and Its Value between Literature and Religion

Chapter 2 | Foreign Literature Studies in the Perspective of Sociology Criticism

Chapter 3 | Foreign Literature Studies under the Background of World Literature

Chapter 4 | Foreign Literature Studies in the Perspective of Cultural Anthropology

Chapter 5 | Foreign Literature Studies in the Perspective of Literature Ethics

Chapter 6 | Translation Studies: Another Aspect of Foreign Literature Studies in China

Chapter 7 | Foreign Literature Studies in Post-colonial Context

Chapter 8 | Foreign Literature Studies in the Perspective of Classics

Chapter 9 | The Study of Oriental Culture and Literature in the Context of Globalization

Chapter 10 | Foreign Literature Studies in the Perspective of Ecological Criticism

Chapter 11 | Foreign Literature Studies in the Perspective of Narratology

Chapter 12 | Foreign Literature Studies in a Feminist Perspective

Part Two: Construction of Canonical Form and Its Relevant Problems in Foreign Literature History

Chapter 13 | On the Construction of Canonical Form of Foreign Literature History

Chapter 14 | Curriculum Provision and Disciplinary Development of Foreign Literature

Chapter 15 | Translated Novels and Their Reviews in Chinese Modern Newspapers and Periodicals

Chapter 16 | Foreign Literature Studies in Taiwan

Vol. 3

Academic Course of the Studies in Foreign Literary Theories

Zhou Qichao, Zhang Jin

Introduction | The Travel of Theories and the Fate of Thoughts

Chapter 1 | Introduction and Studies of Foreign Literary Theories before the Founding of New China

Chapter 2 | Introduction and Studies of Marxist Literary Theory in the New China

Chapter 3 | Introduction and Studies of Russian and the Soviet Union Literary Theory in the New China

Chapter 4 | Introduction and Studies of Continental European Literary Theory Form in the New China

Chapter 5 | Introduction and Studies of British and American Literary Theory in the New China

Appendix Ⅰ | Data Lists of Translation and Studies of Foreign Literary Theory before the Founding of New China(1900-1949)

Appendix Ⅱ | Data Lists of Translation and Studies of Foreign Literary Theory after the Founding of New China (1949-2009)

Vol. 4

Academic Course of American Literature Studies

Jiang Ningkang, Jin Hengshan, Zha Mingjian *et al*.

Introduction | Eastward Transmission of Western Learning and the Spread of American Literature in China (1860-1919)

Chapter 1 | Early Cultural Communication between China and USA and American Literature Studies (1919-1949)

Chapter 2 | Acceptance and Spread of American Literature after the Founding of New China (1949-1978)

Chapter 3 | Resuscitation and Development of American Literature Studies in the New Period (1978-1990)

Chapter 4 | Deepening and Prosperity of American Literature Studies in the New Period (1990-1999)

Chapter 5 | Expansion and Innovation of American Literature Studies in the New Century (2000-2013)

Conclusion | Academic Confidence and Innovation

Appendix Ⅰ | Data Lists of American Literature Studies in China

Appendix Ⅱ | List of the Main Writers of USA in English and Chinese Language

Vol. 5

Academic Course of British Literature Studies

Ge Guilu

Introduction | Academic History Studies of British Literature in China: Vision and Methods

Chapter 1 | Mirror from Others: Communication and Application

Chapter 2 | "Essence" and "Dregs": the Highlights of Critical Consciousness in British Literature Studies from 1950s to 1960s

Chapter 3 | Conversion of Canonical Form: Chinese British Literature Studies in 1980s

Chapter 4 | Prosperity: Chinese British Literature Studies in 1990s

Chapter 5 | Diversification: British Literature Studies in the First Decade of Twenty-first Century

Epilogue | Prospect of and Preliminary Reflection on Chinese British Literature Studies

Appendix I | Data Lists of Chinese British Literature Studies (Up to 2009)

Appendix II | Academic Chronology of Chinese British Literature Studies (Up to 2009)

Vol. 6

Academic Course of French Literature Studies

Yuan Xiaoyi, Wang Jing *et al.*

Introduction

Chapter 1 | Origination, Development and Initial Shaping of French Literature Image

Chapter 2 | 1949-1978: Planning, Groping and Stagnation

Chapter 3 | 1978-1989: the Groundbreaking Decade in French Literature Studies

Chapter 4 | 1990-1999: French Literature Studies under the Multicultural and Critical Context

Chapter 5 | Planning, Demand and the Unknown: French Literature Studies in Twenty-first Century

Appendix | Data Lists of French Literature Studies in China

Vol. 7

Academic Course of Russian and the Soviet Union Literature Studies

Chen Jianhua *et al.*

Introduction

Chapter 1 | Origination of Russian Literature Studies

Chapter 2 | The Dawn and Tough Advance of the Academic Spirit

Chapter 3 | Opportunities and Dilemma of Russian and the Soviet Union Literature Studies

Chapter 4 | Revitalized Studies of Russian and the Soviet Union Literature

Chapter 5 | Expansion and Deepening of Russian and the Soviet Union Literature Studies

Appendix I | Data Lists of Russian and the Soviet Union Literature Studies in China

Appendix II | List of Russian and the Soviet Union Literature Periodicals of China

Appendix III | Famous Russian and the Soviet Union Literature Scholars in China

Vol. 8

Academic Course of German Literature Studies of the Past 60 Years

Ye Jun

Introduction

Part One: System — The Double-track and Non-equilibrium of Modern Academic System

　　Chapter 1 | Formation of Double-track System in Modern Universities and German Discipline

　　Chapter 2 | Institutional Interactions among Academy of Social Sciences, Academic Associations and Modern Universities

Part Two: Scholars — The Soul and Subject of Academic Cause

　　Chapter 3 | The Shaping and Orientation of Academic Leaders

　　Chapter 4 | Magnanimity and Limitation of Subject Leaders

Part Three: Works — Academic Succession and Development

　　Chapter 5 | Inheritance and Advance

　　Chapter 6 | Expansion and Development

　　Conclusion | Construction of "German Literature Discipline" and Germanology in the Twenty-first Century in China

　　Appendix I | German Literature Studies in China from Early ROC to 1940s

　　Appendix II | Data Lists of German Literature Studies in China

　　Appendix III | Major Bibliography

　　Appendix IV | Name Table in Western and Chinese Language & Index

Vol. 9

Academic Course of Japanese Literature Studies

Wang Xiangyuan

　　Introduction

　　Chapter 1 | A Comprehensive Study of Japanese Literature History

　　Chapter 2 | Studies of *The Leaves Collection*, Waka and Haiku

　　Chapter 3 | Studies of *The Tales of Genji* and Other Classical Prose Narrative Literature

　　Chapter 4 | Studies of Japanese Drama Literature

　　Chapter 5 | Studies of Sinology and Chinese Literature in Japan

　　Chapter 6 | Studies of Modern Japanese Literature

　　Chapter 7 | Translations and Researches of Japanese Literary Theories

　　Chapter 8 | Studies of the History of Sino-Japan Literature Relationship

　　Appendix | Bibliography & Index

Vol. 10

Academic Course of Indian Literature Studies

Yu Longyu, Huang Rong *et al.*

Introduction

Chapter 1 | Indian Literature Studies: Showing the Structure Characteristic of "品"

Chapter 2 | Studies of Tagore and Bengali Literature

Chapter 3 | Teaching and Researches of Indian Literature History

Chapter 4 | Academic Investigation of Studies of Ancient Indian Literature

Chapter 5 | Studies of Premchand and Hindi Literature

Chapter 6 | Studies of A.M. Iqbal and Urdu Literature

Chapter 7 | Studies of Indian English Writers and Their Works

Chapter 8 | Comparative Studies of Literary Poetics between India and China

Chapter 9 | Restudy of Ancient Buddhist Literature

Chapter 10 | Retrospect and Prospect of Indian Literature Studies

Appendix | Data Lists of Indian Literature Studies in China

Vol. 11

Academic Course of European-American Literature Studies

Zhu Zhenwu, Sun Jian, Peng Qinglong *et al.*

Introduction

Chapter 1 | Australian Literature Studies in China

Chapter 2 | Canadian English Literature Studies in China

Chapter 3 | New Zealand Literature Studies in China

Chapter 4 | Eastern Europe Literature Studies in China

Chapter 5 | Latin American Literature Studies in China

Chapter 6 | Spanish Literature Studies in China

Chapter 7 | Nordic Literature Studies in China

Chapter 8 | Literature Studies of Ancient Greece and Rome in China

Appendix | Data Lists of European-American Literature Studies in China

Vol. 12

Academic Course of Asian-African Literature Studies

Meng Zhaoyi et al.

Introduction | Retrospect of Asian-African Literature Studies in China

Part One: An Overview of Asian-African Literature Studies in China

Chapter 1 | Literature Studies of Mongolia

Chapter 2 | Literature Studies of DPRK-South Korea

Chapter 3 | Literature Studies of Philippines

Chapter 4 | Literature Studies of Singapore, Malaysia and Thailand

Chapter 5 | Literature Studies of Indonesia

Chapter 6 | Literature Studies of Vietnam

Chapter 7 | Literature Studies of Burma

Chapter 8 | Literature Studies of Benglades

Chapter 9 | Literature Studies of Sri Lanka

Chapter 10 | Literature Studies of Nepal

Chapter 11 | Literature Studies of Pakistan

Chapter 12 | Literature Studies of Afghanistan

Chapter 13 | Literature Studies of Persia (Iran)

Chapter 14 | Literature Studies of Turkey

Chapter 15 | Literature Studies of Hebrew-Israel

Chapter 16 | Literature Studies of Arab

Chapter 17 | Literature Studies of Egypt

Chapter 18 | Literature Studies of Black Africa

Part Two: Studies of Important Asian-African Writers and Their Works in China

Chapter 19 | Studies of *Jill Gamish*

Chapter 20 | Studies of *Avesta*

Chapter 21 | Studies of *Koran*

Chapter 22 | Studies of *One Thousand and One Nights*

Chapter 23 | Studies of *Kings*

Chapter 24 | Studies of Jose Rizal

Chapter 25 | Studies of A.T. Pramoedya

Chapter 26 | Studies of P.M. Ondaatje

Chapter 27 | Studies of Muhammad Iqbal

Chapter 28 | Studies of Khaled Hosseini

Chapter 29 | Studies of C. Aitmatov

Chapter 30 | Studies of O. Hyam

Chapter 31 | Studies of M.M. Sa'di

Chapter 32 | Studies of S.M. Hafez

Chapter 33 | Studies of Sadegh Hedayat

Chapter 34 | Studies of Orhan Pamuk

Chapter 35 | Studies of Kahlil Gibran

Chapter 36 | Studies of S. J. Agnon

Chapter 37 | Studies of Taha Husayn

Chapter 38 | Studies of Naguib Mahfuz

Chapter 39 | Studies of Chinua Achebe

Chapter 40 | Studies of Wole Soyinka

Chapter 41 | Studies of Nadin Gordimer

Chapter 42 | Studies of J. M. Coetzee

Epilogue | Introspection and Prospect of Asian-African Literature Studies in China

Appendix | Data Lists of Asian-African Literature Studies in China